야만스러운 탐정들

야만스러운 탐정들 ②

로베르토 볼라뇨 장편소설

우석균 옮김

LOS DETECTIVES SALVAJES by ROBERTO BOLAÑO

Copyright (C) 1998, Roberto Bolaño
All rights reserved.
Korean translation copyright (C) 2012, The Open Books Co.
This edition is published by arrangement with Carolina López Hernández,
as representative of the literary estate of Roberto Bolaño
c/o The Wylie Agency (UK) Ltd. through Shinwon Agency Co.

COVER ARTWORK by AJUBEL (ALBERTO MORALES AJUBEL)

Copyright (C) 2012, Alberto Morales Ajubel and The Open Books Co.
All rights reserved.

이 책은 실로 꿰매는 정통적인 사철 방식으로 만들어졌습니다.
사철 방식으로 만든 책은 오랫동안 보관해도 손상되지 않습니다.

제2권

II. 야만스러운 탐정들 (1976~1996) (계속)

477

III. 소노라의 사막들(1976)

899

옮긴이의 말
세기말, 야만, 폐허

983

로베르토 볼라뇨 연보

991

제 1 권

I. 멕시코에서 길을 잃은
멕시코인들 (1975)

11

II. 야만스러운 탐정들
(1976~1996)

217

11

1976년 1월 멕시코시티 종교 재판소 근처 레푸블리카 데 베네수엘라 가, 아마데오 살바티에라. 그때부터 한동안 우리의 어떤 모임에서도 세사레아 티나헤로를 다시 보지 못했다. 이상한 일이지만, 인정하기 힘든 일이지만 우리는 그녀가 그리웠다. 마누엘 마플레스 아르세는 디에고 카르바할 장군을 방문할 때마다 그 기회를 이용하여 세사레아에게 언제쯤 화를 풀 생각이냐고 말하곤 했다. 하지만 세사레아는 듣는 둥 마는 둥이었다. 한번은 마누엘을 따라가 그녀와 이야기를 나누었다. 우리는 정치에 대해, 세사레아가 단단히 빠져든 춤들에 대해 대화를 나누었지만 문학 이야기는 하지 않았다. 나는 두 젊은이에게 말했다. 젊은이들, 그 시절 멕시코시티에는 천지 사방으로 무도장이 많았다네. 제일 괜찮은 무도장들은 시내에 있었지만, 동네에도 있었네. 타쿠바야에, 콜로니아 옵세르바토리오에, 콜로니아 코요아칸에, 남쪽으로는 틀랄판, 북쪽으로는 콜로니아 린다비스타에도 말일세! 세사레아는 춤을 추기 위해서라면 도시 끝에서 끝으로 돌아다닐 수 있는 열혈 분자였다. 시내 무도장들을 더 좋아했다는 기억이 선하긴 하지만. 그녀는 혼자 무도장에 다녔다. 엔카르나시온 구스만을 알기 전에는. 오늘날이라면 나쁘게 볼 일이 아니지만 당시만 해도 여러 가지 다양한 억측을 낳는 일이었다. 한번은 세사레아와 동행했다. 이유는 잘 기억나지 않지만 아마 세사레아가 같이 가자고 해서였으리라. 라 라구니야 시장 방향 공터에 세운 천막에서 춤판이 벌어졌다. 나는 입장하기 전에 그녀에게 말했다. 세사레아, 같이 오긴 했지만 나한테 춤을 강요하지 마. 어떻게 추는지도 모르고 배우고 싶은 마음도 없으니까. 세사레아는 웃으면서 아무 말도 하지 않았다. 젊은이들, 어찌나 신기하고 감격의 연속이었는지 모르네. 기억이 난다. 그럴 리는 없지만 알루미늄처럼 가벼운 금속으로 만든 작고 동그란 테이블들이. 나무 바닥 위에 대충 사각형의 무대가 있었다. 악단은 5~6인조였는데 어쨌든 란체라를 연주하고 폴카나 단손도 연주했다. 나는 소다수 두 잔을 주문하고 테이블에 돌아왔는데 세사레아는 이미 없었다. 내가 생각했다. 어디 간 거야. 그때 세사레아가 보였다. 그녀가 어디 있었을 것 같은가? 바로 무대에 있었다. 혼자 춤을 추면서. 요즘에는 정상적인 일이지. 전혀 딴 세상 이야기가 아니다. 문명은 진보하니까. 하지만 당시에 그건 도발이나 마찬가지였다. 내가 젊은이들에게 말했다. 그래서 나는 그곳에서 진짜 커다란 고뇌에 사로잡혔지. 그들이 말했다. 어떻게 하셨는데요, 아마데오? 내가 대답했다. 이런 젊은이들하곤. 그대

---

1 *Café de olla*. 멕시코의 전통적인 커피 끓이는 방식. 진흙을 구워 만든 도기에 물과 원두나 굵게 간 커피를 넣고 끓여, 계피와 갈색 설탕을 섞어 마신다.

들이 나였으면 했을 법한 일을 했지 뭐. 무대로 나가 춤추는 것 말이야. 그들이 물었다. 춤을 금방 배우셨나요? 정말 사실이 그랬다. 페넬로페가 오디세우스를 기다리듯, 음악이 마치 평생을, 즉 26년 동안 나를 기다린 느낌이었다. 모든 장벽과 거리낌은 갑자기 과거지사가 되어버리고, 나는 흔들고 미소 짓고 세사레아를 바라보았다. 어찌나 예쁘고 어찌나 춤을 잘 추던지. 노상 춤을 춘 티가 났다. 그곳 무대에서 눈을 감으면, 퇴근해 자기 집에서 도기 커피[1]를 끓이면서 혹은 독서를 하면서 춤을 추는 그녀의 모습을 상상할 수 있으리라. 하지만 나는 눈을 감지 않았다네, 젊은이들. 나는 눈을 크게 뜨고 세사레아를 바라보고 미소를 지었다. 그녀도 나를 바라보고 미소를 지었다. 우리 둘은 삶이 행복한 사람들이었고, 너무 행복해서 순간 키스를 해야겠다는 생각이 내 머리를 스쳤다. 하지만 결국 감행하지 않았다. 우리는 그 상태 그대로도 이미 좋은 사이였고, 나는 전형적인 멍청이처럼 야욕을 부릴 사람이 아니다. 시작이 반이라는 속담이 있듯이 나와 춤의 관계가 그랬네, 젊은이들. 처음이 중요했고, 나는 어찌 종지부를 찍어야 할지 몰랐어. 세사레아가 사라지고 젊음의 열기가 사그라진 오랜 뒤에 멕시코시티의 무도장을 보름마다 찾는 것이 내 삶의 유일한 목적이 된 적도 있었지. 젊은이들, 내가 30~40대일 때 그리고 50대에 접어들어서도 한동안 그랬다는 것일세. 처음에는 아내와 다녔다. 아내는 내가 왜 그리 춤을 좋아하는지 이해하지 못했지만 그래도 함께 다녔다. 우리는 춤을 즐겼다. 나중에 아내가 죽고 나서는 혼자 다녔다. 그때도 즐겼다. 비록 업소나 음악에 대한 취향이라든지

뒷맛은 변했지만. 물론 내 자식들 생각처럼 술을 마시러 또는 여자를 엮으려고 무도장에 간 건 아니다. 내게는 대학을 졸업한 프란시스코 살바티에라와 교수인 카를로스 마누엘 살바티에라 두 자식 놈이 있는데, 나는 두 녀석을 끔찍하게 사랑한다. 둘 다 가정을 꾸렸고 골치 아픈 일도 너무 많은 것 같아 자주 보지는 못하지만. 어쨌든 나는 자식 놈들을 위해 할 수 있는 일은 벌써 다 했다. 대학 공부를 시켰으니 우리 부모님이 내게 해준 것보다 많이 해준 셈이고 이제는 자기 일들은 알아서 한다. 무슨 이야기를 하고 있었더라? 자식들이 내가 여자 친구를 구하러 무도장에 간 것으로 생각했다는 이야기였나? 어쩌면 자식들 생각이 맞을지도 모른다. 하지만 토요일 밤마다 나를 집 밖으로 내몬 것은, 내 생각에는 그게 아니다. 나는 춤 때문에, 어쩌면 세사레아 때문에, 아니 분명히 생명이 다해 가는 그 무도장들에서 아직도 춤을 추는 세사레아의 유령 때문에 무도장을 다녔다. 내가 그들에게 말했다. 젊은이들, 춤추는 것 좋아하나? 그들이 답했다. 경우에 따라서요, 아마데오. 누구와 추는지

2 멕시코 혁명 정부의 세속화 정책을 비판하며 1926년 봉기하여 1929년까지 멕시코를 내전 지경으로 몰고 간 가톨릭 신도들을 일컫는 말.

3 *caifán*. 캘리포니아에 정착한 멕시코인들 사이에서 통용되는, 스페인어와 영어를 섞어 쓴 스팽글리시의 일종. 스페인어 〈*cae*〉와 영어 〈*fine*〉을 합친 말이 카이판이다. 원래는 〈마음에 든다〉라는 뜻이지만, 법망을 넘나들기는 해도 자기 구역에서 보스 역할을 하는 이를 지칭한다.

4 Los Caifanes. 1966년 제작된 멕시코 영화.

5 Anel. 멕시코의 연기자 아나 엘레나 노레냐(1944~)를 가리킨다.

6 María Félix(1914~2002). 1935~1958년 무렵 멕시코 영화가 황금기를 구가했을 때의 아이콘이었던 여배우. 아래 나오는 엔리키토(엔리케) 알바레스 펠릭스가 마리아 펠릭스의 아들이다.

7 Fidel Velázquez(1900~1997). 멕시코의 노조 지도자이자 정치가. 50년 이상 멕시코 노동자 총연맹을 이끌었다.

에 따라 다르죠. 혼자서는 절대 싫어요. 아, 젊은이들 하곤! 그 후 나는 아직도 멕시코에 무도장이 있는지 물었다. 그들은 아직 있다고, 많지는 않지만, 적어도 자신들은 많이 알지는 못하지만 존재한다고 대답했다. 그들 말에 따르면 몇몇 무도장은 펑키 구덩이라고 부른다 했다. 참 별난 이름이다. 그리고 사람들을 흔들게 만드는 음악은 현대 음악이었다. 내가 젊은이들에게 말했다. 그링고 음악을 말하는 거겠지. 그들이 답했다. 아니요, 아마데오. 멕시코 음악가들, 멕시코 밴드들이 만든 현대 음악이에요. 그리고 악단 이름들을 읊어 대는데 점점 이름이 이상해졌다. 그렇다. 몇몇 이름은 기억이 난다. 크리스테로[2]들의 내장이라는 이름은 분명한 이유가 있어서 기억이 난다. 화성의 카이판[3]들. 앙헬리카 마리아의 살인자들, 프롤레타리아의 퇴행 등 이상한 이름들이라 우리는 웃고 토론했다. 내가 물었다. 앙헬리카 마리아라는 이름은 호감이 가는데 앙헬리카 마리아의 살인자들은 뭐야? 젊은이들이 말했다. 앙헬리카 마리아는 정말 좋은 여자예요, 아마데오. 틀림없이 살인의 제안이 아니라 경의의 표시일 거예요. 내가 말했다. 「카이판들」[4]은 아넬[5]의 영화 아닌가? 그들이 말했다. 아넬과 마리아 펠릭스[6]의 아들이 출연한 영화죠. 아마데오, 잘 아시네요. 내가 말했다. 나는 늙었지만 얼간이는 아니라네. 엔리키토 알바레스 펠릭스, 그래 훌륭한 젊은이지. 그들이 말했다. 기억력이 끝내주네요, 아마데오. 기억력을 위해 건배하죠. 내가 물었다. 프롤레타리아의 퇴행? 그건 또 어찌 받아들일까? 젊은이들이 말했다. 피델 벨라스게스[7]의 사생아들이에요, 아마데오. 산업화 이전 시대로 회귀하는 새로운 노동자들이죠. 내가 말했다. 피델 벨라스케스 따위는 안중에도 없네, 젊은이들. 우리에게 항상 빛을 준 사람은 플로레스 마곤이었어. 그들이 말했다. 건배, 아마데오. 내가 말했다. 건배. 그들이 말했다. 플로레스 마곤 만세, 아마데오. 내가 말했다. 만세. 지나간 시절을, 밤이 밤 속으로 침잠하던 그 순간의 시간을 생각하는 동안 위가 쓰려 왔다. 하얀 발이 달린 멕시코시티의 밤은 결코 갑자기 찾아오는 법이 없다. 이제 온다, 이제 온다 하고 지치도록 예고하지만 밤은 늦게 찾아온다. 마치 밤이라는 그 사악한 여인도 석양을 관조하고 있는 듯이, 멕시코의 축복받은 석양을 관조하고 있는 듯이, 세사레아가 이곳에 살고 우리 친구였을 때 말하던 것처럼 공작새 석양을 제자리에 멈춰 서서 관조하고 있는 듯이. 그러자 디에고 카르바할의 사무실에 있는 세사레아가 눈에 선했다. 자기 책상의 빛나는 타자기 앞에 앉아, 장군이 자기 방 안에서 목소리를 높이는 동안 보통 그곳 안락의자에 앉거나 문에 기대어 시간을 죽이는 장군의 경호원들과 이야기하는 모습이. 세사레아는 경호원들에게 할 일을 만들어 주려고 혹은 진짜 필요해서 그들 편에 전갈을 보내거나 특정 책을 가져오라고 돈 훌리오 노디에르 서점에 보내곤 했다. 마누엘에 따르면 세사레아 자신이 직접 준비하는 장군의 연설문에 넣을 한두 가지 아이디어나 한두 가지 인용문을 발췌하려고 참고하는 서적이었다. 빼어난 연설이었다네, 젊은이들. 멕시코를 뒤집어 놓는 연설로 몬테레이와 과달라하라, 베라크루스와 탐피코 등 많은 지역의 신문에 게재되었고, 우리는 가끔 우리 모임이 열리는 카페에서 이를 큰 소리로 읽었다네. 그 사무실에서 세사레아는 연설문을 특이한 방식으로 준비했어. 담배를 피우고 장군의 경호원들과 잡담을 하면서, 혹은 마누엘이나 나와 잡담을 하면서. 이야기를 하는 동시에 타자기로 연설문을 두드렸으니 얼마나 유능한 여자인가, 젊은이들. 자네들은 이 같은 일을 시도해 보았나? 나는 해보았는데 불가능했어. 타고난 작가 몇 사람만 할 수 있는 일이야. 신문 기자 몇 사람도 가능해서, 가령 정치를 논하면서 그와 동시에 원예나 6보격에 대한 기사를 써 내려가지(젊은이들, 우리끼리 이야기지만 별종들이지). 세사레아는 장군의 사무실에서 이렇게 하루를 보내고 일을 마치면(이따금은 이슥한 밤에), 모든 사람에게 인사를 하고는 자기 물건을 챙겨 혼자 퇴근했다. 비록 누군가가 바래다주겠다고 제안할 때가 한두 번이 아니었지만. 가끔은 장군까지도 그랬다. 두려움을 모르는 남자요, 사내 중의 사내요, 운명 따위는 겁내지도 않던 디에고 카르바할이. 하지만 세사레아는 유령의 제안을 받았다는 듯 거들떠도 보지 않고, 여기 검찰청 서류가 있습니다 장군(세사레아는 다른 모든 사람처럼 카르바할에게 장군님이라고 하지 않고 장군이라고 했다), 베라크루스 주 정부 서류가 있습니다, 여기 할라파 시에서 보낸 편지들과 내일 연설문이 있습니다 하고 말하고는 가버렸다. 그러면 아무도 다음 날까지 그녀를 보지 못했다. 장군님에 대해 이야기하지 않았던가, 젊은이들? 그 시대 예술의 후견인이었어. 대단한 분이지. 자네들이 그분을 보았어야 했는데. 키가 작은 편이고 마르고, 당시 벌써 쉰이 다 되었을 거야. 한번은 장군님이 마르티네스 사모라 하원 의원의 똘마니들을 상대하는 것을 보았어. 혼자서 말이야. 윗도리는 풀어 헤쳤지만 겨드랑이에 찬 권총집에서 콜트를 꺼내 들려는 기색도 없이 그 똘마니들을 정면으로 바라보았어. 그들이 전부 기가 죽어 꽁무니를 빼면서 죄송합니다, 장군님, 의원님이 착각하셨나 봐요, 장군님 하고 우물거리는 것을 보았어. 디에고 카르바할 장군은 누구보다도 완벽하고 올바른 사람이고, 문학과 예술 애호가였다. 사람들 말로는 열여덟 살이 되어서야 글을 배웠다고 하지만. 내가 그들에게 말했다. 그분 삶은 대단했네, 젊은이들. 내가 그분 이야기를 하기 시작하면 밤새도록 할 수 있고, 테킬라 몇 병, 로스 수이시다스 메스칼 한 짝이 더 필요할 거야. 멕시코의 그 블랙홀에 대해 대충이라도 근접한 이야기를 해주려면. 그 찬란한 블랙홀에 대해! 그들이 말했다. 칠흑 같은 구멍 말이죠. 내가 말했다. 그렇다네, 칠흑 같은 구멍. 맞네, 젊은이들. 칠흑 같은 구멍. 두 젊은이 중 하나가 말했다. 테킬라 한 병 사러 가죠. 나는 다녀와 하고 말하면서 과거에서 힘을 얻어 자리에서 일어나 몸을 질질 끌고(번개처럼 혹은 번개의 이데아처럼) 어두컴컴한 복도를 지나 부엌으로 갔다. 그리고 한 병도 남지 않은 줄 알면서도 찬장을 여기저기 다 열어 보며 존재하지 않는 로스 수이시다스를 찾으면서 툴툴거리고, 욕을 내뱉고, 가끔 자식 놈들이 가지고 오는 수프 통조림이나 쓸모없는 잡동사니 사이를 헤집고, 마침내는 엿 같은 현실을 받아들이고, 나의 유령들 사이에 턱을 파묻고 대용품을 골랐다. 땅콩 몇 통, 치포틀레 고추 통조림 하나, 짭짤한 크래커 한 봉지였다. 나는 이것들을 가지고 제1차

8 Miguel Alemán(1903~1983). 1946~1952년 사이의 멕시코 대통령.

세계 대전 때의 순양함의 속도로, 그렇지만 어느 강이나 강어귀의 안개 속에 길을 잃은 순양함, 잘은 모르겠지만 어쨌든 길을 잃은 순양함처럼 되돌아왔다. 사실 나는 거실이 아닌 내 방으로 접어들었다. 스스로에게 말했다. 뭐야, 아마데오. 너 생각보다 많이 취한 게야. 나는 뱃머리에 장착된 대포에 달랑 조그만 제등(提燈) 하나만 걸어 놓고 안개 속에서 길을 잃은 형국이었지만, 절망하지 않고 방향을 찾았다. 한 발 한 발 내 작은 종을 울리면서. 강에 있는 배, 역사의 강어귀에서 길을 잃은 전함. 사실은 이미 그때 나는 탭댄스(요즘도 이 춤을 추는지 잘 모르겠지만 아니기를 빈다)를 추듯 걷고 있었다. 왼쪽 구두 굽을 오른쪽 구두 발끝에 올렸다가 이내 오른쪽 구두 굽을 왼발 구두 발끝에 올리는 그런 춤, 우스꽝스러운 춤이지만 한 시대를 풍미한 춤. 어느 시대인지는 묻지 말았으면 하는데, 아마도 미겔 알레만[8]의 6년 재임 시절이었을 것이다. 나도 언젠가 춘 적이 있고, 우리 모두 당치도 않은 짓을 저지른 셈이다. 그때 문을 쾅 닫는 소리, 이어 사람들 목소리가 들렸다. 나 자신에게 말했다. 아마데오, 멍청한 짓 그만하고 소리 나는 쪽으로 방향을 틀어, 좀먹고 녹슨 네 뱃머리로 이 강물의 어둠을 가르고 친구들에게 돌아가. 나는 그렇게 해서 양팔에 안줏거리를 가득 안고 거실에 도달했다. 거실에서는 젊은 이들이 앉아서 나를 기다리고 있었고, 하나는 테킬라 두 병을 사 왔다. 아, 불빛이 있는 곳에 오니 얼마나 마음이 놓이던지. 희미한 불빛이기는 해도 밝은 곳에 오니 얼마나 마음이 놓이던지.

1980년 1월, 멕시코시티 라 비야 근처, 선술집 라 사에타 메히카나, 리산드로 모랄레스. 아르투로 벨라노의 책이 마침내 출간되었을 때, 그는 이미 유령 작가였고 나 역시 유령 출판인이 되기 직전이었다. 나는 늘 알고 있었다. 암울한 작가, 불길한 작가가 있고, 차라리 그들에게서 도망치는 편이 낫다는 것을. 여러분이 액운을 믿든 안 믿든, 실증주의자든 마르크스주의자든 상관없다. 그런 작자들에게는 흑사병에서 도망치듯 해야 한다. 가슴에 손을 얹고 하는 말이다. 본능을 믿어야 한다. 나는 그 청년의 책을 내면서 불장난이라는 것을 알았다. 나는 불에 데었고 불평은 하지 않으련다. 그러나 재앙에 대해 몇 가지 성찰을 하는 것은 결코 쓸데없는 일이 아니다. 타인의 경험은 늘 누군가에게 도움이 된다. 요즘 나는 술을 많이 하면서 술집에서 하루를 보내고, 집에서 먼 곳에 주차를 한다. 집에 다다를 때는 빚쟁이가 느닷없이 나타나지 않을까 싶어 버릇처럼 사방을 살핀다.

밤마다 잠을 이룰 수 없어 계속 술을 마신다. 살인 청부업자 하나가(어쩌면 두 사람이) 내 뒤를 밟고 있다는 근거 있는 의심을 하고 있다. 다행히도 재앙이 있기 전 이미 나는 홀아비가 되어서, 적어도 이 시련을, 장기적으로는 모든 출판인을 기다리고 있는 이 어둠의 행보를 내 불쌍한 부인에게 안기지 않았다는 위안거리는 있다. 어느 날 밤에는 왜 내게, 하필이면 내게 이런 일이 닥쳤는지 스스로 물어보지만, 결국은 내 운명을 받아들였다. 혼자가 되면 강해진다. 니체(나는 틀라텔롤코 학살이 아직도 뜨거운 감자였던 1969년에 니체의 주석 선집을 문고판으로 출간했는데, 대성공이었다)인지 플로레스 마곤(법대 학생이 쓴 투쟁적인 마곤의 간략한 전기를 출판했는데, 판매 실적이 나쁘지 않았다)인지가 그렇게 말했다.

혼자가 되면 강해진다. 성스러운 진실이다. 그리고 멍청이들의 위로이다. 아무리 누군가와 같이 있고 싶어도 그 누구도 내 그림자조차 밟지 않으려 하기 때문이다. 나하고 있을 때보다는 낮은 직급이라도 이제 다른 출판사에서 일하는 개자식 바르가스 파르도도 그렇고, 한때 한참 내 호의를 좇던 수많은 문학 관계자들도 그렇다. 아무도 움직이는 표적과 함께 걷고 싶어 하지 않는다. 아무도 이미 송장 냄새를 풍기는 사람과 함께 걷고 싶어 하지 않는다. 나는 이제 적어도 예전에는 예감만 하던 일을 알고 있다. 우리 모든 출판인에게는 살인 청부업자가 따라다닌다는 사실을. 배운 살인자든 못 배운 살인자든 가장 비밀스러운 이해관계, 성스러운 역설이지만 가끔은 우리 스스로의 공허하고 아둔한 이해관계에서 대금을 받는 살인자가.

바르가스 파르도에게는 원한이 없다. 심지어 가끔은 아련한 향수에 사로잡혀 그를 생각한다. 내가 그리도 즐겁게 에콰도르인의 손에 맡긴 문학지가 내 사업을 침몰시켰다는 사람들 말을 사실 나는 믿지 않는다. 액운은 다른 데서 비롯되었음을 안다. 물론 바르가스 파르도는 그의 범죄적 천진난만함으로 내 불행에 기여했지만 사실 그는 잘못이 없다. 바르가스 파르도는 자신이 잘하고 있다고 믿었고, 나는 그를 탓하지 않는다. 가끔 과하게 술을 마실 때면 바르가스 파르도를, 나를 잊은 문학 관계자들을, 어둠 속에서 나를 노리는 살인 청부업자들을, 심지어 영광 혹은 무명(無名) 속에서 사라진 식자공들에게 욕설을 퍼붓는다. 그러나 이윽고 평정을 되찾고 웃을 뿐이다. 삶은 살아야 한다. 그저 그뿐이다. 그 어느 날, 바 라 말라 센다에서 나올 때 마주친 취객이 내게 그렇게 말했다. 문학은 전혀 쓸모없는 거라고.

1980년 4월, 멕시코시티 교외 데시에르토 데 로스 레오네스 길, 엘 레포소 정신 병원, 호아킨 폰트. 두 달 전 알바로 다미안이 나를 보러 와 할 말이 좀 있다고 말했다. 내가 말했다. 무슨 이야기인데, 자리에 앉게. 무슨 이야기인데. 알바로 다미안이 말했다. 상이 없어졌어. 내가 말했다. 무슨 상? 그가 말했다. 젊은 시인들을 위한 라우라 다미안상 말일세. 나는 무슨 말인지 전혀 알아들을 수 없었으나 이야기 흐름을 끊지 않았다. 내가 말했다. 무엇 때문에, 알바로. 무엇 때문에? 그가 말했다. 돈이 다 떨어졌네. 재산을 다 날렸다고.

쉽게 얻는 것은 쉽게 쓰는 법이지 하고 말해 주고 싶었다. 나는 늘 확신에 찬 반(反)자본주의자이니까. 하지만 슬픔에 겨운 얼굴을 보았고, 그 불쌍한 남자가 피곤한 것 같아서 그 말을 하지 않았다.

우리는 오래 이야기를 나누었다. 날씨에 대해, 정신 병원에서 보이는 대단히 아름다운 경치에 대해서 이야기를 나눈 것 같다. 그가 말했다. 오늘은 더울 걸세. 내가 말했다. 그렇군. 이윽고 우리는 침묵에 빠졌다. 아니면 나는 노래를 흥얼거리고 알바로 다미안만 침묵에 빠졌다. 그러다가 알바로 다미안이 불현듯 말했다(이건 하나의 예이다). 보게, 나비일세. 내가 대답했다. 그래, 꽤 많군. 잠시 이렇게 이야기를 나누거나 신문을 같이 읽은 후(비록 바로 그날은 같이 신문을 읽지 않았지만) 알바로 다미안이 말했다. 자네에게 이야기를 해야만 했어. 내가 말했다. 무슨 이야기를 해야만 했다고, 알바로? 그가 말했다. 라우라 다미안상이 없어졌다는 이야기를. 나는 왜 그런지, 왜 내게 그 이야기를 해야만 했는지 물어보고 싶었다. 하지만 이내 많은 사람이, 특히 이곳에서는, 내게 할 말이 많다는 생각이 들었다. 그리고 나는 보통 내게는 없는 그 소통의 충동을 격의 없이 받아들인다. 이야기를 들어 준다고 잃을 것 하나 없으니.

이윽고 알바로 다미안은 가고, 20일 후에 딸이 나를 찾아와 말했다. 아빠, 이 이야기는 하지 말아야 할 것 같지만 아셔야 할 것 같아요. 내가 말했다. 이야기 해봐, 이야기 해보라고. 나는 뭐든지 들어 주니까. 딸이 말했다. 알바로 다미안 씨가 머리에 총을 쏘았어요. 내가 말했다. 알바리토가 어찌 그런 무지막지한 일을 했을까? 딸이 말했다. 사업이 너무 안 되어 파산하셨어요. 이미 거의 모든 재산을 날리셨어요. 내가 말했다. 그래도 나와 함께 정신 병원에 있을 수도 있는데. 딸이 웃으면서 그리 쉬운 일이 아니라고 말했다. 딸이 떠났을 때 나는 알바로 다미안을, 없어진 라우라 다미안상을, 아무도 정신적 안정을 찾을 수 없는 엘 레포소 병원의 정신병자들을, 잔인한 달이 아니라 재앙의 달인 4월을 생각했다. 그러자 나는 터럭만 한 의심도 없이 모든 것이 악화되리라는 사실을 깨달았다.

12

1980년 5월, 빈 슈투크 가 옥탑방에 누워, 하이미토 퀸스트. 나는 착한 울리세스와 함께 유대인들이 원자 폭탄을 만드는 베르셰바의 감옥에 투옥되어 있었다. 나는 모든 것을 알았지만 아무것도 몰랐다. 나는 바라보았다. 내가 그 외에 무엇을 할 수 있었으랴? 나는 햇볕에 그을리며 바위에서 바라보고 있었다. 그러다가 참을 수 없을 정도로 허기가 지고 목이 마르면, 사막의 카페까지 몸을 질질 끌고 가서 코카콜라와 소고기 햄버거를 주문했다. 소고기만 들어간 햄버거는 맛이 없지만. 그건 나도 알고 세상 사람들도 안다.

어느 날 나는 코카콜라 다섯 잔을 마셨고, 갑자기 탈이 났다. 마치 태양이 내 코카콜라 잔 밑바닥에 침투했는데, 내가 이를 모르고 삼켜 버린 듯했다. 열이 올랐다. 견딜 수가 없었지만 견뎠다. 누런 바위 뒤에 숨어 태양이 사라질 때까지 기다렸다. 그 후 나는 몸을 웅크린 채 잠이 들었다. 밤새 이런저런 꿈에 계속 시달렸다. 꿈이 나를 손가락으로 쿡쿡 찌르는 것 같았다. 하지만 꿈은 손가락은 없고 주먹이 있다. 아마 손가락이 아니라 전갈이었나 보다. 어쨌든 화상 입은 곳들이 따끔따끔했다. 잠에서 깨어났을 때는 아직 해가 뜨지 않았다. 나는 전갈이 돌 밑에 숨기 전에 찾아보았다. 단 한 마리도 발견하지 못했다! 그것은 다시 잠을 자지 않고 의심을 품고 있을 만한 큰 이유가 되었다. 그것이 내가 한 일이었다. 그러나 이윽고 마시고 먹기 위해 자리를 떠야 했다. 그래서 무릎을 꿇고 있다가 자리에서 일어나 사막의 카페로 발걸음을 옮겼다. 그러나 웨이터는 내게 아무것도 주지 않으려고 했다.

내가 말했다. 왜 주문한 것을 가져다주지 않는 겁니까? 내 돈이 더럽습니까? 다른 사람 돈처럼 깨끗하지 않다는 거요? 웨이터는 듣지 못한 척했다. 내 생각에 어쩌면 듣지 못했을 수도 있다. 사막에서 바위와 전갈 틈에서 너무 오래 감시를 하다 보니 목소리를 상실한 것이리라. 지금 나는 말을 한다고 믿지만, 실제로 못 하는 것이리라. 그러나 나는 생각했다. 그렇다면 내 귀에 들리는 목소리는 내 것이 아니고 누구 것이라는 말인가. 벙어리가 되었으면 어떻게 계속 내 목소리가 들린다는 말인가. 그 후 사람들이 나더러 꺼지라고 말했다. 누군가 내 발에 침을 뱉었다. 사람들이 도발을 해왔다. 하지만 나는 도발에 쉽게 걸려들지 않는다. 내게는 경험이 있다. 나는 그들의 말을 들으려 하지 않았다. 내가 말했다. 당신은 고기를 안 팔아도 아랍인들은 팔 거요. 그리고 천천히 카페를 떠났다.

몇 시간 동안 아랍인을 찾았다. 아랍인들이 증발해 버린 것 같았다. 마침내 나도 모르는 사이에 정확히 내가 출발한 장소인 누런 바위 옆에 도착했다. 밤이었고 하느님 덕분에 쌀쌀했다. 하지만 잠을 이룰 수 없었다. 배가 고프고 수통의 물이 다 떨어졌다. 스스로에게 말했다. 어쩌지? 이제 어떻게 할까요, 성모 마리아님? 멀리서 유대인들의 원자 폭탄 제조 기계들의 숨죽인 소리가 들렸다. 잠에서 깨어났을 때 허기를 견딜 수 없었다. 유대인들은 베르셰바의 비밀 시설에서 계속 일을 했지만, 나는 딱딱한 빵 한 조각이라도 입에 넣지 않고서는 더 이상 염탐할 수 없었다. 온몸이 쑤셨다. 목과 양팔에는 화상을 입었다. 며칠째 대변을 보지 못했는지 모른다. 하지만 아직은 걸을 수 있었다! 아직은 점프를 할 수도 있고 두 팔을 풍차처럼 돌릴 수도 있었다. 그래서 자리에서 일어났고, 내 그림자도 함께 일어났고(우리 둘 다 기도를 하면서 무릎을 꿇고 있었다), 사막의 카페를 향해 나아갔다. 노래를 부르기 시작한 것 같다. 나는 그런 사람이다. 길을 걷는다. 노래를 한다. 정신을 차려 보니 감방에 있었다. 누군가 내 배낭을 거두어 간이침대 옆에 던져두었다. 한쪽 눈이 아프고, 턱이 아프고, 화상 입은 곳들이 따끔거렸다. 누군가 내 배를 찬 것 같은데 아프지는 않았다.

내가 말했다. 물. 감방은 어두웠다. 유대인들의 기계 소리를 들으려 했으나 아무 소리도 들리지 않았다. 내가 말했다. 물. 목말라. 무언가 어둠 속에서 움직였다. 내가 생각했다. 전갈일까? 커다란 전갈? 손 하나가 내 목덜미를 잡았다. 나를 잡아당겼다. 이윽고 입술에 그릇 가장자리가, 이어 물이 닿았다. 그 후 잠이 들어 프란츠 요제프카이 거리와 아스펀 다리[1] 꿈을 꾸었다. 눈을 떴

---

[1] 둘 다 오스트리아 빈에 있는 곳이다.

을 때 옆 침대에 있는 착한 울리세스를 보았다. 그는 잠에서 깨어 있었고, 천장을 바라보고 있었고, 생각을 하고 있었다. 나는 영어로 인사를 건넸다. 안녕. 그가 말했다. 안녕. 내가 물었다. 이 감옥에서는 먹을 것 주나? 그가 대답했다. 줘. 나는 일어나 구두를 찾았다. 구두는 신고 있던 그대로였다. 감방을 한 바퀴 돌아보기로 했다. 탐색을 해보기로 했다. 천장은 어두웠다. 습기인지 그을음인지 때문에. 둘 다일 수도 있다. 벽은 하얬다. 낙서가 보였다. 내 왼쪽 벽에는 그림이, 오른쪽 벽에는 글씨가. 쿠란인가? 메시지인가? 지하 공장 정보인가? 안쪽 벽에는 창문이 하나 있었다. 창문 너머에 뜰이 있었다. 뜰 너머에 사막이 있었다. 네 번째 벽에는 문이 있었다. 창살이 달린 문인데, 창살 너머에 복도가 있었다. 복도에는 아무도 없었다. 나는 뒤로 돌아 착한 울리세스에게 다가갔다. 내가 말했다. 내 이름은 하이미토야. 빈 출신이지. 그는 자기 이름이 울리세스 리마이고 멕시코시티 출신이라고 말했다.

얼마 후 그들이 아침을 가져왔다. 내가 간수에게 물었다. 우리가 어디에 있는 건가요? 공장에요? 하지만 간수는 음식만 놓고 갔다. 나는 먹성 좋게 먹었다. 착한 울리세스가 자기 아침 식사 절반을 주어 그것도 먹어 치웠다. 먹을 것이 있었으면 아침 내내 계속 먹었으리라. 그 후 나는 감방을 탐사하기 시작했다. 벽의 낙서 해독에 착수했다. 그림 해독에 착수했다. 모두 헛수고였다. 메시지들은 해독이 불가능했다. 나는 배낭에서 볼펜을 꺼내 오른쪽 벽 옆에 무릎을 꿇었다. 거대한 자지, 발딱 선 자지를 한 난쟁이 한 사람을 그렸다. 그다음에 거대한 자지를 지닌 또 다른 난쟁이를 그렸다. 그다음에 유방을 그렸다. 그다음에 하이미토 K.라고 썼다. 그러고 나자 싫증이 나서 침대로 돌아왔다. 착한 울리세스가 잠이 들었기에, 깰까 싶어 조용히 하려 했다. 누워서 생각에 빠져들었다. 유대인들이 원자 폭탄을 제조하는 지하 시설을 생각했다. 축구 시합을 생각했다. 산을 생각했다. 눈이 내리고 추웠다. 전갈들을 생각했다. 소시지가 그득한 접시를 생각했다. 야킨 가 근처의 알펜 가르텐 식물원[2] 성당을 생각했다. 잠이 들었다. 잠에서 깼다. 다시 잠이 들었다. 그러다 착한 울리세스의 목소리에 잠에서 깼다. 간수 한 사람이 복도로 우리를 내몰았다. 우리는 뜰로 나갔다. 태양이 나를 금방 알아본 것 같다. 뼈가 쑤셨다. 하지만 화상 상처들은 괜찮아서 나는 걷고 운동을 했다. 착한 울리세스가 담벼락에 기대 앉아 가만히 있는 동안 나는 양팔을 움직이고 양 무릎을 올렸다 내렸다 했다. 웃음소리가 들렸다. 한쪽 구석에서 땅바닥에 앉아 있던 아랍인 몇 사람이 웃었다. 신경 쓰지 않았다. 하나, 둘. 하나, 둘. 하나, 둘. 관절 마디마디를 폈다. 그늘진 그쪽 구석을 다시 바라보니 아랍인들은 이미 없었다. 엎드렸다. 무릎을 꿇었다. 잠시 그렇게 있을까 싶었다. 무릎을 꿇은 채. 하지만 이내 팔굽혀펴기를 다섯 번 했다. 열 번 했다. 열다섯 번 했다. 온몸이 쑤셨다. 몸을 일으켰을 때 아랍인들이 착한 울리세스 주변 땅바닥에 앉아 있는 것이 보였다. 나는 그들을 향해 걸었다. 천천히. 생각을 하면서. 어쩌면 착한 울리세스를 해하려는 것이 아닐지도 모른다. 어쩌면 그들은 아랍인이 아닐지도 모른다. 어쩌

---

[2] 오스트리아 빈에 있다.

면 베르셰바에서 갈 곳을 잃은 멕시코인들일지도 모른다. 착한 울리세스가 나를 보았을 때 말했다. 평화가 있으라. 나는 깨달았다.

나는 착한 울리세스와 나란히 담벼락에 등을 기대고 땅바닥에 앉았다. 잠시 내 푸른 눈이 아랍인들의 검은 눈과 조우했다. 나는 헐떡거렸다. 헐떡거리고 눈을 감았다! 착한 울리세스가 영어로 말했지만 무슨 말인지 알아듣지 못했다. 아랍인들이 영어로 말했지만 무슨 말인지 알아듣지 못했다. 착한 울리세스가 웃었다. 아랍인들이 웃었다. 웃는 것을 깨닫고 헐떡거리는 것을 멈췄다. 잠이 들었다. 잠에서 깨어났을 때는 착한 울리세스와 나 둘만 있었다. 간수가 우리를 감방까지 데리고 왔다. 그들은 우리에게 먹을 것을 주었다. 내 점심과 함께 알약 두 알을 가져왔다. 그들이 말했다. 해열제야. 나는 약을 먹지 않았다. 착한 울리세스가 약을 구멍에 버리라고 말했다. 내가 물었다. 하지만 그 구멍이 어디로 연결되는데? 착한 울리세스가 말했다. 하수구로. 내가 말했다. 어떻게 믿어? 창고로 연결되면? 우리가 버린 극히 하찮은 것까지 다 분류하는 축축한 큰 탁자 위에 오르게 되면? 나는 알약을 손가락으로 비벼 가루를 낸 뒤 창문으로 버렸다. 우리는 잠을 잤다. 내가 잠에서 깼을 때 착한 울리세스는 책을 읽고 있었다. 무슨 책을 읽는지 물었다. 그가 대답했다. 에즈라 파운드의 『시선집』. 내가 말했다. 뭣 좀 읽어 줘. 나는 무슨 말인지 하나도 이해하지 못했다. 이해하려고 더 애쓰지 않았다. 그들이 나를 데리러 왔고 심문했다. 내 여권을 검사했다. 질문을 했다. 그들이 웃었다. 감방에 돌아왔을 때 나는 엎드려 팔굽혀펴기를 했다. 셋, 아홉, 열둘. 그 후 내 오른쪽 벽 옆 바닥에 앉아서 거대한 자지를 지닌 난쟁이를 그렸다. 다 그리고 한 사람 더 그렸다. 그런 다음 자지에서 흐르는 정액을 그렸다. 그 후 더 그릴 마음이 사라져 다른 낙서들을 연구했다. 왼쪽에서 오른쪽으로, 오른쪽에서 왼쪽으로. 나는 아랍어를 모른다. 착한 울리세스도. 어쨌든 나는 낙서를 읽었다. 몇몇 단어를 발견했다. 머리가 빠개졌다. 목에 입은 화상들이 다시 쓰라렸다. 단어들. 단어들. 착한 울리세스가 나에게 물을 주었다. 겨드랑이 밑에서 나를 위로 끌어당기는 그의 손이 느껴졌다. 이윽고 나는 잠이 들었다.

잠에서 깨어났을 때 간수가 우리를 샤워실로 데리고 갔다. 1인당 비누 한 조각씩 주고 샤워를 하라고 말했다. 그 간수는 착한 울리세스의 친구 같았다. 그와는 영어로 이야기하지 않았다. 스페인어를 했다. 나는 경계심을 풀지 않았다. 유대인들은 늘 사람을 속이려 든다. 경계심을 풀 수 없는 것이 유감이었으나, 그건 내 의무였다. 사람은 의무에 반하는 일을 절대 하면 안 된다. 머리를 감을 때 눈을 감은 척했다. 바닥에 넘어지는 척했다. 운동을 하는 척했다. 하지만 사실은 착한 울리세스의 자지만 쳐다봤다. 착한 울리세스는 할례를 하지 않았다. 내 오해, 내 불신을 유감스럽게 생각했다. 그러나 어쩔 수 없었다. 저녁으로는 수프가 나왔다. 야채 스튜도 나왔다. 착한 울리세스는 자기 몫의 절반을 내게 주었다. 내가 말했다. 왜 안 먹는데? 음식이 괜찮아. 먹어야 해. 운동을 해야 해. 그가 말했다. 너만큼 배가 고프지 않으니 네가 먹어. 불이 꺼지자 달빛이 우리 감방으로 들어

왔다. 나는 창가에 섰다. 감옥 뜰 저 너머의 사막에서 하이에나들이 노래를 했다. 소수의 하이에나 떼, 거무칙칙하고 부산스러운 하이에나 떼였다. 밤보다 더 거무칙칙했다. 하이에나들이 웃기도 했다. 발바닥이 간질간질했다. 나는 생각했다. 나는 건드리지 마.

다음 날 아침 식사 후 우리를 풀어 주었다. 스페인어를 하는 간수가 예루살렘행 버스 정류소까지 착한 울리세스를 따라왔다. 두 사람은 이야기를 나누었다. 간수가 이야기를 하고 착한 울리세스는 들었다. 그러고는 착한 울리세스가 이야기를 했다. 간수는 울리세스에게 레몬 아이스크림을, 자기는 오렌지 아이스크림을 샀다. 그러고 나를 바라보면서 나도 먹고 싶은지 물었다. 이 자식, 너도 아이스크림 먹고 싶나? 내가 말했다. 초콜릿 아이스크림요. 손에 아이스크림을 쥐었을 때 나는 동전을 찾으려고 호주머니를 뒤졌다. 왼손으로 왼편 주머니들을 뒤졌다. 오른손으로 오른편 주머니들을 뒤졌다. 간수에게 동전을 몇 개 건넸다. 유대인이 동전을 바라보았다. 햇빛이 그의 오렌지 아이스크림 끝을 녹이고 있었다. 나는 내 여정을 되짚어 갔다. 버스 정류소에서 멀어졌다. 길거리와 사막의 카페에서 멀어졌다. 조금 더 가면 내 바위가 있다. 빨리. 빨리. 바위에 다다랐을 때 나는 바위에 기대어 호흡을 가다듬었다. 지도와 그림을 찾으려 했지만 아무것도 발견하지 못했다. 더위와, 전갈들이 각자의 구멍에서 내는 소리뿐이었다. 휴~. 나는 털썩 주저앉아 무릎을 꿇었다. 하늘에는 구름 한 점 없었다. 새 한 마리 없었다. 하늘만 바라볼 뿐이었다. 나는 바위틈에 몸을 감추고 베르셰바의 소리를 들으려 했다. 하지만 대기의 소리, 내 얼굴을 태우는 뜨거운 모래바람 소리만 들렸다. 그 후 나를 부르는 착한 울리세스의 목소리가 들렸다. 하이미토, 하이미토, 어디 있어, 하이미토? 나는 몸을 감추려 해도 감출 수 없으리라는 것을 깨달았다. 한 손에 배낭을 들고 바위틈에서 나와, 숙명이 원하는 길로 나를 부르는 착한 울리세스를 따라갔다. 마을. 광야. 예루살렘. 나는 예루살렘에서 돈을 요청하는 전보를 보냈다. 내 돈, 내 유산을 요구했다. 우리는 구걸을 했다. 호텔 문 앞에서. 관광지에서. 길에서 잠을 잤다. 혹은 성당 입구에서. 아르메니아 형제들의 수프를 먹었다. 팔레스타인 형제들의 빵을 먹었다.

나는 내가 본 것을 착한 울리세스에게 이야기하곤 했다. 유대인들의 악마 같은 계획을. 그는 말하곤 했다. 잠이나 자, 하이미토. 그러던 중 돈이 왔다. 비행기 표 두 장을 샀더니 돈이 떨어졌다. 그게 내 돈의 전부였다. 거짓말이었다. 나는 텔아비브에서 엽서를 쓰면서 돈을 전부 요구했다. 우리는 하늘을 날았다. 나는 하늘에서 바다를 보았다. 내가 생각했다. 바다 표면은 속임수야. 유일한 진짜 신기루야. 착한 울리세스가 말했다. 파타 모르가나.³ 빈에는 비가 내렸다. 그러나 우리는 각설탕이 아니다! 택시를 타고 리히텐펠스 가와 만나는 란데스게리히츠 로까지 갔다. 도착했을 때 나는 택시 기사의 목덜미를 가격했다. 우리는 내렸다. 먼저 성큼성큼 요제프슈타터 로로 가다가 슈트로치 가, 첼트 가, 피아리슈

---

3 신기루. 특히 이탈리아 남단 메시나 해협의 신기루를 〈파타 모르가나〉라고 부른다.
4 모차르트가 가족과 함께 1784~1787년 사이 거주하던 곳.

텐 가, 레르헨펠더 로, 노이바우 가, 지벤슈테른 가를 차례로 지나 우리 집이 있는 슈투크 가에 이르렀다. 5층을 걸어 올라갔다. 성큼성큼. 그러나 내게는 열쇠가 없었다. 네게브 사막에서 옥탑방 열쇠를 잃어버렸다. 착한 울리세스가 말했다. 진정해, 하이미토, 호주머니를 뒤져 보자고. 우리는 호주머니를 뒤졌다. 하나하나. 없었다. 배낭을 뒤졌다. 없었다. 배낭 속에 있는 옷을 뒤졌다. 없었다. 네게브 사막에서 잃어버린 내 열쇠. 그때 여벌 열쇠가 생각났다. 내가 말했다. 여벌이 하나 있어. 착한 울리세스가 말했다. 옳거니, 옳거니. 그는 숨을 헐떡이고 있었다. 바닥에 퍼져서 문에 등을 기대고 있었다. 나는 무릎을 꿇고 있었다. 그러다 내가 일어났고 열쇠 여벌이 생각난 것이다. 나는 복도 끝 창문으로 향했다. 창문으로 시멘트 안뜰과 키르헨 가의 지붕들이 보였다. 창문을 열자 비가 얼굴을 적셨다. 창문 바깥의 작은 구멍에 열쇠가 있었다. 손을 구멍에서 꺼내자 손가락에 거미줄 찌꺼기가 묻어 있었다.

우리는 빈에서 살았다. 매일 비가 조금씩 더 많이 내렸다. 처음 이틀 동안 우리는 집 밖에 나가지 않았다. 나는 나갔다. 하지만 자주는 아니었다. 그저 빵과 커피를 사러 갔을 뿐이다. 착한 울리세스는 침낭 속에서 책을 읽거나 창문 밖을 바라보았다. 우리는 빵을 먹었다. 우리가 먹은 유일한 것이었다. 나는 배가 고팠다. 사흘째 저녁 착한 울리세스가 일어나 세수를 하고 머리를 빗었다. 우리는 산책을 하러 나갔다. 피가로 하우스[4] 맞은편에서 나는 어느 님자에게 다가가 얼굴을 가격했다. 내가 그 사람을 붙잡고 있는 동안 착한 울리세스가 그의 주머니를 뒤졌다. 그 후 우리는 그라븐 거리를 따라가다가 사람이 많이 다니는 골목들을 다녔다. 곤차가 가의 어느 바에서 착한 울리세스는 맥주를 마시고 싶어 했다. 나는 오렌지 맛 환타를 주문하고 바에 있는 공중전화에서 전화를 걸어 내 돈, 법적으로 내게 귀속된 돈을 요구했다. 그 후 우리는 아스펀 다리로 내 친구들을 만나러 갔다. 하지만 아무도 보지 못해 걸어서 집으로 돌아왔다.

다음 날 우리는 소시지와, 하몬, 파테, 빵을 더 샀다. 우리는 매일 외출했다. 지하철을 이용했다. 로사워 렌데 역에서 우도 뮐러와 마주쳤다. 그는 맥주를 마시다가 나를 전갈 바라보듯 바라보았다. 그러고는 착한 울리세스를 가리키면서 물었다. 이 사람은 누구야? 내가 말했다. 친구야. 우도 뮐러가 물었다. 어디서 만났는데? 내가 말했다. 베르셰바에서. 우리는 지하철을 타고 하일리겐슈타트 역까지 가서 그곳에서 교외선 전철을 타고 헤르날스 역까지 갔다. 우도 뮐러가 내게 물었다. 유대인이야? 내가 말했다. 유대인은 아니야. 할례를 받지 않았어. 우리는 빗속을 걸었다. 루디라는 자의 차고까지 갔다. 우도 뮐러는 나와 독일어로 이야기를 했지만 착한 울리세스에게 눈을 떼지 않았다. 우리가 함정에 빠지고 있다는 생각이 들어 나는 발길을 멈췄다. 그제야 나는 그들이 착한 울리세스를 죽이려고 하는 것을 확실히 깨달았다. 나는 멈춰 섰다. 잘 생각해 보니 할 일이 있다고 말했다. 우도 뮐러가 물었다. 무슨 일? 내가 말했다. 이러저런 일. 물건 사는 일. 우도 뮐러가 말했다. 이제 거의 다 왔어. 내가 말했다. 아니, 할 일을 해야겠어. 우도 뮐러가 말했다. 잠깐이면 되는데. 내가 말했다. 안 돼! 빗방울이 코와 눈으로 흘러내렸다. 혀끝으로 빗방울을 핥고 안 된다고 말했다. 그리고 뒤돌아서서 착한 울리세스에게 따라오라고 말했다. 우도 묄러가 따라오면서 말했다. 가자고, 이제 금방이야. 이리 와, 하이미토. 잠깐이면 돼. 내가 말했다. 안 돼!

그 주에 우리는 텔레비전과 어머니의 유품인 벽시계를 저당 잡혔다. 우리는 노이바우 가 역에서 지하철을 타고, 슈테판 광장을 걷고 보르가르텐 가 역 내지 도나우 섬 역에서 내렸다. 강을 바라보면서 시간을 보냈다. 강 표면을. 가끔은 종이 상자가 물 위에 떠다니는 것을 보았다. 그건 내게 최악의 기억을 안겨 주었다. 우리는 가끔 프라터슈테른 역에서 내려 주위를 배회했다. 사람들을 뒤쫓았다. 결코 아무 짓도 하지 않았다. 너무 위험해, 위험을 감수할 가치가 없어. 착한 울리세스가 말하곤 했다. 우리는 굶주렸다. 집에서 나오지 않는 날도 있었다. 나는 팔굽혀펴기를 했다. 열 번, 스무 번, 서른 번. 착한 울리세스는 침낭 속에 그대로 있으면서 양손에 책을 들고 나를 바라보았다. 하지만 대체로 창문을 바라보았다. 회색빛 하늘을. 가끔은 이스라엘 쪽을 바라보았다. 어느 날 밤 내가 공책에 그림을 그리고 있는데 착한 울리세스가 물었다. 너 이스라엘에서 뭘 했어, 하이미토? 이야기를 해주었다. 찾았어, 찾았어. 내가 그린 집과 코끼리 옆에 〈찾았어〉라는 단어를 썼다. 너는 뭐 했는데, 내 착한 울리세스? 그가 답했다. 아무것도 하지 않았어.

비기 그쳤을 때 우리는 다시 외출했다. 슈디트 공원 역에서 한 사람을 발견하고 뒤쫓아 갔다. 요하네스 가에서 착한 울리세스가 그 사람 팔을 잡았다. 그 사람이 누가 자기를 잡나 쳐다보는 사이 내가 목덜미를 내리쳤다. 이따금 우리는 집 근처에 있는 노이바우 가 우체국에 갔고, 착한 율리세스는 편지를 부쳤다. 돌아오는 길에 우리는 렘브란트 극장 앞을 지나고, 착한 울리세스는 5분 동안 극장을 살펴보았다. 가끔 그를 극장 앞에 놔두고 바에 전화를 하러 갔다. 같은 대답이었다! 그들은 내 돈을 주고 싶어 하지 않았다! 돌아왔을 때 착한 울리세스는 그대로 서서 렘브란트 극장을 바라보고 있었다. 나는 안도의 한숨을 쉬고 같이 집에 와서 식사를 했다. 한번은 내 친구 셋을 만났다. 우리가 율리우스라브 광장 방향으로 프란츠요제프카이 거리를 걷는데, 갑자기 나타났다. 그 직전까지는 투명 인간이었다는 듯. 도둑놈들. 강도들. 그들이 내게 인사를 건넸다. 내 이름을 불렀다. 하나가 내 앞에 섰다. 제일 센 놈인 군터였다. 다른 하나가 내 왼쪽에 섰다. 다른 하나가 착한 울리세스의 오른쪽에 섰다. 우리는 걸을 수가 없었다. 몸을 돌려 달아날 수는 있었지만 앞으로는 전진할 수 없었다. 군터가 말했다. 정말 오랜만이군, 하이미토. 모두 그렇게 말했다. 정말 오랜만이군, 하이미토. 내가 말했다. 안 돼! 시간이 없어. 하지만 착한 울리세스와 나는 도망칠 곳이 없었다.

우리는 쏘다녔다. 걸었다. 경찰인 율리우스를 만나러 갔다. 그들이 착한 울리세스가 독일어를 아는지 물었다. 비밀을 아는지 물었다. 내가 말했다. 독일어 못 알아듣고, 비밀도 몰라. 그들이 말했다. 하지만 똑똑하잖아. 내가 말했다. 똑똑하지 않아. 착해. 그저 잠만 자고 책만 읽을 뿐 운동도 하지 않아. 우리는 그곳을 뜨고 싶었다. 할 말이 전혀 없다고! 바쁘다고! 착한 울리세스가 그들을 바라보고 고개를 끄덕였다. 이제는 내가 동상이 되었다. 착한 울리세스는 율리우스의 방을 쳐다보고 돌아다니고 사방을 두리번거렸다. 가만히 있지 않았다. 소요들. 군터는 점점 예민해졌다. 내가 말했다. 우리 바빠, 가고 싶다고! 그러자 군터가 착한 울리세스의 양어깨를 잡고 그에게 말했다. 너 왜 사면발니처럼 왔다 갔다 하는 거야? 가만히 있어! 율리우스가 말했다. 쥐새끼가 초조한 게지. 착한 울리세스는 한쪽으로 몸을 틀었고 군터는 쇳조각을 끼운 주먹을 꺼내 들었다. 내가 말했다. 걔 건들지 마, 나 일주일 내에 유산을 받을 거야. 군터는 주먹을 거두어 호주머니에 넣고 착한 울리세스를 방 한구석으로 밀쳤다. 그리고 우리는 선전물에 대해 이야기했다. 그들이 내게 종이와 사진들을 보여 주었다. 사진 한 장에 내가 등을 지고 있었다. 내가 말했다. 이건 나야. 이 사진 오래전 것이야. 그들은 내게 새로운 사진들, 새로운 종이들을 보여 주었다. 숲, 숲 속 오두막, 완만한 비탈길이 있는 사진이었다. 내가 말했다. 나 이곳 알아. 율리우스가 말했다. 물론 알 거야, 하이미토. 그다음에도 더 많은 말, 또 더 많은 말, 더 많은 종이, 더 많은 사진의 연속이었다. 모두 옛날 것이었다! 침묵, 영악. 나는 한 마디도 하지 않았다. 그 후 우리는 작별 인사를 하고 걸어서 집으로 갔다. 군터와 페터가 잠시 우리와 동행했다. 하지만 착한 울리세스와 나는 침묵 속에 걸었다. 우리는 영악했다. 우리는 걷고 또 걸었다. 군터와 페터는 지하철로 들어가고, 착한 울리세스와 나는 걷고 또 걸었다. 아무 말 없이. 집에 이르기 전 우리는 어느 교회에 들어갔다. 부르크 가에 있는 울리히 교회였다. 내가 교회에 들어가고, 착한 울리세스가 나를 호위하면서 따랐다!

나는 기도를 드리려고 했다. 사진 생각을 그만하려고 했다. 그날 밤 우리는 빵을 먹고, 착한 울리세스는 내게 아버지에 대해, 친구들에 대해, 여행에 대해 물었다. 다음 날 우리는 밖에 나가지 않았다. 하지만 그다음 날에는 착한 울리세스가 우체국에 가야 했기 때문에 나갔다. 다시 거리로 나와 우리는 집으로 가지 않고 걷기로 했다. 착한 울리세스가 물었다. 초조해, 하이미토? 내가 대답했다. 아니, 안 그래. 착한 울리세스가 물었다. 왜 순간순간 뒤를 돌아보지? 왜 좌우를 돌아보지? 내가 대답했다. 영악해서 나쁠 것 없지. 우리는 돈이 없었다. 에스터하치 공원에서 노인을 발견했다. 비둘기에게 먹이를 주고 있었지만, 비둘기들은 무시했다. 나는 뒤에서 다가가 머리통을 가격했다. 착한 울리세스가 호주머니를 뒤졌지만 돈을 찾지 못했다. 우리는 동전 몇 닢, 빵 부스러기, 지갑만 가져올 수 있었을 뿐이다. 지갑에는 사진이 한 장 있었다. 내가 말했다. 그 노인 우리 아버지를 닮았어. 우리는 우체통에 지갑을 넣었다. 그 후 이틀을 집에서 나가지 않았다. 마침내는 빵 부스러기만 남았다. 그래서 경찰 율리우스를 찾아갔다. 우리는 그와 나왔다. 파보리텐 로의 바에 들어갔고, 율리우스의 이야기를 들었다. 나는 테이블, 테이블 표면, 사람들이 흘린 코카콜라를 바라보았다. 착한 울리세스는 경찰 율리우스와 영어로 이야기를 나누고, 멕시코에는 이집트보다 더 크고 많은 피라미드가 있다는 이야기를 해주었다. 내가 테이블에서 시선을 들었을 때, 바 입구 옆에 군터와 페터가 있는 것이 눈에 띄었다. 눈 깜빡할 사이에 두 사람이 사라졌다. 하지만 30분 후인지 5분 후인지 그들이 테이블에 나타나 합석했다.

그날 밤 나는 착한 울리세스와 대화를 나누면서 어느 시골집, 완만한 소나무 언덕 밑자락에 있는 목조 오두막을 안다는 이야기를 해주었다. 내 친구들을 다시는 보고 싶지 않다는 말도 했다. 이윽고 우리는 이스라엘, 베르셰바의 감방, 사막, 누런 바위들, 인간의 눈으로 알아차릴 수 없을 때인 밤에만 나오는 전갈들에 대해 이야기했다. 착한 울리세스가 말했다. 어쩌면 우리는 되돌아가야 했어. 내가 말했다. 유대인들이 아마 나를 죽였을 거야. 착한 울리세스가 말했다. 네게 아무 짓도 하지 않았을 거야. 내가 말했다. 유대인들이 아마 나를 죽였을 거야. 그러자 착한 울리세스는 더러운 수건으로 머리를 덮었다. 하지만 그래도 계속 창밖을 보는 것 같았다. 나는 그대로 있으면서 잠시 그를 바라보고, 유대인들이 내게 아무 짓도 하지 않으리라는 것을 그가 어떻게 알까 생각했다. 나는 무릎을 꿇고 양팔을 벌렸다. 팔운동 열 번, 열다섯 번, 스무 번. 그러다가 지루해져서 그림을 그리기 시작했다.

다음 날 우리는 파보리텐 로의 바에 다시 갔다. 그곳에 경찰 율리우스와 그의 친구 여섯 명이 있었다. 우리는 타우브슈툼멘 가 역에서 지하철을 타서 프라터슈테른 역에서 내렸다. 비명 소리가 들렸다. 우리는 뛰었다. 진땀이 났다. 다음 날 친구 하나가 우리 집을 감시했다.

착한 울리세스에게 그 이야기를 했다. 그러나 그는 아무 것도 보지 못했다. 밤에 우리는 머리를 빗었다. 세수를 하고 외출을 했다. 파보리텐 로의 바에서 율리우스가 우리에게 품위, 진화, 거장 다윈, 거장 니체를 논했다. 아무 것도 알아먹지 못했지만 경찰 율리우스가 무슨 말을 하는지 알 수 있도록 착한 울리세스에게 통역을 해주었다. 율리우스가 말했다. 뼈들의 기도. 건강 갈망. 위험의 미덕. 망각된 자들의 완고함. 착한 울리세스가 말했다. 브라보. 다른 사람들이 말했다. 브라보. 기억의 한계. 식물의 총기. 기생충의 눈. 대지의 기민함. 군인의 뛰어남. 거인의 영악함. 의지의 구멍. 착한 울리세스가 말했다. 훌륭해요. 대단해요. 우리는 술을 마셨다. 나는 맥주를 마시고 싶지 않았는데 그들이 내 앞에 생맥주 잔을 놓으면서 말했다. 마셔, 하이미토, 괜찮을 테니까. 우리는 술을 마시고 노래를 불렀다. 착한 울리세스가 스페인어로 노래 몇 곡을 부르고, 내 친구들은 늑대의 눈길로 그를 관찰하면서 웃었다. 그러나 그들은 착한 울리세스가 부르는 것을 이해하지 못했다! 나도! 우리는 술을 마시고 노래를 불렀다. 가끔 경찰 율리우스가 품위, 명예, 기억을 논했다. 그들은 내게 여러 잔을 먹였다. 한 눈으로는 생맥주 잔 내부에서 요동치고 있는 맥주를, 한 눈으로는 내 친구들을 관찰했다. 그들은 마시지 않았다. 그들이 한 잔 마실 때 나는 넉 잔을 마셨다. 그들이 말했다. 마셔, 하이미토, 괜찮을 테니까. 착한 울리세스에게도 술을 먹였다. 마셔, 멕시코인, 괜찮을 테니까. 우리는 노래를 불렀다. 완만한 언덕 아래 시골집에 대한 발라드들을. 경찰 율리우스가 가정, 고향, 조국에 대해 말했다.

바 주인이 다가와 우리와 함께 마셨다. 어떻게 주인이 군터에게 눈을 찡긋하는지 보았다. 어떻게 착한 울리세스가 있는 구석 자리를 애써 보지 않는지 보았다. 그들이 말했다. 마셔, 하이미토, 괜찮을 테니까. 경찰 율리우스가 기분이 좋아져서 미소를 지으면서 말했다. 고맙네, 고마워. 알겠어, 알겠다고. 그다지 대단한 것도 아니니 이제 그만. 그들이 말했다. 대단해. 최고야. 그러자 경찰 율리우스가 말했다. 강직, 의무, 배신, 처벌. 다시 그들이 경찰 율리우스를 치하했다. 그러나 그때는 이미 소수만 미소를 지었을 뿐이다.

그 후 우리는 모두 함께 바에서 나왔다. 한패거리처럼. 강철 주먹의 손가락처럼. 바람 속의 갑옷 장갑처럼. 그러나 길거리에서 우리는 찢어지기 시작했다. 점점 더 작은 무리들로 나뉘어. 점점 더 찢어졌다. 마침내 다른 사람들은 눈에 띄지 않았다. 우리 일행에는 우도와 네 친구가 더 있었다. 벨베데레 궁 쪽으로 향했다. 카롤리넨 가를 걷다가 이윽고 벨베데레 가를 걸었다. 몇 사람은 지껄이고 몇 사람은 입을 다문 채 우리가 디디는 땅을 바라보았다. 양손을 호주머니에 넣고. 고개를 꼿꼿이 세우고. 내가 착한 울리세스에게 말했다. 우리가 여기서 뭐 하고 있는지 알아? 착한 울리세스는 대충 개념이 생기고 있다고 대답했다. 우리는 프린츠오이겐 로를 건넜다. 나는 착한 울리세스에게 어떤 종류의 개념인지 물었다. 그가 대답했다. 대충 네게 생기는 것과 같은 개념, 하이미토. 대충 같은 개념. 다른 사람들은 영어를 알아듣지 못했다. 아니면 알아듣고도 못 알아들은 척한 사람이 있었을지도 모른다. 공원에 들어갔을 때 나는 기도하기 시작했다. 내 옆에서 가던 우도가 물었다. 뭘 중 얼거려, 하이미토? 우리가 헤치고 가는 나뭇가지들이 내 얼굴과 머리카락을 스치는 가운데 내가 답했다. 아무것도 아니야, 아니야, 아니라고. 그 뒤 나는 위를 쳐다보았지만 별 하나 보이지 않았다. 공터에 이르렀다. 모든 것이 짙은 녹색이었다. 우도와 내 친구들의 그림자까지. 우리는 가만히 버티고 서 있었고, 불빛이 저 멀리 아련하게 수풀 뒤에서 춤을 췄다. 친구들 주머니에서 쇳조각을 끼운 주먹들이 튀어나왔다. 말 한 마디 없이! 뭐라고 말했는데 듣지 못한 것일 수도 있지만. 그러나 아무 말도 하지 않은 것 같다. 우리는 은밀한 장소에 정지했고 말이 필요 없었다! 심지어 서로 쳐다보지도 않았다! 나는 소리를 지르고 싶었다! 하지만 그때 착한 울리세스가 재킷 주머니에서 무엇인가를 꺼내 우도에게 달려드는 것이 보였다. 나도 움직였다. 친구 한 놈의 목덜미를 잡고 면상에 주먹을 날렸다. 녀석들이 뒤에서 나를 가격했다. 하나, 둘, 하나, 둘. 다른 놈이 앞에서 나를 때렸다. 입술에 그가 끼운 쇳조각 맛이 느껴졌다. 하지만 한 놈 어깨를 제지할 수 있었고, 등 뒤에 있는 놈을 순식간에 패대기쳤다. 누군가의 갈비뼈도 부러뜨린 것 같다. 열기를 느꼈다. 도움을 요청하는 우도의 비명을 들었다. 한 놈 코를 작살냈다. 착한 울리세스가 말했다. 가자, 하이미토. 착한 울리세스를 찾았는데 보이지 않았다. 내가 물었다. 어디 있어? 착한 울리세스가 말했다. 여기, 하이미토, 여기. 진정해. 나는 때리는 것을 멈추었다. 공터 풀밭에 쓰러진 두 개의 몸뚱어리가 있었다. 나머지는 벌써 도망갔다. 나는 땀으로 뒤범벅되어 있었고 아무 생각도 나지 않았다. 착한 울리세스가 말했다. 잠깐 쉬어. 나는 무릎을 꿇고 양팔을 벌렸다. 착한 울리세스가 쓰러진 놈들에게 다가가는 것을 보았다. 잠시 그가 놈들의 목을 따버리는 줄 알았다. 아직 손에 칼을 들고 있었기 때문이다. 그래서 신의 뜻에 맡기자고 생각했다. 하지만 착한 울리세스는 쓰러진 육신들에게 칼을 들이대지 않았다. 그들의 주머니를 뒤지고, 목을 만져 보고, 입에 귀를 댔다. 착한 울리세스가 말했다. 우리 아무도 죽이지 않았어, 하이미토. 가도 되겠어. 나는 친구 한 놈의 셔츠로 얼굴 상처를 닦았다. 머리를 빗었다. 일어났다. 돼지처럼 땀을 흘리고 있었다! 다리가 코끼리 다리처럼 무거웠다. 하지만 그래도 달리고 달렸다. 이윽고 걷고 심지어 마침내 공원을 빠져나올 때까지 휘파람도 불었다. 야킨 가를 따라 렌베그 로까지 갔다. 그다음에 마로카너 가를 따라 콘체르트 하우스까지 갔다. 그다음에 리스트 로를 따라 로트링어 로까지 갔다. 그다음 며칠은 우리끼리만 있었다. 하지만 외출은 했다. 어느 날 군터를 보았다. 멀리서 우리를 보더니 가버렸다. 우리는 신경 쓰지 않았다. 어느 날 아침 친구 두 놈을 보았다. 모퉁이에 있다가 우리를 보자 자리를 떴다. 어느 날 오후 케른트너 로에서 착한 울리세스가 등지고 있는 여인을 보고 접근했다. 나도 그녀를 보았지만 접근하지 않았다. 나는 10미터, 그러다가 11미터, 그러다가 15미터, 그러다가 18미터 떨어져 머물러 있었다. 착한 울리세스가 그녀를 부르고, 어깨에 손을 얹고, 그녀가 돌아서자 사과를 하고, 여인이 계속 걸어가는 것을 보았다.

우리는 매일 우체국에 갔다. 에스터하치 광장이나 슈

티프츠카제르너에서 끝나는 산책을 했다. 가끔 친구들이 우리를 쫓아왔다. 늘 거리를 두고! 어느 날 밤 우리는 샤데크 가에서 한 남자를 발견하고 뒤를 따랐다. 그는 공원에 들어갔다. 옷을 잘 차려입은 노인이었다. 착한 울리세스가 옆으로 가서 목덜미를 내리쳤다. 우리는 그의 주머니를 뒤졌다. 그날 밤 집 근처 바에서 저녁을 먹었다. 그런 다음 나는 테이블에서 일어나 전화를 걸었다. 내가 말했다. 내 유산, 내 돈. 전화 반대편에서 누군가가 말했다. 아니야, 아니야, 아니야. 그날 밤 나는 착한 울리세스와 이야기를 했으나 무슨 내용인지 기억나지 않는다. 그 후 경찰이 와서 우리는 반트 가에 있는 서로 연행되었다. 수갑을 풀어 주고 심문했다. 질문, 또 질문. 내가 말했다. 나는 할 말이 전혀 없네요. 그들이 나를 감방에 데려갔을 때, 착한 울리세스는 그곳에 없었다. 다음 날 아침 내 변호사가 왔다. 내가 말했다. 변호사님, 숲 속에 방치된 동상 같으시네요. 그가 웃었다. 웃음이 멎었을 때, 변호사가 말했다. 이제부터 농담은 그만, 하이미토. 내가 말했다. 내 착한 울리세스는 어디 있나요? 내 변호사가 말했다. 자네 공범은 붙잡혀 있어, 하이미토. 내가 말했다. 혼자 있나요? 내 변호사가 말했다. 당연하지. 그래서 나는 진정이 되었다. 착한 울리세스가 혼자 있다면, 아무 일 없을 것이다.

그날 밤 누런 바위와 검은 바위 꿈을 꾸었다. 다음 날 착한 울리세스를 뜰에서 보았다. 우리는 이야기를 나누었다. 잘 지내는지 내게 물었다. 내가 답했다. 괜찮아. 나 운동해. 팔굽혀펴기, 윗몸일으키기, 섀도복싱. 그가 말했다. 섀도복싱은 하지 마. 내가 물었다. 너는 어때? 그가 말했다. 괜찮아. 대접도 괜찮고 음식도 좋아. 내가 말했다. 음식이 괜찮다니! 그 후 경찰들이 다시 나를 심문했다. 질문, 또 질문. 내가 말했다. 나 아무것도 몰라요. 그들이 말했다. 하이미토, 아는 대로 말해. 그래서 나는 베르셰바에서 원자 폭탄을 제조하는 유대인들의 작업 현황과 밤에만 지표면 위로 나오는 전갈들에 대해 이야기해 주었다. 그들이 사진을 보여 주겠다고 말했다. 사진들을 보고 내가 말했다. 죽었네요. 죽은 사람들 사진이에요! 나는 그들과 계속 이야기하고 싶지 않았다. 그날 밤 복도에서 착한 울리세스를 보았다. 내 변호사가 내게 말했다. 자네 아무 일 없을 거야, 하이미토. 아무 일 없을 거야. 그게 법이야. 시골집에 가서 살게 될 거야. 내가 물었다. 그러면 착한 울리세스는요? 변호사가 말했다. 그자는 이곳에 조금 더 있을 거야. 자기 상황을 명료하게 밝힐 때까지. 그날 밤 나는 하얀 바위와, 크리스털 잔처럼 빛나는 베르셰바의 하늘 꿈을 꾸었다. 다음 날 뜰에서 착한 울리세스를 보았다. 뜰은 초록색 막으로 뒤덮여 있었지만 그도 나도 신경 쓰지 않았다. 우리 둘 다 새 옷을 입고 있었다. 형제라 해도 될 것 같았다. 착한 울리세스가 말했다. 다 해결되었어, 하이미토. 네 아버지가 너를 책임질 거야. 내가 말했다. 너는? 착한 울리세스가 말했다. 나는 프랑스로 돌아가. 오스트리아 경찰이 국경까지 가는 표 값을 지불해. 내가 물었다. 언제 돌아오는데? 그가 말했다. 1984년까지는 돌아올 수 없어. 내가 말했다. 빅 브러더의 해네. 하지만 우리는 형제가 없는데. 그가 말했다. 그런 것 같군. 내가 불현듯 물었다. 악마의 침이 초록색인가? 그가 대답했다. 그럴지도 몰라, 하이미토. 하지만 나라면 무색이라고 할 거야. 그 후 그는 바닥에 앉고 나는 운동을 했다. 달리고, 굴곡 운동을 하고, 무릎을 꿇었다. 운동을 마쳤을 때 착한 율리세스는 서서 다른 구금자와 이야기를 나누고 있었다. 잠시 우리가 베르셰바에 있으며, 구름 낀 하늘은 유대인 공학자들의 술책에 불과하다는 생각이 들었다. 그러나 이내 내 얼굴을 철썩 치면서 스스로에게 아니라고, 우리는 빈에 있다고, 착한 율리세스는 내일 떠난다고, 오랫동안 돌아올 수 없다고, 나도 곧 아버지를 만날 거라고 스스로에게 말했다. 내가 착한 율리세스 옆으로 다시 가자 다른 구금자는 자리를 떴다. 우리는 이야기를 나누었다. 경찰들이 그를 데리러 왔을 때 그가 말했다. 잘 지내. 몸 관리 잘하고, 하이미토. 내가 말했다. 또 보자. 그리고 다시는 그를 보지 못했다.

1981년 2월, 멕시코시티 혁명 기념 아치 근처 몬테스 가, 마리아 폰트. 율리세스가 멕시코에 돌아오기 직전 나는 이곳에 와서 살았다. 고등학교에서 수학을 가르치는 교사와 사랑에 빠져 있었다. 우리 관계는 상당히 굴곡지게 시작되었다. 그는 유부남이었는데 내 생각에 결코 부인을 버리지 않을 것 같았기 때문이다. 하지만 어느 날 부모님 집으로 내게 전화를 하더니 우리가 같이 살 곳을 찾으라고 말했다. 더 이상 부인을 참지 못하겠고 이별이 임박했다는 것이다. 유부남인 그는 아이가 둘인데, 부인이 돈을 뜯어내려고 아이들을 이용한다고 말했다. 우리의 대화는 마음을 가라앉히는 종류의 것이 아니었다. 오히려 그 반대였다. 하지만 확실한 것은 다음 날 아침 내가 임시로나마 우리 둘이 살 곳을 찾기 시작했다는 점이다.

물론 돈이 문제였다. 그는 월급을 받지만 자식들이 사는 집 집세를 계속 내야 하고, 그 밖에도 매달 생활비, 학용품비 등으로 돈을 건네야 했다. 그리고 나는 일자리가 없었다. 무용과 그림 공부를 끝내라고 이모가 주는 용돈에 의지하고 있었을 뿐이다. 그래서 내 저축을 깨고, 어머니에게 돈을 빌려 달라고 부탁하고, 지나치게 비싼 방은 전혀 보지 않았다. 사흘이 지났을 때 소치틀이 자신과 레케나가 사는 여관에 빈방이 하나 있다고 말했다. 나는 즉시 이사했다.

방은 크고 욕실과 부엌이 딸려 있었다. 소치틀과 레케나의 바로 위층 방이었다.

그날 밤 수학 교사는 나를 보러 왔고 우리는 동이 틀 때까지 사랑을 나누었다. 그러나 다음 날 그는 나타나지 않았다. 학교로 두어 번 전화했는데도 연락이 닿지 않았다. 이틀 뒤 다시 만났는데, 그의 모든 변명을 받아들였다. 몬테스 가에서의 내 새로운 생활의 첫 주와 둘째 주는 대충 이렇게 지나갔다. 수학 교사는 대략 나흘마다 나타나고, 우리 만남은 새벽, 새로운 노동일이 임박해서야 끝이 났다. 그러고 나서 그는 사라졌다.

물론 사랑만 나눈 것은 아니고 대화도 했다. 그는 자식들 이야기를 하곤 했다. 한번은 막내딸 이야기를 하면서 울음을 터뜨리고, 마침내는 자신은 아무것도 이해 못하겠다고 말했다. 내가 말했다. 뭘 이해해야 하는데? 그는 내가 멍청한 소리를 한다는 듯, 이런 일을 이해하기에는 너무 어리다는 듯이 바라보고는 대답을 하지 않았다. 그 밖의 내 생활은 예전과 대체로 비슷했다. 수업에 다니고, 출판사 교정 일을 하나 얻고(보수가 아주 형편없었다), 친구들을 만나고, 멕시코시티를 한참 걸어 다녔다. 소치틀과의 우정은 깊어졌다. 주로 이웃이라는 사실 때문이다. 나는 수학 교사가 없으면 오후에 소치틀 방으로 내려가 이야기를 나누거나 아기와 놀았다. 레케나는 거의 없었다(그래도 밤에는 온다). 그래서 소치틀과 나는 남자 때문에 말을 삼가야 하는 일 없이 우리 일에 대해서, 여자들 일에 대해서 이야기를 했다. 당연히 우리의 최초의 대화 주제는 수학 교사와 새로운 관계에 대한 그의 특이한 이해 방식이었다. 소치틀에 따르면 그 사람은 사실은 부인을 버리는 것을 두려워하는 좀팽이이다. 나는 두려움 그 자체보다는 그의 섬세함, 불필요한 상처를 주고 싶지 않은 마음이 더 많이 작용한다는 의견이었다. 속으로는 소치틀이 수학 교사 부인이 아닌 내 편을 단호하게 드는 것을 꽤 이상하게 생각했다.

우리는 가끔 어린 프란츠를 데리고 공원에 갔다. 수학 교사가 있던 어느 날 밤 우리는 그들을 저녁 식사에 초대했다. 수학 교사는 나하고만 있고 싶어 했지만, 소치틀이 자신을 소개해 달라고 부탁한지라 더할 나위 없는 기회라고 생각했다. 내 첫 번째 집이라고 생각하는 곳에서 내가 준비한 첫 번째 저녁 식사였다. 식사는 샐러드만 풍성하고 치즈와 포도주 등 그야말로 간단했다. 레케나와 소치틀이 시간에 딱 맞춰 오고, 게다가 소치틀은 가장 좋은 옷을 입었다. 수학 교사가 두 사람에게 사근사근하게 대했다는 점은 인정한다. 그래서 고마웠다. 그러나 음식이 부실해서 그랬는지(그 무렵 나는 칼로리 낮은 식단을 선호했다) 포도주가 많아서 그랬는지 그날 저녁은 재앙이었다. 친구들이 가자 수학 교사는 그들을 기생충 취급했다. 사회를 작동하지 못하게 하는 요소들, 국가가 결코 돌아가지 못하게 만드는 자들이야. 내가 나도 그들과 마찬가지라고 말하자, 그는 그렇지 않다고, 그들은 아무것도 하지 않는 반면 나는 공부하고 일을 하지 않느냐고 말했다. 내가 두 사람 편을 들었다. 두 사람은 시인이야. 수학 교사는 내 눈을 쳐다보면서 시인이라는 단어를 여러 차례 되뇌었다. 그 두 사람은 게으름뱅이야, 나쁜 부모라고. 어느 부모가 아이만 혼자 집에 놔두고 남의 집에 식사하러 갈 생각을 해? 그날 밤 그와 사랑을 나누면서, 부모가 내 방에서 포도주를 마시고 치즈를 먹는 동안 아래층 방에서 자고 있던 어린 프란츠가 생각나서, 나 자신이 공허하고 무책임하게 느껴졌다. 그 직후인 하루나 이틀 뒤에 레케나가 내게 울리세스 리마가 멕시코에 돌아왔다고 말해 주었다.

　어느 날 오후 책을 읽고 있는데 소치틀이 빗자루로 천장을 치는 소리가 들렸다. 나는 창문으로 고개를 내밀었다. 소치틀이 말했다. 울리세스 여기 있어. 내려올래? 나는 내려갔다. 울리세스가 그곳에 있었다. 그를 만나는 것이 크게 기쁘지는 않았다. 나에게 울리세스와 벨라노가 의미하던 모든 것이 이제는 지나치게 머나먼 일이 되어 있었다. 그는 자기 여행에 대해 이야기했다. 여행 이야기에는 지나치게 문학이 가미된 것 같았다. 울리세스가 이야기를 하는 동안 나는 어린 프란츠와 놀았다. 그 후 울리세스가 로드리게스 형제를 만나러 간다면서 우리도 같이 가지 않겠느냐고 말했다. 소치틀과 나는 서로 쳐다보았다. 내가 소치틀에게 말했다. 가고 싶으면 내가 아기 봐줄게. 떠나기 전 울리세스는 앙헬리카 안부를 물었다. 내가 말했다. 앙헬리카는 집에 있어. 전화해 봐. 이유는 잘 모르겠지만 울리세스를 대하는 내 태도는 전반적으로 적대적이었다. 나가면서 소치틀이 한쪽 눈을 찡긋했다. 그날 밤에는 수학 교사가 오지 않았다. 나는 내 방에서 어린 프란츠에게 음식을 먹인 뒤에 내려가서 아기에게 잠옷을 입혀 침대에 눕혔다. 금방 잠이 들었다. 나는 서가에서 책을 하나 꺼내 창문 옆에서 읽으면서 몬테스 가를 지나는 자동차 불빛들을 바라보았다. 나는 읽고 생각했다.

밤 12시에 레케나가 돌아왔다. 그 방에서 무엇을 하는지 소치틀은 어디 있는지 물었다. 로드리게스 형제 집의 내장 사실주의자들 모임에 갔다고 말했다. 자기 아들을 바라보더니 내게 저녁은 먹었느냐고 물었다. 안 먹었다고 대답했다. 저녁 먹는 것을 깜빡한 것이다. 내가 알려 주었다. 하지만 아이는 저녁 먹였어.

레케나는 냉장고를 열어 작은 냄비를 꺼내 불을 켰다. 쌀 수프였다. 내게 먹겠느냐고 물었다. 사실 쓸쓸한 내 방에 가기 싫어서 나도 조금 달라고 말했다. 우리는 어린 프란츠가 깨지 않도록 작은 목소리로 이야기를 나눴다. 레케나가 말했다. 무용 수업은 잘되고 있어? 그림 수업은? 그는 저녁 식사 같이 하던 날 밤 딱 한 번 내 방에 왔는데 내 그림을 마음에 들어 했다. 내가 말했다. 다 잘돼. 그가 물었다. 시는? 내가 말했다. 쓰지 않은 지 오래야. 그가 말했다. 나도 그래. 쌀 수프는 너무 매웠다. 소치틀이 늘 이렇게 요리를 하는지 물었다. 그가 말했다. 항상 그래. 집안 내력일 거야.

우리는 잠시 아무 말 없이 빤히 쳐다보았다. 거리와 프란츠의 침대와 엉망으로 칠한 벽들도 보았다. 이윽고 레케나가 울리세스와 그의 귀국에 대해 이야기하기 시작했다. 나는 입과 위가 화끈거렸다. 그 후 얼굴도 화끈거림을 깨달았다. 레케나의 말이 들렸다. 나는 울리세스가 유럽에 아주 남을 거라고 생각했어. 그 순간 어째서 소치틀 아버지가 떠올랐는지 모르겠다. 방에서 나올 때 딱 한 번 보았을 뿐인데. 나는 소치틀 아버지와 맞닥뜨리고, 뒤로 한 걸음 성큼 물러섰다. 불길한 사람 같아서였다. 놀라는 내 표정을 보고 소치틀이 말했다. 우리 아버지야. 그 양반은 내게 고개만 까닥하고 가버렸다. 레케나가 말했다. 내장 사실주의는 죽었어. 우리는 울리세스는 잊고 뭔가 새로운 것을 해야 해. 내가 중얼거렸다. 초현실주의의 멕시코 분파지. 그러고는 말했다. 뭣 좀 마셔야겠어. 레케나가 일어나 냉장고를 여는 것을 보았다. 냉장고 속의 노란 불빛이 바닥을 지나 어린 프란츠의 침대 다리까지 이르렀다. 공과 실내화가 눈에 띄었다. 아주 작은 실내화였지만 아기 것치고는 너무 커서 나보다 훨씬 작은 소치틀의 발에 생각이 미쳤다. 레케나가 물었다. 울리세스한테 뭔가 달라진 점은 없었어? 나는 찬물을 마시고 대답했다. 아무것도. 레케나는 일어나서 담배 연기가 찬 방을 환기하려고 창문을 열었다. 레케나가 말했다. 울리세스 미친 사람 같아. 정신이 오락가락해. 어린 프란츠의 침대에서 소리가 들렸다. 내가 물었다. 프란츠 잠꼬대 해? 레케나가 말했다. 아니야. 거리에서 나는 소리야. 나는 창밖으로 고개를 내밀고 내

방 쪽을 바라보았다. 불이 꺼져 있었다. 그 후 허리에 와 닿은 레케나의 손길을 느꼈다. 나는 꼼짝하지 않았다. 그도 꼼짝하지 않았다. 조금 후 레케나가 내 바지를 내렸다. 궁둥이 사이에 그의 성기가 느껴졌다. 우리는 아무 말도 하지 않았다. 일을 마쳤을 때 우리는 다시 식탁에 앉아 담뱃불을 붙였다. 레케나가 말했다. 소치틀에게 말할 거야? 내가 물었다. 그러길 바라? 그가 말했다. 그러지 않았으면 좋겠어.

나는 새벽 2시에 그 방을 나섰고 소치틀은 그때까지도 돌아오지 않았다. 다음 날 그림 수업에서 돌아오자 소치틀이 내 방으로 나를 찾으러 왔다. 소치틀을 따라 슈퍼마켓에 갔다. 물건을 사는 동안 소치틀은 울리세스 리마와 판초 로드리게스가 싸웠다고 말했다. 소치틀이 말했다. 내장 사실주의는 죽었어. 너라도 그곳에 갔으면……. 나는 이제 시도 쓰지 않고, 시인들에 대해서도 전혀 알고 싶지 않다고 말해 주었다. 집에 돌아오자 소치틀이 자기 방에 가자고 청했다. 침대도 정돈하지 않은 상태였고, 전날 밤의 그릇들, 레케나와 내가 사용한 그릇들이 낮에 소치틀과 프란츠가 쓴 그릇들과 함께 설거지하지 않은 채로 개수대에 쌓여 있었다.

그날 밤에는 수학 교사도 오지 않았다. 공중전화로 동생에게 전화를 했다. 무슨 말을 해야 할지 몰랐지만 누군가와 이야기를 할 필요가 있었고, 소치틀 방에 다시 가기는 싫었다. 동생이 나가려던 참에 전화를 받았다. 연극을 보러 가던 길이었다. 동생이 말했다. 뭘 바라는데? 돈이 필요해? 잠시 나는 헛소리를 늘어놓다가 끊기 전에 울리세스가 멕시코에 돌아온 걸 아는지 물었다. 모르고 있었다. 동생은 상관하지 않았다. 인사를 주고받은 뒤 나는 전화를 끊었다. 그러고서 수학 교사 집에 전화를 걸었다. 부인이 받았다. 여보세요? 나는 침묵에 빠졌다. 그녀가 말했다. 이 빌어먹을 년, 대답해. 나는 살며시 전화를 끊고 집에 돌아왔다. 이틀 뒤 소치틀이 카탈리나 오하라가 파티를 여는데 아마 모든 내장 사실주의자들이 모일 거라고 말했다. 파티에서 그룹을 다시 띄우고, 문학지를 발간하고, 새로운 활동을 계획할 수 있을지 모색해 본다는 것이다. 소치틀은 내게 갈 생각인지 물었다. 안 간다고, 그녀가 원하면 프란츠를 봐줄 수 있다고 말했다. 그날 밤 나는 레케나와 다시 오래오래 사랑을 나누었다. 아기가 잠들었을 때부터 대략 새벽 3시까지. 잠시 내가 사랑하는 사람이 그 염병할 수학 교사가 아니라 레케나 같은 생각이 들었다.

다음 날 소치틀이 모임이 어떻게 되었는지 말해 주었다. 모임은 좀비 영화를 방불케 했다. 소치틀은 내장 사실주의는 끝장이 났고, 자기가 지금 쓰는 시들이 사실 내장 사실주의 시라서 그것이 안타까웠다고 말했다. 나는 잠자코 그녀 이야기를 들었다. 그리고 울리세스에 대해 물었다. 소치틀이 말했다. 울리세스가 두목이지만 혼자야. 그날부터 내장 사실주의 모임은 더 이상 열리지 않았고, 소치틀은 두 번 다시 밤에 아들을 봐달라는 부탁을 하지 않았다. 수학 교사와 나의 관계는 끝이 났지만 아직도 우리는 가끔 잠자리를 했고, 아직도 나는 그의 집에 계속 전화를 했다. 아마도 마조히즘 때문에 혹은 그보다 더 나쁜 권태 때문에 그랬으리라. 그러나 어느 날 수학 교사와 나는 우리에게 일어난 일 혹은 일어나지 않은 모든 일에 대해 이야기를 하고 헤어졌다. 가면서 수학 교사는 마음이 가벼워진 것 같았다. 나는 몬테스 가의 방을 떠나 어머니 집으로 돌아갈까 생각했다. 그러나 최종적으로는 떠나지 않기로 결정하고 그곳에 계속 살게 되었다.

13

1981년 3월, 캘리포니아 샌디에이고 잭슨 가 자택 거실에 앉아서, 라파엘 바리오스. 「이지 라이더」를 보았는가? 그렇다. 데니스 호퍼, 피터 폰다, 잭 니콜슨의 영화 말이다. 대략 우리가 그때 그랬다. 특히 유럽으로 떠나기 전의 울리세스 리마와 아르투로 벨라노가 대략 그랬다. 힘과 속도가 넘치는 두 그림자처럼 데니스 호퍼와 그의 분신 같았다. 피터 폰다에게 무슨 감정이 있는 것은 아니지만 두 사람 다 그는 전혀 닮지 않았다. 뮐러는 피터 폰다를 닮았다. 반면 울리세스와 아르투로는 데니스 호퍼와 똑같았고, 그건 설레고 매혹적인 일이었다. 그들을 아는 우리, 그들의 친구였던 우리에게 그렇다는 말이다. 이건 피터 폰다에 대한 가치 판단이 아니다. 나는 피터 폰다가 좋다. 텔레비전에서 그가 프랭크 시나트라의 딸이나 브루스 던과 함께 출연한 영화를 상영할 때마다, 새벽 4시까지 못 자는 한이 있어도 놓치지 않는다. 그러나 울리세스와 아르투로 중 누구도 그와 닮지 않았다. 데니스 호퍼의 경우는 정반대이다. 두 사람이 의식적으로 그를 모방한 듯하다. 복제된 데니스 호퍼가 멕시코시티 거리를 걷는 듯이. 미스터 호퍼가 이중의 먹구름처럼 동쪽에서 서쪽으로 기하학적으로 모습을 바꾸며 이동하다가 도시 반대편으로, 출구도 없는 곳으로 흔적도 없이(그건 불가피했다) 사라졌다. 나는 울리세스와 아르투로에게 애정이 많았는데도 가끔 그들을 바라보면서 생각했다. 이게 대체 무슨 종류의 연극일까? 이게 대체 무슨 종류의 사기 혹은 집단 자살일까? 어느 날 밤, 즉 1976년 새해가 되기 직전, 소노라로 떠나기 직전에 나는 그것이 그들 특유의 정치 방식임을 깨달았다. 내가 공유하지 않는 방식, 당시의 내가 이해하지 못했던 방식, 그것이 좋은지 나쁜지 혹은 옳은지 그른지 모르겠지만, 어쨌든 그들만의 정치 방식, 현실에 정치적으로 개입하는 방식이었다. 내 말이 명료하지 못하면 용서해 달라. 최근 나는 혼란스럽다.

1981년 3월, 캘리포니아 샌디에이고 잭슨 가 자택 부엌, 바버라 패터슨. 데니스 호퍼? 정치? 빌어먹을 놈 같으니! 똥구멍 털에 묻은 똥물! 멍청한 것이 정치에 대해서 뭘 알아. 내가 그랬다. 라파엘, 정치를 해, 숭고한 일을 하라고. 제길 너는 민중의 염병할 아들이잖아. 그 개자식은 나를 구린내 나는 사람처럼, 쓰레기처럼 보았다. 짐짓 위에서 내려다보듯 하며 대답했다. 정치가 누워서 떡 먹기인 줄 알아? 바버리타.[1] 열 내지 말라고. 이윽고 그 작자는 잠을 자고 나는 나가야 했다. 일을 하러, 그다음에는 공부를 하러. 결국 나는 종일 바빴다(지금도 종일 바쁘다). 동에 번쩍 서에 번쩍, 대학에서 직장으로(나는 레

---

1 멕시코계 미국인.

스턴 거리에 있는 햄버거집 종업원이다) 다니면서. 그리고 집에 돌아오면 잠자고 있는 라파엘과 마주쳤다. 씻지 않은 그릇, 더러운 바닥, 부엌의 먹다 남은 음식(하지만 이놈의 철부지, 나를 위해서는 전혀 음식을 남기지 않는다!). 개코원숭이 떼가 훑고 지나간 것처럼 집 안이 난장판이다. 그러면 내가 쓸고 닦고 요리하고, 그다음에 냉장고에 먹을 것을 채우러 나가야 했다. 라파엘이 일어나면 그에게 묻곤 했다. 글을 썼어, 라파엘? 샌디에이고 치카노[1]들의 삶에 대한 소설을 쓰기 시작한 거야? 라파엘은 나를 텔레비전 속 인물처럼 쳐다보면서 말했다. 시를 한 수 지었어, 바버리타. 그러면 나는 체념하고 말했다. 어디 이 잡놈아 읽어 봐. 그러면 라파엘은 맥주 두 캔을 따서 하나를 내게 주고(그 잡놈은 내가 맥주를 마시면 안 된다는 것을 안다) 그 염병할 시를 읊었다. 내가 속으로는 여전히 그를 사랑하는지라 시는(좋은 시일 경우에만) 나도 모르게 눈물을 흘리게 하곤 해서, 라파엘이 낭송을 마치면 내 얼굴이 눈물로 젖어 빛났다. 그러면 그가 다가오고, 나는 그의 냄새를 맡을 수 있었다. 그 잡놈은 멕시코인 냄새가 났다. 우리는 아주 가만히 포옹하고, 이윽고 30분쯤 후에 사랑을 하기 시작했다. 그런 뒤 라파엘이 말하곤 했다. 우리 뭐 먹을까, 뚱순이? 그러면 나는 일어나서 옷도 입지 않고 부엌으로 들어가 햄과 베이컨을 곁들인 계란을 만들어 주었다. 만들면서 나는 문학과 정치를 생각하고, 라파엘과 내가 아직 멕시코에 살 때 쿠바 시인을 보러 갔던 때를 떠올린다. 내가 말했다. 그를 만나러 가자, 라파엘. 너는 빈승의 아들이니 그 호모 놈이 그럴 마음이 있든 없든 네 재능을 깨닫게 될 거야. 라파엘이 말했다. 하지만 나는 내장 사실주의자야, 바버리타. 그래서 내가 말했다. 거지 같은 소리 하지 마, 네 불알이나 내장 사실주의적이겠지. 갈보 같은 현실을 깨닫기 싫다는 거야? 라파엘과 나는 쿠바 혁명의 위대한 시인을 만나러 갔다. 그곳에는 라파엘이 제일 혐오하는(아니 벨라노와 리마가 제일 혐오하는) 멕시코 시인들이 전부 다녀갔다. 묘하게도 우리는 그것을 냄새로 느꼈다. 쿠바인의 호텔 방은 농민 시인들, 문학지 『엘 델핀 프롤레타리오』[2]의 시인들, 우에르타의 부인, 멕시코의 스탈린주의자들, 매달 15일이면 정부 기금을 수령하는 거지발싸개 같은 혁명가[3] 냄새가 나는 것이었다. 어쨌든 나는 스스로에게 말하고 라파엘에게 텔레파시를 보내려 했다. 지금 난리 치지 마, 지금 어깃장을 놓지 마. 아바나의 아들은 우리를 정중하게 대접했다. 조금 피곤해하고 조금 우울한 상태였지만 전반적으로 정중하게. 라파엘은 멕시코 젊은이들의 시에 대해 이야기했으나 내장 사실주의자들은 언급하지 않았다(들어가기 전, 그 이야기를 하면 죽여 버린다고 으름장을 놓아두었다). 심지어 나는 잡지 기획에 대해 꾸며 대면서 샌디에이고 대학이 재정을 지원할 것이라고 말했는데 쿠바인이 관심을 보였다. 라파엘의 시에 관심을 보이고, 내 망할 놈의 유령 잡지에 관심을 보인 것이다. 만남이 끝나 갈 때, 그때쯤 거의 조는 것 같던 쿠바인이 갑자기 내장 사실주의에 대해 물었다. 그 상황을 어찌 설명해야

---

2 *El Delfin Proletario*. 프롤레타리아 돌고래라는 뜻.
3 멕시코 혁명에 참여한 사람들을 가리킨다.
4 *El llano en llamas*. 후안 룰포의 1953년 단편집.

할지 모르겠다. 망할 놈의 호텔 객실. 침묵과 멀리서 들리는 엘리베이터 소리. 앞선 방문자들이 남긴 냄새. 졸음이나 지겨움이나 술 때문에 감기던 쿠바인의 두 눈. 최면 걸린 사람이 내뱉은 듯한 뜻밖의 말. 이 모든 것이 나로 하여금 외마디 비명, 낮지만 총소리 같은 비명을 지르게 만들었다. 신경이 날카로워서 그랬나 봐요. 나는 두 사람에게 그렇게 말했다. 그 후 우리 세 사람은 잠시 침묵에 빠졌다. 쿠바인은 아마 이 히스테릭한 그링고 여자는 누구일까를 생각하고, 라파엘은 그룹에 대해 말할까 말까 생각하고, 나는 망할 년, 조만간 이 지랄 같은 입을 꿰매 버릴 거야 하고 속으로 말하면서. 입을 온통 꿰매고 옷장 안에 틀어박혀서 『불타는 평원』[4]의 단편들을 읽고 또 읽는 내 모습을 상상하던 그때, 라파엘이 내장 사실주의자들에 대해서 이야기하는 것이 들렸다. 망할 놈의 쿠바인이 묻고 또 묻는 소리가 들렸다. 라파엘이 네, 아마도, 공산주의의 유아기적 질병이죠라고 말하는 것이 들렸다. 쿠바인이 선언문, 성명서, 재창건, 더 선명한 이념을 권하는 소리가 들렸다. 더 참을 수 없어진 나는 입을 열어 내장 사실주의는 끝장났다고, 라파엘은 훌륭한 시인답게 개인 자격으로 말하는 것뿐이라고 말했다. 그때 라파엘이 내게 말했다. 닥쳐, 바버리타. 내가 라파엘에게 말했다. 어디다 대고 닥치라는 기야, 이 철부지 같은 놈이. 쿠바인이 말했다. 어휴, 여자들이란. 그러고는 썩어 문드러진 그 알량한 불알 두 쪽으로 마초 행세를 하면서 중재를 시도했다. 내가 말했다. 제기랄, 제기랄, 제기랄, 우리는 단지 『카사 데 라스 아메리카스』에 개인의 능력으로 글을 싣고 싶을 뿐이에요. 그러자 쿠바인은 아주 심각하게 나를 바라보면서 말했다. 물론 『카사 데 라스 아메리카스』는 〈항상〉 개인의 능력을 보고 게재합니다. 내가 말했다. 아하, 그렇군요. 라파엘이 말했다. 제발, 바버리타. 여기 계신 선생이 오해하시겠어. 내가 말했다. 빌어먹을 선생 마음대로 생각하라지. 하지만 과거는 과거야, 라파엘. 그리고 네 미래는 네 미래이고, 안 그래? 그러자 쿠바인이 최고로 심각하게 나를 바라보았다. 여기가 모스크바였으면 너는 정신 병원에 들어갔을 거야 하고 말하는 듯한 눈초리였다. 하지만 이와 동시에 쿠바인이 이런 생각도 하는 것을 감지했다. 그래, 별일 아니야. 광기는 광기지만 우울함이기도 하고, 어쨌든 우리 셋 다 아메리카인, 아메리카의 무지막지한 혼돈 속에서 길을 잃은 칼리반[5]의 후예들이 아닌가. 그 생각이 나를 누그러뜨렸다. 힘 있는 사람의 시선에서 번득이는 호의, 번득이는 관용을 보게 된 것이. 마치 그

---

[5] 셰익스피어의 『템페스트 Tempest』에 등장하는 야만인인 캘러밴의 스페인식 이름. 공기의 정령 에어리얼과 함께 밀라노 공작 프로스페로의 종이 된다. 우루과이의 수필가인 호세 엔리케 로도(1872~1917)의 『아리엘 Ariel』(1900)에서는 프로스페로가 라틴 아메리카 젊은이들의 스승으로, 정령 아리엘(에어리얼)은 시대를 초월하는 진리를 추구하는 이들의 상징으로, 칼리반(캘러밴)은 세속적인 욕심에 집착하는 이들의 상징으로 나온다. 특히 로도는 미국 사회를 칼리반에 비유하고, 프로스페로를 내세워 라틴 아메리카 젊은이들에게 칼리반이 아니라 아리엘을 좇아야 한다고 역설했다. 반면 쿠바 문학 비평가 로베르토 페르난데스 레타마르(1930~)는 1971년 「칼리반 Calibán」이라는 에세이를 통해 프로스페로를 서구 식민 지배자로, 아리엘을 이들의 토착인 대리자로, 칼리반을 이들에 의해 타자화된 라틴 아메리카인으로 비유했다.

[6] 쿠바를 가리킨다.

[7] 스페인에서 출생해 1940년부터 멕시코에 거주한 호세 데 라 콜리나(1934~)를 말한다.

[8] Juan Rejano(1903~1976). 스페인 내전으로 멕시코로 망명 온 27세대 시인. 「엘 나시오날」지의 문화 섹션을 총괄한 바 있다.

렇게 말하는 듯했다. 마음 아파하지 마시오, 바버라. 이런 일들에 대해 익히 알고 있으니까. 내가 정말 얼마나 멍청한지 미소를 지었고, 라파엘은 50쪽 정도 분량의 시들을 꺼내 들고 그에게 말했다. 이게 제 시입니다, 동무. 쿠바인은 시를 거두어들이며 감사를 표했다. 이어 그와 라파엘은 슬로 모션으로 일어섰다. 플래시 한 번, 플래시 두 번이나 플래시 한 번과 그 직후의 암전처럼, 하지만 어쨌든 슬로 모션으로. 그리고 그 짧은 순간에 나는 생각했다. 다 잘되었어, 다 잘되었으면. 나는 아바나 해변에서 해수욕을 하는 내 모습을 보았다. 또한 내 옆으로 3미터쯤 떨어진 곳에서 라파엘이 뉴욕, 샌프란시스코 등지의 기자들과 〈문학〉을, 〈정치〉를 논하는 모습을 보았다. 천국의 문턱[6]에서 말이다.

1981년 3월, 멕시코시티 부카렐리 가, 카페 키토, 호세 〈독수리〉 콜리나.[7] 이 이야기는 그 젖비린내 나는 놈들이 정치에 가장 접근한 일이다. 1975년 무렵 언젠가 내가 「엘 나시오날」지에 갔을 때, 아르투로 벨라노와 울리세스 리마와 펠리페 뮐러가 돈 후안 레하노[8]의 접견을 기다리고 있었다. 갑자기 상당히 괜찮은 금발 여인이(나는 전문가다) 나타나 돈 후안 레하노의 변변치 않은 방에서 파리 떼처럼 웽웽거리던 같잖은 시인들의 줄 사이에 끼어들었다. 물론 아무도 항의하지 않았다(그 머저리들 불쌍한 놈들이지만 신사였다). 제길 무슨 항의를 할 수 있으랴. 금발 여인은 돈 후안의 책상에 다가가 번역물 원고 뭉치를 그에게 건넨다. 나는 그녀가 하는 말을 들은 것 같다(나는 귀가 밝다). 이제는 고이 잠들어 있는 돈 후안, 보기 드문 사람인 돈 후안은 입이 귀에 걸려 그녀에게 말한다(이 스페인 놈, 우리는 막 대하면서). 잘 지내, 베로니카? 무슨 바람이 불어서 여기까지 왔지? 베로니카라는 여자는 그 노인에게 번역물을 주고 아주 잠깐 이야기를 나누었다. 아니 베로니카는 말하고 돈 후안은 최면에 걸린 사람처럼 고개를 끄덕였다. 이윽고 금발 여인은 수표를 받아 지갑에 넣고, 뒤돌아서서 흉물스러운 복도로 사라진다. 그때 우리 나머지 사람들이 침을 질질 흘리고 있는 동안 돈 조반니[9]는 생각에 잠긴 사람처럼 멍하니 있었다. 그의 신뢰를 한 몸에 받는 데다가 가장 가까이 있던 아르투로 벨라노가 다가가 말했다. 왜 그러세요, 돈 후안? 무슨 일이에요? 돈 후안 레하스[10]는 지랄 같은 꿈 내지 악몽에서 깨어난 듯 아르투로를 바라보며 말한다. 저 여자 누군지 아나? 그 말을 할 때 아르투로의 눈을 빤히 쳐다보면서 스페인식 억양으로 말했다. 나쁜 징조였다. 여러분은 모두 모르겠지만, 레하노는 성질이 고약할 뿐만 아니라 보통 멕시코식 억양으로 말했다. 불쌍한 노인, 끝이 좋지 못했으니. 하지만 어쨌든 그는 아르투로에게 물었다. 아르투로, 저 여자 누구인지 아나? 벨라노는 말한다. 사람은 좋아 보이는데 전혀 모르겠는데요. 누군데요? 돈 레하스가 말한

---

9 don Giovanni. 이 대목에 나오는 후안 레하노Juan Rejano의 〈후안〉을 이탈리어식 이름으로 바꿔 부른 것. 〈돈〉은 존칭어이다. 돈 후안은 원래 17세기 전반기 스페인 작품에 바람둥이로 등장한 인물로, 이후 여러 나라의 예술 작품에서 재창조되어 1787에는 모차르트가 「돈 조반니」라는 오페라를 만들기도 했다.

10 돈 후안 레하노를 가리킨다.

11 다비도비치는 레온 트로츠키의 원래 성. 트로츠키는 멕시코에서 암살되었다.

다. 트로츠키의 증손녀! 베로니카 볼코우, 바로 레온 다비도비치[11]의 증손녀(손녀인가. 아니야, 증손녀일 거야)일세. 옆으로 새는 것 아닌가 싶어 미안하네만. 그러자 벨라노는 젠장이라고 내뱉고는 베로니카 볼코우를 따라 뛰쳐나갔다. 벨라노 뒤에는 입에 거품을 물고 리마가 따라가고, 애송이 뮐러는 잠시 머물렀다가 두 사람의 수표를 수령하자마자 역시 쏜살같이 뛰쳐나갔다. 레하노는 그들이 나가 흉물스러운 복도로 사라지는 것을 보고 미소를 지었다. 마치 속으로 같잖은 애송이 놈들 하고 말하는 듯이. 내 생각에 돈 후안 레하노는 스페인 내전, 죽은 친구들, 자신의 오랜 망명 세월을 생각했을 것이다. 심지어 자신의 공산당 활동도 떠올렸을 것이다. 트로츠키의 증손녀와는 별로 어울리지 않는 일인데도. 하지만 돈 레하스는 그런 사람, 기본적으로 감상주의자이고 좋은 사람이었다. 이윽고 돈 레하노는 지구로, 「엘 나시오날」의 문화 증보판 「멕시코 문화」의 변변찮은 편집부로 되돌아왔다. 그리고 환기가 잘 안 되는 방에 몰려 있던 이들, 어두운 복도에서 시름시름하던 이들이 돈 후안 레하노와 함께 개 같은 현실로 돌아왔다. 그리고 우리 모두 각자 몫의 수표를 받았다.

나는 화가 친구를 다루는 원고에 대해 돈 조반니와 협의한 뒤 나중에 거리로 나왔다. 나의 신문사의 다른 두 사람은 이른 시각부터 취할 각오가 되어 있었다. 그리고 어느 카페 창문으로 그들을 보았다. 카페 이름이 라 에스트레야 에란테였던가. 잘 기억나지 않는다. 베로니카 볼코우가 그들과 같이 있었다. 그녀를 따라잡아서 술이나 한잔하자고 청한 것이다. 내 일행들이 어디로 갈지 결정하는 동안 나는 잠시 보도에 서서 그들을 바라보았다. 즐거워 보였다. 벨라노, 리마, 뮐러, 트로츠키의 증손녀가. 창문으로 그들이 웃는 것을, 〈요절복통〉하는 것을 보았다. 아마 그들은 그녀를 다시 보지 못하리라. 젊은 볼코우는 분명 상류 사회에 속하고, 그 세 사람은 이마에 그들의 운명이 레쿰베리나 앨커트래즈라고 써져 있었다.[12] 내게 무슨 일이 일어난 것인지 맹세코 모르겠다. 나는 온정을 느꼈다. 〈독수리〉 콜리나는 그렇게 약해지는 법이 없는데. 그놈들이 베로니카 볼코우와, 하지만 또한 레온 트로츠키와 웃고 있었다. 그들이 또다시 볼셰비키 당의 지근거리에 있을 일은 결코 없으리라. 아마 결코 다시는 그렇게 가깝게 있고 싶어 하지 않으리라. 돈 이반 레하노프[13]가 생각나 가슴이 미어지는 것을 느꼈다. 그러나 젠장, 기쁨 때문이기도 하다. 「엘 나시오날」에서는 돈 받는 날에 별별 일이 다 벌어졌다.

1981년 4월, 멕시코시티 공항 국제선 출국장에서 여자 친구 하나와 남자 친구 둘과 함께, 베로니카 볼코우. 내가 칠레인 아르투로 벨라노와 펠리페 뮐러, 내 동포 멕시코인 울리세스 리마와 절대 다시 만나지 못하리라고 한 호세 콜리나 씨의 말은 틀렸다. 그가 이야기한 그다지 진실과 가깝지 않은 일들은 1975년에 일어났고, 아마도 1년 후 앞서 말한 청년들을 다시 보았다. 내 기억이 틀리지 않는다면 1976년 5월이나 6월, 아마도 맑고 빛나기까지

---

12 레쿰베리는 멕시코시티, 앨커트래즈는 샌프란시스코만의 작은 섬에 있는 교도소이다.
13 돈 후안 레하노의 러시아식 이름.

한 어느 날 밤이었다. 멕시코인들은 물론이고 당혹스러움을 느낄 외국인들도 오랜 세월 동안 천천히, 극단적으로 조심스럽게 움직이는 그런 밤, 개인적으로는 자극이 되지만 처량하기 짝이 없는 그런 밤이었다.

그다지 대단한 일은 아니었다. 레포르마 대로의 어느 영화관 앞, 미국 영화인지 유럽 영화인지도 기억나지 않는 어느 영화의 개봉일에 일어난 일이다.

어느 멕시코 감독의 영화일 수도 있다.

친구들과 가던 중 갑자기 그들을 보았다. 그들은 계단에 앉아 담배를 피우면서 이야기 중이었다. 예전에 나와 만난 적이 있는데도 다가와서 인사하지 않았다. 사실 그들 모습은 거지 같았고, 옷을 잘 입고 깨끗하게 면도를 한 사람들 틈에 섞여 그곳 극장 앞에 있으니 혐오스러웠다. 사람들은 계단을 오를 때 그들 중 하나가 손을 다리 사이로 밀어 넣을까 싶어 양옆으로 갈라져 올라갔다. 적어도 하나는 약에 취한 것 같았다. 벨라노가 그랬던 것 같다. 다른 하나, 아마 울리세스 리마는 책을 읽고 여백에 무언가를 쓰면서 흥얼거렸다. 세 번째 사람이(뮐러는 결코 아니었다. 뮐러는 키가 크고 금발인데 그 사람은 땅딸막하고 갈색 피부였다) 나를 바라보면서 자신이야말로 나를 안다는 듯 미소를 지었다. 답례를 할 수밖에 없어서, 친구들이 한눈을 파는 사이에 그들이 있는 곳으로 다가가 인사를 건넸다. 계단에서 일어서지는 않았지만 울리세스 리마가 인사를 받았다. 벨라노는 로봇처럼 일어서긴 했지만 누군지 모르겠다는 듯 나를 바라보았다. 세 번째 사람이 너 베로니카 볼코우구나라고 말하고 얼마 전 문학지에 발표한 내 시 몇 편을 언급했다. 대화를 나눌 마음이 있는 유일한 사람 같았다. 나는 생각했다. 하느님 아버지, 할아버지 이야기를 꺼내지 않게 하소서. 그는 할아버지 대신 시 이야기를 했다. 공동의 친구(공동의 친구라고? 기가 막혀!)가 발간하는 잡지에 대해 무슨 이야기를 하고, 이어 알아들을 수 없는 다른 이야기들을 했다.

그들과 같이 1분 이상 있지는 않았다. 자리를 떠날 때 벨라노가 더 주의 깊게 나를 살피더니 나를 알아보았다. 아, 베로니카 볼코우구나. 그렇게 말하며 얼굴에 알 듯 말 듯 한 미소가 번졌다. 시는 잘돼? 벨라노가 말했다. 나는 그렇게 멍청한 질문에 어찌 답해야 할지 몰라 어깨를 으쓱했다. 친구들 중 하나가 나를 부르는 소리가 들렸다. 나는 그들에게 안녕을 고했다. 벨라노가 손을 내밀어서 그와 악수를 했다. 세 번째 사람은 내 뺨에 입을 맞췄다. 잠시 그자가 능히 친구들을 그곳 계단에 남겨 두고 우리 일행에 합류할 수 있으리라는 생각이 들었다. 그자가 말했다. 또 보자, 베로니카. 울리세스 리마는 일어나지 않았다. 극장에 들어갈 때 나는 마지막으로 그들을 보았다. 네 번째 인물이 도착해서 그들과 이야기를 나누었다. 장담할 수는 없지만, 화가 페레스 카마르가였다고 생각된다. 옷은 제대로 말쑥하게 입었으나 태도는 좀 초조했다. 나중에 극장에서 나올 때 페레스 카마르가인지 그와 닮은 인물인지는 보았지만 세 사람의 시인은 보지 못했다. 그래서 그곳, 즉 계단에서 그 네 번째 인물을 기다리다가 잠시 만난 후에 가버렸으니 했다.

14 실로시빈이라는 강력한 환각 물질을 함유하고 있는 〈마술 버섯〉을 가리킨다.

1981년 6월, 멕시코시티 톨레도 가, 알폰소 페레스 카마르가. 벨라노와 리마는 혁명가가 아니었다. 문인도 아니었다. 가끔 시를 썼지만 나는 그들이 시인이라고 생각하지 않는다. 두 사람은 마약상이었다. 기본적으로 마리화나를 취급했지만 아동용 유리 음식 용기에 담은 버섯[14]도 팔았다. 양수에 떠다니는 아기 똥이 유리 용기에 담겨 있는 듯한 모양이라 언뜻 보기에 혐오감을 안겨 주었지만, 결국 우리는 그 빌어먹을 버섯에 익숙해져서 벨라노와 리마에게 일상적으로 주문하는 것이 되었다. 오아하카의 버섯, 타마우일파스의 버섯, 베라크루스 주 우아스테카의 버섯, 산루이스 포토시의 버섯 등등 어느 지방 것이든 가리지 않았고, 파티나 친구들 모임에서 사용했다. 우리가 누구냐고? 나 같은 화가, 불쌍한 킴 폰트 같은 건축가들이었다(사실 킴 폰트가 우리에게 그들을 소개한 사람이었다. 곧 우리가 맺을 인연을 예상하지 못하고. 적어도 나는 그렇게 생각하고 싶다). 사실 그 애송이들은 타고난 장사꾼이었다. 내가 (불쌍한 킴의 집에서) 벨라노와 리마를 알게 되었을 때 우리는 시와 회화에 대해 이야기했다. 내 말은 멕시코 시와 멕시코 회화에 대해서라는 뜻이다(대체 다른 종류의 시와 회화가 존재하는가?). 그러나 이내 우리는 마약 이야기를 시작했다. 그리고 마약에서 사업 이야기로 화제를 옮겼다. 몇 분 후에 그들은 벌써 나를 정원에 데리고 나와 포플러 나무 그늘 아래서 가져온 마리화나를 맛보여 주었다. 그렇다. 오랫동안 맛보지 못한 상등품이었다. 이리하여 나는 그들의 고객이 되었다. 나아가 여러 화가와 건축가 친구들에게 무료로 광고를 해주어 그들도 고객이 되었다. 다른 각도에서 보자면 그건 다행이라고 할 것까지는 없어도 적어도 진일보였다. 적어도 리마와 벨라노는 〈깨끗했다〉. 거래를 하면서 예술을 논할 수 있었다. 우리를 〈속이거나〉 혹은 〈함정〉을 파지 않으리라고 신뢰할 수 있었다. 마약 판매인들이 십중팔구 놓는 그런 종류의 올가미 말이다. 두 사람은 대체로 신중하고(혹은 우리가 그렇게 믿었다) 정확하고 재고가 있었다. 그들에게 전화해서 깜짝 파티를 여는 내일 골든 아카풀코 50그램이 필요하다고 말하면, 그들은 장소와 시간만 물어보았다. 심지어 돈 이야기도 하지 않았다. 물론 돈 문제에 관한 한 눈곱만큼도 불만이 없었겠지만. 그들이 제시하는 가격에 아무 소리 없이 돈을 지불했으니. 이런 고객이라면 일할 기분이 나지 않겠는가? 모든 것이 매끄럽게 진행되었다. 물론 가끔 이견도 있었다. 잘못은 대체로 우리에게 있었다. 우리는 그들을 신뢰했지만, 알다시피 조금 거리를 두는 것이 나은 사람들이 있는 법이다. 그러나 우리의 민주적 성향이 우리를 배신하고는 했다. 가령 파티나 특별히 지루한 회합이 있으면, 그들을 들어오게 하고, 술을 주고, 우리가 흡입하거나 피울 상품이 정확히 어느 지역에서 오는지 알려 달라고 요청하는 등 악의 없는, 기분 나쁘지 않을 질문을 했다. 그러면 그들은 우리의 술을 마시고, 우리의 음식을 먹었다. 하지만, 어찌 설명해야 할지 모르겠는데 멍하게, 아마도 냉철하게 행동해서 있는 듯 없는 듯 했다. 혹은 우리가 벌레이거나, 아

15 Rufino Tamayo(1899~1991). 멕시코 회화의 거장 중 한 사람으로 개성 있는 멕시코 회화를 창조하고자 노력했다.
16 José Luis Cuevas(1934~). 멕시코 화가로 디에고 리베라 등의 벽화주의 세대와 단절을 시도했다.

니면 밤마다 그들이 피를 빨아먹는 암소라서 우리를 고이 살려 둘 필요가 있다는 듯한 태도를 취했다. 친밀함, 호감, 애정 따위를 드러내는 어떠한 모습도 보이지 않았던 것이다. 우리가 보통 술에 취해 있거나 약을 한 상태이기는 했어도 그걸 감지할 수 있었고, 그래서 이따금 벨라노와 리마를 자극하고자 우리의 논평, 우리의 의견, 결국 우리가 그들을 어떻게 생각하는지 듣게 만들었다. 물론 우리는 결코 그들을 진정한 시인으로 여기지 않았다. 혁명가로 여기지 않은 것은 말할 나위 없고. 그들은 마약상이었을 뿐이다! 우리는 가령 옥타비오 파스를 존경하는데 그들은 무식한 자들의 자존심 때문에 그를 대놓고 경멸했다. 그건 용납할 수 없지 않은가? 한번은 무슨 까닭인지 그들이 타마요[15]에 대해, 타마요에 〈반하는〉 말들을 했으니 갈 데까지 다 간 셈이다. 어떤 맥락에서였는지는 기억나지 않는다. 사실 어디에서 일어난 일인지도 기억나지 않는다. 우리 집에서였을 수도 있고 아닐 수도 있는데 상관없다. 확실한 것은 누군가 타마요와 쿠에바스[16]에 대해 말했고, 또 우리 중 하나가 호세 루이스 쿠에바스의 강인함, 그의 모든 작품과 각각의 작품에서 넘쳐 나는 힘과 용기, 우리가 그들의 동포이자 동시대인인 것은 행운임을 역설했다. 그러자 벨라노와 리마 중 하나가(두 사람은 한쪽 구석에 있었던 것으로 기억된다. 받을 돈을 기다리면서) 쿠에바스의 용기 혹은 강인함 혹은 힘은(어떤 단어를 썼는지는 기억나지 않는다) 말짱 허세라고 말했다. 그의 선언은 우리가 별안간 싸해지게 만드는 미덕을 발휘했고, 우리 내면에 차가운 분노를 일으켰다. 뭐랄까, 그들을 산 채로 집어삼킬 판이었다고나 할까. 가끔은 두 사람 이야기가 재미있었지만, 결국 그들은 외계인 같았다. 그러나 그들을 신뢰하면 할수록, 그들을 알면 알수록 혹은 더 주의 깊게 그들의 이야기를 〈들으면 들을수록〉, 두 사람의 태도는 차라리 슬프고 거부감을 야기했다. 확실히 그들은 시인이 아니었다. 혁명가가 아니었다. 심지어 성(性)적이지도 않다. 이 말이 무슨 뜻이냐고? 그들은 성은 물론 시나 정치에도 관심이 없는 듯했다(그저 우리에게 짜낼 수 있을 돈만 관심사였다). 비록 그들의 겉모습은 젊은 좌파 시인이라는 진부하기 그지없는 원형(原型)을 따르려고 하지만. 그렇지만 아니다, 그들에게 성은 관심사가 아니라는 것을 나는 안다. 확실하다. 어떻게 아느냐고? 친구에게서, 그들 중 하나와 섹스를 하고 싶어 했던 건축가 여성 친구에게서 들었다. 아마 벨라노였을 것이다. 결정적인 순간 아무 일도 없었다. 고자 새끼들.

---

1 1979년 혁명에 성공하여 니카라과에 산디니스타 좌파 정부가 집권하던 시절이다. 산디니스타는 1927~1933년 반미, 반정부 무장 투쟁을 벌인 민족주의자 아우구스토 세사르 산디노(1895~1934)의 추종자들이다.

14

 1982년 5월, 멕시코시티 펜사도르 메히카노 가, 바 라 말 라 센다에서 맥주를 마시면서, 우고 몬테로. 자리가 하나 남 아 속으로 말했다. 니카라과로 가는 그룹에 절친한 울 리세스 리마를 넣으면 어떨까? 이는 1월의 일이니 새해 를 맞이하는 훌륭한 방법이었다. 게다가 사람들이 리마 가 너무 힘들게 산다고 말했고, 나는 혁명으로 가는 여 행이면[1] 누구나 원기를 회복할 수 있으리라 생각했다. 그래서 아무에게도 전혀 의논하지 않고 서류를 꾸며 울 리세스를 마나과행 비행기에 태웠다. 물론 나는 그 결정 이 내 목에 밧줄을 매는 일임을 알지 못했다. 그걸 알았 다면 울리세스 리마는 멕시코시티를 벗어나지 못했으리 라. 하지만 사람은 그렇게 충동적인 법이다. 그리고 일 어날 일은 항상 일어나는 법이다. 우리는 운명의 손아귀 에 있는 장난감 아닌가, 안 그런가?

 그건 그렇고, 하던 이야기로 돌아가자. 나는 울리세스 리마를 비행기에 태웠고, 이륙하기도 전에 그 여행이 내 게 야기할 사건의 냄새를 맡았다. 멕시코 대표단은 내 상관인 시인 알라모가 인솔하고 있었다. 그리고 알라모는 울리세스를 보고 하얗게 질려 나를 따로 불렀다. 그가 물었다. 저 빌어먹을 작자가 여기서 뭘 하는 건가, 몬테로? 내가 대답했다. 우리와 함께 마나과로 갑니다. 알라모의 나머지 말은 차라리 옮기지 않으련다. 어쨌든 나는 나쁜 사람이 아니니까. 그러나 그런 생각이 들었다. 게으름뱅이 같으니, 울리세스가 가는 것을 원치 않았으면 왜 직접 초청 건을 통제하지 않았어? 왜 직접 가야 할 모든 사람에게 전화 거는 수고를 하지 않았느냐고. 그가 하지 않았다는 이야기가 아니다. 알라모는 개인적으로 제일 친한 친구들을 끌어들였다. 예를 들어 농민시인 패거리를. 그다음에는 개인적으로 가장 아끼는 아첨꾼들을, 그다음에는 헤비급 인사나 페더급 인사들을 초대했는데 이들은 모두 멕시코 문학의 각 집단에서 지역 챔피언 격이었다. 하지만 늘 그렇듯이 이 나라에는 예의라는 것이 없다. 출발 직전에 두세 명이 여행을 취소하고, 네루다 말마따나 내가 부재를 채워야 했다. 바로 그때 리마 생각이 났고, 누구에게 들었는지는 모르겠으나 그가 멕시코에 돌아와, 지랄 같은 시기를 보내고 있다는 것을 이미 알고 있었다. 나는 도움을 줄 수 있으면 주는 사람이니 나더러 어쩌란 말인가. 멕시코가 나를 이렇게 만들었는데 별도리 있나.

물론 지금은 내가 일이 없다 보니, 이따금 그 생각이 날 때, 술에 취해 멕시코시티의 묵시록적 여명을 보게 될 때 내가 잘못했다고, 다른 사람을 초청해야 했다고, 한마디로 신세를 망쳤다는 생각이 든다. 그러나 전반적으로는 후회하지 않는다. 여러분에게 이야기했듯이 우리는 그곳 비행기 안에 있었고, 알라모는 일행 중에 울리세스 리마가 끼어들었다는 사실을 막 알게 되었다. 내가 알라모에게 말했다. 진정하세요, 선생님. 아무 일 없을 겁니다. 약속드리죠. 그러자 알라모는 총을 겨눈 듯한 시선으로, 이런 표현이 어떨지 모르겠지만, 이글거리는 시선으로 나를 바라보며 말했다. 좋아, 몬테로. 이건 자네 문제야. 어떻게 처리할지 두고 보자고. 내가 말했다. 멕시코 부스가 최고일 겁니다, 선생님. 마음 푹 놓으세요. 저는 전혀 걱정하지 않습니다. 이미 그때 우리는 마나과를 향해 칠흑 같은 하늘을 날아가고 있었고, 우리 대표단 문인들은 술을 마셔 대고 있었다. 마치 비행기가 추락하리라고 알고 있거나 걱정하고 있거나 귀띔이라도 받은 사람들처럼. 나는 이리저리, 또 위아래 통로를 다니면서 참가자들에게 인사를 하고, 알라모와 농민 시인들이 니카라과의 형제 민중과의 연대를 위해 준비하고, 내가 깨끗이 타자를 친(말해 무엇하겠느냐마는 교정도 했다) 성명서인 멕시코 작가 선언문을 나누어 주었다. 선언문 내용을 모르는 대부분의 사람더러 읽어 보라고, 서명을 하지 않은 소수의 사람들이 〈이하 서명자들〉이라고 되어 있는 곳, 즉 알라모와 묵시록의 기마병 5인조인 농민시인들의 서명 바로 밑에 서명을 하라고.

누락된 서명을 받고 있는 그때 울리세스 리마가 생각났다. 좌석에 고개를 처박고 있는 그의 모습이 보였다. 멀미를 하는지 삼을 자는지. 어쨌든 눈을 감고 있었고, 악몽에 시달리는 사람처럼 얼굴을 찡그렸다. 나는 생각했다. 이 친구는 이런 선언문에 서명하지 않을 텐데. 비행기가 이리저리 요동을 쳐 최악의 일이 일이닐 것 같은 그 순간에 나는 울리세스에게 서명을 부탁하지 말까 싶은 생각, 그를 아예 무시할까 싶은 생각이 들었다. 그가 형편이 좋지 못해서, 혹은 사람들이 그렇다고 말해서 내가 친구로서 호의를 베풀어 여행을 주선했지, 이 사람 저 사람과 연대하라고 한 일은 아니었기 때문이다. 하지만 이내 알라모와 농민시인들이 돋보기를 들고 〈이하 서명자들〉을 훑어볼 것이고, 그러면 울리세스를 누락시킨 대가를 치르게 될 사람은 나라는 생각이 들었다. 오톤의 말마따나 의심이 내 의식에 자리를 잡았다. 그래서 울리세스에게 다가가 어깨를 툭툭 쳤다. 피부 밑에 숨겨진 어떤 메커니즘을 내가 작동시켜 깨운 로봇처럼 그는 즉시 눈을 뜨고, 내가 누구인지는 모르겠지만 지금부터 알아보겠다는 눈빛으로 나를 바라보았다. 이 말이 여러분에게 이해될지 모르겠지만(아마 안 될 것이다). 그래서 나는 옆 좌석에 앉아서 말했다. 이봐, 울리세스. 문제가 하나 있어. 여기 모든 시인이 니카라과 문인들과 민중에 대한 일종의 연대를 과시하는 멍청한 서류에 서명을 했어. 자네 서명만 빠져 있고. 하지만 서명하기 싫으면 괜찮아. 내가 어떻게 해볼 수 있을 테니. 그러자 울리세스가 내 가슴을 갈기갈기 찢어 버리는 목소리로 말했다. 어디 봐봐. 나는 처음에는 뭔 소리인가 싶다가 무슨 말인지 알아들었을 때 선언문 한 부를 주었다. 그리고 그의 모습을 보았다. 어찌 말해야 할지 모르겠지만 선언문 내용에 침잠했다고나 할까. 내가 말했다. 금방 오지, 울리세스. 기장이 내 도움을 필요로 할지도 모르니 비행기 안을 한 바퀴 돌아야겠어. 그동안 시간을 갖고 차분하게 읽으라고. 압박감 느끼지 말고. 서명하고 싶으면 하고, 아니면 말고. 나는 자리에서 일어나 비행기 기수

쪽으로 돌아왔다. 기수라고 부르지, 아닌가? 비행기 앞부분 말이다. 나는 잠시 더 빌어먹을 선언문을 나눠 주고, 내친김에 멕시코 문학과 라틴 아메리카 문학의 핵심 중의 핵심들과(아르헨티나 작가 셋, 칠레 작가 하나, 과테말라 작가 하나, 우루과이 작가 둘 등 멕시코에 망명 중인 여러 문인이 동행하고 있었다) 대화를 나누었는데, 이미 그 시각에는 만취의 첫 조짐들이 보였다. 울리세스가 있는 곳으로 돌아왔을 때, 서명한 선언문을 볼 수 있었다. 빈 좌석에 깔끔하게 접은 종이가 있고, 울리세스는 다시 눈을 감은 상태, 자세는 꼿꼿했지만 눈을 감은 상태였다. 이를테면 정말 괴로워하는 듯했고, 또 이를테면 고통을(고통이 아닌 그 어떤 것이라도) 고매한 품격으로 받아들이고 있는 듯했다. 그리고 나는 마나과에 도착할 때까지 울리세스를 다시 보지 못했다.

처음 며칠 동안 울리세스가 무엇을 했는지 모르겠다. 그 어떠한 낭송회에도 만남에도 대담에도 가지 않았다는 사실만 알 뿐이다. 가끔 울리세스를, 제기랄 그가 놓치고 있는 것을 생각했다. 보통 말하는 생생한 역사, 중단되지 않는 축제 말이다. 에르네스토 카르데날이 자기 부처에서 우리를 맞이하던 날 울리세스를 찾으러 호텔 방으로 간 기억이 난다. 하지만 그를 발견할 수 없었고, 프런트에서는 그가 이틀 전부터 눈에 띄지 않는다고 말했다. 나는 혼잣말을 했다. 어쩌겠어. 어디서 한잔 빨고 있든지 니카라과 친구든 누구든지하고 같이 있겠지. 나는 일이 많았다. 멕시코 대표단 모두를 신경 써야 했다. 온종일 울리세스 리마를 찾으며 보낼 수는 없었고, 여행에 끼워 준 것만으로 이미 할 만큼 했다. 그래서 나는 울리세스에게 신경을 끄고, 바예호의 시구처럼 날이 흘러갔다. 어느 날 오후 알라모가 다가와 내게 한 말이 기억난다. 몬테로, 자네 친구 도대체 어디에 처박혀 있기에 오래전부터 볼 수 없는 건가? 그때 나는 생각했다. 제길, 정말이네. 울리세스가 사라졌어. 솔직히 처음에는 내게 닥친 상황을 올바로 깨닫지 못했다. 소리 없이 내 앞에 갑자기 펼쳐지는 부채, 중차대한 가능성과 그렇게 중차대하지 않은 가능성들의 부채에 대해. 나는 울리세스가 호텔 언저리를 맴돌고 있으려니 했다. 비록 울리세스를 잊은 것은 아니지만, 그래서 그 문제를 나중으로 미루어 두었다. 하지만 알라모는 미루지 않고 그날 밤 니카라과 시인들과 멕시코 시인들의 우정의 만찬 도중에 울리세스 리마가 도대체 뭘 하고 있는지 또다시 물었다. 설상가상으로 카르데날의 대자 중 한 사람으로 멕시코에서 공부한 자가 울리세스를 알고 있었고, 우리 대표단에 그가 있다는 것을 알고는 그를 만나야 한다고, 내장 사실주의의 아버지에게(그렇게 말했다) 인사를 해야겠다고 고집했다. 땅딸막하고 반쯤 머리가 까진 젊은 니카라과인으로 낯이 익었다. 나 자신이 몇 년 전 국립 예술원에서 시 낭송을 주선해 주었을 수도 있지만 잘 모르겠다. 그 니카라과인이 반쯤 농담으로 한 말 같았다. 내가 왜 그렇게 말하는가 하면 내장 사실주의의 아버지 운운했기 때문이다. 멕시코 시인들 앞이라 주저주저하고 있을 뿐 조롱하듯이. 사실 멕시코 시인들은 내막을 아는지라 니카라과인의 재치에 박장대소하고, 심지어 알라모

---

2 돈 판크라시오 몬테솔은 멕시코에 오래 거주한 과테말라 작가 아우구스토 몬테로소를 연상시킨다.

도 절반은 재미로 절반은 지옥의 의전을 준수하려고 웃었다. 그러나 니카라과인들은 그렇지 못해서, 웃음에 감염되어 혹은 어디에나 특히 이 분야에 존재하는 의무 때문에 웃었다.

내가 마침내 그 고약한 사람들에게서 풀려났을 때는 이미 자정이 지났고, 다음 날이면 모든 사람을 몰고 멕시코시티로 되돌아가야 했다. 사실 갑자기 피곤하고 속이 니글니글했다. 구토할 정도까지는 아니더라도 거의 그 지경이라 술이라도 한 잔 걸치려고 호텔 바에 갔다. 그곳에는 그럭저럭 괜찮은 술을 팔았다. 독약 그 자체를 마시는 마나과의 다른 술집들과는 달랐다. 산디니스타들이 무엇 때문에 조치를 취하지 않는지 모를 일이다. 호텔 바에서 돈 판크라시오 몬테솔을 만났다. 과테말라인이지만 멕시코 대표단과 함께 온 사람이다. 과테말라는 대표단이 없는 데다, 그는 적어도 30년 전부터 멕시코에 거주했기 때문이다.[2] 돈 판크라시오는 내가 작정하고 술을 마시는 것을 보고 처음에는 아무 말도 하지 않았다. 하지만 이윽고 다가와 말했다. 몬테로 군, 오늘 밤 걱정거리가 좀 있는 모양이군. 사랑 고민인가? 이런 비슷한 말이었다. 나는 대답했다. 천만에요, 돈 판크라시오. 그저 피곤해서요. 어느 모로 보나 무난한 대답이다. 여자 때문에 괴로워한다고 대답하는 것보다 피곤하다고 하는 것이 훨씬 낫기 때문이다. 하지만 그렇게 대답했는데도 돈 판크라시오는 무슨 일이 있음을 알아챈 듯했다. 나는 보통 이보다는 좀 더 명료하게 말하기 때문이다. 돈 판크라시오는 어안이 벙벙해질 정도로 재빨리 자기 의자에서 펄쩍 뛰어내려, 우리를 갈라놓은 공간을 가로지르더니 우아하게 내 옆자리에 펄쩍 뛰어 앉아 몸을 뒤로 젖혔다. 그가 말했다. 그래 무슨 일인가? 내가 대답했다. 대표단 사람 하나가 없어졌어요. 돈 판크라시오는 답답하다는 듯이 날 바라보더니 스카치위스키 더블을 주문했다. 잠시 우리 두 사람은 침묵에 빠져 술을 홀짝거리면서 길을 잃기 딱 좋은 도시, 문자 그대로 오직 우체부들만 훤히 알고 있는 도시라서 멕시코 대표단이 실제로 여러 차례 길을 잃은 도시인 마나과의 그 어두운 공간을 창문을 통해 바라보았다. 나는 정말 오랜만에 처음으로 편안함을 느끼기 시작했다. 몇 분 후 작고 깡마른 청년이 나타나 돈 판크라시오에게 사인을 부탁하러 곧장 다가왔다. 모르티스 출판사에서 나온 돈 판크라시오의 책, 지폐처럼 구겨지고 손때가 탄 책을 가지고 왔다. 말을 더듬는 청년의 소리가 들리더니 곧 갔다. 돈 판크라시오는 무덤 속에서 들려오는 듯한 목소리로 자신의 예찬자 무리를 언급했다. 그다음에는 자신의 표절자 소군단을 언급했다. 마지막으로는 농구 팀 하나 정도의 비판자들을 언급했다. 멕시코에 거주하는 베네치아인인 자코모 모레노리조도 언급했다. 모레노리조는 분명 우리 대표단에 포함되지 않았는데도 돈 판크라시오가 그의 이름을 거론했을 때, 나는 멍청하게도 모레노리조가 그곳에 있다는, 호텔 바에 막 들어왔다는 생각이 들었다. 그건 아예 불가능한 일이다. 우여곡절이 있었지만 우리 대표단은 니카라과와 연대하는 좌파 대표단인 반면, 모레노리조는 모든 사람이 다 알듯이 파스의 똘마니이기 때문이다. 돈 판크라시오는 표 나지 않게 자신을 모방하는 모레노리조의 뻔뻔스러운 노력을 언급하고 암시했다. 그러나 모레노리조의 산문은 고상하면서도 동시에 폭력적인 그런 분위기를 피할 수 없었으니, 이는 아메리카에 좌초된 유럽인들의 전형적인 특징이자 적대적인 환경에서 살아남으려고 짐짓 용기 있는 척하는 피상적인 몸짓일 뿐이라는 것이다. 반면, 자화자찬해서 좀 그렇지만, 자기 산문은 레예스의 적자로 모레노리조 유의 경박한 위조 행위와는 천부적인 적이라는 것이다. 그 후 돈 판크라시오가 말했다. 사라진 멕시코 작가가 누군가? 그의 목소리가 나를 흠칫 놀라게 했다. 소름이 끼치는 것을 느끼며 내가 말했다. 울리세스 리마라고 부르는 작가입니다. 돈 판크라시오가 말했다. 아, 그런가. 언제부터 없는데? 내가 고백했다. 잘 모르겠습니다. 첫날부터일 수도 있어요. 돈 판크라시오는 다시 침묵에 빠졌다. 그는 손짓으로 바텐더에게 스카치위스키를 한 잔 더 달라고 했다. 결국 돈은 교육부가 내는 것이지만. 조용한 사람이지만 아주 훌륭한 관찰자인 돈 판크라시오가 말했다. 아닐세, 첫날부터는 아닐세. 투숙한 첫날, 그리고 둘째 날도 호텔에서 울리세스 리마와 마주친 적이 있으니 그때까지는 사라지지 않은 거야. 사실 다른 곳에서는 전혀 본 기억이 없지만. 그 사람 시인인가? 물론 그렇겠지. 틀림없이 시인일 거야. 돈 판크라시오가 내 대답도 기다리지 않고 말했다. 내가 물었다. 둘째 날부터는 울리세스 리마를 더 보지 못했나요? 돈 판크라시오가 대답했다. 둘째 날 밤부터 다시 보지 못했네. 내가 물었다. 이제 제가 어찌해야겠습니까? 돈 판크라시오가 말했다. 쓸데없이 계속 청승 떨지 말게나. 시인은 다 한 번은 사라지니까. 그리고 경찰에 신고를 하게. 산디니스타 경찰에게. 돈 판크라시오가 정확하게 말했다. 그러나 나는 경찰에 전화할 용기가 없었다. 산디니스타이든 소모사[3] 편이든 간에 경찰은 늘 경찰이고, 술 때문이든 창가에 깃든 밤 때문이든 나는 울리세스 리마에게 그런 짓거리를 할 배짱이 없었다.

그 결정은 나중에 짐이 되었다. 다음 날 아침 공항으로 출발하기 전, 알라모가 마나과 체류를 결산하기 위해, 하지만 사실은 벌건 대낮에 마지막 건배를 하기 위해 호텔 홀에 전 대표단을 소집하기로 작정했기 때문이다. 우리 모두가 니카라과 민중과의 철석같은 연대를 분명히 한 뒤 짐을 가지러 각자 방으로 향할 때, 알라모가 농민시인 한 사람을 거느리고 내게 다가와 울리세스 리마가 결국은 나타났는지 물었다. 나는 울리세스가 그 순간 자기 방에서 자고 있지 않다면 아니라고 말할 수밖에 없었다. 당장 확인하자고. 알라모가 말하고 농민시인과 나를 거느리고 엘리베이터를 탔다. 울리세스 리마의 방에서 우리는 시인이며 세련된 문장가인 아우렐리오 프라데라를 발견했다. 그는 내가 이미 알고 있는 사실을 고백했다. 울리세스가 그 방에 처음 이틀 동안은 머물렀으나 그 후 사라졌다는 것이다. 알라모가 사납게 말했다. 어째서 우고에게 알리지 않았나? 뒤이은 아우렐리오 프라데라의 설명은 혼란스러웠다. 알라모는 머리를 쥐어뜯었다. 아우렐리오 프라데라는 왜 자기 탓을 하는지 모르겠다고, 자기야말로 울리세스 리마가 악몽을 꾸

---

3 소모사 일가를 말한다. 아나스타시오 소모사 가르시아(1896~1956)가 1934년 산디노를 암살한 뒤 1937년 친미 정권을 수립했고, 두 아들이 차례로 권력을 이양받으며 1979년까지 독재 정권을 유지했다.

며 소리를 지르는 것을 하룻밤 내내 참아 내면서 차별당하는 느낌이었다고 말했다. 농민시인은 이 소동의 장본인이 이론적으로 자고 있어야 할 침대에 앉아서 문학잡지를 뒤적이기 시작했다. 나는 곧 또 다른 농민시인이 나타났으며, 그 뒤로 문턱에는 405호실 네 개의 벽 안에서 전개되는 드라마를 묵묵히 바라보는 구경꾼 돈 판크라시오 몬테솔이 있다는 사실을 깨달았다. 물론 나는 이 상황을 즉시 이해했다. 나는 이미 멕시코 대표단의 간사 역할을 그만두게 된 것이다. 위급 상황에서 이 역할은 농민시인들 중에서 마르크스주의 이론가인 훌리오 라바르카에게 주어졌고, 그는 원기 왕성하게 그 상황을 총괄했다. 그때 내가 느끼던 무기력함과는 딴판이었다.

훌리오 라바르카의 첫 결정은 경찰에 전화를 거는 것이었다. 그다음에는 그가 대표단의 〈생각 있는 머리〉, 즉 가끔 칼럼, 짧은 수필, 정치서 서평을 쓰는 문인들로 구성된 긴급회의를 소집했다(〈창조적인 머리〉는 돈 판크라시오 같은 시인이나 소설가들이었다. 아우렐리오 프라데라, 그리고 아마도 바로 울리세스 리마 같은 신참들이 해당하는 〈광기 어린 젊은 머리〉 집단도 따로 존재했다. 또한 〈생각 있고 창조적인 머리〉, 즉 핵심 중의 핵심 집단도 있었는데 라바르카를 필두로 농민시인 두 사람만 해당되었다). 그리고 이 사건이 제공한 혹은 야기한 새로운 상황과 사건 자체를 허심탄회하고 단호하게 검토한 후, 대표단이 할 수 있는 최선의 일은 예정된 일정을 따르는 일이라는 결론에 이르렀다. 즉, 더 지체하지 않고 그닐 바로 떠나고, 리마 문제는 소관 낭국의 손에 맡긴다는 것이었다.

회의에서는 니카라과에서 멕시코 시인이 실종된 사건에 수반될 정치적 반향에 대해서 정말로 끔찍한 이야기들이 오갔다. 하지만 극소수의 사람만이 울리세스 리마를 알고, 그를 아는 사람들 중 절반 이상이 그와 싸운 적이 있다는 점에 생각이 미치자, 위기감은 몇 단계 떨어졌다. 심지어 그의 실종이 표 나지 않을 가능성도 제기됐다.

나중에 경찰이 왔다. 알라모와 라바르카와 나는 자신을 경감이라고 소개하는 이와 이야기를 나누었다. 라바르카는 즉시 그를 〈동무〉라고 칭하면서 그 말을 남발했다. 비록 우리가 사전에 예측하지 못한 이야기는 하나도 없었지만, 경감은 사실 경찰치고는 선량하고 이해심이 많았다. 그는 〈문인 동무〉의 습관에 대해 물었다. 물론 우리는 모른다고 대답했다. 경감은 또 울리세스가 〈특이점〉이나 〈약점〉이 있는지 알고 싶어 했다. 알라모는 그건 결코 모를 일이라고, 문인 집단은 인류만큼이나 다양하고, 알다시피 인류는 약점들의 총합이라고 말했다. 라바르카는 (나름대로) 그 말을 지지하고, 울리세스 리마가 타락한 사람일 수도 있고 아닐 수도 있다고 말했다. 산디니스타 경감은 알고 싶어 했다. 어떤 의미에서 타락한 사람이라는 것이죠? 라바르카가 말했다. 그건 제가 정확하게 말씀드릴 수 없네요. 사실 울리세스 리마를 모르거든요. 비행기에서조차 본 적이 없습니다. 우리와 같은 비행기로 온 거죠, 그렇죠? 알라모가 대답했다. 물론이지, 훌리오. 그러고 나서 알라모는 내게 공을 넘겼다. 자네는 울리세스 리마를 알잖아, 몬테로(이 말에 얼마나 많은 분노가 집약되어 있던지!). 어떤 사람인지 말 좀 해보게나. 나는 즉시 이야기를 시작했다. 알라모와 라바르카의 공공연한 지겨움과 경감의 진심 어린 관심 속에서 처음부터 끝까지 모든 일을 다시 설명했다. 이야기를 마치자 경감이 말했다. 휴, 문인들의 삶이란 정말. 그리고 왜 마나과 여행을 원치 않은 문인들이 있었는지 알고 싶어 했다. 라바르카가 대답했다. 개인적인 일 때문에요. 경감이 물었다. 우리의 혁명에 적대적이기 때문이 아니고요? 라바르카가 답했다. 무슨 말씀을, 전혀 아니오. 경감이 물었다. 어떤 문인들이 오기 싫어했소? 알라모와 라바르카는 서로 쳐다보다가 나를 바라보았다. 나는 내 큰 입을 열어 이름을 말해 주었다. 라바르카가 말했다. 아니 이런. 그러니까 마르코 안토니오도 초청됐었다고요? 알라모가 대답했다. 그렇다네, 좋은 생각 같았지. 라바르카가 물었다. 왜 제게 물어보지 않으셨나요? 라바르카가 내 앞에서 자기 권위를 문제 삼는 것에 심기가 불편해진 알라모가 대답했다. 에밀리오에게 이야기했더니 오케이하더군. 경감이 물었다. 그 마르코 안토니오라는 사람이 누구요? 알라모가 간단히 답했다. 시인입니다. 경감이 궁금해했다. 하지만 어떤 부류의 시인인데요? 알라모가 대답했다. 초현실주의 시인이오. 라바르카가 더 정확히 말했다. 제도혁명당 시인이죠. 내가 말했다. 서정시인입니다. 경감은 이제 알겠다는 듯 고개를 여러 번 끄덕였다. 비록 우리가 보기에는 분명 쥐뿔도 몰랐지만. 경감이 말했다. 그 서정시인은 산디니스타 혁명과 연대하고 싶어 하지 않았소? 라바르카가 말했다. 음, 그런 식으로 이야기하면 좀 심한 말이고요. 알라모가 말했다. 추측건대 못 올 사정이 있었을 거요. 라바르카가 말했다. 다들 알다시피 마르코 안토니오가 처음에는 좋아서 웃었소. 알라모는 델리카도스 담뱃갑을 꺼내 담배를 권했다. 라바르카와 나는 한 개비 집었지만 경감은 손짓으로 거절하더니 쿠바 궐련에 불을 붙였다. 이게 더 독하죠. 경감이 약간 거드름 피우는 듯한 어조로 말하는 것을 알 수 있었다. 마치 이렇게 말하는 것 같았다. 우리 혁명가들은 독한 담배를 피웁니다, 우리 진짜 남자들은 진짜 담배를 피웁니다, 현실에 객관적으로 개입하는 우리들은 진정한 담배를 피웁니다. 라바르카가 물었다. 델리카도스보다 독하오? 경감이 말했다. 동무들, 검정 담배가 진짜배기 담배요. 알라모가 숨죽여 웃으면서 말했다. 시인 한 사람이 사라졌다니 거짓말 같군요. 하지만 알라모는 사실은 이렇게 말하는 것 같았다. 개새끼 네가 담배에 대해 뭘 알아. 라바르카가 거의 무표정하게 말했다. 좆같은 쿠바 궐련. 경감이 말했다. 뭐라고요, 동무? 라바르카가 말했다. 쿠바 궐련이 좆같다고요. 델리카도스를 피울 땐 다른 담배는 꺼야죠. 알라모는 또다시 웃었고, 경감은 정색을 해야 할지 당혹스러운 표정을 지어야 할지 어쩔 줄 모르는 듯했다. 경감이 말했다. 동무, 다른 속뜻이 있는 말이 아닌 것 같네요. 라바르카가 말했다. 속뜻이고 나발이고 들으신 그대로요. 델리카도스에 비길 게 어디 있다고. 알라모는 겨우 웃음을 참고 있는 것을 경감이 알아채지 못하도록 나를 바라보면서 중얼거렸다. 어휴, 훌리오 이 못된 놈. 경감이 담배 연기에 휩싸인 채 말했다. 왜 그런 말을 하죠? 나는 상황이 달라지고 있다는 것을 알아챘다. 라바르카가 손을 들어 경감의 바로

코앞에서 연기를 흐트러뜨렸다. 마치 경감의 뺨을 갈기는 듯한 모습이었다. 라바르카가 말했다. 얼굴에 연기 좀 뿜지 마시오. 다른 사람 생각도 좀 해야죠. 자기 궐련의 강력한 향에 취한 듯 이번에는 경감의 낯빛이 완전히 변했다. 경감이 말했다. 빌어먹을, 예의 좀 차리시오, 동무. 내 코를 칠 뻔했잖소. 라바르카가 눈썹 하나 까닥 않고 알라모에게 말했다. 도대체 무슨 코 말인지 모르겠네요. 델리카도스 향과 담배 만 것 나부랭이도 구분 못 하면서. 동무, 코 없는 거야 대수요마는, 끽연가나 경찰이 코가 없다면 좀 걱정스러운데요. 알라모가 웃음을 참지 못하고 말했다. 훌리오, 델리카도스는 황색 담배잖아. 라바르카가 말했다. 게다가 달콤한 종이를 쓰죠. 중국 일부 지역에만 있는. 알라모가 말했다. 멕시코에도 있네, 훌리오. 라바르카가 말했다. 물론 멕시코에도 있죠. 경감은 잡아 죽일 듯이 그들을 바라보더니 갑자기 궐련을 끄고 목소리를 바꿔 말했다. 실종자 조서를 꾸며야 하는데 그 절차는 경찰서에서만 할 수 있다는 것이었다. 우리 모두를 연행할 기세였다. 라바르카가 말했다. 꾸물거릴 필요 없죠. 경찰서로 갑시다, 동무. 나가면서 라바르카가 내게 말했다. 몬테로, 문화부 장관에게 전화 한 통 때리게. 내가 연락했다고. 내가 답했다. 오케이, 훌리오. 경감이 잠시 망설이는 듯했다. 라바르카와 알라모는 호텔 로비에 있었다. 경감은 조언을 구하듯 나를 바라보았다. 나는 수갑 채우는 시늉을 했다. 하지만 경감은 무슨 뜻인지 알아채지 못했다. 나가기 전에 경감이 말했다. 10분 안에 돌아올 거요. 나는 어깨를 한 번 으쓱하고 뒤로 돌아섰다. 잠시 후 돈 판크라시오 몬테술이 새하얀 과야베라[4]를 입고 콜로니아 차풀테펙의 히간테 슈퍼마켓 비닐봉지에 책을 잔뜩 담아 나타났다. 어이 몬테로, 문제가 해결되고 있나? 내가 대답했다. 친애하는 돈 판크라시오. 어젯밤, 그리고 그저께 밤과 마찬가지입니다. 불쌍한 울리세스 리마는 없어졌고, 뭐라고 말씀하시든 간에 잘못은 울리세스를 여기까지 데려온 저에게 있습니다.

돈 판크라시오는 그 양반답게 전혀 나를 위로하려는 노력을 하지 않았다. 우리 두 사람은 몇 분간 침묵을 지켰다. 그는 그날의 마지막에서 두 번째 위스키를 마시며 소크라테스 이전 시대 철학자의 책을 읽고, 나는 머리를 감싸 안은 채 빨대로 다이키리[5]를 홀짝홀짝 마시면서 그 격동의 나라에서 돈도 친구도 없이 혼자가 된 울리세스 리마를 상상하려는 부질없는 노력을 기울였다. 그러는 동안 주인 없는 개나 상처 입은 앵무새처럼 이웃한 방들을 쏘다니는 우리 대표단 일행의 목소리와 고함 소리가 들렸다. 돈 판크라시오가 말했다. 문학에서 최악의 일이 무엇인지 아나? 나는 알고 있었지만 모르는 척 물었다. 뭔데요? 돈 판크라시오가 말했다. 작가는 작가들의 친구가 될 수밖에 없다는 것이지. 우정은 보배이지만 비판적 감각을 말살하지. 한번은 몬테포르테 톨레도[6]가 내게 이런 수수께끼를 냈어. 어느 시인이 몰락 직전의 도

---

[4] 가벼운 재킷.
[5] 사탕수수 음료를 넣은 칵테일.
[6] Mario Monteforte Toledo(1911~2003). 과테말라의 문인, 사회학자, 정치가.
[7] Miguel Ángel Asturias(1899~1974). 1967년 노벨 문학상을 수상한 과테말라의 소설가.

시에서 사라지지. 시인은 돈도 친구도 없고, 찾아갈 사람도 없어. 게다가 당연히 누구를 찾아갈 의향도 의욕도 없고. 며칠 동안 아무것도 먹지 않거나 변변찮은 것만 먹으면서 그 도시 혹은 그 나라를 방랑하지. 이제 심지어 글도 쓰지 않아. 아니면 머릿속으로 쓰거나. 즉 정신착란을 일으키는 거지. 모든 것이 그의 죽음이 임박했음을 알려 주지. 그의 돌연한 실종이 죽음을 예고하고 있어. 그러나 그 시인은 죽지 않아. 어떻게 구원되느냐고? 이러쿵저러쿵 말했다. 보르헤스 냄새가 났지만 나는 그 이야기를 하지 않았다. 이미 돈 판크라시오의 동료들이 그가 이 대목에서 보르헤스를 베끼니 저 대목에서 베끼니, 로페스 벨라르데의 말처럼 훌륭하게 베끼니 고개를 수그리고 베끼니 하고 상당히 돈 판크라시오를 괴롭히기 때문이다. 나는 듣기만 하다가 그를 따라 했다. 즉, 침묵에 빠졌다. 이윽고 누가 와서 공항에 우리를 태워 갈 밴이 호텔 문 앞에 벌써 와 있다고 알렸다. 내가 대답했다. 알았습니다. 호텔 앞으로 가죠. 그러나 그 전에 나는 돈 판크라시오를 바라보았다. 그는 이미 자리에서 일어나 마치 내가 수수께끼의 답을 발견했다는 듯이 얼굴에 미소를 띠고 나를 바라보았다. 하지만 분명 나는 해답을 발견하지도 포착하지도 찾지도 못했을 뿐만 아니라 그게 뭐든 아무 상관 없었다. 그래서 말했다. 친구 분이 안겨 준 문제의 답이 무엇인가요, 돈 판크라시오? 그러자 돈 판크라시오가 나를 바라보며 말했다. 무슨 친구? 친구분 말씀이에요. 미겔 앙헬 아스투리아스[7]든 누구든, 실종됐지만 살아있는 시인 문제를 내신 분요. 돈 판크라시오가 막 잠에서 깬 사람처럼 말했다. 아 그 사람, 사실 지금은 기억나지 않아. 하지만 신경 끄게. 시인은 죽지 않으니까. 침몰하지만 죽지는 않아.

정말 사랑하는 것은 결코 없어지지 않노라. 우리 옆에 있다가 이야기를 들은 이가 말했다. 더블 양복에 빨간 넥타이 차림의 금발 남자로 산루이스 포토시를 대표하는 시인이었다. 그리고 금발 남자의 말이 출발 총성, 이 경우에는 작별 총성이기라도 한 양 바로 그곳에서 멕시코와 니카라과 양국 작가들이 서로에게 사인을 해주는 무질서 그 자체의 상황이 발생했다. 밴에서도 마찬가지였다. 우리는(떠나는 사람들과 배웅 나온 사람들 모두) 밴에 다 탈 수 없어서 이동 수단을 추가 지원하기 위해 택시 세 대를 불러야 했다. 물론 나는 마지막으로 호텔을 떠났다. 떠나기 전에 전화를 몇 통 하고, 다시 그곳에 나타날 가능성이 극히 적은 울리세스 리마에게 편지를 남겼다. 편지에다 귀국을 주선해 줄 멕시코 대사관으로 즉시 가라고 충고했다. 경찰서에도 전화를 했다. 그곳에 있는 알라모와 라바르카와 통화를 했으며, 그들은 공항에서 만나게 될 거라고 장담했다. 그 후 나는 내 가방을 챙겨 택시를 불러 공항으로 갔다.

15

1982년 7월, 멕시코시티 부카렐리 가, 카페 키토, 하신토 레케나. 울리세스 리마가 마나과로 갈 때 나는 공항으로 배웅을 갔다. 한편으로는 그가 초청받았다는 것이 믿기지 않아서이고 또 한편으로는 그날 아침 아무 할 일이 없었기 때문이다. 그가 멕시코시티로 돌아오는 날에도 마중을 나갔다. 그저 울리세스 리마 얼굴을 보고 잠시 함께 웃기 위해서였다. 그러나 완벽하게 두 줄로 줄줄이 나오는 문인 여행자들의 행렬을 보았을 때, 아무리 노력을 하고 팔꿈치로 사람들을 밀치고 했지만 절대로 못 찾을 리 없는 울리세스의 모습이 보이지 않았다.

알바로, 라바르카, 파디야, 바이론 에르난데스, 오래전부터 우리 지인인 로히아코모, 비야플라타, 살라, 여성 시인 카르멘 프리에토, 재수 없는 작자 페레스 에르난데스, 훌륭한 인물인 몬테솔은 있었지만 울리세스는 없었다.

제일 먼저 든 생각은 울리세스가 비행기 안에서 잠이 들었을 것이며, 여승무원 두 사람의 안내를 받아 술에 떡이 되어서 곧 나타나리라는 것이었다. 나는 호들갑을 떠는 성격이 아니라 적어도 그렇게 믿고자 했지만, 사실을 말하자면 그 첫 광경부터(피곤하면서도 만족해서 돌아온 지식인 일행의 모습) 예감이 좋지 않았다.

여행용 가방을 여러 개 든 우고 몬테로가 행렬의 맨 마지막에 있었다. 그에게 신호를 보낸 기억이 나는데 나를 보지 못했거나, 알아보지 못했거나, 아니면 모른 척했다. 모든 문인이 다 나왔을 때 나는 공항을 떠나기 싫어하는 듯한 로히아코모를 보았다. 나는 그에게 다가갔고, 우려하는 바를 표 내지 않으려고 애쓰면서 인사를 건넸다. 로히아코모는 키가 크고 뚱뚱하고 염소수염을 한 낯선 아르헨티나인과 함께 있었다. 두 사람은 돈 이야기를 하고 있었다. 적어도 달러라는 단어가 두어 번 들리고, 여러 차례 떨리는 탄성이 들렸다.

인사를 하자 로히아코모는 처음에는 나를 기억하지 못하는 척했지만 이윽고 피할 수 없다는 것을 받아들일 수밖에 없었다. 나는 울리세스에 대해 물었다. 그는 기겁을 하며 나를 바라보았다. 그의 시선에는 못마땅한 기색도 있었다. 내가 바지 지퍼가 열린 채 혹은 뺨에 고름이 나는 상처를 하고 공항에 왔다는 듯이.

내게 대답한 사람은 그가 아니라 아르헨티나인이었다. 그 머저리 얼마나 우리를 웃음거리로 만들었는지. 당신 친구요? 나는 그를 바라보고, 이어 공항 대기실에서 누군가를 찾는 로히아코모를 바라보았다. 나는 웃어야 할지 정색을 해야 할지 몰랐다. 그 아르헨티나인이

---

1 Ambrose Bierce(1842~1913). 미국의 출판인, 언론인, 단편 작가, 풍자가. 인간 본성에 냉소적인 작품을 썼다. 1913년 혁명 중이었던 멕시코에 간 뒤 종적을 감췄다.

말했다. 좀 책임감이 있어야지(그는 로히아코모에게 말했다. 나는 쳐다보지도 않았다). 맹세컨대 그 작자 만나면 불알을 짓이겨 놓을 거야. 박살을 낼 거라고. 내가 내 최고의 미소, 즉 최악의 미소를 지으면서 웅얼거렸다. 무슨 일이 있었는데요? 울리세스는 어디 있습니까? 그 다른 아르헨티나인은 문학의 룸펜 프롤레타리아에 대해 뭔가 이야기했다. 내가 물었다. 무슨 이야기입니까? 그러자 로히아코모가 아마 우리를 진정시키려 했는지 말했다. 울리세스는 사라졌어. 내가 물었다. 사라지다니? 로히아코모가 말했다. 몬테로에게 물어봐. 우리는 그 일을 막 알았으니까. 나는 한 박자 늦게 깨달았다. 울리세스가 귀국 비행기에서 사라진 것이 아니라(나는 그가 좌석에서 일어나, 복도를 지나, 미소 짓는 여승무원과 스쳐, 화장실에 들어가, 걸쇠를 걸고 〈사라지는〉 모습을 상상했었다) 멕시코 작가 대표단이 마나과를 방문했을 때 그곳에서 사라졌음을 깨달았다. 그게 전부였다. 다음 날 나는 국립 예술원으로 몬테로를 만나러 갔고, 그는 울리세스 때문에 직장을 잃을 처지라고 말했다.

1982년 7월, 멕시코시티 혁명 기념 아치 근처 몬테스 가, 소치틀 가르시아. 울리세스의 어머니에게 전화를 드렸어야 했다. 적어도 그렇게 해야 했다. 그러나 하신토는 당신의 아들이 니카라과에서 사라졌다고 말할 용기가 없었다. 그런 것은 아닐 거라고 내가 하신토에게 말했지만. 하신토, 울리세스를 잘 알면서 그래. 친구이고 어떤 사람인지 알잖아. 하지만 하신토는 울리세스가 앰브로즈 비어스[1]처럼, 스페인 내전에서 사망한 영국 시인들처럼,

푸시킨처럼 사라졌으며 그걸로 끝이라고 말했다. 다만 푸시킨 경우에는 그의 부인이 죽였고, 푸시킨의 부인은 현실이었고, 푸시킨을 죽인 프랑스인은 보수파였지만.[2] 어쨌든 상트페테르부르크의 눈[雪]은 울리세스 리마가 뒤에 남긴 텅 빈 공간, 다시 말해 그의 안일함과 게으름과 현실 감각 부족에 해당하고, 결투 입회인들(또는 하신토의 말마따나 결투에 입회한 놈들)인 멕시코 시 혹은 라틴 아메리카 시는 연대 대표단 형태로 우리 시대 최고 시인의 죽음에 묵묵히 참여했다는 것이었다.

하신토는 그렇게 말했지만, 그래도 울리세스 어머니에게 전화를 드리지 않았다. 그래서 내가 말했다. 어디 상황을 검토해 보자고. 울리세스 어머니에게는 아들이 푸시킨이든 앰브로즈 비어스이든 하등 중요하지 않아. 내가 울리세스 어머니라면, 내가 어머니인데 어느 날 어느 잡놈이 우리 프란츠를 죽인다면(신이여, 제발 그런 일이 없기를), 위대한 멕시코(혹은 라틴 아메리카) 시인이 죽었다는 생각 대신 고통과 절망으로 몸부림칠 거야. 문학 따위 전혀 생각하지 않고. 장담할 수 있어. 왜냐하면 나도 엄마라서 제 새끼 때문에 지새는 밤과 놀람과 걱정에 대해 알거든. 그래서 장담하는데 최선의 길은 전화를 드리거나 시우다드 사텔리테로 뵈러 가서 우리가 당신 아들에 대해 아는 것을 말씀드리는 거야. 그러자 하신토가 말했다. 벌써 아시겠지. 몬테로가 말했겠지. 그래서 내가 말했다. 어떻게 그렇게 확신할 수 있어?

[2] 푸시킨은 1837년 1월 자신의 아내를 짝사랑하는 프랑스 망명 귀족 단테스와의 결투에서 부상을 입어 이틀 후 38세의 나이에 죽었다. 이 결투는 푸시킨의 진보적 사상을 미워하는 궁정 세력이 짜놓은 함정이었다고 한다.

그러자 하신토는 말문을 닫았고 내가 말했다. 신문에도 나지 않고, 아무도 이야기를 하지 않았으니 이건 울리세스가 애초에 중앙아메리카로 간 적도 없는 형국이잖아. 그러자 하신토가 말했다. 그건 그래. 그래서 내가 말했다. 자기나 나는 아무것도 할 수 없어, 사람들이 우리 말은 귀담아듣지 않을 거라고. 하지만 울리세스 어머니가 말하면 틀림없이 들어줄 거야. 하신토가 말했다. 아니 더 절망에 빠트릴 거야. 우리가 얻을 거라고는 부인에게 더 걱정거리를 안겨 주고, 더 머리 싸맬 일을 만들어 주는 것뿐이야. 부인은 지금 상태로 잘 지내고 있어. 무소식이 희소식이라고. 프란츠에게 먹일 음식을 준비하면서 집 안을 오가던 하신토가 덧붙여 말했다. 무소식이 희소식이라고. 모르고 살면 거의, 거의 행복하게 사는 거라고.

그래서 내가 말했다. 하신토, 어떻게 자기가 마르크스주의자라고 할 수 있어. 어떻게 그따위 소리를 하면서 시인이라고 할 수 있어. 속담으로 혁명을 할 참이야? 하신토는, 솔직히 말해 자신은 이제 혁명을 할 생각이 전혀 없노라고, 하지만 어느 날 혁명을 일으킨다면 속담과 볼레로로 혁명을 하는 것도 괜찮겠노라고 말했다. 그리고 또, 내가 그렇게 괴로워하는 것을 보니 니카라과에서 사라진 사람이 나 같다고, 누가 울리세스가 니카라과에서 사라졌다고 그러느냐고, 사라진 것이 전혀 아닐 수 있다고, 스스로 남기로 결정한 것일 수도 있다고, 니카라과가 결국 우리가 1975년에 품던 꿈 그대로일 수도 있다고, 우리 모두가 실기를 원하던 그런 나라일 수도 있다고 말했다. 그래서 나는 아직 프란츠가 태어나기 전이던 1975년을 생각했고, 그 무렵에 울리세스가, 또 아르투로 벨라노가 어땠는지 기억해 내려 했다. 하지만 유일하게 또렷이 기억나는 것은 하신토의 얼굴, 이빨 빠진 천사의 미소뿐이었다. 문득 애정이 듬뿍 솟구쳤고, 그 자리에서 하신토와 프란츠를 안아 주면서 정말 사랑한다고 두 사람에게 말해 주고 싶었다. 하지만 이내 울리세스의 어머니가 다시 생각났고, 이미 상당히 고생한 불쌍한 그분에게 아들이 어디 있는지 말해 주지 않을 권리가 있는 사람은 없다는 생각이 들었다. 그래서 다시 전화를 드리라고 종용했다. 하신토, 전화를 드리고 아는 대로 다 설명드려. 하지만 하신토는 자기가 책임질 일이 아니라고, 확실하지도 않은 소식을 가지고 추정을 할 생각이 없다고 말했다. 그래서 내가 말했다. 프란츠하고 잠깐만 있어. 곧 돌아올게. 그는 아무 말 없이 나를 바라보면서 가만히 있었다. 그러다가 내가 가방을 들고 문을 열자 말했다. 적어도 호들갑은 떨지 마. 그래서 내가 말했다. 아들이 멕시코에 없다고만 말씀드릴 거야.

1982년 9월, 샌디에이고 잭슨 가 자택 욕실에서, 라파엘 바리오스. 하신토와는 가끔 편지를 주고받았다. 울리세스의 실종을 알린 사람이 하신토였다. 하지만 편지로 알린 것이 아니다. 하신토가 친구인 에프렌 에르난데스의 집에서 전화를 했다. 적어도 그 일이 하신토에게는 심각한 일이었다고 추론할 수 있다. 에프렌은 젊은 시인으로 우리 내장 사실주의자들이 쓰는 시 같은 것을 쓰고 싶어 했다. 나는 에프렌을 모른다. 이미 내가 캘리포니아에 온 다음에 등장한 인물이다. 하지만 하신토에 따르면 그 신참은 글이 나쁘지 않다. 내가 하신토에게 말했다. 에프렌의 시를 보내 줘. 하지만 그는 편지만 보내서 에프렌이 글을 잘 쓰는지 아닌지, 내장 사실주의 시를 쓰는지 아닌지 모른다. 물론 솔직히 말하면 나는 내장 사실주의 시가 무엇인지도 모른다. 가령 울리세스 리마의 시는 내장 사실주의 시일 수도 있다. 하지만 잘 모르겠다. 단지 멕시코에서는 이제 아무도 우리를 알지 못하고, 알던 사람들은 우리를 비웃는데(우리는 따라 해서는 안 되는 사례이다), 어쩌면 일리가 있다. 그래서 내장 사실주의자들처럼 글을 쓰거나 쓰고자 하는 젊은 시인이 있다는 사실은 항상 유쾌한 일이다(아니면 적어도 감사할 일이다). 그리고 그 시인 이름이 에프렌 에르난데스인데 그의 전화로, 아니 그의 부모님 전화로 하신토 레케나가 전화해서 울리세스 리마가 사라졌다고 말한 것이다. 나는 이야기를 들은 후 말했다. 사라진 것이 아니야. 니카라과에 남기로 결정한 거야. 그건 전혀 다른 일이지. 하신토가 말했다. 니카라과에 남기로 결정했다면 우리에게 말했을 거야. 공항에 배웅을 나갔는데, 돌아오지 않을 작정은 전혀 아니었어. 내가 말했다. 열 내지 마, 브러더. 울리세스를 모르는 사람처럼. 하신토가 말했다. 울리세스가 사라졌다고, 라파엘. 믿어 줘. 울리세스는 자기 어머니에게도 아무 말 하지 않았어. 어머님이 국립 예술원 놈들에게 난리를 치고 계셔. 내가 말했다. 저런. 하신토가 말했다. 어머님은 농민시인들이 자기 아들을 살해했다고 믿으셔. 내가 말했다. 어휴! 하신토가 말했다. 그렇다니까. 자식 문제라면 어머니는 사자로 돌변하는 법이지. 적어도 소치틀은 그렇게 확언해.

1982년 10월, 샌디에이고 잭슨 가 자택 부엌, 바버라 패터슨. 우리 삶은 구질구질했는데, 라파엘이 울리세스 리마가 니카라과 여행에서 돌아오지 않았다는 것을 알았을 때 두 배로 구질구질해졌다.

이렇게 계속 살 수는 없어, 내가 어느 날 라파엘에게 말했다. 라파엘은 아무 일도 하지 않았다. 일도 하지 않고, 글도 쓰지 않고, 집 청소도 도와주지 않고, 장을 보러 가지도 않았다. 하는 일이라고는 매일 샤워를 하고(그건 그랬다. 라파엘은 멕시코 꼴통들이 대개 그렇듯 청결하다), 날이 밝을 때까지 텔레비전을 보거나 맥주를 마시러 나가거나 빌어먹을 동네 치카노들과 축구를 했다. 집에 돌아올 때면 라파엘을 문 앞에서 발견하고는 했다. 땀 냄새 고약한 아메리카[3] 유니폼을 입고 계단이나 땅바닥에 앉아서 테카테 맥주를 마시면서 그를 시인이라고 부르는(라파엘은 싫어하는 것 같지 않았다) 골빈 청소년 무리와 시시덕거렸다. 그러다가 내가 빌어먹을 저녁을 차려 놓아야 그들에게 잘 가라고 인사를 했다. 그러면 그들이 그랬다. 그래요, 시인님. 내일 봐요, 시인님. 다음에 또 이야기하죠, 시인님. 라파엘은 그제야 집에 들어왔다.

나는 사실 분노가 불타오르고 있는 대로 화가 치밀어 라파엘이 먹는 같잖은 스크램블드에그에 독이라도 넣고 싶은 심정이었다. 하지만 나는 참고, 열까지 세면서, 지금은 불운한 시기라고 생각했다. 문제는 불운한 시기가 지나치게 오래, 정확히 말하자면 4년째임을 내가 안다는 사실이었다. 좋은 순간이 없었다 할 수 없지만, 사

---

[3] 멕시코의 프로 축구 팀.

실 나쁜 순간이 훨씬 더 많았고 내 인내심은 한계에 다다르고 있었다. 하지만 나는 참고 오늘 하루 어땠는지 묻고는 했다(어리석은 질문이었다). 그러면 라파엘이 대답했다. 하지만 대체 무슨 말을 하겠는가? 괜찮았어, 보통이야, 그저 그래 정도지. 그러면 내가 물었다. 그 아이들하고는 무슨 이야기를 해? 그러면 답했다. 이야기를 해주지. 삶의 진리를 일깨워 줘. 그러면 우리는 침묵에 빠지고, 텔레비전을 켜놓고 각자 스크램블드에그와 상추 쪼가리와 썰어 놓은 토마토에 열중했다. 나는 생각했다. 네가 무슨 놈의 삶의 진리를 논하겠어. 불쌍한 놈, 불쌍한 잡것, 네가 무슨 진리를 일깨워 준다고. 불쌍한 빈대, 불쌍한 철면피, 염병할 머저리, 나 아니었으면 지금쯤 다리 밑에서 자고 있을걸. 그러나 나는 한 마디도 하지 않고 라파엘을 바라만 보았다. 바라만 보아도 그를 거북하게 만든 것 같지만. 라파엘은 말하곤 했다. 뭘 봐, 양년아. 무슨 속셈이야. 그러면 나는 억지로 멍청이처럼 미소를 짓고는 아무 대답 없이 그릇을 치우기 시작했다.

1983년 3월, 멕시코시티 콜로니아 코요아칸 크라비오토 가의 어두침침한 작업실, 루이스 세바스티안 로사도. 어느 날 오후 피엘 디비나가 전화를 했다 내 전화번호 어떻게 알았어? 내가 물었다. 막 부모님 댁에서 이사를 나온 참이고 그를 만난 지 오래였다. 어느 날 우리 관계가 나를 망치고 있다는 생각이 들었고, 그 뒤로 나 자신을 위해 관계를 끊기로 했다. 나는 그를 찾아가길 그만두었고, 그를 만날 일이 있을 때 만나러 가지 않았다. 그러자 오래지 않아 피엘 디비나는 내 주변에서 사라져, 관심을 접고 다른 사랑들을 좇았다. 늘 알고 있었지만, 결국 내가 바라는 것은 피엘 디비나가 내게 전화하고, 나를 찾고, 나 때문에 고통을 겪는 일이었다. 하지만 피엘 디비나는 한동안, 아마도 1년 동안 나를 찾지 않아서 우리는 소식을 서로 전혀 몰랐다. 그래서 그의 전화를 받았을 때, 나는 기분 좋게 놀랐다. 내 전화번호 어떻게 알았어? 내가 물었다. 피엘 디비나가 말했다. 부모님 댁에 전화했더니 주시더라. 네게 하루 종일 전화했는데 한 번도 집에 없더군. 나는 한숨을 쉬었다. 나를 찾는 데 더 애를 먹었으면 했던 것이다. 하지만 피엘 디비나가 우리가 마지막으로 만난 것이 지난주인 것처럼 말을 해서 어쩔 도리가 없었다. 우리는 잠시 통화를 하고, 그가 내 일에 대해 묻고, 『에스페호 데 메히코』[4]지에 실린 내 시 한 편과 막 출간된 멕시코의 젊은 소설가 선집에서 단편 한 편을 보았노라고 말했다. 나는 단편이 마음에 들었는지 물었다. 나는 소설이라는 어려운 예술에 막 입문해서 아직 어정쩡한 상황이었다. 그는 읽지 않았다고 말했다. 네 이름을 보았을 때 책을 쳐다보기는 했는데 읽지는 않았어. 돈이 없거든. 이윽고 그가 침묵을 지키고 나도 침묵을 지켰다. 잠시 우리 둘은 침묵에 빠져 멕시코시티 공중전화의 웅웅대고 지지직거리는 소리를 듣고 있었다. 내가 침묵에 빠져 미소를 지으며 피엘 디비나의 얼굴을 상상하던 기억이 난다. 소나 로사나 레포르마 대로의 어느 보도에 서서 낡고 꽉 끼는 청바지에 감싸인 엉덩이까지 늘어뜨린 가방을 등 뒤로 메고 미소를 짓고 있는 그

---

[4] *Espejo de México*. 〈멕시코의 거울〉이라는 뜻.

의 모습을. 마야의 젊은 사제처럼 지방이라고는 단 1밀리그램도 없는 각진 얼굴에 외과의가 정확하게 재단한 듯한 두툼한 입술에 어린 미소를. 그러자 나는 더 견딜 수 없어(눈물이 솟구치는 것을 느꼈다), 피엘 디비나가 물어보기도 전에 내 주소를 일러 주면서(아마 이미 가지고 있을 주소를) 얼른 오라고 말했다. 그는 웃었다. 행복에 겨워 웃었다. 그리고 지금 있는 곳에서 두 시간 이상 걸릴 거라고 말했다. 나는 괜찮다고, 그동안 뭔가 저녁거리를 준비하겠다고, 기다리겠다고 말했다. 소설이라면 전화를 끊고 춤을 출 순간이었지만, 피엘 디비나는 늘 통화 시간이 다 될 때까지 기다리는지라 수화기를 내려놓지 않았다. 피엘 디비나가 말했다. 루이스 세바스티안, 아주 중요한 이야기가 있어. 와서 이야기해, 내가 말했다. 오래전부터 네게 하고 싶던 말이야, 그가 말했다. 목소리가 평소와 달리 쓸쓸하게 느껴졌다. 그 순간 무슨 일이 있나, 그저 내가 보고 싶거나 돈을 빌려 달라고 전화한 것이 아닌가 보다 하는 생각이 들었다. 내가 물었다. 왜 그래? 무슨 일이야? 마지막 동전이 공중전화통에 떨어지는 소리가 들렸다. 나뭇잎 소리, 바람이 마른 낙엽을 일으키는 소리, 나무 몸통을 타고 올라가는 불길 소리, 전선이 꼬였다 풀렸다 하다가 마침내는 무(無)로 화하는 소리 같은. 허접쓰레기 같은 시적 이미지다. 네게 할 이야기가 있었는데 결국은 하지 못한 것 기억나? 피엘 디비나의 목소리가 완전히 정상으로 들렸다. 언제? 내 말이 멍청하게 들렸다. 오래전에. 피엘 디비나가 말했다. 나는 기억이 나지 않는다고 말하고, 이어 그게 그거라고, 집에 오면 이야기할 거 아니냐는 논지를 펼쳤다. 내가 말했다. 뭣 좀 사러 나갈게. 기다릴게. 하지만 피엘 디비나는 끊지 않았다. 그가 안 끊는데 어떻게 내가 전화를 끊을 수 있겠나? 그래서 기다리고, 이야기를 들어 주고, 심지어 말하라고 재촉했다. 그러자 피엘 디비나는 울리세스 리마 얘기를 했다. 그가 마나과 어딘가에서 실종되었는데(내게는 이상할 것도 없었다. 오만 사람이 마나과로 갔으니까), 사실은 실종이 아니라고 말했다. 즉, 모든 사람이(〈모든 사람〉이 누구인지 피엘 디비나에게 묻고 싶었다. 울리세스 리마의 〈친구〉들인지, 〈독자〉들인지, 리마의 작품을 세심하게 좇은 〈비평가〉들인지) 실종이라고 믿지만, 사실 실종된 것이 아니라 숨어 버린 것임을 자신은 안다는 것이었다. 내가 물었다. 울리세스 리마가 왜 숨는데? 피엘 디비나가 말했다. 거기에 문제의 본질이 있어. 이에 대해 오래전에 네게 말했는데 기억나? 내가 모기만 한 소리로 말했다. 아니. 언제? 그가 말했다. 몇 년 전, 우리가 처음 같이 잤을 때. 소름이 돋고, 위에 경련일 일어나고, 불알이 오그라들었다. 말을 하기가 힘들었다. 내가 웅얼댔다. 어떻게 내가 기억하겠어? 어서 피엘 디비나가 보고 싶었다. 택시를 타라고 말했다. 돈이 없다고 해서 내가 내겠다고, 집 앞에서 기다리겠다고 말했다. 피엘 디비나가 뭔가 더 이야기하려고 할 때 전화가 끊겼다.

나는 샤워를 할 생각이었으나 그가 온 뒤에 하기로 했다. 잠시 집을 조금 정돈한 뒤 셔츠를 갈아입고 거리로 나가 그를 기다렸다. 30분 이상 걸린 그 시간 내내 우리가 처음 사랑을 나눈 때를 기억해 내려고 애썼다.

택시에서 내린 피엘 디비나는 마지막으로 만났을 때

보다 훨씬 더 말라 보였다. 내 기억 속에서보다 훨씬 더 마르고 피폐해 있었다. 그렇다 해도 피엘 디비나는 피엘 디비나였고, 그를 만나 기뻤다. 나는 손을 내밀었지만 그는 악수 대신 달려들어 나를 얼싸안았다. 그 뒷일은 대충 내가 상상한 대로, 원하던 대로 되었다. 눈곱만큼도 실망하지 않았다.

우리는 새벽 3시에 일어났고, 나는 두 번째 저녁 식사를 준비했다. 이번에는 차갑게 먹는 요리들을 준비했고, 컵에 위스키를 채웠다. 둘 다 배가 고프고 목이 말랐다. 먹는 동안 피엘 디비나가 울리세스 리마의 실종에 대해 다시 이야기했다. 피엘 디비나의 논거는 황당해서 허점투성이였다. 그에 따르면 리마는 자신을 죽이려는 조직으로부터 도망 중이고(적어도 처음에 나는 그렇게 이해했다), 마나과에 갔을 때 돌아오지 않을 결심을 했다. 아무리 생각해도 그 이야기는 신빙성이 없었다. 피엘 디비나에 따르면 그 모든 일은 1976년 초 리마와 그의 친구 벨라노의 북부 여행에서 시작되었다. 그 여행 후 두 사람은 도망을 다니기 시작했다는 것이다. 처음에는 같이 멕시코시티로, 그 후에는 각자 알아서 유럽으로. 내장 사실주의의 창시자들이 뭣 때문에 소노라로 갔는지 내가 묻자, 피엘 디비나는 세사레아 티나헤로를 찾으러 갔다고 대답했다. 리마는 유럽에서 몇 년을 산 뒤, 모든 게 다 잊혔으리라고 믿고 멕시코로 돌아왔는데, 어느 날 밤 리마가 내장 사실주의자들을 다시 결집시키려고 한 모임이 끝난 뒤 그들을 죽이려는 사람들이 나타나서, 도망칠 수밖에 없었다는 것이다. 왜 리마를 죽이려 했는지 내가 묻자, 피엘 디비나는 모른다고 말했다. 내가 물었다. 너 리마와 같이 여행한 것은 아니지, 그렇지? 피엘 디비나가 아니라고 했다. 내가 물었다. 그러면 이 이야기를 다 어떻게 아는데? 누가 이야기해 주었는데? 리마가? 피엘 디비나는 아니라고, 마리아 폰트에게 들었고 (피엘 디비나는 마리아 폰트가 누군지 내게 설명했다), 그녀는 자기 아버지에게 들었다고 대답했다. 그러고는 마리아 폰트의 아버지는 정신 병원에 있다고 말했다. 정상적인 상황이라면 나는 그 순간 웃음을 터뜨렸으리라. 그러나 소문을 돌게 만든 사람이 정신병자라는 이야기를 피엘 디비나가 했을 때, 나는 소름이 끼쳤다. 또한 안타깝기도 하고, 내가 피엘 디비나를 사랑하기는 하는구나 하는 생각도 들었다.

그날 새벽 우리는 해가 뜰 때까지 이야기를 나누었다. 아침 8시에 나는 학교에 가야 했다. 피엘 디비나에게 여벌 집 열쇠를 주고 기다려 달라고 부탁했다. 학교에서 나는 알베르티토 무어에게 전화하여 울리세스 리마를 기억하는지 물었다. 그의 대답은 모호했다. 기억이 나는 둥 마는 둥 했다. 울리세스 리마가 누구더라? 잃어버린 애인? 나는 잘 있으라고 말하고 전화를 끊었다. 그 다음에는 사르코에게 전화를 걸어 같은 질문을 했다. 이번에는 대답이 훨씬 더 명료했다. 미친놈이지. 내가 말했다. 시인이야. 사르코가 말했다. 그렇다고도 할 수 있지. 내가 말했다. 멕시코 문인 대표단과 마나과로 갔다가 실종됐어. 사르코가 말했다. 농민시인 대표단이었을 거야. 내가 말했다. 그들과 같이 안 돌아오고 사라졌어. 사르코가 말했다. 그런 사람들에게는 곧잘 일어나는 일

5 멕시코 지방에서 남자가 어깨에 걸치는 화려한 색상의 숄이나 판초.

이야. 내가 말했다. 그것뿐이라고? 사르코가 말했다. 그렇다니까. 이상할 것 없다고. 집에 돌아왔을 때, 피엘 디비나는 자고 있었다. 그의 옆에는 내 최근 시집이 펼쳐져 있었다. 그날 밤 저녁을 먹으면서 나는 피엘 디비나에게 얼마 동안 나하고 같이 있자고 제안했다. 피엘 디비나가 말했다. 그렇게 할 생각이었는데, 네가 그 말을 해주었으면 했어. 얼마 후 그는 자기 물건 모두가 담긴 가방을 하나 들고 집으로 왔다. 아무것도 없었다. 셔츠 두 벌, 어느 음악가에게 훔친 사라페,[5] 양말 몇 개, 트랜지스터라디오, 일기 비슷한 것을 쓴 공책 한 권 등등이었다. 그래서 낡은 청바지 두 벌을 선물했는데, 그에게는 좀 지나치게 꽉 끼는 듯했지만 좋아했다. 어머니가 얼마 전에 사준 새 셔츠 세 벌도 선물하고, 어느 날 밤일을 마치고 나오면서 구두점에 가서 부츠도 몇 개 사다 주었다.

우리의 동거는 짧았지만 행복했다. 35일을 함께 살면서 밤마다 사랑을 하고, 늦게까지 이야기하고, 그가 준비한 음식을 먹었다. 대체로 제대로 차린 음식이었고, 가끔은 아주 간단했지만 그래도 항상 맛있었다. 어느 날 밤 피엘 디비나는 열 살 때 처음 성관계를 가져 봤다고 말했다. 나는 그만 말했으면 했다. 딴 곳, 벽에 걸려 있는 페레스 카마르가의 판화 쪽으로 눈길을 돌리며 그 첫 경험이 강간당한 것이 아니라 소녀 혹은 남자아이나 여자아이와의 경험이었기를 신에게 간구한 기억이 난다. 다른 날 밤, 아니 어쩌면 바로 그날 밤 피엘 디비나는 자신은 열여덟 살 때 돈도 옷도 친구도 없이 멕시코시티에 와서 무지 고생했는데, 그러다가 같이 잠자리를 한 기자 친구가 「엘 나시오날」지 종이 창고에서 잠을 자게 해주었다고 말했다. 피엘 디비나가 말했다. 그곳에 있으니까 내 운명이 언론이라는 생각이 들더군. 한동안 그는 아무도 실어 주지 않는 기사를 썼다. 그 후 어느 여인과 살면서 아이를 낳았고, 수없이 많은 일을 했지만 고정적인 일거리는 하나도 없었다. 아스카포찰코로 가는 도로에서 행상을 하기도 했지만 물건 대는 이와 칼부림까지 하고는 그만두었다. 어느 날 밤 피엘 디비나가 삽입을 하는 동안, 사람을 죽인 적이 있는지 그에게 물었다. 그런 질문을 하고 싶었던 것도 아니고, 참말이든 거짓말이든 대답을 원한 것도 아니라서 나는 입술을 깨물었다. 피엘 디비나는 그런 적이 있다고 대답하고 더 거세게 삽입했다. 나는 사정을 하면서 울음을 터뜨렸다.

동거하는 동안 아무도 나를 찾아오지 않았다. 내가 방문을 받지 않았다. 몇몇 사람에게는 몸이 좋지 않다 말하고, 또 몇몇 사람에게는 절대 고독과 최고의 집중을 요하는 작품에 몰두해 있다고 말했다. 실제로 피엘 디비나와 같이 사는 동안 무엇인가를 쓰기는 했다. 대여섯 편의 짧은 시로, 나쁘지는 않았지만 아마 절대로 발표하지는 않을 것이다. 사람 일이야 알 수 없지만 말이다. 피엘 디비나가 보통 내게 하는 이야기에는 늘 내장 사실주의자들이 등장했다. 처음에는 그들 이야기를 하는 것이 싫었지만 점점 적응이 되어, 어쩌다 그들이 이야기에 등장하지 않으면 내가 물었다. 칼사다 카마로네스 거리에 있는 그 집에 살았을 때, 로드리게스 형제는 어디 살았는데? 니뇨 페르디도 로의 그 여관에 살았을 때, 라파엘 바리오스는 어디 살았어? 그러면 피엘 디비나는 이야기 퍼즐을 다시 맞추어 그 희미한 군상들에 대해서, 한때의 동지들에 대해서, 그의 무한한 자유 내지 고독을 장식해 준 환영들에 대해서 말했다.

어느 날 밤 피엘 디비나가 다시 세사레아 티나헤로 이야기를 했다. 나는 그녀가 아마도 리마와 벨라노가 소노라 여행을 정당화하려고 지어낸 이야기일 거라고 말했다. 기억이 난다. 코요아칸의 하늘을 향해 창문이 열려 있었고 우리는 벌거벗은 채 침대에 누워 있었다. 피엘 디비나가 옆으로 눕더니 나를 안았고, 내 발기된 성기가 그의 고환, 그의 음낭을 향해 뻗었고, 그의 성기는 아직 축 늘어져 있었다. 그때 피엘 디비나가 내게 새끼라고 말했다(피엘 디비나는 한 번도 나를 그렇게 천박하게 지칭하지 않았었다). 새끼라고 부르며 어깨를 꽉 잡더니, 그렇지 않다고, 세사레아 티나헤로는 실존 인물이었다고, 어쩌면 아직도 살아 있을 거라고 말하더니 침묵에 잠겼다. 하지만 나를 계속 바라보았다. 내 발기된 성기가 그의 고환을 가볍게 두드리는 동안 그는 어둠 속에서 눈을 뜨고 있었다. 그래서 나는 벨라노와 리마가 세사레아 티나헤로의 존재에 대해 어떻게 알게 되었느냐고 형식적인 질문을 던졌다. 피엘 디비나는 인터뷰를 하다가 알게 되었다고, 그 시절 벨라노와 리마는 돈이 없어서 어느 잡지를 위해, 농민시인들의 궤도에 있거나 곧 그 궤도에 진입할 썩어 빠진 잡지를 위해 인터뷰를 했다고 말했다. 피엘 디비나는 멕시코 시인이면 당시에는, 그리고 지금도 두 패거리 중 하나에 속할 수밖에 없다고 말했다. 내가 작은 소리로 물었다. 무슨 패거리들을 말하는 거야? 내 성기가 그의 음낭을 타고 올라가, 팽창하기 시작한 그의 성기 밑동을 끝부분으로 건드렸다. 피엘 디비나가 말했다. 농민시인 패거리 아니면 옥타비오 파스 패거리 말이야. 그리고 〈옥타비오 파스 패거리〉라고 말하는 바로 그 순간 그의 손이 내 어깨에서 목덜미로 올라왔다. 나는 두말할 나위 없이 옥타비오 파스 패거리의 일원이고, 전체적인 풍경은 더 다양한 양상이지만 내장 사실주의자들은 어쨌든 두 패거리에 속하지 않았다. 내장 사실주의는 나아가 신제도혁명당 사람들이나 타자성 주창자들, 신스탈린주의자나 유미주의자, 나랏돈으로 먹고 사는 이들이나 대학 돈으로 먹고 사는 이들, 작품 판매자나 구매자, 전통 계승자들이나 무지를 오만으로 승화시킨 이들, 백인이나 흑인, 라틴 아메리카주의자나 세계주의자 그 누구와도 상관이 없었다. 하지만 중요한 것은 벨라노와 리마가 그 인터뷰들을 했다는 점이다(『플루랄』을 위해서였던가? 옥타비오 파스가 퇴출된 뒤의 『플루랄』을 위해서?). 나는 피엘 디비나에게 그 2인조는 마약을 팔아 생활했는데 어째서 돈이 필요했느냐고 물었다. 하지만 확실한 것은, 피엘 디비나에 따르면, 그 두 사람은 돈이 필요해서 이제는 아무도 기억하지 않는 노인 몇 사람, 반골주의자들을 인터뷰하러 갔다는 것이다. 1900년에 태어나 1981년에 사망한 마누엘 마플레스 아르세, 1899년에 태어나 1977년에 사망한 아르켈레스 벨라, 1898년에 태어나 최근 사망한 듯한 헤르만 리스트 아르수비데를. 리스트 아르수비데는 사망하지 않았을 수도 있다. 나도 잘 모른다. 내게 별로 중요한 일도 아니고, 반골주의자들은 문학적으로 볼 때 하찮은 그룹, 자신들의 의도와 달리 웃기는 그룹이었다. 피엘 디비나는 반골주의자들 중 한 사람이 인터뷰 중에 세사레아 티나헤로를 언급했다고 말했다. 내가 말했다. 세사레아 티나헤로에 대해 알아볼게. 그다음에 우리는 사랑을 나누었지만, 있는 듯 없는 듯한 사람, 아주 천천히 떠나가는데 작별의 모양새는 해독하기 불가능한 사람과 하는 기분이었다.

얼마 후 피엘 디비나는 집을 떠났다. 그 전에 나는 멕시코 문학사를 공부하는 친구 몇 사람과 이야기를 했는데, 아무도 1920년대 그 여성 시인의 존재에 대해 말해주지 못했다. 어느 날 밤 피엘 디비나는 벨라노와 리마가 꾸며낸 인물일 수도 있음을 인정했다. 피엘 디비나가 말했다. 이제 벨라노와 리마 두 사람이 사라졌으니, 물어볼 수도 없네. 나는 그를 위로하려고 했다. 나타날 거야. 멕시코를 떠난 모든 사람이 언젠가 돌아오니까. 별로 위로가 되지 않은 듯했다. 그리고 어느 날 아침 내가 일을 하러 가고 없을 때, 그는 이별의 쪽지 하나 남기지 않고 가버렸다. 많이는 아니지만 돈도 좀 가져갔다. 나 없는 동안 무슨 일 있으면 쓰라고 책상 서랍에 놔두던 돈이었다. 바지 한 벌과 셔츠 몇 장과 페르난도 델 파소의 소설 한 권도 가지고 갔다.

여러 날 동안 나는 피엘 디비나 생각만 하면서 결코 오지 않은 전화를 기다렸다. 피엘 디비나가 우리 집에 머무는 동안 내 주변 사람 중에서 유일하게 그를 본 사람은 알베르티토 무어였다. 피엘 디비나와 내가 영화를 보러 간 날 밤이었는데, 극장에서 나올 때 갑자기 마주쳤다. 짧은 만남이고 대화도 별로 나누지 않았지만, 알베르티토는 즉각 나의 침기와 회피 이유를 의심했다. 피엘 디비나가 다시 돌아오지 않으리라는 것을 깨달았을 때, 나는 알베르티토에게 전화를 걸어 모든 이야기를 해 주었다. 알베르티토가 가장 흥미를 느낀 듯한 이야기는 마나과에서의 울리세스 리마의 실종이었다. 우리는 오래 통화했고, 그의 결론은 모든 사람이 천천히, 하지만 확실하게 미쳐 가고 있다는 것이었다. 알베르티토는 산디니스타들의 대의에 동조하지 않는다. 그렇다고 소모사주의자라고 할 수는 없지만.

16

 1976년 1월, 멕시코시티 종교 재판소 근처 레푸블리카 데 베네수엘라 가, 아마데오 살바티에라. 다행히도 그 젊은이들은 바쁘지 않았다. 나는 작은 탁자 위에 안줏거리를 놓고, 치포틀레 고추 통조림을 따고, 이쑤시개를 나눠주고, 테킬라를 따르고, 서로 눈을 바라보았다. 내가 물었다. 젊은이들 어디까지 이야기했더라? 예술의 후원자이고 세사레아 티나헤로의 상사인 디에고 카르바할 장군의 모습 이야기를 하던 중이었다고 했다. 바깥 거리에서 처음에는 순찰차 사이렌 소리, 그다음에는 구급차 사이렌 소리가 들렸다. 나는 사망자와 부상자들에게 생각이 미치고, 그 사람, 즉 사망자이면서 부상자인 그 사람이 바로 우리 장군님이라고 속으로 말했다. 세사레아는 부재하는 사람이고 나는 한껏 취기가 오른 노인네인 섯처럼 말이다. 그러고 나서 나는 젊은이들에게 상사 운운하는 것은 말일 뿐이라고, 세사레아를 알면 그녀가 평생 상사를 모실 사람도 아니고 소위 정규직이라고 부를 만한 일도 기지지 잃을 사람임을 깨달을 것이라고 말했다. 세사레아는 속기사였네. 그것이 그녀 직업이었어. 또 홀

룡한 비서였네. 하지만 그녀의 성격, 아니 어쩌면 그녀의 유별남은 장점보다 더 강력해서, 마누엘이 우리 장군님과의 일을 구해 주지 않았으면, 불쌍한 세사레아는 멕시코시티 최악의 구렁텅이를 전전했을 걸세. 그리고 나는 젊은이들에게 정말로(진짜 정말로) 디에고 카르바할 장군에 대해서 한 번도 들어 보지 못했느냐고 다시 물었다. 그들이 말했다. 못 들어 보았습니다, 아마데오. 전혀 들어 본 적이 없어요. 어떤 사람이었는데요. 오브레곤 파인가요 카란사 파인가요? 플루타르코 엘리아스 카예스의 사람인가요,[1] 아니면 진정한 혁명가였나요? 내가 세상에서 가장 슬픈 목소리로 대답했다. 진정한 혁명가였지. 하지만 오브레곤의 사람이기도 했고. 순수함은 존재하지 않네. 젊은이들, 꿈 깨게. 인생은 엿 같으니까. 우리 장군님은 부상자이자 사망자이고 또한 용감한 분이었어. 그리고 나는 젊은이들에게 마누엘이 전위주의 도시인 에스트리덴토폴리스[2] 계획 이야기를 해준 날 밤에 대해 말하기 시작했다. 마누엘 이야기를 들었을 때 우리는 웃었다. 농담인 줄 알았다. 하지만 아니었다. 농담이 아니었다. 에스트리덴토폴리스는 가능한 도시, 적어도 상상의 날개를 펴면 가능한 도시였다. 마누엘은 어느 장군

---

[1] 멕시코 혁명기의 대통령들. 오브레곤(1880~1928)은 군 출신으로 1920~1924년 대통령을 역임했다가 1928년 암살당했다. 카란사(1859~1920)는 정치인이자 기업가로 1914년 권력을 잡고 1917년 멕시코 혁명 정신을 담은 헌법을 제정하면서 대통령이 되어 1920년까지 집권하다가 암살당했다. 카예스(1877~1945)는 교육가, 군인, 정치가로 1924년에서 1928년까지 집권했으며, 제도혁명당의 전신인 국민혁명당(PNR, Partido Nacional Revolucionario)을 창당했다.
[2] Estridentópolis. 〈반골주의 도시〉라는 뜻이다.
[3] 멕시코 타바스코 주에 속한 한 지방.

의 도움을 받아 할라파[3]에 그 도시를 건설할 생각이라고 말했다. 디에고 카르바할 장군이 그 도시 건축을 도와줄 거야. 그래서 우리 중 몇이 그 장군이라는 자가 누구인지 물었고(두 젊은이가 그날 밤 내게 물어본 것처럼), 마누엘이 이야기를 해주었다. 내가 젊은이들에게 말했다. 우리 나라의 혁명기에 싸워서 이름을 얻게 된 많은 사람 이야기와 별반 다를 것 없는 이야기일세. 벌거숭이로 역사의 소용돌이에 들어가 가장 빛나지만 흉물스러운 누더기 옷을 걸치고 나온 사람들, 즉 우리 장군님 디에고 카르바할처럼 문맹자로 역사의 소용돌이에 들어갔다가 나올 때는 피카소와 마리네티가 무엇인가의 예언자들이었음을 알게 된 사람들 말일세. 그들이 무엇의 예언자였는지 우리 장군님은 결코 알지 못했지만, 젊은이들 그거야 우리도 더 많이 알지는 못하잖나. 어느 날 오후 우리는 장군을 만나러 사무실로 찾아갔다. 세사레아가 반골주의에 합류하기 얼마 전 일이었다. 처음에 장군의 태도는 마치 거리를 두려는 듯 다소 쌀쌀맞았다. 일어나서 인사도 하지 않고, 마누엘이 소개를 하는 동안 거의 입도 열지 않았다. 우리 한 사람 한 사람의 눈을 바라보기는 했다. 우리 생각이나 영혼의 기저에 무엇이 있는지 들여다보고 싶은 사람인 양. 나는 생각했다. 마누엘은 어쩌다가 이 사람 친구가 된 거야. 언뜻 보아 장군은 혁명의 물결이 멕시코시티에 휩쓸어 온 다른 많은 장군들과 달라 보이지 않고, 외곬이고 고지식하고 의심이 많고 폭력적이라 시와는 전혀 어울리지 않을 것 같은 사람이라는 인상을 주었기 때문에. 물론 시인 중에도 외곬이고 고지식하고 상당히 의심이 많고 아주 폭력적인 사람들이 있다는 것을 나는 잘 안다. 예컨대 디아스 미론을 생각해 보라. 나더러 설명해 달라 하지 말고. 가끔 시인과 정치인들은, 특히 멕시코에서는 동일하고 똑같은 족속이라는 생각이 드니까. 적어도 같은 샘물을 마신다고 할 수 있다. 하지만 그때 나는 젊었다. 지나치게 젊고 이상주의적이었다. 다시 말해 나는 순수했다. 그따위 짓거리들은 영혼을 건드렸기 때문에 첫눈에 디에고 카르바할 장군이 마음에 들었다고는 할 수 없었다. 하지만 그때 모든 것을 뒤바꾼 아주 단순한 일이 일어났다. 시선으로 우리를 꿰뚫어 본 이후, 혹은 권태와 부재의 중간 같은 태도로 마누엘의 인사말을 감내한 이후에 장군은 경호원 한 사람, 에키타티보라는 이름의 야키 인디오 한 사람을 불러서 테킬라와 빵과 치즈를 가져오라고 명했다. 그게 다였다. 그게 우리의 마음을 열어젖힌 장군의 마술 지팡이였다. 이렇게 말하면 어처구니없겠지만, 나도 어처구니없으니까! 하지만 그때는 장군이 책상 위 서류를 한쪽으로 밀고, 마음을 열고 가까이들 오시오라고 말한 것만으로도 우리에게 있을지도 모를 유보나 편견을 허물어뜨리는 효과를 발휘했다. 우리는 모두 장군의 책상에 다가가 술을 마시고 치즈를 곁들여 빵을 먹었는데, 우리 장군님 말로는 그건 프랑스 풍습이었다. 마누엘이 그 이야기에(그리고 장군의 모든 말에) 맞장구쳤다. 그렇고말고요, 프랑스 풍습이죠. 뒤탕플 대로와 포브르 생드니 주변의 술집에서는 일상적인 일이죠. 마누엘과 우리 장군님 디에고 카르바할은 파리, 파리에서 먹는 치즈를 곁들인 빵, 파리에서 마시는 테킬라, 거짓말같이 엄청난 주량, 벼룩시장 근처 파리 사람들의 엄청난 주량에 대해서 이야기했다. 당시 난 두 사람이 이 모든 일들을 구체적인 거리나 구역이 아니라 대충 그 일대에서 일어나는 일인 듯 말한다고 느꼈다. 나중에 알았는데 그건 마누엘도 우리 장군님도 그때까지 〈빛의 도시〉에 가본 적이 없어서였다. 이유는 모르겠지만, 그래도 그 두 사람은 그 머나먼 도시, 예의 그 술 취한 도시를 사랑하거나, 혹은 더 훌륭한 대의에나 어울릴 열정을 품고 있었다. 젊은이들, 이 대목에서 잠시 다른 이야기를 하겠네. 나에 대한 마누엘의 우정이 사라지고 한참 후인 어느 날 아침 신문을 읽던 나는 그가 유럽으로 떠나는 것을 알게 되었다네. 신문 단신에 시인 마누엘 마플레스 아르세가 베라크루스에서 출항해 르아브르로 간다고 나와 있었어. 반골주의의 아버지가 유럽에 간다든가 멕시코 최초의 전위주의 시인이 구대륙으로 간다든가 하지 않고 그저 시인 마누엘 마플레스 아르세라고만 되어 있었어. 시인이라는 말도 없이 마플레스 아르세, 프랑스의 어느 항구로 간 다음 다른 교통수단으로(기차를 타고, 무개 마차를 타고!) 이탈리아 땅까지 여정을 계속해서 로마에 있는 멕시코 대사관의 영사나 부영사 업무 혹은 문화 담당관 직을 수행한다는 거야. 그래. 내 기억력이 예전 같지는 않지. 잊어버리는 일들도 있어. 인정한다고. 그러나 그날 아침 단신을 읽었을 때 마누엘이 드디어 파리를 알게 되리라는 것을 깨달았다. 나는 기뻤다. 기쁨으로 가슴이 벅차오르는 것을 느꼈다. 비록 마누엘을 이미 내 친구로 생각하지 않았지만, 비록 반골주의가 사망했지만, 비록 삶이 우리를 너무 바꾸어 놓아 이미 그 무렵에는 서로 알아보기도 힘들었지만. 나는 마누엘을 생각하고, 꿈속에서나 가본 적 있는 파리를 생각하고, 설명하기는 힘들지만 그의 여행은 우연이 아니라 우리 반골주의자들을 정당화시킨다고, 나름대로 정의가 구현된 것이라고 생각했다. 물론 우리 장군님 디에고 카르바할은 결국 멕시코를 벗어나지 못했다. 그는 1930년 원인 불명의 총격전에서 살해당했다. 유곽 〈로호 이 네그로〉의 안뜰에서였는데, 당시 그 유곽은 여기서 몇 블록밖에 떨어져 있지 않은 코스타리카 가에 위치하고 있었으며, 사람들 말로는 국무부에서 힘깨나 쓰는 사람의 직접적인 보호 아래 있었다. 총격전에서 우리 장군님 디에고 카르바할, 경호원 하나, 두랑고 주의 총잡이 셋, 그 시절 아주 유명한 창녀로 스페인 여자라고들 하던 로사리오 콘트레라스가 죽었다. 나는 우리 장군님의 장례식에 갔다가 묘지 입구에서 리스트 아르수비데를 만났다. 리스트에 따르면(리스트도 잘나간 시절에 유럽으로 여행을 갔다) 정치적인 이유로 우리 장군님을 함정에 빠뜨린 것이었다. 유곽에서 일어난 총격전 혹은 로사리오 콘트레라스가 주연을 맡은 치정 사건이라고 떠들어 댄 언론과는 정반대로. 개인적으로 그 유곽을 알고 있던 리스트에 따르면 우리 장군님은 가장 깊숙한 곳에 있는 방에서 일을 치르는 것을 좋아했다. 그리 크지 않은 방이지만 그 집 안쪽, 분수가 있는 안뜰 옆에 위치해 있어서 아주 조용하다는 장점이 있었다. 일은 치른 다음 우리 장군님은 뜰에 나와 담배를 피우면서 성교 후의 슬픔, 그 빌어먹을 육체

---

4 구약 성서에 나오는, 사람의 얼굴 또는 짐승의 얼굴에 날개를 가진 초인적 존재.
5 모두 성관계를 일컫는 은어들이다.

의 슬픔을, 그리고 읽지 못한 모든 책을 생각하는 것을 좋아했다. 리스트에 따르면 암살범들은 유곽의 주요 객실에 면한 복도, 안뜰 구석구석을 지배할 수 있는 장소에 자리를 잡고 있었다. 우리 장군님의 습관을 알고 있었다는 것이다. 그들은 기다리고 또 기다렸다. 우리 장군님이 로사리오 콘트레라스와 일을 치르는 동안에. 내가 아는 바로는 로사리오는 직업 정신이 투철한 창녀였다. 그곳에서 빼내 주겠다고 제안하는 사람이 적지 않았는데 그녀는 늘 자유를 선택했으니 정말 보기 드문 일이었다. 그날 우리 장군님과 로사리오의 섹스는 길고 섬세했다. 케루빔[4]이나 큐피드가 두 사람이 적어도 이곳 멕시코에서 마지막 사랑을 흠뻑 즐기기를 바란 것처럼. 그리하여 로사리오와 우리 장군님은, 오늘날 젊은이들이, 그리고 아주 젊지만은 않은 이들까지도 피사다, 와구이스, 부리토, 팔로, 클라보, 파르체오, 라고 부르거나 운 파르체오, 운 파 투스 치클레스, 운 파 투스 투나스, 운 테 보이 아 다르 파 덴트로 데 트레스 디아스[5]라고 표현하는 그것에 몰두하느라 몇 시간이 흘렀다. 암살범들은 오래 기다려야 했고, 지루해하면서도 습관의 동물인 우리 장군님이 권총띠나 호주머니에, 혹은 바지와 불룩한 배 사이에 권총을 쑤셔 넣고 뜰에 나오지 않기를 바랐다. 그러다가 우리 장군님이 드디어 담배를 피우러 나왔을 때 총격이 시작되었다. 리스트에 따르면 그들은 우리 장군님의 경호원을 이미 손쉽게 해치운 다음이라, 그 난리가 벌어졌을 때는 3대 1인 데다가 기습을 가했다는 이점도 있었다. 그러나 우리 장군님 디에고 카르바할이 워낙 사나이답고 반사 동작도 기민해서 일이 뜻대로 되지 않았다. 처음 몇 발을 맞혔지만 우리 장군님은 권총을 꺼내 반격할 만한 충분한 여력이 있었다. 리스트에 따르면 우리 장군님이 분수 뒤에 계속 숨어 있었으면 혼자서도 아주 오랫동안 공격을 견뎌 낼 수 있었다. 암살자들이 더할 나위 없이 유리한 곳에 잠복해 있었지만, 우리 장군님의 위치도 흠잡을 데가 없어서 양쪽 다 감히 선제공격을 하기 어려웠다. 하지만 그때 로사리오 콘트레라스가 총소리에 놀라 방에서 나오다가 총을 맞고 죽었다. 그다음은 혼란스럽다. 아마도 우리 장군님이 그녀를 도와주러, 목숨을 구하러 달려갔다가 이미 죽었다는 것을 깨닫고는 분격해서 자제하지 못한 듯하다. 벌떡 일어나 암살자들이 있는 곳에 총을 겨누고 전진하면서 발사했다. 어떤가, 젊은이들? 멕시코의 옛날 장군들은 이렇게 죽었다네. 그들이 대답했다. 그럴듯한 것 같기도 하고 아닌 것 같기도 하네요, 아마데오. 영화 이야기를 하시는 것 같아요. 나는 다시 에스트리덴토폴리스를, 이 도시의 박물관과 바늘을, 야외극장과 신문들을, 학교들을, 에스트리덴토폴리스에 들를 시인들을 위한 방들, 보르헤스와 트리스탄 차라, 우이도브로와 앙드레 브르통이 잠자게 될 그 방들을 생각했다. 우리와 대화를 나누는 우리 장군님을 또다시 보았다. 계획을 세우고, 창가에 기대 술을 마시고, 마누엘의 추천서를 가지고 온 세사레아 티나헤로를 맞이하고, 타블라다가 쓴 작은 책, 아마도 돈 호세 후안 타블라다가 〈하늘의 공포 아래서/유일하게 뜬 별을 위해 통곡하네/나이팅게일의 노래가〉라고 읊는 구절이 있는 책을 읽고 있는 우리 장군님의 모습을 보았다. 젊은이들, 모두 뒤섞여 동일한 좌절로 귀결된 노력과 꿈들을 보았다는 말일세. 그 좌절은 기쁨이라고 불렀고.

1983년 3월, 멕시코시티 틀랄네판틀라, 라 포르탈레사 정신 병원, 호아킨 폰트. 이제 나는 가난한 미치광이들에게 둘러싸여 있고, 거의 아무도 나를 보러 오지 않는다. 그러나 내 담당 의사는 내가 날이 갈수록 조금씩 낫고 있다고 말한다. 이 정신과 의사 이름은 호세 마누엘인데 예쁜 이름 같다. 그 이야기를 하니까 그가 웃는다. 내가 그에게 말한다. 아주 낭만적인 이름이오. 어떤 여자도 사랑에 빠지게 할 만큼. 유감스럽게도 딸이 나를 찾아올 때 그는 거의 없다. 딸은 토요일이나 일요일에 면회를 오는데, 그때는 내 담당의가 쉬는 날이다. 매달 당직을 서는 토요일 하루와 일요일 하루를 제외하면. 나는 의사에게 말한다. 내 딸을 보면 사랑에 빠질 거요. 그가 말한다. 어휴, 돈 호아킨. 하지만 나는 계속 말한다. 내 딸을 보면 상처 입은 새처럼 그 아이 발밑에 떨어질 거요, 호세 마누엘. 그리고 지금은 이해가 안 되는 많은 일을 갑자기 이해하게 될 거요. 그가 묻는다. 예를 들어 어떤 것이오? 딴전 피우는 듯한 목소리, 품위 있게 무관심한 척하려는 목소리이지만 속으로는 대단히 관심이 많다는 것을 나는 안다. 예를 들어 어떤 것이오? 그러면 나는 입을 다무는 편을 택한다. 가끔은 침묵이 제일 좋다. 멕시코시티의 지하 묘지로 다시 내려가 조용히 기도를 드리는 것이. 이 감옥의 마당들은 침묵을 지키기에 이상적이다. 가라비토 선생이 설계라도 한 듯 사각형과 육각형 마당들이 있고, 모든 마당이 축구장 세 개만 한 크기의 대운동장으로 이어진다. 이 마당은 노동자와 한량들을 가득 태운 틀랄네판틀라의 버스가 다니는 이름 없는 도로와 면해 있는데, 승객들은 운동장을 어슬렁거리는 정신병자들을 빤히 바라본다. 정신병자들은 라 포르탈레사의 환자복을 입고 있거나, 반쯤 벗고 있거나, 금방 들어와서 환자복을 구하지 못한(자기 치수의 옷을 구하지 못했다는 이야기가 아니다. 이곳에서는 치수에 맞는 환자복을 입은 사람이 별로 없다) 이들은 거리에서 입던 변변찮은 옷차림 그대로이다. 그 대운동장이야말로 침묵의 본거지이다. 비록 처음 보았을 때는 그곳에 가면 정신병자들의 소란을 견디기 힘들 것 같아서 그 스텝 지대를 활보할 생각이 들기까지 시간이 걸렸지만, 얼마 안 가 라 포르탈레사 전체에서 소리가 겁에 질린 토끼처럼 도망치는 장소가 있다면 그곳은 이름 없는 도로 쪽에 면해 높은 창살 담장의 보호를 받는 그 대운동장이라는 것을 깨달았다. 바깥 사람들은 차를 타고 신속하게 그 도로를 지날 뿐이고, 보행자는 거의 보이지 않는다. 이따금 정신병자의 가족 중 길을 잘못 든 사람 혹은 정문으로 들어가는 대신 창살 옆에 그저 잠깐 머물렀다가 제 갈 길을 가는 사람들만 있을 뿐이다. 운동장의 또 다른 끝은 건물들 옆에 있으며, 탁자가 있고 음식을 먹는 곳들이 있다. 환자들은 가끔 그곳에서 바나나나 사과나 오렌지를 가지고 오는 가족들과 잠시 단란한 시간을 보낸다. 어쨌든 사람들은 그곳에 오래 머물지 않는다. 해가 나면 그 구역은 더위를 견딜 수 없고, 바람이 불면 면회 오는 사람이 전혀 없는 정신병자들이 담장 추녀 밑에 몸을 피하곤 하기 때문이다. 딸이 나를 면회 오면, 나는

---

6 예수의 스페인식 이름이 〈헤수스Jesús〉이다.

접견실에 그대로 있자고 하거나 육각형 마당 중 한 곳으로 나가자고 말한다. 딸에게는 접견실과 작은 마당들이 숨 막히고 음산하게 느껴지는 것을 알면서도. 그러나 대운동장에는 딸이 보지 말았으면 하는 일들과(담당의에 따르면 내 건강이 확실히 좋아지고 있다는 증거이다) 당장은 나만 접했으면 하는 일들이 벌어진다. 어쨌든 나는 조심스럽게, 방어 태세를 풀지 않고 다녀야 한다. 어느 날(한 달 전에) 딸이 울리세스 리마가 사라졌다고 이야기해 주었다. 내가 말했다. 벌써 알고 있어. 딸이 물었다. 어떻게 아는데요? 내가 말했다. 아, 신문에서 읽었지. 딸이 말했다. 하지만 어느 신문에도 나지 않은걸요! 내가 말했다. 음, 그럼 꿈을 꾸었나 봐. 내가 말하지 않은 사실은 정신병자 하나가 대운동장에서 그 일을 보름쯤 전에 말해 주었다는 사실이다. 진짜 이름도 모르는 정신병자로, 이곳에서는 추초나 추치토라고 부른다(아마 이름이 헤수스일 텐데 종교적인 함의가 있는 것은 뭐든지 피하고 싶다.[6] 이 이야기와 관계가 있는 것도 아니고 대운동장의 침묵을 깨트리기만 할 테니까). 그날 이 추초인지 추치토인지가 내게 다가왔다. 약에 취한 사람이든 완연한 회복세에 있는 사람이든 모든 환자가 서로 다가갔다 멀어졌다를 되풀이하는 그 대운동장에서는 일상적인 일이었는데, 그가 지나치면서 속삭였다. 울리세스가 사라졌소. 다음 날 나는 다시 그와 마주쳤다. 어쩌면 무의식중에 그를 찾았는지도 모른다. 나는 그를 향해 발걸음, 아주 느리고 참을성 있는 발걸음을 옮겼다. 너무 느린 발걸음이라 버스를 타고 이름 없는 도로를 지나는 사람들은 아마 우리가 제자리에 서 있다는 느낌을 받을 것이다. 그러나 우리는 움직인다. 그에 대해서는 티끌만큼도 의심의 여지가 없다. 나를 본 그의 입술이 떨리기 시작했다. 나를 보자마자 메시지의 긴급함이 작동하기 시작한 듯이 말이다. 그가 내 옆을 지날 때 나는 똑같은 말을 들었다. 울리세스가 사라졌소. 그때서야 나는 울리세스 리마, 1976년이 시작되자마자 내 번쩍거리는 임팔라 운전대를 잡은 모습이 마지막이었던 젊은 내장 사실주의 시인을 말한다는 것을 깨달았다. 하늘에 다시 먹구름이 끼고, 그 먹구름이 상상할 수 없는 무게와 전율스러운 거만함으로 멕시코의 하얀 구름 위를 떠다니는 것을 느꼈다. 몸조심이 필요하고, 위장과 침묵으로 돌입해야 했다.

1984년 1월, 멕시코시티, 혁명 기념 아치 인근 몬테스 가, 소치틀 가르시아. 하신토와 내가 결별했을 때 우리 아버지는 하신토가 난폭하게 굴면 말하라고, 당신이 다 맡겠다고 말했다. 아버지는 가끔 프란츠를 바라보며 어쩜 이렇게 머리카락이 노라냐고 말하고, 우리 집안은 모두 피부가 가무잡잡하고 하신토도 마찬가지인데 어떻게 그런 머리 색의 아이가 태어날 수 있을지 생각했다(그런 말을 하지는 않았지만 그렇게 생각한다고 나는 확신한다). 아버지는 프란츠를 예뻐했다. 우리 금발 아기, 우리 금발 아기 어디 있어 하고 말하고는 했다. 프란츠도 아버지를 좋아했다. 아버지는 토요일이나 일요일마다 와서 아이를 데리고 산책 나가고는 했다. 돌아오면 나는 아주 진한 커피를 한 잔 끓여 드렸고, 아버지는 말없이 식탁에 앉아 프란츠를 바라보거나 신문을 읽었다. 그러고는 갔다.

아버지는 프란츠가 하신토 아들이 아니라고 믿은 것 같다. 그래서 좀 화가 나기도 하고 재미있기도 했다. 난리굿을 피우며 하신토와 결별한 것도 아니라서 아버지에게 아무 말 할 필요가 없기도 했다. 설령 그랬다 해도 역시 아무 말도 하지 않았으리라. 하신토는 보름마다 아이를 보러 왔다. 가끔 우리는 거의 이야기도 하지 않았다. 하신토는 아이를 데려가고, 데려오고, 곧장 가버렸다. 하지만 어떤 때는 아이를 데려다 주러 왔다가 잠깐 남아 이야기를 하면서, 어떻게 사는지 내게 묻고, 나도 그가 어떻게 사는지 물었다. 새벽 2~3시까지 이야기를 하면서, 있었던 일과 읽은 책에 대해서 대화를 나누기도 했다. 내 생각에는 아버지가 겁나서 더 자주 오지 못하는 것 같았다. 아버지와 마주칠까 두려워서. 하신토는 아버지가 당시 이미 많이 아픈 상태라서 누군가를 해하기 힘들다는 사실을 모르고 있었다. 하지만 아버지의 명성은 대단했고, 그 누구도 아버지가 어디에서 일하는지 정확히 알지 못했음에도 불구하고 아버지 모습은 꼭 그렇게 말하는 것 같았다. 나 비밀경찰이니까 정말 조심하라고. 나 멕시코 경찰이니까 정말 조심하라고. 이미 편찮으셔서 아버지 얼굴이 병 때문에 초췌해지거나 거동이 더 굼떠졌어도 별로 달라지지 않고, 오히려 너 위협이 되었다. 어느 날 밤 아버지가 나와 저녁을 같이 하려고 남았다. 나는 한껏 기분이 좋았고, 아버지와 식사를 같이 하고 싶고, 아버지와 프란츠가 함께 있는 것을 보고 싶고, 아버지와 대화를 나누고 싶었다. 내가 뭘 만들어 드렸는지 이제 기억나지 않지만 아마 간단한 식사였을 것이다. 식사를 하면서 나는 왜 경찰이 되었는지 아버지에게 물었다. 진지하게 물었는지, 그저 한 번도 물어본 적이 없고 더 늦게 물어보면 너무 늦으리라는 생각이 들어서였는지 잘 모르겠다. 아버지는 모르겠다고 대답했다. 내가 물었다. 다른 일 하고 싶지는 않으셨어요? 그러고 싶었다고 대답했다. 내가 물었다. 뭐가 되고 싶으셨는데요? 아버지가 말했다. 농부. 나는 웃었지만 아버지가 떠난 뒤 그 생각에 빠져들었다. 좋던 기분이 갑자기 시들해졌다.

그 무렵 무척 친해지게 된 사람이 마리아였다. 마리아는 계속 위층에 살았고, 때때로 애인이 생기기도 했지만 (어떤 밤에는 천장이 종잇장이 되기라도 한 듯 그녀의 소리가 들렸다), 수학 교사와 결별 이후 혼자 살았다. 혼자 산다는 사실이 그녀를 많이 바뀌게 했다. 나는 열여덟 살 때부터 혼자 살았기 때문에 내가 무슨 말을 하는지 잘 안다. 비록 잘 생각해 보면, 처음에는 하신토와, 그리고 지금은 아이와 살고 있으니 한 번도 혼자 산 적이 없지만. 아마 아버지 집에서 나와 독립적으로 사는 것을 말하고자 한 것이리라. 어쨌든 마리아와 나는 더 친한 친구가 되었다. 아니 진짜 친구가 되었다. 그 전에는 그렇지 않았거나, 우리의 우정이 우리 자신이 아닌 다른 사람들에게 의거하고 있었을 것이다. 하신토와 헤어진 후 나는 시에 몰두했다. 내게 가장 중요한 일처럼 시를 읽고 썼다. 그 전에 이미 시도 몇 편 썼고 나름 책도 많이 읽었다고 생각했으나, 하신토가 떠난 뒤에야 진지하게 글을 읽고 쓰게 되었다. 시간이 남아돌지는 않아서 시간을 쥐어짜 내야 했다.

그 무렵 나는 히간테 슈퍼마켓의 계산대 직원 자리를 구했다. 아버지가 히간테 콜로니아 산라파엘 점장을 친구로 둔 친구에게 이야기해 준 덕분이다. 마리아는 국립 예술원의 어느 사무실에서 비서로 일했다. 낮에는 프란츠가 학교를 다녀서 열다섯 살짜리 여자 애가 나 대신 애를 학교에서 찾아(그 여자 애는 그렇게 돈을 벌었다) 내가 퇴근할 때까지 공원에 데리고 가거나 집에서 돌보았다. 밤마다 저녁 식사 후에는 마리아가 우리 집으로 내려오거나 내가 올라갔다. 그리고 그날 히간테에서, 혹은 프란츠 저녁 식사를 데우면서, 아니면 전날 밤 자고 있는 프란츠를 바라보면서 쓴 시들을 마리아에게 읽어 주었다. 하신토와 살 때의 나쁜 습관이었던 텔레비전은 폭탄급 뉴스가 있어서 추이가 궁금할 때만 켰다. 지금 말하는 대로, 위치를 바꿔 이제는 창가에 둔 식탁에 앉아, 너무 졸려 눈이 감길 때까지 시를 읽고 쓰기만 했다. 쓴 시들을 열 번, 열다섯 번 수정했다. 하신토를 만나면 시를 읽어 주고, 그러면 그는 의견을 이야기했다. 그러나 내 진정한 독자는 마리아였다. 마지막으로 시를 타자기로 옮겨서 날로 두꺼워지는 서류철에 보관했다. 마음이 뿌듯했다. 나의 투쟁이 헛되지 않다는 물증이기 때문이었다.

하신토가 떠나간 후 다른 남자와 다시 자기까지는 오래 걸렸다. 프란츠 외에 내가 열정을 쏟아부은 것은 시였다. 창작을 그만두고 매주 새 애인을 데리고 오는 마리아와 정반대였다. 그 애인들 중 서너 명은 나도 알게 되었다. 가끔 마리아에게 말하고는 했다. 그 작자한테 뭘 바라, 그치는 네게 어울리지 않아. 그 인간은 어쩌면 너를 때릴 거야. 하지만 마리아는 자신이 상황을 능히 조절할 줄 안다고 대답하곤 했으며, 사실이 그랬다. 비록 몇 번인가 비명 소리에 놀라 마리아 방으로 뛰어 올라가 그녀 애인에게 당장 나가지 않으면 비밀경찰이었던 우리 아버지에게 전화를 걸겠다고, 그러면 맛 좀 보게 될 거라고 말해야 했지만 말이다. 애인들 중 하나가 길 한복판에서 우리에게 소리친 기억이 난다. 이 쪽새 같보년들아. 마리아와 나는 창문에서 미친 듯이 웃었다. 시 문제는 달랐다. 한번은 마리아에게 물어보았다. 왜 시를 안 써? 마리아는 의욕이 없다고, 그게 다이고 그저 그뿐이라고 대답했다.

1984년 2월, 멕시코시티 콜로니아 코요아칸 크라비오토 가의 어두운 작업실, 루이스 세바스티안 로사도. 어느 날 아침 알베르티토 무어가 직장으로 전화해서 개 같은 밤을 보냈다고 말했다. 그 말에 처음에는 난장판 파티를 떠올렸는데, 말을 더듬고 주저하는 목소리를 듣고는 그의 말 뒤에 뭔가 있다는 것을 깨달았다. 내가 물었다. 무슨 일이야? 알베르티토가 대답했다. 끔찍한 밤을 보냈어. 네가 상상도 하지 못할. 그가 울음을 터뜨리리라는 생각이 잠시 들었다. 그러나 갑자기, 그가 아무 이야기도 하지 않았는데도 나는 깨달았다. 울음을 터뜨릴 사람, 하염없이 울 사람은 나라는 것을. 내가 물었다. 그래서? 알베르티토가 말했다. 네 친구 때문에 홀리타 누나가 곤경에 빠졌어. 내가 말했다. 피엘 디비나 말이구나. 알베르티토가 말했다. 그래 그 작자. 내가 말했다. 난 몰랐어. 그래서? 알베르티토가 대답했다. 밤새 한숨도 못 잤어.

누나도 밤새 한숨도 못 잤고. 누나가 밤 10시에 내게 전화해서 자기 집에 경찰이 왔다고 말했는데 부모님한테 알리기는 원하지 않았어. 내가 물었다. 그래서? 알베르티토가 말했다. 이 나라는 엿 같아. 경찰이 제구실을 못해. 병원도 감옥도 시체 안치소도 장의사도. 그 작자가 훌리타 누나의 주소를 가지고 있었는데, 경찰이 후안무치하게도 누나를 세 시간 넘게 심문했어. 내가 물었다. 그래서? 알베르티토가 말했다. 최악의 일은 그 후 훌리타가 피엘 디비나를 보러 가겠다고 미쳐 날뛰고, 처음에는 누나를 체포하려 한 망할 놈의 경찰들이 자신들이 직접 시체 안치소까지 데려다 줄 수 있다고 말했다는 점이야. 그 작자들, 어딘가 어두운 골목길에서 누나를 겁탈하려 들었을 텐데, 누나는 길길이 날뛰다 보니 앞뒤 분간을 못하는 거야. 나하고, 아마 너도 알 텐데, 내가 데려간 변호사 세르히오 가르시아 푸엔테스가 집에 도착했을 때 누나는 막 나가려던 참이었어. 변호사와 나는 펄쩍 뛰면서 혼자서는 집에서 못 나간다고 누나에게 말했지. 그 개자식들이 그게 좀 불쾌했는지 다시 질문을 하기 시작했어. 기본적으로 그 자식들이 알고 싶은 것은 사망자 이름이었어. 그때 네 생각이 났지. 너라면 진짜 이름을 알 것 같아서. 하지만 물론 아무 말도 하지 않았어. 누나도 그렇게 생각을 했고, 그 철없는 여자 워낙 천방지축인지라 되는대로 막 지껄여 버렸어. 경찰이 너를 만나러 가지는 않은 것 같네. 내가 물었다. 그래서? 알베르티토가 말했다. 하지만 경찰들이 가고 나자, 훌리타 누나는 잠을 이룰 수가 없었던 거야. 그래서 누나, 불쌍한 가르시아 푸엔테스, 나는 네 친구 시체를 확인하려고 경찰서와 시체 안치소를 전전했어. 마침내 가르시아 푸엔테스의 한 친구 덕분에 카마로네스 경찰서에서 피엘 디비나를 발견했어. 얼굴 반쪽이 박살 났지만 누나는 금방 알아보았어. 내가 말했다. 그래서? 알베르티토가 말했다. 진정하고 내 말을 들어. 가르시아 푸엔테스의 친구가 그러는데 틀랄네판틀라에서 발생한 총격전에서 경찰이 피엘 디비나를 죽였다는군. 경찰은 마약 밀매업자 몇 사람을 쫓는 중이었어. 틀랄네판틀라로 가는 길에 있는 노동자 숙소의 주소를 가지고. 경찰이 들이닥쳤을 때, 집 안에 있던 사람들이 저항을 해서 경찰이 모조리 죽여 버렸어. 죽은 사람 중에 네 친구가 있었고. 지랄 같은 건, 경찰이 피엘 디비나의 신원 파악에 나섰을 때 훌리타 누나의 주소만 발견한 거야. 범죄자 리스트에도 없고, 아무도 이름도 별명도 모르고 유일한 단서가 누나 주소였어. 다른 자들은 경찰이 파악하고 있던 범죄자들이었나 봐. 내가 말했다. 그래서? 알베르티토가 말했다. 그러니 아무도 이름을 모르고, 누나는 미쳐 날뛰고, 울음을 터뜨리고, 시신 덮은 것을 벗겨 내고, 피엘 디비나를 부르고 외쳐 대고. 그곳 시체 안치소에서 모든 사람이 듣는데 말이야. 가르시아 푸엔테스가 누나 어깨를 잡고 안아 주었어. 너도 알겠지만 가르시아 푸엔테스는 늘 누나를 마음에 살짝 두고 있잖아. 그때 나는 시신을 정면으로 바라보게 되었어. 장담하는데 유쾌한 광경이 아니었어. 죽은 지 얼마 안 되었는데도 그의 피부는 벌써 신의 피부가 아니었어. 잿빛 피부였다고나 할까. 몽둥이 찜질이라도 당한 듯 온몸에 멍이 들고, 목에서 사타구니까지 엄청나게 긴 상처가 있고. 그래도 얼굴은 평온함,

죽은 사람에게 볼 수 있는 평온함이 깃든 표정이었지만, 사실 평온함도 그 무엇도 아니라 그저 아무 기억 없는 죽은 살덩이에 불과하지만. 내가 말했다. 그래서? 알베르티토가 말했다. 아침 7시에 우리는 경찰서에서 나왔어. 경찰 하나가 시신을 거둘 거냐고 우리에게 묻더군. 나는 아니라고, 경찰에서 마음대로 하라고 대답했어. 누나의 한때 애인이었을 뿐이라고. 그 직후 가르시아 푸엔테스가 경찰서의 누군가에게 으름장을 놔서 또다시 누나를 괴롭히는 일이 없을 거라는 다짐을 받아 냈어. 나중에 아침을 먹으면서 누나에게 언제부터 그 작자를 만났느냐고 물었더니, 너와 한동안 같이 산 다음에 자기를 만났다고 그러더군. 내가 누나에게 물었지. 대체 피엘 디비나가 누나를 어떻게 찾아냈는데? 네 수첩에서 누나 전화번호를 딴 것 같아. 누나는 피엘 디비나가 마약 밀매를 하는지 몰랐어. 피엘 디비나가 무위도식하면서, 너나 누나 같은 사람들이 주는 돈으로 산다고 생각했지. 내가 누나에게 그런 사람과 어울리다 보면 늘 끝이 안 좋다고 말하니까 우는 거야. 가르시아 푸엔테스가 내게 법석 떨지 말라고, 이제 다 끝났다고 말했고. 내가 말했다. 그래서 뭐가 어떻게 되었다고? 알베르티토가 말했다. 어떻게 되긴, 다 끝난 일이지. 어쨌든 나는 잠도 못 잤는데, 회사 일이 턱밑까지 차서 휴기를 낼 수도 없었어.

17

1985년 9월, 멕시코시티 부카렐리 가, 카페 키토, 하신토 레케나. 울리세스 리마는 마나과에서 사라진 지 2년 만에 멕시코로 돌아왔다. 그때부터는 극히 일부의 사람들만이 그를 보았다. 그것도 우연히. 대부분의 사람에게 울리세스 리마는 죽은 사람이고 죽은 시인이었다.

나는 그를 두어 번 보았다. 처음에는 마데로에서, 두 번째는 그의 집으로 만나러 갔다. 그는 콜로니아 게레로의 공동 주택에 살고 있었는데 잠만 그곳에서 잤다. 그리고 마리화나를 팔아 생계를 유지했다. 그는 돈이 별로 없었고, 얼마 안 되는 돈도 함께 사는 여자에게 주었다. 롤라라고 부르는 젊은 여인으로 아들도 하나 있었다. 롤라라는 그 여자는 무기라도 들 위인이었다. 남부 지방인 치아파스 여자, 아니 어쩌면 과테말라 여자일 수도 있었다. 춤추기를 좋아하고, 펑크족처럼 옷을 입고, 늘 기분이 좋지 않았다. 하지만 그녀의 아들은 착해서 울리세스가 정을 준 것 같다.

어느 날 울리세스에게 어디 있었는지 물었다. 그는 멕시코와 중앙아메리카를 잇는 강을 돌아보았다고 말했다. 내가 알기로는 그런 강은 존재하지 않는다. 그러나 그는 그 강을 돌아보았고, 이제는 모든 굽이와 지류를 안다 할 수 있다고 말했다. 나무의 강 혹은 모래의 강, 아니면 나무의 강이었다가 구간에 따라 모래의 강으로 변하는 강. 일거리가 없는 사람들, 가난하고 굶주린 사람들, 마약과 고통에 찌든 사람들의 지속적인 흐름. 12개월 동안 항해한 구름의 강에서 울리세스는 셀 수 없는 섬과 마을을 발견하고(모든 섬에 사람이 살지는 않았지만), 가끔은 남아서 영원히 살리라고, 혹은 그곳에서 죽으리라고 작정하기도 했다.

그가 방문한 섬 가운데 두 군데가 특기할 만했다. 울리세스가 말했다. 하나는 과거의 섬이야. 그곳에는 과거만 존재하고, 주민들은 따분해하지만 이성적으로는 행복했어. 하지만 환영의 무게가 너무도 무거워 섬이 매일 조금씩 강으로 가라앉았어. 또 하나는 미래의 섬이야. 그곳의 유일한 시간은 미래이고, 주민들은 몽상가이고 공격적이야. 하도 공격적이어서 아마 서로 잡아먹게 될 거야.

그 후 그를 다시 보기까지 오랜 세월이 흘렀다. 나는 다른 분야에서 활동하고자 했고, 관심사가 달랐고, 일자리를 구해야 했고, 소치틀에게 약간의 돈을 주어야 했고, 다른 친구들도 생겼다.

1985년 9월, 멕시코시티 틀랄네판틀라, 라 포르탈레사 정신 병원, 호아킨 폰트. 지진이 일어난 날 나는 라우라 다미안을 다시 보았다. 그런 환각은 오랫동안 경험하지 못했다. 나는 사물을 보고, 생각을 읽고, 특히 고통을 보았지만 라우라 다미안은 보지 못했다. 그녀의 모습은 흐릿했고, 여러 가지 예언과 예견을 늘어놓으면서 그에 반하는 증거에도 불구하고 모든 것이 다 괜찮다고 말했다. 아마 멕시코에서 혹은 멕시코인들의 집에서 혹은 멕시코인들의 머리에서 모든 것이 다 괜찮다는 것이리라. 안정제 탓이었다. 비록 라 포르탈레사에서는 안정제를 아끼려고 수용 환자 1인당 한 알이나 두 알, 그것도 제일 정신이 이상한 이들에게나 주었지만 말이다. 즉, 안정제 탓이 아닐 수도 있다. 확실한 것은 오랫동안 라우라 다미안을 보지 못하다가 지축이 흔들리기 시작할 때 보았다는 점이다. 그때 나는 재난 이후에 모든 것이 다 괜찮다는 사실을 깨달았다. 아니 어쩌면 재난의 순간에 모두가 죽지 않으려고 갑자기 괜찮아진 것일 수도 있다. 며칠 뒤 딸이 나를 보러 와서 물었다. 지진 난 것 알고 계셨어요? 내가 답했다. 물론이지. 죽은 사람이 많니? 딸이 말했다. 아니요, 아주 많지는 않아요. 하지만 꽤 죽었어요. 내가 물었다. 친구들이 많이 죽었어? 딸이 말했다. 제가 알기로는 아무도 죽지 않았어요. 내가 말했다. 우리에게 남은 얼마 안 되는 친구들은 멕시코 지진이 아니라도 죽을 거야. 딸이 말했다. 가끔은 아버지가 미치지 않았다는 생각이 드네요. 내가 말했다. 나는 미친 것이 아니라 그저 정신이 혼란스러운 거야. 딸이 말했다. 하지만 혼란이 너무 오래 지속되네요. 내가 말했다. 시간은 환영(幻影)이야. 나는 오래전부터 보지 못한 사람들, 심지어 한 번도 보지 못한 사람들에게 생각이 미쳤다. 딸이 말했다. 그럴 수만 있다면 아버지를 병원에서 모시고 나갈 텐데요. 내가 말했다. 급할 것 없어. 거지들의 힘겨운 발

---

1 구품천사 가운데 가장 높은 천사.

걸음으로 과거로부터 영원을 향해서 혹은 멕시코의 무(無)를 향해서 전진해 온 멕시코의 지진들이 생각났다. 딸이 말했다. 할 수만 있다면 오늘 당장 모시고 나갈 텐데요. 내가 말했다. 신경 쓰지 마라. 네 삶만 해도 벌써 상당히 문제가 많을 텐데. 딸은 대답 없이 나를 바라만 보았다. 내가 말했다. 지진이 일어나는 동안 라 포르탈레사의 환자들은 침대에서 떨어졌어. 침대에 묶이지 않은 채 잠을 자는 사람들이 그랬다고. 간호사들이 도로로 뛰쳐나가고, 어떤 사람들은 가족에게 무슨 일이 있을까 싶어 시내로 가버렸기 때문에 병동을 통제할 사람이 아무도 없었어. 몇 시간 동안 정신병자들은 자기 마음대로 할 수 있었어. 딸이 말했다. 그래서 무엇을 했는데요? 내가 말했다. 거의 아무 일도 하지 않았어. 어떤 사람들은 기도를 하고, 또 어떤 사람들은 마당으로 나가고, 대부분은 계속 잠을 잤어. 자기 침대에서 혹은 바닥에서. 딸이 말했다. 운이 좋았네요. 예의상 내가 딸에게 물었다. 너는 뭘 했니? 딸이 말했다. 아무것도 하지 않았어요. 친구 아파트로 내려가서 셋이 함께 있었어요. 내가 말했다. 누구누구? 딸이 말했다. 친구와 친구 아들과 저요. 내가 말했다. 친구 중에서 죽은 사람은 하나도 없니? 딸이 말했다. 아무도 없어요. 내가 물었다. 확실해? 딸이 답했다. 그럼요. 내가 말했다. 우리는 정말 다르군. 딸이 말했다. 어째서요? 왜냐하면 나는 라 포르탈레사에서 나가지 않고도 친구들 몇이 지진으로 압사한 걸 알거든. 딸이 말했다. 아무도 죽지 않았다니까요. 내가 말했다. 그게 그거지, 그게 그거야. 잠시 우리는 침묵에 빠져 머리에 똥을 묻히고 작은 새처럼, 세라핌[1]처럼, 케루

빔처럼 방랑하는 라 포르탈레사의 정신병자들을 바라보았다. 〈너무 속상해〉 하고 딸이 말했거나 그런 말을 들을 것 같다. 딸이 울기 시작한 것 같지만, 나는 신경을 쓰지 않으려 했고 이에 성공했다. 내가 말했다. 라우라 다미안 기억나니? 딸이 말했다. 거의 모르는 사람이에요. 아버지도 그렇잖아요. 내가 말했다. 나는 라우라 다미안 아버지의 아주 친한 친구였어. 정신병자 한 사람이 몸을 수그리더니 철문 옆에다 토했다. 딸이 말했다. 아버지는 라우라가 죽은 다음에 라우라 아버지와 친구가 되셨어요. 내가 말했다. 아니, 나는 그 불행이 일어나기 전부터 알바로 다미안의 친구였어. 딸이 말했다. 좋아요. 그것 때문에 싸우지 마요. 그러고서 딸은 도시 전역에서 벌어지고 있고, 자신도 참여하고 있는 혹은 참여한 혹은 참여하고 싶어 한(혹은 멀리서 지켜보기만 한) 구조 작업에 대해 잠시 이야기해 주었다. 또한 어머니가 멕시코시티를 아주 떠나겠다고 그런다는 이야기도 해주었다. 그 이야기가 내 흥미를 끌어서 물었다. 어디로 말이야? 딸이 대답했다. 푸에블라로요. 나를 어떻게 할 건지 물어보고 싶었지만 푸에블라 생각을 하다가 잊어버렸다. 그러고 나서 딸은 갔고, 나는 라우라 다미안과 홀로 남았다. 라우라와 라 포르탈레사의 정신병자들과 함께. 라우라의 목소리, 라우라의 보이지 않는 입술은 내게 걱정하지 말라고, 아내가 푸에블라로 가버리면 자신이 내 옆에 남을 것이라고, 아무도 나를 절대 정신 병원에서 쫓아내지 못할 것이라고, 언젠가 쫓아내면 자신이 나를 따라오겠다고 말했다. 아, 라우라. 내가 한숨을 쉬었다. 이윽고 라우라가 아무 관심 없다는 듯이 내게 물었다. 멕시코 젊은이들의 시가 어떤지, 내 딸이 멕시코 시티의 젊은 시인들의 길고 피나는 투쟁 소식을 가지고 왔는지를. 그래서 내가 라우라에게 말했다. 잘되어 가고 있어. 거짓말을 한 것이다. 잘되어 가고 있어. 거의 대부분이 작품을 발표하고 있어. 지진으로 오래오래 쓸 주제가 생겼어. 라우라 다미안이 말했다. 지진 말고 시에 대해 이야기해 주세요. 따님이 또 무슨 이야기를 하던가요. 나는 그때 피곤함을 느꼈다. 너무너무 피곤해서 말했다. 다 잘되어 가고 있어, 라우라. 다들 잘 있어. 라우라가 말했다. 아직 내 시가 읽히나요? 내가 말했다. 아직 읽혀. 라우라가 말했다. 거짓말 마세요, 킴. 나는 거짓말 아니야라고 말하고 눈을 감았다.

눈을 떴을 때, 라 포르탈레사의 마당들을 방황하던 정신병자들의 원이 내 주위로 좁혀져 있었다. 다른 사람이라면 공포에 질려 소리를 지르고, 비명을 지르며 기도를 하고, 옷을 홀딱 벗고 미식축구 선수처럼 미친 듯이 달리고, 궤도에서 벗어난 행성처럼 돌아가는 수많은 눈알 앞에서 기가 죽었을 것이다. 그러나 나는 아니었다. 정신병자들은 내 주위를 돌고, 나는 로댕의 생각하는 사람처럼 가만히 그들을 바라보고, 땅을 바라보고, 전투 중인 붉은 개미와 검은 개미들을 바라보았다. 아무 말도 하지 않고 아무 일도 하지 않았다. 하늘은 정말 푸르렀다. 자잘한 돌멩이와 흙덩이들이 뒤섞인 대지는 밝은 밤색이었다. 구름은 하얗고 서쪽으로 질주하고 있었다. 이윽고 나는 더 미쳐 돌아가는 도박판의 칩처럼 방랑하는 정신병자들을 바라보다가 다시 눈을 감았다.

1986년 1월, 멕시코시티 혁명 기념 아치 인근 몬테스 가, 소치틀 가르시아. 시를 발표하려고 할 때 묘한 일이 일어났다. 나는 오랫동안 쓰고, 고치고, 다시 쓰고, 많은 시를 쓰레기통에 버렸다. 하지만 드디어 발표를 시도할 날이 왔고, 내 시를 문학지와 신문 문화 증보판에 보내기 시작했다. 마리아가 내게 경고했다. 답을 주지 않을 거야. 네 시를 읽지도 않을 거야. 직접 찾아가서 얼굴을 맞대고 답을 요구해야 돼. 나는 그렇게 했다. 만나 주지 않는 곳들도 있었다. 하지만 만나 주는 곳들도 있어서 편집부 부장이나 문학 섹션 담당자들과 이야기를 할 수 있었다. 내 삶에 대해, 무엇을 읽는지, 그때까지 발표한 시가 있는지, 어느 창작 교실에 다녔는지, 대학에서 무슨 공부를 했는지 물었다. 나는 순진했다. 내장 사실주의자들과의 인연을 이야기했다. 내가 이야기를 나눈 이들 중 대다수는 내장 사실주의자들이 누구인지 전혀 몰랐으나, 그룹에 대한 언급은 그들의 관심을 불러일으켰다. 내장 사실주의자? 그들이 누구인가요? 그래서 나는 내장 사실주의의 짧은 역사를 대충 설명했다. 그들은 미소를 지었다. 몇 사람은 무엇인가를, 이름 등을 적고 추가 설명을 해달라고 하고, 그런 뒤에 내게 감사를 표하고, 전화가 갈 거라고 말하거나 보름 뒤에 들르면 답을 주겠노라고 말했다. 그보다 적은 수의 몇몇 사람은 울리세스 리마와 아르투로 벨라노를 어렴풋이 기억했으나, 가령 울리세스가 살아 있고 벨라노가 이제 멕시코시티에 거주하지 않는다는 사실은 모르고 있었다. 하지만 울리세스와 벨라노를 알고 있고, 대중 낭송회에서 어깃장을 놓아 다른 시인들과 곧잘 시비가 붙었다는 사실을 기억하고, 모든 것에 반대하던 그들의 견해를 기억하고, 에프라인 우에르타와의 우정을 기억하고는, 나를 외계인 보듯 바라보면서 말했다. 그러니까 당신은 내장 사실주의자였군요? 그리고 유감이지만 내 시를 단 한 편도 실을 수 없다고 말했다. 점점 의기소침해져서 마리아를 찾아가면, 그녀는 그게 정상이라고, 멕시코 문학계, 아마도 모든 라틴 아메리카 문학계가 그럴 거라고 말했다. 분파주의가 너무 심해서 용서를 받기는 정말 힘들다는 것이다. 내가 말했다. 하지만 나를 용서해 달라는 것이 아니야. 그녀가 말했다. 나도 알아. 하지만 네 작품을 발표하고 싶으면 다시는 내장 사실주의자들을 언급하지 않는 것이 좋을 거야.

어쨌든 나는 굴하지 않았다. 히간테에서 일하는 것이 이미 지긋지긋했고, 내 시가 자격이 있다고, 존중까지는 아니라도 어느 정도 주목을 받아야 한다고 믿었다. 시일이 흐르면서 다른 문학지들을 발견했다. 내가 시를 게재하고 싶은 문학지들이 아니라 인구 1천6백만 명의 도시에서 불가피하게 탄생한 잡지들이다. 그 잡지들의 주간이나 편집장들은 끔찍한 인간들, 한참을 바라보고 있자면 시궁창에서 튀어나온 사람임을 알 수 있는 존재들, 쫓겨난 관리와 회개한 암살자를 섞어 놓은 듯한 사람들이었다. 그러나 이들은 내장 사실주의에 대해 들어 본 적도 없고, 그 이야기를 듣고 싶은 마음이 쥐뿔도 없었다. 고작해야 마리아노 아수엘라, 야녜스, 마르틴 루이스 구스만을, 그것도 잘 알지도 못하면서 예찬하는 것으로도 짐작할 수 있었지만, 문학에 대한 그들의 시야는 바스콘셀로스에서 끝났다(바스콘셀로스에서 시작했을

지도 모른다). 이런 잡지들 중의 하나가 『타말Tamal』이었고, 주간은 페르난도 로페스 타피아라는 인물이었다. 그 잡지의 두 쪽짜리 문화 섹션에 나는 첫 번째 시를 실었고, 로페스 타피아가 친히, 나를 수취인으로 한 수표를 건네주었다. 수표를 현금으로 바꾸고 나서 그날 밤 마리아와 프란츠와 나는 영화관에 갔고, 시내 어느 식당에서 외식을 하면서 자축했다. 싸구려 정식에 질려서 사치를 부리고 싶었던 것이다. 그때부터 나는 시 창작을 그만두었다. 적어도 전만큼 많이 쓰지는 않고 그 대신 기사를 썼다. 멕시코시티 이야기, 이제 소수의 사람들만이 그 존재를 아는 정원 관련 기사, 식민 시대 저택에 대한 가십 기사, 특정 지하철 노선 르포 등을. 내가 쓰는 모든, 적어도 거의 모든 글이 실리기 시작했다. 페르난도 로페스 타피아는 잡지 어느 곳에든 간에 지면을 마련해 주었다. 그리고 나는 토요일마다 프란츠와 차풀테펙 공원에 가는 대신 아이를 데리고 편집부로 가서, 로페스 타피아가 타자기와 유희를 벌이는 동안 『타말』의 얼마 안 되는 정규직 직원들을 도와 다음 호를 준비했다. 늘 문제가 발생해서 잡지를 제때 내는 일이 무척 힘들었기 때문이다.

나는 판면 짜는 법과 편집하는 법을 배우고, 어떤 때는 내가 사진들을 선정하기도 했다. 게다가 모두 프란츠를 예뻐했다. 물론 잡지에서 버는 돈으로는 히간테 일을 그만둘 수 없었지만, 그래도 즐거웠다. 슈퍼마켓에서 일하는 동안, 특히 일이 정말 힘든 금요일 오후나 무한하게 늘어지는 월요일 오전이면, 나는 점포 일에 신경을 끄고 내 다음 기사를 생각했다. 가령 코요아칸의 행상들이나 라 비야의 불을 삼키는 묘기를 부리는 사람, 기타 등등에 대한 기사를. 그러면 시간이 훌쩍 지나갔다. 어느 날 페르난도 로페스 타피아가 이삼류 정치인들의 삶을 다루는 글을 쓰라고 제안했다. 그의 친구들이거나 친구들의 친구들인 모양인데 나는 거절했다. 내가 말했다. 내가 관련이 있다고 느끼는 일 외에는 글을 쓰지 못하겠어요. 그가 대답했다. 콜로니아 디에스 데 마요 주택들과는 무슨 관련이 있는데? 나는 어찌 대답해야 할지 몰랐지만, 처음 뜻을 고수했다. 어느 날 밤 페르난도 로페스 타피아가 저녁 식사에 초대했다. 나는 마리아에게 프란츠를 좀 봐달라고 부탁하고 로마 수르의 식당에 그와 함께 갔다. 사실 나는 더 나은 무엇, 더 세련된 것을 바랐지만, 그래도 어쨌든 식사를 하는 동안 많이 즐거웠다. 거의 음식을 먹지는 않았지만. 그날 밤 나는 『타말』의 주간과 사랑을 나누었다. 오랫동안 남자와 잠을 자지 않은 터라, 그 경험이 그렇게 즐겁지는 않았다. 우리는 일주일 뒤에 다시 잠자리를 했다. 그다음 주에도 또. 밤새 잠을 못자고 새벽같이 출근해서 몽유병자처럼 상품에 가격표를 붙이는 일은 가끔은 너무 힘겨웠다. 그러나 나는 살고 싶었고, 살아야 한다는 것을 내 마음 가장 깊은 곳으로부터 알고 있었다.

어느 날 밤 페르난도 로페스 타피아가 곤테스 가에 나타났다. 내가 사는 곳을 알고 싶었다고 말했다. 나는 그를 마리아에게 소개했다. 마리아는 처음에는 자신은 공주이고, 불쌍한 페르난도는 글도 모르는 농부라는 듯이 상당히 쌀쌀맞게 대했다. 나행히도 그는 마리아가 무례하게 군 줄도 몰랐다. 대체로 그는 서글서글하게 행동했다. 나는 그것이 마음에 들었다. 얼마 후 마리아는 자기 집으로 올라가고, 나는 혼자서 프란츠와 페르난도와 같이 있었다. 그때 그가 보고 싶어서 온 것이라고 말했다. 이어 이미 나를 만났지만 계속 만나고 싶다고 말했다. 바보 같은 소리지만 나는 그 말에 기뻤다. 얼마 후 나는 위층으로 마리아를 데리러 갔고 우리 넷은 식당으로 저녁을 먹으러 갔다. 그날 밤 우리는 엄청 웃었다. 일주일 뒤에 나는 『타말』에 마리아의 시 몇 편을 들고 갔고, 그 시들은 잡지에 실렸다. 페르난도 로페스 타피아가 말했다. 친구가 글을 쓰겠다면, 우리 잡지 지면을 이용할 수 있다고 전해 줘. 얼마 안 가 깨달았지만 문제는 마리아가 대학 교육을 받았음에도 불구하고 산문을 거의 쓸 줄 모른다는 점이었다. 시적 의도 없이 철자법을 잘 지키고 문법적으로 오류가 없는 산문 말이다. 그래서 마리아가 며칠간 무용에 관한 기사를 쓰려고 노력했지만 아무리 노력을 기울여도, 또 내가 아무리 도와줘도 결국에는 기사를 쓸 수 없었다. 최종적으로 마리아에게 나온 것은 〈멕시코의 무용〉이라는 제목의 아주 훌륭한 시였다. 그리고 나더러 읽어 보라고 준 다음에는 자신의 다른 시들과 함께 보관하고는 잊어버렸다. 마리아는 시인으로서는 잠재력이 있었다. 비교하자면 나보다 훨씬 더. 그러나 산문을 쓸 줄은 몰랐다. 안타까운 일이지만 바로 그때 『타말』의 지속적인 필진이 될 가능성이 사라졌다. 물론 마리아에게는 대수로운 일이 아니었으리라고 믿는다. 잡지가 자기 수준에 맞지 않는다는 듯이 혐오했기 때문이다. 어쨌든 마리아는 그런 사람이고, 그래서 좋다.

페르난도 로페스 타피아와 나의 관계는 얼마간 더 유

지되었다. 그는 이미 결혼을 했다. 처음부터 그럴 거라고 생각했는데, 자식이 둘이고 장남은 스무 살이었다. 부인과 헤어질 마음도 없었다(내가 그걸 용납하지도 않았을 것이다). 나는 여러 번 그를 따라 사업상의 저녁 식사 자리에 갔다. 나를 가장 유능한 필진으로 소개했다. 나는 정말로 그렇게 되려고 했다. 그래서 한편으로는 히간테, 다른 한편으로는 잡지 일을 하면서 몇 주간 하루 평균 세 시간밖에 자지 못했다. 그러나 내가 바라던 대로 일이 되어 갔기 때문에 괘념치 않았다. 비록 『타말』에 내 시를 또다시 발표하고 싶지는 않았지만, 나는 문화면을 문자 그대로 내 것으로 만들어 창작물을 발표할 데가 없는 하신토와 다른 친구들의 시를 실어 주었다. 나는 많이 배웠다. 멕시코시티의 잡지 편집에서 배울 수 있는 모든 것을 배웠다. 판면 짜는 법, 광고주와 교섭하는 법, 인쇄업자와 교섭하는 법, 원론적으로 중요해 보이는 사람들과 대화하는 법을 배웠다. 물론 아무도 내가 히간테에서 일하는지 몰랐다. 모두 내가 페르난도 로페스 타피아가 지불하는 돈으로 살거나 대학생인 줄 알았다. 나는 대학 공부도 전혀 한 적이 없고, 심지어 고등학교도 마치지 못했는데도 말이다. 거기엔 아름다운 면이 있어서 신데렐라 이야기 속에서 사는 기분이었다. 히간테로 되돌아가 다시금 점원이나 계산대 직원으로 변신해야 했지만, 나는 개의치 않고 어떻게든 두 가지 일을 다 잘하려고 힘을 냈다. 내가 좋아하고 일을 배우는 『타말』의 일과, 프란츠를 부양하고, 프란츠에게 옷과 학용품을 사주고, 몬테스 가의 방세를 지불하기 위한 히간테의 일을. 불쌍한 아버지는 불운한 시기를 보내고 있어서 더 이상 내게 집세를 주지 못했고, 하신토는 자기 쓸 돈도 벌지 못했다. 한마디로 나는 일을 해서 혼자 프란츠를 키워야 했다. 나는 그 일을 했고, 그 밖에 글을 쓰고 일을 배웠다.

어느 날 페르난도 로페스 타피아가 내게 할 말이 있다고 했다. 그를 만나러 갔더니, 같이 살았으면 좋겠다는 것이었다. 농담이라고 생각했다. 페르난도는 가끔 이렇다. 모든 사람과 같이 살고 싶어 한다. 나는 아마 그날 밤 우리가 호텔에 들어가 사랑을 하면 나를 집에 들일 마음이 달아나리라고 생각했다. 하지만 이번에는 그의 제안이 진지했다. 물론 적어도 당장 자기 부인을 버릴 생각이 아니라 차차 그러겠다는 것이었다. 그의 말에 따르면, 기정사실화된 일의 연속을 통해서. 며칠간 우리는 이 제안을 놓고 이야기를 나누었다. 아니 페르난도가 말을 하고 장단점을 늘어놓고, 나는 듣고 생각만 했다. 내가 싫다고 했을 때, 페르난도는 아주 실망했는지 이틀가량 내게 화가 나 있었다. 그 무렵 나는 이미 내 글을 다른 잡지들에게도 디밀기 시작했다. 대부분 거절했지만, 글을 받아 준 곳이 두어 군데 있었다. 왠지 페르난도와의 관계가 악화되었다. 그는 내가 하는 일마다 비판하고, 같이 잠자리를 할 때면 난폭하게 굴기까지 했다. 그러다 또 어떤 때는 다정해져서 이것저것 선물을 하고, 툭 하면 울고, 밤의 마지막 순간에는 고주망태가 되었다.

다른 잡지들에 난 내 이름을 보는 것은 괜찮은 일이었다. 나는 안정감을 경험했고, 그 순간부터 페르난도 로

---

2 Damocles. B.C. 4세기 전반 시칠리아 시라쿠사의 디오니시오스 1세의 신하. 〈다모클레스의 검〉이란 위기일발의 상황을 강조할 때 사용

페스 타피아와 『타말』지에서 멀어지기 시작했다. 처음에는 쉽지 않았지만, 나야 이미 어려움에는 이골이 나서 어떤 순간에도 움츠러들지 않았다. 그 후 나는 한 신문사의 편집 일자리를 구해 히간테를 그만두었다. 우리는 저녁 식사로 이직을 축하했다. 식사 자리에는 하신토, 마리아, 프란츠, 내가 있었다. 그날 밤 식사를 할 때 페르난도 로페스 타피아가 나를 만나러 왔지만 나는 문을 열어 주고 싶지 않았다. 그는 길거리에서 한동안 고래고래 소리를 지르다 갔다. 프란츠와 하신토는 창가에서 그를 보고 웃었다. 두 사람은 정말 닮았다. 반면 마리아와 나는 내다보기 싫어서 히스테리 발작을 일으킨 척했다(하지만 너무 과장한 것 같다). 사실 우리는 서로 얼굴을 마주 보고, 한 마디 말도 없이 할 말을 다 교환했다.

우리는 불을 꺼놓은 채로 있었고, 페르난도의 고함, 절망적인 고함이 길거리에서 아련하게 들리고, 이윽고 아무 소리도 들리지 않던 기억이 난다. 프란츠가 말했다. 가요. 끌려가고 있어요. 그래서 지쳤지만 계속 그 상태로 있을 작정이었던 마리아와 내가 연극을 그만두고 진지하게 서로 바라보다가, 내가 몇 초 뒤에 일어나 불을 켠 기억이 난다.

1976년 1월, 멕시코시티 종교 재판소 근처 레푸블리카 데 베네수엘라 가, 아마데오 살바티에라. 그때 한 젊은이가 내게 말했다. 세사레아 티나헤로의 시들은 어디에 있나요? 우리 장군님 디에고 카르바할의 죽음의 늪에서 혹은 그에 대한 기억으로 만든 끓어오르는 수프, 다모클레스의 검[2]이나 테킬라 광고처럼 우리 운명에 드리워진 먹을 수도 이해할 수도 없는 수프에서 나는 헤어 나왔다. 내가 그들에게 말했다. 마지막 쪽에. 나는 생기발랄하게 몰두해 있는 그들의 얼굴을 바라보고, 그 낡은 종이들을 훑고 있는 그들의 손을 관찰하고, 또다시 그들의 얼굴을 관찰했다. 그러자 그들도 나를 보면서 말했다. 혹시 장난치시는 건가요, 아마데오? 괜찮으세요, 아마데오? 커피 한 잔 끓여 드릴까요, 아마데오? 나는 생각했다. 아, 이런. 생각보다 내가 많이 취했군. 나는 비틀거리면서 일어나 거실 거울에 다가가 얼굴을 비춰 보았다. 거울 속의 사람은 여전히 나였다. 모습이 괜찮든 아니든 간에, 내가 익숙해 있던 바로 그 나 자신은 아니었지만 그래도 여전히 나였다. 그래서 그들에게 말했다. 젊은이들, 내게 필요한 것은 커피가 아니라 테킬라를 좀 더 마시는 걸세. 나는 그들이 내 잔을 가져와 술을 따라 주어 마신 후에야, 기대고 있던 거울의 빌어먹을 수은, 즉 그 낡은 거울 표면에서 양손을 뗄 수 있었다(물론 그러면서 표면에 지문 자국이 남은 것을 보았다. 열 개의 조그만 얼굴 같은 그 자국들이 뭔가를 놀라울 정도로 재빨리 한목소리로 말해서 알아들을 수 없었다). 내 소파로 돌아와서 젊은이들에게 다시 물었다. 세사레아 티나헤로의 진짜 시, 다른 것도 아니고 바로 그녀의 시를 남 얘기를 통해서가 아니라 눈앞에 두고 직접 이렇게 보니까 어떤 생각이 드느냐고. 그들은 나를 바라보더니 이윽고 두 사람 다 잡지를 부여잡고 1920년대의 그 물웅덩이, 먼지가 자욱한

하는 말이다. 디오니시오스가 다모클레스를 호화로운 연회에 불러들여 한 올의 말총에 매달린 칼 아래에 앉힘으로써, 군주의 권좌가 언제 떨어져 내릴지 모르는 칼 밑에 있는 것처럼 항상 위기와 불안 속에 유지되고 있다는 것을 일깨워 주었다는 일화가 전해진다.

그 감긴 눈에 또다시 빠져들었다. 그리고 말했다. 휴, 아마데오. 세사레아 티나헤로의 시는 이것만 가지고 계신가요? 세사레아 티나헤로의 시 중에서 유일하게 발표된 것인가요? 나는 그들에게 말했다. 아니 어쩌면 그저 웅얼거렸다. 그렇다네, 젊은이들. 더는 없어. 두 젊은이가 정말 어떻게 느끼는지 가늠하려고 덧붙였다. 실망스럽지, 안 그래? 하지만 그들은 내 말을 듣지 못한 것 같았다. 서로 머리를 바싹 들이대고 시를 바라보았다. 둘 중 하나인 칠레 젊은이는 생각에 잠긴 듯하고, 그의 친구 멕시코 젊은이는 미소를 지었다. 나는 생각했다. 이 젊은이들을 낙담하게 만들 수는 없군. 이윽고 나는 그들을 바라보고 이야기를 걸고 하는 대신 소파에 앉은 채 기지개를 켰다. 딱, 딱. 하나가 소리를 듣고 눈길을 들어, 마치 내가 산산조각이 나지 않았나 확인하듯 나를 바라보더니 다시 세사레아에게 돌아갔다. 나는 하품을 했나 한숨을 쉬었나 했다. 순간 세사레아와 그녀 동료들의 영상이, 하지만 아주 아련한 영상이 내 눈앞을 스쳤다. 그들은 멕시코시티 북부 지역의 어느 거리를 걷고 있었고, 그녀의 동료들 중에는 내 모습도 보였다. 정말 기이한 일이었다. 나는 다시 하품을 했다. 그때 젊은이 중 하나가 침묵을 깨고 맑고 듣기 좋은 음색으로 시가 흥미롭다고 말했다. 다른 젊은이가 즉시 그 의견을 지지하면서, 흥미로울 뿐만 아니라 어릴 때 벌써 그 시를 읽었다고 말했다. 내가 말했다. 어떻게 말인가? 젊은이가 대답했다. 꿈에서요. 일곱 살 이전의 일일 텐데 그때 저는 열이 많이 났어요. 내가 말했다. 세사레아 티나헤로의 시를? 일곱 살 때 보았다고? 이해가 되었나? 무슨 뜻인지 알았어?

무언가 의미가 있었을 것 아닌가, 안 그런가? 젊은이들이 나를 바라보더니 말했다. 아니요, 아마데오. 시가 꼭 의미가 있어야 되는 건 아니죠. 시라는 사실을 의미하는 것 외에는요. 비록 세사레아의 이 시는 원칙적으로는 시도 아니지만요. 그래서 내가 말했다. 시를 보여 주게. 나는 구걸하는 사람처럼 손을 뻗었고, 그들은 이 세상에 남은 『카보르카』의 유일한 발간호를 내 떨리는 손아귀에 쥐여 주었다. 나는 수없이 본 그 시를 보았다.

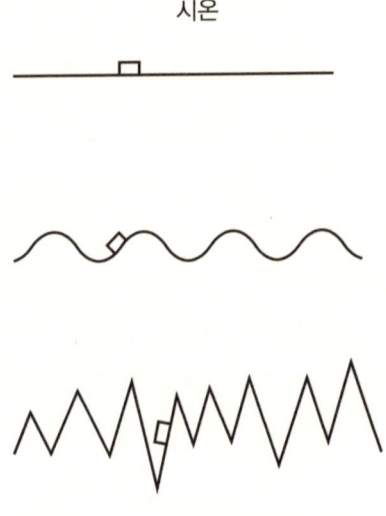

젊은이들에게 물었다. 젊은이들, 이 시에서 무엇을 이해했나? 40년 이상 이 시를 보았지만 쥐뿔도 모르겠네. 정말일세. 뭣 때문에 자네들에게 거짓말을 하겠나. 그들이 말했다. 이건 유희예요, 아마데오. 이 시는 뭔가 아주

3 후안 룰포의 『페드로 파라모』의 주인공. 이 소설의 무대인 코말라는 영혼들이 떠도는 무덥고 섬뜩한 사후 세계, 즉 지옥을 연상시킨다.

심오한 것을 감추고 있는 유희입니다. 내가 말했다. 하지만 무엇을 의미하는데? 그들이 말했다. 생각 좀 하게 해주세요, 아마데오. 내가 말했다. 물론이지, 얼마든지. 그들이 말했다. 생각 좀 해볼게요. 어디 의문을 덜어 드릴 수 있을지, 아마데오. 내가 말했다. 정말 그랬으면 하네. 그러자 하나가 일어서더니 화장실에 갔고, 또 다른 하나는 일어나 부엌으로 갔고, 나는 졸기 시작했다. 내가 조는 동안 그들은 페드로 파라모[3]처럼 우리 집 지옥, 즉 기억의 지옥이 된 우리 집을 배회했다. 그들을 내버려 두고 나는 계속 졸았다. 이미 밤이 이슥한 데다가 벌써 많이 마셨기 때문이다. 가끔 굳은 몸을 펴려고 운동하는 듯한 그들의 발걸음 소리가 들리고, 가끔 이야기를 나누고, 서로 묻고 대답하는 소리가 들렸다. 무슨 내용인지는 몰라도 질문과 대답 사이에 오랜 침묵이 감도는 대단히 진지한 문답들이 오갔고, 웃는 것으로 보아 그리 진지하지 않은 문답들도 있었다. 나는 생각했다. 휴, 대단한 젊은이들이야, 정말 재미있는 밤샘이군. 그렇게 술을 많이 마신 것도, 그렇게 대화를 많이 한 것도, 그렇게 옛 생각을 많이 한 것도, 그렇게 유쾌하게 보낸 것도 실로 오랜만이었다. 다시 눈을 떴을 때 젊은이들은 불을 켜놓았고, 내 앞에는 김이 모락모락 나는 커피가 한 잔 놓여 있었다. 그들이 말했다. 드세요. 내가 말했다. 분부대로 하지. 커피를 마시는 동안 젊은이들이 다시 내 앞에 앉아 『카보르카』에 실린 다른 작품들을 평하던 것이 기억난다. 내가 말했다. 좋아, 비밀이 뭔가? 그러자 젊은이들이 나를 바라보고 말했다. 비밀은 없습니다, 아마데오.

18

 1987년 8월, 멕시코시티 콜로니아 콘데사 콜리마 가, 호아킨 폰트. 자유는 소수(素數)와 같다. 집에 돌아왔을 때 모든 것이 바뀌어 있었다. 아내는 이미 그곳에 살지 않고, 내 방에는 이제 내 딸 앙헬리카가 동거하는 남자, 나보다 나이가 조금 더 많은 연극 연출가와 함께 잔다. 반대로 내 막내아들은 정원의 별채를 차지하고 인디오 용모가 있는 아가씨와 같이 살고 있다. 아들도 앙헬리카도 하루 종일 일하지만 많이 벌지는 못한다. 내 딸 마리아는 혁명 기념 아치 인근 여관에서 살고 동생들을 거의 만나지 않았다. 아내는 재혼을 한 듯하다. 연극 연출가는 상당히 사려 깊은 사람이었다. 정확히는 모르겠지만 연극인 라 비에하 세구라의 동료 혹은 제자였다. 돈도 운도 별로 없지만 언젠가 명성과 부를 안겨 줄 작품을 올리기를 고대했다. 밤마다 함께 저녁을 먹을 때 그런 이야기 하는 것을 좋아했다. 반대로 아들의 동거녀는 거의 한 마디도 하지 않았다. 나는 그녀에게 호감이 갔다.
 첫날 밤 나는 거실에서 잤다. 소파에 담요 한 장을 깔고 누워 눈을 감았다. 소리는 예전 그대로였다. 하지만 나의 착각이었다. 소리를 다르게 만든 무엇인가가 있었다. 처음에는 그것이 무엇인지 몰랐다. 하지만 소리가 달라져서 잠을 이룰 수가 없었다. 그리하여 텔레비전을 켜놓고 눈을 반쯤 감은 채 소파에 앉아 밤을 보냈다. 그 다음 날 아들의 옛날 방으로 옮기면서 기분이 좋아졌다. 그 방이 아무 걱정 없이 행복하기만 한 청소년의 분위기를 아직 다소 간직하고 있어서 그런 것 같다. 잘은 모르겠지만. 어쨌든 사흘 만에 그 방은 완전히 내 냄새가 났다. 즉, 늙은이 냄새, 미치광이 냄새. 그래서 모든 것이 예전처럼 되었다. 나는 우울하고 뭘 해야 할지 몰랐다. 자식들 중 누군가가 퇴근해서 돌아와 말을 주고받을 때까지 꼼짝하지 않고 텅 빈 집에서 시간이 흐르도록 내버려 두었다. 가끔 전화가 왔지만 받지 않았다. 여보세요? 누구시죠? 아무도 나를 알지 못하고, 나도 아무도 알지 못했다.

집에 돌아오고 일주일 뒤에 동네 산책을 시작했다. 처음에는 짧게 블록을 한 바퀴 도는 것으로 끝냈다. 그러나 점점 의욕을 냈고, 처음에는 머뭇머뭇하다가 나중에는 점점 더 멀리까지 걸었다. 동네는 바뀌어 있었다. 강도에게 두 번 당했다. 첫 번째는 부엌칼을 든 아이들이었다. 두 번째는 어른들이었는데 내 호주머니에서 돈을 찾지 못하자 나를 두들겨 팼다. 하지만 나는 이미 고통을 느끼지 않아서 상관없었다. 그게 내가 라 포르탈레사에서 배운 것 중 하나이다. 밤에 아들의 동거녀인 롤라가 상처에 요오드를 발라 주고, 가지 않는 것이 좋은 곳들이 있다고 충고했다. 나는 가끔 두들겨 맞아도 괜찮다고 말했다. 그녀가 물었다. 맞는 것이 좋아요? 내가 대답했다. 싫어. 매일 맞는 것은 싫어.

어느 날 밤 연극 연출가가 국립 예술원에서 지원금을 받게 되었다고 말했다. 우리는 자축했다. 아들과 동거녀가 테킬라를 사러 나가고, 딸과 연극 연출가는 요리를 할 줄 모르는데도 요란한 식사를 준비했다. 무엇을 만들었는지는 기억나지 않는다. 음식은 음식이었다. 나는 다 먹어 치웠다. 하지만 그리 훌륭하지는 않았다. 음식을 잘 만드는 사람은 내 아내였지만 이제는 다른 곳에 사니 이런 종류의 즉흥적인 저녁을 차릴 수가 없었다. 나는 식탁에 앉아 떨기 시작했다. 딸이 나를 바라보고 어디 아픈지 물어본 기억이 난다. 내가 말했다. 그저 추울 뿐이야. 사실이었다. 나이를 먹으면서 나는 추위를 많이 탔다. 테킬라 한 잔이 도움이 되었겠지만, 나는 테킬라고 다른 어떤 종류의 술이고 마실 수 없다. 그래서 추위에 떨면서 식사를 하고, 다른 사람들 이야기를 들었다. 딸과 연극 연출가는 더 나은 미래에 대해 이야기했다. 하찮은 이야기였지만 그래도 더 나은 미래 이야기였다. 비록 그 미래가 내 아들과 동거녀와 나를 포함하고 있지는 않지만, 우리 역시 미소 짓고, 이야기하고, 계획을 세웠다.

일주일 뒤에 연극 연출가에게 지원금을 주기로 한 부서가 예산 삭감 때문에 없어지고 그는 아무것도 얻지 못했다.

나는 내가 움직일 때가 되었음을 알았다. 움직였다. 옛 친구 몇에게 전화를 걸었다. 처음에는 아무도 나를

---

1 튀니스는 튀니지의 수도이며, 마라케시는 모로코 마라케시 주의 주도이다.

기억하지 못했다. 그들은 말했다. 자네 어디 있었나? 어디에 있다 온 거야? 어떻게 살았어? 나는 그들에게 막 외국에서 돌아왔노라고 말했다. 지중해를 돌았지. 이탈리아와 이스탄불에 살았어. 카이로에서 건물들을 관조했지. 영감을 주는 건축물이었어. 영감을 주었다고? 그렇다네, 지옥을 연상시켰으니까. 틀라텔롤코의 건물들 같았지만 녹지는 그렇게 많지 않았어. 시우다드 사텔리테 같았지만 흐르는 물이 없고. 네사우알코요틀처럼. 우리 건축가 전부가 죽어 마땅하다니까. 튀니스와 마라케시[1]에도 갔어. 마르세유에도. 베네치아에도. 피렌체에도. 나폴리에도. 자네 행복했군, 킴. 그런데 왜 돌아왔나? 멕시코는 아무 대책 없이 골로 가고 있는데. 자네도 알고 있겠지. 내가 그들에게 말했다. 그래 알고 있지. 소식을 접하고 있었으니까. 딸년들이 내가 머물던 호텔마다 멕시코 신문을 보내 주었거든. 하지만 멕시코는 내 조국이고 그리웠어. 세상 어느 곳도 이곳만큼 그렇게 편하지 않지. 신소리 말게, 킴. 진심으로 하는 말은 아니겠지? 전적으로 진심일세. 전적으로 진심이라고? 맹세하지. 전적으로 진심이야. 아침 식사를 하면서 지중해를 바라보고, 또 유럽 사람들이 그렇게 환장하는 요트들을 바라보면서 눈물을 흘리는 아침들도 있었지. 멕시코시티를 생각하면서, 멕시코시티의 아침 식사를 생각하면서. 나는 조만간 돌아와야 한다는 것을 알았어. 어떤 사람은 내게 말했다. 이보게, 자네 정신 병원에 입원해 있었다면서. 그러면 나는 말했다. 그렇지. 하지만 오래전 일일세. 바로 정신 병원에서 나온 뒤에 외국으로 갔다네. 의사의 처방으로. 내 친구들은 이런 변명이나 다른 변명들을 듣고 웃고는 했다. 내가 항상 다른 일화들로 그 이야기를 장식했기 때문이다. 그들은 말했다. 아, 킴! 그러면 나는 그 틈을 타 그들에게 물었다. 내게 일거리가 있는지, 건축사 사무실에 아무거나 자리라도 있는지, 아무 일이라도 있는지, 정규직 자리를 찾을 궁리를 할 수 있도록 임시직이라도 있는지. 그러면 그들은 한결같이 대답했다. 고용 여건이 대단히 악화되었다고, 건축사 사무실이 하나, 둘 문을 닫고 있다고, 안드레스 델 토로는 마이애미로 가버렸고 레푸히오 오르티스 데 몬테시노스는 휴스턴에 사무실을 차렸다고, 그러니 나도 상황을 금방 체감하게 될 거라고. 나는 체감했다. 제대로 체감했다. 하지만 계속 전화를 걸어 그들의 인내심을 시험하고, 이 세상에서 행복한 지역에서의 내 여행담을 이야기했다.

하도 끈질기게 군 덕에 나는 마침내 안면 없는 건축가 사무실의 제도사 자리를 얻었다. 금방 일을 시작한 젊은 건축사였고, 내가 원래 제도사가 아니라 건축가라는 것을 알자 살갑게 대해 주었다. 저녁마다 사무실을 닫으면 우리는 카브레라 가 방향의 암플리아시온 포포카테페틀의 바로 갔다. 바 이름은 엘 데스티노였는데 그곳에서 우리는 건축, 정치(그 젊은 건축가는 트로츠키주의자였다), 여행, 여자 이야기를 했다. 그의 이름은 후안 아레나스였다. 나는 거의 보지 못한 40세가량의 뚱뚱한 동업자가 있었다. 그 사람 역시 건축가지만 비밀 요원을 방불케 할 만큼 사무실에 별로 나타나지 않았다. 그래서 기본적으로 후안 아레나스와 내가 사무실을 맡았다. 우리는 거의 할 일이 없었기 때문에 대화를 즐겼다. 하루의 상당 시간을 이야기를 하면서 보낸 것이다. 밤이면 후안 아레나스는 나를 집까지 태워다 주었다. 악몽, 흐릿한 악몽 같은 멕시코시티를 가로지르는 동안, 나는 가끔 후안 아레나스가 나의 행복한 환생이라는 생각을 했다.

어느 날 그를 점심 식사에 초대했다. 일요일이었다. 집에는 아무도 없었고, 나는 수프와 오믈렛을 대접했다. 우리는 부엌에서 식사를 했다. 그곳에서, 정원에 모이를 쪼아 먹으러 오는 새들의 소리를 들으면서, 먹성 좋게 식사를 하는 담백한 청년 후안 아레나스를 바라보고 있는 것은 유쾌했다. 그는 혼자 살았다. 멕시코시티가 아니라 마데로 시 출신이라, 큰 도시에서는 가끔 어리벙벙했다. 나중에 딸이 동거남과 같이 와서 우리가 텔레비전을 보고 카드놀이를 하는 광경을 보았다. 나는 첫 순간부터 후아니토 아레나스가 딸을 좋아했다고 생각한다. 그때부터 그의 방문이 잦아졌다. 가끔 나는 우리 모두가 콜리마 가의 내 집에 함께 사는 꿈을 꾸었다. 내 두 딸, 내 아들, 연극 연출가, 롤라, 후안 아레나스가 함께 사는 꿈을. 아내는 없었다. 우리와 같이 사는 아내를 보지 못했다. 그러나 현실은 결코 꿈속에서 보고 사는 것 그대로 이루어지지 않는다. 어느 화창한 날 후안 아레나스와 그의 동업자가 사무실을 닫고, 어디로 가는지도 말하지 않고 떠나 버렸다.

나는 한 번 더 옛 친구들에게 전화질을 해서 도움을 요청해야 했다. 경험은 건축가보다는 제도사 일을 찾는 것이 낫다는 것을 내게 가르쳐 주었다. 그리하여 오래지 않아 열심히 일하는 내 모습을 다시 보게 되었다. 이번에는 코요아칸에 있는 건축사 사부실이었다. 어느 날 밤 상사들이 나를 파티에 초대했다. 거기 가지 않을 거면 가장 가까운 지하철역까지 걸어가서, 아마 아무도 없을 집으로 돌아오는 것밖에 할 일이 없었다. 그래서 초대를 받아들여 파티에 갔다. 파티는 비교적 우리 집에서 가까운 집에서 열렸다. 잠시 그 집이 낯이 익었다. 예전에 와 본 것 같다는 생각이 들었지만 이내 그렇지 않다는 것, 특정 시기에 특정 동네의 모든 집은 물방울처럼 서로 닮기 때문이라는 것을 깨달았다. 그래서 나는 안심하고 뭔가 먹을 것을 찾으러 부엌으로 곧장 갔다. 아침을 먹은 후 아무것도 먹지 못했기 때문이다. 웬일인지 갑자기 배가 몹시 고팠다. 나한테는 별로 없는 일이다. 너무 배가 고프고 너무 울고 싶고 너무 기뻤다.

그래서 나는 날아갈 듯 부엌으로 갔고, 그곳에서 죽은 사람 이야기를 생생하게 하는 두 남자와 한 여자를 보았다. 나는 햄 샌드위치를 하나 먹어 치운 뒤 목구멍으로 샌드위치를 넘기려고 코카콜라 두 모금을 마셨다. 빵이 말라 있었다. 하지만 맛은 좋아서 다른 샌드위치, 이번에는 치즈 샌드위치를 먹어 치웠다. 하지만 이번에는 허겁지겁 먹지 않고 조금씩, 주의 깊게 씹으면서 아주 오래전처럼 미소를 지었다. 두 남자와 한 여자 트리오는 나를 바라보고, 내 미소를 보더니 내게 미소 지었다. 그래서 나는 조금 더 가까이 가서 그들의 이야기를 들었다. 어느 시신과 장례식에 대해, 사망한 건축가로 내 친구인 이에 대해 이야기하고 있었다. 그 순간 죽은 사람을 안다고 말하는 것이 좋을 것 같았다. 그게 다였다. 그들은 내가 알던 어느 사망자에 대해 이야기했다. 나중에 다른 이야기도 했을 것이다. 그곳에 계속 머물러 있지 않아서 잘 모르겠지만. 나는 정원, 장미와 전

나무가 있는 정원으로 나가서 창살 담장 쪽으로 다가가 차량들을 바라보았다. 그때 세월 때문에 삭아서 흙받기와 차문이 여기저기 찌그러져 있고, 칠이 벗겨진 내 옛날 1974년형 임팔라가 마치 멕시코시티의 밤거리에서 나를 찾아 헤매듯 엉금엉금 기어가는 것을 보았다. 너무 큰 충격을 받아서 정말로 벌벌 떨기 시작했다. 쓰러지지 않으려고 양손으로 창살을 꽉 잡아서 소기의 목적은 달성했지만 대신 안경이 떨어졌다. 코 아래로 흘러내려 덤불인지 어느 화초인지 어린 장미 덩굴인지로 떨어졌는데, 소리만 들었을 뿐이고 깨지지는 않았다는 것을 깨달았다. 그때 자세를 낮춰 안경을 집어 몸을 일으키면 임팔라를 놓칠 것 같은 생각이 들었다. 하지만 안경을 집지 않으면 그 유령 차, 1975년의 마지막 시각, 1976년의 최초의 시각에 잃어버린 내 차를 누가 운전하고 있는지 볼 수 없을 것이었다. 누가 운전하는지 보지 못하면, 차를 보았다 한들 무슨 소용이겠는가? 그때 더 놀라운 생각이 들었다. 나는 생각했다. 안경이 떨어졌어. 나는 생각했다. 좀 전까지 내가 안경을 쓰는지 몰랐어. 나는 생각했다. 이제 변화가 느껴져. 바로 그 일, 즉 안경이 있어야 볼 수 있음을 이제 알았다는 사실 때문에 나는 두려워졌다. 나는 자세를 낮추고, 안경을 찾아내고(안경 쓸 때와 아닐 때가 얼마나 차이 나는지!), 몸을 일으켰더니 임팔라가 아직 계속 그곳에 있었다. 그래서 일부 미치광이만 갖춘 속도로 내가 움직였으려니 하고 추론했다. 나는 임팔라를 보았다. 안경, 그 순간까지 사용하는 줄도 몰랐던 그 안경을 쓰고 두려움과 갈망이 교차하는 가운데 어둠 속을 꿰뚫어 보고 운전자의 모습을 찾았다. 잃어버린 내 임팔라의 운전석에서 잃어버린 시인 세사레아 티나헤로를 보게 되리라고, 그녀가 잃어버린 시간을 열어젖히고 내 인생에서 가장 사랑한 자동차, 가장 의미 있는 물건이었음에도 불구하고 가장 향유하지 못했던 자동차를 돌려주리라고 예상했다. 하지만 운전자는 세사레아가 아니었다. 사실 내 유령 임팔라를 운전하는 사람은 아무도 없었다. 나는 그렇게 믿었다. 하지만 이윽고 차는 혼자 움직일 수 없고, 아마 그 낡은 임팔라를 누군가 땅딸막하고 불운하고 심각할 정도로 우울한 멕시코 사람이 운전하고 있으리라는 생각이 들었다. 나는 등에 엄청난 짐을 짊어지고 파티 장소로 되돌아갔다.

그러나 반쯤 왔을 때 떠오르는 생각이 있어 뒤로 돌아섰다. 하지만 거리에는 이미 임팔라가 없었다. 보이다가 안 보이다가, 있다가 없다가 했다. 거리는 어둠의 퍼즐로 변했는데 조각이 몇 개 빠져 있었고, 모자라는 조각 중 하나가 기이하게도 나 자신이었다. 내 임팔라는 가버렸다. 상황 파악이 덜 된 나도 가버렸다. 내 임팔라가 머릿속에 되돌아왔다. 내가 머릿속에 되돌아왔다.

그때 나는 멕시코인 특유의 사고방식이 발동해서 겸허하게, 그러면서도 당혹해하면서 우리가 운명의 지배를 받고 있으며, 그 폭풍우 속에서 우리 모두가 익사할 것이라는 것을 깨달았다. 그리고 가장 교활한 자들만, 나는 틀림없이 아닌 그런 자들만 조금 더 물 위에 떠 있을 수 있으리라는 것도 깨달았다.

1988년 12월, 바르셀로나 아베니르 가, 바 엘 쿠에르노 데 오로, 안드레스 라미레스. 벨라노, 당신이 듣고 있는 것처럼 내 삶은 실패할 운명이었소. 나는 그 옛날 1975년에 칠레에서 나왔다. 더 정확히 말하자면 3월 5일 저녁 8시에 화물선 〈나폴리〉호의 짐칸에 숨어서. 즉, 일개 밀항자로서 내 최종 목적지도 모른 채. 그 항해에서 겪은 이런저런 힘겨운 사건들 이야기로 지루하게 하지는 않겠다. 다만 지금보다 열세 살 젊었던 시절, 산티아고의 우리 동네에서(정확히 말하자면 라 시스테르나) 나는, 유년기 오후에 우리를 즐겁게 해준 그 익살맞고 정의로운 생쥐에서 비롯된 마이티 마우스라는 애칭으로 통했다는 것만 말해 두겠다. 한마디로 나는 사람들 말마따나 적어도 육체적으로는 그런 식의 여행의 온갖 우여곡절을 견딜 준비가 된 사람이었다. 굶주림, 공포, 뱃멀미, 때로는 희미하게 때로는 괴물처럼 다가오던 내 불확실한 운명 등에 대해서도 건너뛰련다. 자비로운 영혼은 늘 있는 법이라 배 밑창으로 내려와 내게 빵조각, 포도주 한 병, 볼로냐 스파게티가 든 작은 접시를 내미는 사람이 있었다. 다른 한편으로는 온갖 생각을 할 시간을 가지게 되었다. 그 전의 내 삶에서는 거의 금지된 것이었다. 다들 알다시피 현대 도시에서는 눈 감으면 코 베어 가니까. 이리하여 나는 대략 파나마 운하까지 내 유년기를 되돌아볼 수 있었다. 배 밑바닥에 갇혀 있다 보면 뭔가 순서에 입각해서 생각하는 것이 제일 좋다. 파나마 운하를 지난 다음에는, 즉 대서양을 횡단하는 내내(아! 사랑하는 조국에서 이미 너무 멀어졌다. 다 가보지는 못했지만 내 조국처럼 생각하는 아메리카 대륙과도 너무 멀어졌고) 내 청년기를 해부했고, 모든 것을 바꾸어야 한다는 결론이자 확고한 목표에 이르렀다. 비록 당시에는 어떤 식으로 바꾸고, 어느 방향으로 발길을 옮겨야 할지 떠오르지 않았지만. 이 말은 해야겠는데 그건 결국 시간을 죽이는 방법 중 하나였고, 내 심신을 망치거나 약화시키지 않을 방법이었다. 내 최악의 적일지라도 겪지 말았으면 할 정도인 그 축축하고 낭랑한 어둠 속에서 오랜 시일을 보낸 후 넋이 나가 있었기 때문에. 그러나 어느 날 아침 우리는 리스본 항에 이르렀고, 내 성찰은 완전히 목적이 바뀌었다. 당연히 첫날 배에서 내리고 싶은 충동이 들었다. 그러나 가끔 나를 먹여 준 이탈리아 선원들 중 한 사람이 설명해 주었듯이, 땅이든 바다든 포르투갈 국경은 문제의 소지가 있었다. 그래서 나는 참을 수밖에 없었고, 내게는 2주일 같았던 이틀 동안 빈 통 속에 숨어서 고래 아가리처럼 활짝 열린 짐칸에서 들리는 사람 목소리를 듣는 것으로 만족해야 했다. 삼일열 때문에 시시각각 더 아프고 견디기 힘들었다. 그러다가 마침내 어느 날 밤 우리는 출항해서 포르투갈의 분주한 수도를 뒤로했다. 신열에 들떠 꿈속에서 본 그 도시는 온통 검은색이었다. 검은 옷을 입은 사람들, 마호가니나 흑색 상아나 검은 돌로 지은 집들. 아마 비몽사몽 중에 에우제비우, 즉 우리 칠레 축구 선수들이 너무나 부당한 대우를 받은 1966년 잉글랜드 월드컵에서 아주 훌륭한 역할을 수행한 포르투갈 국가 대표 팀의 흑표범을 생각한 적이 있어서 그랬던 것 같다.

우리는 다시 항해를 하며 이베리아 반도를 돌았고, 나는 계속 몸이 좋지 않았다. 너무 아프니까 어느 날 밤 이

---

2 라틴어를 기원으로 하는 언어. 스페인어, 프랑스어, 이탈리아어, 포르투갈어, 루마니아어 등이 이에 포함된다.

탈리아인 두 명이 나를 갑판에 꺼내 바람을 쐬게 해주었다. 나는 멀리 있는 불빛을 보았고, 그게 무엇인지, 이 세상(나를 이토록 혹독하게 다루고 있는 그 세상) 어느 곳의 불빛인지 물었다. 이탈리아인들은 아프리카라고 대답했는데, 〈주둥아리〉라든지 〈사과〉라고 말할 때와 똑같은 말투였다. 그러자 나는 그 이전보다 더 오한이 나기 시작했다. 삼일열이 아니라 간질 발작 같았다. 물론 그냥 삼일열이었지만. 그때 이탈리아인들이 갑판 위에 앉아 있는 나를 두고, 마치 병자에서 멀리 떨어져 담배를 피우려는 사람들처럼 한쪽으로 물러서는 소리가 들렸다. 한 이탈리아 사람이 다른 사람에게 그랬다. 저 녀석 죽으면 바다에 던져 버리는 것이 낫겠어. 다른 이탈리아 사람이 대답했다. 그래, 그래. 하지만 죽지 않을 거야. 비록 내가 이탈리아어는 모르지만 그 말은 똑똑히 들었다. 언어학자라면 당연히 말할 테지만 두 언어가 다 로망스어[2]니까. 벨라노 당신도 유사한 어려움을 겪은 것으로 알고 있으니 긴말은 하지 않겠다. 두려움 혹은 살고자 하는 욕구, 생존 본능이 없던 힘까지 끄집어냈다. 내가 이탈리아인들에게 말했다. 나 괜찮아요. 죽지 않을 거예요. 다음 항구는 어디죠? 그러고는 다시 기어서 짐칸까지 가 한구석에 처박혀 잠을 잤다.

바르셀로나에 도착했을 때 나는 한결 나아졌다. 배기성박하고 이틀째 되는 밤에 나는 은밀하게 배를 떠나 야간 노동자를 가장하여 항구에서 걸어 나왔다. 입고 있던 옷과 산티아고에서 가지고 온 10달러를 양말 한쪽에 숨긴 채. 인생에는 수많은 순간들, 게다가 극히 다채로운 경이의 순간들이 있다. 그러나 나는 그날 밤 바르셀로나의 람블라스³와 인근 거리들을 결코 잊지 못하리라. 마치 한 번도 본 적이 없지만 천생연분이라는 것을 대번에 알 수 있는 그런 여자가 양팔을 벌리고 나를 맞이하는 느낌이었다. 맹세컨대 일자리를 구하는 데 세 시간 이상 걸리지 않았다. 칠레 사람은 사지가 멀쩡하고 게으르지 않으면 어디서나 살아남는 법이라고, 작별 인사를 드리러 갔을 때 아버지가 말했다. 염병할 늙은이, 얼굴에 한 방 먹이고 싶었다. 하지만 그건 다른 이야기이니 지금 여기서 핏대 올릴 일이 아니다. 확실한 것은 나는 그 길이 기억될 밤, 기나긴 항해 동안의 요동치던 느낌이 아직도 가시지 않은 가운데 에스쿠디에스 가의 라 티아 호아키나라는 업소에서 설거지를 하기 시작했다는 점이다. 그리고 새벽 5시에 피곤하지만 만족스러운 마음으로 바에서 나와 요리 이름을 연상시키는 하숙집 콘치⁴로 향했다. 라 티아 호아키나의 종업원이 추천한 곳이었다. 무르시아 청년이었는데 그도 역시 그 허름한 곳에 머물고 있었다.

나는 하숙집 콘치에서 이틀간 있다가, 경찰 불심 검문 때 신분증을 안 보여 주려고 기를 쓰다 내뺄 수밖에 없었고, 정식 접시 닦이가 예기치 않은 독감에서 회복될 때까지 딱 일주일을 라 티아 호아키나에서 보냈다. 그 뒤로는 오스피탈 가, 핀토르 포르투니 가, 보케리아 가의 하숙집들을 전전하다가 훈타 데 코메르시오에 있는 하

---

3 〈람블라〉는 바르셀로나의 카탈루냐 광장에서 옛 항구에 이르는 길이다. 람블라 데 산트주세프, 람블라 데 산타모니카 등 구간마다 이름이 다르고, 이 모든 구간은 지칭하기 위해 복수형으로 〈람블라스〉라고 칭하기도 한다.
4 조개의 스페인어 단어 콘차concha를 연상케 한다는 뜻.

숙집 아멜리아를 발견했다. 정말 감미롭고 예쁜 이름이다. 그곳에서는 내게 신분증을 요구하지 않았다. 다른 사람 둘과 방을 같이 쓰고, 경찰이 들이닥치면 두말없이 이중 옷장에 숨는 조건으로.

쉬이 짐작이 가겠지만 유럽에서 보낸 처음 몇 주는 일자리를 찾고 일하고 하는 데 보냈다. 매주 숙박비를 내야 했고, 더욱이 육지에 있으니까 항해 기간 동안 사라졌던, 혹은 잠들어 있던 식욕이 내가 기억하던 것보다 훨씬 왕성해졌다. 하지만 이리저리 걷는 동안, 이를테면 하숙집에서 직장으로, 식당에서 하숙집으로 걷는 동안 그때까지 한 번도 일어난 적 없는 일이 일어나기 시작했다. 이내 그걸 깨달았다. 괜한 겸손 떨지 않고 말하자면, 나는 늘 적어도 신경을 곤두세우고 지냈고 내게 일어나는 일을 주시하기 때문에. 게다가 그 일은 아주 간단했다. 비록 처음에는 걱정이 되었음을 부정하지는 않겠지만. 당신이라도 걱정이 되었을 것이다. 요약하자면 나는 인생이 행복해서, 이를테면 람블라스를 걷고 있었다. 물론 정상적인 사람의 정상적인 걱정거리를 안고. 그런데 갑자기 머릿속에서 숫자들이 춤을 추기 시작했다. 처음에는 1인 것 같고, 이어 0, 다음에는 1, 다음에는 다시 1, 다음에는 0, 다음에는 또 0, 그리고 다시 1로 돌아가는 식이었다. 처음에는 순전히 나폴리호 밑칭에 갇혀서 보낸 시간 탓이라는 생각이 들었다. 하지만 나는 건강하고, 잘 먹고, 소화도 정상적이고, 겨울잠쥐처럼 예닐곱 시간을 자고, 머리도 전혀 아프지 않았으니 그럴 리가 없었다. 그다음에는 환경 변화, 내 경우에는 나라, 대륙, 반구, 습관, 기타 모든 것을 바꾼 탓인가 했다. 그다음에는 당연히 신경증 탓으로 돌렸다. 우리 가족은 아무도 온전치가 않아서 광기가 있는 경우들도 있고, 심지어 진전 섬망[5]에 걸린 경우도 있었다. 그러나 그 어떠한 설명도 납득이 되지 않았고, 나는 조금씩 숫자에 적응이 되어 가고 익숙해졌다. 게다가 자연의 조화가 얼마나 기묘한지 걸을 때만 숫자가 엄습했다. 다시 말해 〈바쁘지 않을〉 때. 일하는 시간이나, 식사하는 동안, 세 사람이 같이 쓰는 방 침대에 들 때는 전혀 그렇지 않았다. 어쨌든 나는 그 문제로 오래 골머리를 앓지는 않았다. 곧 해답을 얻었으니까. 갑자기 말이다. 어느 날 오후 주방 동료가 남아도는 키니엘라[6] 용지를 주었다. 왠지 그 자리에서 숫자를 채우고 싶지 않아서 하숙집으로 가지고 갔다. 그날 밤 반쯤 인적이 끊긴 람블라스를 따라 돌아오는데 숫자들이 나타나기 시작했고, 순간 키니엘라와 관련이 있다고 생각했다. 람블라 산타모니카라는 바에 들어가서 코르타도[7] 한 잔과 연필을 청했다. 하지만 그때 숫자들이 멈춰 버렸다. 머리가 하얘졌다! 바에서 나오니까 숫자들이 다시 시작되었다. 아직 문을 닫지 않은 매점과 함께 0이 보이고, 나무와 함께 1이, 두 명의 취객과 함께 2가 보였다. 이런 식으로 열네 게임의 경기 결과를 완성했다. 하지만 거리에 있어서 그걸 적을 볼펜이 없었다. 그래서 하숙집으로 가지 않고 람블라스 끝까지 내려갔다가 다시 거슬러 올라왔다. 막 기상해서 밤새 즐기

---

5 알코올 중독자가 술을 끊었을 때 생기는 금단 현상.
6 스페인의 축구 복권. 홈팀의 승리, 무승부, 패배를 예상하여 각각 1, X, 2를 기입하는 방식이며, 이 작품의 배경이 되는 시절에는 열네 게임을 맞히면 1등이었다.
7 에스프레소 위에 우유 거품을 얹은 커피. 카페 마키아토와 유사하다.

려는 사람처럼! 산호세 시장 근처의 어느 매점 주인에게서 볼펜을 샀다. 볼펜을 사려고 멈추었을 때 숫자가 멈춰서 벼랑 끝에 선 심정이었다. 이윽고 다시 람블라스를 거슬러 걸어갔고 머릿속은 하얘졌다. 이런 순간에는 괴롭다. 겪어 봐서 아는 일이라 괴롭다고 확실히 말할 수 있다. 갑자기 숫자들이 돌아오고, 나는 키니엘라 용지를 꺼내 적기 시작했다. 0이 나타나면 X에 그었다. 그쯤은 천재가 아니라도 알 것이다. 1이 나타나면 1에, 2가 나타나면 2에. 2는 거의 나타나지 않거나 머릿속에서 희미하게 깜빡거렸다. 쉽지, 안 그런가? 카탈루냐 광장 역에 이르렀을 때, 키니엘라가 완성되었다. 그때 악마의 시험에 들어 몽유병자나 반쯤 미친 사람처럼 다시 천천히 람블라 산타모니카 쪽으로 걸어 내려갔다. 키니엘라 용지를 얼굴에 바싹 들이대고 연이어 나타나는 숫자가 내 행운의 용지에 적은 숫자와 일치하는지 보면서. 전혀 일치하지 않았다! 밤하늘 바라보듯 0과 1과 2를 볼 수 있었지만 순서가 달랐다. 숫자들이 더 빠른 속도로 줄지어 나타나고 리세오 대극장 부근에서는 그때까지 보지 못한 숫자인 3이 나타나기도 했다. 더 골머리 앓을 것 없이 자러 갔다. 그날 밤 어두운 방에서 룸메이트로 같이 있는 두 잡것이 코를 고는 소리를 들으며 옷을 벗는 동안 내가 미쳐 가고 있다는 생각이 들었다. 나 자신이 너무 우스꽝스러워서 침대에 앉아 입을 막고 숨죽여 웃을 수밖에 없었다.

다음 날 키니엘라 용지를 제출했고, 사흘 후 나는 열네 개를 다 맞힌 아홉 사람 중 하나가 되었다. 경험해 본 사람만이 알 수 있는데, 처음 든 생각은 내가 스페인에 불법 체류자로 있기 때문에 돈을 주지 않으리라는 것이었다. 그래서 그날 바로 변호사를 찾아가 모든 이야기를 했다. 로라 델 리오 태생의 마르티네스라는 악덕 변호사가 내 행운을 축하하면서 안심시켜 주었다. 그가 말했다. 스페인에서는 아메리카 사람은 결코 외국인이 아니오. 물론 당신의 스페인 입국이 비정상적이니까 그건 해결해야 되겠지만. 그 후 그는 「라 반과르디아」지의 기자에게 전화를 했고, 기자가 내게 몇 가지 질문을 하고 사진을 찍었다. 다음 날 나는 벌써 유명인이었다. 내가 알기로는 두세 군데 신문에 났다. 〈밀입국자 키니엘라에 당첨되다〉라고 썼다. 나는 신문을 오려 산티아고로 보냈다. 라디오 인터뷰도 두어 번 했다. 변호사와 나는 일주일 만에 내 상황을 해결했고, 나는 불법 체류자에서 노동 허가 없는 석 달 체류 신분이 되었다. 마르티네스는 더 나은 지위를 얻어 주려고 수속을 계속했다. 상금은 95만 페세타에 달해서 당시로는 큰돈이었다. 변호사가 20만 페세타를 뜯어먹었지만, 정말 그 시절 나는 부자가 된 느낌, 그것도 부자이면서 유명해진 느낌, 원하는 것을 할 수 있는 자유를 얻은 느낌이었다. 초기에는 짐을 싸서 칠레로 돌아가 산티아고에서 가진 돈으로 사업을 해볼까 하는 생각이 머릿속을 맴돌았다. 하지만 결국에는 10만 페세타를 달러로 바꿔 어머니에게 보내 드

---

8 Andrés Bello(1781~1865). 베네수엘라 출신이지만 칠레에서 법학자, 교육자, 문법학자, 시인으로 활동한 인물로 칠레의 국부로 숭상받는다.

9 Arturo Prat(1848~1879). 스페인과의 전쟁(1865~1871), 페루-볼리비아 연합군과의 태평양전쟁(1879~1883)에서 혁혁한 공을 세워 국가적 영웅으로 숭상되는 칠레의 해군 제독.

리고 나는 바르셀로나에 계속 있기로 결정했다. 이런 비유가 어떨지 모르겠지만 이제 바르셀로나가 꽃처럼 다가왔기 때문이다. 게다가 그때는 1975년이라 조국의 상황이 좋지 않았으니, 처음에는 망설였지만 내 갈 길을 가기로 결정했다. 영사관에서 빡빡하게 구는 것을 기지와 돈으로 해결하여 여권을 받아 냈다. 하숙집은 바꾸지 않았지만 더 크고 환기가 잘되는 독방을 달라고 했다 (즉시 주더군. 무슨 말이 필요하겠소. 운명이 나를 아멜리아 집의 복덩어리로 만들었는데). 접시 닦는 일은 그만두고 내 관심사에 맞는 일을 찾느라 모든 시간을 쏟아 부었다. 낮 12시, 1시까지 잠을 잤다. 그리고 페르난도 가에 있는 식당이나, 끝내주게 친절한 쌍둥이가 하는 호아킨 코스타 가의 식당으로 점심을 먹으러 갔다. 그런 다음 바르셀로나를 돌아다녔다. 카탈루냐 광장에서 파세오 콜론까지, 파라렐로에서 비아 라예타나까지 노천카페에서 커피를 마시고, 술집에서 오징어 안주와 포도주를 먹고, 스포츠 신문을 보고, 내 다음 행보가 어떻게 될까 저울질하면서. 속으로는 이미 알고 있는 행보였지만, 칠레에서 받은 학교 교육 탓에(비록 빈둥거리고 땡땡이도 잘 쳤지만) 선뜻 패를 보이고 싶지는 않았다. 당신에게 하는 말이지만 그러는 와중에 데카르트 그 망할 작자까지 생각했소. 이 정도면 대충 무슨 말인지 짐작이 갈 것이다. 데카르트, 안드레스 베요,[8] 아르투로 프라트,[9] 위아래로만 길쭉한 우리 땅의 선구자들이다. 하지만 진실을 외면할 수는 없는 법, 어느 날 오후 나는 생각을 그만두고 진짜 내가 바라는 일은 키니엘라에 또 덩첨되는 일, 일거리를 안 찾는 일, 어떤 방법으로든, 특히 내가 아는 방법으로 키니엘라에 당첨되는 일이라는 것을 인정했다. 그렇다고 나를 미친 사람 바라보듯 하지는 마시오. 그 희망, 그 갈망이 루초 가티카[10]라면 비이성적, 심지어 기겁할 만큼 비이성적이라고 말하리라는 것을 알고 있었으니까. 도대체 무슨 엔진, 아니 무슨 고장이 있어 내 머릿속에서 가장 명료한 부분에 그 숫자들이 출현하게 됐을까? 누가 숫자를 불러 주었을까? 내가 환영을 믿은 것일까? 내가 제3세계 그 변방에서 지중해 연안의 이곳에 온 무지몽매한 자이거나 미신 신봉자였다는 말인가? 나에게 일어나고 있는, 혹은 일어난 모든 일이 그 어떤 여행사도 감히 제공하지 못할 거의 비인간적인 항해 경험 때문에 반쯤 넋이 나간 사람의 행운과 망상의 행복한 결합에 불과한 것이었을까?

커다란 의문에 사로잡힌 나날이었다. 스스로 인정하는 바이지만 한편으로는 아무 생각이 없어졌다(역설적이지만 그랬다). 날이 가면서 일자리를 찾거나 「라 반과르디아」지가 그렇게 푸짐하게 제공하는 구인 광고를 들여다보지 않게 되었다. 복권에 당첨된 그 순간부터 숫자가 나를 버린 것 같았지만(내가 경험한 충격 때문이라고 생각한다), 어떻게 난관에서 벗어날 수 있을까 머리를 굴리던 어느 오후 시우다델라 공원에서 비둘기에게 모이를 주면서 해결책을 발견했다고 믿었다. 숫자가 내게 오지 않으면, 내가 숫자의 은신처로 찾아가 감언이설로, 아니면 발길질이라도 해서 끄집어 낼 참이었다.

나는 여러 가지 방법을 사용했다. 직업적인 이유로 속

---

10 Lucho Gatica(1928~). 칠레의 유명한 볼레로 가수인 루이스 엔리케 가티카 실바를 가리킨다.

에 담아 두는 것이 나을 것 같다. 아니라고? 그러면 까짓것 당신에게 말해 주겠소. 나는 집 번지수로 시작했다. 예를 들면 울레게 가와 카데나 가를 죽 걸어가면서 현관 번지를 보고 적는 식으로. 또, 내 오른쪽을 지나는 사람은 1, 왼쪽은 2, 나와 마주치면서 얼굴을 똑바로 바라보는 사람은 X를 적기도 했다. 소용없었다. 지금은 없어졌지만 당시 아르헨티나 친구가 운영하던, 프린세사 가의 라 크루스 델 수르라는 이름의 바에서 혼자 주사위를 던져 보기도 했다. 역시 소용없었다. 때로는 아무 생각 없이 침대에 누워 숫자들에게 되돌아오라고 필사적으로 명령했다. 내 미친 생각으로는 돈과 안식처를 가져오는 미덕을 지닌 1을 생각해 낼 수도 떠올릴 수도 없었다. 키니엘라에 당첨된 지 90일이 지나 아무 소득 없이 이곳저곳에 헛되이 거금의 돈을 거느라 5만 페세타 이상을 탕진했을 때, 해결책이 떠올랐다. 동네를 바꿔야만 했다. 간단했다. 구도심의 숫자들은 적어도 내게는 소진되었으니 내가 움직여야 했다. 그때까지 카탈루냐 광장에서 기웃거리기만 했던 기이한 지역인 엔산체, 그곳과의 경계인 론다 우니베르시다드 거리를 감히, 적어도 〈의식적〉으로는 감히 넘지 않으면서 바라보기만 했던 엔산체를 돌아다니기 시작했다. 즉, 나는 엔산체의 마법에 모든 감각을 열어 두었다. 방어막을 치지 않고 무방비 상태로 잔뜩 주의만 기울이고 있었다는 말이다. 요약하자면 인간 안테나가 되어서.

처음 며칠은 파세오 데 그라시아로 올라가고 발메스로 내려왔다. 하지만 그 뒤로는 디푸타시온, 콘세호 데 시엔토, 아라곤, 발렌시아, 마요르카, 프로벤사, 로세욘,

코르세가 같은 옆길까지 들어갔다. 휘황찬란하면서도 가족적인 느낌이 들 만큼 살가운 거리들이다. 나는 곧장 가기도 하고 마구 지그재그로 가기도 하다가 디아고날에 이르면 그곳에서 멈추곤 했다. 그리 생각하는 것이 당연하겠지만 나는 개념도 상실하고 산 데다가 미친놈 같았다. 다행히도 그 시절의 바르셀로나는 지금과 마찬가지로 관용은 거의 모든 사람이 갈고닦는 미덕이었다. 당연히 나는 새 옷들을 사서(나는 미쳤으니까. 하지만 사람들이 옷에서 5번 디스트리토[11]에 위치한 하숙집 냄새를 알아채지 못하리라고 생각할 정도로 미치지는 않았다), 하얀 와이셔츠, 〈하버드 대학〉의 철자를 뒤섞은 넥타이, 하늘색 브이넥 스웨터, 주름이 잘 잡힌 검은색 바지를 뽐내며 걸었다. 유일하게 낡은 것은 모카신 신발인데, 걸을 때는 우아함보다는 편안함을 선호했기 때문이다.

처음 사흘 동안은 아무것도 느끼지 못했다. 숫자가 나타나지 않았으니까. 사람들 말마따나 난 자리가 컸다. 하지만 아무렇게나 선택한 그 지역을 포기하기는 왠지 싫었다. 나흘째에 발메스 거리를 걸어 올라가면서 하늘을 바라보는데 어느 성당의 탑에 *Ora et labora*(기도하고 일하라)라고 새겨져 있었다. 정확히 무엇에 이끌렸는지 말하기는 힘들지만, 확실한 것은 무엇인가를 느끼고, 뭔가 예감이 들고, 내게 유혹과 괴로움을 안겨 주던 그 무엇, 병적으로 열렬이 원하던 그것에 가까이 있다는 것을 알았다. 계속 걸어가면서 탑 반대편에 *Tempus breve est*(인생은 짧다)라는 구절을 읽을 수 있었다. 그

---

11 우리의 구에 해당하는 행정 단위.

구절과 함께 수학과 기하학을 연상시키는 갖가지 그림이 내 눈을 사로잡았다. 천사의 얼굴을 본 기분이었다. 그때부터 그 성당은 걸을 때 중심이 되었다. 성당 안에는 결코 들어가지 않았지만.

어느 날 아침 기대하던 대로 숫자들이 돌아왔다. 처음에는 순서가 두서없었다. 하지만 곧 그 논리를 발견했다. 비밀은 그저 그대로 따라가는 데에 있었다. 그 주에 나는 키니엘라 석 장을 사고(네 배의 돈을 걸어서) 복권 두 장을 샀다. 당신도 짐작하겠지만 내 해석을 스스로 확신하지는 못했던 것이오. 키니엘라 한 장이 열세 개가 맞았다. 복권은 한 장도 당첨되지 않았다. 그다음 주에는 키니엘라만 시도했다. 열네 개를 맞혀 1천5백만 페세타를 거머쥐었다. 인생이 완전히 바뀌었다! 갑자기 꿈에도 생각하지 못한 돈을 가지게 되었다. 카르멘 가에 있는 바를 사고, 어머니와 누이에게 사람을 보냈다. 내가 직접 가지 않은 이유는 겁이 덜컥 나서였다. 만일 내가 탄 비행기가 추락하면? 만일 칠레에서 군바리들이 나를 죽이면? 사실 하숙집 아멜리아에서 나올 용기조차 없어서 일주일을 외출도 하지 않고 지냈다. 왕처럼 손가락 하나 까딱 안하고 전화기에 붙어 지내면서 말도 거의 하지 않았다. 뭔가 신중하지 못한 처사 때문에 정신병원에 붙잡혀 들어갈까 무서웠다. 즉, 한마디로 내 초자연적인 힘에 기겁을 한 것이다. 어머니가 오시자 평온을 되찾았다. 마음을 진정시키는 데는 어머니만 한 존재가 없다! 게다가 어머니는 이내 하숙집 주인과 죽이 맞아 눈 깜짝할 사이에 하숙집의 모든 사람이 구운 엠파나다와 옥수수 파스텔을 먹게 되었다. 어머니가 나를,

나아가 그곳에 숨어 있는 모든 조난자를 행복하게 해주려고 준비한 것이었다. 그들 대부분은 좋은 사람이었지만, 종자가 나쁜 놈들도 있었다. 자기 일을 하면서도 탐욕스럽게 나를 바라보는 사나운 사람들이. 하지만 나는 어느 누구에게도 박하게 굴지 않았다! 그 후 나는 사업에 착수했다. 카르멘 가의 바에 이어 마요르카 가의 식당을 샀는데, 그 지역 직장인들이 아침과 점심을 먹으러 오는 근사한 장소여서 얼마 안 가 엄청난 이익을 안겨 주었다. 가족이 오고 나자 더 이상 하숙집에 살 수가 없어 빌라도마트 로와 교차하는 세풀베다 가에 아파트를 하나 사서 뜨르르한 집들이를 했다. 내가 하숙집을 떠날 때 울던 여자들은 내가 새집에서 환영 인사말을 하자 다시 울었다. 어머니는 믿기지 않아 했다. 단숨에 그 많은 재산이 생겼으니! 누이는 달라서, 돈 때문에 전에 없던 혹은 적어도 내가 모르던 헛바람이 들었다. 마요르카 가 식당의 계산대에 앉혀 놓고 일을 시켰는데, 몇 달 안 가 참을 수 없을 정도로 꼴값 떠는 년이 되었다. 누이와 전체 종업원, 그리고 더 중요하게는 누이와 상당수 손님들 사이에서 선택을 해야만 했다. 그래서 누이를 식당에서 빼내 비교적 우리 집 근처인, 론다 산안토니오 길 건너편 쪽에 있는 루나 가에 미장원을 차려 주었다. 물론 그러는 내내 나는 계속 숫자들을 찾았다. 하지만 내가 한재산 모으자마자 숫자들은 사라졌다. 돈이 있고, 사업이 있고, 특히 일이 많아서 적어도 처음 몇 달 동안의 그 빛나는 시절에는 그 상실에 대해 거의 깨닫지 못했다. 그 후 흥분이 가라앉을 무렵, 황홀함이 가실 무렵 나는 5번 디스트리토에 있는 거리로 돌아왔다. 사람들이 아등바등 살고 있는 그곳에서 나는 또다시 숫자를 생각하고, 나를 주연으로 한 기적을 스스로 납득시킬 만한 기이하고 황당무계하기 짝이 없는 결론을 이끌어 내기도 했다. 하지만 너무 생각이 많은 것도 좋지 못했다. 고백하건대 어느 날 밤, 나 자신이 무섭게 느껴져서 별별 생각이 다 들었다.

그런 생각들이 들었을 때 생긴 여러 가지 두려움 중에는 복권을 하다가 돈을 날릴지 모른다는 두려움, 내가 땀 흘려 벌고 일구어 낸 모든 것을 날릴지도 모른다는 두려움이 있었다. 하지만 똑똑히 말하는데 내 행운의 본질이 무엇인지 깨닫게 되는 것이 더 무서웠다. 선량한 칠레인답게 더 발전하고 싶은 바람이 뼛속까지 사무쳤지만, 나는 과거에, 그리고 결국은 지금도 마이티 마우스인지라 신중함이 나를 제어했다. 그런 목소리가 들렸다. 운에 목숨 걸지 마, 멍청아. 가진 것에 만족해. 어느 날 밤 발메스 가의 성당 꿈을 꾸었는데 *Tempus breve est, Ora et labora*(인생은 짧으니, 기도하고 일하라)라는 간결한 메시지가 보였다. 아니 이번에는 그렇게 이해했다. 지상에서 주어진 시간은 그리 길지 않으니 기도하고 일을 해야 한다는 것이었다. 키니엘라 따위에 인내심을 시험하지 말고. 그게 전부였다. 교훈을 얻었다는 확신이 들었다! 그 후 프랑코 충통이 죽고, 민선 정부로의 이행이 시작되고, 민주주의가 왔다. 이 나라는 아찔한 속도로 변해서 볼만했고, 보면서도 믿지 못할 지경이었다. 민주주의 체제에서 사는 것은 정말 아름답다. 나는 스페인 국적을 신청해 취득해서 외국 여행을 다녔다. 파리로, 런던으로, 로마로. 늘 기차를 타고. 당신, 런던에 가보았소? 영불 〈해협〉이란 웃기는 이름이오. 내 보기에는 페나스 만[12]의 해협보다도 못한데. 어느 날 나는 아테네에서 아침을 맞이했는데 파르테논 신전 모습을 보니 눈물이 앞을 가렸다. 여행만큼 견문을 넓혀 주는 것이 또 있을까. 또한 감수성도 길러 주고. 이스라엘, 이집트, 튀니지, 모로코도 갔다. 여행이 끝나고 한 가지 깨달음을 얻어 돌아왔다. 우리는 아무것도 아니라는 것을. 어느 날 마요르카 가의 바에 새 요리사가 왔다. 주방장으로는 너무 젊고 그리 유능하지도 않았지만 즉시 채용했다. 이름은 로사였고 어어 하는 사이에 나는 그녀와 결혼했다. 첫 아들에게 카우폴리칸[13]이라는 이름을 붙이고 싶었는데 결국에는 조르디라고 붙였다. 둘째 아이는 딸이었는데 몬세라트라고 이름을 붙였다. 자식 놈들을 생각하면 행복에 겨워 눈물이 날 지경이다. 여자들은 희한하다. 우리 어머니는 내가 결혼하는 것을 두려워했는데 로사와 바늘과 실이 되었으니. 사람들 말마따나 내 인생은 완전히 궤도에 올랐다. 라 시스테르나의 길 잃은 내 청춘 이야기는 그렇다 치고, 나폴리 호와 바르셀로나에서의 처음 나날과는 완전히 다른 인생이 되었으니! 가정, 예쁘기 짝이 없는 애새끼 둘, 무엇이나 도와주는 아내(하지만 처음 기회가 왔을 때 아내를 주방에서 은퇴시켰다. 과유불급이니까), 건강, 돈을 가졌다. 즉, 아쉬운 것이 하나도 없었다. 그러나 신뢰하는 종업원이나 눈에 띄지는 않지만 주방에서 마지막 남은 더러운 접시 더미

---

12 칠레 남부에 있는 만.
13 Caupolicán. 칠레와 아르헨티나에 걸쳐 사는 마푸체족의 부족장으로 16세기 오늘날의 칠레 영토에서 스페인인들에게 끈질기게 맞섰다.

앞에서 열심히 일하는 소리가 들리는 접시 닦이 외에는 나 혼자 업소에 남아 계산을 할 때 정말 기묘한 생각이 엄습했다. 어떻게 말해야 할까, 지극히 칠레인다운 생각이라고 해야 할까? 뭔가 부족하다는 느낌이 들어서 그게 무엇일까 생각을 하는데, 한참 생각하고 요모조모 따져 보아도 계속 동일한 결론에 다다랐다. 숫자, 눈앞에서 번득이는 숫자가 아쉽다는 결론이었다. 그건 곧 삶의 〈목표〉의 일부, 아니 전체가 없는 것과 진배없었다. 혹은 적어도 내 시각에서 보자면, 꽤 오래전부터 내 머리에 번득이지 않았지만, 숫자들, 즉 내 행운을 가져다준 현상을 〈이해〉하고 그 현실을 남자답게 〈받아들이는〉 과정이 없었다는 말과 진배없었다.

바로 그때 꿈을 하나 꾸었고, 그때부터 마구 책을 읽기 시작했다. 내가 좋아하는 위인전에서 비기(秘記) 관련 책, 혹은 네루다의 시에 이르기까지 미친놈처럼 나 스스로에게, 또 내 눈에 무자비할 정도로. 꿈은 아주 단순했다. 꿈이라기보다 사실 몇 마디 말, 꿈속에서 나 이외의 누군가가 말하는 몇 마디 말을 들은 것뿐이다. 이런 말이었다. 〈그것은 수천 개의 알을 낳는다.〉 어떤가? 개미 떼나 벌 떼 꿈이었을 수도 있다. 하지만 나는 안다. 개미 떼나 벌 떼 꿈이 아니라는 것을. 그렇다면 누가 수천 개의 알을 낳는다는 걸까? 모르겠다. 알을 낳을 때 혼자라는 사실, 유식한 척해서 미안하지만, 알을 낳는 장소가 플라톤의 동굴 같은 곳이라는 것만 알 뿐이다. 오직 그림자만 보이는 지옥 혹은 천국과 닮은 장소 말이다. 나는 쇠근에 그리스 철학사들 책에 꽂혀 있었나. 그 목소리는 수천 개의 알을 낳는다라고 말했고, 나는 그것이 수백만 개의 알을 낳는다는 것과 마찬가지를 의미한다는 것을 알았다. 그때 나는 그 방치된(방치되었지만 모든 희망을 품은 채) 알들 중 하나에 내 행운이 보금자리를 틀고 있다는 것을 깨달았다. 바로 그 순간 내 행운의 본질, 하늘에서 떨어진 돈의 본질을 아마 절대 알지 못하리라는 것을 깨달았다. 선량한 칠레인답게 나는 무식에 맞서 책을 읽고 또 읽었다. 밤새 읽는 것도 아랑곳하지 않았다. 아침 일찍 나가 내 바들의 문을 열고, 쉬지 않고 일했다. 바르셀로나의 아침에, 또 오후에 들이쉬는 진정한 노동의 열정, 가끔은 약간 병적이다 싶을 정도의 그런 열정에 사로잡혀서. 그리고 가게들 문을 닫고, 정산을 하고, 그 후 책을 읽기 시작했다. 여러 차례 의자에 앉은 채 잠이 들고(모든 칠레인이 보통 그렇듯이), 바르셀로나의 하늘이 보라색이 감도는 푸른색일 때, 바라보기만 해도 노래하고 울고 싶은 마음이 들 때인 새벽에 일어나, 하늘을 바라본 뒤 쉼 없이 계속 독서를 했다. 마치 곧 죽을 사람처럼, 마치 내 주위에서, 내 머리 위에서, 내 발밑에서 벌어지는 일을 이해하기 전에는 휴식도 마다하는 사람처럼.

한 마디로 말해 나는 피눈물을 흘렸다. 사실 나는 아무것도 느끼지 못했지만. 그 직후 벨라노 당신을 알게 되었고, 일을 주었소. 접시 닦이가 아파서 대체할 사람을 고용해야 했거든요. 누가 당신을 내게 보냈는지 이미 기억도 하지 못한다. 아마 칠레 사람이었을 것이다. 식당에 늦게까지 남아 회계 장부를 검토하는 척했지만 사실은 의자에 꼼짝하지 않고 있으면서 공상에 잠겨 있던 시절이었다. 어느 날 밤 내가 당신에게 가서 인사했는데 기억하시오? 당신이 교양 있는 사람이라는 점이 인상 깊었소. 많이 읽고, 많이 여행하고, 힘든 시기를 보내고 있다는 티가 났다고. 우리는 서로 호감을 느꼈고, 세상 참 묘하지만 나는 24시간도 채 되지 않아 당신과 마음을 터놓게 되었다. 이 숱한 나날들 속에서 누구와도 그런 적이 없는데. 당신에게는 키니엘라 이야기도 하고 (그거야 누구나 다 아는 이야기지만), 내가 꽁꽁 숨기고 있는 비밀인 내 머리를 두들기는 숫자 이야기도 했으니. 당신을 집에도 초대하고, 바 중 한 곳에 안정적인 일자리도 주었다. 당신은 초대는 받아들였지만(우리 어머니가 엠파나다를 오븐에 구웠지) 나를 위해 일하는 것에 대해서는 듣고 싶어 하지도 않았다. 손님 대하는 일이 대개 유쾌한 일도 아니고 속상한 일도 많아서 바에서 오래 일하게 될 것 같지 않다고 말했다. 어쨌든 주인과 종업원 관계에서 으레 있는 껄끄러움에도 불구하고, 나는 우리가 친구가 되었다고 믿었다. 당신은 깨닫지 못했을지 몰라도, 내게는 그 무렵이 결정적인 시기였다. 그때만큼 숫자에 가까이 가본 적이 없었다. 즉, 숫자가 나를 만나러 오는 것이 아니라 의식적으로 내가 숫자를 찾았다. 벨라노, 당신은 쿠에르노 데 오로 주방에서 접시를 닦고 나는 입구 가까운 테이블 어딘가에 앉아 회계 장부와 소설들을 펼쳐 놓고 눈을 감았지. 당신이 그곳에 있다는 것을 알기에 더 대담하게 군 것 같다. 이 모두가 바보짓일 수도 있지만. 이스터 섬 이론을 들어 본 적 있소? 그 이론에 따르면 칠레야말로 진짜 이스터 섬이다. 당신도 알다시피 우리는 동쪽으로는 안데스 산맥, 북쪽으로는 아타카마 사막, 남쪽으로는 남극 대륙, 서쪽으로는 태평양과 면해 있다. 우리는 이스터 섬에서 태어났고, 우리의 모아이[14]는 네 방위를 당혹스럽게 바라보고 있는 우리들 칠레인 자신인 셈이다. 벨라노, 어느 날 밤 당신이 접시를 닦는 동안, 내가 아직도 화물선 나폴리호에 있다는 생각이 들었소. 당신도 분명 그 밤을 기억할 것이다. 나는 내가 나폴리 호의 밑창에서 죽어 가고 있다는 생각이 들었다. 내가 그곳에 있는 것을 아는 선원들에게 잊힌 채, 모든 사람에게 잊힌 채. 마지막 임종의 순간에 바르셀로나에 도착하고, 빛나는 숫자들의 등에 올라타 달리고, 가족을 데려오고 어느 정도 사치를 부릴 만큼의 돈을 버는 꿈을 꾸고 있다는 생각이 들었다. 꿈에 아내 로사와 자식들과 내 바들도 나왔고, 이윽고 그렇게 생생하게 꿈을 꾸고 있다면, 아마 내가 죽을 때가 다 되어서, 나폴리호 밑창에서 고약한 공기와 구역질 나는 냄새 속에서 죽어 가기 때문이라는 생각이. 그래서 나 자신에게 말했다. 눈을 떠, 안드레스, 눈을 떠, 마이티 마우스. 하지만 그 말을 다른 목소리, 정말로 으스스한 목소리로 해서 눈을 뜰 수가 없었다. 하지만 마이티 마우스의 두 귀로, 벨라노 당신이 내 바의 주방에서 그릇을 씻는 소리를 들었소. 그래서 스스로에게 말했소. 제길, 안드레스, 지금은 미치면 안 돼. 꿈을 꾸는 것이라면 계속 꾸라고, 멍청아. 꿈을 꾸는 것이 아니면 눈을 떠. 겁먹지 말고. 그래서 눈을 떴더니 내가 바 쿠에르노 데 오로에 있었다. 마침내 원자폭탄이 바르셀로나에 떨어졌기라도 하듯 숫자들이 방사능처럼

---

14 이스터 섬의 사람 얼굴 모양의 석상.
15 럼주, 라임 주스, 콜라를 섞은 칵테일.

벽을 맹렬히 공격하고 있었다. 숫자들이 떼로 몰려 있는 줄 알았으면 눈을 더 감고 있었을 것이다. 하지만 벨라노, 나는 눈을 뜨고 말았소. 의자에서 일어나 당신이 일하던 주방으로 갔다. 그리고 당신을 보았을 때 이 모든 이야기가 하고 싶어졌다. 기억나시오? 나는 반쯤 떨고 있었고, 돼지처럼 땀을 흘리고 있었다. 그 순간 내 머리가 어느 때보다도 더, 또 지금보다 더 잘 돌아가고 있었다고는 누구도 말할 수 없었을 것이다. 아마 그래서 당신에게 아무 말 안 했을 것이다. 더 나은 일자리를 제안하고, 쿠바 리브레[15]를 만들고, 술잔을 들고 가 당신에게 책 몇 권에 대한 의견을 부탁했지만 내가 겪은 일은 이야기하지 않았다.

그날 밤부터 나는 알았다. 아마 내가 약간의 행운만으로 다시 한 번 키니엘라에 당첨될 수 있으리라는 것을. 하지만 난 다시는 키니엘라를 하지 않았다. 꿈속의 목소리는 수천 개의 알을 낳는다고 말했고, 그 알들 중 하나가 내가 있는 곳에 떨어진 것임을. 이제는 키니엘라를 더 하기 싫다. 사업이 잘되고 있다. 이제 당신이 떠날 거고, 나에 대해 좋은 인상을 가지고 갔으면 좋겠다. 약간 애달픈 인상일지라도 어쨌든 좋은 인상을 가지고. 당신의 남은 임금을 준비했고, 한 달 치 혹은 두 달 치도 될 만한 휴가비도 넣었소. 아무 말 마시오, 이미 결정한 일이니. 당신은 언젠가 당신이 인내심이 별로 없다고 말했지만, 내 생각에는 그렇지 않소.

1989년 9월, 파리 뤽상부르 공원 인근 보지라 가, 카페 탈자시앵, 아벨 로메로. 1983년 9월 11일 생소뵈르 가에 있는 빅토르 카페에서였다. 우리 마조히스트 칠레인 그룹이 그 불행한 날[16]을 기억하기 위해 모여 있었다. 우리는 20~30명이었고, 카페 내부와 테라스 여기저기에 흩어져 있었다. 누구인지는 모르겠으나 갑자기 누가 거대한 검은 날개로 우리를 뒤덮은 악에 대해, 죄악에 대해 말하기 시작했다. 제발! 그 거대한 검은 날개! 우리 칠레 사람들은 결코 아무 교훈도 얻지 못한 것이 분명하다! 그 후 예상대로 토론이 벌어지고 빵 조각까지 테이블 사이를 날아다녔다. 공통의 친구 하나가 그 소란 속에서 우리를 소개해 준 것 같다. 아니면 우리가 알아서 서로 자기소개를 하고, 그가 나를 아는 척했든지. 그가 물었다. 당신은 작가인가요? 내가 말했다. 아니요. 나는 과톤 오르마사발[17] 시절에 경찰이었는데 지금은 한 협동조합에서 사무실 바닥과 유리창을 청소하고 있소. 그가 말했다. 일이 위험하겠네요. 내가 대답했다. 고소 공포증이 있는 사람들에게야 그렇겠지만, 아닌 사람들에게는 지겨운 일이라고 해야겠지. 그 후 우리는 사람들 대화에 참여했다. 내가 이미 말했듯이 악에 대한, 악랄함에 대한 대화에. 벨라노 그 친구는 꽤 설득력 있는 발언을 두세 차례 했다. 나는 입을 열지 않았다. 사람들은 그날 밤 포도주를 많이 마셨다. 우리가 카페에서 나섰을 때 어떻게 된 건지 나는 몇 블록을 그와 나란히 걸었다. 그래서 내 머릿속에 맴도는 생각을 말했다. 벨라노, 문제의 핵심은 악(혹은 범죄 혹은 죄악 등 당신이 뭐라고

16 1973년 9월 11일 칠레에서는 군부 쿠데타가 일어났다.
17 Guatón Hormazábal. 피노체트 시절 국가정보국(DINA) 요원으로 악명을 떨친 오스발도 로모 메나로 추정된다. 그의 별명이 과톤 로모였다.

부르든 간에)이 우연인지 필연인지 아는 것일세. 필연적인 것이면 우리는 악에 대항하여 투쟁할 수 있어. 악을 퇴치하는 것은 어려운 일이지만 가능성은 있어. 같은 급의 두 권투 선수가 싸우는 형국이니. 반대로 악이 우연이라면 우리는 더럽게 꼬인 거지. 신에게 자비를 구하는 수밖에. 신이 존재한다면 말이야. 그저 그뿐인 거지.

19

 1976년 1월 멕시코시티 종교 재판소 근처 레푸블리카 데 베네수엘라 가, 아마데오 살바티에라. 내가 말했다. 비밀이 없다니? 두 젊은이가 말했다. 비밀은 없어요, 아마데오. 이윽고 내게 물었다. 선생님에게는 시가 무엇을 의미하나요? 내가 답했다. 없어, 아무 의미도 없어. 그들이 물었다. 이게 왜 시라고 그러시는데요? 내가 말했다. 세사레아가 시라고 말했으니까. 오직 그래서. 세사레아가 그렇게 말했으니까. 그 여인이 비닐 주머니에 넣은 자기 똥덩어리를 시라고 했어도 나는 믿었을 거야. 칠레인이 말했다. 현대적이시네요. 그리고 만초니라는 인물을 언급했다. 내가 말했다. 알레산드로 만초니?[1] 순수한 레미히오 로페스 바예의 펜에 힘입은 번역서 『약혼자』를 떠올린 것이다. 기억은 확실하지 않지만 1930년경 멕시코에서 출판되었다. 하지만 그들이 대답했다. 피에로 만초니[2] 말이에요! 가난한 예술가, 자기 배설물을 깡통에 넣

---

1 Alessandro Manzoni(1785~1873). 이탈리아의 시인, 소설가.
2 Piero Manzoni(1933~1963). 이탈리아의 전위 예술가. 오브제를 이용한 도발적인 작품을 발표했으며 미술의 사회적 역할에 관심을 가졌다.

은 사람 말이에요. 내가 말했다. 휴, 빌어먹을. 예술은 미쳤네, 젊은이들. 그들이 말했다. 항상 미쳐 있었죠. 그 순간 두 젊은이 뒤편 양쪽 거실 벽에 메뚜기 같은 것의 그림자들이 보였다. 벽지를 타고 부엌으로 가는 줄 알았는데 마침내는 바닥으로 꺼지는 바람에 나는 눈을 비볐다. 그들에게 말했다. 어디 자네들이 단번에 명쾌하게 그 시를 해석하는지 보자고. 어림잡아 50년 이상 그런 해석을 꿈꾸었거든. 두 젊은이는 어린 천사들처럼 그저 신이 나서 두 손을 비비며 내 자리에 다가앉았다. 하나가 말했다. 제목부터 시작하죠. 제목이 무슨 뜻인 것 같으세요? 내가 일고의 여지도 없이 말했다. 시온, 예루살렘의 시온 언덕이지. 독일어로는 지텐이라고 부르는 스위스 발레 주의 도시 시옹일 수도 있고. 그들이 말했다. 아주 좋아요, 아마데오. 생각을 하신 티가 나네요. 두 가지 가능성 중에서 어느 쪽을 택하시겠어요? 시온 언덕이겠죠, 그렇죠? 내가 말했다. 그렇다고 보아야지. 그들이 말했다. 명백해요. 이제 시의 첫 번째 컷을 보죠. 뭐가 있나요? 내가 말했다. 직선 하나가 있고, 그 위에 사각형이 있지. 칠레인이 말했다. 좋아요. 사각형은 잊으세요. 존재하지 않는 것으로 생각하세요. 직선만 보시라고요. 무엇이 보이나요?

―――――

내가 대답했다. 직선이 하나 있지. 뭐가 더 있겠나, 젊은이들? 직선은 무엇을 암시하나요, 아마데오? 내가 말했다. 지평선, 탁자의 지평선. 하나가 물었다. 평온함요?

그렇지, 평온함, 고요함. 좋습니다. 지평선과 고요함. 시의 두 번째 컷을 보죠.

무엇이 보이나요, 아마데오? 구불구불한 선이지 뭐가 더 있겠나? 그들이 말했다. 좋아요, 아마데오. 좀 전에는 고요함을 암시하는 직선을 보셨는데 지금은 구불구불한 선을 보고 계세요. 여전히 고요함을 암시하나요? 내가 말했다. 아니지. 갑자기 그들이 어디로 가는지, 어디로 나를 이끌고 가려 하는지 깨달았다. 구불구불한 선은 선생님에게 무엇을 암시하나요? 능선요? 아니면 바다, 파도? 내가 답했다. 그럴 수도 있지, 그럴 수도 있어. 그들이 물었다. 고요함이 깨질 징조요? 움직임, 단절? 내가 말했다. 언덕 능선인 것 같네. 어쩌면 파도일 수도 있고. 그들이 말했다. 이제 시의 세 번째 컷을 보죠.

뾰족뾰족한 선이 하나 있어요, 아마데오. 여러 가지 의미일 수 있죠. 상어 이빨일까, 젊은이들? 능선? 시에라 마드레 옥시덴탈?[3] 음, 많은 것을 의미할 수 있겠지. 그러자 하나가 말했다. 제가 어렸을 때, 여섯 살이 채 되

3 멕시코 태평양 연안을 따라 뻗은 산맥.

기 전엔 늘 직선, 구불구불한 선, 뾰족뾰족한 선 이렇게 세 가지 선 꿈을 꾸었어요. 왠지 모르겠는데 저는 그 당시 계단 밑에서, 아니면 적어도 계단 옆에 있는 천장이 아주 낮은 방에서 잤어요. 우리 집이 아니었던 것 같은데, 우리 식구가 그저 잠깐 그곳에 산 것일 수도 있고, 조부모님 댁이었을지도 모르고요. 잠이 들면 밤마다 직선이 나타났죠. 거기까지는 다 좋았죠. 심지어 꿈이 유쾌하기까지 했으니까요. 그러나 점점 풍경이 바뀌기 시작해서 직선이 구불구불한 선으로 바뀌기 시작했죠. 그러면 멀미가 시작되고, 점점 몸이 달아오르고, 사물에 대한 감각과 안정감을 상실했죠. 제 유일한 바람은 직선으로 되돌아가는 것이었어요. 그러나 열 번에 아홉 번은 구불구불한 선에 이어 뾰족뾰족한 선이 나타났습니다. 그곳에 다다르면 제 몸이 쪼개지는 듯했습니다. 외부로부터가 아니라 내부로부터요. 복부에서 시작해서 이내 머리와 목구멍까지 쪼개지는 듯한 경험이었고, 그 고통에서 도망칠 수 있는 유일한 방법은 잠에서 깨어나는 것이었습니다. 잠에서 깨는 것이 그리 쉽지 않았지만요. 내가 말했다. 기이한 일이군, 안 그런가? 그들이 말했다. 그렇죠, 기이하죠. 내가 말했다. 정말 기이해. 그들 중 하나가 말했다. 가끔 저는 침대에 오줌을 쌌습니다. 내가 말했다. 저런, 저런. 그들이 말했다. 이해가 되세요? 내가 말했다. 사실은 이해가 안 가네, 젊은이들. 그들이 말했다. 이 시는 유희에요. 아주 쉽게 알 수 있어요, 아마데오. 보세요. 모든 사각형 위에 돛을 첨가해 보세요. 이렇게요.

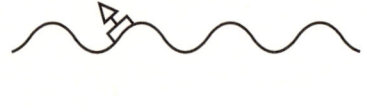

이제 뭐가 있나요? 내가 말했다. 배? 그들이 말했다. 바로 그래요, 아마데오, 배예요. 그리고 제목인 〈시온〉은 사실 〈항해〉라는 단어를 은폐하고 있어요.[4] 그게 다예요, 아마데오. 아주 간단해요. 더 이상의 비밀은 없어요. 나는 짐을 덜어 주어 고맙다고 말하고 싶기도 하고, 〈시온〉이 옛날부터 은어로 긍정을 뜻할 때 쓰는 〈시몬〉일 수도 있다고 말하고 싶기도 했다. 그러나 나는 〈아 그렇군〉이라고만 말하고 테킬라 병을 찾아 한 잔, 그리고 또 한 잔을 따랐다. 나는 생각했다. 세사레아가 남긴 것이 그게 전부군. 고요한 바다의 배 한 척, 파도가 이는 바다의 배 한 척, 폭풍우 속의 배 한 척. 여러분에게 확언

  4 스페인어로 〈시온〉은 〈Sión〉, 항해는 〈*navegación*〉이고, 라틴 아메리카 스페인어는 〈*sión*〉과 〈*ción*〉의 발음이 똑같다.
  5 케찰코아틀은 〈깃털 달린 뱀〉을 뜻하며 고대 멕시코의 신화 속의 인물이다. 여러 종류의 신화 가운데 케찰코아틀이 자기 왕국에서 쫓겨나 배를 타고 떠나야 했는데, 언젠가 돌아와 복수를 하겠다고 말했다는 내용의 이야기가 있다.
  6 허먼 멜빌의 『모비 딕』의 포경선 선장.

하는데 잠시 내 머리가 사나운 바다처럼 변해, 젊은이들이 하는 말이 들리지 않았다. 비록 몇몇 구절, 단편적인 몇몇 단어, 뻔한 표현들은 포착할 수 있었지만. 가령 케찰코아틀의 배,[5] 밤에 오르는 아이의 열, 에이하브 선장[6]이나 고래의 뇌 엑스레이, 상어들에게는 거대한 지옥 입구인 바다 표면, 관일 수도 있는 돛대 없는 배, 직사각형의 역설, 직사각형 본능, 아인슈타인의 직사각형 불가능론(직사각형은 존재할 수 없는 우주), 알폰소 레예스의 글 한 쪽, 시의 쓸쓸함. 그래서 나는 테킬라를 마신 뒤 또다시 한 잔 가득 따르고, 두 젊은이의 잔도 채워 주면서 세사레아를 위해 건배하자고 말했다. 그들의 눈을 보았다. 그 젊은 놈들이 얼마나 흡족해했는지. 우리 세 사람은 우리의 작은 배가 돌풍에 요동치는 동안 건배했다.

1990년 5월, 멕시코시티, 알라메다 대로의 벤치에 앉아서, 에디트 오스테르. 멕시코에서, 멕시코시티에서 나는 아르투로 벨라노를 단 한 번 보았다. 소나 로사의 마리아 모리요 화랑 입구에서 아침 11시에. 담배를 피우러 보도로 나갔는데, 그가 그곳을 지나다가 인사했다. 아르투로는 길을 건너와 내게 말했다. 안녕, 나 아르투로 벨라노야. 클라우디아가 네 이야기 했어. 내가 말했다. 나도 네가 누구인지 알아. 나는 당시 열일곱 살이었고 시를 즐겨 읽었다. 하지만 그의 시는 아무것도 읽지 못했다. 그는 화랑에는 들어오지도 않았다. 깔끔한 모습이 아니었다. 밤을 샌 것 같았다. 하지만 미남이었다. 즉, 그 순간에는 미남처럼 보였는데, 그래도 내 마음에 들지는 않았다. 내 타입이 아니었다. 나는 생각했다. 왜 와서 인사하는 것일까? 왜 길을 건너 화랑 입구에 멈춰선 것일까? 화랑에는 아무도 없었고, 나는 그에게 들어오라고 권했다. 하지만 아르투로는 그곳 바깥에 있는 게 더 낫다고 말했다. 우리는 햇빛 속에 서 있었다. 나는 손에 담배를 들고, 그는 1미터도 채 떨어져 있지 않은 곳에서 먼지 구름에 휩싸인 듯 나를 바라보면서. 무슨 이야기를 했는지 모르겠다. 그가 옆에 있는 식당에서 커피 한 잔 하자고 청한 것 같은데, 나는 화랑을 비울 수 없다고 대답했다. 내게 일이 마음에 드는지 물었다. 내가 말했다. 임시로 하는 일이야. 다음 주에 그만둬. 게다가 보수가 아주 나쁘고. 그가 물었다. 그럼 많이 팔아? 내가 대답했다. 아직까지 하나도 못 팔았어. 이윽고 우리는 작별 인사를 했고 아르투로 벨라노는 갔다. 그는 처음 본 순간부터 내가 마음에 들었다고 나중에 말했지만 믿기지 않는다. 그 시절 나는 뚱뚱했거나 뚱뚱하다고 생각했고, 신경증이 생기기 시작한 참이었다. 밤마다 울고 강철 같은 의지를 불태웠다. 나는 또한 두 개의 삶을, 혹은 그렇게 보이는 삶을 살고 있었다. 한편으로는 철학과 학생이고 마리아 모리요 화랑의 일 같은 아르바이트를 했다. 또 다른 한편으로는 지하조직으로 명맥을 잇던 트로츠키주의 정당에서 활동했다. 막연히 내 관심사와 맞아 떨어진다고 생각했지만 내 관심사가 무엇인지는 정확히 몰랐다. 어느 날 오후 교통 체증으로 도로에 서버린 차량들을 대상으로 선전물을 나누어 주다가 어머니의 크라이슬러 차와 맞닥뜨렸다. 불쌍한 어머니는 거의 까무라쳤다. 나는 너무 긴장해서 등사기 유인물을 주면서 읽어 보시라고 말하고 등을 돌렸다. 차에서 멀어질 때 집에서 이야기 좀 하자고 말하는 소리가 들렸다. 집에서는 항상 이야기를 나눴다. 의료, 영화, 문학, 경제, 정치와 관련된 충고로 끝나곤 하던 끝없는 대화를.

아르투로 벨라노를 다시 볼 때까지 여러 해가 흘렀다. 처음 본 게 1976년이었고, 두 번째는 1979년 아니면 1980년이었다. 나는 숫자에 그리 강하지 못하다. 바르셀로나에서였다는 점은 잊지 못한다. 나는 내 동거남이자 애인이자 친구이자 결혼을 약속한 화가인 아브라암 만수르와 살기 위해 바르셀로나에 갔다. 그 전에는 이탈리아, 런던, 텔아비브에서 살았다. 어느 날 아브라암이 멕시코시티에서 전화해서 나를 사랑한다고, 자기는 바르셀로나로 가는데 같이 살았으면 좋겠다고 말했다. 그때 나는 로마에 있었는데 그리 잘 지내지 못하고 있었다. 나는 그러겠다고 말했다. 우리는 파리 공항에서 낭만적인 만남을 기약했다. 그리고 그곳에서 기차로 바르셀로나로 갈 작정이었다. 아브라암은 장학금 혹은 그와 유사한 것을 받고 있었고, 부모님이 그가 한동안 유럽에서 지내는 것도 괜찮으리라고 결정해서 경제적으로 보조를 해준 듯싶다. 하지만 절대 확실한 것은 아니다. 아브라암의 얼굴은 점점 번져 가는 안개구름 속에서 사라지고 있다. 아브라암은 일이 잘 풀렸다. 사실 늘 그랬다. 나와 나이가 똑같아서 같은 해 같은 달에 태어났다. 내가 무엇을 해야 할지 몰라 갈팡질팡한 반면, 아브라암은 자신의 할 일을 잘 알고 있었고 능력이 탁월했다. 그의 말마따나 피카소의 활력을 지니고 있었다. 가끔 마음에 차지 않는 일이 있고, 병에 걸리고, 고통을 겪기도 했지만, 토요일과 일요일까지 포함해서 늘 날마다

다섯 시간, 여덟 시간씩 그림을 그릴 수 있었다. 나는 난생 첫 경험을 그와 했다. 우리 둘 다 열여섯 살 때였다. 그 후 우리 관계는 곡절을 겪어서 여러 번 깨졌다. 아브라암은 내 정치 활동을 결코 지지하지 않았다. 그가 우파라는 말이 아니라 정치 활동 자체에 관심이 없었기 때문이다. 아마 그럴 시간이 없었을 것이다. 나는 애인을 여럿 사귀었고, 아브라암은 노라 카스트로 빌렌펠드라는 여자와 교제하기 시작했다. 두 사람은 같이 살 듯하더니 헤어졌고, 나는 두어 번 병원에 입원했고 몸에 변화가 왔다. 그리하여 나는 기차를 타고 파리로 가서 공항에서 아브라암을 기다리고 있었다. 열 시간이 흐른 뒤 나는 그가 오지 않으리라는 것을 깨닫고 울면서 공항에서 나왔다. 비록 나중에야 내가 울었다는 사실을 깨달았지만. 그날 밤 나는 몽파르나스의 싸구려 여관에 투숙하고, 몇 시간 동안 그때까지의 내 인생을 생각했다. 몸이 더 견디기 힘들어졌을 때 나는 생각을 그만두고 천장을 바라보고 침대에 누웠다. 눈을 감고 잠을 자려고 했지만 잘 수가 없었다. 그리하여 나는 잠도 못 자고, 아침에만 나갔다가 여관에 틀어박혀 있고, 음식을 거의 입에 대지 않고, 거의 씻지 않고, 변비로 고생하고, 머리가 깨질 듯이 아픈 상태로, 한 마디로 삶의 의욕 없이 여러 날을 보냈다.

그러다가 잠이 들어 꿈을 꾸었다. 내가 바르셀로나로 가고 있었고, 신비롭고 활기찬 그 여행은 인생을 원점에서 다시 시작하는 느낌을 주었다. 잠에서 깨어났을 때 나는 숙박비를 지불하고 스페인으로 가는 첫 번째 열차를 탔다. 처음에는 람블라 거리의 카푸치노스 구간에 위치한 하숙집에서 살았다. 나는 행복했다. 카나리아 한 마리와, 제라늄 화분 두 개, 책 여러 권을 샀다. 하지만 돈이 필요해서 어머니에게 전화를 해야 했다. 통화를 했을 때 나는 아브라암이 나를 찾아 미치광이처럼 파리 전체를 뒤졌고, 우리 가족은 내가 실종된 것으로 생각하고 있었음을 알게 되었다. 어머니는 내게 미쳤냐고 물었다. 아직 아니에요. 어머니에게 대답하면서 웃었다. 왠지 재미있었다. 어머니가 미쳤냐고 물어서가 아니라 내 대답이 재미있었던 것이다. 이윽고 나는 공항에서 오래 기다렸는데 아브라암에게 바람을 맞았다고 설명을 드렸다. 어머니가 말했다. 아무도 너를 바람맞히지 않았어, 이것아. 네가 날짜를 착각한 거야. 어머니가 그런 소리를 하는 것이 이상했다. 아브라암 만수르의 〈공식 입장〉을 전하는 듯했다. 어머니가 말했다. 어디 있는지 말해. 아브라암이 바로 너를 찾으러 갈 테니까. 나는 주소를 알려주고, 전신환을 보내 달라고 말한 뒤 전화를 끊었다.

이틀 뒤 아브라암이 하숙집에 나타났다. 우리의 만남은 냉랭했다. 나는 그가 파리에서 막 도착한 줄 알았는데, 사실은 나와 거의 같은 무렵에 바르셀로나에 정착했다. 고딕 지구의 한 식당에서 식사를 한 뒤, 그가 나를 몇 블록 떨어진 산트자우메 광장 인근의 자기 집으로 데리고 갔다. 저명한 카탈루냐계 멕시코인 미술상 소피아 트롬파둘의 아파트인데, 그녀가 바르셀로나는 거의 오지 않기 때문에 아브라암은 원할 때까지 그 집에 머물 수 있었다. 다음 날 우리는 하숙집으로 내 물건을 가지러 갔고, 나는 그 아파트에 머물게 되었다. 그러나 아브라암과 나의 관계는 계속 냉랭했다. 파리에서 바람맞은 일이 섭섭해서가 아니었다. 그 일은 어쩌면 내 부주의 탓에 일어났을 수도 있다. 내가 그의 부인이 되는 것을 승낙하고, 침대를 같이 사용하고, 전시회와 미술관에 같이 다니고 바르셀로나 친구들과 저녁을 같이 먹는 것 그뿐이라는 듯이 우리 사이에 거리가 있었다. 그렇게 여러 달이 흘렀다. 어느 날 바르셀로나에 다니엘 그로스만이 나타났다. 그는 아르투로 벨라노가 어디 사는지 알고 있었고, 거의 매일 그를 찾아갔다. 어느 날 오후 나는 다니엘 그로스만을 따라갔다. 우리는 이야기를 나누었다. 아르투로 벨라노는 나를 아주 또렷이 기억하고 있었다. 다음 날 나는 다시 아르투로 벨라노의 집을 찾아갔다. 이번에는 혼자서. 그가 식사를 사겠다고 해서 대중식당으로 갔고, 여러 시간 이야기를 나누었다. 내 인생을 다 이야기해 준 것 같다. 이제는 잊어버렸지만 그도 자기 이야기를 했다. 어쨌든 말을 많이 한 사람은 나였다.

그때부터 우리는 일주일에 적어도 두 번은 만나기 시작했다. 한번은 그를 우리 집에 초대했다. 트롬파둘의 바르셀로나 아파트를 우리 집으로 간주할 수 있다면 말이다. 그가 가기 직전 아브라암이 왔다. 아브라암이 질투하는 것을 느꼈다. 아브라암은 우리에게 인사를 하고, 내 이마에 입을 맞춘 뒤 자기 작업실에 들어박혔다. 그렇게 함으로써 아르투로가 뭔가 깨닫기를 바랐는지. 아르투로가 가고 나는 작업실로 들어가 무슨 일 있느냐고 물었다. 그는 대답하지 않았지만 그날 밤 우리는 여느 때와 달리 거칠게 섹스를 했다. 나는 그때만은 다를 줄 알았다. 하지만 결국 아무것도 느끼지 못했다. 갑자기 깨달았다. 아브라암과 나의 관계가 종착역에 다다랐음을. 나는 멕시코로 돌아가 복학해서 영화를 공부하기로 결심했다. 어머니와 이야기를 나누었고, 어머니는 다음 날 멕시코시티행 비행기 표를 보내 주었다. 아르투로에게 멕시코로 간다고 말했을 때, 눈에서 슬픔을 읽었다. 나는 생각했다. 내가 이곳을 떠나면 유일하게 섭섭할 사람이군. 아브라암과 결별하기로 결정하기 전 일인데, 아르투로 벨라노에게 내가 춤을 추었다는 이야기를 한 적이 있다. 그 얘기에 그는 내가 카바레 댄서나 스트립 댄서였다고 생각했다. 너무 웃겼다. 내가 말했다. 그게 아니야. 카바레에서 춤추면 좋게. 나 현대 무용수야. 사실은 카바레에서 춤을 추면서 조잡한 공연이나 하면서 저질의 사람들과 업소들 사이에서 살 생각은 꿈에도 없었다. 하지만 아르투로가 헛짚은 그 말을 듣고 나니, 난생 처음으로 그 가능성을 생각하고, 직업 댄서라는 삶에 대한 (상상의) 전망이 매력적으로, 그것도 가슴 아프도록 매력적으로 느껴졌다. 물론 내 삶은 이미 상당히 꼬였기 때문에 이내 그런 생각을 집어치웠다. 나는 2주일을 더 바르셀로나에 머물면서 거의 매일 아르투로를 만났다. 우리는 많은 이야기를 나누었다. 거의 내 이야기였다. 나는 부모님에 대해, 부모님의 이혼에 대해, 멕시코 속옷 왕인 우리 할아버지와 그의 제국을 물려받은 어머니에 대해, 의학을 공부했고 내가 존경해 마지않는 아버지에 대해, 더 나이가 어렸을 때 내 몸무게 문제에 대해(아르투로는 그 말을 믿지 못했다. 바르셀로나 시절에 난 말라깽이였기 때문이다), 트로츠키주의 정당 활동에 대해, 옛 애인들에 대해, 정신과 치료를 빋은 일에 대해 이야기했다.

어느 날 아침 우리는 카스텔데펠스의 승마 학교에 갔다. 주인이 아르투로의 친구여서 돈도 받지 않고 말 두 필을 하루 종일 우리에게 빌려 주었다. 나는 멕시코시티 승마 클럽에서 승마를 배웠고, 아르투로는 어릴 때 칠레 남부에서 혼자 배웠다. 처음에는 천천히 몰다가, 내가 경주를 제안했다. 길은 곧고 좁았으며, 이윽고 소나무가 늘어선 언덕으로 올라가다가 건천의 강바닥까지 다시 내려왔다. 강 건너편에는 터널이 있고, 터널 너머에는 바다가 있었다. 우리는 질주했다. 처음에는 아르투로와 내 말이 붙어 갔다. 하지만 무슨 조화인지 내가 말과 한 몸이 되더니 엄청난 속도로 질주해서 아르투로를 뒤로했다. 그 순간 나는 죽어도 좋았다. 어쩌면 그에게 할 필요가 있었던, 혹은 해야만 했던 많은 이야기를 하지 않았음을 알고 있었고, 그 사실을 의식하고 있었다. 내가 말을 탄 채로 죽으면, 혹은 말이 나를 내동댕이치면, 혹은 소나무 가지가 나를 거세게 낙마시키면 아르투로는 내가 하지 않은 모든 이야기를 알게 되리라는, 내 입으로 들을 필요도 없이 다 깨달으리라는 생각이 들었다. 그러나 언덕을 지나 소나무 숲을 뒤로했을 때, 마른 강바닥으로 달려 내려갈 때, 죽고 싶다는 마음이 즐거움으로, 말을 타고 있다는 즐거움, 질주를 하면서 뺨에 바람을 느끼는 즐거움으로 변했다. 얼마 후에는 내리막길이 생각보다 훨씬 더 경사가 급해 낙마의 두려움이 실제로 엄습했다. 그 순간 나는 죽기 싫어졌다. 죽고 싶다는 것은 장난이었다. 적어도 그 순간에는 그런 마음이 달아났다. 속도를 줄이기 시작했다. 그때 깜짝 놀랄 일이 벌

7 『이상한 나라의 앨리스』에 등장하는 고양이.

어졌다. 쏜살같이 내 옆을 지나치면서 질주를 멈추지 않고 나를 바라보고 미소 짓는 아르투로가 보인 것이다. 체셔 고양이[7] 미소와 유사했다. 곡절 많은 삶을 살다 보니 아르투로는 어금니 몇 개가 빠지고 없었지만 그래도 그의 미소는 그곳에 남았다. 아르투로와 그의 말은 건천 강바닥을 향해 계속 달렸다. 너무 아찔한 속도라서 기수와 말 둘 다 흙먼지에 가려진 돌멩이 위로 구를 것 같고, 내가 말에서 내려 낙마가 일으킨 흙먼지 구름을 뚫고 지나가면 다리가 부러진 말을 발견할 것 같고, 그 옆에 머리가 박살 나 두 눈을 부릅뜨고 죽은 아르투로를 발견할 것 같은 생각이 들었다. 하지만 처음에는 흙먼지 때문에 아무것도 볼 수 없었고, 흙먼지가 사라지고 나자 강바닥에 말도 기수도 아무것도 보이지 않았다. 숲에 가려진 고속 도로를 지나는 자동차들 소리만 멀리서 들릴 뿐이고, 태양이 강바닥의 메마른 돌멩이들 위에 작열했다. 모든 것이 마법 같았다. 순간 아르투로와 함께 있었고 순간 또다시 혼자가 되었다. 그러자 진짜로 두려움이 왈칵 치밀어 감히 말에서 내리지도 못하고, 아무 말도 하지 못하고, 그저 사방을 둘러보기만 했다. 아르투로의 자취를 전혀 찾을 수 없었다. 대지나 대기가 그를 삼켜 버린 것처럼. 거의 눈물이 날 지경에 이르렀을 때, 터널 입구의 그늘 속에서 악령처럼 아무 말 없이 나를 바라보고 있는 아르투로를 발견했다. 말에 박차를 가해 그쪽 방향으로 달려가 말했다. 이렇게 놀라게 하면 어떡해, 아르투로 이 나쁜 놈아. 그는 아주 슬프게 나를 바라보았다. 비록 슬픔을 감추려고 잠산 웃었지만, 나는 그때, 바로 그때서야 그가 나를 사랑함을 알게 되었다.

떠나기 전날 밤 나는 아르투로를 보러 갔다. 우리는 여행에 대해 이야기했다. 그는 내가 하는 일에 확신이 있는지 물었다. 나는 그렇지는 않지만 비행기 표가 있으니 이제 피할 수 없다고 말했다. 누가 공항에 바래다주는지 내게 물었다. 아브라암과 또 한 친구라고 대답했다. 아르투로는 내게 가지 말라고 말했다. 그 누구도 아르투로처럼 그런 태도로 가지 말라고 내게 부탁한 적이 없다. 나와 사랑을 나누고 싶으면(실제로는 나와 섹스를 하고 싶으면이라고 말했다) 지금 하라고 말했다. 모든 것이 너무 통속극 같았다. 내가 말했다. 나와 섹스하고 싶으면 지금 해. 그가 물었다. 지금? 내가 말했다. 지금 당장. 그리고 아르투로가 좋다 싫다 말하기도 전에 나는 스웨터를 벗고, 이어 알몸이 되었다. 우리는 사랑을 나누지는 않았다(어쩌면 사랑을 나누지 않는 것이 우리의 사랑 방식이었을지도 모른다). 왜냐하면 그가 발기되지 않았기 때문이다. 대신 우리는 서로 안고, 그의 양손이 내 다리를 위에서 아래로 훑고, 내 음부를, 내 배를, 내 가슴을 애무했다. 왜 그러느냐고 내가 물었을 때 그는 말했다. 아무 일도 아니야, 에디트. 나는 내가 마음에 안 들어서 그런다고, 잘못은 내게 있다고 믿었다. 그러자 그가 말했다. 아니야, 네 잘못이 아니고 내 잘못이야. 서지 않아. 어쩌면 발기가 되지 않아, 그런 식으로 말했을지도 모른다. 그 후 아르투로가 말했다. 걱정하지 마. 내가 말했다. 네가 걱정하지 않으면, 나는 걱정하지 않아. 그가 말했다. 나는 걱정하지 않아. 그래서 나는 거의 1년째 월경을 하지 않는다고, 내게는 의학적인 문제가 있다고, 성폭행을 두 번 겪었다고, 두려움과 분노를 느낀다고, 영화를 만들 거라고, 계획이 되어 있다고 말했다. 그러는 동안 아르투로는 내 육체를 애무하고 나를 바라보았다. 갑자기 그에게 하는 말이 멍청하게 느껴지면서 자고 싶어졌다. 아르투로와 함께, 그 코딱지만 한 집 바닥에 깔아 놓은 그의 매트리스에서. 그런 생각을 하자마자 곯아떨어졌고, 깜짝깜짝 놀라서 깨는 법 없이 오랫동안 푹 잠을 잤다. 일어났을 때는 아침 햇빛이 그 집의 유일한 창문으로 들어오고, 출근 준비를 하는 어느 노동자의 라디오 소리가 멀리서 들렸다. 아르투로는 내 옆에서 조금 몸을 웅크리고 갈비뼈까지 담요를 덮고 자고 있었다. 잠시 그를 바라보면서, 그와 함께 살면 내 인생이 어떻게 될까 생각했다. 하지만 이윽고 현실적인 사람이 되어야 한다고, 몽상에 이끌리면 안 된다고 생각했다. 나는 살금살금 일어나서 떠났다.

나의 멕시코 귀환은 처참했다. 처음에는 어머니 집에서 살다가 코요아칸의 작은 집에 세 들어 살면서 대학 강의를 몇 개 듣기 시작했다. 어느 날 아르투로 생각이 나서 전화를 하기로 했다. 다이얼을 돌리면서 숨이 막혀 죽을 것만 같았다. 전화받은 이가 아르투로는 스페인 시간으로 저녁 9시 이전에는 출근하지 않는다고 말했다. 전화를 끊고서 처음에는 침대에 들어 잠을 자려고 했다. 하지만 거의 바로 그 순간 깨달았다. 잠을 이룰 수 없으리라는 것을. 그래서 책을 읽고, 집을 쓸고, 부엌을 청소하고, 편지를 한 통 쓰고, 의미 없는 옛 생각을 하다가 밤 12시가 되었을 때 다시 전화를 걸었다. 이번에는 아르투로가 전화를 받았다. 우리는 15분 가까이 이야기를 했다. 그때부터 매주 통화했다. 때로는 내가 그의 직장으로, 때로는 그가 집으로 전화했다. 어느 날 그에게 멕시코로 오라고 말했다. 그는 입국할 수가 없다고, 멕시코가 입국 비자를 주지 않는다고 말했다. 나는 과테말라로 날아오라고, 과테말라에서 만나 그곳에서 결혼하면 아무 문제 없이 입국할 수 있으리라고 말했다. 우리는 많은 나날을 이 가능성에 대해서 말했다. 그는 과테말라에 가본 적이 있고, 나는 아니었다. 나는 과테말라 꿈을 꾸기도 했다. 어느 날 오후 어머니가 나를 보러 왔고, 나는 그 이야기를 하는 실수를 범했다. 과테말라에 대한 꿈들과 아르투로와의 전화 대화에 대해서. 모든 것이 불필요하게 복잡해졌다. 어머니는 내 건강 문제를 상기시켰다. 어머니가 울기도 한 것 같은데 정말 그랬는지 믿기지는 않는다. 적어도 어머니 얼굴에서 눈물을 본 기억이 없다. 그 후 어느 날 오후 어머니와 아버지가 와서 유명한 의사의 진찰을 받아 보라고 애원했다. 나는 수락할 수밖에 없었다. 내게 돈을 주는 사람이 부모님이었기 때문이다. 다행히도 진찰에서 아무런 문제도 없었다. 의사가 부모님에게 말했다. 에디트의 모든 문제가 극복되었네요. 그래도 그다음 며칠 동안 나는 다른 두 사람의 유명 의사에게 진찰을 받으러 가야 했고, 그들의 진단은 그리 긍정적이지 않았다. 친구들은 무슨 일 있는지 내게 물었다. 한 친구에게만 내가 사랑에 빠졌고, 사랑하는 사람이 유럽에 살고 있는데 멕시코에 와서 나와 합칠 수가 없다고 털어놓았다. 그 친구에게 과테말라 이야기도 했다. 그는 내가 바르셀로나로 돌아가는 것이 더 쉽겠다고 말했다. 그때까지 그 생각을 못 했는데, 생각하니 내가 머저리 같았다. 왜 바르셀로나로 돌아가지 않는 거야? 나는 부모님을 통해 문제를 해결했다. 비행기 표 값을 받았다. 아르투로와 통화해서 내가 그리 간다고 말했다. 바르셀로나에 도착했을 때 아르투로가 공항에 나와 있었다. 왠지 나는 속으로는 아무도 없기를 바랐다. 아니면 아르투로 외에도 그의 친구 몇 사람이 더 있기를 바란 것일지도 모른다. 이리하여 바르셀로나에서의 내 새로운 삶이 시작되었다.

어느 날 오후 잠을 자고 있는데 여자 목소리가 느껴졌다. 즉시 아르투로의 옛 애인임을 알 수 있었다. 나는 그녀를 산타[8] 테레사라고 불렀다. 나보다 나이가 많은데, 스물여덟 살쯤 되었을 것이고, 사람들은 그녀에 대해서 기가 막힌 이야기들을 했다. 이윽고 내가 자고 있다고 말하는 아르투로의 아주 낮은 목소리가 들렸다. 두 사람은 몇 분 동안 계속 소곤거렸다. 그리고 아르투로가 질문을 했는데 옛 애인이 그러겠다고 대답했다. 한참 후 아르투로의 질문이 내가 자는 모습을 보겠느냐는 것이었음을 알았다. 그리고 산타 테레사가 그러겠다고 대답한 것이다. 자는 척했다. 단 하나뿐인 방과 거실을 나누는 커튼이 걷히고, 아르투로와 산타 테레시타가 어둠 속으로 들어왔다. 나는 눈을 뜨기 싫었다. 나중에 아르투로에게 누가 집에 왔는지 물었다. 그는 산타 테레사 이름을 대고, 그녀가 내게 가져온 꽃을 보여 주었다. 나는 생각했다. 너희가 서로 그렇게 좋아하면 아직 같이 있어야 해. 그러나 마음 깊은 곳에서는 아르투로와 산타 테레사가 또다시 같이 사는 일은 절대 없으리라는 것을 알고 있었다. 아는 것이 별로 없었지만 그것만은 확실히 알고 있었다. 나는 아르투로가 나를 사랑한다는 것을 확실히 알고 있었다. 처음에는 같이하는 우리 삶이 쉽지 않았다. 그도 작은 집을 누군가와 공유하는 데 익숙하지 않았고, 나도 그렇게 없이 사는 데 익숙하지 않았다. 하지만 우리는 대화를 했고, 그것이 매일 우리를 구원했다. 우리는 지칠 때까지 이야기를 했다. 잠자리에서 일어나 잠자리에 들 때까지. 또한 사랑도 나누었다. 처음에는 아주 엉망이고, 아주 서툴렀지만 날이 갈수록 더 잘했다. 어쨌든 나는 그가 내 오르가슴을 위해 엄청 애쓰는 것이 싫었다. 내가 말했다. 그저 너만 즐기면 돼. 사정하고 싶으면 사정해. 나 때문에 참지 말고. 그러면 아르투로는 그저 사정을 하지 않았다(내 생각에는 내 뜻을 거스르기 위해서). 우리는 밤새 섹스를 할 수 있었고, 그는 사정하지 않고 이렇게 하는 것이 좋다고 말했다. 하지만 며칠이 지나자 아르투로는 고환이 끔찍하게 아파서, 내가 오르가슴에 이르지 않아도 사정할 수밖에 없었다.

다른 문제는 내 체취, 음부에서 나는 냄새, 애액 냄새였다. 당시 내 체취는 아주 강했다. 항상 부끄러워하던 일이었다. 우리가 어디에서 섹스를 하든 금방 방 구석구석을 가득 채울 정도의 체취였다. 아르투로의 집이 너무 작은 데다가 우리가 걸핏하면 사랑을 나누다 보니 내 체취가 침실에만 머물지 않고, 달랑 커튼 하나로 침실과 분리된 거실과 문도 없는 코딱지만 한 부엌까지 퍼져 나갔다. 더 안 좋은 것은 그 집이 바르셀로나 도심의 구시가지에 있고, 아르투로의 친구들이 매일 불쑥불쑥 들른다는 점이었다. 다니엘처럼 멕시코 사람도 있었지만 대부분은 칠레인들이었다. 거의 알지도 못하는 칠레인들이 그 냄새를 맡는 것이 더 창피한지, 어떻게 보면 아르투로와 나의 공동의 친구들인 멕시코인들이 그 냄새를 맡는 것이 더 창피한지는 나도 잘 몰랐다. 어쨌든 나는 내 체취를 증오했다. 어느 날 밤 냄새가 이렇게 많이 나는 여자와 자본 적 있는지 아르투로에게 물어보았다. 없다고 대답했다. 나는 울음을 터뜨렸다. 아르투로는 이렇게 사랑하는 사람과 자본 적도 역시 없다고 덧붙였다. 나는 믿지 않았다. 나는 아마 산타 테레사와는 더 좋았을 거라고 말했다. 아르투로는 그렇다고, 성적인 면에서는 더 좋았다고, 하지만 나를 더 사랑하노라고 말했다. 이어서 아르투로는 자신이 산타 테레사도 많이 좋아했지만, 다른 방식의 사랑이었다고 말했다. 아르투로가 말했다. 산타 테레사는 너를 아주 좋아해. 아르투로가 너무 다정하게 굴어서 토하고 싶은 심정이었다. 나는 아르투로에게, 친구가 왔을 때 냄새가 아직 가시지 않은 상태에서 문을 열어 주지 않겠다는 약속을 받아 냈다. 아르투로는 나 이외의 그 누구도 더 이상 만나지 않을 용의가 있다고 대답했다. 물론 나는 농담이라고 믿었다. 그 후 어떻게 되었는지 잘 모르겠다.

나는 불편함을 느끼기 시작했다. 우리는 아르투로가 번 돈으로 살아야 했다. 내가 돈을 보내지 말라고 어머니에게 단호하게 말했기 때문이다. 그 돈을 받기 싫었던 것이다. 나는 바르셀로나에서 일거리를 찾고, 마침내 히브리어 교습을 하게 되었다. 히브리 신비 철학과 유대교 율법을 연구하고 거기서 이단적인 결론을 이끌어 내는 괴상하기 짝이 없는 카탈루냐인들을 대상으로 한 교습이었다. 그들은 수업이 끝나면 바에서 커피를 마시면서 혹은 자기들 집에서 차를 마시면서 그들이 내린 결론을 내게 설명해 주었는데, 머리카락만 곤두설 뿐이었다. 밤이면 나는 아르투로와 내 학생들 이야기를 했다. 한번은 울리세스 리마가 히브리어 오기 때문에 혹은 해석 오류 때문에 야기된 예수 관련 일화를 알고 있었다는 이야기를 아르투로가 했다. 하지만 아르투로가 제대로 설명을 못했거나 내가 잊어버렸다. 아니 내가 별로 주의 깊게 듣지 않았을 가능성이 더 크다. 그 무렵 아르투로와 울리세스의 우정은 내가 보기에 이미 사그라져 있었다. 나는 멕시코에서 울리세스를 세 번 보았는데, 마지막 만났을 때 바르셀로나로 되돌아가 아르투로와 함께 살 거라고 말하자 그가 그러지 말라고, 내가 가버리면 많이 그리울 거라고 말했다. 처음에는 무슨 말인지 몰랐지만 이윽고 울리세스가 나를 사랑하거나 그 비슷한 감정을 가지고 있음을 깨달았다. 나는 울리세스 앞에서 웃음이 터졌다. 내가 말했다. 하지만 아르투로는 네 친구잖아! 이윽고 나는 울음을 터뜨렸고, 그 후 고개를 들어 울리세스를 보았을 때 그도 울고 있다는 것을 깨달았다. 아니 운 것이 아니다. 나는 그가 애써 울려고 하는 것을, 눈물을 짜내는 것을, 눈에 눈물 몇 방울이 벌써 맺혔음을 깨달았다. 그가 말했다. 나는 혼자 어쩌지? 그 모든 장면이 비현실적이었다. 내가 그 이야기를 아르투로에게 하자, 그는 웃으면서 믿지 못하겠다고 말했다. 그러다가 이윽고 자기 친구를 개자식으로 치부했다. 우리는 그 이야기를 다시는 하지 않았지만, 내가 두 번째로 바르셀로나에 머무는 동안 가끔 나는 울리세스를, 그의 눈물을,

그의 말마따나 그가 멕시코에 혼자 남아 얼마나 외로울지를 생각했다.

어느 날 밤 내가 붉은 몰레 소스로 요리를 했고, 날이 더워 창문을 열어 놓고 아르투로와 먹었다. 아마 한여름이었을 것이다. 그런데 갑자기 거리에서 엄청나게 큰 소리가 들렸다. 온 도시가 무엇인가에 항의하는 듯한 큰 소리였지만 그런 것은 아니었다. 축구팀의 승리를 축하하는 소리였을 뿐이다. 상을 차리고 몰레 소스에 공을 들였음에도 불구하고, 거리의 소음이 너무 크니 우리는 서로의 말도 알아들을 수가 없었다. 그래서 창문을 닫을 수밖에 없었다. 더웠고, 붉은 몰레 소스 닭요리가 너무 매웠다. 아르투로가 땀을 흘리고, 내가 땀을 흘리고, 한순간 모든 게 무너지는 느낌에 나는 울어 버렸다. 이상한 일은 아르투로가 나를 안아 주려 했을 때, 분노의 파도가 나를 엄습해 아르투로에게 욕을 해댔다는 점이다. 나는 아르투로를 때리고 싶었는데, 그 대신 갑자기 나 자신을 때리고 있는 나를 발견했다. 나는, 나는, 나는 하고 말하면서 아르투로가 내 손을 제지할 때까지 엄지손가락으로 내 가슴을 쿡쿡 찔렀다. 나중에 아르투로는 내 손가락이 부러질까 봐, 가슴에 상처가 날까 봐, 두 가지 다일까 봐 두려웠다고 말했다. 마침내 진정이 되고 우리는 거리로 나갔다. 나는 바깥 공기를 쐴 필요가 있었지만 그날 밤은 거리에 수백만 명의 사람이 있었다. 사람들이 람블라스를 점거하여 어떤 길은 대형 쓰레기 수거통이 통행을 막고 있고 또 어떤 길은 젊은 애들이 자동차를 뒤집으려고 용을 쓰는 것을 목격했다. 깃발이 보였다. 사람들이 시끌벅적 웃고, 나를 이상하게 쳐다보았다. 내가 아주 심각한 표정으로 걸었기 때문이다. 팔꿈치로 길을 열면서 내가 간절히 원하던 공기, 필요로 하는 공기를 찾았다. 바르셀로나 전체가 거대한 화염으로, 그림자와 함성과 축구 응원가뿐인 칙칙한 화염으로 변하면서 사라져 버린 공기를. 그 뒤로 우리는 경찰 사이렌 소리를 들었다. 더 큰 고함. 유리 깨지는 소리. 우리는 뛰기 시작했다. 아르투로와 나 사이의 모든 것이 그 순간에 끝장났다고 생각한다. 우리는 보통 밤마다 글을 썼다. 그는 소설을, 나는 일기와 시와 영화 시나리오를. 우리는 마주 앉아 글을 쓰고 차를 여러 잔 마셨다. 출판하기 위해서가 아니라 우리 자신에 대해 알기 위해서 혹은 우리가 어디까지 이를 수 있는지 보려고 글을 썼다. 글을 쓰지 않을 때는 쉬지 않고 이야기를 했다. 그의 삶과 나의 삶, 특히 나의 삶에 대해서. 아르투로는 가끔 라틴 아메리카의 게릴라전에서 죽은 친구들 이야기도 했다. 몇 사람 이름은 알고 있었고, 또 몇 사람은 내가 트로츠키주의자들과 활동하고 있을 때 멕시코에 잠시 있던 이들이지만 대부분은 처음 듣는 이름이었다. 우리는 계속 섹스를 했지만 나는 매일 밤 의지와 상관없이, 비자발적으로, 나 자신이 어디로 가고 있는지도 모르고 아르투로에게서 점점 멀어졌다. 아브라암과 일어난 일과 대략 같은 일이지만 지금이 더 악화된 상태, 아무것도 남지 않은 상태였다.

어느 날 밤 섹스를 하는 동안 나는 그 이야기를 했다. 미쳐 버리는 것 같고, 증상이 되풀이되는 것 같다고 말했다. 나는 오랫동안 이야기했다. 그의 답이 나를 놀라게 했다(그가 마지막으로 나를 놀라게 한 것이다). 내가 미치면 자기도 미칠 거라고, 내 옆에 있으면 자신은 미쳐도 상관없다고 말한 것이다. 내가 물었다. 악마와 유희를 벌이는 것이 좋아? 그가 말했다. 내가 유희를 벌이는 대상은 악마가 아니야. 나는 어둠 속에서 그의 눈을 찾아 진지하게 말하는 것인지 물었다. 그가 말했다. 물론 진지하게 말하는 거야. 그러고는 자기 몸을 내 몸에 밀착시켰다. 그날 밤 나는 편안하게 잠을 잤다. 다음 날 아침 그를 버려야 한다는 것을 알았다. 빠르면 빠를수록 좋았다. 정오에 나는 텔레포니카에서 어머니에게 전화했다. 당시 아르투로도 그의 친구들도 국제 전화 요금을 지불하지 않고 전화를 했다. 무슨 방법을 쓰는지는 알 길이 없었다. 다만 여러 가지 방법이 있고, 텔레포니카를 등쳐 먹은 액수가 족히 수천만 페세타는 되리라는 것은 알고 있었다. 전화기에 다가가 전선 두 개를 넣으면 벌써 전화선을 땄다. 두말할 나위 없이 아르헨티나인들이 최고였고, 그다음에는 칠레인들이었다. 어떻게 전화기 조작을 하는지 아는 멕시코인은 한 명도 못 보았는데, 이는 우리 멕시코인들이 현대 세계에 준비가 덜 되어 있거나 당시 바르셀로나에 살던 소수의 멕시코인들은 돈이 충분해 법을 위반할 필요가 없어서였으리라. 손을 쓴 전화기들은 그 뒤로 늘어선 줄 때문에 쉽게 구분이 갔다. 특히 밤에 그랬다. 그 줄에는 라틴 아메리카에서 가장 훌륭한 사람과 가장 나쁜 사람, 옛 정치 활동가들과 강간범들, 과거의 정치범들과 몰염치한 가짜 보석 밀매업자들이 자리를 같이 했다. 극장에서 돌아오다가, 예컨대 라마예라스 광장에 있는 전화 부스에서 그 줄을 보았을 때 나는 와들와들 몸이 떨리고, 몸이 얼어붙고, 쇠

난간을 잡았을 때 같은 금속성의 한 줄기 오싹한 느낌이 목덜미에서 발꿈치까지 흘러내렸다. 청소년, 젖먹이 아기를 데리고 온 젊은 여인, 나이 지긋한 어르신, 그들은 그곳에서 밤 12시 혹은 1시에 모르는 사람이 통화를 끝내기를 기다리는 동안 무슨 생각을 하고 있을까? 전화를 하는 사람은 보통 인상을 쓰거나 울거나 오랫동안 침묵을 지키면서 고개로만 긍정과 부정을 표시하기 때문에 통화 내용은 들리지 않아도 내용은 뻔한데, 사람들은 줄을 서서 무엇을 기다리는 것일까? 자기 차례가 빨리 돌아오기를 혹은 경찰이 나타나지 않기를? 단지 그것뿐일까? 어찌 되었든 나는 그런 일과 거리를 두었다. 어머니에게 전화를 했고 돈을 요청했다.

어느 날 오후 나는 아르투로에게 떠난다고, 이제는 계속 같이 살 수 없다고 말했다. 그는 이유를 물었다. 그를 더 이상 감당하지 못하겠다고 대답했다. 그가 말했다. 내가 어쨌다고? 내가 말했다. 너야 아무 일도 하지 않았지. 끔찍한 일을 하고 있는 사람은 나니까. 혼자 있을 필요가 있어. 마지막 순간에 우리는 서로 소리를 질렀다. 나는 다니엘의 집으로 옮겼다. 가끔 아르투로가 나를 만나러 와서 대화를 했지만 날이 갈수록 그를 보는 것이 더 고통스러워졌다. 어머니가 돈을 보내 주었을 때 나는 로마행 비행기를 타고 떠났다. 이쯤에서 내 새끼 고양이 이야기를 해야 할 것 같다. 아르투로와 내가 같이 살기 전에 그의 여자 친구 혹은 옛 애인이 예기치 않게 이사

---

9 Carlo Emilio Gadda(1893~1973). 이탈리아의 소설가. 현실을 주의 깊게 관찰, 서정적으로 묘사하고, 현실과 시의 절묘한 융합을 도모하기 위해 노력했으며, 새로운 소설 언어를 시도함으로써 이탈리아의 현대 문학에 커다란 영향을 주었다.

를 하면서 자기 고양이가 낳은 새끼 고양이 여섯 마리를 떠맡겼다. 새끼 고양이들은 놔두고 어미 고양이만 데리고 간 것이다. 아르투로는 아직 턱없이 어린 새끼 고양이들을 잠시 데리고 살았다. 하지만 여자 친구 혹은 옛 애인이 다시는 돌아오지 않으리라는 것을 깨달았을 때, 아르투로는 새 주인들을 찾기 시작했다. 대부분의 고양이는 아르투로 친구들이 데리고 갔지만, 아무도 원하지 않는 회색 암고양이가 남았고, 화폭을 발톱으로 긁을까 봐 아브라암이 싫어하는데도 내가 데리고 왔었다. 어느 날 오후 로마에서 본 다른 암고양이가 기억나 그 고양이 이름을 치아라고 붙였다. 내가 멕시코로 갈 때, 치아도 같이 갔다. 내가 바르셀로나의 아르투로 집으로 되돌아올 때, 치아도 나와 같이 왔다. 치아는 비행기 여행을 좋아한 것 같다. 다니엘 그로스만의 집에서 임시로 살 때도 당연히 치아를 데리고 갔다. 로마행 비행기를 탔을 때 치아는 밀짚 가방에 든 채 내 무릎 위에 있었다. 치아가 드디어 로마, 즉 적어도 자기 이름이 유래한 도시를 알게 될 참이었다.

로마에서의 내 삶은 재앙이었다. 모든 일이 엉망이었고, 사람들이 나중에 한 말이기는 하지만 최악의 일은 내가 누구에게도 도움을 요청하지 않았다는 점이다. 내게는 치아뿐이고, 치아와 치아 먹이 걱정만 했다. 책은 상당히 읽었다. 비록 무엇을 읽었는지 생각하려고 할 때면 뜨거운 이동식 벽 같은 것이 중간에 끼어들었지만. 아마 이탈리아어로 단테를 읽었을 것이다. 아마 가다[9]도. 잘 모르겠다. 그 두 사람은 이미 스페인어로 읽은 작가들이라서. 내 행선지에 대해서 막연한 흔적 이상의 것을 알고 있던 유일한 사람은 다니엘이었다. 나는 그에게 편지 몇 통을 받았다. 한 편지에서 다니엘은 내가 떠나서 아르투로가 엉망이 되었으며, 자기를 볼 때마다 나에 대해 묻는다고 말했다. 내가 다니엘에게 말했다. 내 주소 주지 마. 나를 찾으러 능히 로마로 올 사람이니. 다니엘이 다음 편지에서 말했다. 주소 주지 않을게. 다니엘을 통해 어머니와 아버지가 걱정하고 있고, 바르셀로나로 자주 전화한다는 것도 알게 되었다. 내가 말했다. 부모님께 내 주소 주지 마. 다니엘은 그러겠다고 약속했다. 그의 편지들은 길었다. 내 서신들은 짧았다. 거의 항상 엽서였다. 로마 생활은 짧았다. 구두점에서 일을 하면서 트라스테베레의 루체 로에 있는 하숙집에 살았다. 집에 돌아가면 밤마다 치아를 데리고 산책을 나갔다. 우리는 보통 산테지디오 성당 뒤편의 공원으로 갔다. 고양이가 수풀 사이를 쏘다니면, 나는 책을 펴고 읽으려고 노력했다. 아마 단테나 귀도 카발칸티나 체코 안졸리에리나 치노 다 피스토이아[10]를 읽었으리라. 그러나 읽은 것 가운데 기억나는 것이라고는 로마의 저녁나절 미풍에 살랑거리는 뜨거운 혹은 그저 미지근한 커튼, 식물, 나무, 발걸음 소리 같은 것들뿐이다. 어느 날 저녁 나는 악마를 알게 되었다. 더 이상은 기억하지 못한다. 악마를 알게 되었고 내가 죽으리라는 것을 알았다. 구두점 주인은 내가 목에 멍이 들어 출근하는 것을 보고 일주일 동안 지켜보았다. 그 후 그는 나와 섹스를 하고 싶어

---

10 Guido Cavalcanti(1255?~1300)는 단테와 함께 청신체파의 가장 중요한 시인, Cecco Angiolieri(1260?~1312?)는 소네트로 유명한 이탈리아 시인, Cino da Pistoia(1270?~1336)는 청신체파 시인.

했지만 내가 거부했다. 어느 날 공원에서 치아가 없어졌다. 산테지디오 성당 뒤 공원이 아니라 가리발디 로에 있는 나무도 불빛도 없는 공원이었다. 치아는 그저 너무 멀리 간 것뿐이고 어둠이 치아를 삼켜 버렸다.

나는 아침 7시까지 치아를 찾아 헤맸다. 태양이 뜨고 사람들이 천천히 직장으로 이동하기 시작할 때까지. 그날은 구두점에 가고 싶지 않았다. 잠자리에 누워 이불을 잘 덮고 잤다. 잠에서 깨어났을 때 다시 거리로 나가 고양이를 찾았다. 찾지 못했다. 어느 날 밤 아르투로 꿈을 꾸었다. 우리 둘은 유리와 강철만으로 지은 사무용 빌딩 제일 높은 곳에 있었다. 밤이었고 뛰어내릴 생각은 없었는데 아르투로가 말했다. 네가 뛰어내리면 나도 뛰어내릴 거야. 바보 천치라고 말해 주고 싶었다. 하지만 나는 욕할 기운조차 없었다.

어느 날 내 방 문이 열리고 어머니와, 이스라엘 방위군 군인으로 거의 1년 내내 이스라엘에 거주하는 막내 동생이 들어오는 것이 보였다. 두 사람은 즉시 나를 로마의 병원으로 옮겼고, 이틀 뒤 나는 멕시코행 비행기를 타고 상공을 날고 있었다. 나중에 알았는데, 어머니가 바르셀로나로 갔고, 어머니와 동생이 처음에는 거부하던 다니엘에게 주소를 받아 냈다.

멕시코에서 나는 쿠에르나바카에 있는 개인 병원에 입원했고, 의사들은 곧 어머니에게 나 스스로 노력하지 않으면 가망이 없다고 말했다. 그 무렵 내 몸무게는 40킬로그램이었고 거의 걷지도 못했다. 그 후 나는 다시 비행기를 타고 가 로스앤젤레스의 병원에 입원했다. 그곳에서 캘브 박사라는 의사를 알게 되어 조금씩 친구가 되었다. 내 몸무게는 35킬로그램이었고, 오후에 텔레비전을 보는 것만으로도 힘이 들었다. 어머니는 로스앤젤레스 중심가인 6번가의 한 호텔에 투숙해서는 매일 나를 보러 왔다. 한 달 뒤 몸무게가 올라가서 다시 40킬로그램이 되었다. 어머니는 대단히 기뻐하셨고 사업을 챙기러 멕시코시티로 돌아가기로 결정했다. 어머니가 없는 사이 캘브 박사와 나는 우정을 쌓기 시작했다. 캘브 박사는 베스트셀러 외에는 안 읽기 때문에 우리는 책 이야기는 많이 하지 않고 영화 이야기를 했다. 그는 나보다 훨씬 더 많은 영화를 보았고 1950년대 영화를 좋아했다. 캘브 박사와 영화 이야기를 하려고 오후마다 텔레비전을 켜고 영화를 찾았다. 그러나 복용 중인 약 때문에 중간에 잠이 들곤 했다. 그 이야기를 하면 캘브 박사는 보지 못한 부분 이야기를 해주었다. 그가 이야기를 해줄 때 보통 나는 벌써 본 부분도 잊어 먹은 뒤였지만. 그 영화들에 대한 기억은 묘하다. 캘브 박사의 단순하지만 열광적인 시각으로 걸러진 장면과 상황들을 기억할 뿐이다. 주말에는 대개 어머니가 왔다. 금요일 밤에 와서 일요일 밤에 멕시코시티로 돌아갔다. 어느 날 로스앤젤레스에 아예 정착할 생각이라고 말했다. 도시 말고 코로나 델 마르나 라구나 비치처럼 로스앤젤레스 근처의 괜찮은 곳에. 내가 어머니에게 물었다. 공장은 어떻게 하려고요? 할아버지가 공장 매각을 싫어하실 텐데. 어머니가 말했다. 멕시코는 망조가 들었어. 머잖아 공장을 팔아야 할 거야. 가끔 어머니는 내 친구들 중 누군가를 데리고 왔다. 캘브 박사를 비롯한 의사들이 〈옛 동료〉를 보는 것이 내 건강에 도움이 될 거라고 해서 어머니가 초청한 것이다. 어느 토요일에는 고등학교 친구지만 그 시절 이후 만난 적도 없는 그레타와 같이 나타나고, 또 어느 토요일에는 내가 기억조차 하지 못하는 애와 같이 나타났다. 어느 날 밤 어머니에게 말했다. 친구를 데려와서 즐겨야 할 사람은 엄마예요. 내가 이런 이야기를 늘어놓자 어머니는 내 말을 믿을 수 없다는 듯 웃었다. 아니 울었다. 내가 물었다. 아무도 만나는 사람 없어요? 애인 없어요? 어머니는 멕시코시티에 만나는 사람이 있다고 인정했다. 어머니처럼 이혼남 혹은 홀아비였다. 사실 확실하게 알려고 애쓰지도 않았다. 결국 내게 중요한 일이 아니라서 그랬는지. 넉 달 후 48킬로그램이 되자, 어머니는 나를 멕시코의 병원으로 옮길 준비를 하기 시작했다. 떠나기 전날 캘브 박사가 내게 작별 인사를 했다. 나는 전화번호를 주면서 전화해 달라고 간청했다. 그의 전화번호를 달라고 했더니 주지 않으려고 이사를 한다는 따위의 핑계를 댔다. 나는 믿지 않았지만, 그렇다고 뭐라고 하지도 않았다.

우리는 멕시코시티로 돌아왔다. 이번에는 나를 콜로니아 부에노스아이레스에 있는 병원에 입원시켰다. 넓고 빛이 많이 드는 방, 공원으로 난 창문, 1백 개 이상의 채널을 갖춘 텔레비전을 향유했다. 오전에는 공원에 앉아 소설을 읽었다. 오후에는 방에 틀어박혀 잠을 잤다. 어느 날 막 바르셀로나에서 도착한 다니엘이 나를 방문했다. 멕시코에 오래 머물 예정도 아닌데, 내가 입원해 있다는 사실을 알자마자 나를 보러 오기로 한 것이다. 다니엘에게 내가 어때 보이는지 물었다. 그가 말했다. 괜찮아 보이네. 아주 날씬하기는 하지만. 우리 둘은 웃었다. 그 무렵의 나는 웃는 것이 고통스럽지 않았다. 좋은 징조였다. 그가 가기 전에 나는 아르투로 소식을 물었다. 다니엘은 아르투로가 이제 바르셀로나에 살지 않는다고, 그렇게 생각한다고, 어쨌든 못 만난 지 꽤 되었다고 말했다. 한 달 뒤 내 몸무게는 50킬로그램이 되었고, 나는 퇴원했다.

그러나 내 삶은 별로 바뀌지 않았다. 어머니 집에 살면서 바깥에 나가지 않았다. 나갈 수 없어서가 아니라 원하지 않았기 때문이다. 어머니가 어머니 소유의 오래된 벤츠를 내게 선사했지만, 처음 운전했을 때 박을 뻔했다. 나는 툭하면 울었다. 멀리 보이는 집, 교통 체증, 자동차 실내에 갇힌 사람들 등등 때문에, 또 일간 신문을 읽으면서. 어느 날 밤 파리의 아브라암에게 전화를 받았다. 멕시코 젊은 화가전에서 작품을 전시 중이었다. 그는 내 건강 상태에 대해 이야기하고 싶어 했으나, 내가 허용하지 않았다. 결국 그는 자기 그림, 자신의 발전과 성공에 대해 말했다. 작별 인사를 했을 때, 나는 눈물 한 방울 흘리지 않는 데 성공했음을 깨달았다. 얼마 뒤 로스앤젤레스로 가서 살기로 어머니가 결정을 내린 무렵에 내 몸무게가 다시 떨어졌다. 어느 날 우리는 아직 공장이 팔리지도 않았는데 비행기를 탔고, 라구나 비치에 정착했다. 나는 처음 두 주를 로스앤젤레스의 옛날 그 병원에서 보내면서 정밀 검진을 받은 다음에 라구나 비치 링컨 가의 작은 집에 있는 어머니와 합류했다. 어머니는 예전에 그곳에 와보았지만, 잠깐 머무는 것과 생활하는 것은 아주 다른 문제였다. 우리는 한동안 아주 이른 아침부터 차를 타고 마음에 드는 다른 장소를 찾으러 나갔다. 다나 포인트, 산클레멘테, 산오노프리를 가보고, 마침내는 영화에서처럼 클리블랜드 국립 공원 끝자락에 있는 실버라도라는 마을의 정원 딸린 이층집을 빌리고, 경찰견 한 마리를 샀다. 어머니는 이 개를 멕시코에 막 두고 온 애인 이름과 똑같이 우고라고 불렀다.

우리는 그곳에서 2년을 살았다. 그동안 어머니는 할아버지의 주요 공장을 팔고, 나는 정기적인, 그러나 점점 형식적으로 변한 왕진에 임했다. 어머니는 한 달에 한 번 멕시코시티를 다니러 갔다. 돌아올 때는 내게 소설을 가져오고는 했다. 내가 좋아하는 줄 아는 멕시코 소설들, 즉 호세 아구스틴이나 구스타보 사인스, 아니면 그들보다 더 젊은 작가들의 작품들 중에서 내가 전부터 좋아하던 소설이나 신간 소설들을. 하지만 나는 어느 날 이제는 그 책들을 읽을 수 없음을 깨달았다. 스페인어 책은 조금씩 한구석으로 밀려났다. 그 직후 어머니가 예고도 없이 남자 친구와 함께 나타났다. 카브레라는 성의 엔지니어로 과달라하라의 건설 회사에서 일했다. 홀아비였는데, 나보다 조금 나이가 많은 아들 둘이 미국 동부에 살고 있었다. 어머니와 그의 관계는 편안하고 오래갈 조짐이 보였다. 어느 날 밤 어머니와 나는 성에 대해 이야기를 나누었다. 나는 내 성생활이 끝났다고 말했고, 긴 말싸움 끝에 어머니는 울면서 나를 안아 주며 당신의 아이이니 결코 나를 버리지 않을 거라고 말했다. 그 일만 빼면 우리는 거의 다투는 법이 없었다. 우리의 삶은 독서, 텔레비전 시청(극장에는 한 번도 가지 않았다), 주 1회 로스앤젤레스로 나가서 전시회나 음악회에 가는 것으로 국한되었다. 실버라도에는 어머니가 슈퍼마켓에서 알게 된, 적어도 어머니가 그렇게 말하는 80대 유대인 부부 외에는 친구가 없었다. 우리는 사나흘에 한 번씩 그들을 보았는데, 그저 몇 분 동안이었으며 늘 그들 집에서였다. 어머니에 따르면 그들을 방문하는 것은 의무였다. 노인들은 사고를 당할 수도 있고, 두 사람 중 하나가 갑자기 죽었는데 다른 하나가 어찌할 바를 모를 수도 있기 때문이라는 것이었다. 나로서는 납득이 가지 않았다. 그 노인들은 2차 세계 대전 중 수용소에 있었기 때문에 죽음이 낯설 리가 없었기 때문이다. 하지만 어머니가 그들을 돕는 것을 행복해서, 나는 어머니 뜻을 거스르고 싶지 않았다. 그 부부는 슈워츠 부부라고 불렸고, 그들은 우리를 멕시코 숙녀들이라고 불렀다.

어머니가 멕시코시티에 머물던 어느 주말 나는 그분들을 방문했다. 혼자 간 것은 처음이었는데, 예상과 달리 그 집에 오래 머물렀고 대화가 상당히 즐거웠다. 나는 레모네이드를 마시고, 슈워츠 부부는 위스키를 마시면서 그 나이에는 위스키가 가장 좋은 약이라고 말했다. 우리는 그들이 익히 잘 알고 있는 유럽에 대해서, 그리고 두어 번 간 멕시코에 대해서 이야기했다. 그러나 멕시코에 대한 그들의 생각은 너무나 잘못되거나 피상적이었다. 긴 대화 끝에 그들이 나를 바라보더니 나는 의심할 나위 없이 멕시코 사람이라고 말한 기억이 난다. 내가 말했다. 물론 저는 멕시코 사람이죠. 어쨌든 그 부부는 아주 좋은 사람들이었고, 나는 그 집을 더 빈번히 방문하게 되었다. 그들은 이따금 몸이 좋지 않을 때 내게 전화해서 슈퍼마켓에서 물건을 사다 달라거나, 옷을 세탁소에 맡겨 달라거나, 가판대에서 신문을 사다 달라고 부탁했다. 어떤 때는 「로스앤젤레스 포스트」를, 어떤 때는 실버라도 지역 신문으로 흥밋거리라고는 전혀 없는 네 면짜리 타블로이드판 신문을 사다 달라고 부탁했다. 노부부는 몽상가이자 현자의 모습을 발견할 수 있는 브람스의 음악을 좋아했다. 텔레비전은 아주 드물게 보았다. 나는 정반대였다. 거의 음악을 듣지 않고, 거의 종일 텔레비전을 켜놓은 상태로 지냈다.

우리가 그곳에서 1년 이상 살았을 때 슈워츠 씨가 사망했다. 어머니와 나는 슈워츠 부인을 모시고 로스앤젤레스의 유대인 묘지에서 거행된 장례식에 갔다. 우리는 우리 차를 타라고 거듭 권했지만 슈워츠 부인은 이를 거절하고 빌린 리무진을 타고 그날 아침 홀로 영구차를 따랐다. 적어도 어머니와 나는 그렇게 생각했다. 묘지에 이르자 머리를 빡빡 밀고 새까만 옷을 입은 40세가량의 남자가 리무진에서 내려서 마치 연인처럼 슈워츠 부인이 내리는 것을 거들었다. 집으로 돌아올 때 같은 장면이 되풀이됐다. 슈워츠 부인이 차에 오르고, 그다음에 대머리 남자가 차에 타고 출발했다. 어머니의 하얀색 닛산이 그 차를 가까이 따랐다. 실버라도에 도착하자 리무진이 슈워츠 부부의 집 앞에 멈추고, 대머리가 슈워츠 부인이 내리는 것을 도운 뒤에 다시 리무진에 타자, 차가 즉시 떠나갔다. 슈워츠 부인은 텅 빈 보도 한가운데에 혼자 남았다. 어머니가 말했다. 우리라도 따라와서 다행이구나. 우리는 차를 주차하고 슈워츠 부인 곁으로 갔다. 슈워츠 부인은 있는 듯 없는 듯 했다. 리무진이 사라진 거리 끝을 멍하니 바라보면서. 부인을 집으로 모시고 어머니가 차를 끓였다. 그때까지 슈워츠 부인은 아무 행동도 취하지 않았다. 하지만 차를 한 모금 마시더니 위스키 한 잔을 청했다. 어머니는 나를 바라보았다. 어머니 눈에 승리의 표시가 감돌았다. 이윽고 어머니는 위스키가 어디 있는지 물은 다음 한 잔 따라 드렸다. 어머니가 물었다. 물을 탈까요 말까요? 슈워츠 부인이 대답했다. 스트레이트로 부탁해요. 얼음은요? 하고 묻는 어머니 목소리가 부엌에서 들렸다. 슈워츠 부인이 다시 말했다. 스트레이트로! 그때부터 나와 부인의 관계는 더 긴밀해졌다. 어머니가 멕시코에 갈 때마다 나는 슈워츠 부인 집에서 하루 종일 보내고, 심지어 그 집에서 자기도 했다. 슈워츠 부인은 밤에 뭘 먹는 습관이 없는데도 샐러드와 철판 스테이크를 만들어 내게 억지로 먹였다. 부인은 위스키 잔을 가까이 둔 채 내 옆에 앉아, 음식이 요긴하고 사치였던 유럽에서의 젊은 시절 이야기를 해주곤 했다. 또 우리는 음악을 듣기도 하고 지역 소식에 대한 이야기도 했다.

슈워츠 부인이 한 해 동안 길고 평온한 미망인 생활을 하는 동안 나는 실버라도에서 한 남자를 알게 되었다. 배관공이었는데 그와 잠도 잤다. 좋은 경험이 아니었다. 배관공의 이름은 존이었는데 나와 다시 데이트를 하고 싶어 했다. 나는 싫다고, 한 번이면 족하다고 말했다. 내 거부를 납득하지 못한 그는 매일 전화를 했다. 한번은 어머니가 수화기를 들었고, 잠시 두 사람은 거친 말을 주고받았다. 일주일 후 어머니와 나는 멕시코에서 휴가를 보내기로 했다. 우리는 해변에 갔다가 멕시코시티로 갔다. 왜 어머니가 내가 아브라암을 만날 필요가 있다는 생각을 했는지 모르겠다. 어느 날 밤 나는 아브라암의 전화를 받았고, 다음 날 만나기로 약속했다. 그 당시 아브라암은 유럽을 완전히 떠나 멕시코시티에 정착했다. 멕시코시티에 작업실을 두었고 보기에는 일이 잘 풀리는 것 같았다. 작업실은 코요아칸에 있었는데 그의 아파트와 아주 가까웠다. 저녁을 먹은 뒤 아브라암은 자신의 최근 그림들을 봐주기를 원했다. 그림이 내 마음에 들었는지 아닌지는 말하기 어렵다. 아마 내가 관심이 없었을 것이다. 커다란 화폭에 그린 그림들이었는데 아브라암이 예찬하던, 적어도 바르셀로나에 살 때 예찬했던 카탈루냐 화가의 그림들과 아주 유사했다. 물론 아브라암만의 특색이 가미되어, 카탈루냐 화가에게는 황토색과 흙색이 주를 이뤘었는데 지금 아브라암은 노랑, 빨강, 파랑을 주로 사용했다. 아브라암은 소묘도 몇 점 보여 주었는데 그쪽이 좀 더 마음에 들었다. 그 후 우리는 돈 이야기를 했다. 아브라암은 돈에 대해, 페소화의 불안정성에 대해, 캘리포니아에 가서 살 가능성에 대해, 우리가 다시 만나지 못한 친구들에 대해 이야기했다.

아브라암이 뜬금없이 아르투로 벨라노 소식을 물었다. 원래 아브라암은 그렇게 대놓고 질문을 하지 않는 성격이어서 놀랐다. 나는 아르투로에 대해 아무것도 모른다고 대답했다. 그가 말했다. 나는 아는데 이야기해 줄까? 처음에는 싫다고 말할 생각이었지만 말해 달라고, 알고 싶다고 대답했다. 아브라암이 말했다. 어느 날 밤 차이나타운에서 보았어. 처음에는 나를 알아보지 못하더군. 금발 여인과 같이 있었어. 즐거워하는 것 같았고. 인사를 했지. 작은 술집에서 거의 같은 테이블에 있었기 때문에(이 대목에서 아브라암이 웃었다) 못 본 척하기는 우스꽝스러웠어. 내가 누구인지 기억하는 데 약간 시간이 걸렸어. 이윽고 내게 다가와 얼굴을 바싹 들이대더군. 취했다는 걸 깨달았어. 아마 나도 그랬겠지만. 네 소식을 묻더군. 뭐라고 대답했는데? 미국에 있고 잘 살고 있다고 했지. 아르투로가 뭐라고 그래? 음, 짐을 덜었다고 그랬던가, 죽은 것 아닌가 하는 생각을 가끔 했다면서. 그게 다였어. 아르투로는 금발 여자와 돌아갔고 그 직후 나도 친구들과 그곳을 떴어.

보름 후 우리는 실버라도로 돌아왔다. 어느 날 오후 거리에서 존을 만났다. 전화질해서 또다시 괴롭히면 죽여 버린다고 말했다. 존은 사과를 하고, 사랑에 빠져서 그랬다고 말했다. 하지만 이제는 아니니 다시는 전화하지 않겠다고 했다. 그 무렵 내 몸무게는 50킬로그램이었는데, 더 빠지지도 더 찌지도 않아서 어머니가 행복해했다. 어머니와 엔지니어의 관계는 안정적인 단계로 접어들고, 어머니 말투가 결코 완전히 진지하지는 않았지만 결혼 이야기까지 오갔다. 어머니는 라구나 비치에 친구와 함께 멕시코 공예점을 열었다. 장사는 돈이 별로 되지 않았지만 그렇다고 그렇게 손해를 보지도 않았으며, 공예점이 제공하는 사교 생활은 정확히 어머니가 원하던 삶의 수준이었다. 슈워츠 씨가 사망한 지 1년 뒤에 슈워츠 부인은 병이 들어 로스앤젤레스의 한 병원에 입원해야 했다. 입원한 다음 날 병문안을 갔더니 잠이 들어 있었다. 병원은 더글러스 맥아더 공원 근처 시내 중심가 윌셔 대로에 있었다. 어머니는 돌아가야만 했고 나는 슈워츠 부인이 깰 때까지 기다리고 싶었다. 문제는 차였다. 어머니는 가는데 나는 남으면 누가 나를 실버라도에 데려다 준다는 말인가? 복도에서 긴 말다툼을 한 끝에 어머니는 밤 9시에서 10시 사이에 나를 데리러 오겠다고, 부득이한 일이 생겨 늦으면 병원으로 전화하겠다고 말했다. 떠나기 전에 어머니는 내가 다른 데 가지 않겠다는 약속을 받아 냈다. 슈워츠 부인의 병실에서 몇 시간이나 보냈는지 모르겠다. 병원 식당에서 점심을 먹고 간호사 한 사람과 대화를 하게 되었다. 로사리오 알바레스란 이름으로 멕시코시티 출신이었다. 로스앤젤레스 생활이 어떤지 물었더니 그날그날 다르다고, 가끔은 아주 좋고 가끔은 지랄 같은데 열심히 일하면 생활이 나아질 수 있다고 대답했다. 멕시코에 가본 지 얼마나 됐는지 물어보았다. 그녀가 말했다. 너무 오래됐죠. 향수에 잠기기에는 돈이 없어요. 그 후 신문을 사서 슈워츠 부인 병실에 다시 올라갔다. 창가에 앉아 미술관과 영화 광고를 찾았다. 알바라도 가에서 상영하는 영화가 있었는데 갑자기 보고 싶었다. 극장에 가본 지 오래고 알바라도 가는 병원에서 멀지 않았다. 그러나 매표소 앞에 갔을 때는 영화 보고 싶은 마음이 사라져 그냥 계속 걸었다. 사람들은 로스앤젤레스는 걸어 다닐 수 있는 도시가 아니라고 말한다. 피코 대로를 따라가다가 발렌시아 가에서 왼쪽으로 접어들어 그 길을 따라 윌셔 대로까지 돌아왔다. 걸음을 재촉하지 않고, 언뜻 보아 아무런 흥밋거리도 없는 긴물들 앞에 멈추기도 하고 또는 차량의 흐름을 빤히 쳐다보기도 하면서 전부 두 시간이 걸린 산책이었다. 밤 10시에 어머니가 라구나 비치에서 와서 같이 병원을 나섰다. 두 번째 병문안올 갔을 때 슈워츠 부인은 나를 알아보지 못했다. 간호사에게 병문안 온 사람들이 있었는지 물었다. 나이 지긋한 부인이 아침에 왔다가 내가 오기 직전 갔다고 대답했다. 이번에는 내가 닛산을 몰고 병원에 간 터였다. 어머니와 막 도착한 엔지니어는 그의 차를 타고 라구나 비치로 갔다. 이야기를 나눈 간호사에 따르면 슈워츠 부인은 얼마 남지 않았다. 나는 병원에서 식사를 하고 병실에 앉아 오후 6시까지 생각을 하면서 보냈다. 그 후 닛산 차에 올라타 로스앤젤레스를 한 바퀴 돌 작정을 했다. 조수석 사물함에 지도가 있어서 시동 걸기 전에 자세히 보았다. 그러고 나서 시동을 걸고 병원을 빠져나왔다. 시빅 센터, 음악의 전당, 도로시 챈들러관 앞을 지난 것은 알겠다. 이윽고 에코 파크 쪽으로 향하다가 선셋 대로를 달리는 차량 속으로 들어갔다. 얼마나 오래 운전했는지는 모르겠다. 다만 한 번도 닛산에서 내리지 않았고, 비벌리힐스에서 101번 도로를 빠져나와 여기저기 샛길을 따라 산타모니카까지 갔다. 그곳에서 10번 도로인지 산타모니카 고속 도로인지를 타고 시내 중심가로 되돌아갔다. 이어 11번 도로로 접어들어 윌셔 대로를 지나쳤다. 윌셔 대로보다 나중인 3번 가에서 빠져나올 수밖에 없었다. 병원을 되돌아왔을 때는 밤 10시였고 슈워츠 부인은 이미 사망했다. 임종 시에 혼자 있었는지 물어볼까 하다가 아무것도 묻지 않기로 했다. 시신은 이미 병실에 없었다. 나는 창가에 앉아 잠시 숨을 들이쉬면서 산타모니카 여행에서 회복 중이었다. 간호사가 들어와 내게 슈워츠 부인의 친척인지, 거기서 무엇을 하는지 물었다. 나는 부인의 친구이며, 마음을 가라앉히려고 그러는 것뿐이라고 대답했다. 내게 마음이 가라앉았는지 물었다. 그렇다고 대답했다. 이윽고 나는 자리에서 일어나 병실을 떠났다. 실버라도에 새벽 3시에 도착했다.

한 달 뒤 어머니는 엔지니어와 결혼했다. 결혼식은 라구나 비치에서 거행되었고, 엔지니어의 아들들, 내 동생, 어머니가 캘리포니아에서 사귄 친구들이 참석했다. 두 사람은 한동안 실버라도에 살았다. 그러다가 어머니가 라구나 비치의 가게를 팔고, 두 사람은 과달라하라에 가서 살았다. 나는 당분간은 실버라도를 떠나기 싫었다. 이제 어머니가 없으니 집이 예전보다 훨씬 더 크고 조용하고 썰렁하게 느껴졌다. 슈워츠 부인의 집은 한동안 계속 비어 있었다. 오후가 되면 나는 닛산을 몰고 마을 바에 가서 커피나 위스키를 마시고, 줄거리를 잊어버린 옛 소설들을 다시 읽었다. 삼림 공원에서 일하는 사람을 바에서 알게 되어 잠자리를 같이 했다. 이름은 페리였는데 스페인어 몇 마디를 알았다. 어느 날 밤 페리가 내 질 냄새가 특이하다고 말했다. 대답을 하지 않았더니 그는 내 기분을 상하게 했다고 생각했다. 그가 물었다. 내가 기분 상하게 했어? 그렇다면 용서해. 그러나 나는 다른 일들, 다른 얼굴들을(얼굴을 생각하는 것이 가능하다면) 생각했을 뿐이지 기분이 상한 것이 아니었다. 하지만 나는 대부분의 시간을 혼자 보냈다. 매달 은행에서 어머니가 보낸 수표를 받았고, 집을 정돈하고 쓸고 닦고, 슈퍼마켓에 가고, 음식을 만들고, 설거지를 하고, 정원을 가꾸면서 하루하루를 보냈다. 누구에게도 전화를 걸지 않고 어머니 전화만 받았다. 그리고 일주일에 한 번 아버지나 다른 형제의 전화를 빋았다. 마음이 동하면 오후에 바에 가고, 동하지 않으면 집에 머물며 창가에서 책을 읽었다. 그러다 시선을 들면 슈워츠 부부의 빈 집을 볼 수 있었다. 어느 날 오후 차 한 대가 그 집 앞에 멈추더니 재킷에 넥타이를 맨 남자가 내렸다. 그 사람은 열쇠를 가지고 있었다. 집에 들어가더니 10분 만에 다시 나왔다. 슈워츠 부부의 친척 같지는 않았다. 며칠 뒤 두 명의 여자와 한 남자가 그 집을 다시 찾았다. 떠나면서 여자 하나가 그 집을 판다는 안내문을 걸었다. 그 후 오랫동안 아무도 그 집을 찾지 않았다. 그러나 어느 날 정오, 정원 일을 하고 있는데 아이들 소리가 들렸다. 30대 부부가 전에 그 집에 왔었던 여자 중 한 사람을 따라 슈워츠 부부의 집에 들어가는 것이 보였다. 그들이 그 집에 살게 되리라는 것을 즉시 알아챘다. 그리고 바로 정원 그 자리에서 장갑도 벗지 않고 소금 기둥처럼 선 채 나도 떠날 때가 되었다는 생각을 했다. 그날 밤 드뷔시를 들으면서 멕시코가, 이어 왠지 내 고양이 치아가 생각났다. 결국에는 어머니에게 전화해서 곧 이곳을 떠날 테니 멕시코시티에 아무 일자리나 구해 달라고 말했다. 일주일 후 어머니와 어머니의 훤칠한 남편이 실버라도에 왔고, 이틀 뒤 일요일 밤에 나는 멕시코시티로 날아갔다. 내 첫 번째 일은 소나 로사에 있는 화랑의 일이었다. 돈은 많이 주지 않지만 일이 힘들지도 않았다. 그 후 폰도 데 쿨투라 에코노미카 출판사의 영어권 철학 부서에서 일하기 시작했고, 마침내 내 직업이 정해졌다.

11 Theodore Sturgeon(1918~1985). 대중적인 인기는 미미했지만 학계에서 높은 평가를 받은 미국의 SF 작가.
12 Jean Vigo(1905~1934). 실험적인 영화만을 고집한 프랑스의 영화감독.

1991년 10월, 바르셀로나 마르토렐 광장 벤치에 앉아서, 펠리페 뮐러. 나는 이 이야기가 아르투로 벨라노가 해준 것이라고 확신한다. 우리 중에서 SF 소설을 재미있게 읽는 유일한 사람이기 때문이다. 아르투로에 따르면 이 이야기는 시어도어 스터전[11]의 단편이다. 그러나 다른 작가나 아르투로 자신의 단편일 수도 있다. 내게 시어도어 스터전이라는 이름은 아무런 의미도 없다.

사랑 이야기인 그 작품은 엄청나게 부유하고 총명하기 그지없는 여자가 자기 정원사 혹은 정원사의 아들 혹은 우연히 여자의 사유지에 왔다가 정원사가 된 젊은 방랑자와 사랑에 빠진다는 내용이다. 여자는 부유하고 총명할 뿐만 아니라 의욕이 넘치고 제멋대로인 점도 있어서 기회가 오자마자 남자를 침대로 끌어들이고, 어찌된 영문인지도 모른 채 미친 듯이 사랑에 빠진다. 총명함으로는 그녀와 댈 게 못 되고 학업도 부족하지만, 대신 천사 같은 순수함을 지닌 방랑자 역시 사랑에 빠진다. 당연히 복잡한 일들이 발생한다. 연애 첫 단계에서 두 사람은 그녀의 사치스러운 대저택에 살면서 예술 서적을 보고, 맛있는 음식을 먹고, 오래된 영화를 보고, 대체로 하루 종일 사랑을 나눈다. 그 후 한동안 대저택 정원사의 집에서, 나중에는 배에서 머문다(장 비고[12]의 영화에서처럼 프랑스의 강들을 항해하는 크루즈선일 수도 있다). 그 후 두 사람은, 방랑자의 오랜 꿈 중 하나인 할리데이비슨 오토바이를 하나씩 타고 광활한 미국 땅을 떠돌아다닌다.

여자가 사랑에 빠져 있는 동안에도 사업은 계속 번창하고, 돈이 돈을 부르는지라 날이 갈수록 재산은 늘어만

간다. 방랑자는 물론 이런 일에 대해서는 잘 몰랐지만, 충분히 품격이 있는 사람이라 재산 일부를 사회사업이나 자선 사업에 기부하라고(사실 여자가 변호사나 각양각색의 재단들을 통해 〈늘〉 하는 일이었지만, 자기 제안 덕분에 그 일을 한다고 남자가 믿도록 그 이야기를 해주지 않는다) 여자를 설득하고, 그 뒤에 그런 일들은 다 잊어버린다. 사실 방랑자는 자기 연인을 그림자처럼 쫓아다니는 재산 규모를 짐작조차 하지 못한다. 결국 한동안, 몇 달 동안, 어쩌면 1~2년 동안 백만장자 여자와 그녀의 애인은 이루 말할 수 없이 행복하게 보낸다. 하지만 어느 날(혹은 어느 날 석양에) 방랑자가 병에 걸리고, 이 세상 최고의 의사들이 진찰을 하러 오지만, 아무것도 할 수 없다. 불우한 어린 시절을 보내고 청소년기에 갖은 고생을 겪으며 몸이 완전히 망가진 탓이었다. 여자와 함께 보낸 꿈같은 시간은 험난한 삶의 흔적을 지우기에는 턱없이 짧았던 것이다. 의학의 도움에도 불구하고 치명적인 암이 방랑자의 목숨을 앗아 간다.

며칠 동안 여자는 미쳐 날뛴다. 전 세계를 여행하고, 애인을 여럿 사귀고, 나쁜 소문의 주인공이 된다. 그러나 마침내 집으로 돌아온다. 그리고 얼마 후 그 어느 때보다도 지쳐 보이던 순간, 방랑자가 죽기 직전 이미 그녀의 머릿속에서 싹트기 시작한 계획을 추진하기로 결정한다. 과학자 팀이 그녀의 대저택에 상주한다. 대저택은 기록적인 시간 안에 이중으로 변화한다. 내부는 첨단 실험실로, 외부는 — 정원과 정원사의 집은 — 에덴의 복사판으로. 외부인들의 시선을 차단하기 위하여 그녀는 소유지 주변에 높디높은 담장을 세운다. 그리고 일에 착수한다. 얼마 안 가 과학자들은 넉넉하게 보상을 하고 얻은 매춘부의 자궁에 방랑자의 클론을 착상시킨다. 아홉 달 뒤 매춘부는 아들을 낳아 여자에게 주고 사라진다.

5년 동안 여자와 전문가 집단이 아이를 돌본다. 이 시간이 지난 후 과학자들은 여자의 자궁에 그녀 자신의 클론을 착상시킨다. 아홉 달 뒤 여자는 딸을 낳는다. 대저택 실험실은 해체되고, 과학자들은 자취를 감춘다. 대신 교육자, 예술가 후견인들이 와서 여자가 사전에 짠 계획에 따라 약간 거리를 두고 두 아이의 성장을 주시한다. 모든 일이 잘 돌아가자, 여자는 사라져 다시 여행을 하고, 상류사회의 파티에 드나들고, 위험한 모험에 고개를 디밀고, 연인들을 사귀고, 별처럼 이름을 빛낸다. 하지만 주기적으로 극히 비밀리에 대저택으로 돌아와 아이들 눈에 띄지 않게 그들의 성장을 관찰한다. 방랑자의 클론은 방랑자와 똑같은 복제 인간, 여자가 사랑한 똑같은 순수함을 지니고 있었다. 다만 이제는 방랑자에게는 결핍되어 있던 모든 것이 다 갖추어져 있어서, 그의 유년기는 놀이와 필요한 모든 것을 가르쳐 주는 선생들 틈에서 보내는 행복한 나날이다. 소녀의 클론은 여자 자신과 똑같은 복제 인간이고, 교육자들은 여자의 과거에 일어난 똑같은 행위, 즉 똑같은 성공과 오류를 계속 되풀이한다.

여자는 물론 자신의 모습을 아이들에게 거의 보이지 않는다. 지치는 법도 없이 놀고 대담한 성격을 가진 방랑자의 복제 인간이 이따금 대저택의 제일 위층 커튼 뒤에 있는 여자를 언뜻 보고 뛰어가 그녀를 찾는 일도 있지만 늘 실패하고 만다.

세월이 흐르고 아이들은 점점 단짝이 되어 성장한다. 어느 날 치명적인 바이러스인지 암인지 잘 모르겠지만 백만장자 여자가 병에 걸린다. 그리고 순전히 형식적인 투병 생활 후 포기하고 죽음을 준비한다. 아직 젊어서 42세이다. 그녀의 유일한 상속자는 두 복제 인간이고, 두 사람이 결혼하는 순간 자신의 엄청난 재산의 일부를 받을 수 있도록 모든 것을 준비한다. 그 후 여자는 죽고, 그녀의 변호사들과 과학자들이 슬피 운다.

그 단편은 유언장을 읽은 뒤 여자의 피고용인들이 참석한 회의로 끝을 맺는다. 몇몇 사람들, 즉 순진하고 백만장자의 핵심 측근들이 아닌 사람들은, 스터전이 독자들이 하리라고 예상한 질문들을 한다. 만일 복제 인간들이 결혼하지 않으면? 소년과 소녀가 서로 좋아하는 것은 반론의 여지가 없지만, 이 사랑이 순전히 남매간의 사랑에 그친다면? 두 복제 인간의 목숨을 파괴해야 할까? 종신형에 처해진 두 죄수처럼 강제로 같이 살게 해야 할까?

논쟁과 논란이 이어진다. 도덕적이고 윤리적인 문제들이 제기된다. 그러나 연장자 변호사와 과학자가 곧 책임지고 나서서 각종 의문을 일소해 버린다. 소년과 소녀가 결혼하지 않더라도, 서로 사랑하지 않더라도 받을 돈을 받을 것이며 자유롭게 하고 싶은 것을 할 것이다. 소년과 소녀의 관계가 어떻게 발전할지와 상관없이, 과학자들은 1년 안에 대리모의 몸에 방랑자의 새로운 클론을 착상시키고, 5년 후에는 백만장자 여인의 새로운 클론으로 그 과정을 다시 되풀이할 것이다. 그리고 새로운 복제 인간들이 각각 23세와 18세에 이르면, 두 사람의 관계가 어떻든 간에, 즉 남매로 좋아하든 애인으로 좋아하든지 간에, 과학자들 혹은 과학자들의 후손들은 다른 두 개의 클론을 다시 착상시킬 것이다. 이렇게 이 세상이 다할 때까지, 혹은 백만장자의 엄청난 재산이 다 없어질 때까지 계속될 것이다.

이 대목에서 단편이 끝난다. 백만장자와 방랑자의 얼굴이, 이어서 별들이, 또 이어서 무한함이 석양 하늘에 아로새겨진다. 다소 오싹한 이야기이다, 그렇지 않은가? 다소 숭고하면서 다소 오싹하다. 모든 미친 사랑처럼. 그렇지 않은가? 무한에 무한을 더하면, 결과는 무한이다. 숭고함과 오싹함을 합치면, 결과는 오싹함이다. 그렇지 않은가?

20

1992년 10월, 로마 트라야누스의 목욕탕, 호세 렌도이로.
나는 특이한 변호사였다. 나에 대해서 사람들이 *Lupo ovem commisisti*(늑대에게 양을 맡기는) 꼴이라고 하든, *Alter remus aguas, alter tibi radat harenas*(한쪽 노로는 강물을 젓고, 또 한쪽 노로는 모래를 젓는) 꼴이라고 하든 일리가 있다. 그러나 *Noli pugnare duobus*(두 가지 다 받아들이라)는 카툴루스의 구절에 나를 비유했으면 한다. 언젠가 내 업적은 인정받을 것이다.

그 시절 나는 여행을 곧잘 하고 갖가지 실험을 했다. 변호사 혹은 법률가 활동으로 수입이 충분해서 고상한 예술인 시에 많은 시간을 바칠 수 있었다. *Unde habeos quaerit nemo, sed oportet habere*(어디서 났는지 아무도 묻지 않으니 재산이 필요하다). 가장 비밀스러운 천직에 헌신하고자 하면 필수적이다. 시인들은 큰돈 앞에서는 넋이 나가니까.

그러나 나의 실험으로 돌아가자. 내 실험은 처음에는

---

1 〈새로운 삶이 시작되고 있다〉는 단테의 시와 산문집인 『새로운 삶 *Vita nuova*』(1295)에 나오는 구절이다.

그저 여행과 관찰이었다. 하지만 내가 무의식중에 원한 것은 스페인의 이상적인 지도를 실현하는 것임을 이내 알게 되었다. 불멸의 시인 호라티우스가 말하듯 이것이 내 바람이었다, *Hoc erat in votis*. 물론 나는 문학지를 발간했다. 이런 말 하면 어떨지 모르겠지만 나는 후원자이자 발행인이었고, 주간이자 스타 시인이었다. 돌과 풀은 미덕을 갖추고 있다. 하지만 말은 훨씬 더 큰 미덕을 갖추고 있다, *In petris, herbis vis est, sed maxima verbis*.

게다가 출판은 세금 공제가 되기 때문에 그다지 버겁지 않았다. 더 지루한 이야기 할 필요 있나. 시에는 자질구레한 일들은 필요 없는데, 이는 좀 더 위대한 것을 노래하자*Paulo maiora canamus*라는 베르길리우스의 말과 함께 항상 내 신조였다. 정수, 골수, 본질에 똑바로 가야 한다. 나는 문학지와 법률 사무소를 소유하고 있다. 법률 사무소는 어느 정도 합당한 명성이 있으며 여러 명의 변호사, 삐끼, 브로커들로 구성되어 있었다. 나는 여름에는 여행을 했다. 인생이 내게 미소를 지은 것이다. 그러나 어느 날 나 스스로에게 말했다. 호세, 너는 온 세상을 다 가보았어. 새로운 삶이 시작되고 있어, *Incipit vita nova*. 스페인의 길을 따라 다닐 때가 되었어. 비록 네가 단테는 아니지만,[1] 그렇게 두들겨 맞고 고통을 겪었건만 아직 너무도 알려지지 않은 우리 스페인의 길들을 따라 다닐 때가 되었어.

나는 행동하는 인간이다. 언행이 일치한다. 캠핑카를 한 대 사서 길을 떠났다. *Vive valeque*(삶을 즐길지어다). 안달루시아를 돌아다녔다. 참으로 아름다운 그라나다, 참으로 사랑스러운 세비야, 참으로 근엄한 코르도

바. 그러나 나는 더 깊이 알아야 했고, 원천까지 파고 들어가야 했다. 법학 박사이자 형사 재판 전문가답게 올바른 길을 찾을 때까지는 쉴 수 없었다. *Ius est ars boni et aequi*(법이란 선과 정의의 기술이고), *Libertas est potestas faciendi id quod facere iure licet*(자유는 법이 허용하는 한도 내에서는 무엇이든 할 수 있는 권리)이자 영혼의 뿌리이다. 구도의 여름이었다. 스스로에게 한 번 뱉은 말은 주워 담을 수 없다*Nescit vox missa reverti*라는 호라티우스의 말을 되풀이했다. 변호사 입장에서 볼 때 그 말은 불리하게 작용할 수도 있다. 그러나 시인 입장에서는 그렇지 않다. 그 첫 번째 여행에서 나는 흥분해서, 그리고 또한 다소 혼란스러운 상태로 돌아왔다.

얼마 안 가 아내와 이혼했다. 극적인 일도 없었고 아무에게도 해를 끼치지 않고. 다행히도 우리 딸들이 이미 성년이어서, 나를 이해할 만큼 충분히 분별력이 있었기 때문이다. 특히 큰딸은. 아내에게 말했다. 당신이 집과 토사에 있는 별장을 갖기로 하고, 더 이상 아무 이야기 하지 맙시다. 아내는 놀랍게도 제안을 받아들였다. 나머지 일은 아내가 신뢰하는 변호사 몇 사람 손에 맡겼다. *In publicis nihil est lege gravius: in privatis firmissimum est testamentum*(공적인 일에 있어서는 법만큼 엄정한 것이 없고 사적인 일에 있어서는 유언만큼 강력한 것이 없다). 내가 왜 이런 말을 하는지 모르겠지만. 유서가 이혼과 무슨 상관이 있다고. 내 악몽이 나를 배신한다.

2 스페인의 서북쪽 지방.
3 포도 주스의 일종.
4 갈리시아 지방에는 마녀가 산에 거주한다는 민간 신앙이 있다.

어쨌든 우리는 자유롭기 위해 법의 노예가 되어야 한다. 이는 최고의 이상이다 *Legum omnes servi sumus, ut liben esse possimus*.

갑자기 힘이 솟았다. 다시 젊어지는 것 같았다. 담배를 끊고, 아침에는 달리기를 하고, 세 군데 법학 학술 대회에 열정적으로 참여했다. 두 개는 유럽의 옛 수도들에서 열렸다. 내 문학지는 망하기는커녕 내 자금줄의 샘물을 마신 시인들이 전폭적인 호감을 표시하며 똘똘 뭉쳤다. 박식한 키케로의 말마따나 *Verae amicitiae sempieternae sunt*(진정한 우정은 영원하다)고 생각했다. 그 후 지나친 자신감의 발로로 내 시를 모은 시집을 발간했다. 출판비가 많이 들었고, 책에 대한 평론은 네 개 가운데 하나 빼고 적대적이었다. 나는 모든 것을 스페인, 내 낙천주의, 그리고 질투라는 완고한 법칙 탓으로 돌렸다. *Invidia ceu fulmine summa vaporant*(질투는 마치 벼락처럼 꼭대기에 먼저 내려치는 법이다).

여름이 왔을 때 나는 캠핑카를 집어타고 선조들의 땅, 즉 울창한 태고의 땅 갈리시아[2]를 방랑하기로 결정했다. 새벽 4시에 차분한 마음으로 출발하여 불멸의 문인이요 싸움꾼인 케베도의 소네트를 가만히 읊으면서 갔다. 갈리시아에 도착해서는 리아스식 해안을 두루 돌아다니고, 모스토[3]를 맛보고, 선원들과 대화를 나누었다. *Natura maxime miranda in minimis*(아주 사소한 것들에도 자연의 경이가 깃들어 있다). 그 후 나는 산, 즉 마녀들의 땅[4]으로 향하면서 영혼을 강건하게 하고 오감을 열었다. 잠은 야영장에서 잤다. 어느 경사가 시골길이나 지방 도로 변에서 야영하는 것은, 특히 여름에는 위험하다고 경고했기 때문이다. 못 사는 사람들, 집시, 떠돌이 가수, 이 디스코텍에서 저 디스코텍으로 안개 낀 밤길을 따라 이동하는 파티족들 때문이었다. *Qui amat periculum in illo peribit*(위험을 사랑하는 사람은 그러다가 죽는다). 게다가 야영장들이 그럭저럭 괜찮아서 야영장 내에서 발견하고 관찰하고 심지어 지도를 바라보면 분류할 수 있는 감동과 열정이 얼마나 큰지 곧 알 수 있었다.

이렇게 어느 야영장에 있을 때, 지금 내 생각에 이야기의 핵심 부분으로 여겨지는 일이 일어났다. 아니면 적어도, 슬프고 부질없는 내 이야기 전체의 행복과 신비를 고스란히 간직하고 있는 유일한 부분으로 여겨지는 일이. 플리니우스는 *Mortalium nemo est felix*(죽을 운명을 타고난 인간 중에 행복한 이는 없다)라고 말한 바 있다. 또한 *Felicitas cui praecipua fuerit homini, non est humani iudici*(우리는 다른 사람이 무엇 때문에 행복해하는지 알 수 없다)라고 말하기도 했다. 하지만 본론으로 들어가야겠다. 이미 말한 것처럼 나는 야영장에 있었다. 루고 지방 카스트로베르데, 온갖 종류의 나무와 관목이 울창한 산속의 야영장이었다. 나는 책을 읽고, 메모를 하고, 지식을 쌓았다. *Otium sine litteris mors est et homini vivi sepultura*(독서 없는 여가는 살아 있는 사람의 죽음이자 무덤이다). 내가 과장하는 것일 수도 있지만 말이다. 한마디로 말해(우리 솔직해지자) 나는 죽도

---

5 〈엘리파스〉는 구약 성서 「욥기」에 등장하는 〈엘리바스〉이다. 「욥기」는 이유 없이 불행에 빠졌을 때 욥의 반응을 두고 사탄이 신에게 내기를 거는 내용을 담고 있다.

록 지겨웠다.

어느 날 오후, 고생물학자에게는 틀림없이 흥미로울 그 일대를 산책하는 동안 앞으로 이야기하려는 불행이 일어났다. 산에서 야영객 한 무리가 내려오는 것이 보였다. 그들의 뒤숭숭한 얼굴로 보아 뭔가 나쁜 일이 있었음을 금방 알아챘다. 몸짓으로 그들을 세우고 무슨 일인지 들었다. 그들 중 한 사람의 손자가 수직 통로인지 구덩이인지 크랙인지 사이로 떨어진 것이다. 형사 사건 전문 변호사로서의 경험상 즉각 조치를 취해야 했다. *Facta, non verba*(말이 아닌 행동으로). 그래서 사람들 절반이 야영장으로 가던 길을 계속 가는 사이, 나와 나머지 사람들은 가파른 언덕을 기어올라 재난이 일어났다는 곳에 도착했다.

크랙은 깊어서 밑바닥을 가늠할 수 없었다. 야영객 하나가 크랙의 이름이 악마의 입이라고 말했다. 또 한 사람은 그곳 주민들이 그곳에 실제로 악마 혹은 악마의 화신이 산다고 했다고 말했다. 실종된 아이 이름을 물었더니 야영객 한 사람이 엘리파스라고 대답했다. 상황 자체도 기이했지만, 대답을 들으니 정말 위협적으로 느껴졌다. 크랙이 그렇게 이상한 이름의 아이를 매일 삼키지는 않기 때문이다.[5] 내가 말했거나 혼자 중얼거렸다. 그러니까 엘리파스라는 거지? 대답을 했던 이가 말했다. 그게 아이 이름이에요. 루고의 무지한 회사원과 공무원인 다른 사람들이 나를 바라보며 아무 말도 하지 않았다. 나는 사색적이고 성찰적인 사람이지만 행동하는 사람이기도 하다. 나는 *Non progredi est regredi*(전진하지 않는 것은 후퇴하는 일이다)라는 경구를 떠올렸다. 그래서 크랙 가장자리로 다가가 아이 이름을 외쳤다. 불길한 메아리만 돌아왔다. 지하 깊은 곳에서 피비린내를 풍기며 되돌아온 고함, 다시 말해 〈내〉 고함이었다. 등골이 오싹했다. 그러나 티를 내지 않으려고 웃음을 지은 것 같다. 동행인들에게 그 크랙이 틀림없이 깊다고 말했다. 우리 허리띠를 다 묶어 대충 줄을 만들어, 우리 중 한 사람, 물론 제일 마른 사람이 내려가 구덩이 초입 몇 미터나마 수색해 보는 것이 어떤지 제안했다. 우리는 의논을 했다. 담배를 피웠다. 아무도 내 제안을 지지하지 않았다. 잠시 후 야영장까지 간 사람들이 최초의 증원 인력과 함께 크랙 하강에 필요한 도구들을 가지고 나타났다. 나는 생각했다. *Homo fervidus et diligens ad omnia est paratus*(의욕이 충만하고 부지런한 사람은 무엇이든 할 수 있다).

우리는 카스트로베르데의 튼튼한 청년 하나를 최대한 단단히 묶었다. 다섯 명의 건장한 남자가 줄을 지탱하는 사이에 청년은 손전등을 가지고 내려가기 시작했다. 곧 그가 시야에서 사라졌다. 우리는 위에서 소리를 질렀다. 뭐가 보이나? 깊은 곳에서 그의 대답이 점점 더 약하게 들렸다. 아무것도 안 보여요. 나는 *Patientia vincit omnia*(인내는 모든 것을 이긴다)라고 청년에게 말해 주었고, 우리는 다시 같은 질문을 했다. 손전등 불빛조차 보이지 않았다. 간헐적으로 지표면과 가까운 동굴 내벽에 언뜻언뜻 빛줄기가 비치기는 했지만. 청년이 몇 미터나 내려왔는지 가늠하려고 손전등으로 머리 위쪽을 비추기라도 한 것처럼. 바로 그때, 우리가 불빛에 대해 이야기하고 있을 때였다. 인간의 것이 아닌 듯한 울부짖음이 들려서 모두 수직 동굴을 들여다보았다. 우리는 소리를 질렀다. 무슨 일인가? 울부짖는 소리가 다시 들렸다. 무슨 일인가? 뭐가 보이나? 아이를 찾았나? 밑에서는 아무도 대답하지 않았다. 여자 몇은 기도를 하기 시작했다. 나는 난리 법석을 떨어야 할지 그 현상에 집중해야 할지 몰랐다. 키케로는 *Stultorum plena sunt omnia*(세상은 바보 천지다)라고 지적한 바 있다. 수색하는 청년의 친척이 그를 끌어올려 달라고 부탁했다. 줄을 붙들고 있던 다섯 사람만으로는 불가능해서 우리는 그들을 도와야 했다. 밑바닥에서 들려오는 고함이 여러 번 되풀이해 울렸다. 엄청난 노력 끝에 마침내 우리는 그를 표면으로 끌어올렸다.

청년은 살아 있었고, 양팔에 몇 군데 멍이 들고 청바지가 찢어진 것 외에 상처를 입은 것 같지는 않았다. 여인들은 별일 없는지 확인하려고 청년의 양다리를 만져보았다. 부러진 뼈는 전혀 없었다. 청년의 친척이 물었다. 무엇을 보았지? 청년은 대답을 꺼려하며 두 손으로 얼굴을 가렸다. 그 순간 나는 상황을 주도하며 개입했어야 했다. 그러나 뭐랄까, 구경꾼이라는 내 상황 때문에 쓸데없는 몸짓의 그림자극에 홀린 사람처럼 가만히 있었다. 다른 사람들이 비슷한 질문을 되풀이했다. 내가 큰 목소리로 *Occasiones numque hominem fragilem non faciunt, sed qualis sit ostendunt*(어려운 상황에 처하면 사람 됨됨이를 알 수 있다)라는 말을 상기시킨 것 같다. 청년은 의심할 나위 없이 나약한 성격의 소유자였다. 사람들이 그에게 코냑 한 모금을 마시게 했다. 청년은 거절하지 않고, 마치 목숨이 달린 문제라는 듯 코냑을 마셨다. 사람들이 다시 물었다. 무엇을 보았나? 그러자 청년이 답했는데, 그의 친척에게만 들렸다. 친척은 마치 자기 귀로 들은 이야기를 믿지 못하겠다는 듯 같은 질문을 다시 했다. 청년이 대답했다. 악마를 보았어요.

그 순간부터 혼란과 무정부 상태가 구조대를 사로잡았다. *Quot capita, tot sententiae*(사공이 많으면 배가 산으로 올라간다). 몇 사람은 야영장에서 경찰에 전화를 했으니, 최선의 방법은 기다리는 것이라고 말했다. 어떤 사람들은 청년에게 소년에 대해, 내려갔을 때 소년을 보았는지, 혹은 소리라도 들었는지 물었다. 대답은 부정적이었다. 그보다 더 많은 사람은 악마의 특징만 캐물었다. 악마의 몸 전체를 보았는지, 얼굴만 보았는지, 어떻게 생겼는지, 어떤 색깔인지 등등을. 나는 *Rumores fuge*(소란은 피해라)라고 스스로에게 말하고 경치를 구경했다. 그때 야간 경비원이 다른 사람들과 함께 야영장에서 왔다. 여자들도 많이 왔는데 그중에는 실종자 어머니도 있었다. 그녀는 왜 이제야 왔는지 궁금해하는 사람들에게, 텔레비전 퀴즈 프로그램을 보다가 뒤늦게 사고 소식을 접했다고 자초지종을 이야기했다. 야간 경비원이 물었다. 누구 내려간 사람이 있습니까? 아직 풀숲에서 쉬고 있던 청년이 침묵 속에서 지목되었다. 넋이 나간 실종자의 어머니가 그 순간 동굴 입구로 다가가 아들 이름을 외쳤다. 아무도 대답하지 않았다. 다시 이름을 외쳤다. 그러자 동굴이 울렸다. 마치 대답이라도 하듯.

몇몇 사람은 창백해졌다. 사람들 대부분은 안개의 손이 갑자기 튀어나와 밑바닥으로 잡아챌까 두려워 수직 동굴에서 물러섰다. 동굴에 늑대 혹은 들개가 산다고 말하는 이도 있었다. 그러는 사이 이미 해가 지고, 가스 손전등과 건전지 손전등들이 경쟁적으로 모골이 송연한 춤을 추며 산의 벌어진 상처를 비추었다. 사람들은 울거나, 뿌리를 잃은 내가 잊어버린 언어인 갈리시아어로 떠들어 대면서 떨리는 동작으로 크랙 입구를 가리켰다. 여기서 *Caelo tegitur qui non habet urnam*(무덤이 없는 사람은 하늘이 덮어 준다)이라고 말할 수는 없었다. 경찰은 나타나지 않았다. 극히 혼란스러웠지만 어떤 결정이 필요했다. 그때 야영장 야간 경비원이 허리에 줄을 묶는 것이 보였고, 크랙 속으로 내려가려 한다는 것을 깨달았다. 고백하는데 그의 태도가 칭찬할 만했기 때문에, 다가가 치하했다. 변호사이자 시인인 나 호세 렌도이로가 치하의 말을 하면서 야간 경비원과 야단스럽게 악수한 것이다. 그는 나를 바라보며 전부터 서로 알던 사이처럼 미소를 지었다. 이윽고 사람들의 기대를 한 몸에 받으며 그 사악한 수직 동굴로 내려갔다.

솔직히 말해 나와 그곳에 모인 사람들 중 많은 이들이 최악의 상황을 우려했다. 야간 경비원은 줄이 다할 때까지 내려갔다. 그 상황에 이르자 우리 모두 야간 경비원이 다시 올라오리라고 생각했다. 순간 그가 아래에서 줄을 당긴 것 같았다. 우리는 위에서 줄을 잡아당겼다. 사람들이 우왕좌왕하고 소리만 질러 대시 수색에 진전이 없었다. 나는 사람들을 진정시키려고 했다. *Addito salis grano*(소금을 곁들이면 독약도 먹을 만하다). 법조인 경력이 없었다면 그 무지막지한 사람들이 나를 머리부터 수지 동굴에 처넣었을 것이다. 그러나 마침내 나는 그들을 통제했다. 적지 않은 노력을 통해 우리는 야간 경비원과의 의사소통에 성공해서 그가 지르는 소리를 알아들을 수 있었다. 야간 경비원은 줄을 놓으라고 요청했다. 그래서 우리는 그렇게 했다. 아직 바깥에 남아 있던 줄이 뱀 아가리에 빨려 들어가는 쥐꼬리처럼 크랙 안으로 사라지는 것을 보고 심장이 얼어붙은 사람이 한둘이 아니었다. 우리는 야간 경비원이 자신이 무슨 짓을 했는지 틀림없이 알 것이라고 이야기했다.

갑자기 밤이 더 어두운 밤으로 변하고, 이런 표현이 가능할지 모르겠지만 검은 구멍이 더 검게 변했다. 그리고 몇 분 전까지 조바심 때문에 주위를 맴돌던 사람들이 동작을 멈추었다. 이따금 느닷없이 지은 죄가 드러나듯이, 공연히 부딪혀 넘어져서 크랙이 삼켜 버릴지도 모를 가능성에 대한 두려움이 떠올랐기 때문이다. 가끔 아래쪽에서 점점 숨이 끊어지는 듯한 아우성이 들려왔다. 악마가 막 얻은 노획물 두 개를 가지고 지하 깊은 곳으로 퇴각하는 듯했다. 빤한 일이지만 지표면에 있는 우리 일행들끼리는 가장 섬뜩한 가정들을 끊임없이 주고받았다. *Vita brevis, ars longa, occasio praeceps, experimentum periculosum, iudicium difficile*(인생은 짧고, 예술은 길고, 기회는 잠깐이고, 경험은 믿을 만한 것이 못 되며, 판단은 어렵기만 하다). 이 일에서 시간이 결정적인 역할이라도 한다는 듯이 연신 시계를 들여다보는 사람들도 있었다. 줄담배를 피우는 사람들도 있고, 실종된 아이의 넋 잃은 친지들을 돌보는 사람들도 있었다. 오지 않는 경찰을 욕하는 사람들도 있었다. 나는 별

---

6 Pío Baroja(1872~1956). 소설 분야에서 특히 주목받은 스페인의 문인으로 당대의 사회상을 엿볼 수 있는 숱한 작품을 남겼다.

을 보다가 이 모든 광경이 살라망카 대학 법대생 시절 읽은 돈 피오 바로하[6]의 단편과 지나치게 닮았다는 생각을 했다. 단편의 제목은 「크랙」인데 산속 땅 밑으로 떨어진 어린 목동이 등장한다. 젊은 목동 한 사람이 몸에 줄을 단단히 묶고 아이를 찾아 내려가지만, 악마의 포효에 단념하고 혼자 다시 올라온다. 젊은 목동은 아이를 보지 못했지만, 다친 아이의 신음 소리는 바깥에서도 또렷하게 들린다. 그 단편 작품은 두려움이 사랑이나 의무, 심지어 가족의 연까지도 제압하는 무기력의 극치를 보여 주는 장면으로 끝난다. 구조대가 사실 무지하고 미신에 사로잡힌 바스크 지방의 목동들로 구성되어 있었다고는 하나, 그래도 그 누구도 첫 번째 내려간 사람이 더듬더듬하는 이야기를 들은 뒤 감히 크랙으로 내려가지 못한다. 잘 기억은 안 나지만 그 사람이 악마를 보았다, 혹은 느꼈다, 혹은 감지했다, 혹은 악마의 소리를 들었다 따위의 말을 하기 때문이다. *In se semper armatus Furor*(광기의 칼끝은 항상 스스로에게 향한다). 마지막 장면에서 겁에 질린 목동들은 아이 할아버지를 포함해 모두 집으로 돌아오고, 아마도 바람이 세차게 분 그 밤 내내 크랙에서 들리는 신음 소리를 듣고만 있다. 돈 피오의 단편 줄거리는 이렇다. 젊은 시절의 단편으로, 돈 피오의 빼어난 신문이 아직 활짝 날개를 펴지는 못했지만, 어쨌든 훌륭한 단편이다. 내 등 뒤에서 인간의 격정이 흐르고, 내 두 눈이 별을 헤아리는 가운데 그 단편이 생각난 것이다. 내가 겪고 있는 일은 바로하의 단편과 동일했으며, 스페인은 여전히 바로하의 스페인이었다. 즉, 여전히 크랙들을 막아 놓지 못했고, 여전히 아이들이 조심성 없이 크랙으로 떨어지고, 사람들은 담배만 피우거나 다소 야단스럽게 실신하고, 경찰은 필요할 때 결코 나타나지 않는 스페인 말이다.

그때 고함 소리가 들렸다. 단말마의 비명 소리가 아니라 말이었다. 어이, 위에 있는 사람들, 어이 망할 놈들 따위의 말이었다. 악마가 아직 만족하지 못해 한 사람을 더 데려가려고 그런다는 허황된 말을 하는 사람도 있었지만, 나를 포함한 나머지 사람들은 크랙 가장자리로 다가갔다. 야간 경비원의 손전등 불빛, 폴리페모스[7]의 의식 속에서 길을 잃은 반딧불을 방불케 하는 한 줄기 그 빛을 보았다. 우리는 불빛을 향해 괜찮은지 물었고, 불빛 너머의 목소리가 말했다. 아무 일 없어요. 줄을 던질게요. 우리는 수직 동굴의 내벽에서 아주 희미한 소리를 들었다. 몇 차례 시도에 실패한 뒤 아래에서 소리가 들렸다. 그쪽에서 다른 줄을 던지세요. 얼마 후 우리는 허리와 겨드랑이를 줄로 묶은 실종됐던 아이를 끌어올렸다. 기대하지 못했던 아이의 귀환을 모두가 울고 웃으면서 반겼다. 아이를 풀고 줄을 던지자 야간 경비원이 올라왔다. 내 이제 바라는 것도 없으니 말하겠는데, 그날 밤 나머지는 파티가 계속되었다. *O quantum caliginis mentibus nostris obicit magna felicitas*(오, 위대한 번영이 우리의 마음에 어둠을 드리우는구나). 산속에서 열린 갈리시아 사람들의 파티였다. 야영객들은 갈리시아 공무원과 회사원들이고, 나 역시 갈리시아 땅의 후손이고, 국적 때문에 칠레노[8]라고 불리던 야간 경비원 역시 벨라

---

7 그리스 신화의 외눈박이 거인.
8 칠레 사람이라는 뜻.

노라는 성에서 드러나듯 근면한 갈리시아인들의 후손이었다.

그곳에 머문 나머지 이틀 동안 나는 야간 경비원과 긴 대화를 나누었다. 특히 내 문학적 관심사와 모색을 그와 공유할 수 있었다. 그 후 나는 바르셀로나로 돌아왔고, 더 이상 그의 소식을 듣지 못했는데, 2년이 지난 어느 날 그가 내 사무실에 나타났다. 이런 경우 늘 그렇듯이 그는 돈이 궁하고 일거리가 없었다. 그를 찬찬히 뜯어보면서, 속으로 *Supremum vale*(영원히 안녕) 하고 길거리로 쫓아내는 것이 좋을지, 도와주는 것이 좋을지 생각 끝에 두 번째를 선택했다. 지금 당장은 변호사 협회 잡지에서 내가 편집권을 가진 문학난에 서평을 몇 편 쓰게 해줄 수 있고, 앞으로는 생각 좀 해보자고 그에게 말했다. 그러고 나서 내 최근 시집을 선물하고, 소설 서평은 내 동료인 자우메 조제프가 나름 잘하고 있으니 그는 시 분야에 한해서만 서평을 쓰도록 하라고 말했다. 자우메 조제프는 이혼 전문 변호사이고 오랜 이력의 동성애자인데, 람블라 일대 술집 남창들 사이에서는 수난 속의 난쟁이로 통하는 인물이다. 거칠고 한성깔 하는 포주에게는 약한 모습을 보이는 데다가 키가 작은 것을 빗댄 것이다.

벨라노의 얼굴에서 실망하는 기색을 감지했다 해도 틀린 말은 아닐 것이다. 아마 내 문학잡지에 글을 싣기 바란 것 같은데, 그때 나로서는 그런 제안을 하기 불가능했다. 세월이 헛되지 않아 필진 수준이 대단히 높았기 때문이다. 바르셀로나 문학의 최고봉들, 시 분야에서 요인 중의 요인들이 내 문학지를 거쳐 가고 있었으니, 여름날 이틀 동안의 우정과 대충 떠오르는 대로 의견 교환을 한 것만 가지고 하룻밤 사이에 벨라노에게 친절하게 굴 일은 아니었다. *Discat servire glorians ad alta venire*(출세하고 싶으면 남을 섬기는 법부터 배워라).

이렇게 하여 나와 아르투로 벨라노 사이에 이를테면 두 번째 단계의 관계가 시작되었다. 나는 내 법률 사무소에서 한 달에 한 번 그를 만났다. 나는 그곳에서 온갖 종류의 송사를 처리하는 동시에 문학 관련 일을 보았다. 지금과는 다른 시절이라 사무실에는 바르셀로나에서, 그리고 우리 도시에 왔다가 의무처럼 나를 찾는 스페인 다른 지역과 심지어 라틴 아메리카에서 가장 명성이 높은 최고 문인과 시인들이 드나들었다. 벨라노는 우리 문학지의 필진이나 손님들과 마주치기도 했는데, 그 만남들의 결과가 내가 바란 만큼 아주 만족스럽지는 않았던 것으로 기억된다. 그러나 나는 일과 즐거움에 빠져 벨라노에게 신경 쓰지도 않았고, 그런 만남이 야기한 잡음에 귀를 기울이지도 않았다. 차량 행렬에서 나는 듯한, 오토바이 행렬에서 나는 듯한, 병원 주차장에서 나는 듯한 잡음이었다. 그 소리는 내게 말하고 있었다. 정신 차려, 호세. 삶을 즐겨. 몸을 생각해. 인생은 짧고 영광은 한순간이야. 그러나 내가 무지하여 이를 해석하지 못했거나, 임박한 재앙을 알리던 그 소리, 거대한 바르셀로나에서 무언가 잃어버렸다는 것을 알리던 그 소리가 내가 아니라 벨라노를 향하고 있다고 믿었다. 내게 해당하는 메시지가 아니라고, 벨라노와 관계있지 나와는 전혀 상관없는 말이라고 말이다. 사실은 나에게 보내는 메시지였음에도 불구하고. *Fortuna rerum humanarum domina*(운명은 인간사의 지배자이거늘).

게다가 벨라노와 내 문학지 필진들의 만남엔 재미난 부분도 있었다. 한번은 (후에 창작을 그만두고 이제는 꽤 성공적으로 정치를 하는) 내 필진 가운데 한 젊은이가 벨라노를 패려고 했다. 사실 결코 알 수 없는 일이기는 하지만 그 친구는 물론 진지하게 한판 붙자고 한 것은 아니었다. 확실한 것은 벨라노가 못 들은 척했다는 것이다. 그 친구에게 가라테 따위를 하는지(그는 검은 띠였다) 묻고는 편두통을 핑계로 싸움을 피한 것으로 생각된다. 그런 일이 있으면 나는 한껏 즐겼다. 벨라노에게 말하곤 했다. 자, 벨라노, 당신 생각을 고수해야지. 그대 주장을 말하고, 문학의 최고봉과 맞서 보라고. *Sine dolo*(헛된 수작 부리지 말고). 그러면 벨라노는 머리가 아프다고 말하고, 실실 웃고, 변호사 잡지 한 달 치 원고료를 내게 요청하고, 다리 사이에 꼬리를 감추고 가버리곤 했다.

나는 다리 사이의 그 꼬리를 믿지 말았어야 했다. 생각했어야 했다. 다리 사이의 저 꼬리는 무엇을 의미하는지 *Sine ira et studio*(냉정하고 객관적으로). 어떤 동물들이 꼬리가 있는지 자문해야 했다. 책과 설명서를 참조해서 카스트로베르데 야영장 전(前) 야간 경비원의 다리 사이에 솟구쳐 있는 복슬복슬한 그 꼬리에 대해 올바로 해석해야 했다.

하지만 나는 그러지 않았고 계속 그렇게 살았다. *Errare humanum est, perseverare autem diabolicum*(인간은 누구나 실수를 하지만, 같은 실수를 되풀이하는 것은 치명적이거늘). 어느 날 큰딸 집에 갔는데 안에서 소리가 들렸다. 물론 나는 그 집 열쇠를 가지고 있다. 이혼하기 직전까지 그 집은 우리 가족 네 사람, 즉 아내와 두 딸과 내가 살던 집이었기 때문이다. 이혼한 뒤 나는 사리아 구에 단독 주택을 사고, 아내는 몰리나 광장에 펜트하우스를 사서 작은딸과 살았다. 나는 나처럼 시인이며 내 잡지의 주요 필진이기도 한 큰딸에게 우리 옛 아파트를 선물하기로 결정했다. 나는 거기에 자주 가지는 않았다. 보통은 책을 가지러 가거나 편집 위원회 회의가 그 집에서 열릴 때 갔다. 어쨌든 이미 말한 대로 내게는 열쇠가 있었다. 그래서 아파트에 들어갔는데 무슨 소리가 들렸다. 아버지답게 그리고 현대인답게 나는 조심스럽게 거실로 들어섰지만 아무도 보지 못했다. 소리는 복도 안쪽에서 들렸다. 나는 *Non vis esse iracundus? Ne fueris curiosus*(분노하기 싫은가? 그렇다면 호기심을 갖지 말라)라고 두어 번 되뇌었다. 그러나 내 옛집을 계속 슬금슬금 돌아보았다. 딸의 방으로 가서 안을 들여다보았다. 아무도 없었다. 계속 발끝으로 걸었다. 아침 이른 시간이 아닌데도 집은 어두웠다. 나는 불을 켜지 않았다. 그때 알아차렸는데 소리는 예전의 내 방, 아내와 내가 살던 때 그대로인 방에서 들려왔다. 문을 반쯤 열자 벨라노의 팔에 안긴 큰딸이 보였다. 벨라노가 내 딸을 다루는 모습은 적어도 처음 보았을 때는 설명하기 힘들었다. 내 넓은 침대 이리저리 딸애를 굴리고 올라타고 뒤집는데, 그 모두가 진저리 쳐질 만큼 신음과 포효와 자지러짐과 끙끙대는 소리와 음탕한 소리 속에 이루어

9 천 가지 사랑의 방식이라는 뜻.
10 스탕달의 『적과 흑』의 주인공으로 출세욕이 강한 야심적인 인물이다.

져 소름이 돋았다. 오비디우스의 *Mille modi Veneris*(천 가지 모습의 비너스)[9]라는 말이 생각났지만 이건 해도 너무하는 것 같았다. 그러나 나는 문턱을 넘지 않고 마법에 걸린 듯 그 자리에 꼼짝 않고 서서 침묵을 지켰다. 마치 갑자기 카스트로베르데의 야영장으로 돌아간 느낌, 그래서 신(新) 갈리시아인인 야간 경비원이 또다시 크랙 속으로 들어가고 나와 휴가를 나온 공무원들은 다시 한 번 지옥 입구에 있는 느낌이었다. *Magna res est vocis et silentii tempora nosse*(말할 때와 침묵할 때를 아는 것은 훌륭한 일이다). 나는 아무 말도 하지 않았다. 침묵을 지킨 채, 왔을 때와 마찬가지로 떠났다. 그러나 내 옛집에서, 내 딸의 집에서 멀리 가지는 못해서, 발걸음이 동네 카페로 향했다. 누군가가, 아마도 새 주인이 카페를 윤기 흐르는 플라스틱 테이블과 의자를 갖춘 훨씬 더 현대적인 가게로 변모시켜 놓았다. 나는 그곳에서 밀크 커피를 시킨 다음 상황에 대해 생각했다. 암캐처럼 행동하는 딸의 모습이 파도처럼 머릿속에 밀려들고, 파도가 칠 때마다 나는 열병에 걸린 사람처럼 땀에 흠뻑 젖었다. 그래서 커피를 다 마신 후, 뭔가 독한 술이 안정을 찾게 해줄까 싶어 코냑 한 잔을 주문했다. 세 번째 잔을 마시고 마침내 진정이 되었다. *Post vinum verba, post imbrem nascitur herba*(술을 마신 뒤에는 말이 솟아나고, 비가 내린 뒤에는 풀이 솟아난다).

그러나 내게 솟아난 것은 말이나 시가 아니었다. 시 같은 건 한 줄도 떠오르지 않았다. 대신 엄청난 복수심, 앙갚음을 하고야 말겠다는 의지, 저 무능한 쥘리앵 소렐[10]에게 배은망덕과 뻔뻔스러움의 대가를 치르게 만들겠다는 확고한 결정이 솟구쳤다. *Prima cratera ad sitim pertinet, secunda ad hilaritatem, tertia ad voluptatem, quarta ad insaniam*(첫 잔은 갈증, 두 번째 잔은 기쁨, 세 번째 잔은 쾌락, 네 번째 잔은 광기를 위해서이다). 아풀레이우스[11]가 네 번째 잔은 광기를 야기한다고 말했는데, 그것이야말로 내게 필요한 것이었다. 지금까지도 생생할 만큼 그 순간 그것을 똑똑히 깨달았다. 내 딸 또래의 여종업원이 바 너머에서 나를 바라보았다. 그 옆에는 설문조사를 하고 있는 여자 한 사람이 음료수를 마시고 있었다. 두 여자는 활기차게 이야기를 나누고 있었지만, 여종업원이 이따금 내 쪽으로 시선을 돌렸다. 나는 손을 들어 네 잔째 코냑을 주문했다. 여종업원에게서 동정의 표정을 감지했다 해도 과장은 아니리라 믿는다.

나는 아르투로 벨라노를 바퀴벌레처럼 짓밟아 줄 작정이었다. 두 주일 동안 넋이 나가고 평정심을 잃은 상태로 내 옛집, 내 딸의 집에 불시에 들이닥쳤다. 은밀한 일을 치르는 것을 네 번 더 발견했다. 두 사람은 두 번은 내 침실에, 한 번은 딸의 침실에, 또 다른 한 번은 큰 욕실에 있었다. 이 마지막 네 번째는 소리는 들렸지만 모습을 훔쳐볼 수는 없었다. 그러나 다른 세 번은 두 연놈이 뜨겁고 자유분방하고 적나라하게 몰입한 난잡한 행위들을 내 이 두 눈으로 똑똑히 보았다. *Amor tussisque non caelatur*(사랑과 기침은 감출 수 없는 법이다). 하지만 그 두 청춘이 서로 느끼는 감정이 사랑일까? 하고 자

---

11 Lucius Apuleius(124?~170?). 고대 로마의 시인, 철학자, 수사가(修辭家)로 재기 넘치는 문장으로 유명했다.

12 Titus Maccius Plautus(B.C. 254?~B.C. 184). 로마의 2대 희극 작가 중 한 사람.

문한 것이 한두 번이 아니었다. 특히 불가사의한 힘의 작용으로 목격하게 된 그 입에 담기 힘든 행위들을 본 뒤 열받은 채로 살짝 집을 나설 때면. 딸을 향한 벨라노의 감정이 사랑이었을까? 쥘리앵 소렐의 판박이를 향한 딸의 감정이 사랑이었을까? 나는 내 태도가 엄한 아버지가 아니라 질투하는 애인의 태도라는 생각이 순간적으로 번득여, *Qui non zelat, non amat*(질투하지 않는 자는 사랑하는 것이 아니다)라고 속으로 혹은 조용히 뇌까렸다. 그러나 나는 질투하는 애인이 아니었다. 그러면 내가 느끼는 것은 무슨 감정이었다는 말인가? 플라우투스[12]가 말했다. *Amantes, amentes*(연인들은 광인이다).

 나는 확인차 그들의 속을 떠보기로 결심했다. 나름대로 마지막 기회를 주려 한 것이다. 두려워하던 대로 내 딸은 칠레 놈을 사랑하고 있었다. 내가 물었다. 확실해? 딸이 대답했다. 물론 확실하죠. 내가 물었다. 두 사람 어쩔 작정인데? 딸이 말했다. 아무 생각 없어요, 아빠. 내 딸은 이런 문제에 있어서는 전혀 나를 닮지 않았다. 반대로 제 엄마의 실용주의에 입각해 행동했다. *Adeo in teneris consuescere multum est*(세 살 버릇 여든까지 간다). 얼마 후 벨라노와 이야기를 했다. 매달 그러듯 벨라노가 변호사 협회 잡지의 시집 서평을 제출하고 돈을 받으러 내 사무실에 왔다. 나는 그를 앞에 두고 말했다. 벨라노가 나보다 낮은 의자에 앉아 있을 때, 내 자격증들의 법적인 무게와, 가로 3미터, 세로 1.5미터인 내 육중한 참나무 책상을 장식하고 있는 순은 액자 속 위대한 시인들의 사진이 주는 아우라의 무게에 짓눌려 있을 때. 자네가 도약할 때가 되었다는 생각이 드네. 벨라노는 무슨 말인지 몰라 나를 바라보았다. 내가 말했다. 질적인 도약 말일세. 우리 둘은 잠시 침묵을 지켰고, 이윽고 내가 무슨 말인지 풀어 주었다. 나는 벨라노가 변호사 협회 잡지의 서평가에서 내 문학지의 고정 필진이 되기를 바랐다(그게 내 뜻일세. 내가 벨라노에게 말했다). 벨라노의 유일한 반응은 〈우아〉 한 마디였는데 맥 빠진 목소리에 가까웠다. 나는 설명했다. 이해하겠지만 나는 막중한 책임을 지고 있네. 우리 잡지는 날이 갈수록 권위를 더해 가네. 스페인과 라틴 아메리카의 출중한 시인들이 기고하고 있고. 자네도 우리 잡지를 읽어 보았을 테니, 최근 페페 데 디오스, 에르네스티나 부스카라온스, 마놀로 가르시디에고 이하레스의 작품이 실린 것을 알고 있을 거야. 우리 고정 필진에 걸출한 젊은 인물들이 포진해 있는 것은 둘째 치더라도. 곧 우리 모두가 고대하는 두 가지 언어를 자유롭게 쓰는 위대한 시인이 될 걸로 기대되는 가브리엘 카탈루냐가 모든 호에 글을 쓰고, 아주 젊은 시인이지만 경악스러울 만큼 뚝심이 있는 라파엘 로그로뇨, 표현이 명료하고 우아한 이스마엘 세비야, 현재 스페인에서 가장 현대적인 소네트를 쓸 능력이 있으며 뜨거운 가슴과 차가운 머리를 지닌 문장가인 에세키엘 발렌시아, 물론 시 평론 분야의 두 검투사, 즉 거의 늘 무자비한 베니 알헤시라스와 바르셀로나 자치 대학 교수이고 1950년대 시 전문가인 토니 멜리야도 빼놓을 수 없겠지. 나는 결론적으로 말했다. 이 모든 사람이 영광스럽게도 내가 이끄는 사람들이자 자네를 받아들인

13 스페인 문학의 전성기인 17세기의 황금 세기 문학과 〈순은 시대〉로 불리는 1927세대 문학 버금가는 훌륭한 문학임을 주장하고 있다.

이 나라, 칠레 사람들 말마따나 자네 모국의 문학에서 구리 문학[13]으로 빛날 이름들이고, 자네는 바로 그런 사람들과 함께 일하게 되는 것일세.

그러고 나서 나는 침묵에 빠졌고, 우리는 잠시 서로를 관찰했다. 아니 나만 벨라노를 관찰했다. 그의 머릿속을 스치는 생각을 알려 줄 어떤 흔적이 얼굴 표정에 나타날까 싶어서. 벨라노는 내 사진, 예술품, 자격증, 그림, 수갑과 족쇄 수집품(대부분 1940년대 이전 것인데, 이 수집품들에 대해서 보통 내 의뢰인들은 공포심이 깃든 관심을 보였고, 동료 법조인들은 고약한 농담이나 신소리를 지껄였으며, 나를 방문하는 시인들은 매혹되어 예찬을 하곤 했다), 사무실에 있는 엄선된 소수의 책으로 대부분 19세기 스페인 낭만주의 시인들의 시집 초판본들의 제목을 바라보았다. 그의 시선이 쥐처럼, 신경이 곤두설 대로 곤두선 작은 쥐처럼 내 소유물을 훑어보고 있었다니까. 나는 도발적으로 물었다. 어떻게 생각하나? 그러자 벨라노가 나를 쳐다보았고, 나는 내 제안이 이미 시궁창에 처박혀 버린 꼴임을 바로 알아차렸다. 벨라노는 얼마를 줄 건지 물었다. 나는 그를 바라보았을 뿐 대답하지 않았다. 출세주의자가 벌써 호주머니 생각을 한 것이다. 그는 나를 바라보며 대답을 기다렸다. 나는 포커페이스를 하고 벨라노를 바라보았다. 그는 보수를 변호사 협회 잡지와 똑같이 줄 것인지 더듬더듬 물었다. 나는 한숨을 쉬었다. *Emere oportet, quem tibi oboedire velis*(누군가가 당신에게 복종하기를 원한다면, 그를 사야 한다). 벨라노의 시선은 의심의 여지 없이 겁에 질린 쥐의 시선이었다. 내가 말했다. 돈은 주지 않아. 난 대단한 사람들, 이름 있는 사람들, 이름값을 하는 사람들에게만 지불해. 자네는 지금 당장은 서평 일부만 맡을 걸세. 그러자 벨라노는 *O cives, cives, quaerenda pecunia primum est, virtus post nummos*(오 시민들이여, 돈이 최고요. 덕은 그다음이오)라고 읊기라도 하듯 고개를 가로저었다. 그러고 나서 생각해 보겠다고 말하고 가버렸다. 벨라노가 문을 닫았을 때 나는 고개를 처박고 양손으로 얼굴을 감싼 채 잠시 생각했다. 사실 벨라노에게 상처를 줄 마음은 없었다.

잠을 자는 것 같았고, 꿈을 꾸는 것 같았고, 나 자신의 진짜 모습을 다시 만나는 것 같았다. 나는 바로 거인이었다. 생각에서 깨어났을 때, 나는 부녀간에 허심탄회하게 대화를 나눌 작정으로 딸의 집으로 향했다. 아마 딸과 이야기를 나눈 지, 딸의 두려움과 걱정과 망설임을 들어 준 지 무척 오래였을 것이다. *Pro peccato magno paulum supplicii satis est patri*(아버지는 자식이 큰 잘못을 범해도 가벼운 벌을 주는 것으로 만족한다). 그날 밤 우리는 프로벤사 가에 있는 좋은 식당으로 저녁을 먹으러 갔다. 비록 문학 이야기만 했지만 내 내면의 거인은 내가 바라던 대로 행동했다. 우아하고, 편안하고, 이해심 많고, 계획이 많고, 삶에 긍정적인 이처럼. 다음 날에는 작은딸을 찾아가 라 플로레스타에 있는 친구 집까지 차로 데려다 주었다. 거인은 천천히 차를 몰면서 유머를 섞어 가며 말했다. 헤어질 때 딸이 볼에 뽀뽀를 해주었다.

그건 시작일 뿐이었다. 그러나 나는 벌써 내면으로, 불타는 뗏목과 같은 머릿속으로 내 새로운 태도가 가져다주는 진정 효과를 느끼기 시작했다. *Homo totiens moritur quotiens emittit suos*(인간은 사랑하는 사람을 잃을 때마다 여러 번 죽는다). 나는 딸들을 사랑하고, 그들을 잃기 직전이라는 것을 알고 있었다. 나는 생각했다. 아마 딸들을 너무 내버려 두었다고, 딸들이 너무 많은 시간을 엄마하고만 보냈다고. 편한 것만 찾고 육체가 원하는 대로 자신을 내맡기는 여자와. 이제 거인의 모습을 드러내야 한다고, 딸들에게 거인이 살아 있고 자신들을 생각한다는 것을 입증하는 것이 필요하다고. 너무 간단한 일이라 진작 그렇게 하지 않은 것이 화가 났다(혹은 어쩌면 그저 안타까웠다). 어쨌든 거인의 왕림은 딸들과의 관계만 개선한 것이 아니었다. 법률 사무소 의뢰인들과의 일상적 접촉에서도 분명한 변화를 감지했다. 거인은 아무것도 두려워하지 않고, 대담하고, 전혀 예기치 않은 수가 즉흥적으로 떠오르기도 하고, 눈을 감고도 한 치의 망설임 없이 법률의 고갯길과 골목길을 자신 있게 누빌 수 있었다. 문인들과의 관계는 말할 것도 없었다. 정말 기쁘게 깨달은 바이지만, 문학에서 지고하고, 위풍당당하고, 논란과 독설의 거봉이고, 긍정과 부정의 끊임없는 대상이고, 삶의 원천인 거인이 있었기 때문이다.

나는 큰딸과 딸의 불우한 애인을 정탐하는 것을 그만두었다. *Odero, si potero. Si non, invitus amabo*(증오할 수 있다면 증오하리라. 하지만 증오할 수 없다면 차라리 사랑하리라). 그러나 벨라노에게는 내 권위의 모든 무게를 느끼게 만들었다. 나는 평화를 되찾았다. 내 인생 최고의 시기였다.

지금 나는 쓸 수도 있었으나 쓰지 않은 시를 생각한

다. 웃고 싶은 마음과 울고 싶은 마음이 동시에 인다. 그러나 그 무렵에는 내가 쓸 수 있는 시를 생각하지 않았다. 그저 시를 썼다. 쓸 수 있는 시를 썼다고 믿었다. 그 무렵 나는 책을 한 권 발간했다. 당시 가장 권위 있는 출판사 중 한 곳에서 발간되도록 하는 데 성공했다. 물론 모든 비용은 내가 부담하고, 그들은 그저 책을 찍어 배포만 했을 뿐이다. *Quantum quisque sua nummorum servat in arca, tantum habet ei fidei*(궤짝에 돈이 많을수록 신용도 높아진다). 거인은 돈 걱정을 하지 않았다. 거인답게 어떠한 두려움이나 망설임도 없이 돈을 돌게 하고, 나눠 주고, 돈 위에 군림했다.

당연히 돈과 관련해서 나는 지워지지 않는 기억들을 가지고 있다. 빗속의 취객 혹은 빗속의 병자처럼 빛나는 기억들이다. 내 돈이 농담과 조롱의 대상인 시절이 있었음을 안다. *Vilius argentum est auro, virtutibus aurum*(은은 금보다 못하고, 금은 미덕보다 못하다). 내 젊은 필진들이 잡지 초창기 시절에 자금의 출처를 비웃었다는 것도 알고 있다. 그들은 말했다. 부정직한 자본가, 횡령 은행인, 마약 밀매업자, 여성과 아동 살인자, 돈세탁자, 부패한 정치가들이 건네는 황금으로 시인들에게 돈을 줘. 그러나 나는 굳이 험담에 답하지 않았다. *Plus augmentantur rumores, quando negantur*(부인할수록 소문이 더 무성해지는 법이니까). 누군가 살인자들을 변호해야 하고, 누군가 정직하지 못한 사람들을 변호해야 하고, 이혼을 원하지만 부인이 재산을 다 갖는 것을 원치 않는 사람들을 누군가 변호해야 한다. 내 법률사무소는 그런 사람들을 모두 변호했고, 거인은 그들 모두를 사면하고 정당한 대가를 받았다. 나는 사람들에게 말했다. 그게 민주주의야, 바보 천치들아. 배우라고. 좋건 싫건 간에. 나는 번 돈으로 요트를 사지 않고 문학지를 창간했다. 비록 바르셀로나와 마드리드의 일부 새파란 시인들이 그 돈 때문에 양심에 찔려한다는 것을 알고 있었지만, 나는 틈이 날 때마다 뒤에서 조용히 그들에게 다가가 완벽하게 매니큐어를 바른(손톱에서도 피가 흐르는 지금과는 달리) 손가락으로 등을 쿡 찌른 뒤 귓속말을 했다. 〈*Non olet*(구린내는 나지 않아).〉 바르셀로나와 마드리드의 똥통에서 번 돈이라고 냄새가 나지는 않는다. 사라고사의 뒷간에서 번 돈이라고 냄새가 나지는 않는다. 빌바오의 시궁창에서 번 돈이라고 냄새가 나지는 않는다. 냄새가 난다면 오직 돈 냄새만 날 뿐이다. 거인이 자기 돈으로 하고자 꿈꾸는 일의 냄새만 날 뿐이다. 새파란 시인들은 내가 말하고자 하는 바를 다 이해한 것은 아니겠지만, 내가 그들의 새대가리에 주입하려 한 끔찍하지만 영원한 교훈을 이해하고 수긍했다. 그럴 리는 없지만 이를 깨닫지 못한 이가 있었다 해도 출판된 자기 작품을 보았을 때, 막 인쇄된 종이 냄새를 맡았을 때, 표지나 목차에서 자기 이름을 보았을 때, 돈의 진정한 냄새를 맡았다. 즉, 거인의 힘 냄새를, 거인의 배려의 냄새를. 그러자 조롱이 사라지고 모든 사람이 성숙해져서 나를 따랐다.

모두가 그랬는데 아르투로 벨라노는 그렇지 않았다. 부름을 받지 못했다는 간단한 이유 때문에 나를 따르지 않았다. *Sequitur superbos ultor a tergo deus*(복수의 신은 오만한 자들을 뒤쫓는다). 나를 따른 모든 이가 문단에서 활동을 하기 시작했고, 이미 시작은 했어도 아직 더듬거리는 단계에 있던 이들은 자리를 굳혔다. 이것도 아르투로 벨라노는 예외였다. 그는 똥과 오줌과 고름과 가난과 병마 냄새만 나는 세계, 냄새가 사람을 질식시키고 마비시키는 세계, 유일하게 고약한 냄새가 나지 않는 것은 내 딸의 육체뿐인 세계로 침몰했다. 나는 그 비정상적인 관계를 깨트리기 위해 손가락 하나 까딱하지 않았지만 기대는 하고 있었다. 이리하여 어느 날 카스트로 베르데 야영장 야간 경비원에게 내 딸, 아름다운 내 장녀도 고약한 냄새를 풍기기 시작했음을 알게 되었다. 어떻게 알게 되었는지는 묻지 말기 바란다. 잊어버렸으니까. 딸의 입에서 냄새가 나기 시작했다. 당시 카스트로 베르데 야영장에서 그 불우한 야간 경비원이 살던 집 벽에 칭칭 감기는 냄새였다. 위생 관념에 관한 한 누구도 의심할 수 없는 내 딸은 시시각각 입을 씻었다. 일어나서, 오전 중간에, 점심 식사 후에, 오후 4시에, 7시에, 저녁 식사 후에, 침대에 들기 전에. 하지만 냄새를 제거할 방법도, 야간 경비원이 궁지에 몰린 동물처럼 냄새를 맡거나 코를 쿵쿵거리게 만든 냄새를 박멸할 수도 감출 수도 없었다. 딸이 양치질을 하면서 구강 청결제 리스테린으로 입을 헹구어 보았지만 냄새는 계속되었고, 잠깐씩 사라졌다가 가장 예기치 못한 순간, 즉 새벽 4시 야간 경비원의 넓은 침대에서, 이놈이 꿈결에 딸 쪽으로 몸을 돌려 올라타려고 할 때 다시 나타났다. 야간 경비원의 인내심과 배려를 뒤흔드는 견딜 수 없는 냄새가, 돈 냄새가, 시 냄새가, 아마도 심지어 사랑의 냄새까지.

14 사랑니는 서구에서 〈지혜의 이〉로 불린다.

불쌍한 내 딸. 딸이 말하고는 했다. 사랑니 때문이야. 불쌍한 내 딸. 딸은 카스트로베르데 야영장 야간 경비원이 점점 못마땅해하자 주장했다. 마지막으로 나는 사랑니야. 그래서 입에서 냄새가 나는 거야. 사랑니라니까! *Numquam aliud natura, aliud sapientia dicit*(자연과 지혜는 결코 다른 것이 아니야).[14] 어느 날 밤 나는 딸을 저녁 식사에 초대했다. 나는 말했다. 너 혼자만 초대하는 거야. 비록 그 무렵 내 딸과 벨라노는 거의 만나지 않았지만 확실히 말했다. 너 혼자만 초대하는 거야. 우리는 새벽 3시까지 이야기했다. 나는 거인이 헤쳐 나가는 길, 진정한 문학으로 이끄는 길에 대해서 말하고, 딸은 사랑니에 대해, 나고 있는 그 〈지혜의 이〉가 자기 혀 위에 올려놓는 새로운 어휘들에 대해 말했다. 얼마 후 어느 문학 모임에서 딸은 지나가는 말처럼 벨라노와 헤어졌다고, 우리 문학지의 훌륭한 서평 팀에 벨라노가 끼어 있는 미래는 암만 생각해도 좋게 봐줄 수 없는 일이라고 말했다. *Non aetate verum ingenio apiscitur sapientia*(지혜는 나이가 아니라 재능으로 얻어진다).

순수한 아이 같으니! 그 순간 나는 딸에게 벨라노는 결코 우리 서평 팀의 일원이었던 적이 없다고 말해 주고 싶었다. 우리 문학지의 최근 10호만 검토해 봐도 명백한 일이었다. 그러나 나는 아무 말도 하지 않았다. 거인은 딸을 안아 주고 용서했다. 삶은 계속되었다. *Urget diem nox et dies noctem*(밤은 낮을 밀고, 낮은 밤을 민다). 쥘리앵 소렐은 죽었다.

아르투로 벨라노기 우리 인생에서 완전히 나가 버린 몇 달 뒤, 나는 카스트로베르데 야영장의 수직 동굴 입구로 흘러나온 아우성을 꿈에서 다시 들었다. 세네카의 말처럼 *In se semper armatus Furor*(광기는 항상 스스로를 공격한다). 나는 벌벌 떨면서 깨어났다. 기억하기로는 새벽 4시였다. 침대로 되돌아가는 대신, 서재에서 피오 바로하의 단편「크랙」을 찾았다. 왜 찾는지도 잘 모르는 채. 나는 동이 틀 때까지 그 단편을 두 번 읽었다. 처음에는 잠기운 때문에 아직 머리가 맑지 못해 천천히 읽었다. 두 번째는 대단히 의미심장해 보이거나 끝까지 이해하지 못한 구절들을 다시 보면서 순식간에 읽었다. 눈에 눈물이 맺힌 채 세 번째로 읽으려고 했으나, 졸음이 거인을 제압하여 나는 서재 의자에서 잠이 들었다.

아침 9시에 잠에서 깼을 때는 뼈마디가 온통 욱신거리고 키가 최소한 30센티미터 줄어들었다. 나는 샤워를 하고 돈 피오의 책을 집어 사무실로 갔다. *Nil sine magno vita labore dedit mortalibus*(인생은 힘든 노동 없이는 아무것도 주지 않는 법), 나는 그곳에서 얼마 안 되는 현안들을 처리한 후 아무도 방해하지 말라는 명령을 내리고 또다시「크랙」의 무자비함에 빠져들었다. 읽기를 마쳤을 때, 나는 눈을 감고 인간의 두려움에 대해 생각했다. 나 자신에게 물었다. 어째서 아무도 내려가 아이를 구하지 않았을까? 어째서 아이 할아버지까지 겁을 먹었을까? 아이가 죽은 걸로 간주했다면, 제기랄 어째서 아무도 내려가 아이의 작은 시신을 찾지 않은 걸까? 나는 그 후 책을 덮고, 우리에 갇힌 사자처럼 사무실을 빙빙 돌았다. 더 이상 돌 수 없었을 때 나는 소파에 몸을 던지고 최대한 몸을 웅크리고 눈물이 흐르도록 내버려 두었다. 변호사의 눈물, 시인의 눈물, 거인의 눈물이 모두 펄펄 끓는 마그마 속에서 뒤섞여 위로가 되기는커녕 수직 동굴 입구로, 입을 벌리고 있는 크랙으로 나를 떠밀었다. 흐르는 눈물에도 불구하고(눈물 때문에 사무실 물건들이 흐릿하게 보였다) 크랙은 점점 더 크게 또렷이 보이고, 기분 탓인지 왠지 치아가 없는 입, 치아가 있는 입, 돌덩이 같은 미소, 젊은 여자의 벌어진 질, 땅 밑에서 바라보는 눈과 동일시되었다. 순진한 눈(약간 어두운 색이 도는)이었다. 눈은 자신이 바라보는 동안 다른 눈이 자기를 바라보지 않는다고 믿는다는 사실을 나는 알고 있다. 상당히 황당한 상황이다. 눈이 바라보는 동안, 나 같은 거인이나 전(前) 거인들이 그 눈을 바라보는 것은 피할 수 없는 일이기 때문이다. 얼마나 오래 그러고 있었는지 모르겠다. 그 후 나는 일어나 세면실에 들어가 얼굴을 씻었다. 그리고 비서에게 그날 일정을 모두 취소하라고 말했다.

그 뒤 몇 주 동안 나는 꿈을 꾸듯 보냈다. 평소처럼 모든 것을 잘 처리했다. 그러나 나는 이제 내 거죽 속에 있지 않고 밖에 있었다. *Facies tua computat annos*(얼굴을 보면 나이를 알 수 있다). 나를 바라보고 동정하면서, 가차 없이 자아비판을 하면서, 내 우스꽝스러운 의전, 즉 스스로 아무런 의미도 없는 줄 아는 내 몇 가지 행동거지와 허언들을 비웃으면서.

얼마 안 가 나는 내 모든 야망이 얼마나 부질없는 것인지 깨달았다. 법률의 황금 미로에서 천천히 굴러가던 야망도, 문학의 절벽 가장자리의 가장자리에서 맴돌던 욕망도. *Interdum lacrimae pondera vocis habent*(때로는 눈물이 말과 같은 힘을 발휘한다). 나는 벨라노가 나를 본 첫날부터 내가 최악의 시인이라는 사실을 알았음을 깨달았다.

사랑에는 적어도 나는 아직 쓸모가 있었다. 즉, 아직 발기가 되었다. 그렇지만 욕구는 현격하게 감퇴했다. 섹스를 하기 싫고, 당시 사귀다가(불쌍하고 순진한 여인!) 곧 헤어진 여자의 축 늘어진 몸 위에서 움직이는 것이 싫었다. 나는 점점 낯선 여자들, 바와 밤새 여는 디스코텍에서 구하는 여자들을 선호하기 시작했다. 게다가 적어도 처음에는 이를 과거 거인의 힘을 유감없이 과시하는 것으로 착각하기도 했다. 말하기 좀 그렇지만 어떤 여자들은 내 딸들 또래였을 수도 있다. 이런 사실들은 적지 않은 경우 *In situ*(하는 중에) 알게 되어서 마음이 어지러워지고 정원으로 나가 소리소리 지르고 펄쩍펄쩍 뛰고 싶었다. 다만 이웃에 대한 배려로 그러지 않았을 뿐이다. 어쨌든 *Amor odit inertes*(사랑은 무기력한 이들을 증오해서) 나는 여인들과 자고, 행복하게 해주고(예전에는 젊은 시인들에게 뿌리던 선물을 탈선한 여인들에게 주기 시작했다), 여인들의 행복은 내 불행의 시간을 늦춰 주었다. 즉, 잠이 들어 갈리시아에서 크랙 입구로 새어 나오는 비명 꿈을 꾸는 시간 혹은 그런 꿈을 꾸는 시간을 말이다. 꿈에서 크랙 입구는 맹수의 아가리, 거대한 초록색 입 같았고, 불타는 하늘 아래에서, 적어도 내가 살아 있는 동안에는 발발하지 않은 제3차 세계 대전으로 불에 타고 잿더미가 된 세상에서 고통스럽게 입을 쩍 벌리고 있었다. 어떤 때는 그 늑대가 갈리시아에서 불구가 됐지만, 어떤 때는 늑대의 순교가 바스크, 아스투리아스, 아라곤, 심지어 안달루시아 풍경을 배경으로

하고 있었다. 똑똑히 기억나는데 나는 꿈속에서 문명화된 도시인 바르셀로나로 피신하곤 했다. 그러나 바르셀로나에서도 늑대가 미친 듯이 울부짖어 하늘을 찢어 놓아 도무지 어쩔 도리가 없었다.

누가 늑대를 고문했을까?

이런 질문을 한두 번 되풀이한 것이 아니었다.

내가 지쳐서 침대나 낯선 소파에 무너졌을 때 누가 밤마다 아침마다 그 늑대를 울부짖게 했을까?

나는 말했다. *Insperata accidunt magis saepe quam quae spes*(예기치 않은 일은 생각보다 더 자주 일어난다).

나는 늑대를 울부짖게 만든 그 사람이 거인이라고 생각했다.

한동안 나는 잠도 못 자면서 자려고 노력했다. 한쪽 눈만 감고 잔 꼴이다. 잠의 골목골목으로 들어갔다. 하지만 피나는 노력을 해도 크랙 입구까지밖에 도달하지 못했다. *Nemo in sese tentat descendere*(어느 누구도 자기 내면으로 내려가려고 하지 않는다). 나는 입구에 멈추고 들었다. 심란한 잠에 빠진 내 숨소리, 거리에서 바람에 실려 오는 아련한 소음, 과거로부터 들려오는 나지막한 소리들, 두려움에 휩싸인 야영객들의 의미 없는 말들, 어찌할 바를 몰라 크랙 주변을 빙빙 도는 발걸음 소리, 야영장에서 지원 인력이 도착했음을 알리는 목소리, 아이 어머니의 울음(가끔은 우리 어머니였다!), 알아들을 수 없는 딸의 말, 야간 경비원이 아이를 찾으러 밑으로 내려갔을 때 소형 기요틴 칼날처럼 벽에서 떨어져 나오는 돌멩이 소리를.

어느 날 나는 벨라노를 찾기로 작정했다. 나 자신을

위해, 나 자신의 안녕을 위해 그랬다. 벨라노의 출신 대륙에게는 그렇게도 암울했던 1980년대가 벨라노를 흔적도 없이 집어삼킨 듯했다. 가끔 내 문학지 편집부에 나이나 국적으로 보아 벨라노를 알 수도 있을, 어디 살고 무엇을 하는지 알 수도 있을 시인들이 왔다. 하지만 사실 세월이 가면서 벨라노라는 이름은 지워졌다. *Nihil est annis velocius*(세월보다 빠른 것은 아무것도 없다). 그 이야기를 딸에게 하자, 딸은 바르셀로나 근교 암푸르단 주소와 비난의 눈길을 주었다. 그 주소지 집에는 오래전부터 아무도 살지 않았다. 너무 절망하던 어느 날 밤에는 카스트로베르데 야영장에 전화까지 해보았다. 이미 폐업한 뒤였다.

얼마가 지난 뒤 나는 이성을 잃은 거인과 함께, 크랙에서 밤마다 새어 나오는 아우성과 함께 사는 데 익숙해질 수 있으리라 믿었다. 나는 평화를, 평화가 아니더라도 잠시 즐거움을 (탈선한 여인들 때문에 잠시 뒷전이 된) 사회생활, 문학지의 발전, 내가 갈리시아 이주자이기 때문에 카탈루냐 자치 정부가 늘 인색하게 군 공식적인 영예 획득 등에서 구했다. *Ingrata patria, ne ossa quidem mea habes*(무심한 조국이여, 내 유골조차 보존하지 않는구나). 시인들과의 교류에서, 동료들의 인정에서 평화를 구했다. 그러나 평화를 얻지 못했다. 오히려 외로움과 저항에 직면했다. 자신을 비단 같은 손길로 다루어주기를 원하는 석녀들과(모두 나이 오십 문턱을 넘어섰다!) 조우했다. 카스트로베르데 야영장에서 퇴직 공무원들, 그들답게, 즉 자신들이 어찌할 수 없는 일에 놀라 우왕좌왕하던 갈리시아 사람들답게 나를 바라보고 그저 내게 울고 싶은 마음만 들게 한 그 공무원들과 조우했다. 새로운 잡지들도 창간했지만 항상 골칫거리만 안겨 주었다. 나는 평화를 구했지만 얻지 못한 것이다.

그 무렵 나는 *Periturae parcere chartae*(어차피 사라질 종이를 아끼려고) 돈 피오의 단편을 외울 수 있을 정도가 된 것 같은데, 여전히 아무것도 이해하지 못했다. 언뜻 보아 내 삶은 동일한 벌판에서, 늘 하찮았던 벌판에서 전개되었지만, 나는 내가 파괴의 땅을 걷고 있었음을 알았다.

마침내 나는 치명적인 병에 걸려 사업들을 접었다. 잃어버린 내 정체성을 되찾기 위한 후속 조치로 나는 바르셀로나 상을 받으려고 노력했다. *Contemptu famae contemni virtutes*(명성을 멸시하는 것은 미덕을 멸시하는 일이다). 내 건강 상태를 알고 있던 사람들은 내가 사후 인정이라도 받으려고 그런다고 냉정하게 반대했다. 크랙 가장자리의 귀[耳]가 아니라 나 자신의 모습으로 죽고 싶었던 것뿐인데 말이다. 카탈루냐인들은 그저 자기네 마음에 드는 것만 이해한다.

유언장을 만들었다. 생각만큼 많지 않은 재산을 우리 가족의 여자들과 내가 예뻐한 두 명의 탈선한 여자들에게 배분했다. 내 돈을 거리의 꽃 두 사람과 나누어야 한다는 사실을 알게 될 때의 딸들 표정은 생각하기도 싫다. *Venenum in auro bibitur*(사람은 황금 잔으로 독을 마시게 되는 법). 그러고 나서 나는 어두운 사무실에 앉아 입체 모형을 보듯, 허약한 신체와 강인한 정신이 서로 증오하는 남편과 부인처럼 지나가는 것을 보았다. 또한 강인한 신체와 허약한 정신의 대표적인 다른 한 쌍도

팔짱을 끼고 지나가는 것도 보았다. 두 쌍의 남녀는 시우다델라 공원 같은 곳을(가끔은 주세페 가리발디 광장 부근의 자니콜로 공원과 더 유사했다) 산책하고 있었다. 아주 지쳐서, 그러면서도 암 환자나 전립선 환자의 걸음걸이처럼 지치지 않고. 두 쌍 모두 훌륭한 옷을 걸치고 있고, 일종의 끔찍한 위엄을 발산했다. 강인한 신체와 허약한 정신은 공원 오른쪽에서 왼쪽으로, 허약한 신체와 강인한 정신은 왼쪽에서 오른쪽으로 갔고, 서로 마주칠 때마다 인사를 했지만 멈추지는 않았다. 교양 때문인지, 예전에 산책하다가 얼추 알게 된 사이여서 그랬는지 잘 모르겠다. 나는 생각했다. 제발 말을 해, 말을. 대화를 하라고. 대화 속에 어디로든 통하는 문의 열쇠가 있다고. *Ex abundantia cordis os loquitur*(마음이 풍요로워야 말을 하는 법인 게지). 그러나 그들, 허약한 정신과 강인한 정신은 고개만 숙일 뿐이었다. 암캐처럼 도도한 그녀들, 허약한 신체와 강인한 신체는 눈썹만 숙일 뿐이었다(눈썹은 숙이지 못해. 어느 날 토니 멜리야가 내게 그렇게 말했다. 나 원 참 모르는 소리 하고는. 숙일 수 있는데. 심지어 눈썹은 무릎을 꿇기도 하는데). 별로 와 닿지는 않지만 이런 표현이 어떨지 모르겠다. 허약한 신체와 강인한 정신이 운명의 도가니에, 하지만 어느 산자락에서 슬쩍 사라진 개처럼 달콤한 운명의 도가니에 함께 담겨 있다고.

그 후 나는 바르셀로나의 어느 병원에 입원했다. 그다음에는 뉴욕의 병원에 입원했다. 그다음에는 어느 날 밤 갈리시아인 특유의 내 꼴통 기질이 머리통까지 치밀어 올라, 링거 줄을 떼버리고 옷을 입고 로마로 가서 브리타니코 병원에 입원했다. 그곳에는 내 친구이자, 여가에 시인으로 활동하는 소수의 하나인 클라우디오 팔레르모 리치 박사가 일했다. 그곳에서 수많은 검사와 수모를 겪은 뒤(바르셀로나와 뉴욕에서도 이미 겪었다) 목숨이 얼마 남지 않았다는 선고를 받았다. *Qui fodit foveam, incidet in eam*(구덩이를 파는 사람이 구덩이에 빠진다).

그래서 나는 이곳에 있다. 이제 바르셀로나로 되돌아갈 마음도 없고, 그렇다고 병원에서 아주 나올 용기도 없어서. 매일 밤 옷을 입고 병원을 나서 로마의 달, 아련한 옛날 처음 알게 되어 예찬해 마지않던 이 달 아래에서 산책을 한다. 순진하게도 그 시절이 행복하고 영원하리라 믿었지만 오늘은 오직 치 떨리는 불신의 늪에서 회상하는 그 아련한 시절에 예찬하던 달 아래에서. 내 발길은 어김없이 클라우디아 로를 따라 콜로세움에 이르고, 이어 도무스 아우레아 로를 따라 메체나테 로로 나를 이끈다. 이어 나는 보타 로를 지나 왼편으로 꺾어져서 테르메 디 트라이아노 로를 따라 내려간다. 나는 벌써 지옥에 있다. *Etiam periere ruinae*(폐허마저 사라졌다)! 그러면 나는 크랙 입구에서 바람처럼 휘몰아쳐 나오는 아우성을 듣는다. 맹세하건대 그 언어를 이해하고자 노력하지만, 아무리 해도 안 된다. 요전 날 그 이야기를 클라우디오에게 했다. 의사 양반, 나는 밤마다 산책하러 나가고, 그때마다 환영에 빠지네. 시인 의사가 말했다. 뭐가 보이는데? 내가 대답했다. 아무것도 보이지 않아. 청각적 환영이니까. 예의 그 시칠리아 귀족이 눈에 띄게 안심하면서 묻는다. 뭐가 들리나? 내가 말했다. 아우성. 그가 말했다. 좋아, 아주 심각한 일은 아니네.

자네 상태, 자네 감수성을 감안하면 정상이라고도 할 수 있어. 억지 위로였다.

어쨌든, 이루 말할 수 없이 신경을 써주는 클라우디오에게도 내가 겪는 일을 다 이야기하지는 않는다. *Imperitia confidentiam, eruditio timorem creat*(모르는 게 약이요, 아는 게 병이다). 가령 가족이 현재 내 건강 상태를 모른다는 말은 하지 않았다. 가령 가족이 나를 만나러 오는 것을 단호하게 금지했다는 말은 하지 않았다. 가령 내가 브리타니코 병원이 아니라 조만간 어느 날 밤 트라야누스 공원 한가운데 관목 아래에서 비밀리에 죽게 되리라는 것을 확신한다는 말은 하지 않았다. 나일까? 내 의지가 나를 수풀 우거진 마지막 은신처로 끌고 갈 것인가? 아니면 다른 사람들, 즉 로마의 도둑이나 남창이나 사이코패스가 내 육신, 그들의 범죄 대상이 될 내 육신을 가시덤불에 감추고 불을 붙일 것인가? 어떤 경우든 나는 내가 고대 목욕탕이나 공원에서 죽게 되리라는 것을 안다. 아우성이 도무스 아우레아[15]에서 터져 나와, 잔혹한 먹구름처럼 전 로마로 퍼져 나가는 동안 거인, 혹은 거인의 그림자가 몸을 웅크릴 것임을 안다. 그리고 거인이 이렇게 말하고 속삭이리라는 것을 안다. 여러분 아이를 구하세요. 또 그리고 아무도 거인의 간청을 듣지 않으리라는 것을 안다.

내 시, 즉 숱한 세월 나를 기만하며 내 옆에 있던 그 사악한 여인이 여기까지 온다. *Olet lucernam*(촛불 냄새가 나).[16] 이제 두세 가지 웃기는 이야기를 하는 것이 좋

---

15 네로 황제의 별장.
16 공을 많이 들인 작품이라는 뜻이다.

겠다. 하지만 달랑 하나만 떠오른다. 지금으로서는 다음 이야기와 같은 단 한 가지만. 그것도 우습게도 갈리시아인들의 이야기가. 여러분이 알는지 모르겠다. 한 사람이 길을 가다가 숲을 걷는다. 예컨대 내가 트라야누스 공원이나 트라야누스 목욕탕 같은 곳, 하지만 훨씬 더 광활하고 삼림도 별로 훼손되지 않은 숲을 걷고 있다고 치자. 그 사람이 간다. 즉, 내가 숲을 걷고 있다. 그러다가 길을 걸으며 울고 있는 50만 명의 갈리시아 사람들과 만난다. 그래서 걸음을 멈추고(매너 좋은 거인, 마지막으로 호기심을 보이는 거인이다) 왜 우는지 묻는다. 갈리시아인 한 사람이 걸음을 멈추고 내게 말한다. 우리는 홀로 있고 길을 잃었기 때문이오.

21

1993년 2월, 멕시코시티 알라메다 대로 벤치에 앉아서, 다니엘 그로스만. 오래전부터 노르만 볼스만을 만나지 못했고, 멕시코로 돌아왔을 때 처음 한 일이 그에 대해서, 어디 있는지, 무엇을 하는지 묻는 일이었다. 멕시코 국립 자치 대학에서 강의를 하고, 푸에르토 앙헬[1] 근처에 집을 빌려 오랫동안 머물고 있다고 그의 부모님이 말해 주었다. 노르만은 그 집에서 창작과 사색을 하며 칩거하는데, 거기엔 전화가 없었다. 그 후 나는 다른 친구들에게 전화를 걸어 소식을 묻고 저녁을 같이 했다. 이리하여 클라우디아와는 관계가 완전히 끝나서 이제 노르만이 혼자 산다는 것을 알았다. 어느 날 클라우디아, 노르만, 나 우리 세 사람 전부가 스무 살도 안 되었을 때 알게 된 화가의 집에서 클라우디아를 만났다. 추측건대 문제의 그 화가는 당시 열일곱 살도 되지 않았을 텐데, 우리 모두가 정말 훌륭한 화가가 되리라고 말하곤 했다. 저녁은 아주 맛있었다. 전형적인 멕시코 음식이었는데, 꽤 오래 멕시코를 떠나 있다가 돌아온 나를 위해 준비한 메뉴였

---

[1] 멕시코 오아하카 주 태평양 연안의 항구 도시.

을 것이다. 식사 후에 클라우디아와 나는 테라스로 나가 우리를 초대한 화가 훙을 보고 비웃었다. 클라우디아는 사랑스러웠다. 그녀가 말했다. 이 멍청이가 자신이 팔렌보다 뛰어난 화가가 될 거라고 맹세한 기억 나? 쿠에바스만큼도 되지 못했으면서! 클라우디아가 진지하게 한 말인지는 모르겠다. 클라우디아는 쿠에바스를 전혀 좋아하지 않았기 때문이다. 그러나 클라우디아는 문제의 그 화가 아브라암 만수르와 자주 만났다. 아브라암은 멕시코 예술계에서 저명인사가 되었고, 미국에서 작품이 팔렸다. 그렇다 해도 그렇게도 전도유망했던 그 젊은 화가, 클라우디아와 노르만과 내가 1970년대의 멕시코시티에서 처음 알게 되었을 때 약간 겸양을 발휘하여(아브라암이 우리보다 두세 살 어렸기 때문이다. 그 나이에는 나이 차이가 약간만 나도 크다) 예술가 혹은 예술혼의 화신으로 봤던 그 젊은 화가는 분명 아니었다. 어쨌든 클라우디아는 이미 아브라암을 그렇게 보지 않았다. 나 역시 마찬가지였다. 즉, 우리는 아브라암에게 아무것도 기대하지 않았다. 아브라암은 그저 키가 작고, 아니 땅딸막하고, 친구가 많고 돈이 많은 유대계 멕시코인일 뿐이었다. 멀리 갈 것도 없이 키가 크고 호리호리하고 직장이 없는 유대계 멕시코인인 나와 마찬가지로, 또 절세미인이며 멕시코시티에서 가장 중요한 화랑 훙 보부에서 일하는 유대계 아르헨티나인이자 멕시코인인 클라우디아와 마찬가지로. 모두가 어두운 복도에 처박혀 눈을 부릅뜨고 기다리고 있다. 그러나 괜히 과장해서 말하지는 말지.

나는 적어도 그날 밤은 그 누구도 치켜세우지도 않고

비판하지도 않았다. 그렇게 마음을 써서 나를 저녁 식사에 초대한 화가를 조롱하지도 않았다. 비록 그는 잘난 척하려고, 멕시코 사람들이 이제 멕시코의 일부처럼 말하는 도시들인 댈러스나 샌디에이고 전시회 이야기를 하려고 나를 초대했을지언정. 식사 후 나는 클라우디아와 그녀의 동거인과 동행했다. 클라우디아보다 열 살가량, 어쩌면 열다섯 살쯤 연상으로, 대학생 자식들을 둔 이혼남이자 멕시코에 있는 독일 기업 지사장이었는데, 온갖 것을 걱정하는 사람이었다. 그 사람에 대해서는 클라우디아가 가끔 부르던 애칭조차 기억나지 않는다. 두 사람은 얼마 후 헤어졌다. 클라우디아는 언제나 그랬고 지금도 그래서 어떤 애인도 1년 이상 가지 않는다. 사실 우리는 이야기를 많이 하지 못하고, 속에 있는 말도 하지 못하고, 서로 해야 할 만한 질문도 하지 못했다. 그날 밤 일은 즐겁게 먹은 저녁 식사, 화가 집의 지나치게 큰 거실에 흩어져 있는 그와 몇몇 친구들의 그림들, 미소 짓는 클라우디아의 얼굴, 멕시코시티의 밤거리, 내 신변이 어느 정도 정리될 때까지 머물던 부모님 댁까지의 예상보다 길었던 여정이 기억난다.

그 직후 나는 푸에르토 앙헬로 출발했다. 버스로 갔는데 멕시코시티에서 오아하카까지 가서, 그곳에서 버스를 갈아타고 푸에르토 앙헬까지 갔다. 마침내 목적지에 도착했을 때는 온몸이 쑤시고 침대에 몸을 던져 자고 싶은 마음뿐일 정도로 피곤했다. 노르만의 집은 교외인 라 로마라는 동네에 있었다. 이층집이었는데 1층은 시멘트, 2층은 나무로 지었으며, 지붕에는 홈통이 있고, 부겐빌레아 꽃이 많이 핀 작고 시골스러운 정원이 있었다.

물론 노르만은 내가 오리라는 생각을 하지 못하고 있었다. 그럼에도 그를 만났을 때 나는 노르만이 내 귀국을 반길 유일한 사람이라는 느낌을 받았다. 멕시코시티 공항을 밟았을 때부터 나를 떠나지 않은 낯선 느낌은 버스가 오아하카의 도로로 접어들고, 내가 다시 멕시코에 있으며 상황이 바뀔 거라는 확신에 나를 맡기면서 나도 모르게 희석되기 시작했다. 비록 변화가 일어난다면, 변화가 일어날 때 거의 늘 그렇듯이, 멕시코에서 거의 늘 그렇듯이, 그 변화가 좋은 쪽으로 일어날지 나쁜 쪽으로 일어날지는 알지 못했지만. 그러나 노르만의 환대는 극진해서 우리는 닷새 동안 해변에서 해수욕을 하고, 못에 건 각자의 해먹에 누워(땅바닥에 궁둥이가 닿을 정도로 점점 늘어졌다) 현관 그늘 아래서 책을 읽고, 맥주를 마시고, 라 로마의 절벽 지대를 오래 산책했다. 그 일대에는 해변 옆, 숲의 끄트머리에 문이 잠긴 어부들의 오두막이 많았다. 도둑이 벽에 발길질이라는 손쉬운 방법으로 능히 들어갈 만한 오두막이었다. 즉, 발길질 한 방이면 오두막에 구멍을 내거나 집 전체를 무너뜨릴 수 있을 것 같았다.

그 오두막들의 취약함이 내게 낯선 느낌을 준 것이 한두 번이 아니었다. 지금 생각이기는 하지만 불안정성이나 빈곤 때문이 아닌 짠한 마음이나 운명 같은 느낌이었다. 납득이 잘 안 가겠지만. 노르만은 그 장소를 〈해수욕장〉이라고 불렀지만, 푸에르토 앙헬에서는 황량한 지대라 할 수 있을 그곳에 머무는 동안 나는 해변에서 해수욕을 하는 사람을 아무도 보지 못했다. 그날 나머지 시간을 우리는 이야기를 하면서 보냈다. 특히 정치에 대해, 멕시코 상황에 대해. 우리는 다른 시각에서 그 상황을 보았지만 두 사람 다 똑같이 심각한 상황이라고 생각했다. 이윽고 노르만이 작업실에 틀어박혀 『콜레히오 데 메히코지(誌)』에 실을 생각인 니체에 대한 에세이를 썼다. 현재의 내 시각에서 생각하자면, 우리가 많은 이야기를 나눈 것은 아니라는 생각이 든다. 즉, 우리 스스로에 대해서는 많은 이야기를 나누지 않았다. 아마 나는 어느 날 밤 나에 대해 말했을 것이다. 내가 겪어 온 모험, 이스라엘과 유럽에서의 삶에 대해 아마 노르만에게 이야기했을 것이다. 하지만 우리는 〈이야기하다〉의 의미에 걸맞은 〈이야기〉는 하지 않았다.

엿새째인 일요일 아침 우리는 멕시코시티로 돌아갔다. 월요일에 노르만은 대학에서 강의를 해야 했고, 나는 일자리를 찾아야 했다. 우리는 노르만의 흰색 르노를 타고 푸에르토 앙헬에서 출발했다. 멕시코시티에서는 대중교통을 이용하고 오아하카에 올 때만 사용하는 차였다. 처음에는, 그 엿새 동안 우리가 한 이야기와 같은 이야기를 한 듯하다. 노르만이 새로 읽을 때마다 얼마 후 독일을 지배할 나치즘과의 접점을 발견하는 니체의 『도덕의 계보학』(노르만은 이를 안타까워했다), 날씨, 나는 아쉬울 거라고 말하고 노르만은 내가 곧 잊으리라고 장담한 그해의 계절들, 내가 두고 왔지만 잊지 않고 가끔 엽서를 보낼 생각인 사람들에 대해서. 어느 순간에 노르만이 클라우디아 이야기를 시작했는지 모르겠다. 다만 어떤 식으로든 그러리라고는 예상했기에, 그때부터 즉시 입을 다물고 이야기를 들었다. 나도 이미 아는 일이지만, 두 사람의 관계는 노르만이 대학에서 일하기 시작하고 얼마 뒤에 끝났다고 말했다. 그리고 많은 사람들 생각처럼 이별이 그리 아프지 않았다고 했다. 클라우디아가 어떤지 너도 알잖아. 나는 말했다. 그래, 물론 알지. 이어 노르만은 그때부터 여자들과의 관계가 냉철해졌다고 말했다. 그리고 웃었다. 그의 웃음이 똑똑히 기억난다. 도로에는 차가 한 대도 보이지 않았다. 나무와 산과 하늘만 보이고, 바람을 가르는 르노 차의 소리만 들렸다. 노르만은 여자들과 잔다고, 다시 말해 여자와 자는 것은 아직 좋아한다고 말했다. 그런데 무슨 이유 때문인지 자기도 정확히 이해할 수는 없지만, 여자와의 관계에서 점점 많은 문제를 느끼고 있다고 말했다. 내가 물었다. 어떤 종류의 문제? 노르만이 말했다. 이런저런 문제들. 내가 물었다. 발기가 되지 않아? 노르만이 웃었다. 내가 물었다. 서지 않는 거냐고. 노르만이 말했다. 그건 증상이지 문제가 아니야. 내가 말했다. 대답을 한 셈이네, 발기되지 않는다고. 노르만이 다시 웃었다. 창문이 열려 있어서 바람이 노르만의 머리카락을 헝클어뜨렸다. 그의 피부는 구릿빛이었다. 행복해 보였다. 우리 두 사람은 웃었다. 그가 말했다. 가끔 서지 않아. 그런데 서지 않는다니 무슨 말일까? 가끔 딱딱해지지 않아. 하지만 그건 증상일 뿐이고, 어떤 때는 증상이라고 할 수조차 없어. 어떤 때는 그저 **농담일 뿐**이고. 나는 대답이 빤한 질문이지만, 최근 내내 짝을 찾지 못했는지 물었다. 노르만은 찾았다고, 어떻게 보면 누군가를 찾은 셈이라고 말했다. 하지만 그도 그 여자도 서두르지 않고 냉장고 속에 있는 듯한 관계를 유지하기로 했다고 말했다. 애가 둘 딸린 이혼녀 철학 교수라는데 나는 왠지 그 여자가 못생겼을 거라고, 어쨌든 클라우디아만큼 아름답지 않으리라고 생각했다.

그리고 나서 노르만은 아이들, 일반적인 아이들과 특별히 푸에르토 앙헬의 아이들에 대해서 말하고, 푸에르토 앙헬 아이들에 대해 어떻게 생각하는지 내게 물었다. 사실 나는 우리가 뒤로한 그 마을 아이들에 대해서는 〈전혀〉 생각하지 않았다. 거기서 아이들을 유심히 본 적도 없었다! 그러자 노르만이 나를 바라보며 말했다. 나는 아이들 생각을 할 때마다 몰입이 돼. 그는 그렇게 말했다. 몰입이 된다고. 나는 생각했다. 나 말고 앞이나 잘 보지. 이런 생각도 들었다. 일 나겠어. 하지만 아무 소리 하지 않았다. 조심해서 운전해. 왜 그래, 노르만? 하고 말하지 않은 것이다. 그 대신 나는 나무, 구름, 산, 부드러운 언덕, 북회귀선 지대의 풍경을 바라보았다. 그러는 동안 노르만은 이미 다른 이야기로 넘어갔다. 클라우디아의 꿈 이야기로. 언제냐고? 바로 얼마 전에. 클라우디아가 노르만에게 새벽에 전화해서 꿈 이야기를 해주었다. 확실히 둘은 여전히 아주 좋은 친구 사이였다. 그가 말했다. 그 꿈이 어떤 꿈인지 알아? 내가 말했다. 왜 그래, 친구. 내게 꿈 해몽을 바라는 거야? 노르만이 말했다. 총천연색 꿈, 멀리서 전투가 벌어지고 있는 꿈이야. 전투는 점점 먼 곳으로 옮겨 가고, 그러면서 모든 해몽을 휩쓸고 가버리지. 하지만 노르만이 덧붙여 말했다. 클라우디아는 우리가 갖지 못한 아이들 꿈을 꾼 거야. 내가 말했다. 그게 뭔 소리야. 노르만이 말했다. 그게 꿈의 뜻이었어. 내가 물었다. 점점 먼 곳으로 옮겨 가는 전투가 두 사람이 갖지 못한 아이들이라는 거야? 노르만이 대답했다. 대충 그렇지. 전투를 벌이는 그 실루엣들이 아이들이야. 내가 물었다. 그러면 색깔들은? 노르만이 말했다. 남은 것들이지, 남은 것들의 빌어먹을 추상이라고.

그 얘기에 나는 아브라암 만수르와 그의 추상화가 생각났고, 왜 그런 생각이 들었는지 노르만에게 아브라암 그 머저리가 이류 링에서 싸우고 있다고 말했다(푸에르토 앙헬에 있는 동안 아마 노르만과 그 이야기를 한 것 같다). 아마 화제를 바꾸기 위해서, 아마 무슨 소리를 해도 별로 씨도 먹히지 않을 그 순간에 할 수 있는 유일한 말일 것이기 때문이었다. 지휘봉을 잡은 사람은 노르만이고, 내가 무슨 말을 해도 르노가 텅 빈 도로를 120킬로미터 이상의 속도로 달리고 있다는 그 변하지 않는 진실을 바꿀 수는 없었다. 노르만이 물었다. 아브라암 그림을 보았어? 내가 말했다. 몇 점 보았지. 노르만이 우리가 푸에르토 앙헬에서 이야기한 내용을 모조리 잊어 먹기라도 한 듯 물었다. 어땠는데? 내가 답했다. 좋았어. 노르만이 말했다. 클라우디아는 어떻게 생각했는데. 내가 말했다. 자기 의견을 말하지 않았어. 잠시 이런 식의 이야기가 오갔다. 노르만은 멕시코 회화, 도로 상태, 대학 정책, 꿈 해몽, 푸에르토 앙헬의 아이들, 니체에 대해 말했고, 나는 아주 가끔 한 음절로 그저 개념 파악을 위한 질문만 했다. 사실 그쯤 되면 개념이고 나빌이고, 그서 속히 멕시코시티에 도착해 일평생 오아하카 주에 또다시 발을 들여놓는 일이 없었으면 했지만 말이다.

그때 노르만이 말했다. 울리세스 리마, 울리세스 리마 기억나? 불본 기억이 났다. 어떻게 내가 그를 잊을 수 있으랴. 노르만이 말했다. 최근에 울리세스 리마 생각을 했어. 울리세스 리마 건은 노르만에게는 일개 사건, 게다가 그나마 기분 나쁜 사건에 불과했다는 것을 내가 똑똑히 아는데, 울리세스 리마가 자신의 일상 혹은 자기 인생의 중요한 일부인 것처럼 말하는 것이었다. 이윽고 노르만이 윙크나 동조의 말을 기다리듯 나를 바라보았다. 하지만 나는 이런 말만 했다. 길 조심해, 왜 이렇게 운전하는 거야. 르노가 오른쪽으로 치우쳐서 갓돌을 침범하고 있었기 때문이다. 노르만은 그건 별로 걱정하지 않는 듯했다. 운전대를 휙 틀어 차를 가운데로, 차선 안으로 복귀시켰다. 그러고는 다시 나를 바라보았다. 내가 말했다. 뭐라고? 아, 울리세스 리마 말이군. 기억하지. 텔아비브에서 같이 보낸 날들을. 노르만이 말했다. 이상한 것 깨닫지 못했어? 보통과 다른 것을? 아, 지극히 정상인 노르만! 그래서 내가 말했다. 전부 이상했지! 울리세스는 원래 그랬고, 말은 안 했지만 우리도 울리세스가 그러기를 바랐잖아. 사실 노르만은 그렇게 바라지 않았다. 노르만은 울리세스의 친구가 아니었고, 대개는 이야기를 들어 울리세스를 알고 있었을 뿐이었기 때문이다. 어렸을 때의 우리가 울리세스에 대해 한 이야기들을 듣고. 하지만 클라우디아와 나, 그 무렵 아직도 작가가 될 거라고 믿었던 우리, 차라리 불쌍하다고 할 내장 사실주의자들의 그룹에 속할 수 있다면 모든 것을 다 주었을 우리는 그랬다. 청춘은 사기극이다.

그러자 노르만이 말했다. 내장 사실주의자들 이야기가 아니야. 너 전혀 이해하지 못했네, 멍청이. 내가 말했다. 그러면 무슨 이야기인데? 다행히도 노르만은 나를 그만 쳐다보고 몇 분 동안 도로에만 집중하다 말했다. 삶 이야기야. 우리가 모르는 사이에 잃어버린 삶, 우리가 되찾을 수 있는 삶. 내가 말했다. 무엇을 되찾을 수 있다는 건데? 노르만이 말했다. 우리는 잃어버린 것을 고스란히 되찾을 수 있어. 쉽게 반박이 가능했지만, 나는 그 대신 창문을 내리고, 따스한 바람에 머리가 헝클어지도록 내버려 두었다. 나무들이 기겁할 만한 속도로 지나갔다. 우리가 무엇을 되찾을 수 있을까? 나는 속도가 점점 빨라지든 말든, 도로가 구불구불해지든 말든 상관하지 않고 생각했다. 아마 노르만이 항상 안전하게 운전을 한 데다가, 떠들고, 나를 바라보고, 조수석 사물함에서 담배를 찾아 불을 붙이고, 심지어 가끔씩만 전방을 주시하는 등 그 모든 것을 가속 페달에서 발을 떼지 않고 능히 할 수 있는 사람이기 때문이었을 것이다. 노르만의 말이 들렸다. 우리는 다시 게임을 할 수가 있어. 우리가 원하는 시점에서 말이야. 텔아비브에서 울리세스가 우리와 함께 보낸 나날을 기억해? 내가 대답했다. 물론 기억하고말고. 그가 물었다. 울리세스가 무엇 때문에 텔아비브에 온지 알아? 내가 대답했다. 물론이지. 울리세스 그놈 클라우디아에게 빠져 있었잖아. 노르만이 내 말을 수정했다. 미치도록 빠져 있었지. 할 수 있는 일이 무엇인지도 깨닫지 못했을 정도로. 내가 말했다. 울리세스는 눈곱만큼도 깨닫지 못했지. 사실 죽지 않은 것이 신기해. 노르만이 말했다. 너 잘못 안 거야(사실 이 말을 할 때 노르만은 소리를 질렀다), 잘못 알았어, 잘못 알았다고. 울리세스는 죽고 싶어도 그럴 수가 없었어. 내가 말했다. 음, 울리세스는 클라우디아 때문에 왔었어, 클라우디아를 찾으러 왔었다고. 그런데 아무것도 얻지 못했어.

노르만이 웃으면서 말했다. 그래, 클라우디아 때문에 왔지. 빌어먹을 클라우디아, 그때 진짜 아름다웠는데. 기억나? 내가 말했다. 물론 기억나지. 노르만이 물었다. 울리세스가 우리 집에 있을 때 어디에서 잤는지 기억나? 내가 말했다. 소파에서 잤지. 노르만이 말했다. 빌어먹을 소파에서 잤지! 낭만적 사랑의 장소, 문지방, 그 누구의 땅도 아닌 곳에서. 그러고 나서 노르만은 중얼거렸다. 하지만 너무 작게 말해서 도로를 쏜살같이 질주하는 르노의 소리와 내 팔을 타고 옆얼굴까지 올라오는 바람 소리 때문에 무진 애를 쓴 끝에 무슨 말인지 알아들을 수 있었다. 노르만은 말했다. 우는 밤들도 있었어. 내가 물었다. 뭐라고? 노르만이 말했다. 내가 화장실 가려고 일어났을 때, 흐느끼는 소리를 들은 밤들도 있었어. 내가 말했다. 울리세스가 흐느끼는 소리를? 노르만이 말했다. 그래. 너는 한 번도 듣지 못했어? 내가 말했다. 듣지 못했어. 나는 한번 잠들면 내처 자거든. 노르만이 말했다. 복도 많지. 하지만 노르만이 그 말을 하는 모양새를 보니 이렇게 들렸다. 복도 없지, 친구. 내가 물었다. 왜 울었는데? 노르만이 말했다. 몰라. 한 번도 물어본 적 없거든. 나는 그저 화장실에 갔고, 거실을 지날 때 우는 소리를 들었을 뿐이야. 운 게 아니라 자위를 했을 수도 있어. 내가 들은 그 신음 소리가 쾌락의 소리고. 무슨 말인지 알겠어? 내가 말했다. 응, 대충. 노르만이 말했다. 하지만 자위를 한 것이 아닐 수도 있고. 그렇다고 운 것도 아니고. 내가 물었다. 그러면 뭘 했다는 거야? 노르만이 말했다. 자고 있었을 수도 있어. 울리세스가 꿈을 꾸다가 신음 소리를 낸 것일 수도 있어. 내가 물었다. 꿈을 꾸면서 울었다는 거야? 노르만이 말했다. 너는 한 번도 그런 적 없어? 내가 말했다. 정말 없는데. 노르만이 말했다. 처음 며칠은 겁났어. 그곳 캄캄한 거실에 그대로 서서 소리를 듣는 것이 말이야. 하지만 한번은 그대로 있었고, 단번에 모든 것을 이해했지. 내가 물었다. 네가 이해할 게 뭐가 있다고? 노르만이 말했다. 모든 것을, 그 중에서도 가장 중요한 것을. 그러면서 노르만은 웃었다. 내가 물었다. 울리세스 리마가 꿈꾸는 내용을? 노르만이 말했다. 아니, 아니야. 르노가 덜컹하고 앞으로 튀었다.

세상사는 참 묘하다. 그 덜컹거림이 한 달 후 울리세스와 함께 나타난 오스트리아 거한을 기억나게 했다. 노르만에게 말했다. 울리세스 친구였던 그 오스트리아 놈 기억나? 노르만이 웃으며 말했다. 물론, 기억하고말고. 하지만 그 일과는 상관없어. 텔아비브에 돌아왔을 때, 울리세스는 이미 다른 사람이었어. 사람은 동일하지만 다른 사람이었다고. 더 이상 밤마다 흐느끼지 않고, 울지도 않았어. 내가 예의 주시한 끝에 깨달았어. 어쩌면 울리세스 그 자식이 더 이상 그런 사치를 부리지 못한 것일 수도 있고, 내가 뭘 알겠느냐마는. 노르만이 계속 말했다. 울리세스는 처음 있을 때 그랬어. 혼자 소파에서 잤을 때. 그때 그랬지 그 후가 아니야. 내가 말했다. 그럼, 그랬겠지. 오스트리아 놈과 나타나기 훨씬 전에 그랬겠지. 울리세스가 아무 말도 하지 않은 거야? 노르만이 되물었다. 무슨 말? 내가 말했다. 씹할, 아무 소리나 말이야. 그러자 노르만이 다시 웃으면서 말했다. 울리세스는 아무것도 끝나지 않은 걸 알기에 운 거야, 이스라엘에 다시 돌아와야 한다는 것을 알기에. 영원한

회귀라고? 엿 같은 소리라고! 지금 여기가 중요한데! 내가 말했다. 하지만 클라우디아는 이제 이스라엘에 안 살잖아. 노르만이 말했다. 클라우디아가 사는 곳이 이스라엘이야. 그 어떤 망할 놈의 장소에 살든, 그곳 이름이 멕시코, 이스라엘, 프랑스, 미국, 지구 등등 무엇이든 말이야. 내가 말했다. 내가 제대로 이해한 것인지 모르겠네. 울리세스는 클라우디아와 네 관계가 깨질 것이라는 것을 알고 있었다는 거지? 그리고 깨지고 나면 다시 시도할 생각이었다는 거지? 노르만이 말했다. 전혀 이해를 못 했네! 이 사안에 관한 한 나는 아무 상관도 없어. 클라우디아도 아무 상관이 없고. 심지어 울리세스 그놈도 어떤 때는 아무 상관 없어. 그 흐느낌만 상관이 있다고. 내가 말했다. 그렇다면 무슨 말인지 모르겠어, 모르겠다고.

그러자 노르만이 나를 바라보았다. 맹세컨대 나는 그 얼굴에서 열대여섯 살 때의 노르만 얼굴, 우리가 고등학교에서 처음 만났을 때의 노르만 얼굴을 보았다. 지금보다 훨씬 말랐고 새처럼 생긴 얼굴에 훨씬 더 긴 머리카락, 초롱초롱 빛나던 눈, 순식간에 사람을 홀리는 미소, 짓는 둥 마는 둥 한 미소. 바로 그 순간 트럭이 우리를 덮쳤고, 노르만이 피하려고 했지만, 우리는 차 밖으로 날아갔다. 노르만이 날고, 내가 날고, 유리창이 날았다. 그리고 우리 모두 갈 곳으로 갔다.

깨어났을 때 나는 푸에블라의 한 병원에 있었고, 부모님인지 부모님의 그림자였는지가 병실 벽에서 움직였

---

2 Cuauhtémoc Cárdenas(1934~). 멕시코의 정치인. 멕시코시티 시장을 역임했고 민주혁명당(PRD)의 창건자이기도 하다.

다. 그 후 클라우디아가 와서 내 이마에 입을 맞췄다. 사람들 이야기로는 그녀가 내 침대 옆에 앉아서 여러 시간을 보냈다고 한다. 며칠 뒤 노르만이 죽었다는 이야기를 들었다. 나는 한 달 반이 지나서야 퇴원할 수 있었고, 부모님 집으로 갔다. 가끔 알지도 못하는 친척들과 잊어버렸던 친구들이 병문안을 왔다. 그들이 귀찮지는 않았지만 혼자 살기로 결정했다. 콜로니아 안수레스에 욕실, 부엌, 방 하나가 있는 작은 집을 구하고, 멕시코시티를 점점 멀리까지 산책했다. 다리를 절고 가끔 길을 잃기도 했지만 도움이 된 산책이었다. 어느 날 아침 나는 일자리를 구하기 시작했다. 내가 충분히 건강해질 때까지 도와주겠다고 부모님이 약속했기 때문에 그럴 필요는 없었지만 말이다. 나는 대학에 가서 노르만의 동료 두 사람과 이야기했다. 내가 그곳에 나타나서 어리둥절했지만, 이윽고 노르만이 자신들이 아는 가장 완벽한 사람 중 하나라고 말했다. 두 사람은 철학 교수이고, 둘 다 쿠아우테목 카르데나스[2]를 지지했다. 노르만은 카르데나스를 어떻게 생각했는지 그들에게 물어보았다. 그들이 말했다. 노르만도 우리 모두와 마찬가지로 나름대로 그의 편이었소. 그때 알았지만 사실 내가 찾아다닌 것은 노르만의 정치 성향이 아니라 다른 것이었다. 하지만 그게 무엇인지 나 스스로도 또렷하게 포착하지 못했다. 클라우디아와 저녁을 두 번 같이 먹었다. 노르만 이야기를 하고 싶었고, 노르만과 내가 푸에르토 앙헬에서 돌아오면서 나눈 이야기를 해주고 싶었다. 하지만 클라우디아가 그 이야기를 하면 슬퍼진다고 말했다. 또 넛붙였다. 병원에 있을 때 너는 노르만과의 마지막 대화만 되풀이 말했어. 내가 물었다. 내가 무슨 이야기를 했는데? 클라우디아가 말했다. 의식이 혼미해 헛소리를 하는 모든 사람들이 하는 말. 가끔은 풍경에 관한 두어 마디 말을 계속하고, 또 가끔은 하던 이야기를 확확 바꿔 무슨 말인지 알아들을 수 없었어.

내가 아무리 졸라도 명확한 이야기는 끄집어내지 못했다. 어느 날 밤 자는데 노르만이 나타나 안심하라고, 자신은 잘 있다고 말했다. 꿈에서였는지 아니면 소리를 지르며 깨어나면서였는지, 나는 노르만이 멕시코의 하늘나라에 있다고 생각했다. 유대인들의 하늘나라도 아니고, 철학의 하늘나라 마르크스주의자들의 하늘나라는 더더군다나 아닌. 하지만 도대체 멕시코의 하늘나라가 어떤 것일까? 가장된 즐거움이나 즐거움 뒤에 있는 것? 공허한 몸짓이나 공허한 몸짓 뒤에 (생존을 위해) 숨어 있는 것? 얼마 후 나는 광고 대행사에서 일하기 시작했다. 어느 날 밤 취한 상태에서 바르셀로나의 아르투로 벨라노에게 전화를 시도했다. 내가 가진 번호로 걸었더니, 그런 이름의 사람은 살지 않는다고 대답했다. 아르투로의 친구 뮐러와 통화를 하니, 그가 이탈리아에 산다고 말해 주었다. 내가 물었다. 이탈리아에서 뭘 하는데? 뮐러가 말했다. 몰라. 일하겠지. 나는 전화를 끊고 멕시코시티에 있는 울리세스 리마를 찾기 시작했다. 그를 찾아내 노르만이 마지막 대화에서 하려고 한 말이 무엇인지 물어봐야 한다는 것을 깨달았다. 하지만 멕시코시티에서 사람 찾기는 어려운 과업이다.

몇 달 동안 이곳저곳을 돌아다니고, 지하철과 만원 버스를 타고, 알지도 못하고 알고 싶지도 않은 사람들에게 전화를 걸어 보고, 그러다가 세 번 강도를 만났다. 처음에는 그 누구도 울리세스 리마에 대해 아무것도 모르거나 아무것도 알고 싶어 하지 않았다. 몇 사람은 그가 알코올과 마약 중독자가 되었다고 말했다. 가장 가까운 친구들마저 멀리하는 난폭한 작자가 되었다고. 몇 사람은 울리세스의 부인이 일본인 혹은 멕시코시티에 중국 식당 체인을 소유한 중국인들의 유일한 상속자라고 말했다. 모두 모호하고 유감스러운 이야기였다.

어느 날 한 파티에서 사람들이 울리세스와 한동안 같이 산 여자를 소개해 주었다. 중국인 여인 말고 그 전에 같이 살던 여인이었다.

그녀는 마른 몸매에 강인한 눈길이었다. 그녀의 친구들이 코카인을 코로 흡입하는 동안 우리는 한쪽 구석에 서서 잠시 이야기를 나눴다. 그녀는 아들이 하나 있는데 다른 남자의 아이라고 말했다. 그러나 아이에게는 울리세스가 아버지 같았다는 것이다.

내가 말했다. 당신 아들에게 아버지 같았다고요? 그녀가 말했다. 그런 셈이었어요. 아들에게도 내게도 아버지 같았죠. 나를 놀리나 싶어 그녀를 찬찬히 바라보았다. 두 눈 외에는 의지할 데 없는 여인이라는 사실을 온몸으로 발산했다.

그 후 그녀는 마약 이야기를 했다. 내 생각에는 그것이 그녀에게는 언급할 가치가 있는 유일한 일이었다. 나는 울리세스가 약을 하는지 물었다. 그녀가 대답했다. 처음에는 하지 않고 팔기만 했어요. 하지만 나와 함께 하기 시작했죠. 나는 울리세스가 글을 쓰는지 물어보았다. 내 말을 듣지 못했거나 아니면 대답을 하기 싫었던 것 같다. 나는 어디 가면 울리세스를 만날 수 있는지 물었다. 그녀가 말했다. 나도 몰라요. 아마 죽었을 거예요.

그제야 나는 그 여자가 아프다는 것을, 어쩌면 많이 아프다는 것을 깨달았다. 나는 무슨 말을 더 해야 할지 몰랐다. 뒤돌아서서 그녀를 잊어버렸으면 하는 마음뿐이었다. 그러나 나는 아침이 되어 파티가 끝날 때까지 그녀 곁에 있었다(혹은 그녀와 오래 같이 있는 것이 견딜 수 없어 근처에만 있었다). 그리고 나서도 우리는 같이 파티 장소를 나와 제일 가까운 지하철 역 쪽으로 한동안 같이 걸었다. 우리는 타쿠바야 역에서 지하철을 탔다. 그 시각의 지하철 이용자들은 전부 아픈 사람 같았다. 그녀와 나는 각각 다른 방향으로 지하철을 탔다.

1976년 1월, 멕시코시티 종교 재판소 근처 레푸블리카 데 베네수엘라 가, 아마데오 살바티에라. 우리는 한동안 침묵에 빠져 있었다. 젊은이들도 피곤해 보이고 나도 피곤했다. 갑자기 하나가 물었다. 엔카르나시온 구스만은 어떻게 되었나요? 마지막에나 들었으면 하는 질문이었지만, 계속 대화를 나누게 해준 유일한 질문이기도 했다. 나는 뜸을 들이다가 대답했다. 아니 어쩌면 처음에는 술 취한 늙은이들이 보통 그러듯 텔레파시로 대답을 했지만, 알아듣지 못해서 이윽고 내 큰 입을 열어 말했다. 아무 일도 없었네, 젊은이들. 아무 일도 없었어. 파블리토 레스카노와 내가 그렇고, 마누엘이 그렇듯이. 삶은 우리 모두를 우리 자리 혹은 적당한 자리에 두고 당연히 우리를 잊어버렸다. 엔카르나시온은 결혼을 했다. 성인

3 멕시코 전통 음악을 연주하는 유랑 악사.

처럼 살기에는 너무 아름다웠다기에. 어느 날 오후 엔카르나시온이 우리가 모여 있는 카페에 나타나 결혼식에 전부 초대해서 우리는 놀랐다. 어쩌면 초대는 장난이고 사실 그냥 뻐기러 온 것뿐일지도 모른다. 물론 우리는 축하를 해줬다. 그녀에게 그렇게 말했다. 엔카르나시온, 정말 축하해. 정말 좋은 소식이야. 그래 놓고 우리는 엔카르나시온의 결혼식에 가지 않았다. 간 사람도 있겠지만. 엔카르나시온 구스만 아레돈도의 결혼이 세사레아에게 어떤 영향을 끼쳤느냐고? 추측건대 나쁜 영향을 끼쳤을 것이다. 비록 세사레아와 관련된 일인 경우 나쁜 일이라 해봐야 어느 정도까지 나쁜 일일지 혹은 훨씬 더 나쁜 일이 될지 결코 알 수 없었지만. 하지만 세사레아에게 전혀 좋은 일이 아니었다는 것은 의심의 여지가 없다. 그 무렵 우리는 미처 깨닫지 못하는 사이에, 되돌릴 방법도 없이 벼랑으로 미끄러지고 있었다. 아니 어쩌면 벼랑이라는 말은 너무 심한 말일 수도 있다. 그 무렵 우리는 모두 언덕 아래로 미끄러지고 있었다. 아무도 다시 올라가려 하지 않았다. 어쩌면 마누엘은 나름대로 시도했을지도 모르지만, 그 외에는 아무도. 내가 젊은이들에게 말했다. 삶은 참 엿 같지. 안 그런가, 젊은이들? 그들이 말했다. 그런 것 같네요, 아마데오. 그때 파블리토 레스카노가 생각났다. 그도 얼마 후 결혼했는데, 난 가톨릭 식이 아니었던 그 결혼식에는 참석했다. 파블리토의 장인이 주최한 연회, 내 기억에 아르코스 데 벨렌 방향의 델리시아스 가에 있었지만 지금은 사라진 저택이 떠나갈 듯 시끌벅적한 연회, 미리아치 밴드[3]가 있고 파티의 시작과 끝에 연설이 곁들여진 그 연회가 기억났다. 파블리토 레스카노가 보였다. 이마에 땀이 번들번들한 채 신부에게, 그리고 그때부터 자기 가족이 된 신부의 가족에게 바치는 시를 읽는 모습이. 파블리토 레스카노는 시를 읽기 전에 나와 내 옆에 있던 세사레아를 바라보고 눈을 찡긋했는데 마치 이렇게 이야기하는 것 같았다. 어이 친구들, 의기소침해하지 말게나. 그대들은 늘 내 진정한 가족, 비밀스러운 가족일 테니까. 물론 내 해석이 틀릴지도 모른다. 파블리토 레스카노의 결혼식 며칠 뒤에, 세사레아는 완전히 멕시코시티를 떠났다. 어느 날 오후 세사레아와 나는 극장 출구에서 우연히 만났다. 이런 것이야말로 진짜 우연이지, 안 그런가? 나도 혼자 극장에 갔고, 세사레아도 마찬가지였다. 우리는 같이 걸으면서 영화 이야기를 했다. 무슨 영화였냐고? 젊은이들, 기억이 나지 않네. 찰리 채플린 영화였으면 좋겠지만 정말 기억이 나지 않아. 그 영화가 우리 마음에 들었던 것은 사실이다. 그건 맞다. 영화관이 알라메다 대로 변에 있었던 것도 기억난다. 그래서 세사레아와 나는 먼저 알라메다 대로를 따라 걷다가 시내 쪽으로 향했다. 그러던 중 세사레아에에 어떻게 사는지 물어보았고, 그녀가 멕시코시티를 떠날 거라고 이야기한 기억이 난다. 그 후 우리는 파블리토의 결혼식 이야기를 했고, 이야기 중에 엔카르나시온 구스만 이야기가 튀어나왔다. 세사레아는 그녀의 결혼식에 갔었다. 나는 딱히 할 말도 없고 해서 결혼식이 어땠는지 물었고, 세사레아는 아주 아름답고 감동적이었다고 말했다. 내가 한마디 덧붙였다. 결혼식이 다 그렇듯 슬펐겠지. 세사레아가 말했다. 안 그랬어. 이 이야기를 젊은이들에게 했더니 하나가 말했다. 아마데오, 결혼식이 슬프다니요. 즐겁죠. 사실 나는 엔카르나시온 구스만 말고 세사레아 이야기를 하고 싶었다. 내가 세사레아에게 물었다. 당신 잡지는 어쩔 건데? 내장 사실주의는 어떻게 되는 거고? 그 질문에 세사레아가 웃었다. 젊은이들에게 말했다. 나는 세사레아의 웃음을 기억해. 멕시코시티에 어둠이 깔리고 세사레아는 유령처럼, 투명해지기 직전의 투명 인간처럼 웃었다. 내 영혼을 작아지게 한 웃음, 세사레아 옆에서 달아나라고 재촉하는 동시에 아무 데도 달아날 곳이 없다는 확신을 준 웃음이었다. 그때 어디로 갈 것인지 물어볼 생각을 했다. 그러면서 생각했다. 말해 주지 않을 거야. 세사레아는 그런 사람이니까. 내가 알기를 원하지 않을 거야. 하지만 세사레아는 대답했다. 소노라로 갈 거야. 자신의 고향으로 간다는 말이었다. 세사레아는 그 말을 너무나 자연스럽게 했다. 몇 시인지 말하듯 혹은 아침 인사 하듯이. 내가 물었다. 하지만 왜, 세사레아? 지금 떠나면, 당신 문학 경력을 망치는 것 몰라? 소노라가 문화적으로 얼마나 황무지인지 몰라? 그곳에서 뭘 하려고? 이런 종류의 질문들이었다. 젊은이들, 그건 무슨 말을 해야 할지 모를 때 하는 질문들이지. 나는 세사레아에게 말했다. 당신 미쳤어? 머리가 어떻게 된 거야, 세사레아? 이곳이 일이 있고, 친구가 있고, 마누엘이 당신을 높이 평가하고, 내가 당신을 높이 평가하고, 헤르만과 아르켈레스가 당신을 높이 평가하고, 장군은 당신 없으면 아무것도 하지 못할 텐데. 당신은 몸도 영혼도 반골주의자야. 우리를 도와 에스트리덴토폴리스를 만들어야지. 그러자 세사레아는 아주 재미는 있지만 자신도 이미 아는 농담이라는 듯이 미소를 지었다. 그리고 일주일 전에 직장을 그만두었고, 게다가 자신은 내장 사실주의자이지 한 번도 반골주의자였던 적이 없었다고 말했다. 내가 세사레아에게 말했나 소리쳤나 했다. 나도 마찬가지야. 우리 모든 멕시코 시인은 반골주의자라기보다는 내장 사실주의자라고. 하지만 뭐가 중요하겠어. 반골주의와 내장 사실주의는 우리가 정말로 이르고 싶은 곳에 이르기 위한 두 개의 가면일 뿐인데. 세사레아가 물었다. 우리가 어디에 이르고 싶어 하는데? 내가 말했다. 현대성이지, 그 빌어먹을 현대성에 이르고 싶은 거잖아. 그리고 그때, 바로 그때서야 나는 진짜 우리 장군님 일을 그만두었는지 물었다. 세사레아는 물론 사실이라고 말했다. 내가 물었다. 우리 장군님이 뭐라고 했어? 세사레아가 웃으며 말했다. 길길이 날뛰었어. 내가 물었다. 그리고? 세사레아가 말했다. 그게 다야. 내가 진지하게 이야기한다고 생각하지 않아. 장군이 내가 돌아올 거라고 생각한다면 제발 앉아서 기다려야 할 텐데. 아니면 힘들 테니까.

내가 말했다. 불쌍한 사람. 세사레아가 웃었다. 내가 물었다. 소노라에 친척이 있어? 그녀가 말했다. 아니, 없는 것 같아. 내가 물었다. 그러면 어쩔 건데? 세사레아가 말했다. 일자리와 살 곳을 찾아야지 뭐. 내가 물었다. 그게 다야? 세사레아, 이 아가씨야, 그게 당신을 기다리는 미래의 전부야? 물론 이 아가씨야라는 말은 입 밖에 내지 않고 그저 머릿속으로만 생각한 것일 수도 있다. 세사레아는 잠시 나를 흘낏 바라보고, 살 곳과 일할 곳을 찾는 것은 모든 인간의 공통적인 미래라고 말했다. 세사레아가 말했다. 결국 당신은 반동주의자일 뿐이야(하지만 이 말을 하는 어조는 다정했다). 우리는 이렇게 한동안 계속 말했다. 논쟁을 하는 것 같지만 사실은 아무런 논쟁도 하지 않은 채. 서로 비판을 하는 것 같지만 사실은 아무런 비판도 하지 않은 채. 나는 갑자기 소노라의 세사레아 모습을 상상하려고 했다. 우리가 영원히 헤어지게 될 거리에 도착하기 직전의 일이었다. 소노라의 그녀를 상상하려 했으나 허사였다. 나는 젊은이들에게 말했다. 그때 사막, 아니면 당시 내가 사막이라고 상상하던 것을 보았네. 나는 한 번도 사막에 간 적이 없으니까. 세월이 흐르면서 영화나 텔레비전에서 사막을 보기는 했지만 한 번도 간 적은 없는 데 말일세. 아무튼 나는 사막에서 끝없는 띠를 따라 움직이는 점 하나를 보았다. 그 점은 세사레아이고, 띠는 이름 없는 도시나 마을로 이어지는 도로였다. 그래서 나는 우수에 젖은 독수리처럼 바위에 내려앉았다. 아니 내 고통스러운 상상을 바위 위에 앉혔다고 해야 할까. 걸어가는 세사레아가 보이는데, 이미 내가 아는 그 세사레아가 아니라 소노라 사막의 태양 아래 검은 옷을 입은 다른 여인, 뚱뚱한 인디오 여인이었다. 나는 세사레아에게 말했다. 아니 말하려고 했다. 안녕, 세사레아 티나헤로, 내장 사실주의자들의 어머니여. 하지만 측은하게 웃짖는 소리만 나왔다. 나는 세사레아에게 말하려고 했다. 잘 가게나, 친구. 파블리토 레스카노와 마누엘 마플레스 아르세가 안부를 전하네, 아르켈레스 벨라와 냉철한 리스트 아르수비데가 안부를 전하네, 엔카르나시온 구스만과 우리 장군님 디에고 카르바할이 안부를 전하네. 하지만 나는 심장

마비가 온 사람처럼 꾸르륵 소리만 냈다. 아니 불길한 단어이니 천식 발작을 일으킨 사람으로 해두지. 그 직후 나는 세사레아를, 그녀답게 너무나 단호하고 주저 없이 용감하게 내 옆에서 걷고 있는 세사레아를 또다시 보았다. 나는 말했다. 세사레아, 잘 생각해 봐. 바보 미치광이처럼 굴지 말고 앞가림을 잘하라고. 세사레아는 웃으면서 말했다. 아마데오, 내 일은 내가 알아서 해. 그 후 우리는 정치 이야기를 했다. 비록 세사레아는 마치 정치와 그녀가 같이 미쳐 버렸다는 듯이 날이 갈수록 정치에 시큰둥했지만, 원래는 정치 이야기를 즐겼다. 세사레아는 정치에 대해 특이한 생각을 지녔다. 예를 들어 멕시코 혁명은 22세기에 일어날 것이라고 말하고는 했다. 아무에게도 위안이 되지 않는 망발이지, 그렇지 않은가? 우리는 또한 문학, 시, 멕시코시티의 최근 일들, 문학 살롱발(發) 험담, 살바도르 노보가 집필 중인 작품들, 투우사나 정치가나 코러스 걸들 이야기를 했다. 전술적으로 깊이 들어가지 않거나 들어갈 수 없는 화제들이었다. 그 후 세사레아는 마치 잊어버린 중요한 일이 생각났다는 듯 제자리에 서서 가만있다가 미간을 찌푸리며 땅바닥 혹은 보이지도 않는 그 시각의 통행인들을 쳐다보았다. 나는 두 젊은이들에게 말했다. 젊은이들, 그 후 세사레아가 나를 쳐다보았지. 처음에는 나를 보지 않다가, 나중에는 나를 보면서. 그리고 미소를 짓더니 내게 말하는 거야. 잘 가, 아마데오. 그것이 살아 있는 세사레아 모습을 본 마지막이었어. 그것으로 다 끝났고.

22

1994년 6월, 카탈루냐 칼레야 데 마르 조제프 타라데야스가, 수사나 푸익. 아르투로 벨라노가 내게 전화를 했다. 그와 통화하는 건 무척 오랜만이었다. 그가 말했다. 모 해변에 모일 모시에 가줘야겠어. 내가 물었다. 무슨 말이야? 그가 말했다. 가줘야 해, 가줘야 한다고. 내가 말했다. 당신 미쳤어? 취했어? 그가 말했다. 부탁이야, 기다릴게. 그는 다시 한 번 해변 이름과 나를 기다릴 날짜와 시간을 말했다. 내가 말했다. 우리 집에 올 수 없어? 진짜 당신이 원하는 것이 무엇인지 집에서 차분하게 이야기할 수 있지 않겠어? 그가 말했다. 말하기 싫어. 이제는 말하기 싫어. 다 끝났어. 말해 무슨 소용 있겠어. 나는 전화를 끊고 싶었으나 그러지 않았다. 나는 막 저녁을 먹고 텔레비전 영화를 보고 있었다. 프랑스 영화였는데 감독 이름도 배우들 이름도 기억나지 않는다. 약간 히스테릭한 여자 가수와 이상하게도 그녀가 사랑에 빠진 어느 한심한 남자에 대한 영화라는 것만 기억난다. 늘 그렇듯이 나는 소리를 아주 낮게 해놓았는데, 그와 이야기하는 동안에도 텔레비전에서 눈을 떼지 않았다.

여러 개의 방, 여러 개의 창, 그 영화에서 무슨 역을 하는지 잘 모르겠는 사람들의 얼굴들이 나왔다. 식탁은 치웠고 소파에는 책이 한 권 있었다. 그날 밤 영화가 지겨우면 침대에 들어 읽으려고 생각한 소설이었다. 아르투로가 말했다. 올 거야? 내가 물었다. 뭣하러? 하지만 사실 나는 다른 생각을 하고 있었다. 여가수의 집요함에 대한 생각, 증오 때문에 하염없이 흘리는 그녀의 눈물에 대한 생각 등을. 그런데 이 마지막 말은 말이 되는지 모르겠다. 증오심을 가지고 우는 것은 어려운 일이다. 누군가를 너무나 증오해서 막달레나처럼 울기는 어려운 일이다. 아르투로가 말했다. 나를 볼 수 있도록. 그가 집요하게 말했다. 마지막으로, 마지막으로 말이야. 나는 물었다. 아직 전화받고 있는 거야? 잠시 나는 그가 전화를 끊은 줄 알았던 것이다. 처음이 아닐 것이다. 틀림없이 공중전화로 내게 여러 차례 전화를 걸었을 것이다. 아주 눈에 훤하다. 내가 사는 마을에서 기차로는 20분, 차로는 10분 떨어진 자기 마을의 파세오 마리티모에 있는 공중전화로. 그날 밤 왜 거리(距離) 생각을 했는지 모르겠다. 차 소리가 들리는 것을 보니 그가 전화를 끊었을 리가 없다. 내가 창문을 제대로 닫지 않아서 우리 동네에서 들리는 소리가 아니라면. 내가 물었다. 아직 전화받는 거야? 그가 말했다. 그래. 올 거야? 지긋지긋했다! 내가 말했다. 이야기할 것도 아니면 왜 나더러 오라는 거야? 우리가 더 이상 할 이야기가 없다면 왜 오라는 건데? 그가 말했다. 사실 나도 잘 몰라. 내가 돌아 버리고 있는가 봐. 나도 같은 생각을 했지만 입 밖에 내지는 않

1 말초성 진통제인 메타미졸의 일종.

앉다. 내가 물었다. 아들은 봤어? 그가 답했다. 응. 내가 물었다. 잘 지내? 그가 말했다. 아주 잘 지내. 아주 예쁘고, 하루가 다르게 크고 있어. 내가 물었다. 당신 전 부인은? 그가 말했다. 아주 잘 있어. 내가 물었다. 왜 다시 부인과 만나지 않는 건데? 그가 말했다. 멍청한 질문 하지마. 내가 말했다. 우정 차원에서 만나라고. 전 부인의 보살핌을 좀 받을 수 있도록. 이 마지막 말이 우스웠는지 웃는 소리가 들렸다. 이어 그는 자기 부인이(전 부인이라고 하지 않고 부인이라고 말했다) 여전히 아주 잘 지내고 있는데, 훼방 놓으면 되겠느냐고 말했다. 내가 말했다. 당신은 너무 여려. 그가 말했다. 내 가슴을 찢어 놓은 사람은 그 여자가 아니야. 어쩜 그렇게 유치한지! 어쩜 그렇게 감상적인지! 나는 물론 그 이야기를 훤히 알고 있었다.

아르투로는 사흘째 밤에 내게 혈관에 놀로틸[1]을 놔달라고 애원하면서 그 이야기를 했다. 그는 그렇게, 즉 〈정맥에〉라고 하지 않고 〈혈관에〉라고 말했는데 그건 같으면서도 다르다. 나는 물론 주사를 놔주고 말했다. 자, 이제 주무세요. 하지만 늘 우리는 이야기를 계속했다. 그는 매일 밤 내게 좀 더 이야기를 해주었고, 마침내 모든 이야기를 다 해주었다. 그때는 슬픈 이야기 같았다. 이야기 자체가 슬프다는 것이 아니라 그가 이야기하는 방식이. 그가 얼마나 병원에 있었는지 지금은 기억하지 못한다. 열흘이나 열이틀 정도. 내가 기억하는 것은 우리 사이에 아무 일도 없었다는 점이다. 가끔은 우리가 아마 여느 환자와 간호사 관계보다 더 강렬하게 서로 바라보았겠지만 그뿐이었다. 나는 그 직전에 인턴 의사와 관계를(애인 사이라고 할 것까지는 없었다) 끝냈기에, 말하자면 상황은 딱이었어도 아르투로와는 아무 일 없었다. 아르투로가 퇴원하고 보름 뒤에 당직을 서다가 어느 병실에 들어갔는데 거기서 또다시 그를 발견했다. 마치 뭐에 홀린 것 같았다! 나는 살그머니 침대로 다가가 가까이서 그를 보았다. 아르투로가 맞았다. 나는 그의 진료 기록을 찾았다. 비강 영양 튜브를 꽂지는 않았지만 췌장염이었다. 다시 병실로 돌아왔을 때(같은 방 환자가 간경변으로 죽어 가고 있어서 지속적인 점검이 필요했다), 아르투로가 눈을 뜨더니 인사를 건넸다. 잘 지냈어, 수사나. 그는 손을 내밀었다. 나는 왠지 악수만으로는 성에 차지 않아 몸을 굽혀 그에게 볼 키스를 했다. 다음 날 아침 같은 방 환자가 사망해서 그 병실을 다시 찾았을 때 아르투로는 병실 전체를 혼자 쓰고 있었다. 그날 밤 우리는 사랑을 나누었다. 그가 아직 좀 쇠약하고, 관을 통해서만 영양을 섭취하고, 아직 췌장이 낫지 않았는데도 우리는 했다. 비록 나중에 내가 경솔했다고, 거의 범죄 수준의 경솔함이었다는 생각이 들었지만, 사실 병원에서 그렇게 행복해 본 적은 처음이었다. 아마 간호사 채용이 되었을 때 그런 느낌이었던 것 같은데, 그건 다른 종류의 행복일 뿐, 아르투로와 사랑을 나누었을 때 느낀 행복에 비할 바가 아니었다. 물론 나는 그가 결혼을 했고 아들이 있다는 사실을 이미 알고 있었다(처음 입원했을 때 그가 이야기해 주었다). 비록 부인이 병원을 찾아온다는 사실은 전혀 몰랐지만. 그가 주로 다른 이야기, 특히 그의 〈가슴을 찢어 놓은 일〉, 자신은 아무것도 느끼지 못하지만 통속적이기까지 한 그 이야기를 해주었기 때문이다.

누구라도(더 경험이 많은 여자, 더 현실적인 여자라면) 우리 관계가 오래가지 않으리라는 것을, 기껏해야 그가 입원해 있는 동안 그때뿐이리라는 것을 알았을 것이다. 하지만 나는 꿈을 꾸었고, 우리를 가로막는 어떤 장벽도 고려하지 않았다. 처음으로(그리고 유일하게) 그렇게 나이 많은 사람과(나보다 열여섯 살 연상이었다) 침대에 들었지만 나는 전혀 상관하지 않았다. 오히려 좋았다. 아르투로는 침대에서 세심하고 섬세하면서도 가끔은 야수 같았다. 뭐 말한다고 해서 창피할 것도 없다. 비록 날이 갈수록, 또 병원이 그의 기억에서 묽어질수록 그의 멍한 태도가 점점 두드러지기 시작하고, 나를 방문하는 횟수도 점점 줄어들었지만. 앞서 말한 대로 그는 우리 마을과 비슷한 해안 마을에 살았는데, 기차로는 20분, 차로는 15분밖에 걸리지 않았다. 어떤 날 밤은 집에 나타나 다음 날 아침까지 가지 않았고, 어떤 날 밤은 내가 운전을 해서 내처 그의 마을로 갔다. 그건 마치 늑대 입으로 들어가는 꼴이었는데, 한 번도 입 밖에 내지는 않았어도 아르투로는 누가 찾아오는 것을 좋아하지 않았기 때문이다. 그는 마을 한가운데 있는 건물에 살았다. 건물 뒤편이 마을 극장과 붙어 있어서 공포 영화가 상영되거나 영화 음악이 아주 크게 울릴 경우에는 부엌에서 비명 소리나 음악의 고음 부분을 들을 수 있었다. 또한 대충, 특히 본 적 있는 영화인 경우에는 어느 부분인지, 암살자를 발견했는지 아닌지, 끝날 때까지 얼마나 남았는지 알 수 있었다.

마지막 상영이 끝나면, 집 안은 깊은 침묵에 빠져 건

물 전체가 갑자기 광산 갱도에 빠진 것 같았다. 다만 그 갱도는 수중 세계처럼 물이 있는 듯 느껴졌다. 왜냐하면 그 직후 나는 물고기, 바다 깊은 곳에 사는 납작하고 눈이 먼 그런 물고기들을 상상했기 때문이다. 그 밖에도 그의 집은 모든 것이 재앙이었다. 바닥은 더럽고, 거실에는 종이가 어지럽게 널려 있는 커다란 탁자가 버티고 있고, 의자 두 개를 겨우 놓을 수 있을 뿐이고, 욕실은 끔찍하고(모든 독신 남자의 욕실이 그런 상태일까? 아니길 바란다), 세탁기는 없고, 침대 시트는 말할 것도 없고, 수건과 행주와 옷도 그랬다. 한마디로 난장판이었다. 우리가 정말 사귀기나 했는지 모르겠지만, 아무튼 데이트를 하기 시작했을 때, 내게 아주 좋은 세탁기가 있으니 더러운 옷을 우리 집에 가져오면 내가 세탁기를 돌리겠다고 말했다. 하지만 그는 한 귀로 흘려듣는 듯 있더니 자기는 손빨래를 한다고 말했다. 한번은 옥상에 같이 올라가 보았다. 그 건물에는 1층에는 주인 여자가, 2층에는 아르투로만 살고, 3층에는 아무도 살지 않았다. 하지만 가끔 밤에 우리가 사랑을 나눌 때(혹은 떡을 친다고 하는 것이 실제에 더 가까울 것이다), 나는 소리를 들었다. 누가 3층에서 의자나 침대를 움직이는 듯한, 누군가 문에서 창가까지 걷는 듯한, 혹은 누군가 침대에서 일어나 열지도 않은 창가로 가는 듯한 소리를. 아마 바람 소리였을 것이다. 다들 알겠지만 낡은 집들은 이상한 소리를 내고, 겨울밤에는 삐걱대니까. 어쨌든 우리는 같이 옥상에 올라갔고, 그가 개수대를 보여 주었다. 시멘트 개수대인데 여기저기가 깨져서 누군가 예전에 세든 사람이 어느 절망적인 오후에 망치질이라도 한 것 같았다. 그는 그곳에서 빨래를 한다고, 물론 손으로 한다고, 세탁기는 필요 없다고 말했다. 그러고 나서 우리는 마을 집들의 옥상 전경을 바라보았다. 구시가지의 옥상은 늘 뭔가 오묘한 아름다움을 지니고 있다. 바다, 갈매기, 교회의 종 등등 모두가 빛나는 대지나 빛나는 모래사장처럼 밝은 갈색이나 노란색이다. 나중에 나는 결국 눈을 떴다. 그건 의미가 없다는 것을 깨달았다. 자신을 사랑하지 않는 사람은 사랑할 수 없는 법이다. 섹스만 가지고 관계를 유지할 수는 없는 법이다. 나는 아르투로에게 우리 관계는 끝났다고 말했고, 그는 처음부터 예상했던 사람처럼 아무런 반박도 하지 않았다. 하지만 우리는 계속 친구로 남았고, 가끔 너무 외롭거나 우울한 밤이면 나는 차를 집어타고 그를 만나러 갔다. 그러면 우리는 저녁을 같이 먹은 뒤 사랑을 나누었다. 하지만 이제 그의 집에서 자지는 않았다. 그 후 나는 다른 남자를 알게 되었는데, 심각한 관계는 아니었고, 이내 그 사람과도 헤어지게 되었다.

어느 날 우리는 다투었다. 동기? 잊어버렸다. 질투 문제가 아니라는 것은 기억한다. 아르투로는 결코 질투를 하는 사람이 아니다. 여러 날 동안 그가 내게 전화도 안 하고 나도 그를 찾아가지 않았다. 나는 그에게 편지를 한 통 썼다. 그에게 성숙해져야 한다고, 몸을 돌보아야 한다고, 건강이 좋지 않다고(그는 담관 경화 증세가 있고, 간 수치는 하늘 높은 줄 모르고, 궤양성 대장염이고, 갑상선 항진증에서 회복된 지 얼마 안 되고, 가끔 이빨들도 아팠다!), 아직 젊으니 삶을 올바른 길로 되돌리라고, 〈가슴을 찢어 놓은〉 그 여자는 잊으라고, 세탁기를 하나 사라고 썼다. 나는 오후 내내 편지를 썼고, 그러고 나서 찢어 버리고 울었다. 그리고 얼마 후 그의 마지막 전화를 받은 것이다.

그에게 말했다. 나를 보고는 싶은데 이야기는 하지 않을 거라고? 그가 말했다. 그거야, 그거. 이야기는 하지 않을 거야. 그저 네가 가까이 있다는 것만 알고 싶을 뿐이야. 우리 만날 것도 아니야. 내가 말했다. 미친 거야? 그가 말했다. 아니, 아니야, 아니라고. 아주 간단해. 하지만 그리 간단하지 않았다. 요약하자면 그가 원하는 것은 내가 그를 보는 것이었다. 내가 물었다. 당신은 나를 보지 않고? 안 봐. 나는 너를 볼 가능성이 극히 적어. 무대를 열심히 연구했어. 너는 주유소가 있는 굽이에 차를 대야 해, 길가에 주차해야 한다고. 거기에서 나를 볼 수 있을 거야. 차에서 내릴 필요도 없어. 내가 물었다. 자살할 생각이야, 아르투로? 그가 웃는 소리가 들렸다. 그가 가느다란 목소리로 말했다. 자살이라니 천부당만부당한 소리. 적어도 지금은 아니야. 나 아프리카행 비행기 표를 샀어. 며칠 뒤에 출발할 거야. 내가 물었다. 아프리카행이라니 아프리카 어디? 아르투로가 말했다. 탄자니아. 벌써 이 세상 모든 백신을 맞았어. 내가 말하는 곳으로 와줄 거지? 내가 말했다. 하나도 이해가 안 돼. 무슨 의미가 있는지 모르겠어. 그가 말했다. 의미 있어! 내가 말했다. 하지만 나한테는 없다고, 이 작자야. 그가 말했다. 너한테 의미가 있어. 내가 물었다. 내가 뭘 해야 하는데? 그가 말했다. 너는 주유소 지나 첫 번째 굽이에 차를 대고 기다리기만 하면 돼. 내가 물었다. 얼마나? 그가 말했다. 잘 모르겠지만 5분쯤. 내가 말하는 시간에 도착하면 5분이면 돼. 내가 물었다. 그다음에는 어떡하고? 그가 말했다. 그다음에 10분을 더 기다렸다가 가. 그게 다야. 내가 물었다. 그러면 아프리카는 뭔데? 그가 말했다(그의 목소리는 여느 때처럼 아이러니가 담겨 있는 가는 목소리였다. 하지만 어찌 보면 미치광이의 목소리였다). 아프리카는 미래의 일이고. 내가 말했다. 미래? 미래라. 거기서 뭘 할 생각인데? 그의 대답은 늘 그렇듯 모호했는데 이렇게 이야기한 것 같다. 이것저것, 일, 늘 하는 것 등등. 전화를 끊었을 때 나는 그의 초대가 더 당혹스러웠는지 혹은 스페인을 떠난다는 통보가 더 당혹스러웠는지 알 수 없었다.

약속한 날 나는 그의 모든 지시를 정확하게 따랐다. 길가에 차를 대어 놓은 도로의 높은 곳에서는 만(灣), 즉 여름이면 인근의 누드족이 몰리는 작은 해변 거의 전체가 다 굽어보였다. 내 왼편으로는 언덕과 바위산의 연속으로 이따금 별장들의 모습이 보이고, 오른편으로는 철로와 관목 숲이 있고, 이어 움푹한 지대를 지나 해변이 있다. 흐린 날이었고, 그곳에 도착했을 때는 아무도 보지 못했다. 만 한쪽 끝에는 형편없는 파란색 목조 건물의 바 로스 칼라마레스 펠리세스가 있었는데, 개미 새끼 한 마리 보이지 않았다. 다른 쪽 끝에는 몇 개의 바위 덕에 사람들의 시선이 차단되는 더 작은 만들이 있었는데, 이곳은 여름이면 누드족 상당수를 끌어 모았다. 나는 지정된 시간보다 30분 먼저 도착했다. 차에서 내리지 않으려 했으나 10분을 기다리며 담배 두 대를 피우고 나니 실내 공기가 도무지 숨을 쉬기 힘들어졌다. 차에서 내리려고 문을 열었을 때, 로스 칼라마레스 펠리세스 맞은편에 차 한 대가 주차했다. 나는 주의 깊게 살펴보았다. 안에서 젊어 뵈는 긴 생머리의 남자가 내려 사방팔방을 살펴본 후(내가 있는 위쪽은 빼고) 바 주위를 돌아가 시야에서 사라졌다. 나는 왠지 점점 긴장이 되었다. 차 안으로 돌아와 문을 걸어 잠갔다. 가버릴까 하고 심각하게 생각할 때, 두 번째 차가 로스 칼라마레스 펠리세스 입구에 주차했다. 차에서 남자 한 사람과 여자 한 사람이 내렸다. 첫 번째 차를 살펴본 후 남자는 손을 입으로 가져가더니 소리를 질렀나 휘파람을 불었나 했다. 그 순간 트럭이 내 옆을 지나서 아무 소리도 듣지 못하는 바람에 분간할 수 없었다. 남자와 여자는 잠시 기다리더니 좁은 흙길을 따라 해변으로 나아갔다. 잠시 후 로스 칼라마레스 펠리세스의 보이지 않는 부분에서 첫 번째 남자가 나와 그들 쪽으로 향했다. 악수를 하고 여자가 볼 키스를 하는 것으로 보아 분명 서로 아는 사이였다. 그 후 지나칠 정도로 느린 동작으로 두 번째 남자의 손가락이 해변의 한 지점을 가리켰다. 두 남자가 바위 사이에서 나와 파도가 들이닥치는 지점 언저리를 따라 모래사장을 걸어 바 쪽으로 전진하고 있었다. 비록 아주 멀리 있었지만, 그중 한 사람이 아르투로임을 알아볼 수 있었다. 나는 왠지 모르게 허겁지겁 차에서 내렸다. 아마 해변으로 내려갈 생각을 한 것 같은데 이내 깨달았다. 해변에 가려면 멀리 돌아야 하고 보행자 터널을 가로질러야 해서 그곳에 도착하면 이미 다들 사라지고 없으리라는 것을. 그래서 나는 자동차 옆에 그대로 머물러 그들을 바라보았다. 아르투로와 동행인은 해변 중앙에 멈춰 섰다. 차를 타고 왔던 다른 두 남자가 그들 쪽으로 다가갔고, 여자는 모래밭에 앉아 기다렸다. 네 사람이 모였을 때, 아르투로의 동행인 남자가 바닥에 상자 하나를 내려놓고 풀었다. 그러고는 자리에서 일어나 뒤로 물러섰다. 첫 번째 남자가 상자에 접근해 무엇인가를 집고 마찬가지로 뒤로 물러섰다. 그리고 아르투로도 상자에 접근해 마찬가지로 무엇인가를 집고 앞사람과 똑같이 행동했다. 이제 아르투로와 첫 번째 남자는 손에 뭔가 길쭉한 것을 들고 있었다. 두 번째 남자가 첫 번째 남자에게 다가가 무슨 이야기를 했다. 첫 번째 남자는 고개를 끄덕거렸다. 두 번째 남자가 물러서는데 그는 약간 당황해 있는 듯했다. 바다 쪽으로 물러나다가 파도가 신발을 적시는 바람에 피라니아에 물리기라도 한 듯 펄쩍 뛰었고, 이어 반대 방향으로 얼른 물러섰다. 첫 번째 남자는 그를 쳐다보지도 않고, 언뜻 보기에는 우호적으로 아르투로와 대화를 나누었다. 아르투로는 그의 이야기를 들으면서 부츠 끝으로 젖은 모래에 무엇인가를, 이를테면 얼굴이나 숫자를 재미 삼아 그리는 것처럼 왼발을 움직였다. 아르투로의 동행인은 바위 쪽으로 몇 미터 물러섰다. 여자가 일어나서 모래밭에 앉아 구두를 닦는 두 번째 남자에게 다가갔다. 해변 중앙에는 아르투로와 첫 번째 남자만 남았다. 그때 두 사람은 손에 쥔 것을 치켜들더니 서로 맞부딪쳤다. 처음에 난 그것이 지팡이인 줄 알고 웃었다. 아르투로가 내가 봤으면 하는 것이 바로 그것, 즉 어릿광대짓, 묘한 느낌을 주기는 하지만 어쨌든 어릿광대짓이었음을 깨달았기 때문이다. 그러나 이윽고 머릿속에 한 가지 의문이 떠올랐다. 지팡이가 아니라면? 저것이 칼이라면?

1994년 6월, 마요르카 안드라츠 시 가스파르 푸졸 가, 기엠 피냐. 우리는 1977년에 알게 되었다. 오랜 세월이 흘렀고, 수많은 일이 일어났다. 나는 그때 아침마다 신문 두 종류와 잡지 여러 권을 샀다. 그것을 다 읽어서 모든 일에 정통했다. 우리는 자주 만났다. 늘 내 영토에서 만나고, 아르투로 집에는 단 한 번 간 것 같다. 우리는 같이 식사를 하러 가곤 했다. 돈은 내가 냈다. 그로부터 오랜 세월이 흘렀다. 바르셀로나는 변했다. 바르셀로나의 건축가들은 변하지 않았지만 바르셀로나는 변했다. 나는 지금과는 달리 매일 그림을 그렸다. 그때는 너무 많은 파티, 너무 많은 모임, 너무 많은 친구가 있었다. 삶이 가슴 벅찼다. 그 무렵 나는 잡지사를 소유하고 있었고 그것이 좋았다. 나는 파리, 뉴욕, 빈, 런던에서 전시회를 열었다. 아르투로는 가끔 한동안 사라지곤 했다. 그는 내 잡지를 좋아했다. 나는 지난 호들을 선물하고, 소묘도 한 점 선물했다. 그가 액자를 할 돈이 없다는 것을 알았기 때문에 액자에 넣어 선물했다. 어떤 소묘였냐고? 〈아비뇽의 다른 아가씨들〉이라고, 결국은 착수하지 못한 작품의 밑그림이었다. 그 작품에 관심을 보인 그림 중개인들도 있었다. 그러나 내가 내 작품에 그리 흥미를 느끼지 못했다. 그 무렵 나는 피카비아의 위작 세 점을 그렸다. 완벽했다. 두 점은 팔고 한 점은 남겼다. 나는 위작에서 아주 희미한 빛, 하지만 어쨌든 빛을 보았다. 번 돈으로는 칸딘스키의 판화 한 점과 역시 위작인 듯한 아

---

2 Arte Povera. 〈가난한 미술〉이란 뜻으로 1960년대 중반 이탈리아에서 일어난 전위적 미술 운동. 지극히 일상적인 소재를 이용하여 구체적인 삶의 문맥에서 예술을 바라보게 했으며 과정 미술, 개념 미술, 환경 미술 등과 맥을 같이하며 국제적인 운동으로 확산되었다.

르테 포베라[2] 작품 몇 점을 샀다. 가끔은 비행기를 타고 마요르카 섬으로 돌아갔다. 안드라츠에 계신 부모님을 뵈러 가서 들판을 한참 거닐곤 했다. 가끔은 아버지를 물끄러미 바라보았다. 나와 마찬가지로 그림을 그리는 아버지가 캔버스와 이젤을 들고 들판에 나올 때면, 이상한 생각들이 머리를 스쳤다. 죽은 혹은 죽기 직전의 심해어와 비슷한 생각들이었다. 그러나 이내 다른 생각을 했다. 그 무렵 나는 팔마에 작업실을 가지고 있었다. 종종 그림들을 이리저리 옮겼다. 부모님 집에서 작업실로, 작업실에서 부모님 집으로. 그러다가 지겨워지면 바르셀로나로 돌아오는 비행기를 탔다. 아르투로는 샤워를 하려고 우리 집을 드나들었다. 자기 집에 샤워 시설이 없어서 카르도나 광장 옆의 몰리네르에 있는 우리 집에 온 것이다.

우리는 이야기를 나누곤 했고, 한 번도 싸운 적이 없다. 내 그림을 보여 주면 아르투로는 말했다. 환상적이야, 아주 맘에 들어. 내게는 항상 부담스러운 종류의 말이었다. 그가 마음으로 하는 소리임은 알지만 부담스럽기는 마찬가지였다. 그런 말을 한 뒤 아르투로는 입을 다물고 담배를 피웠고, 나는 차나 커피를 준비하든지 아니면 위스키 병을 꺼냈다. 나는 생각했다. 잘 모르겠어, 잘 모르겠어. 내가 뭔가 훌륭한 일을 하고 있는 거겠지, 내가 올바른 길을 가고 있는 거겠지. 결국 조형 예술은 이해가 불가능하다. 아니면 오히려 너무 이해하기 쉬운 까닭에, 어느 누구도, 나부터도 가장 명백한 해석을 받아들이지 않는다. 그 무렵 아르투로는 가끔 내 여자 친구와 잤다. 그는 그 여자가 내 여자 친구인지 몰랐다. 아니 내 친구인 줄은 알고 있었다. 내가 인사를 시켜 주었는데 어찌 모를 수가 있으랴. 아르투로가 모른 것은 그 여자가 내 애인이라는 사실이다. 그들은 가끔 잠자리를 했다. 이를테면 한 달에 한 번 정도. 나는 재미있었다. 아르투로는 어떤 점에서는 순진하기 짝이 없었다. 내 여자 친구는 우리 집에서 몇 걸음밖에 떨어져 있지 않은 데니아가에 살았다. 나는 그 집 열쇠가 있어서, 수업에 쓸 건데 잊어버리고 두고 온 무언가를 찾으러 이따금 아침 8시에 그 집에 갔고, 침대에 있거나 아침을 준비하는 아르투로를 발견했다. 그러면 아르투로는 이 여자가 친구야 아니면 애인이야? 하고 물어보듯 나를 바라보았다. 나는 재미있었다. 나는 안녕, 아르투로라고 말했고, 가끔은 웃지 않으려고 노력해야 했다. 나도 다른 여자 친구와 자기도 했다. 내 애인이 아르투로와 자는 것보다 내가 다른 여자 친구와 훨씬 더 자주 잤다. 문제다. 인생은 문제투성이다. 물론 그 시절의 바르셀로나에서는 인생이 경이로웠고, 문제가 생겨도 이를 경이라고 불렀지만.

그 후 환멸이 들이닥쳤다. 나는 대학에서 강의를 했고 만족하지 못했다. 내 이론을 내 작품으로 설명하고 싶지 않았다. 나는 강의를 했고, 내 동료들을 뚜렷하게 서로 다른 두 개의 그룹으로 나누었다. 사기꾼들과(하찮은 놈들과 나쁜 놈들), 교탁 뒤에 훌륭하든 보잘것없든 간에 작품이 있는 이들, 즉 창작과 교육을 병행하는 이들이다. 불현듯 나는 내가 두 그룹 어디에도 속하고 싶지 않다는 것을 깨달았고, 그래서 사직을 했다. 나는 학원에서 수업을 하기 시작했다. 얼마나 마음이 편했는지. 소위에서 상사로 강등된 느낌이었냐고? 아마도 그럴 것이다. 하사가 된 느낌이었을지도 모르고. 나야 소위, 상사, 하사라기보다는 도랑 파는 사람, 하수구 청소부, 길을 잃었거나 동료 무리에서 떨어져 나온 도로 공사 인부처럼 느꼈지만. 내 기억 속에는 하나의 상태에서 다른 상태로의 전환이 돌이킬 수 없고 돌발적인 급박성과 난폭함을 띠고 있지만, 이 사건들의 리듬은 당연히 훨씬 완곡했다. 한 백만장자가 나타나 내 작품을 구입했고, 내 잡지는 영양실조와 의욕 감퇴로 종지부를 찍었고, 나는 다른 잡지들을 시작했고, 전시회들을 열었다. 그러나 그 모든 것이 이제는 존재하지 않는다. 진짜 그런 것이 아니라 말이 그렇다는 것이지만. 분명한 것은 어느 날 모든 것이 끝장나고, 내게는 유일한 지도, 유일하게 합법적인 지팡이처럼 피카비아의 위작만 남았다. 모든 것을 다 가지고도 행복해지지 못했으니 실업자에게 욕이라도 먹을 판이었다. 마찬가지로 나는 살인자에게 살인 행위에 대해 욕할 수 있고, 살인자는 자살한 사람에게 마지막 절망적인 혹은 수수께끼 같은 몸짓에 대해 욕을 할 수 있으리라. 분명한 것은 어느 날 모든 것이 끝장났고, 주위를 둘러보았다는 점이다. 나는 그 많은 잡지와 신문 구매를 그만두었다. 그림 전시도 하지 않았다. 학원에서 겸허하고 진지하게, 심지어 유머 감각을 가지고(그렇다고 내가 이에 대해 우쭐해하는 것은 아니다) 소묘 수업을 하기 시작했다. 아르투로는 우리 삶에서 사라진 지 오래였다.

    나는 아르투로가 사라진 동기가 무엇인지는 모른다. 아르투로는 어느 날 내 여자 친구에게 화가 났다. 그녀가 내 애인이라는 것을 알아서 그랬을 것이다. 아니 어쩌면 내 다른 여자 친구와 잤는데, 이런 이야기를 들어서일지도 모른다. 이런 바보. 기엠의 친구가 애인인지 몰랐다는 거야? 뭐든 이와 유사한 말을 들었을 텐데, 침대 속 대화야 수수께끼 같기도 하고 적나라할 수도 있으니. 아무튼 정확한 이유는 모르고 내게 중요하지도 않았다. 단지 나는 아르투로가 떠났다는 것만 알 뿐이고, 그 후 오랫동안 그를 보지 못했다. 물론 나는 일이 이렇게 되는 것을 원치 않았다. 나는 친구 관계를 계속 유지하고자 노력한다. 유쾌하고 서글서글한 사람이 되고자 노력하지, 억지로 희극에서 비극으로 전환시키려고 하지 않는다. 그런 일이야 삶이 담당하는 것이다. 어쨌든 어느 날 아르투로가 사라졌다. 세월이 흐르고 나는 그를 다시 만나지 못했다. 그러던 중 어느 날 내 여자 친구가 말했다. 오늘 저녁 누가 전화했는지 알아맞혀 봐. 나는 아르투로 벨라노라고 말하고 싶었다. 단번에 맞혔으면 재미있었을 것이다. 하지만 다른 이름들을 대다가 알아맞히는 것을 포기했다. 그러나 그녀가 아르투로라고 했을 때, 나는 기뻤다. 우리가 아르투로를 마지막으로 본 지 몇 년 됐더라? 오래됐어, 너무 오래되어 헤아려 보거나 생각할 필요도 없어. 그러나 나는 하나하나 다 기억하고 있었다. 이리하여 어느 날 아르투로가 내 여자 친구 집에 나타나고 그녀가 내게 전화를 했을 때, 나는 집을 나서 그를 만나러 갔다. 빠른 걸음으로, 뛰어서 갔다. 왜 뛰었는지는 나도 모른다. 분명한 것은 내가 그랬

3 1912년 마르셀 뒤샹(1887~1968)이 그린 작품으로, 입체파의 형태 분할과 미래파의 동시성 표현을 결합하여 계단을 내려가는 사람을 연속 노출 사진처럼 그렸다.

다는 사실이다. 밤 11시경이었고 추웠다. 그 집에 도착했을 때, 나와 마찬가지로 벌써 마흔이 넘은 사람을 보았다. 아르투로 쪽으로 전진하면서 내가 「계단을 내려오는 누드」[3] 속의 인물 같은 느낌을 받았다. 내 기억에 그때 내가 계단을 내려가고 있지 않았는데도.

그 후 우리는 여러 번 만났다. 어느 날 아르투로가 내 작업실에 나타났다. 나는 가로 3미터, 세로 2미터 이상의 커다란 캔버스 옆에 놓인 아주 작은 캔버스를 바라보면서 앉아 있었다. 아르투로는 작은 그림과 큰 그림을 바라보고 무엇을 그린 것인지 물었다. 내가 물었다. 뭘 그렸다고 생각하는데? 그가 말했다. 납골당. 사실 납골당을 그린 그림들이었다. 당시 나는 거의 그림을 그리지 않고 전시는 전혀 하지 않았다. 나처럼 소위였던 이들은 이제 대위, 대령이 되었고, 심지어 친애하는 미겔리토처럼 장군이나 제독의 지위에 오른 이도 있었다. 그렇지 않은 사람들은 에이즈나 마약 중독이나 간경변으로 사망했고, 그도 아니면 그저 사라진 인물로 치부되었다. 나는 여전히 도랑 파는 인부였다. 이 상황이 다양한 해석, 대부분 모든 것이 음울한 영역으로 귀결되는 해석을 낳는다는 것을 알고 있다. 그러나 내 상황은 눈곱만큼도 음울하지 않았다. 나는 상당히 잘 지내고, 연구를 하고, 바라보고, 나를 바라보는 것을 바라보고, 읽고, 평화롭게 살았다. 작품은 거의 하지 않았다. 아마 이 점이 중요할 것이다. 반대로 아르투로는 작품을 많이 썼다. 한번은 세탁소에서 나오다가 아르투로를 만났다. 우리 집으로 가던 중이었다 내게 물었다. 지금 뭐 하는 거야? 내가 대답했다. 보다시피 깨끗한 옷을 가지고 나오잖아.

그가 물었다. 집에 세탁기 없는 거야? 내가 대답했다. 5년 전쯤에 고장 났어. 그날 오후 아르투로는 안뜰 회랑으로 나가 내 세탁기를 살펴보았다. 나는 차를 끓이면서(그 무렵 나는 이미 술을 거의 마시지 않았다) 세탁기를 살피는 그를 바라보았다. 순간 세탁기를 고쳐 내리라는 생각이 들었다. 불가능한 일로 여기지는 않았겠지만, 그랬으면 기뻐할 일이었다. 그러나 세탁기는 결국 작동하지 않았다. 언젠가는 그에게 사고당한 일을 이야기해 주었다. 내 상처를 곁눈질하는 것을 깨닫고 이야기를 해준 것으로 생각된다. 사고는 마요르카에서 났다. 자동차 사고였다. 나는 양팔과 턱을 잃을 뻔했다. 나머지 부분은 그저 몇 군데 긁힌 상처만 있었을 뿐이다. 내가 말했다. 묘한 사고야, 안 그래? 아르투로가 말했다. 정말 이상하네. 아르투로도 2년 동안 여섯 차례 입원했다는 이야기를 했다. 내가 물었다. 어느 나라에서? 그가 말했다. 이 나라 바예 에브론 병원, 그리고 그 이전에는 지로나의 조제프 트루에타 병원에. 내가 물었다. 왜 우리에게 알리지 않았어? 그랬으면 병문안 갔을 텐데. 음, 별 상관 있나. 한번은 아르투로가 내게 우울증이 있는지 물었다. 내가 말했다. 아니. 가끔은 내가 「계단을 내려오는 누드」 속의 인물이라고 느끼기도 하는데, 친구들과의 모임에 있을 때는 기분이 좋기도 해. 그것도 파세오 데 그라시아를 가다가 그러면 그리 유쾌하지는 않지만. 어쨌든 나는 대체로 잘 지내.

마지막으로 사라지기 직전의 어느 날 아르투로가 우리 집에 와서 말했다. 어떤 사람이 내 책에 대해서 혹독한 비판을 할 거야. 나는 만사니야 차를 끓여 주고 입을 다물고 있었다. 슬픈 이야기이든 기쁜 이야기이든 다른 사람 이야기를 들을 때는 그렇게 해야 한다고 믿는다. 하지만 아르투로도 입을 다물어서 잠시 우리는 그렇게 있었다. 그는 자기 차, 아니면 차 위에 띄운 레몬 조각을 보면서, 나는 두카도스 담배를 피우면서. 내 생각에 나는 검정 담배인 두카도스를 계속 피우는 소수의 사람이다. 내 세대에서 소수라는 이야기이다. 심지어 아르투로 벨라노마저도 울트라 라이트 황색 담배를 피우니까. 잠시 후 할 말도 없고 해서 내가 물었다. 바르셀로나에서 잘 거야? 그는 고개를 가로저었다. 아르투로는 바르셀로나에서 잘 때는 우리 집이 아니라 내 여자 친구 집에서 잤다(다른 방에서. 비록 이따위 해명은 핵심 이야기를 흐리지만). 그래도 저녁은 나도 같이 먹었다. 가끔 우리 셋은 나가서 내 여자 친구의 차로 드라이브를 했다. 어쨌든 나는 바르셀로나에 남아서 잘 거냐고 물었고, 그는 그럴 수 없다고, 자신이 사는 마을, 기차로 한 시간 남짓 걸리는 해안 마을로 돌아가야 한다고 말했다. 그리고 우리 둘은 또다시 침묵에 잠겼다. 나는 혹독한 비평에 대한 그의 말을 생각하기 시작했는데, 아무리 생각해도 전혀 이해할 수 없었다. 그래서 생각을 멈추고 기다렸다. 기다리는 것이 「계단을 내려오는 누드」 속 인물이 사람들의 모든 예상을 깨고 하는 일이며, 바로 그 점 때문에 이 작품이 비평의 특별한 주목을 받는 것이다.

잠시 아르투로가 차를 마시는 소리, 길에서 들리는 희미한 소리, 두어 번 오르내리는 승강기 소리만 들렸다. 아무 생각도 하지 않고, 아무 소리도 들리지 않던 순간 갑자기 한 비평가가 자신을 박살 낼 거라고 되뇌는 아르투로의 목소리를 들었다. 내가 말했다. 그게 뭐 중요하다고. 직업병인걸. 그가 말했다. 중요해. 내가 말했다. 너는 한 번도 중요하게 생각하지 않았잖아. 그가 말했다. 지금은 중요해. 내가 부르주아가 되고 있는가 봐. 아르투로는 이어 자신의 지난 책과 최근 쓴 책 사이에는 유사점이 있고, 그 유사점은 해독 불가능한 유희의 영역에 속한다고 말했다. 나는 저번 책은 읽고 마음에 들었지만 최근 책은 어떤 내용인지 전혀 모르고 있었기 때문에 그에 관해 한 마디도 할 수 없었다. 그저 아르투로에게 묻기만 했다. 어떤 종류의 유사점인데? 그가 말했다. 유희야, 기옘. 유희라고. 그 빌어먹을 「계단을 내려오는 누드」, 네 빌어먹을 피카비아 위작들, 유희야. 내가 물었다. 하지만 뭐가 문제라는 거야? 그가 말했다. 문제는 그 비평가가 이냐키 에차바르네, 조스 같은 작자라는 점이야. 내가 물었다. 별 볼 일 없는 비평가야? 그가 말했다. 아니. 훌륭한 비평가야. 적어도 별 볼 일 없는 비평가는 아니야. 하지만 빌어먹을 조스라고. 내가 물었다. 그 비평가가 서점에도 아직 깔리지 않은 자네의 이번 책 서평을 쓰리라는 것을 어떻게 아는데? 그가 답했다. 요전 날 내가 출판사에 있을 때 언론부장에게 전화해서 내 예전 소설을 요청하더군. 내가 말했다. 그래서 뭐 어쨌다고. 그가 말했다. 나는 그곳에, 언론부장 앞에 있었는데, 부장이 말하더군. 안녕하세요, 이냐키. 마침 전화하셨네요. 아르투로 벨라노가 바로 여기에 있는데. 제 앞에 말이에

---

4 Marcus Porcius Cato(B.C. 234~B.C. 149). 로마의 정치가이자 장군이며 문인. 라틴 문학 산문 분야의 시조로 평가받으며, 역사서 『기원론』으로 유명하다.

요. 에차바르네 그 개자식은 아무 말도 하지 않았어. 내가 말했다. 그가 무슨 말을 해야 하는데? 아르투로가 말했다. 적어도 인사말은 했어야지. 내가 물었다. 그가 아무 말도 하지 않았기 때문에 자네를 박살 낼 거라는 결론을 내린 거야? 자네를 박살 내면 뭐? 그래 봐야 똑같지! 아르투로가 말했다. 이봐, 에차바르네는 얼마 전에 스페인 문학의 카토[4]인 아우렐리오 바카와 한 판 붙었어. 그 사람 알아? 내가 말했다. 읽어 본 적은 없지만 누구인지는 알아. 아르투로가 말했다. 그 모든 일이 에차바르네가 바카 친구의 책에 대해 한 비판 때문이었어. 나는 그 작품을 읽어 보지 않아서 비판이 말이 되는지 아닌지는 몰라. 한 가지 확실한 것은 그 소설가는 자신을 방어해 줄 사람인 바카가 있었다는 점이야. 바카가 그 비평가에게 가한 비판은 눈물을 쏙 뺄 정도의 것이었어. 그런데 내게는 총대를 메고 나서서 나를 변호해 줄 사람도 없어. 아무도 없다고. 그러니 에차바르네가 아주 마음 놓고 나를 깔 수 있겠지. 아우렐리오 바카라 해도 나를 옹호하지 않을 거야. 이번에 나올 책 말고 지난번 내 작품에서 내가 바카를 조롱했거든. 내 책을 읽었을 리 만무하지만. 내가 물었다. 자네가 바카를 조롱했다고? 아르투로가 말했다. 조금 그랬어. 비록 바카도 또 그 누구도 알아채지 못했으리라고 생각하지만. 나는 아르투로의 말을 인정했다. 그렇다면 바카는 옹호자가 되어 줄 수 없겠네. 그러면서 지금 내 친구를 걱정하게 한 그 조롱을 나도 알아채지 못했다는 생각을 했다. 아르투로가 말했다. 그래. 내가 말했다. 에치바르네가 까라면 까라지 뭐. 뭔 상관이겠어. 그게 다 같잖은 짓거리잖아. 자네가 먼저 깨달아야 해. 우리 인간은 모두 죽잖아. 그러니 영원을 생각하라고. 아르투로가 말했다. 하지만 에차바르네는 누군가에게 화풀이를 하고 싶을 거야. 내가 말했다. 그 작자 그렇게 나쁜 인간이야? 아르투로가 말했다. 아니, 아니야. 아주 좋은 사람이야. 내가 말했다. 그러면? 아르투로가 말했다. 그런 문제가 아니라, 근육 단련을 하려고 할 거라는 거야. 내가 물었다. 머리 근육을? 아르투로가 답했다. 어디 근육이든 간에 내가 에차바르네의 스파링 상대가 될 거야. 바카와의 제2라운드 혹은 제8라운드를 위한 연습으로. 내가 말했다. 이제 알겠군. 해묵은 싸움이네. 그런데 자네가 이 모든 일과 무슨 상관이 있어? 전혀 상관없지. 아르투로가 말했다. 나는 스파링 상대일 뿐이니까. 잠시 우리는 아무 말 하지 않고 생각에 잠겼다. 승강기가 오르락내리락했고 그 소리는 아르투로와 내가 만나지 못한 세월의 소리 같았다. 아르투로가 최종적으로 말했다. 결투를 신청할 거야. 내 입회인이 되어 줄래? 아르투로가 한 말은 그것이었다. 누가 내게 주삿바늘을 꽂은 느낌이었다. 처음에는 주삿바늘이, 이어 소름이 쫙 끼치게 만드는 차가운 액체가 내 혈관이 아니라 근육에 침투하는 느낌이었다. 아르투로의 부탁은 기가 막히고 부적절했다. 나는 생각했다. 아직 행하지도 않은 일을 가지고 결투 신청하는 사람이 어디 있담. 하지만 이어, 삶은(혹은 삶의 환영은) 우리가

5 마르셀 뒤샹의 작품. 8년간에 걸쳐 큰 유리에 철사, 주석 조각 등의 재료를 붙여 만든 미완성작으로 1926년 운반 과정에서 우연히 유리가 깨졌으나 뒤샹은 금 간 유리를 두꺼운 유리로 덮으며 〈우연에 의해 완성〉되었다고 말했다.
6 스페인 톨레도 지방의 특산품.

결코 하지 않은 행위를 두고, 심지어 때로는 할 생각조차 않은 행위들을 두고 지속적으로 결투를 신청하지 않는가 하는 생각이 들었다. 나는 아르투로에게 알았다고 대답하고, 이어 그런 생각을 했다. 아마 「계단을 내려오는 누드」나 「큰 유리」[5]는 영원 속에서 존재하거나 존재하리라고. 이윽고 또 그런 생각이 들었다. 만일 서평이 우호적이면? 만일 아르투로 벨라노 소설이 에차바르네의 마음에 들면? 그러면 결투 신청이 부적절한 행위일 뿐만 아니라 부당한 일 아닐까?

점점 여러 가지 의문이 제기되었다. 그러나 나는 현명함을 발휘할 순간이 아니라는 결정을 내렸다. 일은 다 때가 있는 법이다. 우리가 처음 논의한 일은 사용할 무기 종류였다. 나는 빨간색 염료가 든 물풍선 혹은 모자 싸움을 제안했다. 아르투로는 사브르 칼로 해야 한다고 고집했다. 내가 제안했다. 피가 나면 멈추는 거야. 속으로는 안도하는 듯했지만 아르투로는 마지못한 듯이 내 제안을 받아들였다. 그 후 우리는 사브르 칼을 찾으러 다녔다.

처음 내 계획은 톨레도 칼[6]부터 사무라이 칼까지 다 다루는 관광 상품점에서 구입하는 것이었다. 하지만 우리 계획을 안 여자 친구가 자신의 작고한 아버님이 칼 두 개를 남겼다고 말했다. 그래서 우리는 그것을 보러 갔는데, 진짜 칼이었다. 우리는 공들여 칼을 닦은 후 그것을 이용하기로 했다. 그다음에는 이상적인 장소를 찾았다. 나는 시우다델라 공원에서 밤 12시에 하자고 제안했지만, 아르투로는 바르셀로나와 자기가 사는 마을 중간에 있는 누드 해변으로 마음이 기울었다. 그다음 우리는 이냐키 에차바르네의 전화번호를 구해 전화했다. 장난이 아니라는 것을 납득시키기까지 시간이 꽤 걸렸다. 아르투로는 총 세 번 그와 통화했다. 이냐키 에차바르네는 마침내 동의한다고, 날짜와 시간을 알려 달라고 말했다. 결투의 오후 우리는 산트폴 데 마르에 있는 간이식당에서 점심을 먹었다. 꼴뚜기 튀김과 새우를. 내 여자 친구와(그곳까지 따라왔지만 결투에 입회할 생각은 없었다) 아르투로와 내가. 사실 점심 식사 분위기는 좀 음울했고, 식사 중에 아르투로가 비행기 표를 꺼내 보여 주었다. 나는 칠레나 멕시코행 표이리라고, 그날 오후 아르투로가 카탈루냐와 유럽에게 작별을 고하는 셈이라고 생각했다. 그러나 그 표는 로마와 카이로를 경유하여 다르에스살람[7]으로 가는 항공권이었다. 그 순간 나는 내 친구 아르투로가 완전히 미쳤다고, 비평가 에차바르네가 그의 머리통을 내리쳐 죽이지 않으면 아프리카의 개미나 불개미가 그를 먹어 치우리라는 것을 깨달았다.

1994년 6월, 바르셀로나 토리호스 가, 바 살람보, 자우메 플라넬스. 어느 날 아침 친구이자 동료인 이냐키 에차바르네가 전화해서 결투 입회인이 필요하다고 말했다. 그때까지 약간의 술기운이 남아 있었기 때문에 처음에는 이냐키가 무슨 소리를 하는지 이해하지 못했다. 게다가 그

---

7 탄자니아의 옛 수도로 인도양에 면한 무역항.
8 Miguel de Unamuno(1864~1936). 스페인의 실존주의 철학가이자 문인. 1898년 스페인이 미국과의 전쟁에 패해 쿠바, 푸에르토리코, 필리핀 등의 거의 최후의 식민지를 잃자, 스페인의 위대함과 정체성을 복원하려는 목표로 태동한 소위 98세대의 주요 인물이다.

친구는 평소 내게 전화를 별로 하지 않았다. 더군다나 그런 시각에는. 친구가 설명을 했을 때, 장난치는 줄 알고 나도 그렇게 받았다. 사람들은 내게 장난을 잘 치고, 나는 이를 그다지 불쾌하게 생각하지 않는다. 게다가 이냐키는 약간 별나지만 매력적인 사람이다. 여자들은 이냐키를 아주 잘생긴 사람으로 여기고, 남자들은 호감이 가는 사람, 어쩌면 다소 두려운 사람으로 여겨 몰래 그를 우러러본다. 이냐키는 그 직전 마드리드의 위대한 소설가 아우렐리오 바카와 논쟁을 벌였다. 바카가 이냐키에게 저주를 퍼붓는 것은 물론 천둥 번개를 내리쳤음에도 불구하고 이냐키는 꿋꿋하게 버텼다. 호전적인 대결에서 무승부를 거두었다고 할 정도로.

묘한 것은 이냐키가 바카가 아니라 그의 친구를 비판했다는 사실이다. 따라서 마드리드의 그 성인과 직접 붙으면 무슨 일을 겪었을지 가히 짐작이 간다. 내 보잘것없는 소견으로 봤을 때 문제는 이런 데 있었다. 바카는 당시 곧잘 볼 수 있던 우나무노[8]형 작가였다. 기회가 생기면 같잖은 교훈으로 점철된 장광설, 계도적이면서 분노를 담은 스페인 특유의 장광설, 때로는 상식적이지만 때로는 독선적인 장광설을 퍼부었다. 반면 이냐키는 적을 만드는 것을 즐기고, 툭하면 남의 일에 깊숙이 개입하는 전형적인 도발자요 가미카제형 비평가였다. 두 사람은 언젠가 서로 부딪칠 수밖에 없었다. 적어도 바카는 에차바르네에게 질서에 순응할 것을 요구한다든가, 그의 귀를 잡아당긴다든가, 손바닥으로 철썩 친다든가 등등 자기 방식으로 에차바르네와 부딪칠 수밖에 없었다. 그러나 결국 그 두 사람은 우리가 좌파라고 부르는 점점 모호해지는 그 반경 안에 들어 있었다.

그래서 이냐키가 결투에 대해 설명했을 때 나는 농담인 줄 알았다. 바카가 야기한 뜨거운 논쟁 때문에 지금 이 시대에 문인들이 자기 손으로, 그것도 통속극에나 나오는 방식으로 정의를 실현한다니 말도 안 됐다. 그러나 이냐키는 그런 일이 아니라고 말했다. 그는 다소 두서없이 이 문제는 다른 차원의 문제라고, 결투를 받아들일 수밖에 없다고(내가 완전히 잘못 들은 것일 수도 있지만 이냐키는 「계단을 내려오는 누드」를 언급했는데, 대체 뒤샹이 이 사안과 무슨 관계가 있다는 말인가?), 자기 입회인이 될 용의가 있는지 없는지 어서 말해 달라고, 결투가 바로 그날 오후에 있으니 시간이 없다고 말했다.

나는 알겠다고, 물론 하겠다고, 어디에서 몇 시에 만나면 되느냐고 말할 수밖에 없었다. 하지만 전화를 끊은 다음, 통통에 빠진 것 아닌가 하는 생각, 그럭저럭 잘 살고 여느 사람들처럼 재미있지만 과하지 않은 장난을 좋아하는 내가 어쩌면 끝이 안 좋을 것이 빤한 골치 아픈 일에 얽힌 것 아닌가 하는 생각이 들기 시작했다. 설상가상으로, 생각하고 또 생각해 본 끝에(이런 경우에는 결코, 결코 하지 말아야 할 일이다), 내가 제일 친한 친구도 아닌데 이냐키가 결투에 입회해 달라고 전화를 한 것 자체가 벌써 이상한 일이라는 결론에 이르게 되었다. 이냐키와 나는 같은 신문사 동료이고, 가끔 지아르디네토나 살람보나 라예의 바에서 만나기도 한다. 하지만 사람들이 말하는 의미의 친구 사이는 아니다.

결투 시간까지 얼마 남지도 않아서 나는 이냐키에게 전화를 했다. 아직 있나 싶어 그랬는데 없었다. 잘은 모르겠지만 내게 전화하고 나서 바로 마지막 기사를 쓰러 갔거나 가까운 성당에 간 모양이었다. 그래서 옷을 챙겨 입고 나서 키마 모니스트롤에게, 그녀의 휴대 전화로 전화를 걸었다. 번개처럼 머리를 스친 생각인데, 여자와 함께 가면 일이 그리 추하게 되지 않으리라는 생각이 든 것이다. 물론 키마에게는 사실대로 이야기하지 않고 이렇게 말했다. 키마, 당신이 필요해, 자기. 이냐키 에차바르네와 약속이 있는데 당신도 왔으면 해. 키마는 약속이 몇 시인지 물었다. 내가 말했다. 바로 지금이야, 자기. 키마가 말했다. 좋아. 코르테 잉글레스 백화점에서 픽업해 줘. 대충 그런 식으로 말했던 것 같다. 전화를 끊고, 두세 사람의 친구와 더 연락을 하려고 시도했다. 갑자기 내가 평소보다 훨씬 초조해하고 있음을 깨달았기 때문이다. 하지만 아무도 연락이 되지 않았다.

5시 반에 나는 우르키나오나 광장이 파우 클라리스가와 만나는 지점에서 담배를 피우고 있는 키마를 보고, 다소 무모하게 차를 몰아 1초 후에는 조수석에 대담한 리포터를 태웠다. 수백 명의 운전자들이 경적을 울리고 백미러에 경찰의 위협적인 모습이 벌써 보여서 나는 가속 페달을 밟아 마레스메로 가는 A-19번 도로로 향했다. 물론 키마는 어디에 이냐키를 감춰 두었는지 물었다. 이냐키가 여자들에게는 믿을 수 없는 인기를 지니고 있음을 인정할 수밖에 없다. 그래서 산트폴 데 마르 외곽에, 봄과 여름이면 누드 해변으로 변하는 만 근처에 있는 바 로스 칼라마레스 펠리세스에서 우리를 기다리고 있다고 말해 줘야 했다. 사슴처럼 잘 달리는 내 푸조 덕에 20분도 채 걸리지 않은 나머지 시간은 정신없이 지나갔다. 키마의 이야기를 듣느라 마레스메로 가는 진짜 이유를 고백할 적당한 기회를 찾지 못한 채.

 설상가상으로 우리는 산트폴 데 마르에서 길을 잃었다. 현지 사람들 말로는 우리가 산트폴 데 마르에서 나가 칼레야 쪽으로 가야 하지만, 2백 미터를 가서 주유소를 지나면 산 쪽을 향해 왼편으로 틀어야 하고, 이어 다시 오른편으로 틀어 터널을 지나(대체 무슨 터널을 말하는 건지), 다시 한 번 해안 옆길로 나가야 했다. 그곳에 혼자 덩그러니 있는 로스 칼라마레스 펠리세스라는 업소가 우뚝 솟아 있다는 것이었다. 30분 동안 키마와 나는 논쟁을 벌이고 다툰 끝에 마침내 그 행복한 바[9]를 발견했다. 우리는 늦게 도착했고, 잠시 나는 이냐키가 이미 갔으리라고 생각했다. 하지만 처음 본 것, 사실 〈유일하게〉 본 것이 그의 붉은색 사브 차로 나무 덤불이 길게 늘어선 모래사장에 주차되어 있었다. 그다음에는 적막한 로스 칼라마레스 펠리세스 건물과 더러운 창들이 보였다. 나는 이냐키의 차 옆에 주차하고 경적을 울렸다. 키마와 나는 서로 한 마디도 하지 않은 채 푸조 안에 머물러 있기로 했다. 조금 후 바 뒤편에 있던 이냐키가 나타나는 것이 보였다. 내 걱정과 달리 늦었다고 뭐라고 하지도 않았고 키마를 보고 화가 나지도 않은 듯했다. 나는 결투 상대가 어디 있는지 물었고, 이냐키는 미소를 지으면서 어깨를 으쓱했다. 그러고 나서 우리 세 사람은 해변을 향해 걷기 시작했다. 키마가 우리가 그곳에 간 동기를 알았을 때(그 이야기를 해준 사람은 이냐키

---

9 바 이름인 〈로스 칼라마레스 펠리세스〉는 〈행복한 오징어〉라는 뜻이다.

로 몇 마디 말만으로 냉철하고 명료하게 설명했다. 나라면 그렇게 못 했으리라), 그녀는 그 어느 때보다도 신이 난 듯했다. 그래서 잠시 나는 모두 잘 끝날 것이라는 확신을 했다. 잠깐 동안 우리 세 사람은 웃으면서 보냈다. 해변에는 개미 새끼 한 마리 보이지 않았다. 키마가 실망한 기색으로 말하는 소리가 들렸다. 오지 않았어.

그때 해변 북쪽 끝 바위 사이에서 두 사람이 나타났다. 가슴이 덜컥했다. 내가 연루된 마지막 싸움은 열한 두 살 때로, 그때부터는 항상 폭력적인 일을 피해 왔다. 키마가 말했다. 저기 있네. 이냐키는 나를 바라보고, 이어 바다를 바라보았다. 나는 그때서야 그 장면에 극도로 우스꽝스러운 측면이 있고, 내가 그곳에 있는 것도 우스꽝스러움의 일부라는 사실을 깨달았다. 바위 사이에서 나온 두 사람은 바닷가를 따라 계속 다가왔고, 1백 미터 남짓 되는 거리를 두고 마침내 멈췄다. 두 사람 중 하나가 두 개의 칼끝이 삐죽이 나온 상자를 안고 있음을 충분히 볼 수 있었다. 이냐키가 말했다. 키마는 여기 있는 것이 낫겠어. 키마의 항의를 물리치고 나서 우리 두 사람은 그 미치광이 한 쌍과의 만남을 위해 천천히 전진했다. 모래사장을 걸으면서 이냐키에게 한 말이 기억난다. 이 어처구니없는 일이 계속 진행되는 건가? 상상 속이 아니라 현실에서 이 결투가 벌어지는 긴가? 자네가 나를 이 미친 짓거리의 입회인으로 선택했다는 건가? 바로 그 순간 이냐키가 나를 선택한 이유가 그의 진짜 친구들은(진짜 친구들이 있다면. 예컨대 조르디 됴베트나 그런 종류의 지식인 같은 사람들) 이따위 황당무계한 일에 참여하기를 단호히 거부했을 것이고, 이냐키를 비롯해 모두가 그 사실을 아는데 나 같은 멍청한 글쟁이만 모르고 있기 때문이라는 사실을 직감, 혹은 깨달았다. 또한 이런 생각도 들었다. 오! 하느님, 이 모든 잘못은 바카 그 개자식에게 있습니다. 이냐키를 공격하지 않았으면, 이런 일도 일어나지 않았을 테니까요. 이윽고 나는 더 생각을 할 수가 없었다. 그 두 사람 곁에 이르렀고 그중 하나가 이렇게 말했기 때문이다. 누가 이냐키 에차바르네인가요? 이냐키가 나라고 말할까 봐 그의 얼굴을 바라보았다(그 순간에는 신경이 곤두서서 이냐키가 무슨 짓이라도 할 위인 같았다). 그러나 이냐키는 너무나 행복하다는 듯 미소를 짓더니 자신이라고 말했다. 그러자 다른 사람이 나를 바라보고 자기소개를 했다. 나는 입회인 기엠 피냐입니다. 나는 말했다. 안녕하시오, 나는 이쪽 입회인 자우메 플라넬스입니다. 지금 그 생각을 하면 솔직히 구역질도 나고 바닥을 뒹굴며 배를 잡고 웃었을 법한 일이다. 그러나 그때는 속이 좀 뒤틀리고 한기 같은 것을 느꼈을 뿐이다. 사실 그때 날이 춥기도 했고, 희미한 석양이 해변을 비출 뿐이었다. 봄이면 사람들이 작은 만들과 여기저기 바위에서 옷을 다 벗어젖히는 해안, 해안 기차 승객들만이 민주 의식과 시민 의식을 발휘하여 무심하게 그 광경을 바라보는 해안이었다. 갈리시아라면 아마 똑같은 승객들이 기차를 세우고 내려서 누드족을 거세했을 것이다. 어쨌든 이런 생각을 하면서 안녕하시오, 나는 이쪽 입회인 자우메 플라넬스입니다라고 말했다.

그러자 기엠 피냐라는 자가 손에 든 상자를 풀어 헤

---

10 마요르카 섬의 언어로 카탈루냐어와 유사하다.

쳤다. 칼들이 드러나면서 칼날이 약간 번뜩이는 듯했다. 강철로 만들었을까? 청동으로? 쇠로? 나는 칼에 대해 전혀 모르지만 플라스틱 칼이 아님은 충분히 알 수 있었다. 손을 뻗어 손가락 끝으로 칼날을 건드려 보았더니 확실히 금속이었다. 손을 거두어 들였을 때 칼에서 또다시 광채, 잠에서 깨어나듯 발산되는 희미한 광채를 보았다. 적어도 이냐키의 친구들은 그렇게 말했을 것이다. 이냐키가 동행해 달라고 친구들에게 요청할 용기와 솔직함이 있었다면, 그리고 그랬을 것 같지는 않지만 친구들이 그와 동행했다면 말이다. 산 넘어 숨은 태양과 칼의 광채는 내 보기에 과도한 우연의 일치, 어찌 되었든 간에 아주 도가 지나친 우연의 일치였다. 그때서야 나는 드디어 물어볼 수 있었다(누구에게 물어보았느냐고? 나도 잘 모르겠다. 피냐에게, 아니 아마도 장본인인 이냐키에게 물었으리라). 이 일을 진짜 할 것인지, 결투를 진짜 할 것인지. 그리고 비록 그다지 좋은 목소리는 아니지만 큰 목소리로 경고할 수 있었다. 나는 경찰과 문제가 생기는 것을 원하지 않는다고, 그건 절대 안 된다고. 그다음 나머지 일은 혼란스럽다. 피냐가 마요르카 말[10]로 뭔가 말했다. 이어 이냐키에게 칼을 선택하게 했다. 이냐키는 칼 두 개를 먼저 차례차례 살펴보더니, 이어 동시에 저울질하면서 뜸을 들였다. 평생 삼총사 놀이만 한 사람 같았다. 칼은 이제 빛나지 않았다. 상대방, 즉 모욕을 당한 작가는(그 빌어먹을 서평이 아직 나오지도 않았는데 대체 누가 무슨 모욕을 가했다는 것인가?) 이냐키가 칼을 고를 때까지 기다렸다. 하늘은 흐린 우윳빛이고 언덕과 수풀에서 짙은 안개가 하강하고 있었다. 내 기억은 혼란스럽다. 키마가 힘내, 이냐키라고 소리 지르는 것을 들은 것 같다. 그 후 피냐와 나는 합의하에 뒤로 물러섰다. 잔잔한 파도가 내 다리를 적셨다. 모카신 신발을 바라보면서 투덜거린 기억이 난다. 젖은 양말과, 움직일 때 젖은 양말에서 나는 소리가 내게 외설적인 느낌, 불법적인 일을 하는 느낌을 준 것도 기억난다. 피냐는 바위 쪽으로 물러섰다. 키마는 일어나서 결투에 임한 사람들 쪽에 조금 다가왔다. 이 두 사람은 칼을 부딪쳤다. 나는 모래 둔덕에 앉아 구두를 벗고 손수건으로 젖은 모래를 꼼꼼히 털어 낸 기억이 난다. 이어 손수건을 던져 놓고 점점 어두워지는 수평선을 바라보았다. 그러다가 키마의 한 손이 내 어깨를 짚고, 또 한 손이 내 두 손에 생생하고 축축하고 까끌까끌한 물건을 쥐여 주는 것을 느꼈다. 잠시 뭔가 싶었는데 되돌아온 내 손수건, 저주처럼 내게 다시 돌아온 손수건이었다.

손수건을 재킷 주머니에 집어넣은 기억이 난다. 나중에 키마는 이냐키가 칼을 전문가처럼 다루었고, 결투를 내내 유리하게 이끌었다고 말할 것이다. 그러나 나는 동의하지 않을 것이다. 싸움은 팽팽하게 시작되었다. 이냐키의 양손 검법은 소심하다 싶을 정도여서 칼과 칼을 부딪치는 것으로 만족했다. 그리고 뒤로, 계속 뒤로 물러났다. 겁이 나서 그랬는지 상대를 파악하기 위해 그랬는지는 모르겠다. 반면 상대방의 칼날은 점점 단호해지고, 한순간 찌르기를 시도했다. 그 결투에서 첫 번째 시도로, 이냐키의 상대방이 칼을 움켜쥐고 오른발을 내디디면서 오른팔을 쭉 내밀어 칼끝이 거의 이냐키의 바지 솔기에 닿았다. 바로 그때가 이냐키가 그 황당한 꿈에서 깨어나 위험천만한 다른 꿈을 꾸기 시작한 순간이었다. 그때부터 발놀림이 훨씬 날렵해진 이냐키는 더 빨리 움직였다. 여전히 계속 뒤로 물러났지만, 직선이 아니라 원을 그리며 물러남으로써 그가 정면으로도 보이고 측면으로도 보이고 등을 진 모습도 보였다. 그러는 동안 관람자들은 무엇을 했느냐고? 키마는 내 뒤에서 모래사장에 앉아 이따금 이냐키에게 환호를 보냈다. 반면 피냐는 검객들이 움직이는 범위에서 멀찌감치 떨어져 있었는데, 그의 얼굴은 이런 종류의 일에 이골이 난 사람 얼굴, 또 한 자는 사람 얼굴을 방불케 했다.

순간 나는 우리가 정말 미쳤다는 깨달음을 얻었다. 하지만 그 깨달음의 순간 직후, 그 장면은 부조리한 삶의 당연한 결과라는 대오 각성의 찰나(이런 표현을 써서 어떨지 모르지만)가 뒤를 이었다. 그것은 형벌이 아니라 인간 속에서 우리 스스로를 돌아볼 수 있도록 갑자기 펼쳐진 주름이었다. 우리의 죄에 대한 한가한 확인이 아니라 우리의 놀랍고 쓸데없는 순진함을 보여 주는 것이었다. 그러나 그것이 아니다. 그것이 아니다. 우리는 정지해 있고 그들은 움직였다. 모래도 움직였다. 바람 때문이 아니라 그들이 하는 일, 그리고 우리들이 하는 일, 즉 우리가 아무것도 하지 않고 바라보는 것 때문에 움직였다. 그 모든 것이 주름이지 대오 각성의 찰나였다. 그 다음은 아무 일도 없었다. 내 기억력은 늘 보잘것없다. 기자로 활동하는 데 딱 필요한 정도이다. 이냐키가 자기 적을 공격하고, 그자가 이냐키를 공격했다. 두 사람이 칼을 부겁게 느낄 때까지 그렇게 몇 시간이고 보낼 수도 있음을 깨달았다. 나는 담배를 꺼냈는데 불이 없었다.

주머니를 전부 뒤지다가 일어나 키마에게 다가갔다. 그러나 키마가 벌써 1년 전 혹은 오래전에 담배를 끊었음을 알게 되었다. 피냐에게 가서 불을 빌려 달라고 할까 하다가 지나친 일이라는 생각이 들었다. 나는 키마 옆에 앉아 결투하는 이들을 바라보았다. 계속 원을 그리며 움직이고 있었지만, 그들의 움직임은 점점 느려졌다. 두 사람이 대화를 나눈다는 인상도 받았는데, 파도 소리에 그들의 목소리가 묻혔다. 나는 키마에게 이 모든 일이 어처구니없는 짓 같다고 말했다. 그녀가 대답했다. 천만의 말씀. 이어 자기에게는 대단히 낭만적으로 보인다고 말했다. 나는 속으로 말했다. 키마 정말 이상한 여자군. 흡연 욕구가 더 커졌다. 멀찌감치 있는 피냐는 우리처럼 앉아 있었고, 그의 입술에서 짙은 청록색 연기가 흘러나왔다. 나는 더 견딜 수 없었다. 일어나서 그에게 갔다. 절대로 결투에 임하는 이들의 영역에 가까이 가지는 않도록 빙 돌아서 갔다. 언덕 위에서 한 여자가 우리를 바라보고 있었다. 자동차 보닛에 기대어 두 손으로 햇빛을 가리고 있었다. 바다를 바라본다고 생각했지만, 당연히 우리를 바라보고 있음을 곧 알아차렸다.

피냐는 아무 말 없이 라이터를 주었다. 그의 얼굴을 쳐다보았다. 울고 있었다. 그와 이야기를 나누고 싶었지만, 그 모습을 보니 생각이 싹 가셨다. 그래서 키마 옆으로 되돌아와, 언덕 위에 홀로 있는 여자를 또다시 바라보았다. 이제 칼을 부딪치기보다 움직이면서 탐색만 하는 이냐키와 그의 상대도 바라보았다. 키마 옆에 앉을 때 내 몸은 모래가 가득 든 모래주머니 소리를 냈다. 그때 이냐키가 신중한 검법의 정도보다, 혹은 총사 영화에서 보는 것보다 높이 칼을 치켜드는 것을 보았다. 또한 적의 칼이 쭉 뻗어 이냐키의 심장 바로 앞에 칼끝이 이르는 것을 보았다. 비록 불가능한 일이지만, 이냐키가 창백해지는 모습을 보고, 오! 하느님 따위의 키마의 말소리를 듣고, 피냐가 언덕 쪽으로 담배를 집어던지는 것을 보고, 언덕에는 이미 여인도 차도 다 사라졌음을 동시에 본 듯했다. 그때 이냐키의 적이 재빨리 칼끝을 거둬들였고, 이냐키는 전진하여 상대방 어깨에 칼을 내리쳤다. 내 생각에는 놀라게 한 데 대한 복수였다. 키마가 안도의 한숨을 쉬고, 내가 안도의 한숨을 쉬면서 그 소름 끼치는 해변의 죄 많은 대기를 향해 담배 연기를 도넛 모양으로 내뿜고, 바람이 그야말로 냉큼 그 도넛들을 흐트러뜨리고, 이냐키와 그의 적은 두 명의 멍청한 아이들처럼 맛 좀 보라는 듯 계속 칼을 휘둘렀다.

23

1994년 7월, 바르셀로나 그라나다 델 페네데스 가, 바 지아르디네토, 이냐키 에차바르네. 비평은 한동안 작품과 동행한다. 이어 비평은 사라지고 작품과 동행하는 이들은 독자이다. 그 여행은 길 수도 있고 짧을 수도 있다. 이윽고 독자들은 하나, 둘 죽고 작품만 홀로 간다. 물론 다른 비평과 다른 독자들이 점차 그 항해에 동참하게 되지만. 이윽고 비평이 다시 죽고 독자들이 다시 죽는다. 그리고 작품은 그 유해를 딛고 고독을 향해 여행을 계속한다. 작품에 다가가는 것, 작품의 항로를 따라가는 항해는 죽음의 확실한 신호이다. 하지만 다른 비평과 다른 독자들이 쉼 없이 집요하게 작품에 다가간다. 그리고 세월과 속도가 그들을 집어삼킨다. 마침내 작품은 광막한 공간을 어쩔 도리 없이 홀로 여행한다. 그리고 어느 날 작품도 죽는다. 태양과 대지가, 또 태양계와 은하계와 인간의 가장 내밀한 기억, 즉 만물이 죽듯이. 희극으로 시작된 모든 것은 비극으로 끝난다.

1994년 7월, 마드리드 도서전, 아우렐리오 바카. 나 자신과 거울 앞에서, 또 머지않은 내 죽음의 순간 앞에서, 나아가 자식들과 아내와 내가 구축한 평온한 삶 앞에서도 인정해야만 한다. 1) 스탈린 시대라면 나는 내 젊음을 수용소에서 낭비하지도 목덜미에 총알을 맞고 죽지도 않을 것이다. 2) 매카시 시대라면 나는 직장을 잃지도 주유소에서 휘발유를 주유해야 하지도 않았을 것이다. 3) 그러나 히틀러 시대라면 나는 망명의 길을 택한 이들 중 하나였을 것이고, 프랑코 시대라면 나는 평생을 민주주의에 바치는 자들처럼 총통이나 성모를 위해 소네트를 쓰지는 않았을 것이다. 그때그때 다른 것이다. 내 용기는 확실히 한계가 있고, 참고 버티는 데도 한계가 있다. 희극으로 시작된 모든 것은 희비극으로 끝난다.

1994년 7월, 마드리드 도서전, 페레 오르도녜스. 옛날 스페인(그리고 스페인어권 아메리카) 문인들은 위반하고 개혁하고 태우고 혁명을 일으키기 위해 공론의 장에 들어갔다. 스페인(그리고 스페인어권 아메리카) 문인들은 보통 부유하거나 어느 정도 지위가 있는 집안 출신이고, 이들이 펜을 잡을 때는 그 지위를 거부하거나 이에 저항한다. 창작은 기득권을 포기하는 일이고, 거절하는 일이고, 가끔은 자살하는 일이다. 그것은 가문에 반대하는 길이었다. 오늘날 스페인(그리고 스페인어권 아메리카) 문인들은 하층 계급, 즉 프롤레타리아와 룸펜 프롤레타리아 집안 출신인 경우가 놀랄 만큼 많아졌다. 그리고 그들은 보통 계급 피라미드에서 상승하기 위한 글쓰기를, 즉 아무것도 위반하지 않으려고 잉청 소심하면서 자리를 굳히는 글쓰기를 한다. 그들이 교양이 없다는 이야기가 아니다. 예전 문인들처럼 아니 거의 예전 문인들과 마찬가지로 교양이 있다. 그들이 일을 하지 않는다는 말이 아니다. 예전 문인들보다 훨씬 일을 많이 한다! 하지만 그들은 또한 훨씬 천박한 사람들이다. 기업가나 조직 폭력배처럼 행동한다. 아무것도 거부하지 않거나 거부할 수 있는 것만 거부한다. 적을 만들지 않으려고 엄청 노력하거나 제일 힘없는 사람 중에서 적을 선택한다. 광기나 격노 때문이라면 모를까 신념 때문에 자살하지는 않는다. 결국 문학판은 이런 식으로 돌아간다. 희극으로 시작된 모든 것은 어김없이 희극으로 끝난다.

1994년 7월, 마드리드 도서전, 훌리오 마르티네스 모랄레스. 지금 도서전이 열리는 곳을 거닐고 있으니, 여러분에게 시인들의 영예에 관해 이야기 좀 하련다. 나는 시인이다. 작가이다. 비평가로서도 어느 정도 이름을 얻었다. 대략 보기에는 $7 \times 3 = 22$개의 부스가 있지만 사실은 훨씬 더 많다. 우리의 시야는 한계가 있기 때문이다. 어쨌거나 나는 이 도서전이란 세상에서 내 이름으로 한 자리를 차지하는 데 성공했다. 사고 난 차들, 글쓰기의 한계, $3 \times 3 = 9$가 뒤에 남는다. 쉽지 않았다. 발코니에 매달려서 피를 철철 흘리는 A와 E가 뒤에 남는다. 이따금씩 꿈속에서 다시 보게 되는 장면이다. 나는 배운 사람이다. 미묘한 감옥들만 안다. 게다가 시와 감옥은 늘 지근거리에 있다. 그러나 내 매혹의 원천은 우수이다. 나는 일곱 번째 꿈에 있는 것일까 아니면 도서전 행사장의 반대편 끝에서 닭들이 우는 소리를 들은 것일까? 전자가 맞을 수도 있고 후자가 맞을 수도 있다. 그러나 닭은 새벽에 우는데, 내 시계로는 지금 정오이다. 나는 도서전을 방랑하고 나처럼 실성해서 방랑하는 동료들에게 인사한다. 실성×실성=문학의 하늘나라에 있는 감옥. 나는 방랑한다. 나는 방랑한다. 시인들의 영예는 우리가 창백한 판결처럼 듣는 노래이다. 전시된 책들을 바라보고 희망처럼 암흑 같은 주머니 맨 안쪽에서 동전을 찾는 젊은 얼굴들을 나는 본다. 이 젊은 독자들을 곁눈질하면서 나는 혼잣말로 $7 \times 1 = 8$이라고 말한다. 빙산처럼 형체가 모호하고 느릿느릿 움직이는 이미지가 그들의 무감각하고 미소 짓는 작은 얼굴에 포개진다. 우리 모두 A자와 E자가 걸려 있는 발코니 아래를 지나고, 이 글자들의 피가 우리를 적시고 영원히 더럽힌다. 그러나 발코니는 우리처럼 창백하고, 창백함은 결코 창백함을 공격하지 않는다. 변명 삼아 하는 말이지만, 발코니도 우리와 함께 방랑한다. 다른 분야에서는 이를 마피아라고 부른다. 나는 사무실을 보고, 켜진 컴퓨터를 보고, 적막한 통로를 본다. 창백함×빙산=적막한 통로. 우리의 두려움이 사람들로 가득 채우는 적막한 통로, 책 말고 우리 확신들의 공허함을 지탱해 줄 확신을 찾아 방랑하는 그런 사람들로 가득 채우는 적막한 통로인 것이다. 절망이 최고조에 이를 때 우리는 삶을 이렇게 해석한다. 군중. 사형 집행인. 메스가 육체들을 자른다. $(A+E) \times$ 도서전 $=$ 다른 육체들. 가벼운 육체들, 달아오른 육체들. 어젯밤 내 담당 편집자가 내 항문에 삽입이라도 한 것 같다. 블랑쇼라면 죽음은 훌륭한 대답일 수 있다고 말했으리라. $31 \times 31 = 962$개의 그럴듯한 이유들. 어제 우리는 젊은 남미 작가 한 사람을 우리 마을의 희생 제단에 제물로 바쳤다. 그의 피가 우리 야망들의 얕은 돋을새김에 방울방울 흐르는 동안 나는 내 책들과 망각을 생각했고, 그것은 마침내 의미가 있었다. 우리는 정했다. 작가는 작가처럼 보이면 안 된다고. 은행가, 별다른 걱정 없이 나이를 먹는 부잣집 도련님, 수학 선생, 간수처럼 보여야 한다. 수목상(樹木狀)이어야 한다. 역설적으로 우리는 이렇게 방랑한다. 수목상×발코니의 창백함=우리가 승리하는 통로. 젊은이들, 즉 독자들은 우리가 거짓말쟁이라는 것을 어째서 깨닫지 못할까? 쳐다만 봐도 알 텐데! 우리의 사기 행각이 우리 면상에 낙인으로 찍혀 있건만! 그러나 그들은 깨닫지 못하고 우리는 완전한 면죄부를 가지고 낭송할 수 있다. 8, 5, 9, 8, 4, 15, 7. 우리는 방랑하고 서로 인사할 수 있다(적어도 나는 모든 사람에게, 즉 판결을 내리는 이들과 사형 집행인들에게, 후견인들과 학생들에게 인사한다). 우리는 동성애자의 무한한 이성애를, 발기 불능자의 정력을, 바람난 여편네를 둔 남자의 흠 없는 명예를 예찬한다. 그리고 아무도 신음하지 않는다. 괴롭지 않은 것이다. 우리는 누군가가 묘한 시각에 이해할 수 없는 목적으로 우리를 위해 피워 둔 모닥불을 향해 엉금엉금 기어가는 밤에만 침묵할 뿐이다. 비록 우리는 아무것도 운명에 내맡기지 않았지만 운명이 우리를 안내한다. 작가는 검열자처럼 보여야 한다고 우리 선배들이 말했고, 우리는 그 금쪽같은 생각을 거의 최후의 순간까지 따랐다. 작가는 신문에 글 쓰는 사람처럼 보여야 한다. 작가는 난쟁이처럼 보여야 하며

---

1 Antonio Machado(1875~1939), Manuel Machado(1874~1947), Azorín(1873~1967) 모두 바로하와 우나무노와 마찬가지로

〈살아남아야〉 한다. 우리마저 읽을 것이 없다면, 우리의 작업은 무(無)에서 멈춘 한 점, 최소한의 표현으로 축소된 만다라, 우리의 침묵, 죽음 저편에 확고하게 한 발을 들여놓았다는 우리의 확신이 될 것이다. 환상. 환상. 잃어버린 과거의 편린에서 우리는 사자가 되고자 했지만 지금은 그저 거세된 고양이일 뿐이다. 목 잘린 암고양이들과 혼인한 거세된 수고양이들. 희극으로 시작된 모든 것은 암호 작업으로 끝난다.

1994년 7월, 마드리드 도서전, 파블로 델 바예. 시인들의 영예에 대해 이야기를 좀 하련다. 내게 지금 같은 돈과 명성이 없던 시절이 있었다. 실업 상태였으며 페드로 가르시아 페르난데스라고 불리던 시절이었다. 하지만 나는 재능이 있고 사근사근했다. 한 여자를 알게 되었다. 많은 여자를 알았지만 특히 한 여자를 알게 되었다. 이름을 밝히지 않는 것이 좋을 것 같은 이 여인은 나를 사랑하게 됐다. 그녀는 우체국에서 일했다. 친구들이 내 여자가 무슨 일을 하는지 물어보면 나는 우체국 직원이라고 말하고는 했다. 좋게 말해 그렇지 사실은 우편배달부였다. 우리는 한동안 같이 살았다. 내 여자는 아침이면 출근해서 오후 5시까지는 돌아오지 않았다. 나는 문이 살짝 닫히는 소리가 들리면(그녀는 내 휴식을 방해하지 않도록 세심하게 신경 썼다) 일어나 글을 쓰기 시작했다. 고상한 것들에 대해서 썼다. 정원, 잃어버린 성들 등과 같은. 그러다가 지치면 책을 읽었다. 피오 바로하, 우나무노, 안토니오 마자노와 마누엘 마차도, 아소린.[1] 점심 식사 시간이면 외출해서 나를 아는 한 식당으로 갔다. 오후에는 글을 고쳤다. 그녀가 퇴근하면 우리는 보통 잠시 이야기를 나누었다. 하지만 문인이 우편배달부와 무슨 이야기를 할 수 있으랴? 나는 쓴 것에 대해, 쓸 생각인 것에 대해 말했다. 가령 마누엘 마차도에 대한 해설, 성령에 대한 시, 첫 구절이 〈내게도 스페인이 고통스럽다〉인 수필에 대해 말했다. 그녀는 돌아다닌 길들과 배달한 편지들에 대해 말했다. 아주 희한한 것도 있는 우표에 대해, 편지를 배달하는 기나긴 아침 동안 언뜻 본 얼굴들에 대해 말했다. 그 후 더 이상 견디기 힘들면, 나는 안녕을 고하고 마드리드의 바들을 전전했다. 가끔은 출판 기념회에 갔다. 무엇보다도 공짜 술과 카나페 때문이다. 카사 데 아메리카[2]에 가서 우쭐해하는 스페인어권 아메리카 문인들의 강연도 들었다. 아테네오에 가서 자기만족에 빠진 스페인 작가들의 강연도 들었다. 그 후에는 친구들과 만나 우리 작품에 대해 이야기하거나 모두 같이 스승을 방문했다. 그러나 문학 방담을 하는 와중에도 나는, 우편물 분량에 따라 노란 가방이나 노란 카트를 끌고 다니면서 담당 배달 구역을 묵묵히 돌고 또 도는 내 여자의 단화 소리를 계속 들었다. 그러면 나는 집중이 흐트러지고, 좀 전까지도 재기발랄하고 날카롭던 혀가 꼬이고, 침울하고 무력한 침묵에 빠진다. 다행히도 우리 스승을 비롯한 다른 사람들은 이를 성찰적이고 집중력 있고 철학적인 나의 성향으

98세대 문인들이다. 안토니오 마차도와 마누엘 마차도는 형제 시인으로, 본명이 호세 마르티네스 루이스José Martínez Ruiz인 아소린은 수필가로 이름을 떨쳤다.

  2 Casa de América. 스페인과 라틴 아메리카 사이의 이해 증진을 목적으로 스페인 외무부 주도로 1990년 설립된 기관.

로 해석하곤 했다. 가끔 새벽에 집에 돌아올 때 나는 그녀가 일하는 동네에 멈춰 서서, 군인과 유령의 중간쯤 되는 동작으로 그녀의 일상을 모방하고 연습하고 흉내 낸다. 마지막에는 토하고 나무에 기대 울면서 어찌 그 여자와 같이 사는지 스스로에게 질문을 던진다. 결코 답을 얻지 못했거나, 혹은 답을 얻어도 납득할 만한 것이 아니었지만 확실한 것은 그녀를 떠나지 않았다는 사실이다. 우리는 아주 오래 같이 살았다. 가끔 글쓰기를 멈추고 스스로에게 그녀가 푸줏간 여인이었으면 더 끔찍했으리라고 위로 삼아 말했다. 요즘 인기 좋은 여경이었으면 좋았을 텐데. 우편배달부보다는 경찰이 낫다. 그러나 우편배달부가 푸줏간 여인보다는 낫다. 그러다가 나는 분노에 사로잡혀 지쳐 쓰러질 때까지 글을 쓰고 또 썼고, 점점 내 직업의 기본을 깨우쳤다. 이렇게 세월이 흐르고, 그 세월 내내 나는 내 여자를 등쳐먹었다. 마침내 마드리드 시의 신진 작가상을 받고, 하루아침에 3백만 페세타의 상금과 스페인 수도에서 가장 유명한 신문사 한 곳의 일자리 제안을 거머쥐었다. 에르난도 가르시아 레온이 내 책을 극찬하는 서평을 썼다. 1쇄와 2쇄가 석 달도 채 되기 전에 소진되었다. 텔레비전 프로그램에도 두 군데 출연했다. 비록 한 곳에서는 나에게 광대짓을 시키려고 섭외했다는 인상을 받았지만. 나는 두 번째 소설을 쓰는 중이다. 그리고 내 여자를 버렸다. 우리는 성격이 맞지 않는다고, 상처가 되지 않았으면 한다고, 다 잘되기를 바란다고, 잘 알겠지만 언제 무슨 일이 있든 도와주겠다고 말했다. 그 후 나는 박스에 책을, 가방에 옷을 주섬주섬 넣어 떠났다. 어떤 고전 작가가 말했는지 기억나지 않지만 사랑은 승자에게 미소를 짓는다. 나는 곧 다른 여자와 살기 시작했다. 라바피에스 지역에 아파트, 내가 월세를 내는 아파트를 구했고, 이곳에서 나는 행복하고 생산적이다. 내 현재 여자는 영문학을 공부하고 시를 쓴다. 우리는 곧잘 책 이야기를 한다. 그녀는 가끔 기발한 생각들을 떠올리기도 한다. 나는 우리가 끝내주는 짝이라고 믿는다. 사람들은 우리를 바라보고 고개를 끄떡거린다. 우리는 어느 정도 미래를, 신중함과 성찰과 갈등을 일으키지 않는 범위에서의 낙관주의를 견지하고 있다. 그러나 작업실에서 주간 칼럼을 마지막으로 손질하거나 소설을 검토하고 있을 때면 거리에서 발소리가 들리는 밤이 있고, 나는 그 발소리의 주인이 부적절한 시간에 우편물을 배달하러 나선 우편배달부 여자라는 느낌이, 거의 그런 확신이 든다. 나는 발코니로 나가 보지만 아무도 안 보이거나, 모퉁이를 돌아 사라지는 귀갓길의 술 취한 사람만 보인다. 아무 일도 없다. 아무도 없다. 그러나 서재로 돌아오면 발걸음 소리가 다시 들리고, 그러면 나는 우편배달부 여자가 일을 하고 있다고, 비록 내 눈에는 띄지 않지만 내게 있어 최악의 시간에 자신의 담당 구역을 돌고 있다는 것을 안다. 그러면 나는 주간 칼럼과 소설을 놔두고, 시를 써보려 하거나 나머지 밤을 일기에 할애하려 하지만 할 수가 없다. 그녀의 단화 소리가 내 머릿속에서 울린다. 아주 희미한 소리인데 나는 어떻게 하면 그 소리를 추방할 수

---

3 Real Academia Española. 스페인어의 보존과 올바른 사용을 위해 만들어진 기관. 이 기관의 정식 위원으로 위촉받는 것은 문인들에게도 영광이다.

있을지 안다. 나는 일어나 침실로 가서 옷을 다 벗고, 내 여자의 향긋한 육체가 있는 침대로 들어가 사랑을 나눈다. 가끔은 아주 달콤하게, 또 가끔은 난폭하게. 그런 뒤 나는 잠들고 스페인 왕립 언어원[3]에 들어가는 꿈을 꾼다. 아닐 수도 있고. 말이 그렇다는 것이다. 사실 가끔은 지옥에 가는 꿈을 꾼다. 아니면 아무 꿈도 꾸지 않는다. 아니면 거세를 당했는데, 세월이 가면서 아주 작은 고환들이 무색의 올리브 두 알처럼 내 다리 사이에서 다시 자라나 사랑과 두려움이 혼합된 감정으로 그것들을 어루만지고 남몰래 지키는 꿈을 꾼다. 날이 밝으면 그 환영들은 사라진다. 물론 이 이야기는 그 누구에게도 하지 않는다. 강한 모습을 보여야만 한다. 문학의 세계는 정글이다. 우편배달부 여자와의 관계는 몇 번의 악몽으로, 몇 번의 환청으로 대가를 치른다. 그다지 나쁠 것도 없으니, 나는 이를 감수한다. 내게 감수성이 부족하다면, 아마 이미 그녀를 기억하지도 못했을 것이다. 심지어 가끔은 그녀에게 전화를 걸고, 매일 배달을 하는 그녀를 따라다니고, 그녀가 일하는 것을 처음으로 보고 싶은 마음까지 생긴다. 이제 남의 동네가 된 그녀의 동네 바에 같이 들어가 어떻게 사는지 물어보고 싶은 마음도 가끔 생긴다. 새 애인이 생겼는지, 말레이시아나 탄자니아에서 온 편지를 배달했는지, 아직도 크리스마스에 우편배달부들이 상여금을 받는지를. 그러나 그렇게 하지 않는다. 그녀의 발걸음 소리, 점점 약해지는 그 소리를 듣는 것으로 족하다. 우주의 광활함을 생각하는 것으로 족하다. 희극으로 시작된 보는 것은 공포 영화처럼 끝난다.

1994년 7월, 마드리드 도서전, 마르코 안토니오 팔라시오스. 시인들의 영예에 대해 할 말이 있다. 나는 열일곱 살이었고 작가가 되려는 주체할 수 없는 열망을 지니고 있었다. 준비를 했다. 하지만 준비하면서 가만히만 있지는 않았다. 그런 식으로는 절대 성공할 수 없음을 알았기 때문이다. 규율, 그리고 붙임성이 원하는 곳에 이르는 열쇠이다. 규율. 매일 오전 최소한 여섯 시간 글을 쓰기. 매일 오전 글을 쓰고, 오후에 고치고, 밤에는 뭐에 홀린 사람처럼 읽기. 붙임성 혹은 사근사근한 붙임성. 문인들 집에 인사 가거나 출판 기념회에서 접근하거나 듣고 싶어 하는 이야기를 콕 집어서 말하기. 간절하게 듣고 싶어 하는 말을. 항상 먹히는 것은 아니니 인내심 가지기. 등을 두드려 주지만 나중에는 언제 보았더라 하는 개자식들이 있으니. 기가 세고 잔인하고 하찮은 개자식들도 있다. 그러나 모두 그런 것은 아니니 인내심을 가지고 찾는 것이 필요하다. 최고의 대상은 동성애자들이다. 하지만 주의할 것. 어느 순간 멈출 것인지, 원하는 것이 무엇인지 정확히 알 필요가 있다. 그렇지 않으면 좌파 호모 늙은이에게 부질없이 후장을 따먹히는 수가 있다. 이것은 여자들의 4분의 3에도 마찬가지다. 도움을 줄 수 있는 스페인 여성 작가들은 보통 나이가 많고 못생겨서, 가끔 그만한 희생을 할 값어치가 없다. 결국 최고의 대상은 벌써 오십줄이나 노년의 문턱에 들어간 이성애자들이다. 어쨌든 불가피하게 작가들에게 접근해야 한다. 그들의 원한과 분노의 그늘 아래서 불가피하게 밭을 갈아야 하는 것이다. 물론 그들의 작품 전집을 품고 있어야 한다. 대화를 할 때마다 두세 차례썩 인용해야 한다. 끊임없이 인용해야 하는 것이다! 충고 한 가지. 대문호의 친구들을 결코 비판하지 말지어다. 대문호의 친구들은 신성하기 때문에 부적절한 언급 한 번이 운명을 바꿀 수 있다. 충고 한 가지. 외국 작가들, 특히 미국과 프랑스와 영국 작가들은 반드시 증오하고 난도질해야 한다. 스페인 작가들은 다른 언어를 사용하는 동시대 작가들을 증오하는지라 외국인 작가에 대한 부정적인 서평을 한 편 쓰면 늘 환영받는다. 그리고 침묵을 지키고 기회를 엿보기. 또한 일의 영역을 구획하기. 아침에는 쓰기, 오후에는 고치기, 밤에는 읽기, 자투리 시간에는 외교와 위선과 붙임성. 열일곱 살 때 나는 작가가 되고 싶었다. 스무 살에 첫 번째 책을 발간했다. 지금은 스물네 살이고, 이따금 뒤를 돌아보면 현기증 비슷한 것이 머릿속에 인다. 나는 기나긴 길을 걸었고, 네 권의 책을 발간했고, 문학으로 편안하게 먹고산다(정직하게 말하자면 나는 생활하는 데 결코 많은 것이 필요하지 않았다. 그저 책상, 컴퓨터, 책이면 족했다). 나는 마드리드의 우파 신문에 매주 글을 쓴다. 이제는 몇몇 정치가를 예찬하고 딴죽을 걸고 변화를 요구한다(하지만 과하지 않게). 작가의 길을 걷고 싶은 청년들은 나를 본받을 만한 사례로 생각한다. 어떤 사람들은 내가 아우렐리오 바카의 업그레이드 버전이라고 말한다. 나는 잘 모르겠다(우리 둘 다 스페인으로 인해 고통스럽다. 지금은 나보다 그가 더 고통스럽겠지만). 진심으로 하는 말들일 수도 있지만, 내가 경계심을 풀고 태도를 누그러뜨리도록 하는 말들일 수도 있다. 후자의 경우라면 그들이 좋아라하게 해줄 수는 없다. 나는 예전과 같은 끈기로 일을 계속하고, 계속 글을 생산하고, 계속 세심하게 인간관계를 관리한다. 나는 아직 서른 살이 되지 않았고, 장미, 완벽하고 향기로운 한 떨기 장미처럼 미래가 열리고 있다. 희극으로 시작된 것은 개선행진처럼 끝난다. 그렇지 않은가?

1994년 7월, 마드리드 도서전, 에르난도 가르시아 레온. 모든 장대한 일이 그렇듯 모든 것은 꿈으로 시작되었다. 1년이 채 안 된 일로, 어느 날 나는 문학적 전통이 깊은 어느 카페에 갔다가 다양한 작가들과 우리 스페인의 고통스러운 상황에 대해 대화를 나누었다. 예의 왁자지껄한 대화 속에서 내가 대화를 나눈 사람들 모두는 내 최근작이 가장 많이 팔린 책은 아닐지라도 가장 많이 읽힌 책이라고 단언했다(분명 만장일치였다). 그럴 수도 있다. 나는 판매 따위는 신경 쓰지 않는다. 그러나 예찬의 장막 사이로 나는 그림자를 보았다. 내 동년배 사람들은 나를 예찬하고, 제일 젊은 축들은 내게서 스승의 풍모를 보았으나 — 그리고 나를 스승으로 둔 것을 자랑스러워했다 — 나는 달콤한 말의 장막 뒤에서 어떤 낌새, 미지의 무엇이 임박했음을 예감했다. 그것이 무엇이었냐고? 당시에는 몰랐다. 한 달 후 우리의 저주스러운 스페인을 며칠 떠나 있을 작정으로 공항 탑승객 대기실에 있는데 짙은 청색 옷을 입은 세 명의 키 큰 젊은이가 다가왔다. 그리고 내 최근작이 자신들의 삶을 바꾸었다고 터놓았다. 그런 식의 이야기를 한 이들이 물론 결코 처음이 아니었으나 이상했다. 나는 여행을 계속했다. 로마를 경유했다. 면세점에서 흥미로운 모습의 어느 남자가 나를 계속 쳐다보았다. 사업차 비행기를 탄 헤르만 퀸스트라는 이름의 오스트리아 사람이었는데(무슨 일에 종사하는지 물어보지는 않았다), 내 저번 책에 매료되어 사인을 요청했다. 내가 아는 한 아직 독일어로 번역되지 않은 작품이니, 스페인어로 읽은 것이다. 그의 예찬은 나를 황홀하게 만들었다. 네팔에 도착했을 때 호텔에서 열다섯 살이 채 되지 않은 소년이 내가 에르난도 가르시아 레온이냐고 물었다. 내가 그렇다고 대답하면서 팁을 주려고 하자, 그 소년 직원이 내 작품의 열렬한 팬이라고 말했다. 그 직후 어느새 나는 낡은 『투우와 천사 사이에서』라는 책에, 더 정확히 말하면 1986년의 8쇄에 사인을 하고 있었다. 유감스럽게도 그 순간, 이 자리를 빌려 이야기하기에는 적합하지 않은 곤경을 겪었다. 그래서 그 어린 독자에게 내 책을 손에 넣기까지의 사연이나 경로에 대해 물어볼 기회를 빼앗겼다. 그날 밤 나는 세례 요한의 꿈을 꾸었다. 목 없는 세례 요한이 호텔 침대에 다가와 말했다. 네팔로 가거라, 에르난도. 걸작을 쓸 길이 열릴 것이니라. 나는 잠자는 사람 특유의 꼬인 혀로 대답했다. 하지만 저는 이미 네팔에 있는데요. 그러나 세례 요한이 마치 내 에이전트처럼 되풀이해 말했다. 네팔로 가거라, 에르난도 어쩌고저쩌고. 다음 날 아침 나는 꿈에 대해 잊어버렸다. 카트만두의 산들을 돌아보는 동안 어수선한 우리 스페인에서 온 단체 여행객들을 갑자기 만났다. 그들이 나를 알아보았고(말할 필요도 없지만 나는 어느 바위 뒤에서 혼자 생각에 잠겨 있었다), 통상적인 질문과 대답을 해야 했고, 그래서 마치 텔레비전 프로그램에 출연한 것 같았다. 우리 동포들의 앎에 대한 갈증은 지대하고 집요하고 한이 없었다. 나는 책 두 권에 사인을 했다. 호텔에 돌아와 그날 밤 또다시 세례 요한 꿈을 꾸었다. 그러나 이번에는 변동 사항, 그것도 대단한 변동 사항이 있었다. 그림자 하나를 대동하고 왔는데, 목 없는 세례 요한이 말하는 동안 일정한 거리를 두고 서 있었다. 세례 요한의 계시는 본질적으로 전날 밤과 같았다. 네팔을 방문하라고 독촉하면서 달콤한 걸작을 약속했다. 가장 대담한 작가가 쓸 만한 걸작. 그 꿈은 하루, 이틀, 그리고 사실상 내가 아시아에 머무는 내내 반복되었다. 마드리드로 돌아와서, 의무 방어전 격의 딱딱한 인터뷰에 마지못해 응한 뒤, 굳은 창작 의지를 품고 아르간다 인근의 산골 마을인 오레후엘라로 갔다. 또다시 세례 요한의 꿈을 꾸었다. 나는 꿈속에서 내게 말했다. 마초 에르난도, 이건 너무 지나치잖아. 나는 극한 상황을 겪어 본 사람에게만 가능한 정신력으로 불현듯 잠에서 깨어나는 데 성공했다. 방은 카스티야 밤의 풍성한 침묵에 잠겨 있었다. 창문을 열고 산악 지대의 맑은 공기를 들이마셨다. 나는 하루에 담배 두 갑을 피우던 먼 옛날을 그리워하지는 않았지만, 아주 잠깐 동안 담배 한 대 피워도 나쁘지 않으리라는 생각이 들었다. 시간 낭비할 틈 없는 사람답게 나는 깨어 있는 시간 동안 원고를 검토하고, 편지들을 끝맺고, 기고문과 강연문 초고를 준비하는 데 바쳤다. 성공한 작가에게나 있는 허드렛일로 천 부 이상 팔지 못하는 한 맺힌 사람들이나 질투심에 불타는 사람들은 결코 이

---

4 Francisco de Zurbarán(1598~1664). 스페인 화가로 명암이 강렬하게 대비되는 종교적 그림으로 유명하다.

해하지 못할 일이다. 그 후 나는 침대로 돌아가, 늘 그렇듯 이내 잠이 들었다. 수르바란[4]이 그린 듯한 암흑 속에서 세례 요한이 다시 나타나 내 눈을 바라보았다. 세례 요한은 고개로 무슨 신호를 보내더니 말했다. 그대를 떠나지, 에르난도. 하지만 그대는 혼자 남은 것은 아니네. 나는 점점 밝아 오는 경관을 바라보았다. 동틀 녘 특유의 초상집 분위기는 아직 간직하고 있었지만 마치 산들바람이나 천사의 숨결이 안개와 암흑을 걷어 내기라도 한 듯했다. 침대와 3미터쯤 떨어진 바위 곁에 망토를 뒤집어쓴 그림자가 참을성 있게 기다리고 있었다. 내가 물었다. 누구시오? 목소리가 떨렸다. 나는 잠과 그 음산한 아침에서 헤어 나오지 못한 채 흠칫 놀라 생각했다. 나 울기 직전이군. 그러나 마음을 굳게 먹고 질문을 되풀이할 수 있었다. 누구시오? 그러자 그림자가 몸을 떨었거나 꼭 필요한 만큼의 동작으로(그리고 온몸으로) 아침 이슬을 털어 냈다. 아니면 그저 내 황망한 두 눈이 그렇지 않은 것을 떨림으로 감지한 것일 수도 있다. 어쨌든 그 떨림의 순간이 지나고 그림자가 내 침대 쪽으로 걸어오기 시작했다. 그림자의 발이 바닥을 밟는 것 같지도 않건만 돌멩이 소리, 그림자의 발바닥을 등으로 느끼면서 행복해하는 돌멩이들의 노랫소리를 들었다. 삐걱거리면서 동시에 잘그락거리는 소리, 소곤거림과 웅얼기리는 소리. 돌멩이는 들판의 풀이고 그림자의 발은 대기나 물을 방불케 했다. 나는 죽을힘을 다해 침대에서 몸을 일으켜 팔꿈치에 몸을 의지하고 물었다. 누구시오? 내게 뭘 원하는 거요, 그 망토 밑에 무엇을 감추고 있소? 그림자는 돌멩이와 잿빛 자갈밭으로 계속 전진해서 내 침대 옆에 도달하더니 우뚝 섰다. 돌멩이들은 노래를 혹은 달콤한 속삭임을 혹은 구구구 하는 소리를 멈추었고, 내 방과 계곡과 산자락에 커다란 침묵이 감돌았다. 나는 눈을 감고 스스로에게 말했다. 용기를 내, 에르난도. 더 나쁜 꿈도 꿔봤잖아. 그리고 다시 눈을 떴다. 그러자 그림자가 망토를 벗었다. 망토가 아니라 숄이었을지도 모르지만. 내 앞에 성모 마리아가 출현하고, 성모 마리아의 광채는 여러 번 이런 종류의 경험을 한 내 친구 파트리시아 페르난데스-가르시아 에라수리스의 말과 달리 눈이 부실 정도는 아니었다. 눈동자에 쾌적한 빛, 여명의 빛과 부합되는 정도의 빛이었다. 나는 말문이 닫히기 전에 말했다. 성모 마리아시여, 이 불쌍한 종에게 무엇을 원하시나이까? 성모 마리아가 말했다. 에르난도, 내 아들아. 책을 썼으면 하노라. 나머지 대화 내용은 말할 수 없는 종류의 것이다. 하지만 나는 책을 썼다. 온 힘을 다할 각오로 일에 착수해 석 달 후 350쪽의 원고를 출판사 편집장의 책상에 올려놓았다. 제목은 『새로운 시대와 이베리아의 계단』이다. 사람들 말로는 오늘 하루 천 부 이상 팔렸다고 한다. 물론 내가 슈퍼맨은 아니기 때문에 모든 책에 사인을 하지는 않았다. 희극으로 시작된 모든 것은 어김없이 미스터리로 끝난다.

1994년 7월, 마드리드 도서전, 펠라요 바렌도아인. 먼저, 나는 여기에 있다. 머리끝까지 항우울제에 취해 겉보기

---

5 프로작, 에파미놀, 로히프놀, 트란키마신은 약품 이름이다.
6 만화 영화 제목이자 주인공 곰의 이름.
7 Hypatia(370?~415). 이집트 신플라톤학파의 여성 철학자.

에는 너무 괜찮은 이 도서전을 돌아다닌다. 보니까 에르난도 가르시아 레온은 숱한 독자들을 거느리고 있고, 가르시아 레온의 대척점에 있지만 그와 마찬가지로 숭배를 받는 바카에게도 숱한 독자들이 있고, 내 오랜 친구 페레 오르도녜스도 어느 정도 독자들이 있고, 더 열거할 필요도 없이 나까지도 내 몫의 독자들이 있다. 속 터진 사람들, 박복한 사람들, 머릿속에 작은 리튬 폭탄이 들어 있는 사람들, 프로작의 강들, 에파미놀의 호수들, 로히프놀의 사해(死海)들, 트란키마신으로 봉해 놓은 우물들,[5] 내 형제들, 내 광기를 빨아 마시며 자신의 광기의 자양분으로 삼는 이들이. 그리고 나는 내 간호사와 함께 이곳에 있다. 간호사가 아니고 사회 복지사나 특수 교육을 받은 사람, 심지어 변호사일 수도 있지만, 어쨌든 나는 이곳에 간호사 같은 여자와 같이 있다. 적어도 내게 기적의 알약, 즉 내 머리를 꽉 집어 놓아 터무니없는 짓을 하지 못하게 만드는 폭탄들을 신속하게 투척하는 것으로 보아 간호사라고 추론할 수 있다. 내 옆을 걷는 여인, 돌아서면 너무 무겁고 육중한 내 그림자를 스치는 너무나 날렵한 그녀의 그림자. 내 그림자는 일견 그녀 그림자와 같이 다니는 것을 부끄러워하는 듯 보이지만, 잘 살펴보면 그녀의 그림자와 같이 다니는 것을 더없이 행복하게 생각하는 것을 알 수 있다. 세 번째 밀레니엄의 요기 베어[6]인 내 그림자와 히파티아[7]의 제자 같은 그녀의 그림자. 바로 그때가 내가 이곳에 있는 것을 더할 나위 없이 좋아할 때이다. 내 간호사가 굉장히 많은 책을 한꺼번에 보는 것을 즐기고, 소위 스페인 시 혹은 스페인 문학에서 가장 저명한 미치광이와 같이 걷는 것을 좋아하기 때문이다. 바로 그때가 내가 묘하게 미소 짓거나 흥얼거릴 때이다. 그러면 그녀는 왜 웃는지 혹은 왜 흥얼거리는지 묻는다. 나는 이 모든 것이 우스꽝스러워서, 에르난도 가르시아 레온이 세례 요한이나 성 이그나시오 데 로욜라[8]나 복자 에스크리바[9]인 척하는 것이 우스꽝스러워서, 이 모든 작가가 저마다의 석면 부스 참호에 포진해서 명성과 독자를 쟁취하려는 대전투를 벌이는 것이 우스꽝스러워서 웃는다고 대답한다. 그녀는 나를 바라보고 왜 흥얼거리는지 묻는다. 나는 시라고, 내 흥얼거림은 내가 생각하고 기억에 저장하려고 하는 시라고 대답한다. 그러면 간호사는 내 대답에 만족스러워하며 미소를 짓고 고개를 끄덕인다. 그리고 그럴 때면, 특히 사람이 많아서 위험의 징조가 보일 때면(간호사는 아우렐리오 바카의 부스 주변이 그렇다고 설명한다), 그녀의 손이 내 손을 쉽게 찾아 잡는다. 그리고 우리는 불타는 태양과 서늘한 그늘이 있는 지역을 손을 잡고 천천히 가로지른다. 그녀의 그림자가 내 그림자를, 특히 그녀의 육체가 내 육체를 질질 끌고 가면서. 비록 진실은 따로 있지만(나는 아우성치지 않으려고 미소를 짓고, 기도나 저주를 하지 않으려고 흥얼댄다) 간호사한테는 내가 한 이야기로 충분하다. 이는 그녀가 심리학자로서의 자질은 별로 없으나 삶의 충동, 레티로 공원 일대에 쏟아지는 햇빛을 즐기려는 자질, 행복에 대한 억누를 길 없는 갈망은 가지고 있다는 이야기이다. 바로

---

8 Ignacio de Loyola(1491~1556). 예수회를 창시한 스페인의 수도사.
9 José María Escrivá(1902~1975). 오푸스 데이를 창설한 스페인 신부.

그때가 내가, 적어도 어느 관점에서는, 시적이라고 하기 힘든 일들을 생각할 때이다. 실업(내가 미친 덕분에 내 간호사는 막 실업자 신세를 면했다)이나 법학 공부(내가 미친 덕분에 내 변호사는 법에서 스페인 소설로 전공을 바꿨다) 같은. 실업과 잃어버린 시간들은 하나가 되어 빨간 풍선처럼 내 눈앞에서 하늘로 상승해 마침내 나를 눈물짓게 만든다. 이카로스의 운명 때문에 괴로워하는 다이달로스처럼, 벌을 받은 다이달로스처럼. 이윽고 나는 지상으로, 도서전으로 다시 하강해서 그녀만을 위한 어렴풋한 미소를 짓는다. 그러나 내가 미소 짓는 것을 보는 사람은 그녀가 아니라 내 독자들, 박복한 사람들, 가면을 쓴 사람들, 내가 광기로 자양분을 제공해 주고 있으며 결국은 나를 혹은 내 무한한 인내심을 살해할 그 미치광이들이며, 내 비평가들, 나와 사진을 찍고 싶어 하지만 내 존재를 여덟 시간 계속은 견뎌 내지 못할 사람들, 방송 작가 겸 진행자들, 바렌도아인의 광기를 예찬하면서도 고개를 절레절레 흔드는 사람들이다. 그녀는 결코 아니다. 바보, 멍청이, 순진한 여자, 지나치게 늦게 나타난 여자, 문학에 관심을 보이지만 더러운 혹은 깨끗한 책장 아래 지옥이 숨어 있으리라고는 상상조차 못하는 여자, 꽃을 사랑하지만 꽃병 아래 괴물들이 살고 있다는 것을 모르는 여자, 도서전을 서닐머 나를 끌고 가는 여자, 나를 가리키는 사진 기자들에게 미소 짓는 여자, 내 그림자와 자기 그림자도 끌고 가는 여자, 무지한 여자, 가진 것 없는 여자, 유산이 없는 여자, 나보다 오래 살 여자, 그리고 내게 위안을 주는 유일한 여자. 희극으로 시작된 모든 것은 허공에 대고 하는 위령 기도로 끝난다.

1995년 9월, 바르셀로나 타예스 가, 바 센트리코, 펠리페 뮐러. 이건 공항 이야기이다. 아르투로가 바르셀로나 공항에서 내게 해주었다. 두 작가 이야기이다. 결국 또렷이 기억나는 이야기는 아니다. 공항에서 하는 이야기는 사랑 이야기 아니면 금방 잊어버리는 법인데, 이 이야기는 사랑 이야기가 아니니까. 두 사람은 우리가 알게 된 작가들, 적어도 아르투로가 알게 된 작가들이다. 바르셀로나에서, 파리에서, 멕시코에서? 그건 모르겠다. 1백 퍼센트 장담할 수는 없지만 하나는 페루 작가이고 또 하나는 쿠바 작가이다. 내게 그 이야기를 해주었을 때, 아르투로는 그들의 국적을 확실히 알고 있었을 뿐만 아니라 이름까지 언급했다. 그러나 나는 별로 귀 기울여 듣지 않았다. 내 생각에는, 아니 내 짐작으로는 그들은 우리와 같은 세대, 즉 1950년대에 태어난 작가들이다. 아르투로에 따르면 그들의 숙명은 교훈적이었다. 이에 대해서는 똑똑히 기억난다. 페루 작가는 마르크스주의자였다. 적어도 그의 독서는 그 길을 따라가서 그람시, 루카치, 알튀세르를 알고 있었다. 헤겔, 칸트, 몇몇 그리스 철학자도 읽었다. 쿠바 작가는 행복한 소설가였다. 이건 굵은 글씨로 강조해야겠다. **행복한 소설가**라고. 쿠바 작가는 이론가들 대신 장편소설과 시와 단편을 읽었다. 두 사람은 가난한 가정에서 태어났다. 페루 작가는 노동자 가정에, 쿠바 작가는 농민 가정에. 두 사람은 아무 걱정 없이 컸다. 행복해지려는 확고한 의지로 즐겁게 살고자 했다. 아르투로는 아주 아름다운 두 아이였으리라고 말했다. 음, 나는 모든 아이가 다 아름답다고 믿지만. 물론 두 사람은 문학이 천직임을 일찌감치 발견했다. 페루 작가는 시를 쓰고, 쿠바 작가는 단편을 썼다. 두 사람은 혁명과 자유를 믿었다. 1950년대에 태어난 모든 라틴 아메리카 작가들이 대충 그러했듯이. 이윽고 그들은 성장했다. 페루 작가와 쿠바 작가는 초기에 영광을 맛보았다. 작품이 출판되고, 평단이 한목소리로 예찬하고, 대륙 최고의 젊은 작가라고들 이야기했다. 한 사람은 시 분야에서, 또 한 사람은 소설 분야에서. 사람들은 내심 두 작가의 결정적인 작품을 고대하기 시작했다. 하지만 라틴 아메리카 최고의 작가들 혹은 1950년대에 태어난 최고의 작가들에게 곧잘 일어나던 일이 일어났다. 청춘, 사랑, 죽음의 삼위일체가 마치 신의 계시처럼 그들에게 현현한 것이었다. 이 현현이 그들의 작품에 어떤 영향을 끼쳤을까? 처음에는 거의 눈에 띄지 않았다. 그저 유리를 다른 유리에 포갤 때의 가벼운 움직임 정도를 느끼는 수준이라고나 할까. 소수의 친구들만 이를 깨달았다. 그 후 두 작가는 피할 도리 없이 지하 묘지나 심연을 향해 갔다. 페루 작가는 장학금을 받아 리마를 떠났다. 한동안 라틴 아메리카를 돌아다니지만, 곧 배를 타고 바르셀로나로 갔고, 이어 파리로 갔다. 내 생각에 아르투로는 멕시코에서 페루 작가를 알게 되었지만, 우정은 바르셀로나에서 다져졌다. 그 무렵 모든 것이 다 페루 작가의 문학 경력이 탄탄대로를 달릴 것임을 가리켰건만, 어찌 된 영문인지 스페인 출판인들과 작가들은 극히 일부 이외에는 그의 작품에 관심을 보이지 않았다. 그 후 페루 작가는 파리로 건너가 마오쩌둥주의에 물든 페루 유학생들과 접하게 되었다. 아르투로에 따르면, 페루 작가는 늘 마오쩌둥주의자, 유희적이고 무책임한 마오쩌둥주의자,

살롱의 마오쩌둥주의자였다. 그런데 파리에서 사람들이 이런저런 방법으로 그를 치켜세웠다. 이를테면 그가 마리아테기[10]의 재림이라고, 그가 라틴 아메리카를 마음껏 활보 중인 종이호랑이들을 박살 낼 망치 혹은 모루라고. 어떤 단어를 썼는지는 정확히 모르겠지만. 페루 친구가 유희를 벌인다고 벨라노가 믿은 이유가 무엇이냐고? 음, 여러 가지 동기가 있다. 페루 작가는 하루는 끔찍하고 선동적인 글을 쓰다가도 다음 날이면 멕시코 시인 옥타비오 파스에 대한 아첨과 찬양으로 점철된, 잘 읽히지도 않는 수필을 썼다. 이는 마오쩌둥주의자라면 그다지 진중하지 못하고, 앞뒤도 맞지 않는 행동이었다.[11] 사실 페루 작가는 수필가로는 늘 엉망이었다. 가난한 농민들의 대변자 역할을 하든 파스 시의 선도자 역할을 하든 말이다. 반면 시인으로서는 계속 훌륭했다. 심지어 때로는 너무 훌륭하고 대담하고 혁신적이었다. 어느 날 페루 작가는 페루로 돌아가기로 결정했다. 새로운 마리아테기가 조국 땅에 되돌아갈 순간이 왔다고 믿었는지, 아니면 그저 마지막 남은 장학금을 이용해 물가가 더 싼 곳에서 살면서 조용하게 그리고 지속적으로 새로운 작품들

10 José Carlos Mariátegui(1895~1930). 마르크스주의를 페루 현실에 창조적으로 적용한 사회주의 사상가이자 문필가로 그람시와 많이 비교된다. 페루 공산당의 창시자이기도 하며, 페루는 물론 라틴 아메리카의 비판적 사상가들에게 커다란 영향을 끼쳤다. 뒤에 나오는 혁명 단체 센데로 루미노소에게도 영감을 주었다.
11 옥타비오 파스는 만년에 보수주의자가 되었다.
12 Sendero Luminoso. 〈빛나는 길〉이라는 의미의 혁명 단체로 1980년 안데스 아야쿠초 시에서 마오쩌둥주의 노선을 표방하며 봉기했으며, 1990년대 초반까지 페루를 거의 내전 상황으로 몰고 갔다.
13 Helena Blavatsky(1831~1891). 러시아의 신비 사상가로 20세 무렵 최고의 영매로 떠오르면서 유럽, 미국, 이집트에서 활동했다.

을 쓰고 싶었던 것인지는 모르겠지만. 하지만 운이 나빴다. 리마 공항에 발을 내딛자마자 센데로 루미노소[12]가 마치 때를 기다렸다는 듯 봉기했다. 페루 전역으로 번질 기세의 엄청난 도전이요 하나의 세력이었다. 당연히 페루 작가는 산악 지대의 작은 마을에 칩거해 글을 쓸 수 없었다. 그때부터 모든 것이 악화되었다. 페루 문학의 유망 청년은 온데간데없이 사라지고 점점 두려움에 사로잡힌 작가, 점점 미치광이로 변한 작가, 바르셀로나와 파리를 리마와 왜 바꾸었을까 생각하면서 괴로워하는 작가만 남았다. 유일하게 그의 시를 경멸하지 않는 페루인들은 그를 수정주의자 내지 배신자라고 죽도록 증오했고, 경찰의 눈에는 그가 천년 왕국설에 입각한(사실 그 페루 작가는 나름대로 그랬다) 게릴라 집단의 이론적 지도자였다. 즉, 페루 작가는 한순간 경찰에게도 또 센데로 루미노소 측 사람들에게도 살해될 수도 있는 나라에 정박해 있었다. 이쪽도 저쪽도 충분한 동기가 있었다. 이쪽도 저쪽도 그가 쓴 글이 모욕적이라고 느꼈다. 그 순간부터 페루 작가가 목숨을 부지하려고 한 모든 일이 그를 돌이킬 수 없는 파국으로 몰고 갔다. 정리하자면 페루 작가는 이성을 상실했다. 문화 혁명과 문화 혁명 4인방의 열렬한 지지자이던 그가 블라바츠키 부인[13] 이론의 추종자로 변모했다. 가톨릭교회의 우리 안으로 되돌아갔다. 요한 바오로 2세의 열렬한 추종자가 되고 해방 신학의 격렬한 적이 되었다. 그러나 경찰은 이 변신을 믿지 않아서 그의 이름은 잠재적 위험인물 파일에 계속 남아 있었다. 빈면 친구들, 페루 작가에게 뭔가를 기대했던 시인들은 그의 말을 믿어서 더 이상 그를 상대하지 않았다. 심지어 부인도 곧 그를 버렸다. 그러나 페루 작가는 광기를 고수하고 집착했다. 결국 자신만의 세계에서 산 것이다. 물론 돈을 벌 수 없었다. 아버지 집으로 가서 살고, 아버지가 그를 부양했다. 아버지가 죽자, 어머니가 그를 부양했다. 물론 글쓰기를 그만두지는 않았다. 가끔은 섬뜩하고 빛나는 유머를 느낄 수 있는 두툼하지만 수준이 고르지 못한 책들을 냈다. 세월이 흐른 뒤 그는 1985년 이래로 총각 신세였다고 떠들어 대기도 했다. 또한 염치, 평정심, 신중함이라고는 눈곱만큼도 없는 작가가 되었다. 터무니없는(즉, 라틴 아메리카 작가들 중에서도 〈더〉 터무니없는) 예찬을 늘어놓고, 자화자찬을 하면서 전혀 남부끄러운 줄 몰랐다. 그러나 가끔은 정말 아름다운 시를 썼다. 아르투로에 따르면 그 페루 작가에게 있어 아메리카에서 제일 뛰어난 시인은 휘트먼과 그 자신이었다. 페루 작가의 예는 기이한 경우였다. 쿠바 작가의 경우는 다르다. 그는 행복했고, 그의 작품은 행복하고 급진적이었다. 하지만 쿠바 작가는 동성애자였고, 혁명 당국은 동성애자들에게 관용을 베풀 용의가 없었다. 그리하여 쿠바 작가는 문학적 가치가 큰 두 편의 짧은 소설을 쓰면서 지극히 짧은 영광의 순간을 보낸 뒤 얼마 후 혁명이라고 불리는 지랄과 광기에 휩쓸렸다. 혁명 당국은 그가 가진 얼마 안 되는 것을 차츰차츰 빼앗기 시작했다. 쿠바 작가는 일자리를 잃었고 출판이 안 되었다. 또한 당국은 그를 경찰 끄나풀로 만들려 하고, 박해하고, 서신을 가로채고, 마침내는 감옥에 가두었다. 혁명

14 이 이야기에 등장하는 페루 작가는 엔리케 베라스테기(1950~), 쿠바 작가는 레이날도 아레나스(1943~1990)를 모델로 한 것이다.

가들의 목적은 분명 두 가지였다. 그 쿠바 작가가 동성애에서 치유되는 것과, 치유된 후 조국을 위해 일하는 것이었다. 두 가지 목적 다 웃긴다. 쿠바 작가는 견뎌 냈다. 착한(혹은 나쁜) 라틴 아메리카 사람답게, 경찰도 가난도 출판 금지도 두렵지 않았다. 쿠바 섬에서 그가 겪은 수난은 헤아릴 수 없이 많고, 그는 온갖 탄압에도 불구하고 꿋꿋했다. 그러다 어느 날 쿠바를 떠났다. 미국으로 갔다. 작품들이 출간되기 시작했다. 최선을 다해 예전보다 더 열심히 일했다. 하지만 마이애미와 쿠바 작가는 맞지 않았다. 그는 뉴욕으로 갔다. 남자 애인들이 생겼다. 에이즈에 걸렸다. 쿠바에서는 사람들이 그랬다. 보라고, 여기 남았으면 죽지 않을 거 아니야. 그는 한동안 스페인에 머물렀다. 최후의 나날은 참혹했다. 책을 끝내고 싶었는데 자판을 두드릴 힘도 없었다. 그러나 책을 끝냈다. 가끔 뉴욕의 아파트 창가에 앉아서 자신이 할 수 있었을 일과 최종적으로 한 일을 생각했다. 그의 최후의 나날은 고독, 고통, 어쩔 수 없이 잃어버린 모든 것에 대한 분노의 나날이었다. 병원에서 죽음을 맞이하기는 싫었다. 그래서 마지막 책을 끝냈을 때, 자살했다. 아르투로를 스페인에서 영원히 데려갈 비행기를 기다리는 동안 그가 내게 해준 이야기였다.[14] 혁명의 꿈은 뜨거운 악몽인 법. 너와 나는 칠레인이니 우리는 아무런 잘못 없다고, 내가 아르투로에게 말했다. 아르투로는 나를 바라볼 뿐 대답이 없었다. 이윽고 웃었다. 그는 내 양 뺨에 입을 맞추고 떠났다. 희극으로 시작된 모든 것은 희극적인 독백으로 끝난다. 그러나 이제 우리는 웃지 않는다.

24

1995년 10월, 멕시코시티 운디도 공원, 클라라 카베사. 나는 옥타비오 파스의 비서였다. 여러분은 내 일이 얼마나 많은지 모를 것이다. 편지를 쓰고, 찾을 수 없는 원고를 찾고, 잡지 필진에게 전화하고, 미국의 한두 대학에만 있는 책들을 입수해야 한다. 돈 옥타비오를 위해 일한 지 2년 만에 나는 오전 11시면 엄습해서, 아무리 아스피린을 먹어도 오후 6시까지 가시지 않는 만성 두통에 시달리게 됐다. 보통 내가 제일 좋아하는 일은 가사와 관련된 일, 아침 준비를 하거나 가정부를 도와 점심 준비를 하는 일이었다. 그런 일은 괜찮았으며, 고문당하는 내 두뇌에 휴식이기도 했다. 나는 차량 정체가 없는 시각, 있어도 한창 시간대처럼 정체가 그리 길고 끔찍하지 않을 때인 아침 7시에 보통 출근했다. 그러고 나면 커피, 차, 오렌지주스, 토스트 두 쪽 등 간단한 아침을 준비해서 쟁반에 받쳐 들고 돈 옥타비오의 침실로 가서 말했다. 돈 옥타비오, 일어나세요. 벌써 날이 밝았습니다.

---

1 비(非)클래식 음악 중에서 멜로디를 강조하는 여러 장르의 음악을 통칭하는 용어.

그래도 먼저 눈을 뜨는 사람은 마리아 호세 부인이었다. 부인은 늘 즐겁게 일어났다. 어둠 속에서 들리는 그녀의 목소리가 말했다. 머리맡 탁자에 아침을 놔둬, 클라라. 그러면 내가 말했다. 안녕히 주무셨어요, 부인. 벌써 날이 밝았습니다. 그러고 다시 부엌에 가서 내 아침을 준비했다. 돈 옥타비오 부부의 아침 식사와 마찬가지로 커피, 오렌지주스 한 잔, 잼을 바른 토스트 한두 쪽 등 가벼운 식사를 차렸다. 그 후 서재로 가서 일을 하기 시작했다.

여러분은 돈 옥타비오가 얼마나 많은 편지를 받고, 편지 분류가 얼마나 어려운 일인지 모른다. 상상이 되겠지만, 천지 사방에서 온갖 종류의 사람이 돈 옥타비오에게 편지를 썼다. 돈 옥타비오처럼 노벨상을 받은 사람부터 영국이나 이탈리아나 프랑스의 젊은 시인들에 이르기까지. 돈 옥타비오가 모든 편지에 답장을 쓴다는 말이 아니다. 돈 옥타비오는 받는 편지의 15퍼센트 내지 20퍼센트에만 답한다. 하지만 어쨌든 나머지 편지도 분류하고 보관해야 한다. 대체 왜 그러는지 모를 일이다. 나라면 기꺼이 휴지통에 버릴 텐데. 적어도 분류 체계는 간단했다. 국가별로 나누고, 그게 명확하지 않으면(스페인어, 영어, 프랑스어로 쓴 편지들이 보통 그렇다) 언어별로 나눈다. 우편물 관련 일을 할 때면 가끔 멜로딕 뮤직[1]이나 팝송 가수, 혹은 록 가수들의 비서들의 업무를 생각하면서, 그들도 나처럼 이렇게 많은 편지와 씨름할까 자문하곤 했다. 그럴 수도 있다. 확실한 것은 그들에게는 이렇게 각양각색의 언어로 쓴 편지들이 답지하지는 않으리라는 점이다. 가끔 돈 옥타비오는 중국어 편지까지 받으니, 무슨 말이 더 필요하겠는가. 그런 편지들이 오면 나는 〈원심성 가장자리 marginalia excentricorum〉라고 부르는 한쪽 구석에다 놔두었다. 돈 옥타비오는 매주 한 번 그런 편지들을 검토했다. 아주 가끔 있는 일이지만, 검토 후에 말했다. 클라리타, 차 타고 내 친구 나가히로한테 갔다 와요. 나는 대답했다. 알겠습니다, 돈 옥타비오. 하지만 문제는 돈 옥타비오가 생각하는 것처럼 그리 쉽지 않았다. 먼저 오전 내내 나가히로라는 사람에게 전화를 하고, 마침내 통화가 되면 말했다. 돈 나가히로, 번역 좀 부탁드릴 일이 있는데요. 그러면 그는 그 주 어느 날엔가 약속을 잡았다. 가끔은 편지들을 우편이나 인편으로 보냈다. 그러나 중요한 서류면(그건 돈 옥타비오의 표정으로 알 수 있다) 내가 직접 갔다. 그리고 적어도 돈 나가히로가 서류나 편지 요약이라도 해줄 때까지 그 옆을 떠나지 않았다. 나는 돈 나가히로의 요약을 수첩에 속기로 받아 적어 나중에 깨끗하게 옮기고, 출력을 해서 돈 옥타비오의 책상 맨 왼쪽에 두었다. 돈 옥타비오가 원할 때, 잠시 보고 호기심을 해소할 수 있도록 하기 위함이었다.

또한 돈 옥타비오가 보내는 서신도 있었다. 그 일이야말로 사람을 미치게 만들었다. 돈 옥타비오는 매주 여러 통의 편지를 쓰곤 했다. 대략 열여섯 통을 세계 각지의 생각도 못한 곳으로 보내서, 가까이에서 보자면 경악스러웠다. 그 양반이 트리에스테와 시드니, 코르도바와 헬싱키, 나폴리와 보카스델토로, 리모주와 뉴델리, 글래스고와 몬테레이처럼 너무나 다채로운 곳, 심지어 서로 어울릴 법하지 않은 곳들에서 어떻게 그렇게 많은 우정을 쌓았는지 궁금해지기 때문이다. 돈 옥타비오는 그 사람들에게 모두 격려의 말을 하거나, 혹은 그가 큰 목소리로 중얼거리면서 하는 성찰, 내가 보기에는 받는 사람을 생각하게 만들거나 머리를 싸매게 하는 그런 성찰들을 보냈다. 돈 옥타비오가 편지에 하는 말을 밝히는 우는 범하지 않으련다. 다만 수필이나 시에서 말하는 것과 대체로 비슷한 이야기를 한다는 것만 말하겠다. 즉, 아름다운 일에 대해, 불명료한 일에 대해, 〈타자성〉에 대해. 아마 수많은 멕시코 지성인들도 마찬가지이겠지만 나 역시 〈타자성〉에 대해 많이 생각해 보았음에도 그것이 무엇을 의미하는지 알아내지 못했다. 내가 아주 기꺼이 하는 또 다른 일은 간호사 일이다. 공연히 응급 처치 단기 과정을 두어 번 수강한 것이 아니다. 돈 옥타비오는 당시 이미 아주 건강하지는 못해서 매일 약을 복용해야 했다. 그러나 늘 일에 골몰해서 언제 약을 먹어야 하는지 잊어버렸고, 마침내는 이 약은 벌써 정오에 먹었는데, 이 약은 아침 8시에 안 먹었는데 하고 소동이 벌어졌다. 즉 알약 때문에 혼란이 오는데, 자랑스럽게 말하건대 내가 그 혼란을 종식시키곤 했다. 심지어 내가 집에 없을 때도 나는 그가 복용해야 할 약을 마치 독일인같이 정확하게 복용하도록 신경 썼다. 이를 위해 나는 내 아파트에서 혹은 어디에 있든 간에 돈 옥타비오 집에 전화를 해서 가정부에게 물었다. 돈 옥타비오가 8시 약을 드셨나요? 그러면 가정부는 살펴보러 갔다. 그리고 내가 플라스틱 용기에 넣어 둔 알약들이 아직 그대로 있으면 그녀에게 명령을 내렸다. 가시고 가서 드시게 하세요. 가끔은 가정부가 아니라 부인과 통화했지만 그래도 똑같이 행동했다. 돈 옥타비오 약은 드셨나요? 마리아 호세 부인은 웃으면서 내게 말하고는 했다. 어휴, 클라리사. 이러다가 나 질투하겠어. 왠지 부인은 가끔 나를 클라리사라고 불렀다. 아무튼 마리아 호세 부인이 그런 이야기를 하면 나는 얼굴이 빨개졌고, 부인이 이를 볼까 봐 겁도 약간 났다. 나도 참 바보지, 전화로 이야기하는데 어떻게 나를 보겠는가? 부인이 그래도 나는 계속 전화를 하고, 제시간에 약을 복용하라고 거듭 말했다. 그러지 않으면 약을 먹어 봤자 아무 소용 없으니까. 그렇지 않은가?

내가 하는 또 다른 일 하나는 사회 활동이 많은 돈 옥타비오의 일정을 파티인지 강연인지, 초청인지 미술전 개막식인지, 생일 파티인지 명예박사 수여식인지 정리하는 일이었다. 사실 그 모든 행사에 다 참가했다면, 불쌍한 돈 옥타비오는 단 한 줄도 글을 쓰지 못했을 것이다. 수필은 접어 두고라도 시조차. 그래서 내가 일정을 짜면, 돈 옥타비오와 마리아 호세 부인은 꼼꼼하게 검토하면서 일정들을 제외시켰다. 가끔 나는 내 구석 자리에서 그들을 바라보면서 속으로 말했다. 아주 잘하고 있어요, 돈 옥타비오. 무관심으로 그들을 벌하세요.

이윽고 운디도 공원 사건이 발생했다. 내 의견을 묻는다면, 그 공원은 예전에는 어땠을지 몰라도 지금은 최소한의 흥밋거리도 없는 곳이다. 오늘날에는 도둑과 강간범, 취객들과 질 나쁜 여자들이 활개 치는 밀림으로 변해 있다.

일은 이렇게 전개되었다. 어느 날 오전 내가 막 돈 옥타비오의 집에 도착하니, 아직 8시 전이었는데 그가 일어나 부엌에서 나를 기다리고 있었다. 나를 보자마자 말했다. 나를 모처에 데려다 줄래요, 클라리타. 당신 차로요. 여러분, 어떤 생각이 드는가? 마치 내가 그분이 부탁한 일을 한 번이라도 거절한 적이 있다는 듯이 말했으니. 그래서 내가 말했다. 어디로 가실지 말씀해 주세요, 돈 옥타비오. 하지만 그는 아무 말 없이 손짓만 했고, 우리는 거리로 나섰다. 돈 옥타비오는 내 옆자리에 앉았다. 말이 나온 김에 하는 말이지만 내 차는 폭스바겐, 즉 그리 안락하지 않은 차였다. 그 차에 멍하니 앉아 있는 돈 옥타비오를 보니, 더 좋은 차가 아니라서 약간 마음이 아팠다. 그런 이야기를 하지는 않았다. 내가 미안해하면, 돈 옥타비오가 일종의 비난으로 해석할 수도 있다는 생각이 들어서였다. 어쨌든 내게 월급을 주는 사람은 돈 옥타비오이고, 내가 더 좋은 차가 없는 것은 그의 잘못인 셈이라고 할 수도 있다. 나로서는 꿈에서라도 그렇게 비난한 적이 없지만 말이다. 그래서 나는 침묵을 지키고, 최대한 티를 내지 않으면서 시동을 걸었다. 처음에는 되는대로 길을 잡아 나갔다. 이윽고 콜로니아 코요아칸을 한 바퀴 돌아 마침내 인수르헨테스 대로로 접어들었다. 운디도 공원이 나타나자 돈 옥타비오가 아무 데나 차를 대라고 말했다. 이윽고 우리는 차에서 내렸다. 돈 옥타비오는 한 번 둘러보더니, 그 시각이면 사람들이 많을 수는 없지만 그렇다고 텅 비어 있지도 않은 공원으로 들어갔다. 나는 생각했다. 뭔가 추억이 있어서일 거야. 걸어 들어갈수록 공원은 더 호젓했다. 방치 혹은 태만 혹은 수단 부족 혹은 용납하기 힘든 무책임이 공원을 믿기 힘들 만큼 망쳐 놓은 상태였다. 공원 꽤 안쪽에 이르러 우리는 어느 벤치에 앉았다. 돈 옥타비오는 나무 위인지 하늘인지를 바라보면서 알아듣지 못할 말을 몇 마디 중얼거렸다. 집에서 나오기 전에 약과 작은 물병을 챙겼는데, 벌써 약 먹을 시간인지라 앉아 있는 틈을 이용해 돈 옥타비오에게 건넸다. 돈 옥타비오는 미친 거 아니야 하는 눈초리로 나를 바라보았지만 아무 불평 없이 약을 먹었다. 이윽고 내게 말했다. 여기서 기다리고 있어요, 클라리타. 그러고는 자리에서 일어나 마른 솔잎이 깔린 건조한 작은 길을 걷기 시작했다. 나는 돈 옥타비오의 말을 따랐다. 인정해야겠지만 나는 그곳에서 좋은 시간을 보냈다. 가끔 공원 다른 오솔길들 쪽에서 길을 질러가는 가정부들이나 그날 아침 수업을 빼먹기로 작정한 학생들 모습이 보였다. 공기는 숨 쉴 만했다. 그날은 오염이 그리 심하지 않았으리라. 이따금 작은 새가 우는 소리도 들은 것 같다. 그러는 동안 돈 옥타비오는 걸었다. 점점 더 크게 원을 그리며 주위를 걸었고, 이따금 오솔길에서 이탈해 풀밭으로 들어갔다. 너무 많이 밟혔고 정원사들이 가꾸지도 않는 듯한 엉망진창의 풀밭이었다.

내가 그 남자를 본 것은 바로 그때였다. 그도 주위를 돌며 같은 길을 걷고 있었다. 다만 반대 방향으로 걷고 있어서 돈 옥타비오와 마주칠 수밖에 없었다. 내 가슴에 경보 같은 것이 울렸다. 나는 일어나서, 필요하면 개입하려고 온 근육을 긴장시켰다. 몇 년 전 본명이 헤수스 가르시아 페드라사인 전직 연방 경찰 켄 다케시 박사에게 공연히 가라테와 유도를 배운 것이 아니었다. 그러나 그럴 필요는 없었다. 그 남자는 돈 옥타비오를 지나치면서 고개조차 들지 않았다. 그래서 나는 가만히 있었고, 다음과 같은 것을 목격했다. 돈 옥타비오는 그 남자와 지나칠 때 그 자리에 멈춰 서서 생각에 잠긴 듯이 가만있더니, 잠시 후 다시 걷기 시작했다. 그러나 이번에는 몇 분 전처럼 아무렇게나 혹은 아무런 걱정 없는 듯이 걷지 않았다. 두 개의 궤적, 즉 자신의 궤적과 낯선 남자의 궤적이 다시 조우하는 순간을 계산하듯 걸었다고 해야 할까. 낯선 남자가 한 번 더 돈 옥타비오의 옆을 지나칠 때, 돈 옥타비오는 몸을 돌려 정말로 호기심을 가지고 그 남자를 바라보고 있었다. 낯선 남자 역시 돈 옥타비오를 바라보았는데 알아보는 눈치였다. 전혀 이상할 것 없는 일이었다. 모든 사람이 돈 옥타비오를 알기 때문이다. 모든 사람이라고 할 때는 문자 그대로 모든 사람을 말한다. 집에 돌아왔을 때 돈 옥타비오의 기분은 현저하게 바뀌었다. 한참 한 아침 산책이 원기를 주었는지 평소보다 활력 있고 생기가 돌았다. 차를 타고 오다 어느 순간 돈 옥타비오가 아주 아름다운 영어 시를 낭송해서 누구 시인지 물은 기억이 난다. 돈 옥타비오가 이름을 말했다. 아마 영국 시인의 이름이었을 텐데 잊어 먹었다. 이어 화제를 바꾸려 했는지 왜 그리 초조하게 굴었느냐고 내게 물었다. 처음에는 대답하지 않은 기억이 난다. 아마 그저 휴, 돈 옥타비오라고 크게 말한 것 같다. 이어 운디도 공원은 평온한 지역이 아니라고, 나쁜 놈들에게 습격당할 우려 없이 산책하고 사색할 수 있는 곳이 못 된다고 설명했다. 그러자 돈 옥타비오가 나를 보더니 마치 늑대의 흉금에서 나오는 듯한 목소리로 말했다. 대통령도 나를 습격하지 않아. 너무 확고하게 그 이야기를 해서 나는 돈 옥타비오를 믿고 더 이상 아무 소리 하지 않기로 했다.

　다음 날 집으로 가니 돈 옥타비오가 벌써 나를 기다리고 있었다. 우리는 아무 말 없이 집을 나서고, 순진하기 짝이 없는 나는 콜로니아 코요아칸 쪽으로 운전했다. 그러나 돈 옥타비오가 이를 깨닫고 운디도 공원으로 지체 없이 방향을 잡으라고 말했다. 이야기는 되풀이되었다. 돈 옥타비오는 나를 벤치에 앉혀 두고 전날과 같은 장소를 돌며 산책했다. 그 전에 나는 약을 드렸고, 그는 별다른 말 없이 복용했다. 얼마 후 그 남자가 나타나 역시 산책을 했다. 돈 옥타비오는 그를 보았을 때, 이렇게 말하듯 멀리서 나를 바라볼 수밖에 없었다. 클라리타, 보시오. 내가 하는 일에는 다 이유가 있소. 낯선 남자도 나를 바라보다가, 이윽고 돈 옥타비오를 바라보았다. 잠시 나는 그가 주저하고 있다는, 그의 발걸음이 불확실해지고 머뭇거리고 있다는 생각이 들었다. 하지만 내가 걱정하던 것처럼 그가 뒤로 물러서지는 않았다. 그와 돈 옥타비오는 다시 걷기 시작하고, 다시 조우하고, 조우할 때마다 땅바닥에서 시선을 들고 서로 바라보았다. 나는 두 사람이 처음에는 서로 바짝 경계하면서 걷다가, 세 바퀴째에는 이미 각자 몰입해 있어서 마주칠 때 서로 바라보지도 않는다는 것을 깨달았다. 바로 그때 두 사람 중 누구도 말을 하지 않는다는 생각이 들었다. 말하자면 두 사람 중 누구도 〈말〉을 하지 않고 숫자를 세었다. 지금 생각해 보면 가장 논리적인 이야기이지만 걸음 수를 센 것인지도 모르겠다. 그러나 뭔가 유사한 것, 무작위로 입에 올리는 숫자, 어쩌면 덧셈이나 뺄셈, 곱셈이나 나눗셈일 수도 있다. 공원을 떠날 때 돈 옥타비오는 꽤 피곤해했다. 그의 눈, 너무나 아름다운 그 눈만 초롱초롱했을 뿐 마치 뜀박질을 한 사람 같았다. 고백하는데 잠시 걱정이 되었고, 돈 옥타비오에게 무슨 일이 일어나면 내가 뒤집어쓸 것 같았다. 나는 심장마비를 일으키는 돈 옥타비오, 사망한 돈 옥타비오를 상상했다. 이어 그를 무척 사랑하는 멕시코의 모든 작가가(특히 시인들이) 돈 옥타비오가 보통 건강 검진을 받는 병원의 대기실에서 나를 둘러싸고 더없이 적대적인 시선으로 멕시코의 유일한 노벨 문학상 수상자에게 대체 무슨 짓을 했느냐고, 대체 어떻게 돈 옥타비오가 시적이지도 않고 멕시코시티에서 평소 다니는 곳도 아닌 운디도 공원에서 쓰러져 발견될 수 있느냐고 묻는 장면을 상상했다. 상상 속에서 나는 진실을 말하는 것 외에 어떤 답을 해야 할지 몰랐다. 게다가 그들을 납득시킬 수 없으리라는 것을 아는데 뭐라고 대답을 하느니 차라리 입을 다무는 것이 낫다고 생각했다. 나날이 견디기 힘들어지는 멕시코시티의 거리를 운전하면서, 단죄와 비난의 말들이 난무하는 상황에 처한 내 모습을 상상하고 있을 때 돈 옥타비오의 말이 들렸다. 대학으로 갑시다, 클라리타. 친구에게 물어볼 일이 있어요. 비록 그 순간 여느 때처럼 지극히 정상적이고, 여느 때처럼 스스로를 제어하는 돈 옥타비오를 보았지만, 사실 나는 이미 콕콕 찌르는 불안감, 암울하다 할 묵직한 징조를 마음에서 떨쳐 버릴 수가 없었다. 그런 느낌은 오후 5시경에 돈 옥타비오가 나를 자기 서재로 불러 1950년 이후 태어난 멕시코 시인 목록을 만들라고 했을 때 최고조에 달했다. 다른 요청들에

비해 특별히 이상한 것이 아님은 틀림없지만, 우리가 하고 있는 이야기를 고려하면 극히 심란한 요청이었다. 나는 돈 옥타비오가 내 불안함을 깨달았다고 믿는다. 전혀 어려운 일도 아니었다. 내 두 손이 떨리고 스스로 폭풍 속의 작은 새 한 마리 같다고 느끼고 있었기 때문이다. 30분 후 돈 옥타비오는 다시 나를 불렀다. 내가 가자 돈 옥타비오는 내 눈을 바라보면서 자신을 신뢰하는지 물었다. 내가 말했다. 무슨 말씀이세요. 왜 그런 생각을 하세요. 그러자 돈 옥타비오는 내 말을 듣지 못했다는 듯 질문을 되풀이했다. 내가 말했다. 물론이지요. 누구보다도 더 선생님을 신뢰합니다. 그러자 돈 옥타비오가 말했다. 지금 여기서 하는 이야기와 지금까지 본 것과 내일 볼 것에 대해서는 단 한 마디도 다른 사람들에게 하지 마세요. 알겠어요? 내가 말했다. 지하에 잠들어 계신 어머니를 두고 맹세합니다. 그러자 돈 옥타비오는 모기를 쫓는 듯한 시늉을 하면서 말했다. 나는 그 사람을 알고 있어요. 내가 물었다. 아, 그러세요? 돈 옥타비오가 말했다. 클라리타, 오래전에 극좌파 악당들이 나를 납치하려는 계획을 세웠소. 내가 말했다. 그럴 수가요, 돈 옥타비오. 나는 다시 한 번 떨렸다. 그가 말했다. 정말 그랬소. 모든 공인이 겪을 수 있는 일이오. 클라리타, 떨지 마오. 위스키 같은 것을 마시든지. 진정해요. 내가 물었다. 그 남자가 그 테러 분자들 중 한 사람인가요? 돈 옥타비오가 말했다. 그런 것 같소. 내가 말했다. 대체 왜 납치를 하려고 했는데요, 돈 옥타비오? 돈 옥타비오가 말했다. 그건 미스터리인데 아마 내가 그들에게 관심을 보이지 않아서 상처를 입은 것 같소. 내가 말했다. 가능한 이야기네요. 사람들은 공연히 원한을 키우죠. 돈 옥타비오가 말했다. 하지만 아닐 수도 있소. 그저 장난이었을 수도 있소. 내가 말했다. 장난이라니요. 돈 옥타비오가 말했다. 확실한 것은 진짜로 납치를 시도하지는 않았다는 점이오. 다만 그러겠다고 떠들고 다녀서 내 귀에까지 들어왔소. 내가 물었다. 그 일을 알았을 때 어떻게 하셨는데요? 돈 옥타비오가 말했다. 아무것도 하지 않았소. 좀 웃고 나서는 완전히 잊어버렸소.

다음 날 아침 우리는 운디도 공원을 다시 찾았다. 나는 고통스러운 밤을 보냈다. 반은 불면증으로 반은 불안감 때문이었다. 여느 때는 위안이 되던 네르보의 작품도 불안감을 없애는 데 도움이 되지 않았다(참고로 말하자면 나는 돈 옥타비오에게 아마도 네르보를 읽는다는 말을 절대 하지 않았다. 대신 돈 카를로스 페이세르나 돈 호세 고로스티사를 읽는다고 말했다. 나는 물론 이 두 사람의 작품을 읽었지만, 여러분은 아마 내게 그렇게 말할 것이다. 마음을 가라앉히고 싶을 때, 최소한 잠을 자고 싶을 때 페이세르나 고로스티사의 시를 읽는 것이 무슨 소용이냐고. 사실 제일 좋은 방법은 아무것도 읽지 않고, 심지어 아마도 네르보도 읽지 않고 텔레비전을 보는 것이다. 프로그램이 바보 같을수록 좋다). 화장으로 가릴 수 없을 정도로 짙게 다크서클이 생기고, 간밤에 담배 한 갑을 피웠거나 술을 많이 마셨거나 등등의 일을 한 것처럼 목소리도 약간 가라앉아 있었다. 그러나 돈 옥타비오는 아무것도 깨닫지 못하고 폭스바겐에 올라탔다. 우리는 평생 똑같은 일만 한 사람처럼 아무 말 없이 운디도 공원으로 출발했다. 사실 바로 그 점,

무엇이든 이내 적응하는 인간의 바로 그 능력이 내 신경을 곤두서게 한 것 중 하나였다. 즉, 의당 그래야겠지만 차분히 생각해 보면, 우리는 운디도 공원에 두 번밖에 가지 않았고 그것이 세 번째 방문이었다. 믿기 힘든 일이었다. 〈정말〉 그 공원에 훨씬 더 많이 간 것 같기 때문이었다. 우리가 두 번밖에 가지 않았다는 것을 받아들이는 일이 더 힘들었다. 비명을 지르고 폭스바겐으로 담벼락이라도 들이받고 싶은 충동이 일었다. 그래서 스스로를 제어하고, 운디도 공원이나 우리와 같은 시각에 공원을 찾는 그 낯선 남자를 생각하지 않고 운전에 몰두해야만 했다. 간단히 말해, 그날 아침 나는 다크서클이 생기고 초췌했을 뿐만 아니라, 비이성적인 상태였다. 그런데 그날 아침 일어난 일은 내 예측과 상당히 달랐다.

우리는 운디도 공원에 도착했다. 그것은 분명하다. 공원 안쪽으로 들어가, 크고 무성한 나무 아래 있는 늘 앉던 벤치에 앉았다. 내 추측으로는 멕시코시티의 모든 나무와 마찬가지로 병든 나무였을 것 같지만. 돈 옥타비오가 이전처럼 나를 벤치에 혼자 남겨 두고 가지 않고, 전날 맡긴 일을 했는지 물었다. 내가 대답했다. 네, 돈 옥타비오. 나는 수많은 이름이 있는 명단을 작성해 놓았는데, 돈 옥타비오는 미소를 지으며 그 이름들을 다 외웠는지 물었다. 나는 놀리시느냐고 물어보듯 그를 바라보다가, 가방에서 명단을 꺼내 보여 주었다. 돈 옥타비오가 말했다. 클라리타, 그 사람이 누구인지 알아봐요. 그것이 내게 한 말이었다. 나는 바보 천치처럼 자리에서 일어나 낯선 남자를 기다렸다. 지루함을 덜려고 걷기 시작했는데, 그러다가 그전 이틀간 돈 옥타비오의 궤적을 되풀이하고 있음을 깨달았다. 나는 그 자리에 멈춰 섰다. 감히 돈 옥타비오를 쳐다보지 못하고, 신원 조사 대상인 낯선 남자가 나타나야만 하는 장소에 시선을 꽂은 채 있었다. 낯선 남자가 지난 두 번과 같은 시각에 나타나 산책을 시작했다. 나는 더 이상 이 사안을 두고 늑장 부리기 싫어서 낯선 남자에게 다가가 누구인지 물었다. 그가 말했다. 울리세스 리마라고 합니다. 내장 사실주의 시인, 멕시코에 남은 마지막에서 두 번째 내장 사실주의 시인입니다. 이런 종류의 대답이었다. 솔직히 말해 뭘 어떻게 설명할 수 있겠는가, 사실 그 이름은 전혀 들어 본 적이 없었다. 돈 옥타비오의 명령으로 전날 밤 최근 시 선집과 어느 정도 지난 시 선집 해서 열 권 이상의 색인을 참조했고, 그중에는 5백 명 이상의 젊은 시인을 수록한 그 유명한 사르코의 선집도 있었다. 그럼에도 불구하고 그의 이름은 전혀 떠오르지 않았다. 그래서 내가 물었다. 저기 앉아 계신 분이 누구인지 아세요? 그가 말했다. 네, 알죠. 내가 물었다(나는 확신이 필요했다). 누구인데요? 그가 말했다. 옥타비오 파스죠. 내가 말했다. 잠시 오셔서 같이 자리하지 않으시겠어요? 그는 어깨를 으쓱했거나 긍정으로 해석할 여지가 있는 행동을 취했다. 우리 두 사람은 우리의 모든 행동거지에 잔뜩 관심을 기울이고 있는 돈 옥타비오가 있는 벤치로 향했다. 돈 옥타비오 옆에 도달했을 때, 나는 정식으로 소개를 해도 무방하리라고 생각해서 말했다. 돈 옥타비오, 내장 사실주의 시인 울리세스 리마입니다. 그러자 돈 옥타비오는 리마라는 이에게 자리를 권하면서 말했다. 내장 사실주의라, 내장 사실주의(그 이름을 어디선가 들어 본 것처럼).

세사레아 티나헤로의 시 그룹 아니었소? 리마라는 이는 돈 옥타비오 옆에 앉아 한숨을 쉬거나 특이한 소리를 내며 숨을 쉬더니 말했다. 네. 세사레아 티나헤로 그룹을 그렇게 불렀죠. 1분가량 두 사람은 서로 바라보면서 침묵을 지켰다. 솔직히 말하면 꽤 견디기 힘든 1분이었다. 멀리 덤불숲에서 부랑자 두 사람이 나타나는 것이 보였다. 나는 약간 불안해졌는지 멍청하게도 돈 옥타비오에게 내장 사실주의가 어떤 그룹이고, 그 그룹의 시인들을 아는지 물어보았다. 날씨 이야기를 꺼내는 거나 마찬가지로 바보스러운 이야기였다. 그러자 돈 옥타비오가 그렇게도 아름다운 눈으로 나를 바라보며 말했다. 클라리타, 내장 사실주의자들이 활동하던 시절에 나는 열 살밖에 안 되었소. 돈 옥타비오가 리마라는 이를 향해서 물었다. 내장 사실주의는 1924년경에 생겼죠, 그렇죠? 그가 답했다. 네, 대충 그렇습니다. 1920년대였죠. 그 이야기를 너무 서글픈 목소리로, 너무 진한 감정 혹은 느낌으로 말해서 그렇게 처량한 목소리는 다시 들을 수 없으리라는 생각이 들었다. 현기증까지 인 것 같다. 돈 옥타비오의 두 눈, 낯선 남자의 목소리, 아침, 천박하기 짝이 없고(사실이 그렇지 않은가?) 이루 말할 수 없이 퇴색된 장소인 운디도 공원이 왠지 내 마음 깊숙한 곳에 상처를 남겼다. 그래서 나는 두 사람이 조용히 이야기할 수 있도록 내버려 두었다. 그날 일정을 검토해야 한다는 핑계를 대고 몇 미터 떨어진 옆 벤치로 갔다. 그러면서 최근 멕시코 시인 세대 명단을 들고 가서 처음부터 끝까지 다시 보았다. 어디에도 울리세스 리마는 없었다. 그건 확실히 말할 수 있다. 두 사람이 얼마나 대화를 나누었느냐고? 그리 긴 시간은 아니었다. 내가 있는 곳에서도 그 대화가 여유 있고 평온하고 점잖은 대화였다는 것만은 알 수 있었다. 그 후 울리세스 리마 시인이 일어나 돈 옥타비오와 악수를 하고 자리를 떴다. 나는 그가 공원 출구 중 한 곳으로 향하는 것을 보았다. 덤불숲에 보이던 부랑자들, 이제 셋이 된 부랑자들이 우리에게 접근했다. 돈 옥타비오의 말이 들렸다. 갑시다, 클라리타.

내가 바라던 대로 다음 날은 운디도 공원에 가지 않았다. 돈 옥타비오는 아침 10시에 일어나, 자기 잡지 다음 호에 실어야 하는 글을 준비했다. 한순간 사흘간의 우리의 작은 모험에 대해 더 많은 것을 물어보고 싶은 마음이 들었지만, 내 내면에서 뭔가가(아마도 내 상식이) 그 생각을 떨쳐 버리게 했다. 앞서 언급한 일이 일어났고, 유일한 증인인 내가 무슨 일이 있었는지 모른다면, 그냥 모르는 채로 내버려 두는 것이 나았다. 대략 일주일 후, 돈 옥타비오는 미국 어느 대학에서 일련의 강연을 하기 위해 부인과 함께 떠났다. 물론 나는 그들을 따라가지 않았다. 돈 옥타비오가 아직 돌아오지 않은 어느 날 아침 나는 울리세스 리마를 보려는 희망 혹은 두려움을 지니고 또다시 운디도 공원에 갔다. 이번에 다른 점이 하나 있다면 사람들 눈에 띄지 않도록 관목들 뒤에 숨어 있었다는 점이다. 다만 돈 옥타비오와 낯선 남자가 처음 만난 공터를 완벽하게 볼 수 있는 곳에 숨었다. 처음 몇 분 동안은 가슴이 벌렁벌렁했다. 몸이 꽁꽁 얼었지만 양 뺨을 만져 보니, 곧 얼굴이 터져 버릴 것 같은 느낌을 받았다. 이후 실망이 엄습했고, 아침 10시경 공원을 떠날 때는 행복을 느꼈다고 할 수 있다. 이유는 묻지 말았으면 한다. 나도 딱히 뭐라고 말해야 할지 모르니까.

1995년 12월, 카탈루냐 말그라트 조제프 타라데야스 가, 조르디 헬스클럽, 마리아 테레사 솔소나 리보트. 이 이야기는 슬픈 이야기인데도 이를 기억할 때면 웃게 된다. 나는 아파트 방 하나를 세놓을 필요가 있었는데, 처음 온 사람이 아르투로였다. 나는 남미 사람들을 약간 불신하지만, 좋은 사람 같아서 받아들였다. 아르투로는 두 달치 선불을 내고 자기 방에 틀어박혔다. 그 무렵 나는 카탈루냐의 모든 대회와 시범 대회에 참여했고, 바닷가인 말그라트의 관광 지구에 위치한 라 시레나라는 퍼브에서 종업원으로 일했다. 아르투로에게 무슨 일을 하는지 물었더니 글을 쓴다고 대답했다. 왠지 그가 신문사에서 일하리라는 생각이 머리를 스쳤다. 나는 당시 기자에게는 아주 약했다. 그래서 잘해 주려고 마음을 먹고, 아르투로가 우리 집에서 보낸 첫날밤에 그의 방 문을 두드려 파키스탄 바에서 페페와 나와 함께 저녁을 먹자고 초대했다. 우리는 물론 그 바에서 샐러드 외에는 아무것도 먹지 않았다. 하지만 주인인 존 씨가 친구였기 때문에 그렇게 민망하지는 않았다.

그날 밤 나는 아르투로가 신문사에 근무하는 것이 아니라 소설을 쓴다는 사실을 알았다. 페페는 광적인 미스터리 소설 애호가여서 그 사실에 고무되었고, 두 사람은 상당히 많은 이야기를 나누었다. 그러는 사이 나는 내 샐러드를 먹고, 말을 하거나 페페 이야기를 듣는 아르투로를 바라보면서 그의 성격을 어림잡았다. 아르투로는 맛있게 먹었고 배운 사람, 그것도 최고로 배운 사람이었다. 이윽고 아르투로를 관찰하면 할수록 또 다른 모습들이 나타났다. 해변에 접근했던 물고기들이 도망칠 때를 방불케 하는, 얕은 물에서 거무스름한 것들을(물보다 더 거무스름한 것들을) 보았나 싶었는데 순식간에 다리를 스치고 지나가는 물고기들을 방불케 하는 모습이었다.

다음 날 페페는 카탈루냐 미스터 올림피아에 참가하러 바르셀로나에 가서 돌아오지 않았다. 바로 그날 아침 아주 일찍 아르투로와 나는 거실에서 마주쳤다. 내가 거실에서 운동을 할 때였다. 나는 매일 운동을 한다. 성수기에는 이른 시간에 한다. 시간이 모자랄 때라 하루를 최대한 이용해야 하기 때문이다. 그래서 나는 그곳 거실 바닥에서 굴곡 운동을 하고 있었다. 아르투로가 나타나 아침 인사를 했다. 안녕, 테레사. 이어 화장실로 들어갔다. 나는 입도 벙긋하지 않았거나 그저 신음 소리를 낸 것 같다. 나는 사람들이 운동을 방해하는 것을 좋아하지 않는다. 이어 또다시 그의 발소리와 화장실 문인지 부엌문인지를 닫는 소리가 들렸다. 그 직후 차 한 잔 하겠느냐고 묻는 소리가 들렸다. 그러겠다고 말했고, 우리는 잠시 서로를 바라보았다. 나 같은 여자를 한 번도 본 적 없는 듯했다. 내가 말했다. 당신도 운동 좀 할래? 물론 딱히 할 말이 없어서 한 말이다. 아르투로는 낯빛이 좋지 않았고 이미 담배를 피우고 있었다. 예상대로 그는 하지 않겠다고 말했다. 사람들은 병원에 입원해서야 비로소 건강에 관심을 가지기 시작하는 법이다. 아르투로는 탁자 위에 찻잔을 놓아두고 자기 방에 다시 틀어박혔다. 얼마 후 타자기 치는 소리가 들렸다. 그날 우리는 서로 다시 보지 못했다. 그러나 다음 날 아침, 새벽 6시경에 그가 다시 거실에 나타나 아침을 만들어 주겠다고 했다. 나는 그 시간에 먹지도 마시지도 않지만, 왠지 싫다고 하기 뭐했다. 그래서 차를 또 준비하게 내버려 두고, 그 김에 부엌 찬장에서 아미노 울트라와 팻버너 병을[2] 꺼내 달라고 했다. 전날 밤에 먹으려다 잊어버린 것이었다. 내가 말했다. 나 같은 여자 본 적 없어? 그가 말했다. 없어, 한 번도. 그는 상당히 솔직한 사람이었다. 그러나 상대방이 기분 나빠해야 할지 좋아해야 할지 분간하기 힘든 그런 종류의 솔직함이었다.

그날 오후 근무가 끝났을 때, 아르투로를 찾아가 나가서 한 바퀴 돌자고 말했다. 그는 집에 남아 일하겠다고 말했다. 내가 말했다. 술 한잔 살게. 그는 고맙지만 괜찮다고 말했다. 다음 날 아침 우리는 같이 아침을 먹었다. 나는 운동을 하면서 그가 어디 갔을까 궁금해했다. 벌써 7시 45분이었는데 아직 방에서 나오지 않았기 때문이다. 나는 운동을 할 때 보통 생각이 완전히 자유롭게 흐르게 내버려 둔다. 처음에는 일이나 대회처럼 무언가 정해진 것을 생각하지만, 이윽고 머리가 독자적으로 작동해서 유년기를 생각하다가도 앞으로 1년 동안 무엇을 할까 생각하기도 한다. 그날 아침 나는 가는 곳마다 모든 상을 휩쓰는 마놀리 살라베르트를 생각하면서, 대체 마놀리가 어떻게 하기에 그럴 수 있는지 생각했다. 그때 갑자기 아르투로의 방 문이 열리는 소리가 났고, 조금 후 차를 마시겠느냐고 묻는 목소리가 들렸다.

2 아미노 울트라는 분말 형태의 건강 보조 식품, 팻버너는 다이어트 식품이다.

나는 말했다. 그럼 물론이지. 차를 가져왔을 때 나는 일어나 그와 함께 탁자에 앉았다. 이번에는 9시 반까지 두 시간 동안 이야기를 나누었고, 집에서 쏜살같이 뛰쳐나가 퍼브로 가야 했다. 지배인인 내 친구가 청소 아줌마들과의 일을 해결해 달라고 부탁한 바 있기 때문이다. 아르투로와 나는 온갖 이야기를 조금씩 했다. 나는 그가 하고 있는 일이 무엇인지 물었다. 아르투로는 책을 쓴다고 말했다. 나는 사랑에 대한 책인지 물었다. 그는 어찌 대답해야 할지 몰랐다. 나는 다시 질문을 했고, 그는 모르겠다고 대답했다. 내가 말했다. 이런, 당신이 모르면 누가 알아. 아니 어쩌면 우리 둘 사이에 신뢰가 더 쌓인 밤에 그 말을 했는지도 모른다. 어쨌든 사랑이라는 주제는 내가 좋아하는 것이라 우리는 내가 나가야 할 때까지 그 이야기를 했다. 나는 사랑에 대해 몇 가지 이야기를 해줄 수 있다고 말했다. 지로나 지방의 보디빌딩 챔피언인 나니와 사귄 적이 있는데, 그 경험 후에 사람들에게 강습을 할 자신이 생겼다는 이야기도 했다. 아르투로는 그와 마지막으로 만난 지 얼마나 되었느냐고 물었다. 나는 말했다. 대충 넉 달쯤. 아르투로가 물었다. 그 사람이 찾어? 나는 인정했다. 그래, 그랬어. 아르투로가 말했다. 하지만 당신은 지금 페페랑 사귀잖아. 나는 페페가 좋은 사람이라고, 천사 같은 사람이라고, 파리 한 마리 죽이지 못할 사람이라고 설명했다. 그러고는 말했다. 하지만 그게 다는 아니잖아. 아르투로는 좋다 해야 할지 나쁘다 해야 할지 모를 습관이 있었다. 듣기만 할 뿐 누구 편도 들지 않았다. 나는 자기 의견을 표명하는 사람이 좋다. 비록 나와 반대 의견이라 할지라도. 어느 날 오후 나는 아르투로에게 라 시레나에 오라고 권했다. 그는 술을 마시지 않는다고, 그래서 퍼브에 들어가기 좀 뭐하다고 말했다. 내가 말했다. 내가 차를 줄게. 그는 오지 않았고, 나는 다시는 권하지 않았다. 나는 인심 좋고 친절한 사람이지만 치근덕대는 것은 싫다.

그러나 얼마 후 아르투로가 퍼브에 나타나서, 만사니야 차를 끓여 주었다. 그때부터 그는 매일 왔다. 또 다른 종업원인 로시타는 그와 나 사이에 뭔가 있다고 생각했다. 로시타가 그 말을 했을 때 나는 웃음이 났다. 잠시 그 생각을 또 했는데 더 웃겼다. 아르투로와 나 사이에 뭐가 있을 수 있다는 말인가! 하지만 이윽고 느닷없이 다시 그 생각을 하게 되었고, 내가 그의 애인이 되고 싶어 한다는 것을 깨달았다. 그때까지 나는 남미 사람은 딱 두 번 사귀어 봤는데 상당히 불쾌한 경험이어서 다시 되풀이할 마음이 없었다. 소설가와는 사귀어 본 적도 없었고. 그런데 아르투로는 남미 사람이고 작가였는데도 내가 그의 애인이 되고 싶어 한다는 것을 발견한 것이다. 물론 애인과 아파트를 같이 쓰는 것이 낯선 남자와 같이 쓰는 것보다는 낫다. 하지만 실용적인 이유에서 아르투로의 애인이 되고 싶은 것이 아니었다. 그저 그런 생각이 들었을 뿐이고, 나 자신에게 이유를 묻지는 않았다. 아르투로도 마찬가지로 누군가를 필요로 했다. 그건 즉시 알아챌 수 있었다. 어느 날 아침 나는 아르투로에게 자기 이야기도 좀 하라고 했다. 말을 하는 사람이 늘 나였기 때문이다. 그때 그는 스스로 이야기를 해주지는 않았지만, 궁금한 것을 물어보라고 했다. 아르투로가 말그라트 근처에 살다가 얼마 전에 집을 나왔음을 알게 되었다. 이유는 말해 주지 않았다. 이혼을 했고 아들이 하나 있다는 것도 알게 되었다. 아들은 아레니스 데 마르에 살았다. 일주일에 한 번 토요일에 아들을 보러 갔다. 가끔 우리는 기차를 같이 탔다. 나는 페페나 머슬 헬스클럽의 친구들을 만나러 바르셀로나로 갔고, 아르투로는 아들을 보러 아레니스로 갔다. 어느 날 밤 라 시레나에서 만사니야 차를 마시는 동안 그에게 몇 살인지 물어보았다. 그는 말했다. 마흔이 넘었어. 그래 보이지는 않았다. 내 눈에는 기껏해야 서른다섯이었다. 나는 그렇게 말해 주었다. 그러고 나서 아르투로가 물어보기 전에 내 나이를 말해 주었다. 서른다섯 살이라고. 그러자 그는 미소를 지었는데, 정말이지 전혀 마음에 들지 않는 미소였다. 열등감 있는 사람이나 무관심한 사람의 미소였으니. 음, 마음에 들지 않는 미소였다고. 나는 기본적으로 투쟁가이다. 삶의 긍정적인 측면을 보고자 한다. 인생사가 필연적으로 꼬였거나 불가피한 일들이 있을 이유가 없다. 그날 밤, 아르투로가 미소를 지은 후에 왠지 그에게 말했다. 비록 있었으면 좋았겠지만 나는 애도 없고, 결혼도 하지 않았고, 이미 알겠지만 돈도 많이 없다고. 하지만 내 생각에 인생은 아름다운 일일 수 있다고, 인생을 살면서 행복해지려는 노력을 해야 한다고 말했다. 내가 왜 그따위 멍청한 소리를 했는지 모르겠다. 금방 후회했다. 물론 아르투로는 마치 바보와 이야기하고 있다는 듯이 이렇게만 말했다. 물론이지, 물론이야. 어쨌든 우리는 대화를 했다. 점점 더 많이. 아침마다 식사를 하면서, 그가 하루 일을 마치고 라 시레나로 오는 밤마다. 어쩌면 일하다가 쉬는 시간에 온 것일지도 모른다. 작가들은 늘 일을 하는 것처럼 보이니. 잠을 자던 중 새벽 4시에 타자기 소리를 들은 기억도 난다. 우리는 온갖 이야기를 했다. 한번은 내가 아령을 드는 것을 지켜보던 아르투로가 왜 보디빌딩을 하게 되었는지 물었다. 내가 대답했다. 그냥 좋으니까. 그가 물었다. 언제부터 했는데? 내가 말했다. 열다섯 살 때부터. 마음에 들지 않아? 여자가 할 일이 아닌 것 같아? 비정상적으로 보여? 그가 말했다. 아니. 하지만 보디빌딩을 하는 애가 많지는 않지. 그는 가끔 뚜껑이 열리게 만든다. 나는 애가 아니라 여자라고 대꾸했어야 했겠지만, 그 대신 보디빌딩을 하는 여자가 점점 늘고 있다고 말했다. 이어서 왜였는지 2년 전에 페페가 그라마네트의 어느 디스코텍에서 시범을 제의했을 때 이야기를 해주었다. 우리 모두에게 예명을 붙였다. 내게는 산소나[3]라는 이름을 붙였다. 나는 고고 걸스의 무대 위에서 포즈도 취하고 아령도 들어야 했다. 그게 다였다. 하지만 나는 이름이 마음에 들지 않았다. 나는 산소나가 아니라 테레사 솔소나 리보트일 뿐이다. 하지만 그 시범은 기회였고, 보수가 나쁘지 않았고, 페페는 전문 잡지 모델을 찾는 사람이 어느 밤에든 올 수 있다고 말했다. 하지만 결국은 아무도 나타나지 않았다. 아니 나타났다 하더라도 나는 눈치채지 못했다. 그러나 일이었기 때문에 했다. 아르투로가 물었다. 그 일이 어디가 마음에 차지 않았는데? 잠깐 생각 끝에 대답했다. 내게 붙인 예명이 싫었어. 예명을 반대하는 것은 아니지만, 이왕 다른 이름을 짓기로 했으면 이름을 선택할 권리가 있다고 생각해. 그랬으면 나는 산소나라

---

[3] Sansona. 여자 삼손이라는 뜻.

는 이름은 절대 짓지 않았을 거야. 내가 산소나 같다고 생각하지 않거든. 싼 티 나고 너저분한 그런 이름은 짓지 않았을 거야. 그가 물었다. 그럼 어떤 이름을 지었을 건데? 내가 말했다. 킴. 그가 물었다. 킴 베이싱어를 본떠서? 아르투로가 그 말을 할 줄 알았다. 나는 대답했다. 킴 치제브스키를 본떠서. 아르투로가 물었다. 킴 치제브스키가 누군데? 내가 말했다. 보디빌딩 챔피언이야.

그날 밤 더 늦은 시간에 나는 킴 치제브스키, 완벽한 몸의 린다 머레이, 슈 프라이스, 라우라 크레아바예, 데비 머글리, 미셸 렐러베이트, 나탈리아 무르니코비에네가 나오는 사진첩을 아르투로에게 보여 주었다. 그 후 우리는 말그라트를 산책하러 나갔다. 차가 없어서 유감이었다. 차가 있었으면 다른 곳, 이를테면 료레트의 디스코텍으로 갔을 것이다. 료레트에는 아는 사람이 많다. 물론 나는 어디에나 아는 사람이 많지만. 이미 말했듯이, 나는 사교적이다. 나는 행복해지고 싶은데, 사람들 틈이 아니면 어디에 행복이 있겠는가? 어쨌든 아르투로와 나는 이렇게 친구가 되고 있었다. 친구라는 단어가 맞는 말이다. 우리는 서로 존중하고 각자의 삶을 살지만 날이 갈수록 더 많은 이야기를 나누었다. 즉, 대화가 습관이 되고 있었다. 보통 내가 이야기를 시작했다. 나도 그 이유를 모르겠지만 아마 아르투로가 작가라서 그런 것 같다. 그 후 민주적으로 아르투로가 말을 이어 갔다. 나는 그의 삶에 대해 많은 것을 알게 되었다. 부인이 아르투로를 버렸고, 아르투로는 아들을 사랑하고, 한때 친구가 많았지만 이제 거의 아무도 남지 않았다. 어느 날 밤 아르투로가 안달루시아에서 어느 여자와 난리가 난 적이 있다고 말했다. 나는 그 이야기를 참을성 있게 듣고 말했다. 인생은 길고 깔린 게 여자라고. 거기서 최초로 중요한 의견 차이가 발생했다. 아르투로는 아니라고, 자신에게는 여자가 많지 않다고 말했다. 그 후 아르투로가 시 한 편을 인용했고, 나는 그 시를 외우려고 주문 용지에 써달라고 했다. 프랑스 작가의 시였다. 대략 육체는 슬프고 자신은, 즉 그 시를 쓴 시인은 모든 책을 다 읽었다는 내용이었다. 내가 말했다. 어찌 생각할지 모르지만, 나는 책을 아주 조금밖에 읽지 않았지만 아무리 많이 읽은 사람도 이 세상 모든 책을 읽는 것은 불가능한 일 같아. 책이 얼마나 많겠어. 내가 모든 책이라고 말했다고 해서 좋은 책, 나쁜 책 다가 아니라 좋은 책만을 두고 하는 이야기야. 얼마나 많겠어! 어떻게 하루 스물네 시간 책만 읽어! 나쁜 책은 제쳐 두더라도 말이야. 좋은 책보다 나쁜 책이 훨씬 많을 테니. 삶이 그렇듯이, 읽을 가치가 있는 좋은 책이 있기는 할 거야. 이윽고 우리는 〈슬픈 육신〉에 대해서 이야기했다. 그것이 무슨 뜻일까? 이 세상 모든 여자와 섹스를 했다는 말인가? 모든 책을 다 읽었듯이 이 세상 모든 여자와 잠을 잤다는 말인가? 내가 말했다. 아르투로, 미안하지만 그 시는 진짜 기도 안 차. 이도 저도 불가능하잖아. 아르투로는 웃었다. 나와 이야기하는 것이 재미있어 보였다. 그는 가능하다고 말했다. 내가 말했다. 아니야, 불가능해. 그 시를 쓴 사람은 유령이야. 틀림없이 아주 소수의 여자와 잤을 거야. 확실해. 그 시인이 뻐기는 대로 그렇게 많은 책을 읽지 않았다는 것도 확실하고. 나는 아르투로에게 몇 가지 진실을 더 이야기하고 싶었다. 그러나 손님 시중을 들기 위해 시시때때로 바에서 나가야 해서 하던 이야기를 계속하기 힘들었다. 아르투로는 바 의자에 있었고, 나는 자리를 뜰 때마다 안돼 보이는 그의 등이나 목을 쳐다보거나 혹은 술 진열장에 비친 얼굴을 찾았다. 이윽고 내 근무가 끝났다. 그날은 새벽 3시에 가게에서 나와 아르투로와 같이 집으로 걸어갔다. 그러다가 해안 도로에 있는 더 늦게까지 하는 술집에 가자고 했지만, 아르투로가 졸리다고 해서 그냥 집으로 향했다. 걸으면서 마치 그의 의견에 동조한다는 듯이 물었다. 그 프랑스 시인이 말하는 것처럼 사람이 모든 책을 다 읽고 모든 여자와 다 잤다면, 그다음에는 무엇을 해야 하는지. 아르투로가 말했다. 여행을 해야지. 떠나야지. 내가 말했다. 당신은 피네다도 가지 않잖아. 그는 아무런 대답도 하지 않았다.

세상 일이 참 묘해서, 나는 그날 밤 이후 그 시를 잊지 못했다. 계속 그랬다고는 할 수 없지만 자주 생각했다. 여전히 기도 차지 않은 시 같았지만, 머릿속에서 떨쳐낼 수가 없었다. 아르투로가 라 시레나에 오지 않은 어느 날 밤 나는 바르셀로나로 갔다. 가끔 있는 일이다. 나도 내가 왜 그러는지 모르겠다. 다음 날 엉망이 되어 아침 10시에 돌아왔다. 집에 도착했을 때, 아르투로는 방에 처박혀 있었다. 나는 침대로 들어가 자판 두드리는 소리를 들으며 잠이 들었다. 정오에 아르투로가 방문을 두들겼는데, 내가 대답이 없자 들어와서 괜찮은지 물었다. 그가 물었다. 오늘은 출근 안 해? 내가 대답했다. 출근이고 나발이고 몰라. 그가 말했다. 차 끓여 줄게. 차를 가져오기 전 나는 일어나서 옷을 입고 선글라스를 쓰고 거실에 나가 앉았다. 토할 것 같았지만 하지 않았다. 볼에 어떻게 해도 감출 수 없는 멍이 들어 있었기에 그의 질문을 기다렸다. 하지만 아무런 질문도 하지 않았다. 그때 정말 기적적으로 라 시레나에서 쫓겨나지 않았다. 그날 밤 나가서 친구들과 술 한잔 하고 싶었고, 아르투로가 동행했다. 우리는 파세오 마리티모에 있는 어느 퍼브에 있다가, 다른 친구들과 만나서 블라네스와 료레트에서 질펀한 자리를 이어 갔다. 그날 밤 어느 순간에 아르투로에게 바보 같은 짓 그만하고, 정말 사랑하는 것, 즉 아들과 소설에 전념해야 한다고 말했다. 그게 제일 사랑하는 것이라면, 거기에 전념해. 아르투로는 아들 이야기 하는 것을 좋아하면서도 싫어했다. 내게 아이 사진을 보여 주었는데, 다섯 살쯤 되어 보였고 아빠와 판박이였다. 내가 말했다. 당신은 정말 복 많은 놈이야. 아르투로가 말했다. 그래 정말 복이 많아. 내가 말했다. 그런데 왜 떠나고 싶어 하는 거야? 철부지 같으니. 왜 건강을 가지고 장난질하는데? 건강이 좋지 않은 걸 알면서도. 왜 일에 전념하고, 아들과 행복하게 보내고, 당신을 진짜로 좋아할 여자를 찾지 않는데? 묘하게도 아르투로는 취하지도 않았으면서 그런 척했다. 다른 사람이 취하면 심리적 영향을 받는다고 말했다. 혹은 내가 너무 취해서 취한 사람과 안 취한 사람을 구분하지 못했을 수도 있다.

어느 날 아침 내가 물었다. 당신 전에는 술을 취하도록 마셨어? 아르투로가 말했다. 당연하지, 다른 사람들처럼. 보통은 취하지 않으려고 했지만. 내가 말했다. 그럴 줄 알았어.

어느 날 밤 나는 치근덕대는 작자와 싸움이 붙었다. 라 시레나에서였다. 그 작자가 내게 욕을 했다. 나는 바깥으로 나오라고, 어디 다시 말해 보라고 했다. 그자에게 동행인이 있다는 사실을 깨닫지 못했다. 그런 식으로 분을 삭이지 못하다가는 언젠가 큰일을 당하고 말 것이다. 그 작자가 나를 따라 나왔고, 나는 암로크를 걸어 땅바닥에 패대기쳤다. 그 작자 친구들이 그 대신 나서려 했지만, 라 시레나 지배인과 아르투로가 그들을 말렸다. 그 순간까지 나는 아무것도 깨닫지 못하고 있었는데, 아르투로와 지배인을 보자 웬일인지 무엇보다도 자유를 느꼈고, 또한 사랑받고, 보살핌받고, 보호받고, 가치 있는 사람으로 느껴져서 기뻤다. 그리고 바로 그날 밤 조금 늦은 시각에 페페가 와서 새벽 5시에 사랑을 나누었는데 더할 나위 없이 좋아서 완벽한 행복을 느꼈다. 침대에서 나는 눈을 감고 그날 밤에 일어난 모든 일, 모든 폭력적인 일들과 모든 아름다운 일들을 생각했고, 어떻게 아름다운 일들이 폭력적인 일들을 눌렀는지도 생각했다. 그리고 이것들이, 그러니까 아름다운 일들이 지나치게 폭력적으로 돌변하지도 않았다는 사실을 생각했다. 그런 일들을 생각하면서 페페의 귀에 대고 다른 일들을 속삭이고 있는데 갑자기 번쩍하면서 아르투로에게 생각이 미치고, 자판 소리가 〈들렸다〉. 나는 자판을 치는 모습을 또렷이 떠올리는 대신, 〈아르투로도 잘 있네〉 하고 스스로에게 말하는 대신, 〈우리 모두 잘 있고, 지구가 시간의 대양을 계속 항해하고 있다〉고 스스로에게 말하는 대신, 즉 그 모든 일을 하는 대신에 긴은 집을 쓰는 내 친구를 생각하고, 아르투로의 정신 상태를 생각하고, 그를 돕겠다는 굳은 결심을 했다. 다음 날 아침 페페와 내가 근육 이완 운동을 하고 아르투로가 늘 앉는 자리에서 우리를 바라볼 때, 나는 그를 공격하기 시작했다. 그날 내가 무슨 말을 했는지는 기억나지 않는다. 당신은 자유이니 하루를 마음대로 쓰라고, 가서 아들과 하루를 보내라고 그랬던가? 그게 내가 한 말이라면 아마 집요하게 말했으리라. 마침내 아르투로가 그 말을 받아들였고, 페페는 자기와 같이 가자고, 아레니스까지 데려다 주겠다고 말했다.

그날 밤 아르투로는 라 시레나에 나타나지 않았다.

나는 새벽 3시에 집에 돌아오다가 파세오 마리티모의 공중전화 박스에서 아르투로를 발견했다. 멀리서 그를 보았다. 취한 관광객 일행이 고장 난 것 같은 옆 공중전화 근처에서 맴돌고 있었다. 차 한 대가 음악을 엄청 크게 틀어 놓고 문을 열어 둔 채 길가에 주차해 있었다. 가까이 갈수록(나는 크리스티나와 같이 가고 있었다) 아르투로의 모습이 더 선명해졌다. 그의 얼굴을 보기 훨씬 전부터(공중전화 박스에 틀어박혀 내 쪽을 등지고 있었다) 울고 있거나 울기 직전임을 알 수 있었다. 취한 것이었을까? 마약을 한 것일까? 그런 질문들을 스스로에게 던지면서 발걸음을 재촉해 크리스티나를 뒤로하고 아르투로 옆으로 갔다. 관광객들이 나를 이상한 눈초리로 쳐다보던 바로 그때 어쩌면 아르투로가 아닐지도 모른다는 생각이 들었다. 한 번도 본 적이 없는 하와이풍 셔츠를 입고 있었기 때문이다. 나는 그의 어깨를 잡으며 말했다. 아르투로, 오늘 밤은 아레니스에서 자는 줄 알았는데. 그는 뒤로 돌아서서 안녕 하고 말했다. 이어 수화기를 내려놓고 나, 그리고 이미 다가온 크리스티나와 이야기를 했다. 아르투로가 전화통에서 남은 동전을 꺼내는 것을 잊었음을 깨달았다. 1천5백 페세타 이상 남아 있었다. 그날 밤 둘만 있었을 때, 나는 아레니스에서 어땠는지 물었다. 아르투로는 잘 보냈다고 말했다. 그의 부인은 바스크 남자와 사는데 행복해 보였고 아들도 잘 있다는 것이었다. 내가 물었다. 그리고? 아르투로가 말했다. 그게 다야. 내가 물었다. 누구한테 전화하고 있었는데? 아르투로가 나를 바라보며 미소를 지었다. 내가 물었다. 그 빌어먹을 안달루시아 여자에게? 당신 영혼을 갉아먹은 그년에게? 그가 말했다. 그래. 내가 물었다. 통화가 됐어? 그가 말했다. 그저 잠깐. 영국 관광객들이 시끄럽게 굴어서 짜증이 났다. 내가 말했다. 통화가 끝났으면 전화기에 매달려 대체 거기서 뭘 했는데? 그는 어깨를 으쓱하고 생각을 하더니 다시 전화하려 했다고 말했다. 내가 말했다. 여기서 전화해. 그가 말했다. 아니야. 나는 전화를 길게 해서 요금이 많이 나올 거야. 내가 작은 소리로 말했다. 당신 건 당신이 내고, 내 건 내가 내면 되잖아. 그가 말했다. 아니야. 전화 요금 고지서가 올 때쯤이면 아프리카에 있을 것 같아. 내가 말했다. 하느님 맙소사. 이 바보. 자 걱정 말고 전화해. 나는 샤워를 할 테니 통화 끝나면 알려 줘.

샤워를 하고, 온몸에 크림을 바르고, 욕실의 뿌연 거울 앞에서 몇 가지 운동까지 한 기억이 난다. 욕실에서 나왔을 때 아르투로는 만사니야 차를 마시면서 식탁에 앉아 있었다. 나를 위해서는 밀크티를 타서 식지 말라고 작은 접시로 덮어 놓았다. 내가 물었다. 전화했어? 그가 대답했다. 응. 내가 물었다. 어떻게 됐는데? 그가 말했다. 전화를 끊더라. 내가 말했다. 그 여자 기회를 놓쳤네. 그는 콧방귀를 뀌었다. 화제를 바꾸기 위해 책은 잘 되어 가는지 물었다. 그가 말했다. 잘 돼. 내가 물었다. 봐도 돼? 방에 들어가서 봐도 돼? 그는 나를 바라보더니 괜찮다고 말했다. 그의 방은 깨끗하지 않았지만, 그렇다고 더럽지도 않았다. 침대는 정돈이 되어 있지 않고, 옷이 땅바닥에 널려 있고, 책 몇 권이 사방에 흩어져 있었다. 대략 내 방처럼. 창문 옆 아주 작은 탁자에 타자기가 있었다. 나는 자리에 앉아 원고를 보았다. 물론 아무것도 이해하지 못했다. 뭔가 이해할 수 있으리라고 기대하지도 않았지만. 나는 책에 삶의 비밀이 들어 있지는 않다는 사실을 안다. 그러나 뭔가 읽는 것이 좋다는 것도 안다. 우리 둘 다 그 점에선 의견 일치를 보았다. 읽는 것은 배움이나 위안을 준다. 그는 책을 읽고 나는 『머슬 매그』, 『머슬 & 휘트니스』, 『보디휘트니스』 등의 잡지를 읽었다. 그 후 우리는 그의 위대한 사랑에 대해 말했다. 아르투로를 놀리려고 내가 그렇게 불렀다. 〈당신의 위대한 사랑〉이라고. 오래전 그녀가 열여덟 살 때 알게 되어 얼마 전 다시 만난 여자였다. 아르투로가 카탈루냐로 돌아오는 길은 늘 재앙이었다. 아르투로가 그러는데 처음에는 기차가 거의 탈선할 뻔했다. 두 번째는 병이 났다. 열이 40도까지 올라 침대칸 침대에 몸을 파묻고 코트도 벗지 않은 채 몸에 담요를 둘둘 두르고 땀을 흘렸다. 내가 아르투로의 물건들, 정말로 얼마 안 되는 물건들을 바라보면서 말했다. 그렇게 아픈데 기차 타게 그 여자가 내버려 뒀어? 나는 속으로 말했다. 그 여자 너를 사랑하지 않아, 아르투로. 아르투로에게 말했다. 그 여자 잊어. 그가 말했다. 떠나야 했어. 아들을 보러 와야 했어. 내가 말했다. 당신 아들 만나고 싶군. 그가 말했다. 벌써 사진 보여 줬잖아. 내가 말했다. 나는 이해가 안 돼. 그가 말했다. 뭘 이해하지 못하겠다는 거야? 내가 말했다. 나라면 열이 40도까지 오른 아픈 친구가 기차를 타게 내버려 두지 않았을 거야. 아무리 더 이상 좋아하지 않아도, 아무리 더 이상 사랑하지 않아도 말이야. 먼저 간호를 해주고, 나을 때까지 보살펴 줄 거야. 적어도 어느 정도 회복된 다음에 보냈을 거라고. 나는 생각했다. 나는 가끔 너무 죄의식에 시달린다니까. 하지만 이상한 것은 왜 그런지 모른다는 점이다. 대체 내가 무슨 죄를 지었다고 죄의식에 시달리는지. 그가 말했다. 당신은 좋은 사람이잖아. 내가 물었다. 당신은 나쁜 사람이 좋아? 그가 말했다. 처음에 그녀는 이곳에 와서 나하고 같이 사는 것을 두려워했어. 열여덟 살밖에 안 되었으니까. 내가 말했다. 그만해. 당신에게 화가 날 거야. 나는 생각했다. 그 여자는 겁쟁이이고 당신은 바보 천치야. 그가 말했다. 나는 이제 여기서 할 일이 아무것도 없어. 내가 말했다. 왜 그렇게 통속극 주인공처럼 구는데? 그가 말했다. 나는 그녀를 사랑했어. 내가 말했다. 스톱! 더 이상 바보 같은 소리 듣고 싶지 않아. 그날 밤 우리는 또다시 안달루시아의 그 망할 년과 아르투로 아들에 대해 이야기했다. 내가 물었다. 돈이 없어? 돈이 없어서 가는 거야? 충분히 벌지 못해? 내가 돈 빌려 줄게. 이 달 방세 내지 마. 다음 달 치도. 여윳돈 생길 때까지 방세 내지 마. 약 살 돈은 있는 거야? 의사한테 진찰은 받아? 아들한테 장난감 사줄 돈은 있어? 내가 빌려줄 수 있어. 장난감 가게에서 일하는 친구도 있고. 외래 병동 보조 간호사인 친구도 있어. 다 해결책이 있기 마련이라고.

다음 날 아침 아르투로는 안달루시아 여자 이야기를 다시 해주었다. 내 생각에는 잠을 자지 않은 것 같다. 아르투로가 말했다. 이게 내 마지막 이야기이야. 내가 말했다. 왜 마지막 이야기라고 그러는데? 당신이 죽기라도 했어? 아르투로, 당신은 가끔 내 신경을 날카롭게 만들어.

안달루시아 여자 이야기는 아주 간단했다. 아르투로는 그녀가 열여덟 살 때 알게 되었다. 그건 벌써 알고 있던 일이었다. 그 후 그녀는 아르투로와 끝냈다. 하지만 편지로. 아르투로는 묘한 느낌이 남아서, 두 사람 관계가 결코 끝난 게 아닌 것처럼 느꼈다. 아르투로는 그녀에게 한번씩 전화를 했다. 그렇게 세월이 흘렀다. 각자 자기 삶을 가꾸고, 각자 알아서 살았다. 아르투로는 다른 여자를 알게 되고, 사랑에 빠지고, 결혼하고, 자식을 낳고, 헤어졌다. 그 후 병에 걸렸다. 죽음의 문턱까지 갔다. 여러 차례 췌장염을 앓고, 간이 완전히 망가지고, 결장 궤양을 앓았다. 어느 날 아르투로는 안달루시아 여자에게 전화했다. 전화하지 않은 지 오래였지만, 그날은 너무 아파서 서글퍼졌는지 전화를 걸었다. 그 여자는 그곳에 살지 않았다. 이미 오랜 세월이 흐른 것이다. 아르투로는 그녀를 찾아내야만 했다. 오래지 않아 현재 전화번호를 알아내 그녀와 통화했다. 그 미련한 여자도 고작해야 아르투로 신세였다. 다시 이야기가 통하기 시작했다. 마치 세월이 흐르지 않은 듯했다. 아르투로가 남부로 갔다. 아직 회복기였음에도 그리로 가서 그 여자와 만날 결정을 했다. 그녀도 아르투로와 비슷한 상황이었다. 육체적 질병은 전혀 없었지만 아르투로가 갔을 때 정신적인 문제로 앓아누워 있었다. 그녀에 따르면 미쳐 가고 있었다. 쥐를 보고, 아파트 벽을 타고 다니는 쥐의 발소리를 듣고, 끔찍한 꿈을 꾸거나 잠을 이루지 못하고, 바깥에 나가기를 극도로 꺼렸다. 그녀 역시 이혼 상태였다. 아르투로와 마찬가지로 끔찍한 결혼 생활을 했고, 끔찍한 애인들과 사귀었다. 아르투로와 그 여자는 일주일 동안 서로 참았다. 그러고서 아르투로가 카탈루냐로 돌아올 때, 탈고[4]가 탈선할 뻔했다. 아르투로에 따르면, 기관사가 들판 한가운데에 열차를 세웠고, 검표원들이 내려서 철로를 수색해서 넘어지려던 기차 차량 바닥 부분의 금속판을 찾아냈다. 나는 솔직히 왜 그것을 사전에 알아차리지 못했는지 납득이 안 간다. 아르투로가 설명을 엉망으로 했든지, 아니면 그 열차의 모든 승무원들이 만취한 상태였으리라. 아르투로의 말에 따르면, 기차에서 내려 철로를 수색한 유일한 승객이 자신이었다. 어쩌면 검표원들이 기차 밑바닥에서 떨어진 금속판인지 철판인지를 찾고 있던 그 순간 아르투로는 미치기 시작하고 도피를 생각하기 시작했을지도 모른다. 하지만 최악의 일은 그 뒤에 닥쳤다. 카탈루냐에서 닷새를 있다가 아르투로는 안달루시아로 돌아갈 생각을 하거나 돌아가는 것 이외에는 방법이 없다는 것을 깨닫기 시작했다. 그 닷새 동안 안달루시아 여자와 적어도 하루에 한 번, 때로는 일곱 번까지 통화했다. 보통 두 사람은 다퉜다. 어떤 때는 너무 보고 싶다고 서로 말하기도 했다. 아르투로는 전화비로 한재산 날렸다. 마침내 일주일도 채 지나기 전 아르투로는 열차에 올라 안달루시아로 돌아갔다. 아무리 아르투로가 미화해도 이 마지막 여행의 결과는 첫 번째 여행만큼, 어쩌면 훨씬 더 재앙이었다. 유일하게 아르투로가 확신하는 것은 그 망할 안달루시아 여자에 대한 사랑뿐이었다. 그때가 병이 나서 카탈루냐에 돌아온 때였다. 안달루시아 여자가 그를 내친 것인지 혹은 그가 그 여자를 더 감당하지 못해서 돌아온 것인지는 잘 모르겠다. 하지만 어쨌든 아르투로는 대단히 아팠고 그 여자는 열이 40도까지 오른 그를 기차에 오르게 내버려 두었다. 내가 말했다. 나라면 그러지 않았을 거야, 적에게조차도. 물론 내게는 적이 없지만. 아르투로가 말했다. 우리는 헤어져야 했어, 우리는 서로 상대방을 집어삼켜 버리는 중이었어. 내가 대답했다. 과장하지 마. 그 여자는 결코 당신을 사랑하지 않았어. 그 여자 머리에 나사가 하나 빠져서 당신에게는 예뻐 보였겠지. 하지만 사랑이라, 보통 사람들이 말하는 의미에서의 사랑은 결코 아니야. 결코 당신을 사랑하지 않았다고. 그 후 어느 날, 나는 라 시레나의 바에서 아르투로를 다시 발견했을 때 말했다. 당신에게 중요한 것은 아들과 건강이야. 아들과 건강에 신경 쓰라고. 이따위 이야기는 다 집어치우고. 그렇게 똑똑한 사람이 동시에 그렇게 멍청할 수 있다니 참으로 믿기 힘들다.

 그 후 나는 보디빌딩 대회에 참가했다. 라 비스발에서 열린 작은 대회였는데, 2등을 해서 대단히 기뻤다. 그리고 한때 보디빌더였으며, 대회가 열린 디스코텍에서 문지기로 일하던 세비야 출신의 후안마 파체코와 눈이 맞았다. 말그라트에 돌아왔을 때 아르투로는 없었다. 그의 방 문에 꽂혀 있는 메모를 발견했는데 사흘간 집을 비운다고 알리고 있었다. 어디 간다는 말은 없었지만 아들을 보러 갔으려니 했다. 그런데 나중에 곰곰이 생각해 보니, 아들을 보러 가는 데 사흘이나 집을 비울 필요까지는 없었다. 나흘 후 아르투로가 돌아왔을 때는 그 어느 때보다도 행복해 보였다. 어디 있었는지 묻고 싶지 않았고 그도 이야기하지 않았다. 그저 어느 날 밤 아르투로가 라 시레나에 나타났고, 우리는 방금 만난 사람처럼 이야기하기 시작했다. 그는 퍼브가 닫을 때까지 남아 있었고, 그 후 집까지 같이 걸었다. 이야기를 하고 싶어서 친구들이 있는 바로 가서 술 한 잔 하자고 그랬지만, 아르투로는 집에 가고 싶다고 말했다. 어쨌든 집에 서둘러 가지는 않았다. 그 시각의 파세오 마리티모에는 사람이 거의 없고, 산들거리는 바닷바람과 아직 문을 닫지 않은 몇 안 되는 업소에서 들리는 음악 소리 덕분에 쾌적했다. 나는 이야기를 하고 싶어서 후안마 파체코 이야기를 해주었다. 이야기를 마치고 물었다. 어때? 아르투로가 말했다. 이름이 마음에 드네. 내가 말했다. 사실 본명은 후안 마누엘이야. 아르투로가 말했다 그럴 것 같네. 내가 말했다. 나 사랑에 빠진 것 같아. 아르투로는 담배에 불을 붙이고 파세오 마리티모에 있는 벤치에 앉았다. 나는 그의 옆에 앉아 계속 말했다. 그 순간에는 심지어 아르투로의 오만 미친 짓거리, 이제까지 저지른 짓들과 곧 저지를 짓들을 이해했거나 이해할 수 있었다.

바다와 멀리 보이는 불빛, 작은 저인망 어선들의 불빛을 보고 있노라니 그날 밤은 나도 아프리카에 가고 싶었다. 무슨 짓이든 할 수 있을 것 같았다. 특히 아주 멀리 도망갈 수 있을 것 같았다. 내가 말했다. 폭풍이 불었으면 좋겠어. 아르투로가 말했다. 자꾸 그러지 마. 당장이라도 비가 올 것 같으니. 나는 웃었다. 아르투로에게 물었다. 요 며칠 사이 뭐했어? 그가 말했다. 아무것도 하지 않았어. 생각을 하고 영화를 봤어. 내가 물었다. 무슨 영화? 그가 말했다. 「샤이닝」.[5] 내가 말했다. 정말 무서운 영화지. 몇 년 전에 보았는데 밤에 잠을 이루기 힘들었어. 아르투로가 말했다. 나도 몇 년 전에 보았는데 밤새 잠을 못 잤어. 내가 말했다. 대단한 영화야. 그가 말했다. 아주 훌륭한 영화지. 우리는 잠시 침묵에 잠겨 바다를 바라보았다. 달이 없었고 고깃배들의 불빛도 이미 사라졌다. 아르투로가 문득 물었다. 토런스가 쓰던 소설 기억나? 내가 말했다. 토런스가 누군데? 영화 속 악당, 「샤이닝」의 잭 니콜슨 말이야. 내가 대답했다. 응. 그 개자식이 소설을 쓰고 있었지. 사실 나는 거의 기억하지 못했다. 아르투로가 말했다. 5백 쪽이 넘는 소설을 쓰고 있었어. 아르투로가 해변에 침을 뱉었다. 그가 침 뱉는 것은 한 번도 본 적이 없었다. 그가 말했다. 미안. 속이 좋지 않아서. 내가 말했다. 괜찮아. 그가 말했다. 5백 쪽 이상의 소설을 쓰고 있었는데, 단 하나의 문장을 무한 반복했어. 가능한 모든 방법을 써서. 대문자로, 소문자로, 2단으로, 밑줄을 쳐서. 늘 똑같은 문장뿐이었어.

---

5 The Shining. 스티븐 킹의 소설을 원작으로 하여 1980년 스탠리 큐브릭 감독이 만든 공포 영화.

내가 물었다. 어떤 문장이었더라? 아르투로가 되물었다. 기억 안 나? 내가 말했다. 응, 기억 안 나. 기억력이 엉망이라. 도끼가 기억나고, 영화 마지막에 아이와 엄마가 구출된다는 것만 기억나. 아르투로가 말했다. 〈놀지 않고 일만 하는 잭은 바보 된다〉라는 문장이야. 내가 말했다. 미쳤군. 그렇게 말하면서 바다를 보다가 내 옆에 있는 아르투로의 얼굴로 시선을 돌렸는데 무너지기 일보 직전 같았다. 아르투로가 말했다. 그 소설 훌륭한 소설일 수도 있어. 내가 말했다. 놀랍군. 단 하나의 문장만 반복되는 소설이 어떻게 훌륭한 소설이야? 그건 독자에게 무례한 거야. 삶은 그 자체로 충분히 지랄 같은데, 거기다 〈놀지 않고 일만 하는 잭은 바보 된다〉라는 구절만 있는 책을 사야겠어? 손님이 위스키 주문하는데, 내가 차를 내는 꼴이지. 사기고 무례야, 안 그래? 아르투로가 말했다. 당신은 참 놀라울 만큼 상식적으로 생각해, 테레사. 내가 쓰는 소설 봤어? 나는 거짓말을 했다. 당신 방에는 들어오라고 할 때만 들어가. 그 후 아르투로는 꿈 이야기를 했다. 어쩌면 나는 운동을 하고, 그는 일주일 내내 못 잔 얼굴로 만사니야 차를 마시며 식탁에 앉아서 나를 바라보던 그다음 날 아침에 이야기한 것일 수도 있다.

좋은 꿈 같아서 기억을 한다. 꿈에서 아르투로는 아랍 소년이고, 해저 광케이블을 개통하려고 동생의 손을 잡고 인도네시아 어느 기지에 간다. 두 명의 인도네시아 군인이 아르투로를 맞이한다. 아르투로의 옷은 아랍 의복이다. 꿈에서 아르투로는 일투 살쯤, 동생은 예닐곱 살쯤 되었을 것이다. 그들의 어머니는 멀리서 아이들을 바라보지만, 이윽고 모습이 희미해진다. 아르투로와 동생만 남는다. 둘 다 허리에 끝이 많이 휜 굵고 짧은 아랍식 단도를 차고 있다. 두 사람이 전선을 짊어지고 가는데 손으로 혹은 가내 수공업으로 만든 것 같다. 녹갈색의 걸쭉한 액체가 담긴 통도 들고 가는데, 인도네시아인들에게 지불할 돈이다. 기다리는 동안 동생이 아르투로에게 케이블 연장이 몇 미터인지 묻는다. 아르투로가 말한다. 미터? 킬로미터야! 군인들 숙소는 목조 건물이고 바닷가에 있다. 두 형제가 기다리는 동안, 아랍인 어른이 줄에 끼어든다. 아르투로는 처음에는 욕만 하거나 아니면 적어도 무례만 탓할 생각이었던 듯하다. 칼이 제자리에 있는 것으로 보아 알 수 있다. 그러나 아랍인 어른이 인도네시아 군인들과 기타 사람들에게 하는 이야기를 듣자마자 생각이 바뀐다. 그 이야기는 시칠리아에서 열린 어느 파티에 대한 것이다. 아르투로는 자신과 동생이 그 이야기를 들었을 때, 마치 아랍인 어른의 시낭송을 듣기라도 하는 듯 행복하고 들떠 있었다고 말했다. 시칠리아에는 모래 빙하가 있다. 잡다한 구경꾼들이 상당히 거리를 두고 빙하를 바라본다. 두 사람만 빼고. 한 사람은 빙하를 〈지탱하는〉 언덕 꼭대기에 올라가고, 또 한 사람은 빙하 아래에서 기다린다. 그리고 위에 있는 사람이 움직이거나 춤을 추고 발로 바닥을 구르니 빙하 맨 윗부분이 무너지기 시작해서 거대한 흙덩어리가 아래 있는 사람 쪽으로 떨어진다. 이 사람은 움직이지 않는다. 순간 모래에 파묻힐 듯하지만 마지막 순간 펄쩍 뛰어 목숨을 건진다. 꿈은 그런 내용이었다. 인도네시아의 하늘은 거의 초록색이고 시칠리아의 하늘은 거의 하얀색이었다. 아르투로는 오랫동안 그렇게 행복한 꿈을 꾸지 못했다. 아마 꿈속의 인도네시아와 시칠리아는 지구가 아닌 다른 행성에 있었을 것이다. 내가 말했다. 내 생각에 그 꿈은 운이 바뀌리라는 것을 의미해. 지금부터는 다 잘될 거야. 꿈속의 당신 동생이 누구인지 알아? 그가 말했다. 잘 모르겠어. 내가 말했다. 당신 아들이야. 이 말을 하자 아르투로는 미소를 지었다. 그러나 며칠 후 아르투로는 또다시 안달루시아 여자 이야기를 했다. 나는 마음에 들지 않아 싫은 소리를 했다. 그렇게 해도 별로 상관없지만 그러지 말았어야 했음을 이제는 안다. 나는 그에게 인생의 책임에 대해, 내가 믿는 것들에 대해, 내가 계속 숨을 쉬기 위해 매달려 있는 것들에 대해 말한 것 같다. 아르투로에게 화를 내는 것처럼 보였겠지만 사실 나는 화가 난 게 아니었다. 아르투로는 내게 화를 내지 않았다. 그날 밤 아르투로는 집에 자러 들어오지 않았다. 그건 기억하는데 왜냐하면 후안마 파체코가 나를 만나러 온 첫 번째 밤이었기 때문이다. 그는 보름마다 직장에서 해방이 되는데, 그 시간을 활용하고자 말그라트에 온 것이었다. 우리는 방으로 들어가 사랑을 나누려고 했다. 그런데 나는 할 수 없었다. 여러 번 시도했지만 할 수 없었다. 어쩌면 오래 헬스클럽에 가지 않아 축 늘어진 후안마의 근육 탓일 수도 있다. 그래도 아마 내 탓이었으리라. 툭하면 일어나 물을 마시러 부엌에 갔다. 그러다가 한 번은 왠지 아르투로의 방에 들어가게 되었다. 책상 위에 타자기와 정말로 가지런히 놓인 원고 뭉치가 있었다. 원고를 살펴보기 전에 「사이닝」 생각이 나서 소름이 끼쳤다. 하지만 아르투로는 미치지 않왔다. 그건 내가 안다. 그 후 방을 한 바퀴 돌고, 창문을 열고, 침대에 앉았다. 복도에서 발소리가 들리더니, 후안마 파체코가 얼굴을 문틈으로 들이밀고 무슨 일 있는지 물었다. 내가 대답했다. 아니야, 별일 없어. 생각 중이었어. 그때 나는 싸놓은 가방을 보았고, 아르투로가 떠나리라는 것을 알았다.

 아르투로는 내게 책 네 권을 선물했는데 아직도 안 읽었다. 일주일 후 우리는 안녕을 고했고, 나는 말그라트 역까지 아르투로를 배웅하러 갔다.

---

1 앙골라의 수도.
2 주로 남미 남부의 아르헨티나, 우루과이, 칠레를 통틀어 일컫는 말이며 때로는 이 나라들 외에도 파라과이와 브라질 남부까지 포함시키기도 한다.

25

1996년 6월, 파리 셰르셰미디 가, 하코보 우렌다. 이 이야기를 하기는 어렵다. 쉬워 보이지만, 조금 건드려 보면 곧 어렵다는 것을 깨달을 수 있다. 그곳에 대한 모든 이야기가 어렵다. 나는 1년에 적어도 세 번은 아프리카로 여행한다. 보통 무더운 지역으로 가기 때문에 파리로 돌아오면 여전히 꿈을 꾸는 것 같고 깨어나기가 힘들다. 비록 적어도 이론적으로 라틴 아메리카인들은 다른 사람들보다 참상에 무디지만.

그곳에서, 루안다[1]의 우체국 사무실에서, 아르투로 벨라노를 알게 되었다. 무더운 오후였고, 나는 파리로 전화질하며 돈 낭비 하는 것 이외에는 아무 할 일이 없었다. 벨라노가, 팩스 창구에서 담당자 대신 근무하던 직원이 돈을 더 받으려고 해서 치열하게 싸우고 있어서 도와주었다. 삶이 묘해서 우리 두 사람은 코노 수르[2] 출신이었다. 벨라노는 칠레인이고 나는 아르헨티나인이다. 우리는 그날 계속 같이 보내기로 했다. 아마 그 제안을 한 사람이 나였을 것이다. 나는 늘 사교적이고, 대화를 즐기고, 사람 사귀는 것을 좋아하고, 남의 이야기 듣는 것도 싫어하지 않는다. 비록 들으면서 내 일을 생각하고 있을 때도 가끔 있지만.

이내 우리는 생각보다 공통점이 많다는 사실을 알게 되었다. 그렇다고 이야기를 한 것도 아니고 서로 환호성을 지른 것도 아니지만 적어도 나는 그 사실을 깨달았고, 벨라노도 마찬가지였으리라고 본다. 우리 두 사람은 대략 비슷한 날짜에 태어나고, 올 것이 왔을 때 각자의 나라에서 도망치고, 코르타사르와 보르헤스를 좋아하고, 돈이 별로 없고, 포르투갈어를 어설프게 했다. 결국 우리는, 그게 그거지만 나락으로 떨어지기 직전 혹은 붕괴 직전의 어느 아프리카 국가에 와 있는 마흔 살 조금 넘은 전형적인 라틴 아메리카 남자였다. 유일한 차이는, 라 루나 에이전시 사진 기자인 나는 일이 끝나면 파리로 돌아가지만, 불쌍한 벨라노는 일이 끝나도 아프리카에 계속 머물 거라는 점이었다.

그날 밤 어느 순간 내가 물었다. 하지만 친구, 왜 그러는데? 왜 나와 같이 유럽으로 가지 않지? 심지어 비행기 표 살 돈이 없으면 빌려 주겠노라고 큰소리까지 쳤다. 사람이 엉망으로 취해 있을 때, 밤이 낯설 뿐만 아니라 광대무변할 때 하게 되는 말이다. 그곳의 밤은 너무 광대무변해서 조금만 부주의하면 당신을 삼켜 버린다. 당신과 당신 옆에 있는 모든 사람을. 하지만 여러분은 그런 일들을 전혀 모른다. 한 번도 아프리카에 가본 적이 없으니까. 나는 가보았다. 벨라노도 그렇고. 우리 두 사람은 프리랜서였다. 앞서 말했듯이 나는 라 루나 에이전시, 벨라노는 쥐꼬리만 한 원고료를 주는 마드리드 어느 신문사의 프리랜서였다. 그때 벨라노는 왜 유럽에 안

가는지 말해 주지 않았지만, 우리는 계속 사이좋게 함께 행동했다. 루안다의 밤 혹은 루안다의 밤의 무기력함(이는 하는 말이다. 루안다에서의 진짜 무기력함은 야전침대 밑에 숨을 수밖에 없을 때 느낀다)이 120킬로그램은 나가는 흑인인 주앙 아우베스라는 작자의 클럽으로 우리를 이끌고 갔다. 그곳에서 기자와 사진 기자, 경찰과 포주 등 아는 사람들을 보았고, 우리는 그곳에서 계속 대화를 이어 갔다. 아닐 수도 있다. 어쩌면 우리는 그곳에서 같이 있지 않았을 수도 있다. 담배 연기 때문에 벨라노가 시야에서 사라졌다. 일하러 나가서 알게 되는 수많은 사람들이, 이야기를 나눈 뒤에는 시야에서 사라지는 것처럼. 파리에서는 다르다. 사람들은 멀어지고, 점점 작아지지만, 설사 내가 원치 않아도 인사를 할 겨를은 있다. 아프리카에서는 그렇지 않다. 그곳에서는 사람들이 〈말하고〉 자기 〈문제〉를 이야기하지만, 이윽고 그들은 연기구름에 삼켜졌다가 사라진다. 그날 밤 벨라노가 갑자기 사라진 것처럼. 또한 이 아무개나 저 아무개를 공항에서 다시 볼 가능성조차 생각하지 않는다. 가능성은 있다. 없다는 말이 아니다. 하지만 그 가능성을 생각하지는 않는다. 그래서 그날 밤 벨라노가 사라졌을 때 나는 더 이상 그를 생각하지 않고, 돈 빌려 줄 생각도 하지 않았다. 나는 술 마시고 춤추고, 그러다가 의자에서 잠이 들었다. 깨어났을 때는(술기운 때문이라기보다 두려움 때문에 흠칫했다. 도둑이라도 맞았을까 봐 걱정이 된 것이다. 나는 주앙 아우베스의 업소 같은 곳에 자주 가지 않는나), 이미 날이 밝았다. 나는 거리로 나가 팔다리를 폈는데, 그곳 뜰에서 담배를 피우면서 나를 기다리고 있는 벨라노를 발견했다.

그랬다, 바로 그랬다.

그때부터 우리는 매일 만났다. 내가 점심을 내기도 하고 그가 저녁을 내기도 했다. 싸게 먹혔다. 벨라노는 많이 먹는 사람이 아니었다. 아침에는 만사니야 차를 마시고, 만사니야가 없으면 린덴 차나 박하 차나 허브 차, 아무 거나 있는 것을 주문했다. 커피나 홍차는 입에 대지 않고 튀긴 음식도 전혀 먹지 않았다. 이슬람교도처럼 돼지고기와 술을 입에 대지 않고, 늘 엄청난 양의 알약을 가지고 다녔다. 내가 어느 날 말했다. 이봐, 벨라노, 걸어 다니는 약국 같은데. 그는 마지못해 웃었다. 마치 그렇게 말하는 것 같았다. 농담하지 마, 우렌다. 그럴 기분 아니니까. 내가 아는 한 벨라노는 여자 문제는 차라리 혼자 해결했다. 어느 날 밤 미국 기자 조 레이드매처가 앙골라에서의 과업 완수를 자축하기 위해 파라라는 동네에서 연 댄스 파티에 우리 중 여럿을 초대했다. 춤판은 개인 주택 뒤편, 바닥을 다져 놓은 뜰에서 벌어졌고 입맛 당기는 여인들이 넘쳐 났다. 현대인답게 우리는 상당 분량의 피임 도구를 가져갔는데 벨라노만은 아니었다. 그는 내가 권하고 또 권해서 마지막 순간에 그 모임에 합류했다. 그가 춤을 안 추었다는 이야기는 아니다. 사실 춤을 추었고. 그러나 콘돔이 있느냐고 물었든지 아니면 내 콘돔 줄까 하고 물었는데, 단호하게 거절하면서 말했다. 우렌다, 나 그런 도구 필요 없어. 아니면 뭐든 그 비슷한 말이었다. 그래서 나는 그가 춤만 췄다고 본다.

내가 파리로 돌아갈 때 벨라노는 루안다에 남았다. 벨라노는 통제 불능의 무장 그룹이 아직 널려 있는 내륙으로 갈 생각이었다. 나는 떠나기 전에 벨라노와 마지막 대화를 나누었다. 그의 이야기는 상당히 두서없었다. 한편으로 나는 벨라노에게는 목숨이란 전혀 아깝지 않은 것이라는 결론, 아리따운 죽음, 비정상적인 죽음, 그런 유의 멍청한 짓거리를 위해 그 일을 구했다는 결론을 내렸다. 다들 알다시피 내 세대는 뼛속까지 마르크스와 랭보를 읽었다(변명, 여러분이 생각하는 의미에서의 변명이 아니다. 독서에 대한 가치 판단을 하고자 하는 것이 아니니까). 하지만 역설적으로 벨라노는 다른 한편으로는 자기 몸을 챙기느라, 매일 종교적으로 알약을 복용했다. 한번은 우르소숄과 유사한 것을 찾는 벨라노를 따라 루안다의 어느 약국에 갔다. 우르쇼숄은 우루소데옥시콜산이며 대략 벨라노의 담관인지 뭔지 그런 종류의 것이 막히지 않게 유지해 주는 것이었다. 벨라노는 이런 종류의 투쟁에서는 건강이 중요한 것처럼 행동했다. 나는 벨라노가 약국에 들어가 엉망진창의 포르투갈어로 이야기하고, 처음에는 알파벳 순서로 나중에는 마구잡이로 선반을 샅샅이 살피는 것을 볼 수 있었다. 우리가 그 우라질 우루소데옥시콜산을 구하지 못한 채 약국에서 나왔을 때 내가 말했다. 어이 벨라노, 걱정하지 말라고(그의 얼굴에서 섬뜩한 그림자를 보았기 때문이다), 파리에 도착하자마자 보내 줄 테니까. 그러자 벨라노가 말했다. 의사 처방이 있어야만 구할 수 있어. 나는 웃으면서 생각했다. 이 자식 살고 싶은 거군. 죽으려 들지는 않겠어.

하지만 어쨌든 그리 명확한 사안이 아니었다. 벨라노는 약이 필요했다. 그건 빼도 박도 못할 일이었다. 우르

소슐뿐만 아니라 메살라진과 오메프라졸도 필요했다. 앞의 두 가지는 매일 복용하는 약으로, 결장 궤양 때문에 메살라진을 네 알, 담관 때문에 우루소데옥시콜산을 여섯 알 먹어야 했다. 오메프라졸은 꼭 먹지 않아도 괜찮았다. 벨라노가 그 약을 십이지장 궤양 때문에 먹는지, 위궤양이나 위산 역류 때문에 먹는지는 모르겠다. 어쨌든 매일 오메프라졸을 먹지는 않았다. 내가 무슨 이야기 하는지 여러분이 알지 모르겠는데, 묘한 것은 벨라노는 약을 구하는 데 〈신경을 쓰고〉, 췌장염을 야기할 만한 음식을 전혀 먹지 않는 데 신경을 쓰면서(췌장염은 세 번 앓았다. 앙골라가 아니라 유럽에서. 앙골라에서 또다시 췌장염으로 아프면 분명 죽을 것이다), 즉 건강에 신경을 쓰면서도, 우리가 이야기를 나눌 때면, 즉 우리가 남자 대 남자로(이런 표현은 끔찍하지만 석양의 대화 같은 것을 지칭하는 말이다) 이야기를 나눌 때면 벨라노가 나를 죽여 줍쇼 하고 앙골라에 있는 것 같은 느낌을 받았다. 나를 죽여 줍쇼 하는 것은 자살과는 다른 것 같다. 궁극적으로는 똑같이 음산한 이야기이지만, 귀찮게 스스로 자기 목숨을 거두지는 않겠다는 태도인 것이다.

파리에 돌아와 나는 그 이야기를 프랑스인 아내 시몬에게 했다. 아내는 벨라노라는 위인이 어떤 사람인지 묻고, 그의 외양을 세세하게 묘사해 보라고 말하고, 이어 벨라노를 이해할 수 있겠다고 말했다. 어떻게 이해가 된다는 거야? 내가 말했다. 나는 벨라노를 이해하지 못했다. 그날은 도착 이틀째 밤이었다. 불을 끄고 침대에 들

3 아프리카 동부 고원에 있는 도시로 르완다의 수도이다.

었을 때 벨라노 이야기를 했다. 시몬이 물었다. 그러면 약은, 당신 약은 샀어? 내가 답했다. 아니, 아직 안 샀어. 시몬이 말했다. 내일 당장 사서 부쳐 줘. 내가 말했다. 그러지. 하지만 나는 벨라노 이야기가 어딘가 아귀가 잘 맞지 않는다는 생각을 계속하고 있었다. 아프리카에서는 늘 묘한 이야기들과 마주치는 법이다. 아내에게 물었다. 당신은 사람이 죽음을 찾기 위해 그렇게 머나먼 곳으로 여행을 하는 것이 가능하다고 믿어? 아내가 말했다. 완벽하게 가능해. 내가 말했다. 마흔 살 먹은 사람도? 실용적이고 절제심이 있는 편인 파리 여자들치고는 드물게 언제나 약간 낭만적인 구석이 있던 아내가 말했다. 모험 정신이 있는 사람이면 완벽하게 가능해. 그래서 나는 약을 사서 루안다로 보냈고, 얼마 후 감사를 표하는 엽서를 받았다.

계산해 보니 내가 보내 준 약은 20일 치였다. 그다음에는 어떻게 하려는 것일까? 나는 벨라노가 유럽으로 돌아오든지 앙골라에서 죽든지 하리라고 예측했다. 그리고 그 일을 잊었다.

몇 달 후 나는 키갈리 시[3]의 그랜드 호텔에서 또다시 벨라노를 만났다. 나는 그 호텔에 투숙 중이었고 그는 팩스를 사용하려고 주기적으로 그곳에 왔다. 우리는 반갑게 인사했다. 나는 벨라노에게 여전히 마드리드의 그 신문사를 위해 일하고 있는지 물었다. 그는 그렇다고 대답했다. 그와 병행하여 남미의 두어 군데 잡지와도 협력을 하고 있어서 수입은 약간 늘어났지만. 이제 죽고 싶어 하지는 않았으니 그렇다고 카딜루냐로 돌아살 논도 없었다. 그날 밤 우리는 그가 사는 집에서 저녁 식사를 같이 하고(벨라노는 다른 외국인 기자들과 달리 결코 호텔에 투숙하는 법 없이 가정집에 저렴한 방이나 침대 하나, 혹은 잘 만한 장소를 빌렸다) 앙골라에 대해 이야기했다. 벨라노는 우암보에 가서 쿠안자 강을 따라 쿠이투 쿠아나발리와 우이제에 갔노라고, 자기 기사가 어느 정도 성공을 거두었노라고 말했다. 또한 육로로 르완다로 되돌아왔다고 했다(지리적 어려움과 정치적 상황 때문에 원칙적으로 거의 불가능한 일이었다).[4] 처음에는 루안다에서 킨샤사[5]로 가서, 그곳에서 때로는 콩고 강을 통해, 때로는 쾌적하지 못한 숲길을 따라 키상가니 시[6]까지, 나아가 키갈리 시까지 총 30일 이상 쉬지 않고 여행했다는 것이다. 그 이야기를 마쳤을 때 나는 믿어야 할지 말아야 할지 알 수 없었다. 원론적으로는 믿기 힘든 이야기이다. 게다가 벨라노는 얼굴에 반쯤 미소를 띠고 있어서 영 믿음이 가지 않았다.

나는 건강에 대해 물었다. 벨라노는 앙골라에서 한동안 설사로 고생했지만 이제 괜찮다고 말했다. 나는 내 사진이 점점 잘 팔린다고, 원한다면 돈을 빌려 줄 수 있다고 말했다. 내 생각에 이번에는 진지하게 그 이야기를 했다. 그러나 벨라노는 그 말을 들으려고도 하지 않았다. 그 후 짐짓 그가 찾던 위대한 죽음에 대해 물었다. 벨라노는 그 생각을 하면 지금은 웃음이 난다고, 진정 위대한 죽음은 최고이든 그렇지 않든 간에 다음 날 직접

---

4 앙골라와 르완다는 콩고 민주 공화국을 사이에 두고 있어서 거리가 아주 멀다.
5 콩고 강의 수운이 시작되는 곳에 위치한 도시로 콩고 민주 공화국의 수도이다.
6 아프리카 중앙부, 콩고 민주 공화국 북부에 있는 도시

볼 수 있으리라고 말했다. 어찌 말해야 할지 모르겠지만 벨라노는 변해 있었다. 약을 복용하지 않고도 며칠을 보낼 수 있었고, 예민하지도 않았다. 비록 내가 그를 만났을 때는 바르셀로나에서 막 약을 받은 참이라 기분이 좋은 상태였지만. 내가 물었다. 누가 보내 줬는데? 여자야? 벨라노가 말했다. 아니, 친구가. 이냐키 에차바르네라는 사람인데 그와 결투를 벌인 적이 있어. 내가 물었다. 싸움을 했다는 거야? 벨라노가 말했다. 아니, 결투를 했다고. 내가 물었다. 누가 이겼는데? 벨라노가 말했다. 내가 이냐키를 죽였는지 이냐키가 나를 죽였는지 모르겠어. 내가 말했다. 환상적이군! 벨라노가 말했다. 그래, 환상적이야.

그 밖에도 벨라노가 현지 사회를 꿰고 있거나 꿰기 시작했다는 점이 두드러졌다. 나는 결코 성취하지 못한 일이며, 객관적으로 볼 때 일부 인사에게만 가능한 목표이다. 이를테면 큰 매체 특파원들, 배경이 든든한 이들, 수많은 친분과 특별한 지혜로 자금 부족을 극복하고 아프리카를 누비는 소수의 프리랜서만 가능한 일인 것이다.

벨라노는 육체적으로는 앙골라에 있을 때보다 더 야위어서 뼈만 앙상했지만, 병색이 사라진 건강한 모습이었다. 아니 어쩌면 수많은 죽음 속에서 내가 그렇게 느낀 것인지도 모르겠다. 머리는 더 길었는데, 자기 머리를 직접 자르는 것 같았다. 의복은 앙골라에 있을 때와 같았지만 엄청나게 더 더러워지고 해어졌다. 나는 이내 깨달았다. 사람 목숨이 아무런 가치가 없는 그 땅에서 벨라노가 — 돈과 함께 — 모든 것에 통용되는 그곳만의 어법을 배웠음을.

다음 날 나는 난민 수용소로 갔다. 다시 돌아왔을 때 벨라노는 없었다. 호텔에서 메모를 발견했다. 내게 행운을 빌고, 크게 번거롭지 않으면 파리에 돌아갔을 때 약을 보내 달라고 요청했다. 메모와 함께 벨라노의 주소가 있었다. 그를 만나러 갔지만 찾지 못했다.

그 이야기를 했을 때 아내는 전혀 놀라지 않았다. 내가 말했다. 하지만 시몬, 다시 벨라노를 만날 가능성이 1백만분의 1밖에 되지 않았다고. 아내의 수수께끼 같은 대답은 이런 것이었다. 그런 일도 일어나지. 다음 날 약을 보내 줄 생각인지 내게 물었다. 내가 말했다. 벌써 보냈어.

이번에는 파리에 오래 머물지 않았다. 다시 아프리카로 돌아갔고, 그러면서 한 번 더 벨라노와 만나게 되리라는 확신이 있었다. 하지만 우리 두 사람의 행보는 겹치지 않았다. 그곳에서 제일 베테랑 기자들에게 벨라노에 대해 물었지만, 아무도 그를 알지 못했고, 그를 기억하는 몇 안 되는 사람들은 그가 어디로 갔을지 전혀 몰랐다. 그다음 여행에서도, 또 그다음도 마찬가지였다. 파리로 돌아올 때마다 아내는 물었다. 그 사람 봤어? 나는 대답했다. 못 봤어. 아마 바르셀로나나 자기 나라로 돌아갔겠지. 아내가 말했다. 아니면 다른 곳에 있을지도 몰라. 내가 말했다. 그럴 수도 있고. 우리는 결코 알지 못할 거야.

내가 라이베리아로 갈 때까지 그랬다. 여러분은 라이베리아가 어디 있는지 아는가? 그렇다. 아프리카 서부 해안에 있다. 대충 시에라리온과 코트디부아르 사이에.

7 라이베리아의 수도.

그건 그렇고 누가 라이베리아를 통치하는 줄은 아는가? 우파인가 좌파인가? 틀림없이 모를 것이다.

1996년 4월 나는 시에라리온의 프리타운에서 배를 타고 출발해서 몬로비아[7]에 도착했다. 이제 어느 단체인지는 기억하지 못하지만 인도주의 단체가 빌린 배였다. 그 배의 사명은 미국 대사관에서(그곳에 가본 사람들이나 몬로비아에서 벌어진 일들에 대한 체험담을 들은 사람들의 견해에 따르면 그 나라에서 그럭저럭 안전한 유일한 곳이다) 기다리는 수백 명의 유럽인을 대피시키는 일이었다. 사실 그들은 파키스탄, 북인도, 마그레브 사람들이었고, 그 밖에 영국 국적의 흑인들이 있었다. 이런 표현을 쓰는 것을 용서한다면 다른 유럽인들은 이미 오래전에 그 구렁텅이를 떠났고, 비서들만 남았던 것이다. 라틴 아메리카 사람이 미국 대사관이 안전한 장소라고 생각하는 것은 받아들이기 힘든 역설이었지만 시절이 바뀌었으니 아니란 법도 없지 않는가? 나도 미국 대사관에 피신해야 할지도 모른다는 생각이 들었다. 그러나 어쨌든 그 사실이 내게는 나쁜 징조, 모든 일이 잘못되리라는 분명한 신호 같았다.

스무 살 이상은 단 한 사람도 없는 일단의 라이베리아 군인들이 뉴아프리카 로에 있는 삼층집까지 우리를 호위해 주었다. 라이베리아 판 리츠 혹은 크리용이라 할 수 있는 오래된 호텔인데, 지금은 국제 기자단이 사용하고 있었다. 나는 국제 기자단이란 게 있는 줄도 몰랐다. 이제는 특파원 프레스 센터라고 불리는 그 호텔은 수도에서 기능이 마비되지 않은 몇 군데 중 하나로, 이는 다섯 명의 미국 해군의 존재와 무관하지 않았다. 그들은 가끔 보초를 서기도 했지만, 대부분의 시간은 메인 홀에서 보내면서 자국 텔레비전 방송국 특파원들과 술을 마시고, 기자들과 만딩고족 젊은 군인들 사이의 매개자가 되었다. 만딩고족 군인들은 특파원들이 몬로비아의 위험한 동네 쪽으로 나갈 때나, 드문 일 혹은 변덕스러운 일이기는 하지만, 수도 외곽의 이름 없는 마을들(물론 실제로는 모두 이름이 있고, 예전에는 주민도 아이들도 노동도 존재했다) 쪽으로 나갈 때 안내원과 경호원 역할을 했다. 그 지역들은 다른 사람들 이야기나 우리가 매일 저녁 CNN에서 보는 르포에 따르면, 지구 종말, 인간의 광기, 모든 사람의 마음에 둥지를 틀고 있는 사악함의 충실한 재현이었다.

특파원 프레스 센터는 또한 호텔 기능도 해서 우리는 첫날 숙박부에 각자 이름을 써야 했다. 내 차례가 되었을 때, 이미 위스키를 마시며 두 명의 프랑스 친구들과 이야기를 하던 나는 숙박부 종이를 뒤로 넘겨 이름 하나를 찾아볼까 하는 까닭 모를 충동에 사로잡혔다. 특별히 놀랄 것도 없이 아르투로 벨라노라는 이름을 발견했다.

벨라노는 두 주 전부터 그곳에 머물고 있었다. 독일인 일행, 프랑크푸르트 어느 신문사의 남기자 두 사람과 여기자 한 사람과 같이 투숙했다. 나는 즉시 벨라노를 만나려 했으나 그를 찾을 수 없었다. 벨라노가 벌써 7일

---

8 아프리카 중앙부, 콩고 분지 대부분을 차지하는 콩고 민주 공화국의 옛 이름. 1960년 벨기에에서 독립했을 당시에는 콩고 공화국이었으나 1964년 콩고 민주 공화국으로 이름을 바꾸었고, 1971년 다시 국명을 자이르로 변경하였으나, 1997년 콩고 민주 공화국이라는 이름으로 또다시 돌아갔다.

째 프레스 센터에 나타나지 않는다고, 벨라노에 대해 뭔가 알고 싶다면 미국 대사관에 가서 물어보라고 멕시코 기자가 말해 주었다. 앙골라에서 이미 오래전에 나눈 대화, 살해당하고 싶다는 벨라노의 소망을 떠올렸다. 이제는 진짜 그 소망을 이루리라는 생각이 머리를 스쳤다. 사람들 말에 따르면 독일인들은 벌써 떠나 버렸다. 나는 이를 갈면서, 하지만 속으로는 별도리 없음을 알고 대사관으로 벨라노를 찾으러 갔다. 누구도 벨라노에 관해 몰랐지만, 그 걸음 덕분에 사진 몇 장을 찍었다. 몬로비아의 거리, 대사관 뜰, 몇몇 얼굴 사진을. 프레스 센터에 돌아왔을 때, 벨라노가 떠나기 전에 본 독일인을 아는 오스트리아 사람을 만났다. 그러나 그 독일인은 태양의 빛을 최대한 이용하기 위해 종일 거리에서 보내고 있어서 오래 기다려야 했다. 저녁 7시경에 몇 명의 프랑스 동료들과 함께 포커 판을 벌이고, 보통 해가 질 때 발생한다는 정전에 대비해 양초를 준비한 기억이 난다. 하지만 불은 나가지 않았고, 포커 판은 곧 무료해졌다. 술을 마시며 르완다와 자이르[8]에 대해서, 또 파리에서 본 마지막 영화들에 대해서 이야기한 기억이 난다. 밤 12시, 그 유령 호텔 리츠의 메인 홀에 나만 남았을 때, 독일인이 왔다. 짐꾼도 하고 바텐더 역할도 하는 젊은 용병(하지만 누구의 용병이란 말인가?) 지미가 사진 기자 링케 씨가 벌써 자기 방으로 가고 있다고 알려 주었다.

나는 계단에서 그를 따라잡았다.

링케는 초보적인 영어만 겨우 하고 프랑스어는 한 마디도 못했지만, 좋은 사람 같았다. 내가 원하는 것이 친구 아르투로 벨라노의 행선지 정보임을 겨우 납득시켰을 때, 링케는 정중하게 로비나 바에서 기다려 달라고 요청했다(하지만 인상을 쓰면서 말해서 정중함을 무색하게 만든 듯도 하다). 샤워를 해야 할 것 같다고, 금방 내려오겠다는 것이었다. 그가 내려오기까지 20분 이상 걸렸고, 옆에 앉으니 로션과 소독약 냄새가 났다. 우리는 오랫동안 겨우겨우 대화를 나누었다. 링케는 술을 마시지 않았고, 그러다 보니 아르투로 벨라노를 눈여겨보게 되었다고 말했다. 그 무렵 특파원 프레스 센터는 지금보다 기자들이 훨씬 바글바글했다. 텔레비전에 비치는 몇몇 유명한 얼굴, 링케 생각에는 책임감과 진지함의 사례가 되어야 할 그 사람들을 포함해서 모든 사람이 밤마다 대놓고 술을 마시고 마지막에는 발코니에서 토했다. 아르투로 벨라노는 술을 마시지 않았고, 그 점이 링케와 말을 섞게 한 것이다. 링케는 벨라노가 도합 사흘간 프레스 센터에서 지내면서 아침마다 나가서 정오나 해 질 녘에 돌아왔다고 기억하고 있었다. 두 명의 미국인과 함께였는데 벨라노는 조지 켄지를 인터뷰하려고 딱 한 번 호텔 밖에서 밤을 보냈다. 켄지는 크란족 출신으로 루스벨트 존슨 휘하의 가장 젊고 잔인한 장군이었다. 세 사람이 데려간 만딩고족 안내인이 당연히 두려움을 느꼈고, 몬로비아 동쪽 동네에 그들을 버리고 가는 바람에 호텔로 돌아오는 데 하룻밤이 걸렸다. 다음 날 벨라노는 아주 늦게까지 잠을 잤고, 링케에 따르면 켄지를 인터뷰하려 한 그 미국인들과 함께 이틀 후 몬로비아를 벗어나, 아마도 북쪽으로 갔으리라는 것이다. 벨라노가 떠나기 전에 링케는 그에게 스위스 베른의 생약 연구소가 만든 작은 기침용 캐러멜 한 갑을 선물했다고 한다. 아니 적어도 나는 그렇게 이해했다. 그 뒤로 링케는 다시는 벨라노를 보지 못했다.

   나는 미국인들의 이름을 물어보았다. 한 사람 이름은 알고 있었다. 레이 파스퇴르였다. 농담인 줄 알고 다시 말해 달라고 부탁했다. 어쩌면 내가 웃었을 수도 있다. 그러나 그 독일인은 진지하게 말한 것이고, 게다가 농담을 하기에는 너무 지쳐 있었다. 링케는 자러 가기 전에 운동복 뒷주머니에서 종이 쪼가리를 꺼내 레이 파스퇴르라고 적어 주었다. 그가 말했다. 뉴욕 사람 같습니다. 다음 날 링케는 라이베리아에서 출국하려고 미국 대사관으로 옮겼다. 나는 파스퇴르라는 사람에 대해 뭔가 아는 이가 있는지 알아보려고 대사관에 따라갔지만, 혼돈이 극에 달해 있어 캐물어 봐야 소용없을 듯싶었다. 대사관을 떠날 때 링케가 그곳 정원에서 사진을 찍고 있었다. 나는 그의 사진을, 그는 나의 사진을 찍었다. 내가 찍은 사진 속 링케는 손에 사진기를 들고 땅바닥을 바라보고 있었다. 잔디밭에 숨겨진 빛나는 그 무언가가 강력하게 눈길을 끌어서 사진기 렌즈에서 눈을 뗄 수밖에 없었다는 듯이. 그의 얼굴 표정은 차분하다. 처량하고 차분하다. 그가 찍은 사진에 나타난 나는(나라고 믿는다) 니콘 사진기를 목에 걸고 목표물을 응시하고 있다. 미소를 지으면서 승리의 V자를 그렸을 것이다.

   사흘 뒤 나도 몬로비아를 떠나려고 시도했지만 뜻을 이룰 수 없었다. 대사관 직원이 알려 준 바에 따르면, 상황은 뚜렷이 개선되고 있지만 정치적 명확함과는 반대로 교통 사정은 난맥상을 보였다. 나는 별로 납득될 수 없는 상태로 대사관에서 나왔다. 정원을 활보하는 수백 명의 체류자들 틈에서 링케를 찾았지만 발견하지 못했다. 프리타운에서 방금 도착한 새로운 기자들 일행과, 대체 무슨 수를 썼는지 코트디부아르에서 헬기를 타고 몬로비아로 온 사람들과 마주쳤다. 하지만 대다수는 나처럼 이미 떠날 생각을 하고, 시에라리온으로 떠나는 교통편에 자리가 있는지 알아보려고 매일 대사관에 왔다.

상상 가능한 모든 것을 다 쓰고 찍었기 때문에 아무 할 일 없던 그 시기에 나와 몇 사람에게 내륙 일주 제안이 들어왔다. 물론 대부분의 사람이 그 제안을 거절했다. 『파리 마치』지의 프랑스인과 로이터 통신의 이탈리아인, 그리고 나는 제안을 받아들였다. 내륙 일주는 프레스 센터 주방에서 일하는 사람이 조직했는데, 그는 돈도 몇 푼 벌고 자기 마을도 둘러보고 싶어 했다. 몬로비아에서 고작 20킬로미터, 어쩌면 30킬로미터 떨어져 있지만 반 년 이상 방문하지 못하고 있었던 것이다. 여행 중(우리는 돌격 소총과 수류탄 두 개로 무장하고, 요리사의 친구가 운전하는 형편없는 세비를 타고 갔다) 요리사는 자신은 마노족, 부인은 기오족에 속하는데, 이 두 부족은 만딩고족의 친구이고(운전수는 만딩고족이었다) 크란족의 적이라고 하면서 크란족을 식인종이라고 몰아붙였다. 또한 자기 가족이 죽었는지 아직 살아 있는지 모른다는 말도 했다. 프랑스인이 말했다. 제기랄, 돌아가는 것이 좋겠어. 하지만 우리는 이미 반 이상 왔고, 이탈리아인도 나도 아직 남아 있는 마지막 필름들을 쓰면서 행복하게 가던 중이었다.

9 아르헨티나의 주로 브라질, 우루과이, 파라과이와 접하고 있으며 삼림이 울창한 지대가 있다.

검문 한 번 받지 않고, 우리는 이렇게 서머스 마을과 토머스 크리크 촌을 지났다. 세인트폴 강이 왼편에 나타났다 사라졌다 했다. 도로는 엉망진창이고, 아마 옛날에는 고무 플랜테이션이었던 듯한 숲 한가운데를 지나기도 하고, 남쪽에 솟아 있는 완만한 언덕이 아스라이 보이는 평원 한복판을 지나기도 했다. 우리는 완벽한 상태의 목조 다리로 딱 한 번 강, 세인트폴 강의 지류를 건넜다. 우리 사진기 눈에 제공되는 유일한 것은 자연이었다. 울창한 자연은커녕 이국적인 자연도 되지 못했다. 무슨 까닭인지 어렸을 때 코리엔테스[9]를 여행한 일이 떠올랐다. 심지어 그 이야기를 루이지에게 했다. 여기는 아르헨티나 같아. 우리 세 사람이 다 할 줄 아는 언어인 프랑스어로 그 이야기를 했다. 『파리 마치』 기자는 나를 바라보고 아르헨티나하고 단지 〈비슷하기만〉 했으면 좋겠다는 의견을 밝혔다. 정말로 당혹스러웠다. 그에게 한 말도 아닌 데다가, 그는 대체 무슨 이야기가 하고 싶었던 것일까? 아르헨티나가 라이베리아보다 더 야만적이고 위험하다는 것인가? 라이베리아인이 아르헨티나인이라면 우리는 벌써 죽었다는 뜻인가? 잘 모르겠다. 어떤 의미든 그의 말에 갑자기 기분이 잡쳐서 그 자리에서 당장 해명을 요구할 판이었지만, 나는 경험상 그런 종류의 논쟁에 말려들어 아무것도 얻을 것이 없음을 안다. 게다가 그 프랑스 놈은 돌아가자는 말에 우리가 다수결로 반대를 한 데 대해 약간 기분이 상해서, 돈푼이나 벌고 다시 가족을 만나려는 것뿐인 불쌍한 흑인들에게 시도 때도 없이 싫은 소리를 하는 것 외에도 믿기 화풀이를 해야 했다. 그래서 나는 속으로는 그가 원숭이에게 겁탈이라도 당하기를 바랐지만 못 들은 척하고 계속 루이지와 이야기하면서 그때까지 다 잊어버린 줄만 알았던 것들에 대해 설명해 주었다. 잘은 기억나지 않지만 이를테면 나무 이름들 같은 것을. 코리엔테스의 나무가 분명 아닌데도 내 눈에는 그곳의 고목들 같고 이름도 동일한 것 같았다. 내 열광이 나를 빛나게, 적어도 평소의 나보다 훨씬 빛나게 한 듯싶고, 루이지의 웃음과 가끔 터지는 안내원들의 너털웃음으로 미루어 보건대 심지어 재미있는 사람으로 보인 것 같다. 이렇게 우리는 편안한 동료애의 분위기 속에서 코리엔테스풍 나무들을 뒤로했다. 물론 점점 더 화가 치민 프랑스인 장피에르는 예외였지만. 이어 우리는 나무는 없고 어딘가 병에 걸린 듯한 덤불뿐인 지역, 부르고 또 불러도 대답하는 이 없이 외로운 새의 울부짖음이 이따금 들리는 것 외에는 침묵만이 감도는 지역으로 들어섰다. 그제야 루이지와 나도 불안해지기 시작했다. 하지만 목적지가 이미 지척인지라 계속 전진했다.

마을이 나타난 직후 총격이 시작되었다. 모든 일이 순식간에 일어났다. 총을 쏜 사람들은 전혀 보지 못했고, 총격은 1분 이상 지속되지 않았다. 하지만 우리가 모퉁이를 돌아 블랙 크리크에 들어갔을 때 친구 루이지는 죽어 있고, 프레스 센터에서 일하는 이는 조수석 좌석 아래 엎드려 한 팔에 피를 흘리며 숨죽여 신음하고 있었다.

우리 역시 자동적으로 세비 바닥에 엎드렸다.

내가 한 일이 완벽하게 기억난다. 루이지의 의식을 회복시키려는 노력으로, 인공호흡을 하고, 이어 심장 마사지를 했다. 그러던 중 프랑스인이 내 어깨를 건드린 뒤

떨리고 더러운 집게손가락으로 올리브 크기만 한 구멍이 난 루이지의 왼쪽 관자놀이를 가리켰다. 루이지가 사망했음을 깨달았을 때는 이미 총성이 들리지 않았다. 달리는 셰비가 바람을 가르는 소리, 마을로 이어진 길바닥의 돌멩이와 조약돌을 깔아뭉개는 바퀴 소리만이 침묵을 깨뜨리고 있었다.

우리는 블랙 크리크의 중앙 광장 같은 곳에 멈추었다. 안내인이 뒤를 돌아보며 자기 가족을 찾으러 가겠다고 말했다. 자기 셔츠 조각으로 급조한 붕대가 팔에 난 상처를 감싸고 있었다. 스스로 혹은 운전수가 처치한 것으로 짐작되었다. 그러나 도대체 언제 했는지 상상이 가지 않는다. 그들의 시간이 우리의 시간 감각과 다른 차원의 것으로 화한 것이 아니었다면. 안내원이 떠난 직후 노인 네 사람이 나타났다. 아마 셰비 소리에 이끌렸을 것이다. 다 쓰러져 가는 집 처마 밑에서 한 마디도 하지 않고 우리를 바라보았다. 깡마르고 병자들처럼 천천히 움직이고, 한 사람은 분명 게릴라일 리는 없는데도 켄지와 루스벨트 존슨의 크란족 일부 게릴라 전사들처럼 벌거벗고 있었다. 그들도 우리처럼 막 정신을 차린 것 같았다. 운전수가 그들을 보며 계속 운전대 앞에 앉아 땀을 흘리고 담배를 피우면서 가끔씩 시계를 보았다. 운전수는 잠시 후 문을 열고 노인들에게 손짓을 했다. 그들은 처마 그늘에 그대로 머문 채 답례했다. 운전수가 내려서 엔진을 점검했다. 다시 차로 돌아왔을 때, 차가 마치 우리 소유이기라도 한 듯 이해할 수 없는 일련의 장황한 설명을 늘어놓았다. 요약하자면 그가 하고 싶었던 말은 차 앞부분이 체보다 더 숭숭 구멍 뚫려 있다는 것이었다. 프랑스인이 어깨를 으쓱하면서 루이지의 자세를 바꾸어 자기 옆에 앉혔다. 그는 천식 기침을 했지만 그 외에는 차분해 보였다. 속으로 감사했다. 내가 증오하는 것이 있다면 흥분한 프랑스인이기 때문이다. 나중에 소녀가 하나 나타나 걸어가면서 우리를 바라보았다. 우리는 소녀가 광장으로 통하는 수많은 작고 좁은 골목 중 하나로 사라지는 것을 보았다. 소녀가 사라지자 완벽한 침묵이 감돌았다. 잔뜩 귀를 기울여야 태양이 차량 지붕에 작열하는 소리 같은 것을 들을 수 있을 뿐이었다. 바람도 한 점 없었다.

프랑스인이 말했다. 우리는 죽고 말 거야. 친근하게 그 말을 해서, 나는 총성이 오래전에 멎었고, 매복했던 이들이 아마도 소수, 어쩌면 우리만큼이나 놀란 도적 두어 명에 불과할지도 모른다고 이야기했다. 프랑스인이 말했다. 빌어먹을, 이 마을이 비어 있잖아. 그제야 나는 광장에 아무도 없으며, 그것이 전혀 정상적이지 않은 상황이고, 프랑스인이 일리가 있음을 깨달았다. 두렵다기보다 분노가 치밀었다.

나는 차에서 내려 제일 가까운 벽에 한참 오줌을 누었다. 이어 셰비에 다가가 엔진을 보았는데, 마을을 뜨는 데 문제가 될 만한 것은 찾을 수 없었다. 나는 불쌍한 루이지의 사진을 여러 장 찍었다. 프랑스인과 운전수는 아무 말 없이 나를 바라보았다. 그 후 장피에르는 오랫동안 생각했다는 듯한 태도로 자기도 찍어 달라고 요청했다. 나는 군말 없이 그의 주문을 들어주었다. 그와 운전수를 찍고, 운전수에게 장피에르와 나를 찍어 달라고 부탁하고, 이어 장피에르에게 루이지와 같이 찍어 달라고 말했다. 그러나 장피에르는 그건 지나치게 불길하다는 이유를 대면서 거절해서, 우리 사이에 생기기 시작한 우정에 또다시 금이 갔다. 내가 그에게 막말을 한 것 같다. 그도 나에게 막말을 한 것 같다. 그 후 우리 두 사람은 셰비에 다시 탔다. 장피에르는 운전수 옆에, 나는 루이지 옆에. 그곳에 한 시간 이상 머문 것 같다. 그 시간 동안 장피에르와 나는 요리사는 잊고 속히 마을을 떠나는 것이 낫지 않겠느냐고 여러 차례 의견을 냈지만, 운전수가 우리 주장에 완강히 반대했다.

기다리던 중 잠시 짧고 심란한 꿈을 꾼 것 같지만, 어쨌든 꿈이었다. 루이지와 극심한 치통 꿈이었다. 이탈리아인의 죽음이 확실하다는 사실보다 치아의 고통이 더 끔찍했다. 땀을 뻘뻘 흘리며 잠에서 깨어났을 때, 장피에르가 운전수 어깨에 머리를 기대고 자고 있는 것을 보았다. 운전수는 정면, 즉 노란 영안실 같은 적막한 광장에 시선을 꽂고 무릎 위에 소총을 올려놓고 또다시 담배를 피우고 있었다.

마침내 우리 안내인이 나타났다.

처음에는 어머니인 줄 알았는데 알고 보니 부인이었던 마른 여자와, 붉은 셔츠와 청색 반바지를 입은 여덟 살가량의 아이가 안내인과 함께 걸어왔다. 장피에르가 말했다. 루이지를 내려놓아야겠어. 자리가 다 안 돌아가잖아. 우리는 몇 분 간 다투었다. 안내인과 운전수가 장피에르 편을 들어, 결국은 내가 물러서야 했다. 나는 루이지의 사진기를 목에 걸고, 그의 호주머니를 비웠다. 운전수와 내가 그를 셰비에서 내려 일종의 밀짚 친막 길은 것의 그늘에 안치했다. 안내인 부인이 자기 언어로 무언가를 이야기했다. 처음으로 입을 연 것이고, 장피에르가 그녀를 바라보다가 요리사에게 통역하라고 요구했다. 요리사는 처음에는 거부하더니 이윽고 아내가 광장을 둘러싸고 있는 집들 중 아무 곳이나 실내에 시체를 안치하는 것이 낫지 않느냐고 말했다고 했다. 장피에르와 내가 한목소리로 물었다. 왜지? 요리사의 부인은 꼴은 엉망이지만 왕비의 풍모를 지니고 있었다. 그 순간에도 대단히 차분하고 평온했거나, 적어도 그렇게 보였다. 그녀가 시신의 위치를 손가락으로 가리키면서 말했다. 거기 두면 개들이 먹어 치울 거예요. 장피에르와 나는 서로 바라보고 웃었다. 프랑스인이 말했다. 그렇군, 의당 그 생각을 했어야 했는데. 그래서 우리는 루이지의 시신을 다시 들어 올렸고, 운전수가 제일 약해 보이는 문짝을 발로 차서 연 어느 집 흙바닥 방에 시신을 안치했다. 그 방에는 깔개와 빈 종이 상자가 잔뜩 쌓여 있었는데, 냄새가 견딜 수 없이 고약해서 이탈리아인을 내려놓자마자 얼른 그곳을 나왔다.

운전수가 셰비를 출발시키자 처마에서 우리를 계속 바라보던 노인들 외의 모든 사람이 펄쩍 뛰어올라 차에 탔다. 장피에르가 물었다. 어느 길로 갈 건가? 운전수는 귀찮게 굴지 말라는 듯한 혹은 자기도 모른다는 듯한 태도를 취했다. 안내인이 말했다. 다른 길로요. 그제야 나는 아이를 살펴보았다. 자기 아빠 다리를 끌어안고 잠들어 있었다. 나는 장피에르에게 말했다. 이 사람들 가자는 대로 갑시다.

잠시 우리는 적막한 마을 거리를 헤맸다. 광장에서 나와 곧은 거리로 접어들고, 이윽고 좌회전을 했다. 셰비는 집 담장과 밀짚 지붕 처마를 스칠 듯이 아주 천천히 전진하다가 커다란 함석 건물이 보이는 넓은 개활지로 나왔다. 공장 창고처럼 커다란 1층짜리 건물이었으며, 정면 간판에 붉은 글씨로 〈세-레-파 유한 책임 회사〉, 그 아래에는 〈장난감 공장, 블랙 크리크 & 브라운스빌〉 이라고 적혀 있었다. 장피에르의 말이 들렸다. 좆같은 이 마을 이름이 블랙 크리크가 아니라 브라운스빌이군. 운전수, 안내인, 나는 그 말에 동조하지 않고 계속 건물을 바라보았다. 그 마을은 블랙 크리크가 맞고, 브라운스빌은 좀 더 동쪽에 있을 텐데도 장피에르가 이해할 수 없는 말을 계속했다. 우리가 계약대로 블랙 크리크에 있는 것이 아니라 브라운스빌에 있다는 것이었다. 셰비는 개활지를 가로질러 나무가 빽빽이 들어선 숲길로 접어들었다. 나는 부질없이 장피에르의 기분을 전환시켜 주려고 말했다. 우리 이제는 정말 아프리카에 있소. 그러나 장피에르는 우리가 뒤로한 장난감 공장에 대한 두서없는 말로 답했을 뿐이다.

우리는 겨우 15분 동안 갈 수 있었다. 셰비는 세 번 섰고, 운전수는 엔진이 잘해야 브라운스빌까지 갈 정도라고 말했다. 곧 알게 되었지만 브라운스빌은 숲 속 빈터에 있는 30가구가량의 마을이었다. 우리는 네 개의 헐벗은 언덕을 지나 그곳에 도착했다. 마을은 블랙 크리크처럼 반쯤 비어 있었다. 앞 유리창에 〈언론〉이라고 쓰여 있는 우리 셰비가 유일하게 남은 주민들의 시선을 끌었다. 이들은 마을에서 가장 크고 작업장처럼 길쭉한 목조 주택 문에서 손짓을 했다. 무장한 두 사람이 문간에 나타나 우리에게 고함을 질렀다. 차는 50미터 앞에 정지했고, 운전수와 안내인이 이야기를 하려고 내렸다. 그들이 집 쪽으로 걸어가는 동안, 장피에르가 살고 싶으면 숲으로 달아나야 한다고 말한 것이 기억난다. 나는 무장한 그 남자들이 누구인지 여자에게 물었다. 그녀는 만딩고족이라고 대답했다. 아이는 그녀 무릎을 베고 자고 있고, 입술 사이로 한 줄기 침이 흘러내렸다. 나는 장피에르에게 적어도 이론적으로 우리는 친구들 틈에 있다고 말했다. 프랑스인은 빈정거리는 투로 대답했지만, 안심(해맑은 안심)하는 기색이 그의 얼굴 주름마다 퍼지는 것을 보았다. 그것이 기억나 불쾌하지만, 그때는 마음이 놓였다. 안내인과 운전수는 낯선 이들과 함께 웃었다. 그 후 완전 무장을 한 남자 세 사람이 길쭉한 집에서 더 나와서, 안내인과 운전수가 앞서 나온 두 사람을 대동하고 차로 돌아오는 동안 우리를 바라보고 있었다. 멀리서 총소리가 들려서, 장피에르와 나는 고개를 숙였다. 그 후 나는 일어나 차에서 나와 인사를 건넸다. 흑인 한 사람은 답례를 하고, 다른 한 사람은 보닛을 열고 완전히 멈춘 엔진을 살펴보느라 나를 쳐다보는 둥 마는 둥 했다. 그때 나는 이들이 우리를 죽이지 않으리라는 생각이 들었고, 길쭉한 집 쪽을 바라보았다. 예닐곱 명의 무장한 남자들이 있었는데, 그들 중 두 사람의 백인이 우리를 향해 걸어오는 것이 보였다. 한 사람은 턱수염을 기르고 사진기 두 대를 메고 있어서 전문 사진 기자임을 쉽게 알아챌 수 있었다. 비록 그 순간에는 아직 멀리 떨어져 있어서 그 동료가 온갖 곳에서 쌓은 명성을 알아채지는 못했지만. 다시 말해, 나는 사진을 업으로 하는 모든 사람들과 마찬가지로 그의 이름과 작품을 알고 있었다. 다만 직접 그를 보거나 사진으로라도 본 적은 한 번도 없었다. 또 한 사람은 아르투로 벨라노였다.

나는 떨리는 목소리로 말했다. 나 하코보 우렌다일세. 날 기억할는지 모르겠네.

벨라노는 기억했다. 어찌 기억을 못 하겠는가. 하지만 그때 나는 벨라노가 이 세상과 너무 동떨어진 사람 같아서 나는 물론이고 아무것도 기억하지 못할 것 같은 생각이 든 것이다. 그렇다고 벨라노가 아주 변했다는 이야기를 하려는 것이 아니다. 사실 그는 〈전혀〉 변하지 않아서, 루안다와 키갈리에서 보았을 때와 똑같았다. 아마 변한 것은 나였으리라. 잘은 모르겠지만 확실한 것은 아무것도 예전과 똑같을 수 없다고 생각했다는 것이고, 거기에는 벨라노와 그의 기억도 포함되어 있었다. 잠시 흥분해서 나 자신을 주체하기 힘들 지경이었다. 벨라노가 이를 깨달았는지 내 등을 토닥여 주면서 내 이름을 불렀다. 이어 우리는 악수를 했다. 내 두 손이 피로 얼룩져 있는 것을 발견하고 나는 기겁했다. 벨라노의 손은 깨끗했지만 똑같이 공포스러웠다.

나는 장피에르를 소개해 주고, 벨라노는 사진 기자를 소개해 주었다. 이름이 에밀리오 로페스 로보인데 매그넘 에이전시에 소속된 마드리드 사진 기자로 업계에서는 살아 있는 신화였다. 장피에르가 로페스 로보 이야기를 들어 본 적이 있는지는 모르겠지만(장피에르는 별다른 반응 없이 이렇게 말했다. 『파리 마치』의 장피에르 부아송이오. 그로 미루어 보아 로페스 로보를 모르거나, 그렇게 유명한 인사를 알게 된들 우리가 처한 상황에서 뭐가 중요하냐고 생각한 것 같다) 나는 알았다. 나는 사진 기자고, 우리에게 로페스 로보는 작가들에게 돈 드릴로[10] 같은 인물이었다. 그만큼 뛰어난 사진 기자고, 신문 1면의 사냥꾼이고, 모험가이고, 유럽의 온갖 상을 휩쓸고 인간의 오만 가지 아둔함과 무기력함을 찍은 사람이다. 악수할 차례가 되었을 때 나는 말했다. 라 루나 에이 전시의 하코보 우렌다요. 로페스 로보는 미소를 지었다. 그는 깡마른 사람으로, 우리처럼 마흔 몇 살일 것이고, 술을 마셨거나 탈진했거나 미치기 일보 직전이거나 세 가지 다인 것처럼 보였다.

집 실내에는 군인과 민간인들이 함께 있었다. 처음에는 구분하기 힘들었다. 그곳은 시큼 달달하고 축축한 냄새, 기대와 피로감이 교차하는 냄새가 났다. 처음에는 바깥으로 나가 상쾌한 공기를 맡았으면 하는 충동이 일었지만, 언덕에 자리를 잡고 있는 크란족 저격수들이 머리를 날려 버릴 수도 있으니 너무 모습을 노출시키지 않는 것이 좋으리라고 벨라노가 알려 주었다. 나중에 알았지만 우리에게는 천만다행이었던 것이, 그 저격수들은 하루 종일 매복하는 것을 견디지 못한 데다가 명중률도 높지 않았다.

기다란 두 개의 방이 있는 그 집에 가구라고는 고르지 못한 세 개의 긴 선반뿐으로, 금속제도 있고 나무로 만든 것도 있는데 전부 텅 비어 있었다. 바닥은 다진 흙바닥이었다. 벨라노가 내게 우리가 처한 상황을 설명해 주었다. 군인들에 따르면, 브라운스빌을 포위하고 있으며 블랙 크리크에서 우리를 공격한 크란족들은, 카카타와

---

10 Don DeLillo(1936~). 미국의 대표적인 포스트모던 소설가로 현대 사회, 특히 미국 사회를 깊이 통찰하는 작품들을 썼다.

하르벨을 공격한 뒤 아직 루스벨트 존슨이 지배하는 몬로비아 시내로 진격하려고 병력을 배치한 켄지 장군 부대의 선발대였다. 군인들은 다음 날 오전 테일러 측 장군인 팀 얼리의 부대가 있는 토머스 크리크를 향해 출발할 생각이었다. 벨라노와 내가 곧 의견 일치를 보았지만, 군인들의 계획은 실현 불가능하고 절망적이었다. 켄지가 그 일대에 자기 병력을 재집결시키고 있는 것이 사실이라면 만딩고족 군인들은 자기편 부대로 복귀할 가능성이 전혀 없었다. 아프리카에서는 드문 일인데, 한 여자가 이끄는 듯한 민간인들의 계획이 상당히 더 훌륭했다. 일부 사람들은 브라운스빌에 남아 상황의 추이를 지켜볼 작정이었다. 나머지 다수는 만딩고족 여인과 함께 북서쪽으로 가서 세인트폴 강을 건너, 브루어빌로 이어진 도로까지 갈 작정이었다. 민간인들의 계획은 터무니없는 것이 아니었다. 몬로비아에 있을 때 브루어빌과 보풀루 간 도로에서 학살이 일어난다는 이야기를 듣기는 했지만, 치명적인 지대는 브루어빌보다 보풀루에 더 가까운 동쪽 부분이었다. 민간인들의 이야기를 들은 후, 벨라노와 장피에르와 나는 그들과 함께 가기로 결정했다. 벨라노에 따르면 브루어빌까지만 가면 살 수 있었다. 옛날의 고무 플랜테이션과 열대 밀림을 도보로 20킬로미터 가야 하고 강도 건너야 했지만, 도로에 다다르기만 하면 브루어빌까지는 단지 10킬로미터 거리이고, 그곳에서 아마도 여전히 테일러의 군인들이 장악하고 있을 도로를 이용하면 몬로비아까지는 25킬로미터 거리일 뿐이었다. 우리는 다음 날 아침 만딩고족 군인들이 틀림없이 죽음과 조우하게 될 반대 방향으로 출발한 직후 떠나려고 했다.

그날 밤 나는 잠을 이루지 못했다.

처음에는 벨라노와 이야기를 하다가, 나중에는 우리의 안내인과 잠시 이야기를 하고, 그 후 또다시 벨라노와 로페스 로보와 이야기했다. 아마 밤 10시에서 11시 사이의 일이었을 것이고, 이미 그때는 집이 칠흑 같은 어둠에 잠겨 움직일 수조차 없었다. 몇몇 사람이 두려움과 불면을 달래려고 피우는 담뱃불만 보일 뿐이었다. 열린 문 옆에서 몸을 쭈그리고 보초를 서면서, 내가 다가가도 뒤돌아보지조차 않는 군인 두 명의 그림자가 보였다. 별이 보이고 언덕들의 윤곽도 보였다. 나는 다시 어린 시절을 떠올렸다. 어린 시절의 평원이 연상되어서 그랬을 것이다. 그 후 선반을 더듬거리며 집 안으로 돌아왔지만 내 자리를 찾지 못했다. 담뱃불을 붙였을 때는 12시쯤 되었을 것이고 자려고 했다. 다음 날 몬로비아로 돌아갈 것이기 때문에 만족했다(혹은 만족한다고 믿었다). 내가 모험의 한복판에 있고 살아 있음을 느꼈기에 만족했다. 그래서 아내와 집을 생각하고 이어 벨라노를 생각했다. 그를 다시 보게 된 행운에 대해서, 좋아진 모습에 대해서. 앙골라에서 죽고 싶어 할 때보다, 더 이상 죽고 싶어 하지는 않았지만 신에게 버림받은 이 대륙을 떠날 수 없던 키갈리 시절보다 나아진 모습이었다. 담배를 다 피웠을 때, 또 한 개비를 꺼냈다. 이것이 정말 마지막이었다. 스스로에게 용기를 불어넣으려고 아타왈파 유팡키[11]

---

11 Atahualpa Yupanqui(1908~1992). 아르헨티나의 민속음악가이자 싱어송라이터. 시적이면서도 삶의 성찰이 담겨 있는 노래와 심오한 기타 연주로 일세를 풍미했다.

의 노래를 아주 낮게 흥얼거리기까지 했다. 아니 속으로 부른 것이려나! 오, 주여! 아타왈파 유팡키라니. 그때서야 내가 극도로 초조해하고 있고, 잠을 자려면 누군가와 이야기를 하는 것이 필요함을 깨달았다. 그래서 나는 일어나, 되는대로 몇 걸음 옮겼다. 처음에는 극도의 침묵이 흐르더니(1초도 안 되는 순간 나는 모든 사람이 다 죽었다고, 우리를 지탱하는 희망은 그저 환상이라는 생각이 들어서 역한 냄새가 나는 그 집을 우당탕탕 뛰쳐나가고 싶은 충동이 들었다) 이윽고 코 고는 소리, 아직 자지 않고 기오어나 마노어, 만딩고어나 크란어, 영어, 스페인어로 이야기를 하는 사람들의 들릴 듯 말 듯 한 속삭임이 들렸다.

그때는 모든 언어가 증오스러웠다.

그 이야기를 지금 하는 것은 부질없는 일임을 안다. 모든 언어, 모든 속삭임은 절체절명의 순간에 우리 본질을 유지해 주는 보완적 형식이다. 그러니까 그것이 왜 내게 증오스러웠는지 정말로 〈모를 일이다〉. 대단히 긴 두 방의 어딘가를 어처구니없이 헤매고 있어서 그랬는지, 알지도 못하는 지역, 알지도 못하는 나라, 알지도 못하는 대륙, 길쭉하고 묘한 행성을 헤매고 있어서 그랬는지, 자야 하는 줄 알면서도 잠을 이룰 수 없어서 그랬는지. 그래서 더듬더듬 벽을 찾고, 바닥에 앉고, 두 눈을 크게 뜨고 앞을 보려고 했지만 보이지 않았다. 이윽고 나는 바닥에 웅크려 눈을 감고 하느님에게(믿지도 않는 하느님에게) 간구했다. 아프지 말게 해달라고, 내일 기나긴 행군이 기다리고 있다고. 그 후 잠이 들었나.

잠에서 깨어났을 때는 거의 새벽 4시가 다 되었을 때

였으리라.

내가 있는 곳에서 몇 미터 떨어진 곳에서 벨라노와 로페스 로보가 이야기를 나누고 있었다. 나는 그들의 담뱃불을 보았고, 처음에는 일어나서 그들에게 다가가고 싶은 충동이 일었다. 그날 닥칠 일에 대한 불안감을 공유하고 싶어서 기어서 혹은 무릎을 꿇고라도 담뱃불 뒤로 언뜻 보이는 두 그림자에 합류하려고 했다. 그러나 그만두었다. 그들 어조의 무엇인가가 나를 제지했다. 때로는 짙고 땅딸막하고 호전적이다가, 때로는 그림자를 드리우는 육신이 사라져 버린 듯 파편화되고 균열된 그들 그림자의 무엇인가가 나를 제지했다.

그래서 충동을 억누르고, 자는 척하면서 이야기를 들었다.

로페스 로보와 벨라노는 동이 트기 직전까지 이야기를 했다. 그들 이야기를 옮기는 일은 어쩌면 내가 이야기를 들으면서 느낀 것을 무색하게 만드는 일일지도 모른다.

그들은 처음에는 사람들 이름을 언급하며 이해할 수 없는 일들에 대해 말했다. 두 사람의 음모자나 검투사처럼 낮은 목소리로 말했고, 거의 모든 일에 의견이 일치했다. 비록 벨라노가 대화를 주도했고, 그의 논지는(단편적으로만 들렸다. 그 길쭉한 집 실내의 다른 소리 혹은 아무렇게나 쳐놓은 칸막이가 그들의 이야기 절반을 앗아가는 듯했다) 도발적인 성질의 것이었고, 이름이 로페스 로보라서 혹은 벨라노라서 용서할 수 없다는 식의 투박한 논지였다. 물론 내 착각일 뿐 대화 주제는 생판 다른 것이었을 수도 있지만. 이어서 두 사람은 다른 주제로 대화를 나누었다. 도시 이름, 여자 이름, 책 제목을 거론하는 게 들렸다. 그러다 벨라노는 침묵에 빠졌다. 그때서야 나는 로페스 로보는 거의 말을 하지 않고 벨라노만 지나치게 떠벌렸다는 것을 깨달았다. 잠시 그들이 잘 것 같은 생각이 들어, 나도 그러려고 했다. 뼈마디가 다 쑤셨다. 너무 힘든 날이었던 것이다. 바로 그 순간 나는 그들의 목소리를 다시 감지했다.

처음에는 하나도 이해하지 못했다. 내가 자세를 바꿔서 그랬는지도 모르고 그들이 더 낮은 목소리로 말해서 그랬을 수도 있다. 나는 돌아누웠다. 두 사람 중 하나가 담배를 피우고 있었다. 또다시 벨라노의 목소리를 분간할 수 있었다. 아프리카에 왔을 때 자신도 자기를 〈죽여줬으면〉 했다고 말했다. 내가 이미 알고 있고, 이곳에 있는 모든 사람들이 대략 알고 있는 앙골라와 르완다 이야기를 했다. 그때 로페스 로보의 목소리가 벨라노의 말을 끊었다. 벨라노에게 당시 왜 죽고 싶어 했는지 물었다(그 말을 아주 똑똑히 들었다). 벨라노의 대답은 들리지 않았지만 짐작이 갔다. 이미 그럭저럭 아는 일이기 때문에 짐작이 갔다고 해서 특별할 것도 없다. 벨라노는 무엇인가를 상실해서 죽고 싶었던 것이다. 그게 전부였다. 이윽고 벨라노의 웃음소리가 들렸다. 자신이 잃어버린 것에 대해, 커다란 상실에 대해, 자기 스스로에 대해, 내가 알지 못하고 알고 싶지도 않은 다른 일들에 대해서 웃은 것으로 추측되었다. 로페스 로보는 웃지 않았다. 그가 이렇게 말한 것 같다. 저런, 하느님 맙소사. 뭐든 그런 종류의 말이었던 것 같다. 이윽고 두 사람은 침묵에 잠겼다.

얼마나 나중인지는 잘 모르겠으나 아무튼 나중에 무엇인가 말하는 로페스 로보의 목소리를 들었다. 시간을 물은 것인지도 모른다. 몇 시요? 누군가 내 옆에서 움직였다. 누군가가 꿈결에 괴로운 듯 몸을 뒤척이고, 로페스 로보는 그르렁거리는 목소리로 몇 마디 말을 했다. 마치 몇 시인지 다시 물어보는 듯이 말했지만, 장담컨대 이번에는 다른 것을 물어보았다.

벨라노는 새벽 4시라고 말했다. 그 말에 나는 잠을 잘 수 없으리라고 체념했다. 그때 로페스 로보가 말하기 시작했고, 그의 말은 아주 가끔 벨라노의 알아들을 수 없는 질문에 중단될 뿐 동이 틀 때까지 계속되었다.

로페스 로보는 벨라노처럼, 또 모든 사람처럼 자식 둘, 아내, 집, 책들이 있었다고 말했다. 이어 무슨 말을 했지만 알아듣지 못했다. 아마 행복에 대해 이야기했을 것이다. 그는 거리, 지하철 역, 전화번호를 말했다. 누군가를 찾고 있다는 듯이. 이윽고 침묵이 감돌았다. 누군가 기침을 했다. 로페스 로보는 자식 둘과 아내가 있었다는 말을 되풀이했다. 대체로 만족스러운 삶이었다. 대충 그랬다. 1970년대 젊은 시절에 반프랑코주의 활동가였고, 그 시절에는 여자와 친구가 넘쳐 났다. 아주 우연히 사진 기자가 되었다. 명성이나 명망 따위는 전혀 중요하게 생각하지 않았다. 사랑에 빠져 결혼했다. 그의 인생은 보통 말하는 행복한 인생이었다. 어느 날 우연히 큰아들이 아프다는 것을 알게 되었다. 로페스 로보가 말했다. 아주 영리한 아이였소. 아이의 병은 심각했다. 열대 지역의 병이어서, 로페스 로보는 자신이 병을 옮겼다고 생각했다. 그러나 관련 검사를 해보니, 의사들은 로페스 로보의 피에서 전혀 병의 자취를 발견하지 못했다. 한동안 로페스 로보는 아이의 얼마 안 되는 주변 사람들 중에서 병을 옮겼을 만한 이를 추적했지만 발견하지 못했다. 마침내 로페스 로보는 미쳤다.

로페스 로보와 그의 아내는 마드리드 집을 팔고 미국으로 갔다. 아픈 아이와 건강한 아이도 함께 갔다. 아이를 입원시킨 병원은 비쌌고 치료가 길어졌다. 로페스 로보는 다시 일을 해야만 했다. 아내가 아이들과 남고 그는 쉬지 않고 사진을 찍었다. 그에 따르면 많은 곳을 다녔지만 늘 뉴욕으로 돌아갔다. 아이가 호전되어 병마와의 한판 싸움에서 승리하는 듯하기도 했고, 건강 상태가 그대로이거나 악화되기도 했다. 가끔 로페스 로보는 병실 의자에 앉아 두 아이 꿈을 꾸었다. 꿈속에서 두 아이가 얼굴을 바싹 붙이고 무방비 상태로 미소를 지었고, 그러면 그는 왠지 자신이 그만 살아야 한다고 깨달았다. 그의 아내는 웨스트 81번가에 아파트를 빌리고, 건강한 아이는 인근 초등학교에 다녔다. 어느 날 로페스 로보가 파리에서 어느 아랍 국가의 비자 발급을 기다리는 동안, 아픈 아이의 건강이 악화되었다는 전화가 왔다. 하던 일을 버려두고 뉴욕행 첫 비행기를 잡아탔다. 병원에 도착했을 때 모든 것이 일종의 기괴한 정상 상태로 되돌아왔음을 느꼈다. 그때 파국이 닥쳤음을 깨달았다. 사흘 후 아이가 죽었다. 아내가 충격에 빠져서 화장 수속을 혼자 했다. 로페스 로보의 여기까지 이야기는 대충 알아들을 수 있었다. 나머지는 단편적인 문장과 장면의 연속이라 내가 나름대로 정리해 보련다.

아이가 죽은 바로 그날인지 그다음 날인지 로페스 로

보의 장인과 장모가 뉴욕으로 왔다. 어느 날 오후 다툼이 생겼다. 81번가 근처에 있는 브로드웨이의 어느 호텔 바에서 장인과 장모, 작은아들, 부인 모두 함께 있었는데, 로페스 로보가 울음을 터뜨리며 두 아들을 다 사랑한다고, 큰아들 죽음의 원인 제공자가 자신이라고 말했다. 어쩌면 아무 말도 하지 않았고 아무런 다툼도 없었는데, 그 모든 일이 그저 로페스 로보의 머릿속에서 일어난 것일지도 모른다. 어쨌든 그러고 나서 로페스 로보는 술에 취해 아이의 유해를 뉴욕 지하철에 두고 내렸고, 아무에게도 말하지 않고 파리로 돌아갔다. 한 달 후 아내가 마드리드로 돌아왔으며 이혼을 원한다는 사실을 알게 되었다. 로페스 로보는 서류에 서명을 하고, 모든 것이 한바탕 꿈이었다고 생각했다.

한참이 지난 후 그 〈불행〉이 언제 일어났는지 묻는 벨라노의 목소리가 들렸다. 칠레 농민의 목소리 같았다. 로페스 로보가 대답했다. 두 달 전이오. 이어 벨라노가 건강한 다른 아들은 어찌 되었는지 물었다. 로페스 로보가 대답했다. 제 엄마와 살죠.

그 시각에는 나무 벽에 기댄 두 사람의 형체를 이미 분간할 수 있었다. 두 사람은 담배를 피우고 있었고 피곤해 보였다. 하지만 나 자신의 피로 때문에 피곤하다는 인상을 받은 것일 수도 있다. 로페스 로보는 이제 아무 말도 하지 않았고, 처음과 마찬가지로 벨라노만 이야기했다. 놀랍게도 자신의 이야기, 밑도 끝도 없는 이야기를 여러 번 되풀이해서 이야기하고 있었다. 되풀이할 때마다 이야기를 조금씩 요약하는 특징을 보이다가 마침내는 이렇게만 말했다. 나는 죽고 싶었지만, 그렇게 하지 않는 것이 낫다는 것을 깨달았소. 그때서야 나는 로페스 로보가 다음 날 민간인들이 아니라 군인들을 따라가려 하고 있으며, 벨라노가 그를 혼자 죽게 내버려 두지 않으려 하고 있음을 온전히 깨달았다.

나는 잠이 든 것 같다.

적어도 몇 분은 잔 듯하다. 잠에서 깨어났을 때, 새날의 밝은 빛이 실내로 스며들기 시작했다. 코 고는 소리, 한숨 소리, 잠꼬대 소리가 들렸다. 이윽고 출발하려고 준비하는 군인들을 보았다. 그들 옆에 있는 로페스 로보와 벨라노를 보았다. 나는 일어나 벨라노에게 가지 말라고 말했다. 벨라노는 어깨를 으쓱할 뿐이었다. 로페스 로보의 얼굴은 무표정했다. 나는 생각했다. 이제 죽게 될 줄 알고 평온한 거야. 반대로 벨라노의 얼굴은 미친 사람 얼굴 같았다. 몇 초 동안 끔찍한 공포 혹은 격렬한 즐거움이 벨라노의 얼굴에 감돌았다. 나는 그의 팔을 잡고 아무 생각 없이 함께 바깥으로 산책을 나갔다.

연푸른색 하늘이 머리카락까지 곤두서게 만드는 아름답기 짝이 없는 아침이었다. 로페스 로보와 군인들은 우리가 나가는 것을 보고 아무 말도 하지 않았다. 벨라노는 미소를 지었다. 쓸모없게 된 셰비 쪽으로 걸으면서 벨라노에게 그가 하려는 일은 멍청한 짓이라고 여러 차례 말한 기억이 난다. 나는 고백했다. 어젯밤 이야기 들었네. 자네 친구가 미쳤다고 단정할 수밖에 없어. 벨라노는 내 말을 끊지 않았다. 숲과 브라운스빌을 에워싸고 있는 언덕들을 바라보면서 이따금 내 말에 고개를 끄덕였다. 셰비에 이르렀을 때 나는 저격수들이 떠올라 덜컥 겁이 났다. 어처구니없었다. 나는 문을 열었고, 우리는 차 안에 자리했다. 벨라노는 시트에 묻은 루이지의 피를 보았지만 아무런 말도 하지 않고, 나도 그 지경에 이르러 뭐라고 설명하는 것이 부적절하다고 생각했다. 잠시 우리 두 사람은 침묵에 잠겨 있었다. 나는 양손으로 얼굴을 감싸고 있었다. 그 뒤 벨라노가 군인들이 얼마나 어린지 알아차렸는지 물었다. 내가 답했다. 모두 빌어먹을 정도로 어리고, 장난치듯 서로를 죽이고 있어. 벨라노가 차창을 통해 안개와 햇빛 사이에 갇힌 숲을 바라보면서 말했다. 그래도 아름답잖아. 나는 벨라노에게 왜 로페스 로보를 따라가려고 하는지 물었다. 그가 대답했다. 혼자 놔두지 않으려고. 그건 벌써 알고 있었기에 다른 답, 뭔가 결정적인 답을 기대하고 있었다. 하지만 벨라노에게는 아무 말도 하지 않았다. 나는 너무 슬펐다. 뭔가 더 이야기하려고 했지만 할 말을 찾지 못했다. 이윽고 우리는 셰비에서 내려 길쭉한 집에 되돌아왔다. 벨라노가 자기 물건을 집어 군인들과 스페인 사진기자와 함께 나갔다. 나는 문까지 벨라노를 따라갔다. 장피에르가 나와 나란히 걸으면서 전혀 이해할 수 없다는 듯 벨라노를 바라보았다. 군인들은 이미 멀어져 갔고, 바로 그 자리에서 우리는 안녕을 고했다. 장피에르는 벨라노와 악수를 하고 나는 포옹을 했다. 로페스 로보가 저만치 앞서 갔다. 장피에르와 나는 로페스 로보가 우리와 작별 인사를 하고 싶어 하지 않는다는 것을 깨달았다. 이윽고 벨라노가, 마치 부대가 자기를 놔두고 떠나 버리리라는 것을 마지막 순간에 깨달은 사람처럼 뛰어가 로페스 로보를 따라잡았다. 두 사람이 마치 소풍 가듯 이야기를 나누며 웃는 것 같았다. 그들은 그렇게 공터를 지나 울창한 숲으로 사라졌다.

　몬로비아로 귀환하는 길에는 별다른 사건이 일어나지 않았다. 길고 험난한 여정이었지만 우리는 어느 쪽 군인들과도 마주치지 않았다. 저녁 무렵에 브루어빌에 도달했다. 그곳에서 우리는 같이 온 사람들 대부분과 작별을 고했고 다음 날 아침 인도주의 단체의 밴이 우리를 몬로비아로 이동시켜 주었다. 장피에르는 하루도 지체하지 않고 라이베리아를 떠났다. 나는 2주일을 더 머물러 있었다. 친구가 된 요리사, 그의 부인, 아들은 프레스 센터에 자리 잡았다. 부인은 침대를 정돈하고 바닥을 쓰는 일을 했다. 나는 가끔 내 방 창가에서 다른 아이들이나 호텔을 지키는 군인들과 노는 아이를 보았다. 운전수는 다시는 보지 못했지만, 그도 살아서 몬로비아에 도착해서 어느 정도 위안이 되었다. 그곳에 머무는 동안 나는 두말할 나위 없이 벨라노를 찾았고, 브라운스빌-블랙 크리크-토머스 크리크 일대에 무슨 일이 있었는지 알아보려고 했다. 그러나 분명 거의 아무것도 알아내지 못했다. 어떤 사람들은 그 땅은 이제 켄지 군이 장악했다 했다. 또 어떤 사람들은 열아홉 살인 르본 장군인가 하는 자가 장악해서 카카타와 몬로비아 사이의 모든 땅, 브라운스빌과 블랙 크리크가 포함되는 그 땅에 테일러 세력을 재확립하는 데 성공했다고 했다. 하지만 그러한 정보가 사실인지 거짓인지 확인할 길이 없었다. 어느 날 나는 미국 대사관 근처 장소에서 열린 기자 회견에 참석했다. 웰먼 장군이라는 자가 회견을 했는데 나름대로 나라 상황을 설명하려고 했다. 마지막에 질문을 받았다. 모든 사람이 다 자리를 떴을 때, 혹은 모든 사람이 물어봐야 아무 소용 없음을 내심 알고 있는 질문을 하는 데 지쳤을 때, 내가 켄지 장군, 르본 장군, 브라운스빌 마을과 블랙 크리크 마을의 상황, 스페인 국적의 사진 기자 에밀리오 로페스 로보와 칠레 국적의 기자 아르투로 벨라노에 대해 물었다. 웰먼 장군은 대답하기 전에 나를 뚫어져라 바라보았다(하지만 장군은 누구를 보든 그랬다. 아마 근시인데 어디서 안경을 구할지 모르는 것 같았다). 그는 자신의 보고서에 따르면 켄지 장군은 이미 일주일 전에 죽었다고 느릿느릿 말했다. 르본 부대가 죽였다는 것이다. 르본 장군도 죽었는데, 몬로비아 동쪽 동네에서 강도들의 손에 죽었다는 것이었다. 블랙 크리크에 대해서는 이렇게 말했다. 〈블랙 크리크에는 평온함이 감돕니다.〉 그의 말 그대로 옮긴 것이다. 브라운스빌에 대해서는 장군은 절대 아무 이야기도 들은 바 없다. 비록 그 반대인 척했지만.

이틀 후 나는 라이베리아를 떠났고 다시는 그곳에 돌아가지 않았다.

26

1996년 12월, 멕시코 파추카, 파추카 대학, 에르네스토 가르시아 그라할레스. 선생, 겸허하게 말하면 나는 멕시코에서 내장 사실주의자들을 연구하는 유일한 연구자요. 바른대로 말하라면 세계에서 유일한 연구자이고요. 신이 허락하신다면 그들에 관한 책을 낼 생각이오. 레예스 아레발로 교수가 우리 대학에서 낼 수 있을 것 같다고 말했다. 물론 레예스 아레발로 교수는 내장 사실주의자들에 대해서 전혀 들어 본 적이 없고, 속으로는 멕시코 모데르니스모 작가들에 대한 연구서나 파추카의 뛰어난 시인 마누엘 페레스 가라비토의 작품에 주석을 단 책을 선호했을 것이다. 그러나 우리 현대 시에서 가장 분노로 가득 찬 시들의 면면을 연구하는 것이 나쁠 것 없다고 집요하게 말해 아레발로를 점차 설득했다. 이렇게 하여 파추카도 21세기의 문턱으로 이끌었다. 그렇다. 내가 주요 연구자요 가장 권위자라고 말할 수 있다. 그러나 이는 전혀 장점이 못 된다. 아마 내가 이 주제에 관심을 가진 〈유일한〉 사람이리라. 이제 거의 아무도 그들을 기억하지 않는다. 그들 중 많은 이가 사망했다. 또 어떤 이들에 대해서는 아무것도 모른다. 사라져 버린 것이다. 하지만 몇몇 사람은 계속 활동 중이다. 예를 들어 하신토 레케나는 이제 영화 비평을 하면서 파추카 영화 클럽을 운영한다. 내장 사실주의 그룹에 대한 나의 관심은 그에게 빚진 것이었다. 마리아 폰트는 멕시코시티에 산다. 결혼은 하지 않았다. 글은 쓰지만 발표는 하지 않는다. 에르네스토 산 에피파니오는 죽었다. 소치틀 가르시아는 수도에 있는 잡지들과 일요일의 문학 증보판에 글을 쓴다. 이제 시는 쓰지 않는 것 같다. 라파엘 바리오스는 미국에서 사라졌다. 살았는지 죽었는지 모르겠다. 앙헬리카 폰트는 얼마 전 30쪽이 넘지 않는 분량의 두 번째 시집을 냈다. 그럭저럭 괜찮은 작품이고 책이 아주 우아하다. 피엘 디비나는 죽었다. 판초 로드리게스도 죽었다. 에마 멘데스는 자살했다. 목테수마 로드리게스는 정치에 뛰어들었다. 펠리페 뮐러는 계속 바르셀로나에 있고, 결혼해서 아들이 하나 있다고 한다. 행복하게 사는 것 같고, 이곳 친구들이 가끔 그의 시를 게재한다. 울리세스 리마는 계속 멕시코시티에 산다. 나는 지난 방학 때 그를 만나러 갔다. 볼만했다. 고백하는데 처음에는 약간 겁마저 났다. 같이 있는 내내 그는 나를 교수님이라고 불렀다. 하지만 내가 말했다. 형님 제가 더 젊으니 말씀 편하게 하시죠. 그가 대답했다. 그렇게 하죠, 교수님. 아, 울리세스 리마. 나는 아르투로 벨라노에 대해서는 아무것도 모른다. 만난 적도 없다. 아르투로 벨라노 외에도 만나 보지 못한 이가 여럿이다. 뮐러, 판초 로드리게스, 피엘 디비나도 만난 적이 없다. 라파엘 바리오스도 만난 적이 없다. 후안 가르시아 마데로를 아느냐고? 아니, 그 사람 이름은 들어 본 적이 없다. 틀림없이 내장 사실주의 그룹에 속한 적이 없을 것이다. 최고 권위자인 내가 그렇게 이야기하면, 나름 이유가 있어서다. 그들은 모두 아주 젊었다. 나는 그들의 잡지, 팸플릿, 오늘날에는 찾아볼 수 없는 문건들을 가지고 있다. 열일곱 살짜리 풋내기가 있었지만 가르시아 마데로라는 이름은 아니었다. 어디 보자…… 부스타만테라고 불렀다. 멕시코시티에서 등사판으로 만든 그룹 잡지에 시를 한 편 실었을 뿐이다. 1호인 그 잡지는 20부 이상 찍지 않은 데다가 그 호만 나오고 말았다. 그리고 부스타만테는 멕시코인이 아니라 벨라노와 뮐러처럼 칠레인, 망명자들의 아들이었다. 내가 아는 한 그 부스타만테라는 사람은 이제 시를 쓰지 않는다. 하지만 그룹에 속해 있었다. 멕시코시티의 내장 사실주의자 그룹에. 멕시코시티라고 말하는 이유는 1920년대에 또 다른 내장 사실주의 그룹, 북부의 내장 사실주의자들이 존재했기 때문이다. 그건 몰랐다고? 존재했다. 사실 그 내장 사실주의자들에 관해서는 자료가 별로 없지만 말이다. 아니, 우연의 일치로 같은 이름을 쓴 것이 아니었다. 그건 차라리 경의의 표시였다. 아니 몸짓이나 응답이었으려나? 누가 알겠는가. 나는 그 미로에서 헤매고 싶지 않다. 있는 자료에만 충실하련다. 독자와 연구자들이 각자 결론을 내리기 바란다. 내 졸저가 괜찮은 책이 되리라고 믿는다. 최소한 나는 파추카에 현대성을 도입하게 될 것이다.

1976년 1월, 멕시코시티 종교 재판소 근저 레푸블리카 데 베네수엘라 가, 아마데오 살바티에라. 나는 젊은이들에게 말했다. 나만 빼고 모두 세사레아 티나헤로를 잊었어. 이제 우리는 늙어서 특별히 할 일이 없기 때문에 어쩌면 그녀를 기억하는 사람도 있을지 모르지만, 당시에는 모두가 그녀를 잊었고, 이어 자기 자신들도 잊어 갔어. 사람이 친구들을 잊을 때 일어나는 일이지. 나는 빼고. 아니 어쩌면 지금 나에게 일어나고 있는 일인지도 모르지. 나는 세사레아 티나헤로의 잡지를 간직했고, 그녀에 대한 기억을 간직했다. 내 인생은 아마 이를 위해서였으리라. 수많은 멕시코인들처럼 나도 시를 버렸다. 수천 명의 멕시코인들처럼 시에 등을 돌렸다. 수십만 명의 멕시코인들처럼 어느 순간에 이르러 더 이상 시를 쓰고 읽지 않게 되었다. 그때부터 내 인생은 상상하기 힘든 잿빛 물길을 따라 흘렀다. 온갖 일, 할 수 있는 일은 다 했다. 어느 날 산토도밍고 광장 회랑 아래에서 편지와 이해하지도 못하는 서류를 대리 작성하는 내 모습을 발견했다. 그것도 직업은 직업이었고, 내가 그때까지 한 무수한 일보다 적어도 더 나쁜 일은 아니었다. 하지만 이내 나는 타자기와 펜과 하얀 종이에 묶인 채 그 자리에 오래오래 있게 되리라는 것을 깨달았다. 나쁜 일은 아니다. 심지어 가끔 웃을 수도 있고. 연애편지는 물론 진정서, 항고 사유서, 지급 청구서, 절망에 찬 사람들이 공화국 감옥에 보내는 탄원서를 쓴다. 동료들, 즉 나처럼 질기면서도 멸종해 가는 종(種)인 대서인들과 잡담하거나 최근 우리 문단의 수작을 읽을 시간이 있다. 멕시코 시 판은 구제불능이다. 어느 날 나는 어느 훌륭한 시인이 ⟨*Pensil Florido*⟩를 색연필이라고 생각하는 구절을 읽었다. 꽃이 만발한 정원이나 공원, 심지어 오아시스를 일

컨는 말인데. ⟨*Pensil*⟩은 또한 ⟨계류 중인, 걸려 있는, 보류된⟩을 의미한다. 내가 말했다. 젊은이들, 그대들은 알고 있었나? 알고 있었나, 아니면 내가 괜한 것을 물어보았나? 젊은이들은 서로 바라보더니 안다고 대답했다. 하지만 모른다는 의미일 수도 있는 모습이었다. 세사레아에 대해서는 전혀 소식을 몰랐다. 어느 날 한 술집에서 소노라 출신 노인과 친구가 되었다. 노인은 에르모시요, 카나네아, 노갈레스를 훤히 알았고, 나는 세사레아 티나헤로에 대해 들은 적이 있는지 물었다. 못 들어 보았다고 했다. 내가 무슨 말을 했는지 모르겠지만, 노인은 내가 아내나 누이나 딸 이야기를 하는 줄로 알았다. 노인이 그 이야기를 했을 때 나는 세사레아에 대해 사실 거의 아는 것이 없다는 생각이 들었다. 그때부터 그녀를 잊기 시작한 것 같다. 젊은이들, 자네들이 지금 마플레스 아르세에게 세사레아 이야기를 들었다니. 아니 리스트나 아르켈레스였던가? 무슨 상관이겠나. 누가 내 주소를 알려 줬다고? 리스트이든 아르켈레스이든 마누엘이든 별로 중요할 건 없지만. 젊은이들은 나를 쳐다보았다. 아니 쳐다보지 않았을지도 모른다. 벌써 한참 전부터 동이 트고 있었고, 레푸블리카 데 베네수엘라 가의 소음이 파도처럼 우리 집에 밀려들고, 그 순간 젊은이 중 하나가 소파에 앉아서 잠이 든 것을 보았다. 하지만 깨어 있는 사람처럼 등을 꼿꼿이 세우고 있었다. 다른 젊은이는 세사레아의 잡지를 뒤적였지만 보기에는 역시 잠이 든 것처럼 보였다. 그래서 내가 말했다. 젊은이들, 벌써 아침이네, 벌써 날이 밝은 것 같아. 잠이 늘었던 젊은이가 커다란 입을 열고 말했다. 네, 아마데오. 깨어 있던 젊은이는 반대로 내 말을 들은 척도 하지 않고 계속 잡지를 뒤적이고, 계속 입가에 반쯤 미소를 띠고 있었다. 멕시코에 남아 있는 세사레아 티나헤로의 유일한 시를 눈으로 좇으면서 도달할 수 없는 여인을 꿈꾸는 것 같았다. 피로와 음주로 머리가 어지러워 말을 한 사람이 깨어 있는 젊은이라는 생각이 갑자기 들었다. 내가 그에게 말했다. 자네 복화술사인가? 잠을 자던 젊은이가 말했다. 아니요, 아마데오. 혹은 아니에요, 전혀요, 전혀 아니에요, 전혀 아닙니다, 무슨 말씀이세요, 별말씀을, 천부당만부당해요 등의 표현을 썼거나, 그도 아니면 그저 아닌데요 하고 말했을 수도 있다. 깨어 있는 젊은이가 누가 빼앗기라도 할까 봐 잡지를 꽉 움켜쥐고 나를 바라보다가, 이윽고 눈길을 돌려 계속 읽었다. 그래서 나는 생각했다. 세사레아 티나헤로의 빌어먹을 잡지에 읽을거리라도 있다는 듯 저러네. 나는 시선을 깔고 고개를 끄덕였다. 그들 중 하나가 말했다. 용기를 내세요, 아마데오. 나는 두 사람을 쳐다보기도 싫었다. 하지만 그들을 바라보았다. 하나는 깨어 있고 다른 하나는 잠을 자는 두 젊은이가 보였다. 잠자던 젊은이가 말했다. 걱정 마세요, 아마데오. 우리가 북부의 돌멩이를 다 들춰 보는 한이 있어도 세사레아를 찾아낼 테니까요. 나는 최대한 눈을 크게 뜨고 두 사람을 뜯어보며 말했다. 걱정하지 않네, 젊은이들. 나 때문에 수고할 필요 없어. 잠을 자던 젊은이가 말했다. 수고라니요, 아마데오. 기꺼이 하겠습니다. 내가 고집했다. 나 때문이라면 하지 말게. 잠자던 젊은이가 웃었거나, 웃음이 장악한 목구멍이 내는 소리, 즉 킥킥대는 소리를 냈거나, 그르렁거렸거나, 아니면 숨 막히는 소리를 냈다. 그리고 말했다. 당신을 위해서 하는 일이 아니에요, 아마데오. 멕시코를 위해, 라틴아메리카를 위해, 제3세계를 위해, 우리의 애인들을 위해, 그리고 하고 싶으니까 합니다. 그들이 농담을 한 것일까? 농담이 아닐까? 그때 잠을 자던 젊은이가 정말 이상하게, 뼈로 숨을 들이쉬듯 하며 말했다. 우리는 세사레아 티나헤로를, 그리고 세사레아 티나헤로의 작품 전집을 찾아낼 것입니다. 솔직히 나는 그때 소름이 끼쳐, 이 세상에 존재하는 세사레아 티나헤로의 유일한 시를 여전히 연구 중인 깨어 있던 젊은이를 바라보고 말했다. 자네 친구 어떻게 된 것 같군. 잡지를 읽던 젊은이가 시선을 들어, 내가 창문 뒤에 있거나 그가 창문 반대편에 있다는 듯 나를 바라보고 말했다. 안심하세요. 아무 일 없으니까요. 빌어먹을 정신 이상자들 같으니라고! 잠자면서 말하는 것이 아무 일도 아니라는 듯! 꿈속에서 약속을 늘어놓는 것이 아무 일도 아니라는 듯. 그때 나는 거실 벽, 내 책, 내 사진, 천장의 얼룩을 바라보고 이어서 그들을 바라보았다. 창문 저 너머에서 하나는 눈을 뜨고, 또 하나는 눈을 감고 있는 듯한 그들의 모습이 보였다. 하지만 두 사람은 바라보고 있었다. 바깥을 바라보고 있었을까? 안을 바라보고 있었을까? 잘 모르겠다. 그저 그들의 얼굴이 북극에 있는 사람처럼 창백해져 있음을 알았다. 그래서 그 말을 했더니, 잠자던 젊은이가 요란하게 숨을 들이마시고 말했다. 북극이 멕시코시티까지 내려온 것이겠죠. 그가 그렇게 말해서 물어보았다. 젊은이들, 추오기? 의례적인, 아니 실용적인 질문이었다. 그렇다고 대답했으면, 곧바로 커피를 끓여 줄 작정이었으니까. 하지만 결국은 확실히 의례적인 질문이었다. 추우면 창가에서 물러서는 것만으로 충분했을 테니까. 내가 그들에게 말했다. 젊은이들, 그럴 가치가 있나? 그럴 가치가 있어? 정말로 그럴 가치가 있느냐고? 잠자던 젊은이가 말했다. 당근이죠. 그래서 나는 일어나(온 뼈마디가 다 삐걱거렸다) 식당 식탁 옆 창가로 가서 창문을 열고, 이어 엄밀히 말해 진짜 창문인 거실 창문으로 가서 이를 열었다. 이어 스위치 있는 데까지 몸을 질질 끌고 가서 불을 껐다.

III
소노라의 사막들
(1976)

1월 1일

오늘 나는 어제 쓴 것이 사실은 오늘 쓴 것임을 깨달았다. 12월 31일 자에 쓴 모든 것을 1월 1일, 즉 오늘 썼다. 그리고 12월 30일 자에 쓴 모든 것은 31일, 즉 어제 썼다. 오늘 쓰는 것은 사실 내일 쓰고 있다. 내일은 내게는 오늘과 어제이다. 또한 어떤 의미에서는 내일, 즉 아직 가시화되지 않은 내일이기도 하다. 하지만 과장하지는 말자.

1월 2일

우리는 멕시코시티를 벗어났다. 친구들을 즐겁게 해 주려고 수준 높은 질문을 좀 했다. 난제이자 수수께끼이자(특히 오늘날의 멕시코 문단에서는) 알아맞히기이기도 하다. 쉬운 질문으로 시작했다. 자유시가 뭐지? 내 목소리가 마이크에 대고 이야기하듯 차 안에서 울렸다.

「음절 수가 정해지지 않은 시.」 벨라노가 말했다.

「그리고 또?」

「운율이 없는 시.」 리마가 말했다.

「그리고 또?」

「강세 위치가 정해지지 않은 시.」 리마가 다시 말했다.

「좋아. 이제 더 어려운 질문. 테트라스티코가 뭐지?」

「뭐라고?」 옆에 있던 루페가 물었다.

「4행으로 된 운율 체계.」 벨라노가 말했다.

「그러면 어중음(語中音) 소실은?」

「어휴, 제발!」 리마가 말했다.

「잘 모르겠는데. 중간에 있는 음이 소실되는 것?」 벨라노가 말했다.

「썰렁하군, 썰렁해. 항복이야?」

리마는 백미러에 시선을 고정했다. 벨라노는 잠시 나를 바라보더니, 이어서 내 뒤를 보았다. 루페도 뒤를 쳐다보았다. 나는 쳐다보지 않았다. 내가 말했다

「어중음 소실은, 한 단어에서 하나 혹은 여러 개의 음소를 생략하는 것을 말해. 가령 〈*Natividad*(탄생)〉[1] 대신 〈*Navidad*(크리스마스)〉, 〈*Lugar*(장소)〉 대신 〈*Lar*(아궁이)〉. 좋아. 계속하자고. 이번에는 쉬운 질문 하나. 섹스티나가 뭐지?」

「한 연이 6행으로 된 시.」 리마가 말했다.

「그리고 또?」 내가 물었다.

리마와 벨라노는 알아들을 수 없는 말을 했다. 그들의 목소리가 임팔라 실내를 떠다니는 듯했다. 내가 말했다. 더 있거든. 나는 답을 이야기해 주었다. 그러고 나서 리마와 벨라노에게 글리코뇨(고전주의 작시법의 시 형식으로 산문시체이며 불완전한 4운각의 시행이다)와 헤미에르(그리스 작시법에서 6보격 강약약격 시의 첫 구절

---

[1] 예수, 성모 마리아, 세례 요한의 탄생을 가리킨다.

이다)가 무엇인지 혹은 음운상징주의(하나의 단어 혹은 시행의 음운들이 가질 수 있는 독자적인 의미)가 무엇인지 물었다. 루페는 말할 것도 없고 벨라노와 리마도 한 가지도 답을 몰랐다. 그래서 이미 말한 것으로 되돌아가 확언 내용에 다른 뉘앙스를 부여하거나 완화시키거나 심지어 반박하는 논리적 문채(文彩, *figura*)인 에판노르토시스가 무엇인지 그들에게 물었다. 또한 피티암비코를 아는지 물어보고(몰랐다), 미미암보(몰랐다), 호메오텔레우톤(몰랐다), 파라고제(이건 알았다)를 아는지 물어보았다. 그들은 모든 멕시코 시인과 대다수 라틴 아메리카 시인들은 파라고제 문채를 띤다고 생각했다. 그리고 나는 하팍스 혹은 하팍스 레고메논을 아는지 물었고, 몰라서 이야기해 주었다. 하팍스는 사전학이나 원문 대조 비평에 사용되는 전문 용어로 하나의 언어, 한 작가 혹은 한 텍스트에서 단 한 번 등장하는 표현을 가리킨다. 이 단어는 우리를 잠시 생각하게 만들었다.

「좀 더 쉬운 문제를 내봐.」 벨라노가 말했다.

「좋아. 세헬이 뭐지?」

「제기랄, 모르겠어. 난 정말 무식한 놈이네.」 벨라노가 말했다.

「울리세스, 너는?」

「아랍어 같은데.」

「루페, 너는?」

루페는 나를 바라보았지만 아무 말도 하지 않았다. 나는 웃음이 터졌다. 긴장해서 그런 것 같은데, 여하튼 그들에게 세헬이 뭔지 설명해 주었다. 웃음을 그쳤을 때 나는 루페에게 그녀나 그녀의 무식(혹은 촌티)을 비웃은 것이 아니라고, 우리 모두 때문에 웃었다고 말했다.

「어디, 사투르누스 운율은 뭐지?」

「전혀 모르겠어.」 벨라노가 말했다.

「사투르누스 운율이라고?」 루페가 말했다.

「키아스모는?」 내가 말했다.

「뭐라고?」 루페가 말했다.

눈을 감지 않고, 그들을 보는 것과 동시에 차 한 대가 멕시코시티에서 나가는 길을 쏜살같이 나아가는 것을 보았다. 우리가 물에 떠다니는 듯했다.

「사투르누스 운율이 뭔데?」 리마가 말했다.

「쉬워. 초창기 라틴 시의 시 형식인데 해석이 구구해. 길이의 특징을 가리킨다고 생각하는 사람들도 있고, 강세의 특징을 말한다고 생각하는 사람들도 있어. 첫 번째 가정을 받아들인다면 사투르누스 운율은 불완전한 4운각이면서 바쿠스 찬가 운율의 약강격 이보구(二步句) 시행으로 분석할 수 있어. 다른 변이형도 있지만. 강세 관련설을 받아들인다면 두 개의 반행(半行)으로 이루어져 있을 거야. 첫 번째 반행은 강세가 세 군데 오고, 두 번째 반행은 강세가 두 군데 오는.」

「어떤 시인들이 사투르누스 운율을 사용했지?」 벨라노가 말했다.

---

2 Livius Andronicus(B.C. 284?~B.C. 204?). 로마의 시인이자 작가, 『오디세이아』의 번역자. 그리스 극에 의거해 처음 라틴어 비극을 창작, 연출하고 배우로 출연했다고 전해지며, 여성 합창을 위해 지은 찬가는 라틴 문학 최초의 서정시로 꼽힌다. 그래서 라틴 문학 최초의 문인이라는 평가도 있다.

3 Gnaeus Naevius(B.C. 270?~B.C. 201?). 로마의 시인, 극작가, 배우. 비극, 희극, 사투르누스 시체의 서사시를 썼다. 로마 역사극을 창시했고, 국민적 서사시 『포에니 전쟁』의 저자이다.

「리비우스 안드로니쿠스[2]와 나이비우스.[3] 종교적이고 과거를 기념하는 시를 썼어.」

「너 참 아는 것 많네.」 루페가 말했다.

「정말로 그렇군.」 벨라노가 말했다.

나는 다시 웃음이 터졌다. 웃음소리가 마치 쫓겨나듯 순식간에 차 밖으로 나갔다. 버림받은 아이 같군, 내가 생각했다.

「기억력 문제일 뿐이야. 나는 각종 정의를 외우는데, 그러면 다 돼.」

「키아스모가 뭔지는 이야기해 주지 않았어.」 루페가 말했다.

「키아스모, 키아스모, 키아스모······. 그래, 키아스모는 두 개의 구절을 거꾸로 제시하는 기법이야.」

밤이었다. 1월 1일 밤. 1월 1일 새벽. 나는 뒤를 바라보았다. 아무도 우리를 쫓아오지 않는 것 같았다.

「어디, 이 문제 풀어 봐. 프로셀레우스마티코가 뭐지?」 내가 말했다.

「그 문제 네가 지어낸 거지, 가르시아 마데로.」 벨라노가 말했다.

「아니야. 짧은 4음절로 구성된 고전 문학 운율의 운각이야. 정해진 리듬이 없고, 그래서 단순히 작시법 문채의 하나로 간주할 수도 있어. 그러면 몰로소는?」

「그거야말로 막 지어냈군.」 벨라노가 말했다.

「아니야, 맹세해. 고전 문학 작시법에서 몰로소란 세 개의 긴 음절이 여섯 개의 템포를 이루는 운각이야. 첫 음절과 세 번째 음절이 익투스일 수도 있고, 두 번째 음절만 익투스일 수도 있어. 시행을 이루려면 다른 운각들과도 조합을 이루어야 해.」

「익투스가 뭔데?」 벨라노가 물었다.

리마가 입을 열었다가 다시 다물었다. 내가 말했다.

「익투스란, 주기적으로 강세를 주는 강박자야. 아르시스에 대해서도 말해 줘야 할 것 같네. 아르시스는 로마 작시법에서 강한 템포의 운각이야. 즉, 익투스가 오는 음절이지. 하지만 질문을 계속하는 것이 낫겠어. 누구라도 알 수 있을 쉬운 문제 하나 간다. 비실라보가 뭐지?」

「2음절로 된 시행.」 벨라노가 말했다.

「아주 좋았어. 하긴, 맞힐 때도 되었지. 2음절짜리를 말해. 스페인 시 작시법에서 대단히 드물고 가장 짧은 시행이지. 거의 항상 더 긴 시행들에 붙어서 등장해. 이제 어려운 문제. 아스클레피아데오가 뭐지?」

「전혀 모르겠군.」 벨라노가 말했다.

「아스클레피아데오라고?」 리마가 되물었다.

「사모스의 아스클레피아데스[4]에서 왔어. 그가 아스클레피아데오를 제일 많이 사용한 사람이었거든. 사포와 알카이오스[5]도 많이 사용했지만. 두 가지 형식이 있어. 짧은 아스클레피아데오는 12음절 시행이 두 개의 아에올리스[6] 부분에 분배돼. 첫 번째 부분은 강강격, 강약약격, 그리고 긴 음절 하나로 구성되어 있고, 두 번째 부분은 강

---

4 Asclepiades. B. C. 3세기경의 그리스 시인으로 사모스 섬 출신.
5 Alkaios(B. C. 620?~B. C. 580?). 그리스의 서정시인.
6 Aeolis. 소아시아 지역의 지방 이름. 여기서는 아에올리스에서 유래한 시 형식을 가리킨다.
7 Federico García Lorca(1898~1936). 스페인 27세대를 대표하는 극작가이자 시인.
8 Archilochos. B. C. 8~7세기경의 그리스의 서정시인. 고대에는 호메로스와 비견되던 시인이며 풍자시로 유명했다.

약약격, 불완전한 강약격 2보구로 이루어져 있어. 긴 아스클레피아데오는 16음절 시행이며, 두 개의 아에올리스 부분 사이에 불완전한 강약약격 2보구가 들어가고.」

우리는 멕시코시티를 벗어나기 시작했다. 시속 120킬로미터 이상으로 달리고 있었다.

「에파날렙시스는 뭐지?」

「전혀 모르겠어.」 친구들이 말하는 소리를 들었다.

차는 어두운 길, 불빛 없는 동네, 아이들과 여인들만 있는 거리를 지났다. 이윽고 아직 한 해가 저무는 것을 축하하고 있는 동네들을 나는 듯이 지났다. 벨라노와 리마는 앞을, 앞에 있는 길을 바라보았다. 루페는 유리창에 머리를 대고 있었다. 잠이 든 것 같았다.

「에파나디플로시스가 뭐지?」 아무도 대답하지 않았다. 「에파나디플로시스는 한 문장, 시 한 줄이나 여러 줄의 처음과 끝에 동일한 단어를 되풀이 쓰는 구문론적 문채야. 예를 들면 가르시아 로르카[7]의 〈*Verde que te quiero verde*(녹색 나 그대 사랑하네 녹색으로)〉 같은 것이지.」

잠시 나는 침묵을 지키고 창밖을 내다보았다. 리마가 길을 잃은 것 같다는 느낌을 받았지만, 그러나 적어도 아무도 우리를 쫓아오지 않았다.

「계속해. 우리가 맞히는 것이 있겠지.」 벨라노가 말했다.

「카타크레시스가 뭐지?」 내가 말했다.

「그건 알고 있었는데 잊어버렸어.」 리마가 말했다.

「메타포인데 정상적이고 일상적인 표현으로 변해서 메타포처럼 느껴지지 않는 것을 말해. 이를테면 바늘귀, 병목 같은 것이지. 그러면 아르킬로케야는?」

「그건 내가 알아. 아르킬로코스[8]가 사용하던 시 형식

이야. 확실해.」 벨라노가 말했다.

「위대한 시인이지.」 리마가 말했다.

「하지만 아르킬로케아가 어떤 건데?」 내가 말했다.

「잘 모르겠어. 아르킬로코스의 시 한 편을 암송해 줄 수 있어. 하지만 아르킬로케아가 어떤 건지는 잘 모르겠어.」 벨라노가 말했다.

그래서 나는 아르킬로케아가 2행(대구를 이루는 2행) 1연이며 구조는 다양할 수 있다고 말해 주었다. 첫 번째는 강약약격의 6보격 시행과 불완전한 강약약격의 3보격으로 이루어지고, 두 번째는…… 하지만 그때 나는 잠에 빠져들기 시작했고, 내가 말하는 것을, 혹은 약강격 2보격이니 강약약격 4보격이니 불완전한 강약격 2보격이니 하고 말하는 내 목소리가 임팔라 실내에서 울리는 것을 들었다. 그때 벨라노가 낭송을 하는 소리가 들렸다.

심장, 심장이여. 억누를 수 없는 고통에
동요될지라도, 자! 가슴을
쭉 내밀고 맞서라. 적의
준동에 꿋꿋이 대적하라. 승자가
되면 담담할지어다. 우쭐대지 말지어다, 심장이여.
패자가 된다 해도 집에서 꼴사납게 울지 말지어다.

그때 나는 기를 쓰고 두 눈을 크게 떴고 리마는 그 시가 아르킬로코스의 것인지 물었다. 벨라노는 물론이지 하고 말했고, 리마는 정말 위대한 시인이군, 아니면 정말 끝내주는 시인이군 하고 말했다. 그 후 벨라노가 뒤를 돌아보고 루페에게(마치 그녀에게 중요한 일이라도 된다는 듯), 기원전 650년경의 그리스 시인이자 용병인 파로스 섬 출신의 아르킬로코스가 누구인지 설명해 주었다. 루페는 한 마디도 하지 않았다. 내게는 그것이 아주 적절한 논평 같아 보였다. 그 후 나는 창문에 머리를 기대고 반쯤 잠이 든 채, 벨라노와 리마가 전쟁터에서 도망친 시인 이야기를 하는 것을 들었다. 그 시인은 그 행위가 야기한 굴욕이나 불명예를 아랑곳하지 않고 오히려 이를 자랑스러워했다. 나는 유골이 뒹구는 평원을 가로지르는 사람 꿈을 꾸기 시작했다. 문제의 그자는 얼굴이 없거나, 멀리서 보다 보니 적어도 얼굴이 보이지 않았다. 나는 야산 아래 있었는데 그 계곡에는 공기가 거의 없었다. 머리가 긴 그 사람은 벌거벗고 가고 있었고, 아르킬로코스라고 생각했으나 사실 누군가 다른 사람일 수도 있었다. 눈을 떴을 때 아직 컴컴한 밤이었지만 이미 멕시코시티를 벗어났다.

「어디야?」 내가 물었다.

「케레타로 주로 가는 도로야.」 리마가 대답했다.

루페도 깨어 있었고 곤충 같은 눈을 하고 어두운 들판 풍경을 바라보고 있었다.

「뭘 보는 거야?」 내가 물었다.

「알베르토의 차.」 루페가 말했다.

「아무도 우리를 쫓아오지 않아.」 벨라노가 말했다.

「알베르토는 개 같아. 내 냄새를 기억해서 나를 찾아낼 거야.」 루페가 말했다.

벨라노와 리마가 웃었다.

「멕시코시티를 벗어났을 때부터 시속 150킬로미터 아래로 속도를 낮추지 않고 있는데 어떻게 너를 찾아내겠어?」 리마가 말했다.

「날이 밝기 전에 찾아낼 거야.」 루페가 말했다.

「어디.」 내가 말했다. 「오바드가 뭐지?」

벨라노도 리마도 입을 열지 않았다. 알베르토를 생각하고 있을 것 같아서 나도 그를 생각하기 시작했다. 루페가 웃었다. 그녀의 곤충 눈이 나를 찾았다.

「어디 만물박사, 프리스*prix* 한 번이 뭔 줄 알아?」

「마리화나 한 모금.」 벨라노가 계속 앞을 바라보면서 말했다.

「그러면 카란사*carranza*는?」

「늙은이를 말하지.」 벨라노가 말했다.

「그러면 루리아스*lurias*는?」

「내가 대답할게.」 내가 말했다. 왜냐하면 모든 질문이 사실 나를 향한 것이기 때문이다.

「좋지.」 벨라노가 말했다.

「잘 모르겠어.」 한동안 생각 끝에 내가 말했다.

「너는 알아?」 리마가 물었다.

「몰라.」 벨라노가 말했다.

「미친놈이잖아.」 리마가 말했다.

「바로 그거야, 미친놈. 그러면 힌초*jincho*는?」

우리 세 사람 다 몰랐다.

「아주 쉬워. 힌초는 인디오야.」 루페가 웃으면서 말했다. 「그러면 라 그란디오사*la grandiosa*는?」

「감옥.」 리마가 말했다.

「그러면 하비에르*Javier*는 누구지?」

다섯 대의 화물트럭 행렬이 맞은편 차선을 타고 멕시코시티로 향했다. 모든 트럭이 화상 입은 팔 같았다. 잠시 트럭 소리만 들리고 불에 그슬린 살갗 냄새가 났다. 그 후 도로는 다시 어둠에 휩싸였다.

「하비에르가 누군데?」 벨라노가 물었다.

「경찰. 그럼 마차 차카*macha chaca*는?」 루페가 말했다.

「마리화나.」 벨라노가 말했다.

「이번 질문은 가르시아 마데로에게 하는 거야.」 루페가 말했다. 「과초 데 오레가노*guacho de orégano*가 뭐지?」

벨라노와 리마가 서로 바라보며 미소를 지었다. 루페의 곤충 눈은 나를 바라보지 않고 뒷유리에 위협적으로 펼쳐진 어둠을 바라보았다. 저 멀리 자동차 불빛이 하나, 또 하나 보였다.

「모르겠어.」 내가 말하면서 알베르토의 얼굴, 우리 뒤를 따라오는 커다란 코를 상상했다.

「금시계야.」 루페가 말했다.

「그러면 카르카만*carcamán*은?」 내가 물었다.

「자동차잖아.」 루페가 말했다.

나는 눈을 감았다. 루페의 눈을 보고 싶지 않아서 머리를 창에 기댔다. 꿈에서 멈추지 않는 검은 카르카만을 보았다. 알베르토의 코와 휴가를 내어 우리를 박살 낼 작정인 한두 명의 경찰이 타고 있었다.

「루포*rufo*가 뭐게?」 루페가 말했다.

우리는 대답하지 않았다.

「자동차야.」 루페가 말하면서 웃었다.

「어디, 루페, 이 문제 맞혀 봐. 마니쿠레*manicure*가 뭐야?」 벨라노가 말했다.

「쉽지. 정신 병원.」 루페가 말했다.

잠깐 동안 내가 어찌 이 여자와 사랑을 나누었나 싶었다.

「그러면 다르 쿠에요*dar cuello*가 무슨 뜻이야?」 루페가 말했다.

「다르 카냐*dar caña*와 같은 뜻이지.」 루페가 말했다. 「하지만 차이는 있어. 다르 쿠에요는 누구를 제거한다는 뜻이지만, 다르 카냐는 제거한다는 뜻일 수도 있고 섹스를 한다는 뜻일 수도 있어.」 루페의 목소리는 반(反)바쿠스 격 혹은 팔림 바쿠스 격이라고 말한 것만큼이나 음산했다.

「그러면 다르 라비아다*dar labiada*는 뭐지, 루페?」 리마가 말했다.

나는 성적인 것, 만져만 보았을 뿐 눈으로는 보지 못한 루페의 음부를 생각하고, 마리아와 로사리오의 음부를 생각했다. 차는 시속 180킬로미터 이상으로 달리는 것 같았다.

「기회를 준다는 뜻이잖아.」 루페가 말하면서 내 생각을 헤아렸다는 듯 나를 바라보았다. 「너는 뭐라고 생각했는데, 가르시아 마데로?」 루페가 말했다.

「엠팔메*empalme*는 뭐지?」 벨라노가 말했다.

「뭔가 재미있으면서 상황에 맞는 것.」 루페가 굴하지 않고 말했다.

「그러면 차보 히라토리오*chavo giratorio*는?」

「마리화나 피우는 사람이잖아.」 루페가 말했다.

「그러면 코프레로*coprero*는?」

「코카인 중독자.」 루페가 말했다.

9 추첨통.

「그러면 에차르 피라*echar pira*는?」 벨라노가 말했다.

루페는 벨라노와 나를 차례로 바라보았다. 루페 눈에서 곤충이 뛰어올라 내 무릎에 앉는 것처럼 느꼈다. 양쪽 무릎에 각각 한 마리씩 두 마리가. 우리 차와 동일한 하얀색 임팔라가 멕시코시티를 향해 유성처럼 스쳐 지나갔다. 뒷좌석 창문을 지날 때 경적을 여러 번 울려 우리의 행운을 빌었다.

「에차르 피라라고? 모르겠어.」 리마가 말했다.

「남자 여럿이 여자를 성폭행하는 것.」 루페가 말했다.

「그래 맞아, 윤간이야. 너 모르는 게 없군, 루페.」 벨라노가 말했다.

「그러면 리파*rifa*에 들어갔다는 무슨 뜻인지 알아?」 루페가 말했다.

「알고말고. 문제에 개입된 것, 원하든 원하지 않든 어떤 문제에 연루된 것을 의미하지. 은근한 위협을 뜻할 수도 있고.」 벨라노가 말했다

「은근하지만은 않은 위협일 수도 있고.」 루페가 덧붙였다.

「너는 어떻게 생각하는데? 우리가 리파[9]에 들어간 것 같아 아닌 것 같아?」 벨라노가 물었다.

「우리야 모든 숫자를 다 가지고 있잖아, 이 풋내기야.」 루페가 말했다.

우리를 따라오던 차들의 불빛이 순간적으로 사라졌다. 나는 유일하게 우리만 그 시각에 멕시코의 도로들을 헤매고 있다는 인상을 받았다. 하지만 몇 분 뒤에 다시 멀리 불빛들이 보였다. 차 두 대였고, 우리와의 거리가 좁혀지고 있는 듯했다. 나는 앞을 바라보았다. 앞 유

리창에 벌레 여러 마리가 납작하게 죽어 있었다. 리마는 두 손으로 운전대를 잡고 차를 몰았고, 차는 비포장도로에 진입한 것처럼 떨렸다.

「에피세디오가 뭐지?」 내가 말했다.

아무도 대답하지 않았다.

잠시 우리 모두가 침묵을 지키는 동안 임팔라는 어둠 속에서 길을 헤쳐 나가고 있었다.

「에피세디오가 뭔지 말해 줘.」 벨라노가 계속 앞을 바라보면서 말했다.

「고인 앞에서 부르는 장송가 형식이야. 트레노와 헷갈리면 안 돼. 에피세디오는 대화 형식의 코로야. 사용된 운율은 강약약격의 에피트리토[10]야. 나중에는 애가의 시행을 사용하고.」 내가 말했다.

논평이 없었다.

「제길, 이 빌어먹을 도로 어쩜 이렇게도 좋아.」 잠시 후 벨라노가 말했다.

「문제를 더 내봐. 가르시아 마데로, 트레노는 어떻게 정의하는데?」 리마가 말했다.

「에피세디오와 같지. 다만 고인 앞에서 부르지 않을 뿐.」

「문제 더 내봐.」 벨라노가 말했다.

「알카이오스 연이 뭐지?」 내가 말했다.

목소리가 이상하게 울려서 다른 사람이 말하는 것 같

---

10 그리스와 로마 시의 한 형식. 짧은 음절 하나와 긴 음절 세 개로 구성된다.

11 *huevos rancheros*. 〈*ranchero*〉는 〈농장〉 혹은 〈농가〉를 뜻하는 〈란초*rancho*〉의 형용사이며, 란초식 계란 요리란 원래 농촌에서 유래된 멕시코식 아침 식사를 가리킨다. 계란 프라이 혹은 스크램블드에그 외에도 옥수수와 옥수수 전병을 곁들여 먹는다.

앉다.

「알카이오스 격 4행으로 이루어진 연이야. 11음절 2행, 9음절 1행, 10음절 1행으로 구성되어 있지. 그리스 시인 알카이오스가 많이 사용해서 이름이 거기서 유래했지.」 리마가 말했다.

「11음절이 2행이 아니야. 10음절 2행, 9음절 1행, 강약격의 10음절 1행으로 되어 있어.」 내가 말했다.

「그럴 수도 있지. 어쨌든 무슨 상관이겠어.」 리마가 말했다.

벨라노가 라이터 플러그로 담뱃불을 붙이는 것이 보였다.

「누가 라틴 시에 알카이오스 연을 도입했지?」 내가 물었다.

「어휴, 그건 다들 아는 일이야. 너는 알지, 아르투로?」 리마가 말했다.

벨라노는 이미 담뱃불을 붙였는데도 손에 라이터 플러그를 들고 뚫어지게 바라보았다.

「물론이지.」 벨라노가 말했다.

「누군데?」 내가 말했다.

「호라티우스.」 벨라노가 대답하면서 라이터 플러그를 구멍에 꽂았다. 이어 창문을 내렸다. 창문으로 들어온 바람에 루페와 내 머리카락이 흩날렸다.

1월 3일

우리는 쿨리아칸 시 교외 주유소에서 란초식 계란 요리,[11] 햄을 곁들인 계란 프라이, 베이컨을 곁들인 계린, 삶은 계란으로 아침을 먹었다. 각자 커피 두 잔을 마시고, 루페는 오렌지 주스를 큰 컵으로 마셨다. 우리는 가다가 먹으려고 햄 치즈 샌드위치를 네 개 주문했다. 이윽고 루페가 여자 화장실에 들어가고, 벨라노와 리마와 나도 남자 화장실에 들어가 세수를 하고 볼일을 보았다. 화장실에서 나왔을 때, 하늘은 거의 본 적 없을 만큼 그윽하게 푸르렀고, 북쪽으로 올라가는 차들이 꽤 있었다. 루페가 어디에도 보이지 않아서, 적당히 기다린 끝에 여자 화장실로 찾으러 나섰다. 이를 닦는 루페를 발견했다. 그녀가 우리를 쳐다보았고, 우리는 아무 말 없이 화장실에서 나왔다. 루페 옆에는 50세가량의 여인이 또 다른 세면대 위에 몸을 구부린 채 허리까지 내려오는 검은 머리를 거울 앞에서 빗질하고 있었다.

벨라노는 칫솔을 사러 쿨리아칸 쪽으로 가야겠다고 말했다. 리마가 어깨를 으쓱하고 자기는 상관없다고 말했다. 나는 지체할 시간이 없다는 의견을 냈다. 사실은 우리에게 남는 것이라고는 시간뿐이었지만. 최종적으로는 벨라노의 결정대로 했다. 우리는 쿨리아칸 교외의 어느 슈퍼마켓에서 칫솔과 기타 필요한 개인 세면도구를 샀다. 그리고 시내로 진입하지 않고 외곽으로 돌아 그 도시를 떠났다.

1월 4일

우리는 유령처럼 나보호아, 시우다드 오브레곤, 에르모시요를 지났다. 우리는 소노라 주에 있었다. 비록 나는 시날로아 주부터 소노라에 있다는 인상을 받았지만. 가끔 도로 양편에 정오의 태양이 작열하는 가운데 피타

12 세 가지 다 선인장의 일종이다.

야, 노팔, 사우아로[12]가 솟아 있는 것이 보였다. 에르모시요 시립 도서관에서 벨라노와 리마와 나는 세사레아 티나헤로의 흔적을 찾았다. 아무것도 찾아내지 못했다. 차로 돌아왔을 때 뒷좌석에서 잠든 루페와 인도에 꼼짝하지 않고 서서 그녀를 바라보는 두 명의 남자를 보았다. 벨라노는 그들이 알베르토와 알베르토의 친구일 수도 있다고 생각했다. 우리는 따로따로 그들에게 접근했다. 루페의 치마가 엉덩이까지 올라가 있었고, 그 남자들은 주머니에 손을 넣고 자위를 하고 있었다. 벨라노가 말했다. 여기서 꺼져. 그 작자들은 몸을 돌려 우리를 바라보면서 뒷걸음질 쳤다. 이윽고 우리는 카보르카에 들렀다. 벨라노가 말했다. 세사레아의 잡지 이름이 〈카보르카〉인데, 이유가 있을 거야. 카보르카는 에르모시요 북서쪽에 있는 작은 마을이다. 그곳에 가기 위해 우리는 산타아나까지 국도를 타고, 산타아나에서 서쪽으로 빠져 포장도로를 달렸다. 푸에블로 누에보와 알타르를 지났다. 카보르카에 도착하기 전 갈림길과 피티키토라는 마을 이름이 적힌 표지판이 나타났다. 하지만 우리는 계속 전진해서 카보르카에 도착했다. 마을 사무소와 성당을 여러 바퀴 돌고, 오만 사람과 이야기를 하고, 세사레아 티나헤로 소식을 알려 줄 만한 사람을 찾았지만 성과가 없었다. 그러다가 날이 저물기 시작해서 다시 차에 탔다. 카보르카가 워낙 아무것도 없는 마을이다 보니 묵을 만한 민박집이나 여인숙조차 없었기 때문이다(있었다면 우리가 발견하지 못한 것이고). 그래서 그날 밤 우리는 차에서 자야 했고, 일어났을 때 카보르카로 들어가 휘발유를 넣고 피티키토로 향했다. 벨라노가 이렇게 말했기 때문이다. 예감이 좋아. 우리는 피티키토에서 식사를 제대로 하고 산디에고 성당을 보러 갔다. 그러나 밖에서만 보았다. 루페가 들어가고 싶지 않다고 말했고, 우리도 별로 의욕이 없었기 때문이다.

1월 5일

우리는 북서쪽으로 방향을 잡아 훌륭한 도로를 따라 카나네아까지 가서, 남쪽으로 방향을 틀어 비포장도로를 따라 바카누치와 디에시세이스 데 셉티엠브레 마을을 지나 아리스페에 이르렀다. 이제 나는 벨라노와 리마를 따라 탐문하러 다니지 않고, 루페와 함께 차에 남거나 아니면 둘이서 맥주를 마시러 간다. 아리스페에서 도로가 다시 좋아지고, 우리는 바나미치와 우에팍까지 내려간다. 우에팍에서 다시 바나미치로 올라와, 이번에는 쉬지 않고 아리스페로 다시 간다. 아리스페에서 동쪽으로 나와 지옥 같은 길을 따라 로스 오요스까지 가고, 로스 오요스에서 확연히 양호한 도로를 따라 나코사리 데 가르시아까지 간다.

나코사리에서 나올 때 순찰 경찰 한 사람이 우리를 세우고 자동차 서류를 요구한다. 루페가 묻는다. 나코사리 경찰이신가요? 순찰 경찰이 그녀를 쳐다보며 말한다. 아니요, 말도 안 되는 소리네요. 그는 에르모시요[13] 경찰이다. 벨라노와 리마가 웃는다. 두 사람은 차에서 내려 다리를 뻗는다. 이어 루페가 내려 벨라노의 귀에 대

---

13 소노라 주의 주도.
14 옻나무과의 교목.
15 3부의 다른 장소들과 달리 산타테레사는 허구적인 공간이다.

고 몇 마디 말을 한다. 또 다른 순찰 경찰도 순찰차에서 내려 다가와, 킴의 자동차 서류와 리마의 운전 면허증을 검토 중인 동료와 이야기를 나눈다. 두 순찰 경찰이 루페가 도로에서 벗어나 바위와 누런 흙이 펼쳐진 풍경 속으로 몇 미터 들어가는 것을 바라본다. 군데군데 키 작은 식물들이 얼룩처럼 자리 잡고 있다. 초록색 색조와 보라색 색조가 가미된 갈색을 띠고 있어 구역질이 난다. 언제라도 사그라질 여지가 있는 색깔이다.

두 번째 순찰 경찰이 묻는다. 어디서 왔습니까? 벨라노의 목소리가 들린다. 멕시코시티에서요. 순찰 경찰이 말한다. 멕시코시티 놈들이라는 거지? 벨라노가 오싹한 미소를 띠며 말한다. 대충 그렇습니다. 나는 생각한다. 대체 이 얼간이는 뭐야? 경찰이 그렇다는 것이 아니라 벨라노가, 또한 보닛에 몸을 기대고 구름과 케브라초[14] 사이에 있는 지평선의 한 점을 바라보는 리마가 그렇다고 생각한 것이다.

그 후 경찰이 서류를 돌려주고, 리마와 벨라노가 산타테레사[15]로 가는 지름길을 묻는다. 두 번째 순찰 경찰이 자기 차로 가서 지도를 꺼낸다. 우리가 출발할 때 순찰 경찰들이 손을 들어 잘 가라고 한다. 포장도로는 이내 흙길로 변한다. 차가 없다. 가끔 자루나 사람들을 실은 픽업트럭이 다닐 뿐이다. 아리바비, 우아치네라, 바세라크, 바비스페라는 이름의 마을들을 지난 후에야 우리가 길을 잃었다는 것을 깨닫는다. 해가 지기 직전 갑자기 멀리 마을이 나타난다. 비야비시오사일 수도 있고 아닐 수도 있지만, 이미 그곳으로 통하는 길을 찾을 의욕을 잃었다. 처음으로 벨라노와 리마가 초조해하는 것을 본다. 루페는 그 마을에 무심하다. 나로 말할 것 같으면 무슨 생각이 드는지 모르겠다. 묘한 느낌이 드는 것 같기도 하고, 그저 자고 싶을 뿐일 수도 있고, 심지어 꿈을 꾸고 있는 것일 수도 있다. 그 후 우리는 다시 최악의 상태에다 끝도 없을 것 같은 길로 접어든다. 벨라노와 리마는 내게 어려운 문제를 내달라고 부탁한다. 운율, 수사학, 문체론 문제를 말하나 보다. 나는 문제를 하나 낸 뒤 잠을 청한다. 루페도 잠들어 있다. 잠이 들 때까지 벨라노와 리마의 대화를 듣는다. 그들은 멕시코시티, 라우라 다미안, 라우라 하우레기 이야기를 한다. 지금까지 한 번도 들어 본 적 없는 어느 시인 이야기도 하다가 웃는다. 그 시인은 호감이 가는 사람, 좋은 사람인가 보다. 벨라노와 리마는 잡지 발간인들 이야기도 하는데, 그들의 이야기로 미루어 보아 순진하거나 담백하거나 완전히 절망에 찬 사람들이다. 두 사람 이야기를 듣는 것이 좋다. 벨라노가 리마보다 더 많이 말하지만, 두 사람 다 꽤 많이 웃는다. 킴의 임팔라 이야기도 한다. 도로에 웅덩이들이 많으면 가끔 차가 덜컹거리기 마련인데, 벨라노는 차가 덜컹거리는 것이 정상이 아니라고 여긴다. 리마가 정상이 아니라고 여기는 것은 엔진 소리이다. 잠이 깊이 들기 전에 나는 둘 다 차에 대해 전혀 모른다는 것을 알아챈다. 잠에서 깨어나니 산타테레사이다. 벨라노와 리마는 담배를 피우고, 임팔라는 시내 중심가를 돌고 있다.

우리는 후아레스 가의 후아레스 호텔에 투숙한다. 루페가 방 하나를 쓰고, 우리 셋이 방 하나를 쓴다. 우리

---

16 Octavius(B. C. 63~A. D. 14). 고대 로마의 초대 황제. 본명이 가이우스 옥타비아누스 혹은 가이우스 옥타비우스였고, 즉위 후에는 〈아

방의 유일한 창문은 골목으로 나 있다. 골목길 끝인 후아레스 가 어귀에서 낮은 목소리로 이야기하는 그림자들이 모여 있다. 가끔은 누군가 욕을 하거나 느닷없이 고함을 지른다. 심지어 한 그림자는 한참 관찰을 한 끝에 팔을 들어 그들을 바라보는 내가 있는, 후아레스 호텔의 창문을 가리키기까지 한다. 골목길 다른 쪽 끝에는 쓰레기가 쌓여 있다. 이렇게 이야기할 수 있을지 모르겠으나, 그쪽의 어둠은 더 짙다. 비록 건물들 중에서 약간 더 밝은 건물이 하나 있지만 말이다. 아무도 사용하지 않는 작은 문이 달린 산타엘레나 호텔의 후문이다. 주방 직원만 한 차례 쓰레기통을 들고 나왔다가 다시 들어가기 전에 문 옆에 멈춰 서서 목을 길게 뽑아 후아레스 가의 교통 흐름을 바라본다.

1월 6일

벨라노와 리마는 오전 내내 시 호적과, 인구 조사계, 몇몇 성당, 산타테레사 도서관, 대학 기록 보관소와 유일한 지역 신문 「엘 센티넬라 데 산타테레사」의 기록 보관소에 있었다. 우리는 프랑스 군에 대한 산타테레사 주민의 승리를 기리는 흥미로운 동상 옆에 있는 중앙 광장에서 점심을 먹기 위해 다시 만난다. 오후에 벨라노와 리마는 조사를 재개한다. 이곳 대학 인문학부의 넘버원이 보자고 했다고 말한다. 오라시오 게라라는 이름의 얼간이인데, 옥타비오 파스를 축소판으로 그대로 옮겨 놓은 것 같은 인물이다. 심지어 이름까지도. 벨라노가 말했다. 잘 좀 생각해 봐, 가르시아 마데로. 호라티우스가 옥타비우스 시대에 살았나?[16] 나는 모르겠다고 그러면서 말했다. 가만있어 봐. 생각 좀 하게. 그러나 벨라노와 리마는 전혀 여유가 없어서 다른 이야기들을 늘어놓기 시작했다. 그들이 가고 나자 나는 또다시 루페와 홀로 남았다. 루페에게 영화를 보여 줄까 싶었다. 하지만 그럴 수 없었다. 벨라노와 리마가 돈을 가지고 있는데, 깜빡하고 달라는 소리를 하지 않았기 때문이다. 우리는 산타테레사를 걷고, 중심가 가게들의 진열장을 쳐다보고, 그러다가 호텔에 돌아와 프런트 옆 로비에서 텔레비전을 보는 것으로 만족할 수밖에 없었다. 그곳에서 두 명의 키 작은 할머니를 만났는데, 우리를 잠시 바라보더니 부부인지 물었다. 루페가 그렇다고 대답했다. 나는 흐름에 순종할 수밖에 없었다. 비록 그러는 내내 나는 벨라노인가 리마인가가 물어본 것을 생각하고 있었지만. 즉, 호라티우스가 옥타비우스 시대에 살았는지를. 그런 것 같았다. 그러나 원론적으로는 그렇다 해도, 호라티우스가 옥타비우스의 열렬한 옹호자는 아닐 것 같았다. 루페는 계속 할머니들, 정말 대단히 말 많은 할머니들과 이야기했다. 대체 내가 왜 계속 옥타비우스와 호라티우스를 생각하고, 왼쪽 귀로는 방영 중인 연속극을 듣고, 오른쪽 귀로는 루페와 할머니들의 수다를 듣고 있는지 모를 일이었다. 그러다 내 기억력이 마치 하얀색 벽이 무너지듯 갑자기 펑 하더니, 카이사르를 암살하고 공화국을 복원하려던 브루투스와 카시우스 편에 서서, 옥타비우스 혹은 옥타비아누스에 〈대항〉해 싸우는 호라티우

우구스투스〉로 불렸다. 〈옥타비우스〉는 스페인어 이름 〈옥타비오〉에 해당한다. 옥타비오 파스의 〈파스〉는 〈평화〉라는 뜻이다. 오라시오 게라에서 〈오라시오〉는 〈호라티우스〉의 스페인어식 이름이고 〈게라〉는 전쟁을 의미한다.

스의 모습을 보았다. 마약에 취한 것도 아닌데, 필리피에 있는 24세의 호라티우스를 보았다. 벨라노와 리마보다 조금 더 나이가 많을 뿐이고, 나보다 일곱 살 많을 뿐인 그를. 먼 곳을 바라보던 호라티우스 이 작자가 불현듯 뒤를 돌아보더니 나를 쳐다보는 것이었다! 그리고 라틴어로 말했다. 나는 라틴어를 전혀 모르는데도. 안녕, 가르시아 마데로. 나는 기원전 65년 베누시아에서 태어난 호라티우스라네. 더 이상 바랄 것 없을 만큼 자애로웠던 해방 노예의 아들이지. 군사 호민관으로 브루투스 진영에 가담하여 전투에 나갔지. 우리가 패할 필리피 전투, 하지만 내 숙명이 싸우라고 부추긴 전투, 사나이들의 운명이 걸린 필리피 전투에 나갈 생각으로. 그때 할머니 하나가 내 팔을 툭 건드리며 산타테레사 시에 오게 된 동기가 무엇인지 물었다. 루페의 생글거리는 눈과, 루페와 나를 바라보면서 불꽃을 튀기는 다른 할머니의 눈이 보였다. 나는 신혼여행 중이라고 대답했다. 신혼여행입니다, 부인. 이윽고 일어나 루페에게 따라오라고 말했다. 우리는 루페의 방으로 가서 미친 연놈들처럼, 혹은 내일 당장 죽을 사람들처럼 섹스를 계속했다. 밤이 될 때까지, 방으로 돌아와 말하고, 말하고, 말하는 리마와 벨라노의 목소리가 들릴 때까지.

1월 7일

명백한 사실들이 있다. 세사레아 티나헤로는 이곳에 있었다. 우리는 호적계에서도 대학에서도 교구 기록 보관소에서도, 또한 혁명의 영웅 이름을 본떠 이제는 세풀베다 장군 병원으로 이름을 바꾼 구(舊)산타테레사 병원의 기록들을 무슨 이유에서인지 보관하고 있는 도서관에서도 그녀의 흔적을 발견하지 못했다. 그러나 「엘 센티넬라 데 산타테레사」 신문사는 벨라노와 리마에게 자체 신문 보관실을 샅샅이 뒤지도록 허락해 주었는데, 1928년 6월 6일 기사에 돈 호세 포르카트 목장의 사나운 소 두 마리를 상대로 아주 성공적인 투우 시합을 한 (귀 두 개를 받았다)[17] 페페 아베야네다라는 이름의 투우사가 언급되어 있었다. 6월 11일 자에는 프로필과 인터뷰가 실렸는데, 그 내용 중에 페페 아베야네다라는 그 사람이 멕시코시티 출신의 세사레아 티나하(기사 원문대로 적으면)라는 여인과 함께 다닌다는 이야기가 있다. 그 소식을 입증하는 사진들은 없지만, 현지 기자는 그녀가 〈키가 크고 매력적이고 조신하다〉라고 적고 있다. 솔직히 나는 그 말을 왜 쓴 것인지 잘 모르겠다. 투우사와 동행인이 잘 어울리지 않는다는 점을 부각시키려고 그런 것이 아니라면. 기자가 투우사를 약간 이죽거리는 투로 키가 1미터 50센티미터를 넘지 않는 작은 남자, 깡마르고 머리 큰 짱구로 묘사하기 때문이다. 벨라노와 리마에게 헤밍웨이(안타깝게도 나는 아직 읽어 보지 못한 작가다)의 투우사 상을 연상케 한 묘사이다. 두 사람은 말한다. 헤밍웨이의 전형적인 투우사, 용감하고 불운한 투우사이지. 차라리 슬픈 투우사, 치명적으로 슬픈 투우사 말이야. 나라면 근거로 삼기에는 너무 적은 이야기로 그렇게 떠벌리지 않을 텐데. 게다가 세사레아 티나헤로와 세사레아 티나하는 다르다. 내 친구들은 이를 오자,

---

17 투우사가 성공적인 투우 시합을 할 경우 투우의 귀를 잘라 준다. 두 개를 잘라 주는 경우는 그야말로 최고의 시합을 했을 때이다.

오기 혹은 기자가 잘못 들은 것으로 간주하거나, 심지어 세사레아 티나헤로가 장난으로, 즉 하찮은 행적을 감추려는 하찮은 방편으로 일부러 자기 성을 틀리게 말했으려니 하며 묵살하고 있다.

기사 나머지 부분은 특별한 내용이 없다. 페페 아베야네다는 황소들에 대해 말한다. 이해가 안 되는 혹은 두서없는 이야기들을 늘어놓는다. 하지만 대단히 겸허하게 말해서 전혀 잘난 척하는 말로 들리지 않는다. 마지막 단서인 「엘 센티넬라 데 산타테레사」 7월 10일 자는 투우사가(그리고 짐작건대 투우사의 동행인도) 소노이타로 출발한다는 것을 알린다. 그곳 광장에서 몬테레이 출신의 투우사 헤수스 오르티스 파체코와 함께 투우 시합을 할 예정이라는 것이다. 따라서 세사레아와 아베야네다는 산타테레사에 대략 한 달을 머문 것이다. 분명 관광을 와서 아무것도 하지 않고 주변을 돌아다니거나 호텔에 틀어박혀 있으면서. 리마와 벨라노에 따르면 어쨌든 우리는 이제 세사레아 티나헤로를 아는 사람, 그녀를 잘 아는 사람을 찾았다. 아마도 아직 소노라에 살고 있을 사람을. 투우사들은 어디로 튈지 모르는 이들이지만. 그 아베야네다라는 사람은 죽었을지도 모른다는 내 말에, 벨라노와 리마는 그러면 가족과 친구들이라도 있을 거라고 말했다. 그래서 이제 우리는 세사레아와 투우사를 찾는다. 벨라노와 리마는 오라시오 게라에 대해서 황당한 일화들을 이야기해 주었다. 옥타비오 파스의 화신이라는 이야기를 다시 한다. 오라시오 게라와 만난 그 짧은 시간에 어떻게 그에 대해 그리 속속들이 알 수 있는지 모르겠지만, 둘의 말에 따르면 소노라 주의 이 외진 곳에 있는 오라시오 게라의 추종자들은 옥타비오 파스 추종자들의 충실한 복사판이다. 망각된 지방에서, 마찬가지로 망각된 시인과 수필가들과 교수들이 마치 대중 매체가 대중적인 스타의 일거수일투족을 알리듯 하는 형국이다.

벨라노와 리마에 따르면, 처음에 게라는 세사레아 티나헤로가 누군지 지대한 관심을 보였으나, 그녀 작품이 거의 없고 전위주의적 특징을 지니고 있다는 말을 듣자 관심이 싹 가셨다고 한다.

1월 8일

우리는 소노이타에서 아무것도 발견하지 못했다. 돌아오면서 우리는 또다시 카보르카에 들렀다. 세사레아가 잡지 이름을 이렇게 붙인 것이 단순한 우연일 리는 없다며 벨라노가 고집했다. 하지만 이번에도 시인 세사레아 티나헤로가 이 마을에 있었음을 밝혀 줄 만한 것을 아무것도 발견하지 못했다.

반면 우리는 에르모시요의 신문 보관실에서의 첫날 조사에서 페페 아베야네다의 죽음을 알리는 기사와 맞닥뜨렸다. 푸석푸석한 빛바랜 종이에서 투우사가 아과 프리에타 투우장에서 투우에 받혀 사망했다는 기사를 읽었다. 아베야네다는 황소에게 최후의 일격을 가하려던 중이었는데, 키가 작아서 항상 그리 능란하게 하지 못하는 일이었다. 투우의 크기가 어떻든 간에 아베야네다는 도약을 해야 했고, 그럴 때마다 아베야네다의 작은 몸은 무방비 상태가 되어 투우의 최소한의 들이받기 공격에도 취약할 수밖에 없었다.

마지막 순간은 길지 않았다. 아베야네다는 아과 프리에타에서 투숙 중이던 엑셀시오르 호텔 방에서 피를 흘리며 죽었고, 이틀 후 그곳 공동묘지에 묻혔다. 미사는 없었다. 장례식에는 시장과 시청 간부들, 몬테레이의 투우사 헤수스 오르티스 파체코, 아베야네다가 죽는 것을 보았고 마지막 작별 인사를 고하고 싶었던 투우 애호가 몇몇 사람이 참석했다. 그 기사는 우리의 아과 프리에타 방문을 결정하게 만든 데다가 두세 가지 미제를 안겨 주었다.

　　벨라노에 따르면, 첫째, 이 기사는 신문 기자가 듣기만 하고 썼을 가능성이 농후했다. 물론 에르모시요의 이 주요 일간지가 아과 프리에타에 통신원을 두고 있었고, 이 통신원이 그 비극적인 사건을 편집부에 전보로 알렸을 가능성도 배제하지 못한다. 하지만 분명한 것은 (까닭은 모르겠지만) 이곳 에르모시요에서 그 소식이 미화되어 더 길어지고, 다듬어지고, 더 문학적으로 되었다는 점이다. 질문이 하나 생긴다. 누가 고인 곁을 지켰을까? 호기심이 생긴다. 아베야네다의 그림자에서 벗어나지 않는 투우사 오르티스 파체코는 누구일까? 아베야네다와 함께 소노라 순회를 하던 중이었을까, 아니면 순전히 우연히 아과 프리에타에 있었을까? 걱정하던 것처럼 우리는 에르모시요의 신문 보관실에서 아베야네다 관련 기사를 더 이상 발견하지 못했다. 투우사의 죽음이 증언된 뒤, 완벽한 망각의 늪에 빠진 듯했다. 정보 출처가 사라졌으니, 어찌 보면 너무나 당연한 일이다. 그래서 우리는 도시 구시가지에 위치한 페냐 타우리니 필로야녜스에 갔다. 사실은 스페인 분위기가 약간 나는 가족적인 바로 에르모시요의 투우 광팬들이 모이는 곳이었다. 그곳의 누구도 페페 아베야네다라는 이름의 땅딸보 투우사에 대해 알지 못했다. 하지만 투우사가 활동하던 시절인 1920년대와 그가 사망한 투우장 이야기를 하자 투우사 오르티스 파체코(또다시 오르티스 파체코이다!)에 대해 속속들이 아는 노인을 가르쳐 주었다. 하지만 노인이 좋아하는 투우사는 필로 야녜스, 즉 카보르카(또다시 카보르카다)의 술탄이었다. 멕시코 투우가 걸어온 우여곡절의 미로를 잘 모르는 우리로서는 술탄이라는 별명이 권투 선수에 더 어울리는 듯 느껴졌다.

노인 이름은 헤수스 핀타도였는데, 페페 아베야네다를 기억하고 있었다. 그가 말했다. 페핀 아베야네다, 운은 없었지만 보기 드물게 용감한 소노라 투우사였지. 시날로아나 치와와 출신일 수도 있지만, 어쨌든 소노라에서 투우사의 길을 걸었으니 적어도 소노라가 제2의 고향이지. 아과 프리에타에서 오르티스 파체코, 에프렌 살라사르와 같이 시합에 나섰다가 죽었어. 1930년 5월 아과 프리에타의 최대 축제에서. 벨라노가 물었다. 핀타도 씨, 아베야네다에게 가족이 있었는지 없었는지 아세요? 노인은 알지 못했다. 여자와 같이 다닌 것을 알고 계시나요? 노인은 웃으면서 루페를 바라보고 말했다. 다들 여자와 같이 다니잖아. 아니면 현지에서 구하잖아. 그 시절에는 남자들이 미쳤었어. 일부 여자들도 그랬지만. 벨라노가 말했다. 하지만 알고 계시느냐고요. 노인은 알지 못했다. 벨라노가 말했다. 오르티스 파체코는 살아 있나요? 노인은 그렇다고 대답했다. 핀타도 씨, 어디 가면 그를 만날 수 있는지 알고 계세요? 노인은 엘 쿠아트로 근처에 그의 농가가 있다고 말했다. 벨라노가 말했다. 엘 쿠아트로가 뭔가요? 마을이에요, 길 이름이에요, 레스토랑이에요? 노인은 갑자기 우리를 아는 사람처럼 쳐다보았다. 그러고 나서 마을이라고 말했다.

1월 9일

여행을 즐겁게 하려고 나는 오래전 학창 시절에 배운 수수께끼를 그렸다. 비록 이곳에는 차로[18]가 없지만. 이곳에서는 아무도 차로 모자를 쓰지 않는다. 이곳에는 신기루 같은 사막과 마을, 그리고 헐벗은 산만 있을 뿐이다.

「이게 뭐게?」 내가 말했다.

루페는 장난치고 싶은 기분이 아니라는 듯 그림을 쳐다보고 침묵을 지켰다. 벨라노와 리마도 답을 알지 못했다.

「애가적인 시의 한 구절?」 리마가 말했다.

「아니야. 위에서 바라본 멕시코 사람이야. 그러면 이건?」 내가 말했다.

「파이프 담배를 피우는 멕시코 사람.」 루페가 말했다.

「그러면 이건?」

「세발자전거 타는 멕시코 사람. 세발자전거 타는 멕시코 아이.」 루페가 말했다.
「그러면 이건?」

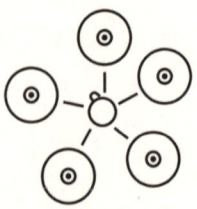

「오줌통 하나에 오줌 누는 멕시코 사람 다섯.」 리마가 말했다.
「그러면 이건?」

「자전거 타는 멕시코 사람.」 루페가 말했다.
「아니면 외줄 타는 멕시코 사람.」 리마가 말했다.
「그러면 이건?」

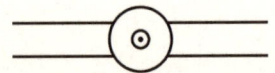

「다리를 지나는 멕시코 사람.」 리마가 말했다.
「그러면 이건?」

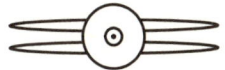

「스키 타는 멕시코 사람.」 루페가 말했다.
「그러면 이건?」

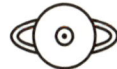

「권총을 막 뽑으려 하는 멕시코 사람.」 루페가 말했다.
「젠장, 다 알고 있잖아, 루페.」 벨라노가 말했다.
「너는 하나도 모르네.」 루페가 말했다.
「나는 멕시코 사람이 아니라서.」 벨라노가 말했다.
「그러면 이건?」 그림을 먼저 리마에게 보여 주고 이어 나머지 둘에게 보여 주면서 내가 말했다.

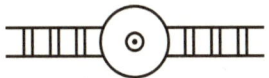

「사나리를 올라가는 멕시코 사람.」 루페가 말했다.
「그러면 이건?」

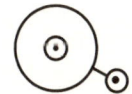

「어휴, 이건 어렵네.」 루페가 말했다.

내 친구들은 잠시 웃음을 멈추고 그림을 들여다보았다. 나는 풍경을 바라보았다. 멀리 나무 같은 것이 보였다. 그 옆을 지날 때 나는 그것이 풀이었음을 깨달았다. 엄청나게 큰 죽은 풀이었다.

「항복할래.」 루페가 말했다.

「계란 프라이를 만드는 멕시코 사람이야. 그러면 이건?」 내가 말했다.

「2인용 자전거를 탄 멕시코 사람 둘.」 루페가 말했다.
「아니면 외줄을 타는 멕시코 사람 둘.」 리마가 말했다.
「여기 어려운 문제 간다.」 내가 말했다.

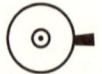

「쉽네. 차로 모자를 쓴 독수리잖아.」 루페가 말했다.
「그럼 이건?」

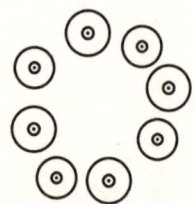

「이야기 중인 멕시코 사람 여덟.」 리마가 말했다.

「잠자는 멕시코 사람 여덟.」 루페가 말했다.

「투명한 닭들의 닭싸움을 바라보는 멕시코 사람 여덟일 수도 있고. 그럼 이건?」 내가 말했다.

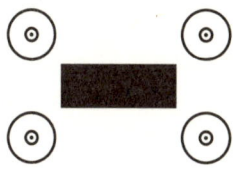

「고인의 곁을 지키는 멕시코 사람 넷.」 벨라노가 말했다.

1월 10일

엘 쿠아트로로 가는 길은 우여곡절이 많았다. 우리는 거의 하루 종일 도로에서 보냈다. 처음에는, 사람들 말에 따르면 에르모시요 북쪽으로 150킬로미터 떨어져 있다는 엘 쿠아트로를 찾느라고 그랬다. 우리는 국도로 가다가 벤하민 힐에 이르러 왼편으로, 즉 동쪽으로 비포장도로를 따라 가다가 길을 잃고 다시 국도로 나왔다. 하지만 이번에는 벤하민 힐 남쪽 10킬로미터 지점이어서, 엘 쿠아트로라는 곳이 없는 것 아닌가 하는 생각이 들었다. 그러다가 우리는 다시 벤하민 힐을 우회하는 도로로 접어들어(사실 엘 쿠아트로로 가려면 벤하민 힐에서 10킬로미터 떨어진 첫 번째 갈림길로 가는 것이 낫다), 달 표면 같았다가 초록의 자그마한 경작지가 나오는 풍경, 계속 저마한 풍경 속에서 돌고 또 돌았다. 그러다 펠릭스 고메스라는 마을에 도달했다. 그곳에서 한 사람이 우리 차 앞에 다리를 쩍 벌리고 양손을 허리에 짚고 버티고 서서 우리에게 상소리를 했다. 이어 다른 사람들이 엘 쿠아트로로 가려면 이리 가고 저리 돌아야 한다고 말했다. 이윽고 엘 오아시스라는 마을에 도착했다. 오아시스 같기는커녕 사막의 고난이 마을 외양에 고스란히 압축되어 드러난 것 같았다. 이윽고 우리는 다시 국도를 탔다. 그때 리마가 소노라의 사막들은 엿 같다고 말하고, 루페는 자기에게 운전을 맡겼으면 한참 전에 도착했으리라고 말했다. 그러자 리마는 급제동을 하고 좌석에서 내려 루페에게 운전하라고 말하는 것으로 응답했다. 그때 무슨 일이 있었는지 나는 모르겠지만, 확실한 것은 우리 모두 임팔라에서 내려 팔다리를 폈다는 것이다. 그리고 멀리 보이는 국도와, 북쪽으로, 아마도 티후아나나 미국으로 가는 차들과 남쪽인 에르모시요나 과달라하라, 멕시코시티로 가는 차들을 바라보았다. 우리는 멕시코시티 이야기를 하고, 햇볕을 쬐고(그을린 팔뚝도 서로 비교하고), 담배를 피우고, 멕시코시티 이야기를 했다. 루페는 이제 아무도 그립지 않다고 말했다. 그 말을 했을 때 나는 이상하다고 생각했지만, 나 역시 아무도 그립지 않았다. 다만 그 말은 안으로 삼켰다. 이윽고 나만 빼고 모두 차에 다시 탔다. 나는 아무 데로나 가능한 한 멀리 흙덩어리를 던지며 놀았다. 나를 부르는 소리를 들었지만 고개도 돌리지 않고, 그들과 다시 합류할 동작도 전혀 취하지 않았다. 그러다가 벨라노가 말했다. 가르시아 마데로. 타든가 남든가. 그때 나는 몸을 돌려 임팔라 쪽으로 걷기 시작했다. 나도 모르는 사이에 차에서 상당히 멀리 와 있었고, 돌아가는 동안 킴의 차를 바라보면서 꽤 더럽다는 생각이 들었다. 내 눈을 통해 자기 임팔라를 바라보는 킴, 혹은 내 눈을 통해 아버지의 임팔라를 바라보는 마리아를 떠올렸다. 사실 차는 보기 안 좋았다. 사막의 모래에 뒤덮여 색깔이 거의 분간되지 않았다.

그 후 우리는 엘 오아시스를 거쳐 펠릭스 고메스로 되돌아갔고, 마침내 행정 구역상 트린체라스에 속하는 엘 쿠아트로에 도착했다. 우리는 그곳에서 식사를 하고, 종업원과 옆 테이블 사람들에게 전직 투우사 오르티스 파체코의 농가가 어디 있는지 아느냐고 물어보았다. 하지만 이들은 그런 이름을 한 번도 들어 본 적이 없어서 우리가 직접 마을을 돌아다녀야 했다. 루페와 나는 입을 꽉 다물고, 벨라노와 리마는 한껏 떠들어 대면서. 하지만 오르티스 파체코나 아베야네다나 시인 세사레아 티나헤로에 대해서가 아니라, 멕시코시티의 가십거리, 책, 이 정처 없는 여행을 떠나기 직전 읽은 라틴 아메리카 문학지들, 영화 등에 대해서였다. 즉, 내게, 그리고 나와 함께 침묵을 지키는 것으로 보아 루페에게도 경박하게 여겨지는 것들에 대해 이야기했다. 우리는 수없이 물어본 후에야, 시장에서(그 시각에 시장은 적막했다) 병아리가 가득 든 골판지 상자 세 개를 벌여 놓은 사람에게 오르티스 파체코의 농가에 어떻게 가는지 들을 수 있었다. 그래서 우리는 다시 임팔라에 올라 길을 떠났다.

엘 쿠아트로와 트린체라스를 잇는 길 중간에서 우리는 왼편으로 꺾어 메추리 형상을 한 산의 산자락을 지나는 도로를 타야 했다. 그러나 갈림길로 접어들지 모든 구릉, 모든 언덕, 심지어 사막까지도 다양한 자세의 메추리 형상처럼 보였다. 그래서 가다가 끊기는 산길들을 헤매면서 차와 우리 자신을 학대했다. 그러다가 길이 어느 집, 먼지구름 속에서 갑자기 출현한 듯한 17세기 미션풍의 건물에서 끝났고, 한 노인이 나와 우리를 맞으면서 바로 그곳이 투우사 오르티스 파체코의 농가, 라 부에나 비다이며, 자신이 바로 투우사 오르티스 파체코라고 말했다(이 마지막 말은 우리를 잠시 뚫어지게 바라보고 나서 했다).

그날 밤 우리는 전직 투우사의 환대를 즐겼다. 오르티스 파체코는 일흔아홉 살이었다. 그리고 그에 따르면 평원의 삶이고 우리가 보기에는 사막의 삶인 그런 삶이 철옹성처럼 다져 놓은 기억력의 소유자였다. 페페 아베야네다와, 아과 프리에타 투우장에서 황소가 그를 죽인 오후를 완벽하게 기억했다(노인은 말했다. 페핀 아베야네다라, 내 살면서 그렇게 불쌍한 땅딸보는 본 적이 없네). 사실상 아과 프리에타의 모든 유지가 마지막 작별 인사를 하러 들른 호텔 홀에서 오르티스 파체코는 밤샘을 했다. 장례식은 인산인해를 이루었다. 노인이 말했다. 서사적인 축제의 음울한 피날레였지. 노인은 물론 아베야네다와 함께 다니던 여인을 기억했다. 그 여자는 땅딸보들이 곧잘 좋아하는 키 큰 여자였다. 말이 없었는데 수줍음이나 조신함 때문이 아니라 어쩔 수 없어서 그랬던 것 같다. 마치 아파서 말을 할 수 없었던 사람처럼. 머리가 검고, 인디오 모습이 있고, 마르고, 강인한 여자였다. 아베야네다의 애인이었을까? 그건 의심의 여지가 없다. 부인은 아니었다. 아베야네다는 결혼을 했고, 오래전에

19 아스테카인들이 원래 살았다고 하는 전설의 장소.

버린 그의 부인은 시날로아의 로스 모치스에 살고 있었다. 오르티스 파체코에 따르면 아베야네다는 한두 달에 한 번씩(아니면 빌어먹을, 가능할 때마다!) 부인에게 돈을 보냈다. 당시 투우는 지금처럼 초보자들까지 부자가 될 정도가 못 되었다. 확실한 것은 당시 아베야네다가 그 여자와 함께 살았다는 점이다. 오르티스 파체코는 이름은 기억하지 못했지만, 그녀가 멕시코시티에서 왔고, 교양 있는 여인이고, 타자수 혹은 속기사였던 것은 알고 있었다. 벨라노가 세사레아라는 이름을 대자, 오르티스 파체코는 맞다고, 그것이 그 여자 이름이라고 말했다. 루페가 물었다. 투우에 관심이 있는 여자였나요? 오르티스 파체코가 말했다. 모르겠네. 그럴 수도 있고 아닐 수도 있고. 하지만 투우사를 쫓아다니는 여자는 결국 그 세계를 좋아하게 되지. 어쨌든 오르티스 파체코는 세사레아를 두 번밖에 보지 못했다. 마지막 본 것은 아과 프리에타에서였는데, 이로 미루어 볼 때 두 사람이 오랫동안 연인 사이로 지낸 것은 아니었다. 그러나 오르티스 파체코에 따르면, 그녀는 폐핀 아베야네다에게 분명한 영향을 끼쳤다.

예컨대 그가 죽기 전날 밤, 두 투우사가 아과 프리에타의 바에서 술을 마시고 있을 때, 즉 두 사람이 호텔로 가기 직전에 아베야네다는 아스틀란[19] 이야기를 했다. 처음에는 마지못해 비밀을 털어놓는 사람처럼 말했지만, 시간이 갈수록 점점 열을 올렸다. 오르티스 파체코는 〈아스틀란〉이 무엇을 의미하는지 전혀 몰랐다. 살면서 처음 들어 본 말이었던 것이다. 그래서 아베야네다가 처음부터 다 설명해 주었다. 최초의 멕시코인들의 신성한 도시, 신화적인 도시, 알려지지 않은 도시, 플라톤이 말하는 진정한 아틀란티스인 아스틀란에 대해서. 그들이 반쯤 취해 호텔에 돌아왔을 때, 오르티스 파체코는 그 정신 나간 생각들이 틀림없이 세사레아 탓이라고 믿었다. 밤샘을 하는 동안 그녀는 대부분의 시간을 자기 방에 틀어박혀 있거나 영안실로 변한 엑셀시오르 호텔의 메인 홀 한쪽 구석에서 혼자 대부분의 시간을 보냈다. 어떠한 여인도 그녀에게 애도를 표하지 않았다. 남자들만 애도를 표했지만, 그나마 살짝 했다. 다들 그녀가 그저 정인(情人)이었다는 사실을 잊지 않은 것이다. 장례식에서 그녀는 한 마디 말도 하지 않았다. 아과 프리에타의 대표 시인 격인 시청 재무과장과 투우 협회 회장이 사람들 앞에서 추도의 말을 했지만, 그녀는 하지 않았다. 오르티스 파체코에 따르면 눈물 한 방울 흘리는 것도 보지 못했다. 석공을 시켜 아베야네다의 비석에 몇 마디 말을 새기는 일만은 그녀가 했지만. 오르티스 파체코는 어떤 말이었는지 정확히 기억하지 못했지만, 어쨌든 이상한 말, 아스틀란 따위의 말로 아마 그 즈음에 그녀가 지어낸 말인 것으로 기억했다. 석공에게 〈불러 준〉 말이라고 하지 않고 〈지어낸〉 말이라고 했다. 벨라노와 리마는 어떤 말을 지어냈는지 물었다. 오르티스 파체코는 잠시 생각하더니 결국 잊어버렸다고 말했다.

그날 밤 우리는 농가에서 잤다. 벨라노와 리마는 거실에서(방은 많았지만 모두 사용이 불가능했다) 자고, 루페와 나는 차에서 잤다. 아침이 되자마자 나는 일어나 뜰에 오줌을 갈기면서 사막으로 은근슬쩍 미끄러지는 최초의 노르스름한(하지만 한편으로는 푸르스름한)

햇살을 바라보았다. 담배에 불을 붙이고 잠시 그 자리에 서서 지평선을 바라보며 심호흡을 했다. 멀리서 먼지 연기가 일어나는 것을 보았다고 생각했지만 이윽고 낮게 뜬 구름임을 깨달았다. 낮게 떠서 움직이지 않는 구름. 짐승 소리가 들리지 않아 이상하게 생각했다. 그러나 귀를 기울이면 가끔 새소리가 들렸다. 뒤로 돌아섰을 때 임팔라 차창으로 나를 바라보는 루페를 보았다. 짧고 검은 머리는 헝클어져 있었다. 전보다 더 야윈 것 같아서 투명 인간으로 변해 가는 듯, 아침이 그녀를 아무 고통 없이 해체하는 듯 했다. 하지만 또한 전보다 더 아름다워 보였다.

우리는 같이 집으로 들어갔다. 거실에서 가죽 소파를 하나씩 차지하고 앉아 있는 리마, 벨라노, 오르티스 파체코를 발견했다. 투우사 노인은 사라페로 돌돌 몸을 감싸고 몹시 놀란 표정으로 자고 있었다. 루페가 커피를 준비하는 사이 나는 친구들을 깨웠다. 오르티스 파체코는 감히 깨우지 못했다. 나는 속삭였다. 죽은 사람 같아. 벨라노가 기지개를 켰다. 뼈마디가 우두둑거렸다. 벨라노는 오랜만에 푹 잤다고 말하고, 이어 직접 주인을 깨웠다. 아침을 먹는 동안 오르티스 파체코는 아주 이상한 꿈을 꿨다고 말했다. 벨라노가 말했다. 친구이신 아베야네다 꿈이었나요? 오르티스 파체코가 말했다. 아니, 전혀 아니야. 내가 열 살인데 집이 몬테레이에서 에르모시요로 이사하는 꿈이었어. 리마가 말했다. 그때는 아주 먼 길이었을 텐데요. 오르티스 파체코가 말했다. 그렇지 아주 먼 길이었지. 하지만 행복한 여행이었다네.

1월 11일

우리는 아과 프리에타를 향해, 그곳의 공동묘지를 향해 출발했다. 먼저 라 부에나 비다에서 트린체라스로, 그리고 트린체라스에서 푸에블로 누에보, 산타아나, 산 이그나시오, 이무리스, 카나네아를 거쳐, 애리조나와의 국경 지대에 있는 아과 프리에타에 도착했다.

아과 프리에타 맞은편에는 미국 마을 더글러스가 있고, 그 사이에는 세관과 국경 경찰이 있다. 더글러스를 지나 북서쪽으로 70킬로미터를 가면, 미국 최고의 총잡이들이 모여들던 툼스톤이 있다. 우리는 카페에서 식사를 하면서 두 가지 이야기를 들었다. 하나는 멕시코인의 용기를 보여 주고, 하나는 미국인의 용기를 보여 주는 이야기였다. 하나는 주인공이 아과 프리에타 사람이고, 또 다른 하나는 툼스톤 사람이다.

희끗희끗한 긴 머리를 하고 정신이 어떻게 된 사람처럼 이야기를 하던 이가 카페를 떠났을 때, 이야기를 듣던 이가 특별한 이유 없이 혹은 몇 분이 지나고 나서야 방금 들은 이야기 뜻을 이해했다는 듯이 웃기 시작했다. 사실 그 이야기는 두 개의 재담이었을 뿐이다. 첫 번째 이야기에서는 보안관과 그의 부하 중 하나가 감방에서 죄수를 끄집어내, 들판 외진 곳으로 데려가 죽이려고 한다. 죄수는 이를 알고, 자신을 기다리는 운명에 대체로 체념한다. 혹독한 겨울이고 동이 트고 있다. 죄수도 형 집행자들도 사막의 추위에 투덜댄다. 그러나 어느 순간 죄수가 웃기 시작하고, 보안관이 대체 무엇이 그리 우습냐고, 이제 죽어서 아무도 발견할 수 없는 곳에 묻히게 되리라는 것을 잊었느냐고, 아예 돌아 버렸느냐고 물었다. 죄수가 대답하는데, 그 대답이 이 재담의 핵심이다. 죄수가 웃은 것은 자기는 몇 분 내에 곧 추위를 면할 텐데, 법 집행자들은 오던 길을 되돌아가야 한다는 것을 깨달았기 때문이다.

다른 이야기는 아과 프리에타의 탕아인 과달루페 산체스 대령 총살 이야기이다. 대령은 총살이 집행될 벽을 마주하는 순간 마지막 소원으로 궐련을 피우게 해달라고 요청했다. 분대장이 소원을 수리해 자신의 마지막 아바나산 궐련을 주었다. 과달루페 산체스는 평온하게 궐련에 불을 붙이고 천천히 피우기 시작하면서 담배 맛을 음미하고 동트는 것을 바라본다(이 이야기는 툼스톤 이야기와 마찬가지로 동틀 녘에 일어난다. 두 이야기가 1912년 5월 15일 같은 날 동틀 녘에 일어난 일일 수도 있다). 담배 연기에 휩싸인 산체스 대령은 너무 차분하고 고요하고 침착해서 담뱃재가 그대로 궐련에 붙어 있다. 그것이 바로 대령이 의도한 일일 수도 있다. 맥박이 약해지는 것은 아닌지, 마지막 순간에 벌벌 떨어서 담력 부족을 드러내는 것은 아닌지 두 눈으로 확인하고자. 그러나 궐련이 다 타도록 재는 땅바닥에 떨어지지 않았다. 그러자 산체스 대령이 꽁초를 던지고 말했다. 자 이제 언제든지.

이야기는 이랬다.

이야기를 늘은 사람이 웃음을 멈췄을 때, 벨라노가 큰 목소리로 몇 가지 질문을 스스로에게 던졌다. 툼스톤 외곽에서 죽게 될 죄수는 툼스톤 사람일까? 보안관과 부하는 툼스톤 사람일까? 과달루페 산체스 대령은 아과 프리에타 사람이었을까? 총살 분대 분대장은 아과 프리에타 사람이었을까? 왜 툼스톤의 죄수를 개처럼 죽였을까? 왜 우리 대령님(sic) 루페 산체스를 개처럼 죽였을까? 카페의 모든 사람이 벨라노를 바라보았지만, 아무도 대답하지 않았다. 리마가 어깨를 으쓱하고 말했다. 가자고, 친구. 벨라노는 미소를 지으며 리마를 바라보고 계산대에 지폐 몇 장을 놓았다. 그 후 우리는 공동묘지로 가서, 황소의 뿔에 받혀서 혹은 키가 너무 작고 칼 놀림이 둔해서 사망한 페페 아베야네다의 무덤, 세사레아 티나헤로가 묘비명을 쓴 무덤을 찾았다. 아무리 돌아보고 또 돌아보아도 무덤을 발견하지 못했다. 아과 프리에타 공동묘지는 이전에 본 적 없을 정도의 미로였고, 그곳의 최고참 매장꾼으로, 모든 망자가 어디에 묻혔는지 정확히 아는 유일한 사람은 휴가를 갔거나 병이 들어 없었다.

1월 12일

루페가 말했다. 투우사를 쫓아다니는 여자는 결국 그 세계를 좋아하게 된다고? 벨라노가 말했다. 그럴 것 같아. 루페가 말했다. 그러면 경찰과 만나는 여자는 결국 경찰 세계를 좋아하게 될까? 벨라노가 말했다. 그럴 것 같아. 루페가 말했다. 그러면 기둥서방과 만나는 여자는 결국 기둥서방의 세계를 좋아하게 될까? 벨라노는 대답하지 않았다. 이상한 일이었다. 왜냐하면 벨라노는 아무리 대답할 가치가 없고 터무니없는 질문이라도 항상 대답하려고 노력하기 때문이다. 반대로 리마는 점점 말수가 줄고, 덤덤하게 임팔라 운전만 했다. 우리는 눈 뜬 장님처럼 있다가 루페가 변하기 시작했음을 알아채지 못했다.

1월 13일

오늘 우리는 처음으로 멕시코시티에 전화했다. 벨라노가 킴 폰트와 통화했다. 킴은 루페의 기둥서방이 우리가 어디 있는지 알고 있고 찾아 나섰다고 말했다. 벨라노는 그럴 리 없다고 말했다. 알베르토가 멕시코시티 경계까지 쫓아왔지만 그곳에서 따돌렸는데요. 킴이 말했다. 그렇지. 하지만 우리 집으로 돌아와 자네들이 어디로 갔는지 말하지 않으면 죽여 버리겠다고 나를 협박했어. 내가 전화를 받아 마리아와 통화하고 싶다고 말했다. 킴의 목소리가 들렸다. 울고 있었다. 내가 말했다. 여보세요. 마리아와 통화하고 싶은데요. 킴이 흐느꼈다. 자네인가, 가르시아 마데로? 집에 있을 거라고 생각했는데. 내가 말했다. 저도 여기 있습니다. 킴이 코를 훌쩍이는 것 같았다. 벨라노와 리마는 낮은 목소리로 이야기를 나누고 있었다. 전화기에서 떨어져 있었으며, 걱정이 되는 것 같았다. 루페는 내 옆에, 전화기 옆에 그대로 있었다. 춥지도 않은데 추워하는 기색이었고, 등을 돌리고 우리 차가 있는 주유소 쪽을 바라보았다. 킴이 말하는 소리가 들렸다. 다음 버스를 타고 멕시코시티로 돌아오게. 돈이 없으면 보내 주지. 내가 말했다. 돈은 충분합니다. 마리아 있나요? 킴이 흐느끼며 말했다. 아무도 없네. 나 혼자 있어. 잠시 우리 둘은 침묵을 지켰다. 저세상에서 들려오는 듯한 목소리로 킴이 갑자기 말했다. 내 차는 어떤가? 내가 말했다. 괜찮습니다. 다 괜찮아요. 나는 거짓말을 했다. 우리 세사레아 티나헤로에게 가까이 가고 있어요. 킴이 물었다. 세사레이 디나헤로가 누군가?

1월 14일

우리는 에르모시요에서 옷과 각자의 수영복을 샀다. 그 후 도서관으로 가서 벨라노를 데리고(지금까지의 결과로 보면 전혀 근거가 없는 말이지만 벨라노는 시인이라면 늘 글 쓴 흔적을 남기는 법이라고 확신해서 오전 내내 도서관에서 보냈다) 해변으로 갔다. 바이아 키노의 민박집에서 방 두 개를 빌렸다. 바다가 짙푸르다. 루페는 한 번도 바다를 본 적이 없다.

1월 15일

짧은 여행을 했다. 우리의 임팔라는 칼리포르니아 만 절벽에 걸려 있는 길을 따라 티부론 섬과 마주한 푼타 추에카로 갔다. 그 후 파토스 섬 맞은편의 엘 돌라르로 갔다. 리마는 그 섬을 파토 도널드 섬이라고 부른다. 적막한 해변에 누워 우리는 몇 시간 동안 마리화나를 피웠다. 푼타 추에카-티부론, 돌라르-파토스[20]라지만 물론 이름만 그럴 뿐이다. 하지만 아마도 네르보 동료의 말마따나 불길한 예감이 내 영혼을 채운다. 대체 그 이름들이 어떻다고 기분이 묘해지고, 슬퍼지고, 숙명론자가 되고, 루페를 지상 최후의 여자로 보게 되는 것일까? 날이 저물기 직전까지 우리는 계속 북쪽으로 올라갔다. 그곳에는 데셈보케가 있다. 영혼에 완전히 먹구름이 졌다. 심지어 떨기까지 한 것 같다. 그 후 세리족의 노래들을

---

20 〈푼타 추에카Punta Chueca〉는 〈굽은 끝 지점〉, 〈티부론Tiburón〉은 상어, 〈엘 돌라르El Dólar〉는 〈달러〉를 뜻하는 〈돌라르〉에 남성 정관사 〈엘〉이 붙은 지명이다. 〈파토스Patos〉는 〈오리〉를 뜻하는 〈파토〉의 복수형이고, 〈파토 도널드 섬Isla Pato Donald〉 섬은 〈도널드덕 섬〉이라는 뜻이다.

부르는 어부들이 가득 탄 픽업트럭들과 이따금 마주치면서 컴컴한 도로를 따라 바이아 키노로 돌아왔다.

1월 16일
벨라노가 칼을 샀다.

1월 17일
다시 아과 프리에타다. 우리는 바이아 키노에서 아침 8시에 출발했다. 바이아 키노에서 푼타 추에카, 푼타 추에카에서 엘 돌라르, 엘 돌라르에서 데셈보케, 데셈보케에서 라스 에스트레야스, 라스 에스트레야스에서 트린체라스로 간 여정이었다. 최악의 도로들을 따라 250킬로미터 정도 달린 것이다. 바이아 키노-엘 트리운포-에르모시요 경로를 선택하고, 에르모시요에서 국도를 따라 산이그나시오로 와서, 그곳에서 카나네아와 아과 프리에타로 이어지는 도로를 이용했다면, 두말할 나위 없이 더 편안한 여행이 되었을 것이고 더 일찍 도착했으리라. 그러나 다들 차량이 별로 혹은 전혀 다니지 않는 길로 가는 것이 좋겠다고 했고, 게다가 라 부에나 비다에 다시 들르고 싶은 마음이었다. 하지만 엘 쿠아트로, 트린체라스, 라 시에나가를 잇는 삼각 지대에서 길을 잃어, 최종적으로는 앞으로 전진하기로, 트린체라스로 가기로 결정하고 투우사 노인 방문은 미루기로 했다.

임팔라를 아과 프리에타 공동묘지 입구에 주차했을 때 이미 날이 저물고 있었다. 벨라노와 리마가 경비원을 부르는 초인종을 울렸다. 잠시 후 햇볕에 너무 그을러 흑인 같은 남자가 나타났다. 안경을 쓰고 있고, 얼굴 왼편에 커다란 흉터가 있었다. 우리에게 무슨 일인지 물었다. 벨라노가 매장꾼 안드레스 곤살레스 아우마다를 찾는다고 말했다. 그 사람은 우리를 바라보며, 우리가 누구고 왜 그 사람을 찾는지 물었다. 벨라노는 투우사 페페 아베야네다의 무덤 때문이라고 대답했다. 우리는 말했다. 그 무덤을 보고 싶습니다. 매장꾼이 말했다. 내가 안드레스 곤살레스 아우마다인데 지금은 방문 시간이 지났소. 루페가 말했다. 양해 좀 부탁드릴게요. 매장꾼이 말했다. 왜 그 무덤이 보고 싶은지 알려 줄 수 있소? 벨라노가 창살에 다가가 그 남자와 몇 분간 낮은 목소리로 이야기를 나누었다. 매장꾼은 여러 차례 고개를 끄덕이더니 이윽고 작은 경비실로 들어가 커다란 열쇠를 들고 나와 문을 열어 주었다. 우리는 중앙 통로로 그를 따라갔다. 양옆으로 사이프러스 나무와 떡갈나무가 있는 길이었다. 반면 옆길로 들어섰을 때, 나는 초야, 사우에소, 노팔 같은 이 지역 특유의 선인장들을 보았다. 죽은 사람들에게 다른 곳이 아닌 소노라에 있다는 사실을 잊지 말라고 상기시키는 듯했다.

매장꾼이 방치된 한쪽 구석에 있는 벽의 한 곳을 가리키며 말했다. 이것이 페페 아베야네다의 묘요. 벨라노와 리마가 가까이 다가가 명문(銘文)을 읽으려고 했다. 그러나 그의 묘는 네 번째 층에 있고 공동묘지에는 벌써 밤이 깔렸다. 플라스틱 카네이션 네 송이가 걸린 한 곳 외에는 꽃이 있는 묘가 없었다. 그리고 명문들도 대부분 먼지로 뒤덮여 있었다. 그러자 벨라노가 두 손을 모아 발판을 만들었고, 리마가 그걸 딛고 올라가 아베야네다의 사진이 들어 있는 유리에 얼굴을 바싹 들이댔다. 이어 한 손으로 묘비를 닦고 큰 목소리로 명문을 읽었다. 「호세 아베야네다 티나헤로, 투우사, 노갈레스 1903년~아과 프리에타 1930년.」 벨라노의 말이 들렸다. 그게 전부야? 그 어느 때보다 걸걸하게 리마가 대답했다. 그게 전부야. 이윽고 리마는 펄쩍 뛰어내려서, 벨라노가 좀 전에 한 것과 똑같이 했다. 즉, 벨라노가 올라갈 수 있도록 두 손으로 발판을 만들었다. 벨라노의 말이 들렸다. 라이터를 줘, 루페. 루페는 내 친구들이 자아낸 측은한 형상 쪽으로 다가가, 아무 말 없이 성냥갑을 건넸다. 벨라노가 물었다. 내 라이터는? 나로서는 결코 익숙해지지 않는 아주 나긋나긋한 목소리로 루페가 말했다. 나한테 없어. 벨라노가 성냥불을 켜서 벽에 가까이 댔다. 불이 꺼지면 또 켜고, 또 켰다. 루페는 맞은편 담에 기대어 긴 다리를 꼬고 있었다. 땅바닥을 바라보면서 생각에 잠긴 듯했다. 리마도 땅바닥을 바라보았지만 그의 얼굴에는 벨라노를 지탱하려는 노력만 내비쳤을 뿐이다. 성냥 일곱 개를 소진하고 손가락 끝을 두어 번 덴 후에야 벨라노는 용을 그만 쓰고 내려왔다. 우리는 아무 말 없이 아과 프리에타 공동묘지 입구로 되돌아왔다. 그곳 창살 옆에서 벨라노가 지폐 몇 장을 매장꾼에게 쥐여 주었고, 우리는 그곳을 떠났다.

1월 18일

산타테레사에서 카운터 뒤에 커다란 거울이 있는 카페에 들어갔을 때, 나는 우리가 얼마나 변했는지 알 수 있었다. 벨라노는 며칠째 면두를 하지 않았다. 리마는 수염은 말끔하지만, 내가 보기에 대략 벨라노가 면도를 하지 않은 날만큼 머리를 빗지 않았다. 나는 뼈만 앙상하다(매일 밤 평균 세 번 정사를 치른다). 루페만 괜찮다. 즉, 멕시코시티를 떠날 때보다 좋아졌다.

1월 19일

세사레아 티나헤로가 죽은 투우사의 사촌이었을까? 먼 친척이었을까? 비문에 자기 성도 새기게 했을까? 즉, 그 남자가 자기 남자임을 말하기 위한 방편으로 자기 성을 아베야네다에게 부여했을까? 자기 성을 유희 삼아 투우사에게 붙였을까? 〈이곳에 세사레아 티나헤로가 다녀갔다〉라고 말하기 위한 방편일까? 별로 상관없다. 오늘 우리는 다시 멕시코시티에 전화했다. 킴의 집은 두루 편안했다. 벨라노가 킴과 통화하고 리마가 킴과 통화했다. 내가 통화하려고 했을 때, 아직 동전이 남아 있었는데도 불구하고 전화가 끊겼다. 킴이 나와 통화하기 싫어서 전화를 끊은 것 같다는 인상을 받았다. 그 후 벨라노가 자기 아버지에게, 리마가 자기 어머니에게, 벨라노가 라우라 하우레기에게 전화했다. 처음 두 통화는 비교적 길고 형식적이었고, 마지막 통화는 아주 짧았다. 루페와 나만 멕시코시티의 누구에게도 전화하지 않았다. 마치 그럴 마음이 없다는 듯, 혹은 통화할 사람이 아무도 없다는 듯.

1월 20일

오늘 아침 노갈레스의 어느 카페에서 아침을 먹는 동안, 카마로의 운전대를 잡고 있는 알베르토를 보았다. 번쩍이는 노란색 차와 같은 색깔의 셔츠를 입고 있었고,

그 옆에는 가죽 재킷을 입은 경찰 티 나는 놈이 타고 있었다. 루페는 알베르토를 즉시 알아보았다. 창백해져서 저기 알베르토가 있다고 말했다. 두려움을 표 내지는 않았지만 나는 루페가 두려워한다는 것을 알았다. 리마는 루페의 눈이 가리키는 방향을 바라보고 말했다. 정말 저기에 알베르토와 그의 단짝이 있군. 벨라노는 차가 카페 통유리 앞을 지나가는 것을 보고, 우리가 헛것을 보고 있다고 말했다. 나는 알베르토를 아주 똑똑히 보았다. 내가 말했다. 지금 당장 이곳을 뜨자. 벨라노가 우리를 바라보며 꿈도 꾸지 말라고 말했다. 우리는 먼저 노갈레스 도서관에 갔다가, 계획대로 에르모시요로 돌아가 조사를 계속해야 한다는 것이다. 리마는 이에 동의했다. 그가 말했다. 네 집요함이 마음에 들어. 그래서 벨라노와 리마가 아침 식사를 마친 뒤(루페도 나도 더 이상 아무것도 먹을 수 없었다) 카페에서 나와 임팔라에 탔고, 벨라노를 도서관 문 앞에 내려 주었다. 도서관 안으로 사라지기 전에 벨라노가 말했다. 용감해지라고, 우라질. 헛것 보지 말고. 리마는 벨라노에게 무슨 대답을 할지 생각이라도 하는 듯 한동안 도서관 문을 바라보다가 차를 출발시켰다. 루페가 말했다. 울리세스 너는 봤잖아. 알베르토였어. 리마는 대답하지 않았다. 우리는 과일 가게 하나 외에는 바도 가게도 눈에 띄지 않는 중산층 콜로니아의 적막한 거리에 주차했다. 루페가 어린 시절 이야기를 우리에게 해주었고, 그저 시간을 죽이려고 나도 어릴 적 이야기를 했다. 울리세스는 운전석 제자리를 벗어나지 않은 채 한 번도 입을 열지 않고 책을 읽었다. 가끔 시선을 들고 우리를 바라보며 미소 짓는 것으로 보아

우리 이야기를 듣고 있음이 분명했다. 12시가 지나 우리는 벨라노를 찾으러 갔다. 리마가 가까운 광장에 차를 대고 나더러 도서관에 가라고 말했다. 리마는 루페와 임팔라와 함께 남았다. 알베르토가 나타나 도망쳐야 할지도 모르기 때문이었다. 나는 도서관까지의 네 블록을 두리번거리지 않고 빨리 걸었다. 노갈레스 현지 신문을 제본한 책 여러 권을 가지고 세월에 새카맣게 된 긴 나무 탁자에 앉아 있는 벨라노를 발견했다. 내가 그곳에 이르자 유일한 도서관 이용자였던 벨라노가 고개를 들고 가까이 와서 옆에 앉으라는 신호를 보냈다.

1월 21일

노갈레스 신문의 페페 아베야네다 부고를 보니, 땅딸보 투우사의 손을 잡고 사막의 처량한 도로를 걷고 있는 세사레아 티나헤로의 모습만 떠올랐다. 땅딸보 투우사는 작아지지 않으려고, 심지어는 키를 키우려고 무진 애를 쓰는데, 실제로 점점 자라 가령 160센티미터 정도까지 이르더니 이윽고 사라진다.

1월 22일

엘 쿠보에 갔다. 노갈레스에서 엘 쿠보로 가려면 국도를 따라 내려가 산타아나까지 간 뒤, 산타아나에서 서쪽으로 푸에블로 누에보로 가고, 푸에블로 누에보에서 알타르, 알타르에서 카보르카, 카보르카에서 산이시드로로 가서, 산이시드로에서 애리조나와 국경을 접하는 소노이타로 가야 한다. 그러나 그 전에 비포장도로로 빠져나와 20~30킬로미터를 달려야 한다. 노갈레스 신문은 〈투우사의 충실한 여자 친구, 엘 쿠보의 헌신적인 교사〉에 대해 말했다. 엘 쿠보 마을에서 우리는 학교로 갔는데, 한눈에 1940년 이후 건물임을 알 수 있었다. 이 건물에서 세사레아 티나헤로가 수업을 했을 리가 없다. 그러나 학교 밑을 파보면, 옛날 학교를 발견할 수 있을 것이다.

우리는 한 여교사와 이야기를 했다. 그녀는 아이들에게 스페인어와 파파고어를 가르친다. 파파고족은 애리조나와 소노라 사이에 산다. 우리는 교사에게 파파고족인지 물었다. 교사가 말한다. 아니요, 아닙니다. 저는 과이마스족입니다. 할아버지는 마요 인디오였죠. 우리는 왜 파파고어를 가르치는지 묻는다. 교사가 말한다. 이 언어가 사라지지 않게 하기 위해서요. 멕시코에는 파파고족이 2백 명밖에 남지 않았습니다. 우리는 인정한다. 사실 아주 적은 수죠. 애리조나에는 1만 6천 명가량 있는데, 멕시코에는 2백 명뿐이라니요. 그러면 엘 쿠보에는 파파고족이 얼마나 남아 있죠? 교사가 말한다. 20명가량이요. 하지만 그건 상관없습니다. 저는 계속 가르칠 겁니다. 그리고 교사는, 파파고족은 자신을 그렇게 부르지 않고 오오탐이라고 부르고, 피마족은 스스로를 오오브, 세리족은 콘카악이라고 부른다고 설명한다. 우리는 바이아 키노, 푼타 추에카, 엘 돌라르에 갔을 때 어부들이 세리족 노래를 부르는 것을 들었다고 교사에게 말한다. 교사는 이상하게 여기면서 말한다. 콘카악족은 7백 명이 될까 말까 한데 고기잡이는 하지 않아요. 우리가 말한다. 그러면 그 어부들이 세리족 노래를 배운 거겠죠. 교사가 말한다. 그럴 수도 있죠. 하지만 당신들을 깜빡 속였을 가능성이 더 큽니다. 나중에 교사는 집으로 식사 초대를 했다. 그녀는 혼자 산다. 우리는 에르모시요나 멕시코시티에 가서 살고 싶지 않은지 묻는다. 교사는 그렇지 않다고 답한다. 그녀는 이곳을 좋아한다. 그 후 우리는 엘 쿠보에서 1킬로미터 떨어진 곳에 사는 파파고 인디오 할머니를 보러 간다. 노인의 집은 어도비 점토집이다. 방 세 개짜리인데 두 개는 비어 있고, 나머지 하나에 노인과 가축이 산다. 그러나 냄새는 거의 나지 않는다. 유리 없는 창으로 들어오는 사막의 바람이 냄새를 쓸고 가기 때문이다.

교사는 노인에게 그들의 말로 우리가 세사레아 티나헤로 소식을 알고 싶어 한다고 설명한다. 노인은 교사의 말을 듣고 우리를 바라보며 말한다. 우이. 벨라노와 리마는 잠깐 서로 바라본다. 나는 그들이 노인의 우이라는 말이 파파고어로 무슨 뜻이 있는지, 아니면 우리 모두가 생각하는 대로 감탄사인지 생각 중임을 안다. 노인이 말한다. 좋은 사람이지. 좋은 남자와 살았어. 두 사람 다 좋은 사람이야. 교사는 우리를 바라보고 미소 짓는다. 벨라노가 손동작으로 여러 가지 높이를 제시하며 묻는다. 그 남자 키가 어땠는데요? 노인이 말한다. 중키에 마른 사람이었어. 중키에 눈이 맑은 사람. 벨라노가 벽에 걸린 아몬드 나뭇가지를 잡으며 묻는다. 이 정도로 맑았나요? 노인이 말한다. 그 정도 맑았지. 벨라노가 손으로 작은 키라고 할 수 있을 높이를 제시하며 말한다. 이 정도 중키요? 노인이 말한다. 중키였어. 그렇지. 벨라노가 말한다. 그러면 세사레아 티나헤로는요? 노인이 말한다. 혼자였어. 그 남자와 함께 떠났다가 혼자 돌아왔어. 벨라노가 묻는다. 이곳에 얼마나 있었습니까? 노인이 말한다. 학교가 있는 동안 있었지. 훌륭한 교사였어. 벨라노가 말한다. 1년요? 노인은 벨라노와 리마가 눈에 보이지 않는다는 듯 그들을 바라본다. 루페를 정감 있게 바라본다. 루페에게 파파고어로 뭔가를 묻는다. 교사가 통역을 해준다. 둘 중 누가 아가씨 남자야? 루페는 미소 짓는다. 내 등 뒤에 있어서 루페를 볼 수는 없지만 미소를 짓고 있다는 것을 알겠다. 루페가 말한다. 둘 다 아니에요. 노인이 말한다. 세사레아 티나헤로도 남자가 없었어. 어느 날 같이 떠났다가 나중에 혼자 돌아왔어. 벨라노가 말한다. 계속 교사를 했나요? 노인이 파파고어로 무슨 말을 한다. 교사가 통역한다. 학교에 살았지만, 이미 수업은 하지 않았어. 지금은 예전보다 좋은 시절이지. 교사가 말한다. 그렇다고만은 할 수 없어요. 벨라노가 묻는다. 그 후 어떻게 되었나요? 노인이 파파고어로 말한다. 교사만 알아듣는 단어들을 늘어놓는다. 하지만 우리를 바라보고 마침내는 미소 짓는다. 교사가 말한다. 한동안 학교에 살다가 떠났답니다. 무척 야위어 뼈만 남았다고 합니다. 하지만 나는 그리 확신하지 못하겠어요. 할머니가 어떤 것들은 혼동하시네요. 한편으로는, 세사레아 티나헤로가 일을 하지 않았음을, 즉 급료를 받지 못했음을 감안하면, 살이 빠졌다는 것이 당연한 것 같기도 하네요. 먹고살 돈이 없었을 테니까요. 노인이 말한다. 먹고살았어. 갑자기 그렇게 말해서 우리 모두 깜짝 놀란다. 노인이 말한다. 내가 음식을 주고, 우리 어머니가 음식을 줬어. ㄱ 여자는 뼈만 앙상했어. 눈은 푹 꺼지고. 작은 산호뱀 같았지. 벨라노가 묻는다. 산호뱀이라니요? 교사가 말한다. 미크루로이데스 에우릭산투스를 말하는데 독사입니다. 벨라노가 말한다. 두 분이 아주 친하셨네요. 그러면 언제 떠났습니까? 노인이 말하지만 어느 정도 기간인지 확실히 말하지 않는다. 한동안 있다가 떠났지. 교사가 말한다. 파파고인에게 대충이라는 시간은 대충 영원하다는 것과 거의 같은 의미입니다. 벨라노가 말한다. 그러면 떠날 때는 그녀가 어땠습니까? 노인이 말한다. 산호뱀처럼 말라 있었어.

나중에 해가 지기 직전, 노인이 우리와 함께 엘 쿠보까지 와서 세사레아 티나헤로가 살던 집을 가르쳐 줬다. 오래되고, 나무 빗장이 썩어서 부스러져 내리고 있는 외양간 몇 채 근처에, 그리고 지금은 비어 있지만 농기구 보관 장소였을 것 같은 오두막 옆에 있었다. 집은 작고 옆에 식물들이라고는 모두 말라 죽은 뜰이 딸려 있었다. 그곳에 이르렀을 때 집 앞쪽으로 난 유일한 창문을 통해 흘러나오는 불빛을 보았다. 벨라노가 말했다. 문을 두드릴까? 리마가 말했다. 아무 의미 없어. 그래서 우리는 작은 동산들 사이로 파파고 노인의 집으로 다시 걸어 돌아왔다. 그리고 노인이 베풀어 준 모든 것에 감사드리고 안녕히 주무시라는 인사를 하고 우리끼리 쓸쓸히 엘 쿠보로 돌아왔다. 물론 혼자 남은 노인이 진짜 쓸쓸했겠지만.

그날 밤 우리는 교사의 집에서 잤다. 식사를 한 후 리마는 윌리엄 블레이크를 읽고, 벨라노와 교사는 사막을 한 바퀴 돌고 돌아와 그녀 방에 틀어박히고, 루페와 나는 그릇을 씻은 후 담배를 피우러 나가 별을 바라보다가 임팔라 안에서 사랑을 나누었다. 집으로 돌아왔을 때, 우리는 양손으로 책을 잡고 바닥에서 잠든 리마와,

교사 방에서 들려오는 소리, 그녀도 벨라노도 그 밤 내내 모습을 보이지 않을 것임을 알려 주는 친숙한 소리와 마주쳤다. 그래서 우리는 담요로 리마를 덮어 주고, 바닥에 잠자리를 준비하고, 불을 껐다. 아침 8시에 교사가 자기 방에 들어가 벨라노를 깨웠다. 화장실은 뒤뜰에 있었다. 화장실에서 돌아오니, 창문들이 열려 있고 식탁 위에는 도기 커피가 놓여 있었다.

우리는 길에서 작별 인사를 했다. 교사는 우리가 차로 학교로 데려다 주는 것을 원치 않았다. 에르모시요에 돌아왔을 때, 나는 이 같잖은 땅을 쭉 돌아본 느낌을 넘어 이곳에서 태어난 느낌마저 받았다.

1월 23일

우리는 소노라 문화원, 국립 원주민 연구원, 민속 문화 총국(소노라 지부), 국립 교육 위원회, 교육부(소노라 지역) 기록 보관소, 국립 인류학 역사학 연구원(소노라 지역 센터)을 찾아가고, 페냐 타우리나 필로 야녜스에 두 번째로 갔다. 우리는 이 마지막 장소에서만 환대를 받았다. 세사레아 티나헤로의 흔적은 나타났다 사라졌다 한다. 에르모시요의 하늘은 핏빛이다. 엘 쿠보를 떠난 뒤의 세사레아 부임지가 적혀 있을 시골 교사들의 옛날 기록부를 벨라노가 요청했을 때, 신분증을 요구받았다. 벨라노의 신분증은 정상적이지 않다. 대학 직원 하나는 벨라노에게 적어도 추방될 수 있다고 말했다. 벨라노가 소리를 질렀다. 어디로요? 직원이 말했다. 그대 나라로 말이야, 젊은이. 벨라노가 말했다. 당신 문맹이에요? 내가 칠레 사람이라고 거기 적혀 있는 것 못 보앉어요? 차라리 내 입에 총을 쑤셔 넣고 쏘시지! 그들이 경찰을 불러서 우리는 줄행랑을 쳤다. 나는 벨라노가 멕시코에서 불법 체류자로 있는 줄 전혀 몰랐다.

1월 24일

날이 갈수록 벨라노는 초조해하고 리마는 골똘히 생각에 잠긴다. 오늘 우리는 알베르토와 그의 경찰 친구를 보았다. 벨라노는 알베르토를 보지 못했거나 보기를 원치 않았다. 리마는 보았지만 대수롭게 여기진 않는다. 루페와 나만 그녀의 옛 기둥서방과의 예정된 만남을 걱정한다(그것도 많이). 벨라노가 단칼에 정리하듯 말한다. 별일 없을 거야. 어쨌든 우리는 수가 두 배잖아. 나는 불안해서 웃었다. 나는 겁쟁이는 아니지만 그렇다고 막무가내도 아니다. 루페가 말했다. 그들은 무장을 하고 다녀. 벨라노가 말했다. 나도 마찬가지야. 오후에 벨라노와 리마는 나를 교육부 기록 보관소에 보냈다. 나는 멕시코시티의 한 잡지에 실으려고 1930년대 소노라 시골 학교들에 대한 기사를 쓰고 있는 중이라고 말했다. 매니큐어를 바르던 직원들이 말했다. 정말 젊은 리포터네. 나는 다음 단서를 발견했다. 세사레아 티나헤로는 1930년에서 1936년 사이에 교사였다. 첫 번째 임지가 엘 쿠보였다. 그 후 에르모시요, 피티키토, 바바코, 산타테레사에 교사로 있었다. 그 후에는 더 이상 소노라 주 교원이 아니었다.

1월 25일

루페에 따르면, 알베르토는 우리가 어디 있는지, 어느

민박집에 머무는지, 어떤 차로 여행하는지 이미 알고 있고, 단지 우리를 기습할 적절한 순간을 기다리는 중이다. 우리는 세사레아가 일했던 에르모시요의 학교를 보러 갔다. 1930년대의 교사들을 수소문했다. 예전 교장의 주소를 얻었다. 그의 집은 소노라 주의 옛 교도소 옆에 있었다. 교도소는 3층짜리 석조 건물이다. 다른 감시탑들보다 높은 탑이 있는데, 바라보는 이에게 압박감을 불러일으킨다. 교장이 말했다. 길이 남을 건축물이죠.

1월 26일

우리는 피티키토로 간다. 오늘 벨라노가 멕시코시티로 되돌아가는 것이 나을지도 모르겠다고 말했다. 리마는 어찌 되든 상관없었다. 처음에는 너무 많이 운전해서 피곤했지만, 지금은 운전대에 취미를 붙였다고 말한다. 심지어 잠을 잘 때도 킴의 임팔라를 몰고 이 지역 도로를 누비는 꿈을 꾼다. 루페는 멕시코시티로 돌아가는 이야기는 하지 않고, 숨는 것이 낫겠다고 말한다. 나는 그녀와 떨어지기 싫다. 그렇다고 계획이 있는 것도 아니다. 벨라노가 말한다. 그러면 전진. 담배 한 대 달라고 하려고 앞좌석 쪽으로 몸을 기울일 때, 벨라노의 손이 떨리는 것을 발견한다.

1월 27일

피티키토에서 우리는 아무것도 발견하지 못했다. 나중에 엘 쿠보로 가는 갈림길로 이어지는 카보르카행 도로에 잠시 차를 세워 두고, 교사를 또 방문할지 말지 생각했다. 벨라노가 최종적인 결정을 내릴 것이고, 우리는 참을성 있게 기다리면서 도로, 가끔 지나치는 소수의 차량, 바람이 태평양에서 몰고 온 새하얀 구름을 바라본다. 그러다가 벨라노가 말했다. 바바코로 가자. 리마는 한 마디 말도 없이 시동을 걸고 오른쪽으로 꺾어 그 자리를 떠났다.

여정은 길었고, 우리가 한 번도 가보지 않은 곳들을 지났다. 비록 적어도 나는 본 적 있는 장소 같은 느낌을 내내 받았지만. 피티키토에서 산타아나로 가서 국도에 올라탔다. 국도를 따라 에르모시요로 갔다. 에르모시요에서 마사탄으로 가는 도로를 타서 동쪽으로 가다가 마사탄에서 라 에스트레야로 갔다. 그곳부터는 포장도로가 끊겨서 흙길을 따라 바카노라, 사우아리파, 바바코로 갔다. 바바코의 학교에서는 우리를 사우아리파로 되돌려 보냈다. 이 일대 행정 구역 중심지가 사우아리파라서 어쩌면 그곳에서 기록을 발견할 수 있을지도 모를 일이었다. 그러나 바바코의 학교, 1930년대의 그 학교는 허리케인에 휩쓸려 사라져 버린 듯했다. 우리는 처음 며칠과 마찬가지로 다시 차에서 잠을 잤다. 밤의 소리가 들렸다. 늑대 거미 소리, 전갈 소리, 지네 소리, 타란툴라 소리, 블랙 위도[21] 소리, 사막 두꺼비 소리가. 모두 독을 지니고 있고, 모두 치명적이다. 알베르토의 존재가(아니 알베르토의 임박이라 해야 할 것이다) 현재로서는 밤의 소리만큼이나 사실적이다. 영문도 모르고 다시 돌아간 바바코 외곽에서 우리는 실내등을 켜놓고, 잠자기 전까지 알베르토 이야기만 빼고 오만 이야기를 다 한다. 멕시코시티에 대해서, 프랑스 시에 대해서. 이윽고 리마가

---

21 타란툴라와 블랙 위도 둘 다 독을 가진 거미의 일종이다.

불을 끈다. 바바코도 어둠에 잠겨 있다.

1월 28일
만일 산타테레사에서 알베르토를 보게 된다면?

1월 29일
이런 사실을 알게 됐다. 아직 교직에 있는 교사가 예전에 세사레아를 알았다고 말한다. 1936년이었고, 우리의 제보자는 당시 스무 살이었다. 그녀는 막 교단에 섰고, 세사레아도 학교에서 근무한 지 몇 달이 채 안 되어 두 사람은 자연스럽게 친구가 되었다. 투우사 아베야네다나 그 밖에 다른 남자 이야기는 알지 못했다. 세사레아가 교사를 그만두었을 때, 얼른 이해가 되지 않았다. 하지만 친구의 유별난 점들 중 하나로 받아들였다.

한동안, 몇 달인가 1년인가 동안 세사레아는 사라졌다. 그러나 어느 날 오전 학교 문 앞에 있는 그녀를 보았고, 우정이 다시 시작되었다. 그 무렵 세사레아는 서른대여섯 살이었고, 교사는 지금은 비록 후회하지만 세사레아를 노처녀로 간주했다. 세사레아는 산타테레사 최초의 통조림 공장에 일자리를 얻었다. 루벤 다리오 가에 방을 얻어 살았는데, 그 거리는 당시 시외에 있는 콜로니아에 속했고 여자 혼자 살기에는 위험하거나 권할 만하지 않았다. 세사레아가 시인이라는 사실은 알고 계셨나요? 교사는 모르고 있었다. 두 사람 다 학교에 근무했을 때, 세사레아가 빈 교실에 앉아 늘 가지고 다니던 검은색 겉장의 아주 두꺼운 공책에 뭔가를 쓰는 것을 여러 차례 보았지만 일기장이라고 생각했다. 세사레아가 통조림 공장에서 일하던 시절, 두 사람이 극장에 가거나 쇼핑을 하려고 약속을 했는데 교사가 약속 시간에 늦게 가면, 예전처럼 검은색 겉장의 공책, 하지만 더 작은 공책에 글을 쓰는 세사레아를 볼 수 있었다. 미사 전서 같은 공책이었는데, 친구의 갈겨 쓴 깨알 같은 글씨가 곤충 떼처럼 적혀 있었다. 세사레아는 한 번도 그 글을 교사에게 읽어 준 적이 없다. 한번은 교사가 무엇을 쓰는지 물었더니, 세사레아가 어느 그리스 여자에 대해서 쓴다고 대답했다. 그리스 여자의 이름은 히파티아였다. 얼마 후 교사는 백과사전에서 그 이름을 찾았고, 알렉산드리아의 철학자로 서기 415년 기독교도들에게 죽었다는 사실을 알게 되었다. 아마도 다분히 즉각적인 생각이었겠지만, 교사는 세사레아가 자신을 히파티아와 동일시한다고 여겼다. 이에 대해 세사레아에게는 더 이상 아무것도 묻지 않았다. 아니 물어보았다 하더라도 이미 잊어버렸다.

우리는 세사레아가 독서를 했는지, 그랬다면 교사가 기억하는 책 제목들이 있는지 물었다. 세사레아는 실제로 책을 많이 읽었다고 한다. 하지만 교사는 세사레아가 도서관에서 빌려 오만 곳에 가지고 다니던 책들 중에서 단 한 권도 기억하지 못했다. 통조림 공장에서 오전 8시부터 오후 6시까지 일했기 때문에 책 읽을 시간은 많지 않았지만, 교사는 세사레아가 독서를 하려고 잠을 줄였으리라고 추측했다. 그 후 통조림 공장은 문을 닫아야 했고, 세사레아는 한동안 실직 상태였다. 1945년경의 일이었다. 어느 날 밤 극장에서 나온 뒤 교사는 세사레아의 방에 따라갔다. 당시 교사는 이미 결혼했고, 예전보다 세사레아를 뜸하게 만났다. 루벤 다리오 가의 그 방에는 예전에 딱 한 번 가보았다. 교사의 남편은 성인군자 같은 사람이었지만 세사레아와의 교분을 별로 좋게 보지 않았다. 당시 루벤 다리오 가는 산타테레사의 모든 떨거지가 가는 시궁창 같은 곳이었다. 선술집이 두어 곳 있었는데, 적어도 일주일에 한 번은 피를 보는 싸움이 일어났다. 공동 주택 방들은 실직한 노동자들이나 막 도시로 이주한 농민들이 살았다. 아이들 대부분은 학교 교육을 받지 못했다. 교사도 그 사실을 알고 있었다. 세사레아가 직접 아이들 몇을 학교로 데려와 등록시켰기 때문이다. 매춘부 몇 사람과 그들의 기둥서방들도 그곳에 살고 있었다. 품위 있는 여자에게 권할 만한 거리가 아니었고(아마 그곳에 살아서 교사의 남편이 세사레아에게 선입견을 가지게 되었을 것이다), 교사가 그때까지도 그 사실을 깨닫지 못한 것은 그곳에 처음 갔을 때가 결혼 전, 교사의 말에 따르면 순진하고 아무 생각 없을 때였기 때문이었다.

그러나 그때 두 번째 방문은 달랐다. 빈곤하고 방치된 모습의 루벤 다리오 가는 살해 위협처럼 그녀를 엄습했다. 세사레아가 살던 방은 전직 교사 방답게 깨끗하고 잘 정돈되어 있었지만, 그 방에서 풍기는 뭔가가 교사의 가슴을 짓눌렀다. 그 방은 교사와 그녀의 친구 사이에 거의 극복할 수 없는 간극이 있다는 잔인한 증거였다. 방이 어지럽혀져 있거나 악취가 풍기거나(벨라노가 물어본 것처럼) 혹은 세사레아의 가난이 품위 있는 가난의 한계를 넘거나 루벤 나리오 가의 추잡힘이 세사레아 방 구석구석에 투영되어서가 아니었다. 그보다는 뭔가 묘한 것이 있었다. 그 일탈된 방 내부에는 현실이 왜곡되어 있는 것만 같았다. 아니 그보다 더 고약하게도 누군가가 세월이 천천히 흐르는 동안 감쪽같이 현실을 왜곡해 버린 듯했다. 세사레아 자신이 아니고 누가 그랬을까마는. 심지어 더 고약한 가능성도 있다. 세사레아가 현실을 의식적으로 왜곡시켰을지도 모른다는 점이다.

교사는 무엇을 보았을까? 철제 침대, 책상 위 가득 두 무더기로 쌓여 있는 20여 권의 검은색 공책, 방을 가로지르는 줄에 걸린 세사레아의 얼마 안 되는 옷, 인디오 양탄자, 침실용 탁자, 탁자 위에 놓인 등유 버너, 제목이 기억나지 않는 도서관에서 빌린 책 세 권, 단화, 침대 밑으로 삐죽이 나온 스타킹 몇 개, 한쪽 구석의 가죽 가방, 문 뒤에 박은 작은 옷걸이에 걸린 검게 물들인 밀짚모자를 보았다. 그리고 빵 한 조각, 커피 단지와 설탕 단지, 먹다 만 초콜릿 같은 먹을 것도 보았다. 세사레아가 초콜릿을 권했으나 교사는 거절했다. 교사는 또한 무기도 보았다. 접이식 칼이었는데 손잡이는 가죽이고 칼날에 카보르카라고 새겨져 있었다. 교사가 무엇 때문에 칼이 필요한지 묻자, 세사레아는 살해 위협을 느끼고 있다고 대답하더니 웃었다. 교사가 기억하기를 벽을 뚫고 계단을 내려가 거리에 이르러서야 사라진 웃음이었다. 그 순간 루벤 다리오 가에 돌연 완벽하게 연출된 침묵이 엄습하는 것 같았다. 사람들이 라디오 소리를 줄이고 하던 이야기를 갑자기 멈추어 오직 세사레아의 목소리만 남은 듯했다. 그때 교사는 벽에 붙어 있는 통조림 공장 지도를 보았거나 혹은 본 것 같았다. 세사레아가 교사에게 해야 할 말, 머뭇거리지는 않았지만 그렇다고 급히

하지도 않은 말, 차라리 잊어버리고 싶은 말이었지만 완벽하게 기억나고 심지어 이제는 이해가 가는 말을 하는 동안, 교사의 눈은 통조림 공장 지도를 훑어보았다. 세사레아가 그린 지도로, 어떤 구역은 세세한 점까지 대단히 신경을 썼고 어떤 구역은 희미하거나 모호했으며, 가장자리에 글씨가 적혀 있었다. 가끔은 알아볼 수 없었고, 어떤 경우에는 대문자로 씌어 있었으며 심지어 느낌표까지 있었다. 마치 직접 손으로 그린 지도에서 자신을 발견하거나 혹은 그때까지 모르던 면들을 발견한 것 같았다. 교사는 원치 않았음에도 침대 가장자리에 앉아서 눈을 감고 세사레아의 말을 들어야 했다. 심지어 점점 더 기분이 안 좋아졌지만, 용기를 내어 대체 무슨 이유로 공장 지도를 그렸는지 물었다. 세사레아는 다가올 시대에 대해 말했다. 하지만 교사는 아무 의미 없는 그 지도를 세사레아가 즐겁게 제작했다면, 이는 그녀가 처한 고독 외에는 다른 이유가 없으리라고 추측했다. 하지만 세사레아는 다가올 시대에 대해 말했고, 교사는 화제를 바꾸려고 그 시대가 어떤 시대이고 언제 올 것인지 물었다. 세사레아는 연도를 콕 찍어서 2600년경이라고 말했다. 2천6백몇 년이라고. 너무나 아스라한 연도라서 교사가 거의 들리지도 않을 정도로 숨죽여 웃자, 세사레아는 다시 웃었다. 이번에는 그녀의 커다란 웃음소리가 방 내부에 머물렀지만.

교사가 기억하기를, 그 순간부터 세사레아의 방을 떠돌던 긴장 혹은 그녀가 감지한 긴장이 완화되어 완전히 사라졌다. 그 후 교사는 돌아갔고, 보름 후에 세사레아를 다시 보았다. 그때 세사레아는 산타테레사를 떠난다고 말했다. 이별 선물을 가지고 왔다. 검은색 공책들 중 한 권, 아마도 제일 얇은 공책을. 벨라노가 물었다. 아직 가지고 계시나요? 아니었다. 교사는 이미 공책을 가지고 있지 않았다. 그녀의 남편이 읽고 쓰레기 속에 던져 버렸다. 아니면 그저 잃어버렸을 것이다. 교사가 지금 사는 집은 당시 살던 그 집이 아니고, 이사를 여러 번 하다 보면 자질구레한 물건들은 잃어버리기 마련이다. 벨라노가 물었다. 하지만 공책을 읽기는 하셨나요? 교사가 대답했다. 그래요. 읽어 보았어요. 기본적으로 멕시코 교육 체계에 대한 논평이었어요. 대단히 양식 있는 부분도 있고, 완전히 상식 밖인 부분도 있었죠. 세사레아는 바스콘셀로스를 증오했다. 비록 가끔은 애증처럼 보였지만. 공책에는 대규모 문맹 퇴치 계획이 들어 있었는데, 원고가 혼란스러워서 교사는 거의 이해하지 못했다. 아동, 청소년, 청년들이 순차적으로 읽을 도서 목록들도 있었는데, 앞뒤가 아예 맞지 않는다고까지 할 수는 없어도 서로 모순적이었다. 가령 아동용 첫 번째 도서목록에는 라퐁텐과 이솝 우화들이 있었다. 두 번째 목록에는 라퐁텐이 사라졌다. 세 번째 목록에는 미국 갱들에 관한 대중적인 책이 출현했다. 아마도, 정말 아마도 청소년에게 적합할 수는 있어도 아동용은 절대 아니다. 그 책은 네 번째 목록에서는 중세 단편선집에게 자리를 내주고 사라졌다. 모든 목록에 스티븐슨의 『보물섬』과 마르티[22]의 『황금시대』가 계속 들어 있었는데, 교사가 보기에는 청소년에게 더 적합한 책들이었다.

---

22 José Martí(1853~1895). 쿠바의 문인, 언론인, 사상가, 독립 운동가로 쿠바의 국부로 추앙된다.

교사는 그 만남 이후 오랜 시간이 지나도록 세사레아의 소식을 전혀 모르고 있었다. 벨라노가 물었다. 얼마나 오랫동안이죠? 교사가 말했다. 오랫동안이에요. 그러다가 어느 날 세사레아를 다시 보았다. 산타테레사 축제 때, 소노라 주의 온갖 지역에서 온 장사치들이 도시에 득실거릴 때였다.

세사레아는 약초 가판대에 있었다. 교사는 그녀 옆을 지나쳤지만, 남편과 친구 부부와 동행하고 있어서 인사를 건네기 창피했다. 아니 창피해서가 아니라 소심해서 그랬을지도 모른다. 심지어 창피함이나 소심함 때문이 아니었을 수도 있다. 약초를 팔던 그 여인이 옛 친구인지 그저 의심스러웠을 수도 있다. 세사레아도 교사를 알아보지 못했다. 세사레아는 네 개의 나무 상자 위에 두꺼운 나무판자를 걸쳐 놓은 판매대 앞에 앉아서 어느 부인과 파는 물건에 대해 이야기하고 있었다. 세사레아의 외모는 변해 있었다. 이제는 뚱뚱했다. 턱없이 뚱뚱했다. 세사레아의 검은 머리를 흉하게 만드는 흰 머리카락 한 올 보지 못했지만, 눈 주위에는 아주 깊은 주름살과 다크서클이 있었다. 산타테레사까지, 산타테레사의 축제까지 오는 여정이 몇 달, 몇 년은 걸린 것처럼.

다음 날 교사는 혼자 그곳으로 돌아가 다시 한 번 그녀를 보았다. 세사레아는 서 있었고, 교사의 기억보다 훨씬 더 커 보였다. 몸무게가 150킬로그램 이상 나갈 것 같고, 발목까지 내려오는 회색 치마가 뚱뚱함을 더욱 부각시켰다. 맨살인 양팔은 통나무 같았다. 목은 거인의 턱에 가려서 사라졌다. 그러나 머리는 아직 세사레아 티나헤로 머리의 고상함을 간직하고 있었다. 커다란 머리,

돌출된 광대뼈, 아치형 두상, 넓고 훤칠한 이마. 전날과 달리 교사는 이번에는 다가가 인사를 했다. 세사레아가 그녀를 바라보았지만 누군지 알아보지 못했거나 알아보지 못하는 척했다. 교사가 말했다. 나야, 당신 친구 플로라 카스타녜다. 이름을 들었을 때 세사레아는 양미간을 찌푸리고 일어났다. 그리고 지금 있는 위치에서는 멀어서 잘 보이지 않는다는 듯 약초 판매대를 돌아 나와 다가왔다. 세사레아는 두 손을(교사의 표현에 따르면 두 개의 짐승 발톱을) 교사의 어깨에 올려놓고 잠시 얼굴을 뜯어보았다. 교사가 무슨 이야기든 하려고 말했다. 어휴, 세사레아. 어쩜 그렇게 기억력이 없어. 그때서야 세사레아는 미소를 짓고(교사에 따르면 바보처럼) 물론 교사를 안다고, 어떻게 잊을 수 있겠느냐고 말했다. 그 후 그들은 판매대 너머에 앉아 잠시 이야기를 나누었다. 교사는 접이식 나무 의자에, 세사레아는 상자에 앉아 있으니 두 사람이 같이 약초 노점을 하는 듯했다. 교사는 서로 할 이야기가 거의 없다는 것을 이내 깨달았지만, 아이가 셋이고 계속 학교에서 근무한다고 말하고, 산타 테레사에서 일어난 하찮기 짝이 없는 일들에 대해 이야기했다. 이어 결혼은 했는지, 자식은 있는지 세사레아에게 물어볼까 싶었다. 그러나 아무 질문도 하지 못했다. 세사레아가 결혼도 안 하고 아이도 없다는 것을 절로 깨달았기 때문이다. 그래서 어디 사는지만 물어보았다. 세사레아는 비야비시오사에 살 때도 있고 엘 팔리토에 살 때도 있다고 말했다. 교사는 비야비시오사는 한 번도 가 보지 못했지만 어디 있는지 아는데, 엘 팔리토는 처음 듣는 지명이었다. 그 마을이 어디 있는지 물어보았고,

세사레아는 애리조나에 있다고 대답했다. 그래서 교사는 웃었다. 자기는 세사레아가 결국은 미국에서 살게 되리라고 늘 생각했다고 말했다. 그것이 전부였다. 두 사람은 헤어졌다. 다음 날 교사는 시장에 가지 않고, 할 일 없는 시간 동안 세사레아를 집으로 식사 초대 하는 것이 적절할지 생각했다. 그 이야기를 남편과 하고, 둘이 싸우고, 그녀가 이겼다. 다음 날 이른 시각에 시장에 다시 갔다. 하지만 시장에 가보니 세사레아의 자리는 스카프 판매하는 여자가 차지하고 있었다. 그 뒤로 다시는 세사레아를 보지 못했다.

벨라노는 세사레아가 죽었다고 생각하느냐고 물었다. 교사가 말했다. 그럴 수도 있겠죠.

그것이 전부였다. 교사와 이야기를 마친 뒤 벨라노와 리마는 오랜 시간 생각에 잠겨 있었다. 우리는 후아레스 호텔에 투숙했다. 해가 질 때 우리 네 사람은 리마와 벨라노의 방에 모여, 앞으로 할 일에 대해 이야기했다. 벨라노는 먼저 비야비시오사에 간 다음, 멕시코시티로 돌아갈지 엘 팔리토로 갈지 두고 보자고 했다. 엘 팔리토에 갈 때의 문제는 벨라노가 미국 땅에 들어갈 수 없다는 점이었다. 루페가 물었다. 왜? 벨라노가 말했다. 나는 칠레 사람이니까. 루페가 말했다. 나도 입국을 불허할 거야. 칠레 사람 아니라도. 가르시아 마데로도. 내가 물었다. 나는 왜? 루페가 말했다. 우리 중에 여권 가진 사람 있어? 벨라노 외에는 아무도 없었다. 밤에 루페는 영화관에 갔다. 호텔로 돌아왔을 때 자신은 멕시코시티로 돌아갈 생각이 없다고 말했다. 벨라노가 물었다. 그러면 어떻게 할 건데? 루페가 답했다. 소노라에서 살든지 미국으로 넘어가든지 할 거야.

1월 30일

어젯밤 그들이 우리를 찾아냈다. 루페와 내가 방에서 섹스를 하고 있는데 문이 열리고 리마가 들어와서 말했다. 어서 옷 입어. 알베르토가 프런트에서 벨라노와 이야기 중이야. 우리는 한 마디 말도 하지 않고 리마의 지시에 따랐다. 비닐봉지에 우리 물건을 챙겨 담고, 최대한 조용히 1층으로 내려갔다. 뒷문으로 호텔에서 나왔다. 골목은 어두웠다. 리마가 말했다. 차를 찾으러 가자. 후아레스 가에는 개미 새끼 한 마리 없었다. 우리는 호텔에서 세 블록을 가서 임팔라를 세워 둔 곳에 이르렀다. 리마는 차 옆에 누가 있을까 봐 걱정했지만 아무도 없었고, 우리는 차로 출발했다. 후아레스 호텔 옆을 지났다. 거리에서 프런트 일부와 호텔 바의 빛나는 유리창을 보았다. 그곳에 벨라노가 있고, 그 앞에는 알베르토가 있었다. 알베르토와 같이 온 경찰은 어디에서도 볼 수 없었다. 벨라노도 우리를 못 보았는데, 리마는 경적을 울리는 것이 신중하지 못한 처사라고 여겼다. 우리는 그 블록을 한 바퀴 돌았다. 루페가 말했다. 알베르토의 똘마니는 아마 우리 방으로 올라갔을 거야. 리마는 고개를 가로저었다. 노란 불빛이 벨라노와 알베르토의 머리 위로 쏟아졌다. 벨라노가 말을 하고 있었다. 하지만 상대방이 말한 것일 수도 있다. 두 사람이 화가 난 것은 아닌 듯싶었다. 우리가 다시 호텔 앞을 지날 때, 두 사람은 그새 담배를 피우고 있었다. 맥주를 마시면서 담배를 피웠다. 서로 친구 같았다. 벨라노가 말하는 중이었다.

왼손을 성(城) 혹은 여인의 모습을 그리듯 움직이고 있었다. 알베르토는 벨라노에게 시선을 떼지 않았고, 가끔은 미소를 지었다. 내가 말했다. 경적을 울려. 우리는 한 바퀴 더 돌았다. 다시 후아레스 호텔이 보였을 때, 벨라노는 창밖을 바라보고, 알베르토는 테카테 맥주 캔을 입으로 가져가고 있었다. 한 남자와 여자가 호텔 정문에서 싸우고 있었다. 알베르토의 경찰 친구가 10미터쯤 떨어진 곳에서 차 보닛에 기대어 그들을 바라보고 있었다. 리마가 경적을 세 번 울리며 속도를 낮췄다. 벨라노는 그 전에 이미 우리를 보았다. 몸을 돌려 알베르토에게 다가가더니 뭔가 말했다. 알베르토가 벨라노의 셔츠를 붙잡고, 벨라노는 그를 밀어젖히고 뛰기 시작했다. 벨라노가 호텔 문으로 나왔을 때 경찰이 쫓아가며 웃옷 안쪽에 손을 가져갔다. 리마는 또다시 경적을 세 번 울리고 우리 임팔라를 후아레스 호텔에서 20미터쯤 떨어진 곳에 세웠다. 경찰은 권총을 꺼내고 벨라노는 계속 뛰었다. 루페가 차 문을 열어 주었다. 알베르토는 손에 권총을 들고 호텔 앞 보도로 나왔다. 나는 벨라노가 칼을 몸에 지니고 있기를 바랐다. 벨라노가 차에 탄 순간 리마는 출발했고, 우리는 어두운 산타테레사의 밤거리를 따라 전속력으로 멀어져 갔다. 우리도 모르게 비야비시오사 방향으로 나와서 좋은 징조라고 생각했다. 새벽 3시경 우리는 완전히 길을 잃었다. 차에서 내려 팔다리를 펴는데 사방에 불빛이 전혀 보이지 않았다. 나는 하늘에 그렇게 많은 별이 있는 걸 본 적이 없다.

우리는 임팔라 안에서 샀고, 아침 8시에 추위에 몸이 꽁꽁 언 채 잠에서 깨어났다. 사막을 돌고 돌았지만 마을 하나, 변변찮은 농장 하나 발견하지 못했다. 가끔 헐벗은 야산에서 길을 잃었다. 때때로 협곡과 절벽 사이를 지나기도 하다가, 이윽고 다시 사막으로 내려왔다. 1865년과 1866년 이곳에 제국의 부대가 있었어. 막시밀리아노의 군대 이야기만 나오면 우리는 자지러지게 웃는다. 소노라로 오기 전에 이 주의 역사를 다소 알고 있던 벨라노와 리마가 산타테레사를 점령하려던 벨기에 대령이 한 사람 있었다고 말한다. 벨기에 군 연대를 지휘하던 벨기에 사람이. 우리는 자지러지게 웃는다. 벨기에-멕시코 연대였다. 물론 그들은 실종되었다. 비록 산타테레사 역사가들은 그들을 패퇴시킨 이들이 산타테레사 민병대라고 믿지만. 정말 우습다. 비야비시오사에서도 소규모 전투가 벌어졌다는 기록이 있다. 아마 벨기에인들의 후위 부대와 비야비시오사 주민들 간의 전투였으리라. 리마와 벨라노는 이 이야기를 아주 잘 안다. 그들은 랭보 이야기를 한다. 우리가 본능에 충실했으면. 정말 우습다.

오후 6시, 우리는 도로변에서 집을 한 채 발견한다. 그 집 사람들이 우리에게 콩 전병을 주어 넉넉하게 돈을 지불하고, 시원한 물을 바가지째 들이마신다. 농민들은 꼼짝 않고 우리가 먹는 것을 바라본다. 우리가 묻는다. 비야비시오사는 어디 있나요? 그들이 대답한다. 저기 언덕 너머에요.

1월 31일

우리는 세사레아 티나헤로를 찾아냈다. 알베르토와 경찰도 우리를 찾아냈다. 내가 상상한 것보다 훨씬 간단했다. 이렇게 되리라고는 꿈에도 상상하지 못했다. 비야비시오사는 유령 마을이다. 리마가 말했다. 멕시코 북부에 있는 갈 곳 없는 살인자들의 마을, 아스틀란의 가장 충실한 반영이군. 나는 잘 모르겠다. 차라리 지친 사람들이나 권태에 빠진 사람들의 마을에 가까운 것 같다.

어도비 점토집들이 있다. 이 광란의 한 달 동안 우리가 거쳐 온 다른 마을들과 달리 이 마을의 집들은 거의 모두 앞뒤로 뜰이 있고, 그중에는 시멘트를 바른 뜰도 있어서 묘하지만. 마을의 나무들은 죽어 가고 있다. 내가 파악한 바로는 바 두 개와 식료품점 하나뿐이다. 나머지는 다 주택이다. 장사는 거리에서, 광장 옆에서, 혹은 마을에서 가장 큰 건물의 아치 회랑 밑에서 이루어진다. 그 건물은 자치 단체장의 집인데 아무도 살지 않는 듯했다.

세사레아를 찾는 일은 어렵지 않았다. 세사레아에 대해 물어보자 마을 동쪽에 있는 빨래터로 가라는 대답이 돌아왔다. 빨래터의 수조는 돌로 되어 있었다. 첫 번째 수조에서 나오는 물줄기가 나무로 만든 작은 수로를 따라 내려와, 여자 열 명이 충분히 빨래할 수 있었다. 우리가 갔을 때는 세 사람뿐이었다. 세사레아는 중간에 있었고, 우리는 바로 그녀를 알아보았다. 우리를 등지고 수조에 몸을 굽힌 자세에는 전혀 시적인 모습이 없었다. 바위 혹은 코끼리 같았다. 그녀의 엉덩이는 거대했고, 떡갈나무 통나무 같은 두 팔의 리듬에 맞춰 움직이면서 빨래를 헹구고 짰다. 거의 허리까지 이르는 긴 머리에 맨발이었다. 그녀를 부르자 뒤로 돌이 태연히 우리와 마주했다. 다른 두 여자도 뒤로 돌았다. 잠시 세사레아와 그 일행은 한 마디 말도 없이 우리를 바라보았다. 세사레아 오른편에 있는 여인은 서른 살쯤 된 것 같은데 마흔이나 쉰 살일 수도 있었고, 왼편에 있는 여인은 스무 살을 넘지 않았으리라. 세사레아의 눈은 까매서 빨래터의 모든 햇빛을 빨아들이는 듯했다. 나는 리마를 바라보았다. 미소가 싹 가셔 있었다. 벨라노는 눈에 모래가 들어가 잘 안 보이는 사람처럼 눈을 깜빡거렸다. 언제였는지 잘 모르겠지만 어느 순간 우리는 세사레아 티나헤로의 집 방향으로 걷기 시작했다. 우리가 무자비한 태양 아래 인적 없는 골목길들을 지나는 동안 벨라노가 한 가지, 아니면 여러 가지 설명을 시도한 기억이, 뒤이은 그의 침묵이 기억난다. 그 후 누군가가 나를 어둡고 서늘한 방으로 안내해 주어, 매트리스 위에 몸을 던지고 잠이 들었다는 것은 알겠다. 잠에서 깼을 때 루페가 팔다리를 내 몸에 휘감고 옆에서 자고 있었다. 어딘지 알아차리는 데 시간이 좀 걸렸다. 목소리들이 들려서 일어났다. 옆방에서 세사레아와 친구들이 이야기하고 있었다. 내가 모습을 보여도 아무도 나를 쳐다보지 않았다. 내가 바닥에 앉아 담뱃불을 붙인 기억이 난다. 벽에 용설란 밧줄로 묶은 약초 꾸러미가 매달려 있었다. 벨라노와 리마는 흡연 중이었는데, 내가 맡은 냄새는 담배 냄새가 아니었다.

세사레아는 하나밖에 없는 창문 옆에 앉아서 이따금 바깥을, 하늘을 바라보았다. 그때 나는 왠지 울고 싶어졌다. 물론 울지는 않았지만. 우리는 그렇게 오랫동안 있었다. 어느 순간 루페가 방에 들어와 말없이 내 옆에 앉았다. 나중에 우리 다섯 사람은 자리에서 일어나 거의 하얀색에 가까운 누런색 거리로 나갔다. 더위가 아직 파도처럼 밀려들지만 해 질 녘이었을 것이다. 우리는 차를 둔 곳까지 걸어갔다. 가는 길에 단 두 사람과 마주쳤다. 한 손에 트랜지스터라디오를 들고 가는 노인과 담배를 피우는 열 살가량의 아이였다. 임팔라 내부는 후끈거렸다. 벨라노와 리마가 앞좌석에 탔다. 나는 루페와 세사레아 티나헤로의 거대한 몸 사이에 끼어 탔다. 이윽고 차가 출발해 덜컹거리는 소리를 내면서 비야비시오사의 흙길을 따라 도로에 이르렀다.

반대 방향에서 오는 차를 보았을 때 우리는 마을 밖에 있었다. 아마도 반경 수 킬로미터 안에서 그 차와 우리 차가 유일한 자동차였을 것이다. 한순간 나는 충돌하겠다고 생각했지만, 리마가 차를 휙 꺾고 브레이크를 밟았다. 연기구름이 조로(早老)한 우리 임팔라를 뒤덮었다. 누군가 욕을 했다. 세사레아일 수도 있다. 루페의 몸이 내게 착 달라붙는 것을 느꼈다. 연기구름이 가라앉았을 때, 상대방 차에서 알베르토와 경찰이 내려 권총을 겨누었다.

나는 내 몸이 이상하다고 느꼈다. 그들 말소리가 들리지 않았다. 하지만 입술을 움직이는 것을 보고 우리에게 내리라고 명령한다고 생각했다. 벨라노가 믿을 수 없다는 듯 하는 말이 들렸다. 우리에게 욕을 하잖아. 리마가 말했다. 이런 개새끼들.

2월 1일

이것이 사건 경과이다. 벨라노가 자기 쪽 문을 열고 내렸다. 리마가 자기 쪽 문을 열고 내렸다. 세사레아 티나헤로가 루페와 나를 쳐다보더니, 움직이지 말라고 말했다. 무슨 일이 일어나도 내리지 말라는 것이었다. 그런 표현을 쓰지는 않았지만, 그것이 세사레아 티나헤로가 하고 싶은 말이었다. 처음이자 마지막으로 내게 한 말이라서 기억한다. 세사레아 티나헤로는 그렇게 말했다. 움직이지 마. 그리고 이어 자기 쪽 문을 열고 내렸다.

나는 창문을 통해 한 손을 주머니에 넣고 담배를 피우며 전진하는 벨라노를 보았다. 벨라노 옆에 있는 울리세스 리마와, 약간 뒤처져 유령선 군함처럼 좌우로 몸을 흔들며 걸어가는 세사레아 티나헤로의 철갑 등판을 보았다. 그 뒤에 벌어진 일은 불분명했다. 알베르토가 상소리를 하면서 루페를 넘기라고 했을 것이고, 벨라노는 루페는 당신 여자니 알아서 찾아가라고 했으리라. 아마 그 순간 세사레아가 그들이 우리를 죽일 거라고 말한 것 같다. 경찰은 웃으면서 아니라고, 자신은 창녀 계집년만 원할 뿐이라고 말했다. 벨라노는 어깨를 으쓱했다. 리마는 땅바닥을 쳐다보았다. 그러자 알베르토가 매의 눈초리로 임팔라 쪽으로 시선을 돌려 우리를 찾았지만 성과를 거두지 못했다. 저무는 태양의 햇살 때문에 우리를 똑똑히 보지 못한 것 같다. 벨라노가 담배를 쥔 손으로 우리를 가리켰다. 루페는 담뱃불이 축소판 태양이기라도 한 듯 벌벌 떨었다. 벨라노가 말했다. 저기들 있소, 형씨. 모두 당신 것이오. 알베르토가 말했다. 좋아. 내 계집이 잘 있는지 보지. 루페의 몸이 내 몸에 밀착했다. 그녀의 몸과 내 몸은 유연한데도 삐걱대기 시작했다. 루페의 옛 기둥서방은 겨우 두 발자국밖에 내딛지 못했다. 벨라노 옆을 지날 때, 그가 덤벼들었기 때문이다.

벨라노는 권총을 쥔 알베르토의 팔을 한 손으로 제지

했고, 카보르카에서 구입한 칼을 움켜쥔 다른 손이 순식간에 주머니에서 튀어나왔다. 두 사람이 땅바닥을 뒹굴기 전, 벨라노는 이미 알베르토 가슴팍을 칼로 쑤셨다. 경찰이 입을 쩍 벌린 것이 기억난다. 사막에서 갑자기 산소가 전부 사라져 버렸다는 듯, 대학생 몇이 자신들에게 저항하는 것이 믿기지 않는다는 듯. 이윽고 나는 울리세스 리마가 경찰에게 덤벼드는 것을 보았다. 총소리가 들렸고, 나는 자세를 낮췄다. 뒷좌석에서 다시 고개를 들었을 때, 땅바닥을 구르다가 길가에 멈춘 경찰과 리마가 보였다. 경찰이 리마를 올라타고 있고, 손에 쥔 권총이 리마의 머리를 겨누고 있었다. 세사레아도 보였다. 뜀박질이 거의 불가능한 몸으로 뛰어간 세사레아 티나헤로의 육중한 몸이 두 사람을 덮치는 것이 보였다. 나는 두 발의 총소리를 더 듣고 차에서 내렸다. 경찰과 친구 몸에서 세사레아의 몸을 떼어 내기 힘들었다.

세 사람은 피 범벅이 되어 있었다. 하지만 세사레아만 죽어 있었다. 가슴에 총알구멍이 나 있었다. 경찰은 복부 상처에서 피를 흘리고, 리마는 오른팔에 총알이 스친 상처가 났다. 나는 세사레아를 죽이고 다른 두 사람을 다치게 한 권총을 집어 혁대에 찼다. 리마를 도와 일으켜 세우려는데, 세사레아 옆에서 흐느끼는 루페가 보였다. 리마는 왼팔을 움직이지 못하겠다고 말했다. 리마가 말했다. 팔이 부러진 것 같아. 나는 아픈지 물었다. 리마가 말했다. 아프지는 않아. 내가 말했다. 그러면 부러진 건 아니야. 리마가 말했다. 벨라노는 대체 어디 있는 거야? 루페가 즉각 흐느낌을 멈추고 뒤를 돌아보았다. 우리와 10미터쯤 떨어진 곳에서 루페 기둥서방의 축 늘어진 몸을 타고 앉은 벨라노가 보였다. 리마가 신음 소리를 내면서 물었다. 괜찮아? 벨라노는 대답 없이 일어났다. 흙을 털고 비틀비틀 몇 걸음 내디뎠다. 땀 때문에 머리카락이 얼굴에 달라붙어 있었고, 이마와 양 눈썹에서 흐르는 땀방울이 눈에 들어가서 계속 눈을 비벼 댔다. 벨라노가 세사레아의 시체 옆에서 몸을 수그렸을 때, 나는 그의 코와 입술에서 피가 나는 것을 깨달았다. 나는 생각했다. 이제 우리는 어찌해야 하나? 하지만 나는 아무 말 하지 않았다. 그 대신 얼어붙은 몸을(대체 왜 얼어붙었을까?) 녹이려고 걷기 시작했다. 잠시 나는 알베르토의 몸과 비야비시오사에 이르는 외딴 도로를 바라보았다. 가끔 병원에 데려다 달라는 경찰의 신음 소리가 들렸다.

다시 돌아왔을 때, 나는 카마로에 기대어 이야기를 나누는 리마와 벨라노를 보았다. 우리가 세사레아를 해쳤노라고, 죽음을 안겨 주려고 세사레아를 찾은 형국이라고 벨라노가 말하는 것을 들었다. 그 후 누군가 내 어깨를 치면서 차에 타라고 말할 때까지 나는 아무것도 듣지 못했다. 임팔라와 카마로는 도로에서 빠져나와 사막으로 들어갔다. 날이 저물기 직전 두 대의 차는 다시 멈추었고 우리는 차에서 내렸다. 하늘은 별로 뒤덮여 있고, 주위에는 아무것도 보이지 않았다. 나는 벨라노와 리마가 이야기하는 것을 들었다. 죽어 가는 경찰의 신음 소리를 들었다. 그 뒤로 아무것도 듣지 못했다. 내가 눈을 감은 것은 알겠다. 나중에 벨라노가 나를 불렀고, 우리 둘이 알베르토와 경찰의 시체를 카마로 트렁크에 넣고, 세사레아의 시체를 뒷좌석에 모셨다. 세사레아를 옮기는 데 한없이 시간이 걸렸다. 그 후 우리는 담배를 피웠거나 임팔라 안에서 잤거나 마침내 동이 틀 때까지 생각에 잠겼다.

　벨라노와 리마가 우리에게 찢어지는 것이 낫겠다고 말했다. 루페와 나에게는 킴의 임팔라를 주었다. 그들은 카마로와 시체들을 택했다. 벨라노가 처음으로 웃으며 말했다. 공정한 거래야. 루페에게 물었다. 이제는 멕시코시티로 돌아갈 거야? 루페가 말했다. 모르겠어. 벨라노가 말했다. 일을 다 그르쳤네, 미안. 루페가 아니라 내게 말한 것 같다. 리마가 말했다. 하지만 이제 수습하려고. 리마도 웃었다. 나는 세사레아를 어떻게 할 거냐고 물었다. 벨라노는 어깨를 으쓱하더니 말했다. 알베르토와 경찰과 함께 묻을 수밖에 없지. 감옥에서 한동안 썩지 않으려면. 루페가 말했다. 안 돼, 안 돼. 내가 말했다. 안 되고말고. 나는 리마와 부둥켜안았고, 이어 루페와 함께 임팔라에 탔다. 리마는 카마로 운전석에 타려고 했는데, 벨라노가 제지했다. 그들이 잠시 이야기를 나누는 것을 보았다. 그 후 리마가 조수석에 타고 벨라노가 운전대를 잡는 것을 보았다. 오랫동안 아무 일도 일어나지 않았다. 사막 한가운데 차 두 대가 정지한 채 그대로. 벨라노가 말했다. 도로로 다시 돌아갈 수 있겠어, 가르시아 마데로? 내가 말했다. 당연하지. 이윽고 카마로가 조심스럽게 움직이는 것을 보았다. 한동안 두 차는 사막을 함께 갔다. 그리고 우리는 헤어졌다. 나는 도로를 찾아 나서고, 벨라노는 서쪽으로 방향을 틀었다.

2월 2일

오늘이 2월 2일인지 3일인지 모르겠다. 2월 4일일 수도 있고, 어쩌면 5일이나 6일일 수도 있다. 하지만 내게는 아무 상관 없다. 이것이 우리의 트레노, 즉 비가(悲歌)이다.

2월 3일

루페가 내게 우리가 멕시코에 남은 최후의 내장 사실주의자라고 말했다. 나는 바닥에 드러누워 담배를 피우다가 그녀를 바라보며 말했다. 나 좀 그냥 내버려 둬.

2월 4일

가끔 나는 벨라노와 리마가 사막에서 구덩이를 몇 시간씩 파는 것을 상상한다. 그러고는 날이 저물 무렵 그곳을 떠나 에르모시요로 사라져, 아무 길에나 카마로를 버리는 모습을 본다. 그 순간부터 더 이상 상(像)이 떠오르지 않는다. 그들이 버스를 타고 멕시코시티로 계속 갈 생각임을, 그곳에서 우리와 합류하기를 기대하고 있음을 안다. 그러나 루페도 나도 돌아갈 마음이 없다. 그들은 말했다. 멕시코시티에서 만나자. 나도 사막에서 두 대의 차가 헤어지기 전에 말했다. 멕시코시티에서 보자. 그들은 남은 돈 절반을 주었다. 그 후 우리 둘만 남았을 때 나는 받은 돈 절반을 루페에게 주었다. 혹시나 해서. 어젯밤 우리는 비야비시오사로 돌아와 세사레아 티나헤로의 집에서 잤다. 나는 그녀의 공책들을 찾았다. 눈에 아주 잘 띄는 곳, 내가 처음 그 집에 갔을 때 잔 바로 그 방에 있었다. 집에는 전기가 들어오지 않는다. 오늘 우리는 바들 중 한 곳에서 아침을 먹었다. 사람들이 우리를 바라볼 뿐 아무 말도 하지 않았다. 루페에 따르면,

우리는 원하는 만큼 이곳에 남아 살 수 있을 것이다.

2월 5일

오늘 밤 벨라노와 리마가 알베르토의 카마로를 바이아 키노 해변에 버리고, 바다로 뛰어들어 바하 칼리포르니아까지 헤엄쳐 가는 꿈을 꾸었다. 무엇 때문에 바하 칼리포르니아로 가려고 하는지 물으니 그들이 대답했다. 도망치려고. 그때 커다란 파도가 내 시야에서 그들을 앗아 갔다. 꿈 이야기를 하자, 루페가 바보 같은 꿈이라고, 걱정하지 말라고, 리마와 벨라노는 아마 잘 있을 거라고 말했다. 오후에 우리는 다른 바로 식사를 하러 갔다. 똑같은 사람들이 있었다. 아무도 우리가 세사레아의 집을 차지하고 있는 것에 대해 뭐라 말하지 않았다. 아무도 우리가 마을에 있는 것을 개의치 않는 것 같았다.

2월 6일

가끔 나는 그 싸움이 꿈이라고 생각한다. 수백 년 전 조난했다가 갑자기 출현한 배의 선미 같은 세사레아 티나헤로의 등이 다시 눈에 아른거린다. 경찰과 울리세스 리마에게 달려드는 그녀의 모습이 다시 아른거린다. 가슴에 총을 맞는 모습이 아른거린다. 마지막으로 경찰에게 총을 빌사하는 혹은 마지막 탄환의 궤적을 피하는 모습이 아른거린다. 그녀가 죽는 것을 보고 그녀의 몸무게를 느낀다. 그러고 나서 생각한다. 세사레아는 경찰의 죽음과 아무 관련 없을지도 모른다고. 벨라노와 리마를 생각한다. 한 사람은 3인용 무덤을 파고, 또 한 사람은 오른팔에 붕대를 감은 채 그 모습을 바라보는. 경찰에게 상처를 입힌 사람은 리마라고, 세사레아가 공격하자 경찰의 신경이 분산된 틈을 타서 리마가 권총 방향을 돌려 경찰 복부로 향하게 했다는 생각이 든다. 가끔 알베르토의 죽음도 생각하려고 하지만 잘되지 않는다. 벨라노와 리마가 두 사람을 권총과 함께 묻었기를 바란다. 아니면 사막에 다른 구덩이를 파고 권총들을 묻었든지. 어찌 됐든 총을 버렸기를 바란다! 내가 알베르토를 트렁크에 실었을 때 그의 주머니를 뒤진 기억이 난다. 성기를 재던 칼이 있는지 찾은 것이다. 발견하지 못했다. 가끔 킴과, 킴이 다시는 보지 못할 그의 임팔라도 생각한다. 가끔 웃음이 난다. 그렇지 않을 때도 있고.

2월 7일

음식이 싸다. 하지만 이곳에는 일자리가 없다.

2월 8일

세사레아의 공책들을 읽었다. 공책을 발견했을 때, 언제고 멕시코시티의 리마나 벨라노 집으로 부쳐 주리라 생각했다. 지금은 그렇게 하지 않으리라는 것을 안다. 그래 봐야 아무 의미 없다. 소노라의 모든 경찰이 내 친구들이 남긴 흔적을 쫓을 것이다.

2월 9일

우리는 임팔라를 다시 타고 사막으로 돌아간다. 이 마을에서 나는 행복했다. 떠나기 전 루페가 원한다면 우리는 비야비시오사로 돌아올 수 있다고 말했다. 내가 물었다. 왜 돌아오는데? 루페가 말한다. 사람들이 우리를 받아 주니까. 그들도 우리처럼 살인자들이야. 내가 말한다. 우리는 살인자가 아니야. 루페가 말한다. 비야비시오사 사람들도 아니야. 그냥 하는 말이지. 언젠가 경찰이 벨라노와 리마를 잡을 거야. 하지만 우리는 결코 발견하지 못할걸. 내가 말한다. 루페, 너를 정말 사랑해. 하지만 그건 정말 착각이야.

2월 10일
쿠쿠르페, 투아페, 메레시칙, 오포데페.

2월 11일
카르보, 엘 오아시스, 펠릭스 고메스, 엘 쿠아트로, 트린체라스, 라 시에나가.

2월 12일
바무리, 피티키토, 카보르카, 산후안, 라스 마라비야스, 라스 칼렌투라스.

2월 13일
창문 너머에 무엇이 있는가?

별 하나.

2월 14일

창문 너머에 무엇이 있는가?

펼쳐진 침대 시트.

2월 15일

창문 너머에 무엇이 있는가?

〈끝〉

옮긴이의 말
세기말, 야만, 폐허

『야만스러운 탐정들』(1998)은 『아메리카의 나치 문학』과 『먼 별』로 가능성을 인정받은 로베르토 볼라뇨의 출세작이다. 이 작품으로 라틴 아메리카 작가들을 대상으로 하는 베네수엘라의 권위 있는 문학상인 로물로 가예고스상을 받음으로써 볼라뇨는 일약 라틴 아메리카를 대표하는 소설가로 떠오르게 된다. 또한 유작 『2666』과 더불어 볼라뇨의 실질적인 두 편의 장편소설 중 하나로 〈보르헤스가 기꺼이 썼을 법한 소설〉, 〈카탈루냐에 거주하는 칠레인이 쓴 최고의 멕시코 현대 소설〉 등 무수한 극찬을 받았다. 『야만스러운 탐정들』은 서구에서도 선풍적인 인기를 끌어, 영어 번역본이 출간된 2007년에는 「뉴욕 타임스」, 「로스앤젤레스 타임스」, 「워싱턴 포스트」 등이 일제히 그해의 10대 소설로 꼽았을 정도이다.

과연 이 소설의 어떤 점이 비평가들과 독자들에게 대작이라는 인식을 심어 주었을까? 뜻밖에도 볼라뇨는 『야만스러운 탐정들』이 절친한 벗인 마리오 산티아고 파파스키아로와 함께 보낸 젊은 날을 기억하면서 같이 웃고 즐기기 위해서 쓴 작품이라고 말한다. 실제로 이 작품의 두 주인공 아르투로 벨라노와 울리세스 리마는 각각 볼라뇨와 산티아고 파파스키아로의 분신이다. 『야만스러운 탐정들』의 중요성은 바로 이 점에 있다. 볼라뇨의 작품 세계에는 삶의 여정과 문학적 신념이 곧잘 투영되어 있기 때문에 그의 작품들 중에서 자전적 요소가 제일 농밀한 『야만스러운 탐정들』을 빼놓고는 볼라뇨의 작품 세계를 논하기 어렵기 때문이다.

『야만스러운 탐정들』은 3부로 구성되어 있다. 제1부는 17세의 작가 지망생 가르시아 마데로가 1975년 11월 2일부터 12월 31일까지 쓴 일기로, 시와 성(性)과 현실에 눈을 뜨고 몸을 내맡기는 일종의 통과 의례, 아르투로 벨라노와 울리세스 리마가 주도하는 내장 사실주의라는 해괴한 이름의 전위주의 그룹 가입과 그 구성원들 사이에서 벌어지는 부조리하고 무의미한 사건들, 문단 권력에 대한 저항, 성매매 여성 루페와 그녀의 기둥서방의 갈등에 얽혀 들어 벨라노와 리마와 함께 내장 사실주의의 선구자인 1920년대의 여성 시인 세사레아 티나헤로를 찾아 멕시코 북부로 떠나는 과정 등을 그리고 있다. 가장 긴 제2부는 벨라노와 리마가 소노라로 떠난 직후인 1976년 1월부터 두 사람을 만났던 수많은 사람들이 가상의 청자에게 자신들이 보고 겪은 바를 증언하는 형식으로 전개된다. 멕시코 현대사의 분수령이 된 틀라텔롤코 학살이 일어난 해이자 볼라뇨가 가족과 함께 멕시코로 이민 온 해인 1968년부터 1996년에 이르는 근 30년의 세월 동안 벨라노와 리마의 행적, 즉 멕시코, 칠레, 니카라과 등 라틴 아메리카 국가들은 물론 스페인, 프랑스, 오스트리아, 이스라엘, 아프리카 등에서 남긴 행적이 갖가지 증언을 통해 퍼즐 조각처럼 제시되고 있는 것이다. 제3부는 또다시 가르시아 마데로의 일기로 1976년 1월 1일부터 2월 15일까지의 일이 적혀 있는데, 대체로 벨라노와 리마가 멕시코 북부에서 세사레아 티나헤로를 찾는 과정을 그리고 있다. 이들은 희미한 흔적들을 추적한 끝에 마침내 세사레아 티나헤로를 찾아내지만 그녀의 모습은 실망스럽고, 루페를 데려가려고 그들을 추적해 온 이들과의 충돌 과정에서 예기치 않게 티나헤로가 죽고 만다. 더구나 벨라노와 리마는 그 와중에서 추적자들까지 죽이게 되어 살인자가 된다. 결국 내장 사실주의의 어머니를 찾아 떠난 벨라노와 리마의 문학 여행은 황량한 사막에 세 구의 시체를 묻는 참담한 결말로 끝이 난다.

내장 사실주의는 원래 시로 문학을 시작한 볼라뇨가 산티아고 파파스키아로와 함께 주도한 전위주의 그룹인 인프라레알리스모(*infrarrealismo*, 밑바닥 현실주의)의 이름을 바꾸어 작품에 넣은 것이다. 이는 초현실주의 *surrealismo*라는 이름의 반대말이지만 저항과 파괴라는 전위주의 특유의 정신은 공유하되 밑바닥 생활이나 거리의 언어 등을 날것 그대로 시에 담겠다는 뜻을 천명한 것이다. 인프라레알리스모는 옥타비오 파스의 형이상학적인 시와 파블로 네루다의 사회 비판적인 시를 넘어서고자 했으나 창조적인 족적을 남기는 데는 사실상 실패했다. 보들레르와 랭보에서 1920년대 파리의 전위주의, 비트 세대와 온다 문학에 이르는 파괴적이고 절망적인 몸짓만 되풀이했을 뿐이다. 그리고 이런 모습이 『야만스러운 탐정들』의 벨라노와 리마에 고스란히 담겨 있다.

『야만스러운 탐정들』에서 죽음을 찾으러 아프리카로

건너간 벨라노의 행보는 랭보를 연상시킨다. 세상과의 인연을 끊고 유럽에서 아라비아로, 아라비아에서 북아프리카로 점점 더 극단적인 현실 탈주를 감행한 랭보의 처절한 몸짓을 벨라노가 답습하고 있는 것이다. 실연의 상처 때문에 이스라엘과 오스트리아를 덧없이 떠돈 리마의 행보 역시 이에 못지않게 처절하다. 그래서 『야만스러운 탐정들』은 19세기 세기말 풍경의 부활처럼 느껴진다. 그것도 너무나도 완벽하게 부활해서 인류 역사는 전혀 나아진 것이 없는 듯한 느낌, 그래서 1세기 전의 그 염세적이고 우울하고 퇴폐적인 세상을 속절없이 다시 살아야 하는 저주의 덫에 걸린 듯한 느낌을 준다.

그렇다면 20세기 라틴 아메리카에 세기말 풍경이 재현된 것은 무엇 때문일까? 볼라뇨는 이를 1950년대에 태어난 라틴 아메리카 작가들의 숙명에서 찾는 듯하다. 『야만스러운 탐정들』에서는 이를 1950년대에 태어난 뛰어난 작가들이 흔히 겪어야 했던 〈청춘, 사랑, 죽음의 삼위일체〉라고 묘사하고 있지만 그게 다가 아니다. 이 구절은 페루 시인 엔리케 베라스테키와 쿠바 소설가 레이날도 아레나스를 모델로 한 문인들 이야기를 다루는 장에 등장한다. 베라스테키는 혁명 좌파와 극우 세력 양쪽 모두에게 이념을 의심받아 생명의 위협을 느낀 끝에 지그재그 행보를 함으로써 문학적 재능을 망친 인물로, 아레나스는 동성애자라는 이유로 쿠바 혁명 정부의 탄압을 받다가 망명을 택하지만 결국엔 이국땅에서 외롭게 죽어 가는 인물로 그려진다. 즉, 이들은 볼라뇨가 보기에 좌우 갈등 속에서 폭력에 노출될 수밖에 없었던 라틴 아메리카 문인들의 표본인 것이다. 볼라뇨는 그런 갈

등과 폭력의 악순환에 환멸을 느낀 대표적인 작가이고, 1950년대에 태어난 자신의 세대 모두가 그런 비극적인 숙명의 희생자라는 인식을 지니고 있었다. 이는 곧 쿠바 혁명 직후인 1960년대에 라틴 아메리카를 휩쓴 유토피아적 전망, 일각에서는 1979년의 산디니스타 혁명 때까지 이어진 전망을 상실한 세대의 대표적 인물이 볼라뇨라는 뜻이다. 물론 볼라뇨는 우파 혹은 기득권자들의 폭력도 가차 없이 비판했다. 이 소설에서 멕시코 국립 자치 대학에 난입한 군경에게 체포되지 않으려고 화장실에 숨어야 했던 우루과이 여인 아욱실리오 라쿠투레 일화가 담겨 있으며 이듬해 소설 『부적』으로 재탄생한 장에서는 1968년의 틀라텔롤코 학살을 비판하고 있다. 한 집안의 가장처럼 멕시코 국민을 보살피겠노라고 수십 년 동안 약속해 온 일당 지배 체제의 멕시코 정부가 기득권 유지를 위해서는 학살극까지 자행할 수 있는 존재였음을 깨우쳐 준 사건이 틀라텔롤코 학살이었다.

볼라뇨의 비관적 인식은 이 소설의 제목 〈야만〉으로 집약되어 나타난다고 볼 수 있다. 정의가 사라지고 폭력이 횡행하며 미래에 대한 낙관적 전망마저 사라진 시대가 〈야만스러운 시대〉가 아니고 무엇이겠는가? 야만의 시대를 사는 이들은 야만인일 수밖에 없다. 제대로 된 시 한 편 보지 못했으면서도 내장 사실주의의 어머니요 멕시코 전위주의의 선구자로 확신하고 세사레아 티나헤로를 기어코 찾으러 떠난 벨라노와 리마, 이들이 빼돌린 루페를 악착같이 쫓아온 알베르토와 그 일행, 벨라노와 리마에게 루페를 부탁하고 승용차를 내준 뒤에 정신병자가 되어 버린 호아킨 폰트, 벨라노와 리마의 부유하는 삶을 집요하게 추적한 익명의 추적자 모두 야만의 시대를 사는 비정상적인 인물들, 즉 야만인들이다.

볼라뇨는 야만의 시대의 가장 큰 징후를 문학의 아우라 상실이라고 꼽는 듯하다. 이 작품에 등장하는 수많은 작가들의 말로를 통해 이를 짐작할 수 있다. 벨라노와 리마는 물론이고, 2부의 증언들 중에서 가장 큰 몫을 차지하는 아마데오 살바티에라도 전위주의 작가에서 자기 사무실도 변변히 없는 대서인으로 몰락했다. 특히 세사레아 티나헤로의 말로는 참담하다 못해 희극적이다. 젊었을 때의 날렵한 몸매에 뭇 남성들에게 당차게 맞섰던 재기 발랄하고 독립적인 여성의 모습과는 딴판으로 무식한 땅딸보 투우사의 정부로, 통조림 공장의 노동자로, 장돌뱅이로, 코끼리처럼 뚱뚱해진 농촌의 촌로로 점점 몰락해 갔기 때문이다. 문학의 아우라 상실은 문인들도 야만인으로 만들었다. 사교가 문학적 성공의 지름길이라고 생각하는 문인, 성공하자마자 뒷바라지해 준 여인을 버리는 문인, 니카라과 산디니스타 혁명을 지지하는 문인들의 우스꽝스러운 행태 등등에서 이런 면모를 읽어 낼 수 있다. 이러한 야만스러운 세상에 내동댕이쳐진 작가가 할 수 있는 일이 무엇일까? 볼라뇨는 〈작가는 아무짝에도 쓸모없다. 문학은 아무짝에도 쓸모없다〉고 절규하고, 〈문학은 결백하지 않다〉고 소리 높여 폭로한다. 그래서 문학을 지키는 최후의 전사가 되어 옥타비오 파스와 파블로 네루다, 〈붐〉 세대 소설가, 이사벨 아옌데 등의 문단 권력을 일관되게 조롱하고, 작가의 조국은 언어이며 수준 높은 글만이 그 조국으로 갈 수 있는 유일한 여권이라고 말하면서 창작에만 몰두했다.

하지만 아무리 발버둥 쳐도 홀로 야만의 시대를 혁파할 수는 없는 법, 그래서 볼라뇨의 작품들은 폐허의 이미지로 점철되어 있다. 『야만스러운 탐정들』에서 특히 멕시코 북부는 야만의 시대의 종말은 폐허라는 사실을 보여 주는 절묘한 설정이다. 멕시코 북부를 특징짓는 황량한 사막이야말로 파괴와 죽음의 이미지에 너무나 잘 어울리는 배경인 것이다. 야만의 시대를 살아가는 와중에도 벨라노와 리마에게 한 가닥 희망이었던 세사레아 티나헤로의 삶이 점점 폐허로 허물어져 간 곳, 그 삶마저 어이없이 파괴된 곳, 벨라노와 리마가 가냘픈 희망을 안고 갔지만 살인자로 전락해 버린 곳이 바로 그 황량한 땅이었던 것이다. 통조림 공장에서 실직한 후 세사레아 티나헤로의 허름한 방에는 갖가지 메모가 가미된 공장 지도가 붙어 있었고, 그녀는 다가올 시대를 생각하며 그 작업을 했다고 말한다. 하지만 세사레아 티나헤로가 말하는 다가올 시대란 너무도 먼 훗날이라 그녀의 육신마저 사라지고 유골마저 한줌 먼지로 화해 버리고 말 2600년대였다. 이 구절을 통해 볼라뇨는 우리가 사는 이 시대가 아무런 희망이 없음을 말하고자 싶었을 것이다. 유작 『2666』에서 멕시코 북부가 더욱 중요한 무대가 되고, 이 무대가 라틴 아메리카의 세기말이 아니라 인류 문명의 세기말을 비유하는 땅으로 확장된 것은 볼라뇨의 현실 인식에 비추어 볼 때 필연적인 일이었다. 그래서 『야만스러운 탐정들』의 세기말도 라틴 아메리카만의 세기말이 아니라고 보아야 할 것 같다. 19세기의 세기말이 산업화와 독점 자본주의와 제국주의 등에 대한 반작용이 자아낸 염세주의적 풍경이었다면, 볼라뇨가 그리고 있는 20세기 세기말 풍경은 과연 무엇에 대한 반작용일까? 그리고 이 폐허 위에서 무엇을 새로 건설할 수 있을 것인가? 볼라뇨는 결코 그 대답을 명시적으로 주지 않았다. 세기말의 암울한 풍경에 찌들어 폐허의 원인을 되새김질할 의욕도 폐허 이후를 상상할 능력도 차라리 저버리고 싶었을 것이다. 그러나 볼라뇨는 사실상 답을 주었다. 야만의 시대가 얼마나 을씨년스럽고 비극적인지 적나라하게 보여 줌으로써 다시는 자신이 살았던 시대가 되풀이되지 말아야 한다고 주장하고 있는 셈이니 말이다. 그렇다면 그의 사후 10여 년이 지난 지금은 어떤 시대일까? 과연 야만의 시대에서 탈피했고, 폐허 위에 새로운 희망의 싹이 솟아났을까?

이 일 저 일에 치여 양치기 소년이라 스스로 한탄할 정도로 번역 작업이 지지부진했다. 홍지웅 사장님을 비롯한 열린책들 편집부에 면목이 없지만 아무튼 끝을 보니 다소나마 마음이 가벼워졌다. 꼼꼼하게 여러 가지 오류를 잡아 준 편집부에 대단히 감사드린다. 그 밖에도 이 자리를 빌려 감사의 말을 전해야 할 사람들이 있다. 우선 번역 때마다 늘 많은 도움을 주시는 서울대학교 서어서문학과 클라우디아 마시아스 교수에게 또 한 번 큰 빚을 졌다. 볼라뇨의 친구인 멕시코 작가 후안 비요로, 서울대학교 서어서문학과 초빙 교수인 라이몬 블랑카 포르트, 멕시코에서 볼라뇨를 주제로 박사 학위 논문을 쓰고 있는 이경민에게도 감사를 표하는 바이다.

우석균

로베르토 볼라뇨 연보

1953년 출생 4월 28일 칠레의 산티아고에서 로베르토 볼라뇨 아발로스 태어남. 아버지 레온 볼라뇨는 아마추어 권투 선수이자 트럭 운전수였고, 어머니 빅토리아 아발로스는 수학 선생님이었음. 볼라뇨는 어린 시절 읽기 장애가 있었는데, 어머니는 시를 좋아하는 어린 아들이 좌절하지 않도록 용기를 북돋워 주었음. 볼라뇨는 가족과 함께 발파라이소, 킬푸에, 비냐델마르, 로스앙헬레스 등 칠레의 여러 도시에서 유년기를 보냈으며, 그중 로스앙헬레스에 가장 오래 거주하였음.

1968~1973년 15-20세 가족과 함께 멕시코의 멕시코시티로 이주함. 학교에 입학했으나 중퇴했고, 다시는 교실에 발을 들여놓지 않겠다고 굳게 결심함. 1968년 10월 멕시코시티 올림픽 개막 며칠 후, 이 도시를 뒤흔든 학생 소요와 경찰의 무력 진압 현장을 목격함. 이는 수백만의 학생이 학살되거나 투옥되었던 10월 2일 틀라텔롤코 대학살에 뒤따라 벌어진 사건이었음. 이러한 일련의 사태는 이후 볼라뇨의 작품, 특히 『야만스러운 탐정들 *Los detectives salvajes*』과 『부적 *Amuleto*』의 소재가 됨. 15세부터 시를 쓰기 시작했으며, 독서에 푹 빠져 생활함. 그는 서점 진열대에서 책을 훔쳐 읽으며 지식을 습득했고, 훗날 서점 직원들이 자기 손에 닿지 않는 곳에 몇몇 책을 꽂아 놓아 읽을 수 없었다고 원망하기도 함. 그는 자신이 독학을 한 것이 아니라 〈모든 것을 책에서 배웠다〉고 말함. 사춘기 말과 성년 초기를 멕시코에서 보냄.

이때를 멕시코에서 보낸 제1시기라고 할 수 있음.

1973년 20세 8월 아옌데 대통령의 사회주의 정부를 전복하려는 피노체트의 쿠데타(9월 11일)가 발발하기 전에 사회주의 건설에 참여하기 위해 칠레로 돌아와 아옌데의 사회주의 혁명을 지지하는 좌파 진영에 가담함. 쿠데타가 일어나자 콘셉시온 근처에서 체포되어 투옥되었으나, 마침 어릴 적 친구였던 간수의 도움으로 8일 만에 석방됨. 이 행적은 순전히 볼라뇨 자신의 진술에 의거한 것으로, 볼라뇨는 이 극적인 사건을 여러 작품에 다양한 형태로 서술하였음.

1974~1977년 21~24세 멕시코로 돌아와 아방가르드 문학 운동인 〈인프라레알리스모*infrarrealismo*〉를 주창함. 〈인프라레알리스모〉는 프랑스 다다이즘과 미국 비트 제너레이션의 영향을 받은 시 문학 운동으로, 볼라뇨가 친구인 시인 마리오 산티아고와 함께 결성하였으며 멕시코 시단의 기득권 세력을 비판하며 가난과 위험, 거리의 삶과 일상 언어에 눈을 돌리자고 주장한 반항적 운동임. 문학 기자와 교사로 일했으나 무엇보다도 시를 읽고 쓰는 데 집중함.

1975년 22세 브루노 몬타네와 함께 시집 『높이 나는 참새들 *Gorriones cogiendo altura*』 출간.

1976년 23세 일곱 명의 다른 〈인프라레알리스모〉 시인들과 함께 산체스 산치스 출판사에서 시집 『뜨거운 새*Pájaro de calor*』 출간. 그리고 같은 해 첫 단독 시집인 『사랑을 다시 만들어 내기 *Reinventar el amor*』 출간. 이 시집은 한 편의 장시를 9개의 장으로 나누어 실은 얇은 책으로, 후안 파스코에가 지도하는 타예르 마르틴 페스카도르 시 아틀리에에서 출간되었음. 북아메리카 미술가 칼라 리피의 판화를 표지 그림으로 쓴 이 책은 225부만 인쇄하였음. 이때를 멕시코에서 보낸 제2시기라 할 수 있음.

1977년 24세 유럽으로 이주. 파리를 비롯해 유럽 여러 나라의 도시들을 여행한 후 스스로 〈세상에서 가장 아름다운 도시〉라고 경탄한 바르셀로나에 정착함. 이후 접시 닦이, 바텐더, 외판원,

캠핑장 야간 경비원, 쓰레기 청소부, 부두 노동자 등 온갖 직업에 종사하며 생계를 유지함. 그러면서도 계속 시를 씀.

1979년 26세   11인 공동 시집인『불의 무지개 아래 벌거벗은 소년들*Muchachos desnudos bajo el arcoiris de fuego*』출간.

1980년 27세   시를 계속 쓰면서 본격적으로 소설 집필에 전념하기 시작함.

1982년 29세   카탈루냐 출신 카롤리나 로페스와 결혼.

1984년 31세   안토니 가르시아 포르타와 함께 쓴 소설『모리슨의 제자가 조이스의 광신자에게 하는 충고*Consejos de un discípulo de Morrison a un fanático de Joyce*』를 출간, 스페인의 암비토 리테라리오 소설상 수상.

1986년 33세   카탈루냐 북동부 코스타브라바의 헤로나 근처의 블라네스라는 바닷가 소도시로 이사. 볼라뇨는 죽을 때까지 이 도시에서 살았음.

1990년 37세   아들 라우타로 태어남. 1990년대 초부터 볼라뇨는 자신의 시와 소설들을 스페인의 다양한 지역 문학상에 출품하기 시작함. 그는 문학상을 받아 생계에 보탬이 되고 자신의 작품이 출판되기를 희망하였음.

1992년 39세   시집『미지의 대학의 조각들*Fragmentos de la universidad desconocida*』이 출간 이전 라파엘 모랄레스 시(詩) 문학상 수상. 치명적인 간 질환을 진단받음.

1993년 40세   소설『아이스링크*La pista de hielo*』출간, 스페인의 알칼라데에나레스 시(市) 중편 소설상을 수상. 시집『미지의 대학의 조각들』출간. 볼라뇨는 이때부터 본격적으로 문학계의 인정을 받기 시작함. 이때부터는 오직 글쓰기로만 생활비를 벌게 됨.

1994년 41세   소설『코끼리들의 오솔길*La senda de los elefantes*』출간, 스페인의 펠릭스 우라바옌 중편 소설상 수상. 시집『낭만적인 개들*Los perros románticos*』이 출간 전 스페인의 이룬 시(市)

문학상을 수상함.

1995년 42세 시집 『낭만적인 개들』 출간.

1996년 43세 가공의 작가들이 쓴 가짜 백과사전인 소설 『아메리카의 나치 문학 *La literatura nazi en América*』과 『먼 별 *Estrella distante*』 출간. 이해부터 볼라뇨는 바르셀로나의 아나그라마 출판사와 인연을 맺고 대부분의 작품을 이곳에서 출간하기 시작함.

1997년 44세 단편집 『전화 *Llamadas telefónicas*』 출간, 칠레의 산티아고 시(市)상 수상. 이 소설집 맨 앞에 수록된 단편소설 「센시니 Sensini」도 같은 해 따로 단행본으로 출간됨. 대표작 중 하나로 꼽히는 방대한 분량의 소설 『야만스러운 탐정들 *Los detectives salvajes*』이 출간되기 전에 스페인의 권위 있는 문학상인 에랄데 소설상을 수상함.

1998년 45세 『야만스러운 탐정들』 출간. 이 소설은 동시대를 멋지게 그려 낸 한 편의 대서사시와 같은 장편소설로서, 뛰어난 철학적–문학적 성찰과 스릴러적인 요소, 파스티슈, 자서전의 성격이 혼재하는 독특한 작품이다. 소설의 두 주인공은 볼라뇨 자신의 분신이라 할 수 있는 아르투로 벨라노와, 볼라뇨의 친구로서 함께 인프라레알리스모 운동을 이끌었던 마리오 산티아고를 모델로 한 울리세스 리마이다. 울리세스 리마는 이후 다른 작품에도 등장함. 『파울라』지로부터 소설 심사 위원 위촉을 받아 25년 만에 칠레를 방문함.

1999년 46세 『야만스러운 탐정들』로 〈라틴 아메리카의 노벨 문학상〉이라 불리는 베네수엘라의 로물로 가예고스상 수상. 소설 『부적 *Amuleto*』과, 『코끼리들의 오솔길』의 개정판인 『므시외 팽 *Monsieur Pain*』 출간. 오라 에스트라다는 『부적』을 엄청난 걸작으로 평가했다.

2000년 47세 소설 『칠레의 밤 *Nocturno de Chile*』과 시집 『셋 *Tres*』 출간. 볼라뇨는 자신의 짧은 소설 가운데 가장 완벽한 작품으로 『칠레의 밤』을 꼽았다. 스페인의 주요 일간지인 「엘 파이스 El

País」와 「엘 문도El Mundo」에 칼럼 게재.

2001년 48세 단편집 『살인 창녀들Putas asesinas』 출간. 볼라뇨가 등장인물로 나오는 하비에르 세르카스Javier Cercas의 소설 『살라미나의 병사들Soldados de Salamina』도 출간됨. 이 소설에서 볼라뇨는 주인공이 소설을 완성하도록 도와주는 인물로 등장함. 2003년 영화로도 제작된 이 작품의 성공으로 볼라뇨는 스페인에서 유명해짐.

2002년 49세 실험적인 소설 『안트베르펜Amberes』과 『짧은 룸펜 소설Una novelita lumpen』 출간.

2003년 50세 사망하기 몇 주 전 세비야에서 열린 라틴 아메리카 작가 대회에 참가하여 만장일치로 새로운 라틴 아메리카 문학의 대변자로 추앙됨. 7월 15일 바르셀로나의 바예데에브론 병원에서 아내 카롤리나와 아들 라우타로, 딸 알렉산드라를 남긴 채 간 부전으로 숨을 거둠. 단편집 『참을 수 없는 가우초El gaucho insufrible』 사후 출간. 대표작 중 하나인 『2666』이 출간되기 전에 바르셀로나 시(市)상을 수상함.

2004년 『참을 수 없는 가우초』가 칠레의 알타소르 소설상 수상. 필생의 역작 『2666』 출간, 스페인의 살람보상 수상. 1천 페이지가 넘는 어마어마한 분량의 이 작품은 볼라뇨가 죽을 때까지 손에서 놓지 않고 매달린 소설로, 가장 큰 야심작임. 처음에는 작가의 뜻에 따라 1년 간격으로 5년에 걸쳐 5부작으로 출판하려 했으나, 1권의 〈메가 소설〉로 출간됨. 『2666』은 북멕시코의 시우다드후아레스 시에서 3백 명 이상의 여인이 연쇄 살인된 미해결 실제 사건을 주요 모티프로 삼아 산타테레사라는 도시를 배경으로 재구성한 작품임.

2005년 『2666』이 칠레의 알타소르 소설상, 칠레의 산티아고 시(市) 문학상 수상. 칼럼과 연설문, 인터뷰 등을 모은 『괄호 치고 Entre paréntesis』 출간.

2006년 볼라뇨의 인터뷰를 모은 『볼라뇨가 말하는 볼라뇨 Bolaño por sí mismo』 출간.

2007년 단편소설과 다른 글들을 모은 『악의 비밀*El secreto del mal*』과 시집 『미지의 대학*La universidad desconocida*』 출간. 『야만스러운 탐정들』 영어판 출간, 「뉴욕 타임스」 선정 〈2007년 최고의 책〉으로 꼽힘. 『먼 별』이 2007년 콜롬비아 잡지 『세마나』에서 선정한 〈25년간 출간된 스페인어권 100대 소설〉 14위에 오름.

2008년 『2666』의 영어판 출간, 평단과 독자 모두에게 호평을 받으며 대단한 인기를 누림. 전미 서평가 연맹상 수상. 「뉴욕 타임스」와 「타임」 선정 〈2008년 최고의 책〉으로 꼽힘.

2009년 『2666』이 「타임스 리터러리 서플러먼트」, 「스펙테이터」, 「텔레그래프」, 「인디펜던트 온 선데이」, 「샌프란시스코 크로니클」, 「NRC 한델스블라드」 등 세계 각국의 유력지에서 〈2009년 최고의 책〉에 선정되었으며 「가디언」에서는 〈2000년대 최고의 책 50권〉으로 꼽힘. 스페인 유력지 「라 반과르디아」에서 선정한 〈2000년대 최고의 소설 50권〉 중 『2666』이 1위로 꼽힘.

2010년 소설 『제3제국*El Tercer Reich*』 출간.

2011년 소설 『진짜 경찰의 무미건조함*Los sinsabores del verdadero policía*』 출간. 현재 볼라뇨의 전작은 스페인을 비롯한 이탈리아, 독일, 프랑스, 네덜란드, 스웨덴, 핀란드, 그리스, 체코, 폴란드, 세르비아 등 유럽권 국가는 물론 미국과 영국 등 영어권 국가, 그리고 브라질, 터키, 이스라엘, 일본에 이르기까지 번역, 출간되며 〈볼라뇨 전염병〉을 퍼뜨리고 있다.

야만스러운 탐정들 2

옮긴이 우석균은 1965년 서울에서 태어나 서울대학교 서어서문학과를 졸업했다. 페루 가톨릭 대학교에서 석사 과정을 마친 뒤, 스페인의 마드리드 콤플루텐세 대학교에서 중남미 문학 박사 학위를 받았다. 박사 논문 집필 중 칠레 대학교와 아르헨티나 부에노스아이레스 대학교에서 수학했다. 현재 서울대학교 라틴아메리카연구소 HK(인문한국 지원사업) 교수로 재직 중이다. 지은 책으로 『잉카 IN 안데스』, 『바람의 노래 혁명의 노래』, 『라틴 아메리카를 찾아서』(공저)가 있고, 옮긴 책으로 로베르토 볼라뇨의 『칠레의 밤』, 가브리엘 가르시아 마르케스의 『사랑과 다른 악마들』, 세르히오 밤바렌의 『꿈의 바닷가』, 안토니오 스카르메타의 『네루다의 우편배달부』, 호르헤 루이스 보르헤스의 『부에노스아이레스의 열기』 등이 있다.

지은이 로베르토 볼라뇨 **옮긴이** 우석균 **발행인** 홍지웅 **발행처** 수식회사 열린책들 **주소** 경기도 파주시 문발로 253 파주출판도시 **전화** 031-955-4000 **팩스** 031-955-4004 **홈페이지** www.openbooks.co.kr Copyright (C) 주식회사 열린책들, 2012, *Printed in Korea*. ISBN 978-89-329-1561-6 978-89-329-1559-3(세트) 04870 **발행일** 2012년 6월 15일 초판 1쇄

이 도서의 국립중앙도서관 출판시도서목록(CIP)은 e-CIP 홈페이지(http://www.nl.go.kr/ecip)와 국가자료공동목록시스템 (http://www.nl.go.kr/kolisnet)에서 이용하실 수 있습니다. (CIP제어번호: CIP2012001488)

로베르토 볼라뇨의 소설

칠레의 밤 임종을 앞둔 칠레의 보수적 사제이자 문학 비평가인 세바스티안 우르티아 라크루아의 속죄의 독백.

부적 우루과이 여인 아욱실리오 라쿠투레가 1968년 멕시코 군대의 국립 자치 대학교 점거 당시 13일간 화장실에 숨어 지냈던 이야기를 시작으로 들려주는 흥미로운 회고담.

먼 별 연기로 하늘에 시를 쓰는 비행기 조종사이자 피노체트 치하 칠레의 살인 청부업자였던 카를로스 비더와 칠레의 암울한 나날에 관한 강렬한 이야기.

전화 볼라뇨의 첫 번째 단편집. 시인, 작가, 탐정, 군인, 낙제한 학생, 러시아 여자 육상 선수, 미국의 전직 포르노 배우, 그리고 수수께끼 같은 인물들이 등장하는 14편의 이야기.

야만스러운 탐정들 〈라틴 아메리카의 노벨상〉이라 불리는 로물로 가예고스상 수상작. 현대의 두 돈키호테, 우울한 멕시코인 울리세스 리마와 불안한 칠레인 아르투로 벨라노가 만난 3개 대륙 8개 국가 15개 도시 40명의 화자가 들려주는 방대한 증언.

2666 볼라뇨의 최대 야심작이자 죽을 때까지 손에서 놓지 않은 일생의 역작. 5부에 걸쳐 80년이란 시간과 두 개 대륙, 3백 명의 희생자들을 두루 관통하는 묵시록적인 백과사전과 같은 소설.

므시외 팽 은퇴 후 조용히 살고 있던 피에르 팽. 멈추지 않는 딸꾹질로 입원한 페루 시인 세사르 바예호의 치료를 부탁받은 후 이상하게도 꿈같은 사건들이 일어나기 시작한다.

아이스링크 스페인 어느 해변 휴양지의 여름, 칠레의 작가 겸 사업가와 멕시코 출신 불법 노동자, 카탈루냐의 공무원 등 세 남자가 풀어놓는 세 가지 각기 다른 이야기.

살인 창녀들 두 번째 단편집. 세계 곳곳에서 방황하는 이들, 광기, 절망, 고독에 관한 13편의 이야기. 이 책에서 시는 폭력을 만나고, 포르노그래피는 종교를 만나며 축구는 흑마술을 만난다.

안트베르펜 볼라뇨의 무의식 세계와 비관적 서정성으로 들어가는 비밀스러운 서문과 같은 작품. 55편의 짧은 글과 한 편의 후기로 이루어진 실험적인 문학적 퍼즐이다.

참을 수 없는 가우초 5편의 단편과 2편의 에세이 모음집. 참을 수 없는 가우초, 불을 뱉는 사람, 비열한 경찰관 등에 관한 이야기와 문학과 용기에 관한 아이러니한 단상이 실려 있다.

제3제국 코스타브라바의 독일인 여행자와 수수께끼의 남미인 사이에 벌어지는 이야기. 〈제3제국〉은 전쟁 게임의 이름이다.